Richard Schwartz
Das blutige Land
Die Götterkriege 3

PIPER

Zu diesem Buch

Auch nachdem Leandra den Thron von Illian erringen konnte, ist der Nekromantenkaiser noch lange nicht besiegt. Fällt die Ostmark, fällt das Reich – so lautet ein altes Sprichwort, das sich nun zu bewahrheiten droht. Denn dort, in der Ostmark, versammelt Kriegsfürst Arkin die Ostland-Barbaren unter seinem Banner, um zum entscheidenden Schlag gegen das Kaiserreich auszuholen. In Begleitung von Serafine und Askannons verlorener Kaiserin Elsine, der letzten der großen Drachen, und seinem Freund Prinz Ragnar zieht Havald in die Ostmark, um einen Weg zu finden, dem blutigen Land Frieden zu geben und die schwarze Legion aufzuhalten. Eine verlorene Krone soll die Barbaren einen, doch ein unbezwingbares, verfluchtes Wesen aus grauer Vorzeit stellt sich Havald entgegen, ein Feind, den auch er nicht besiegen kann … Der dritte Teil der hochgelobten »Götterkriege«-Saga von Richard Schwartz!

Richard Schwartz, geboren 1958 in Frankfurt, hat eine Ausbildung als Flugzeugmechaniker und ein Studium der Elektrotechnik und Informatik absolviert. Er arbeitete als Tankwart, Postfahrer und Systemprogrammierer und restauriert Autos und Motorräder. Am liebsten widmet er sich jedoch phantastischen Welten, die er in der Nacht zu Papier bringt – mit großem Erfolg: Seine Reihe um »Das Geheimnis von Askir« wurde mehrfach für den Deutschen Phantastik Preis nominiert.

Richard Schwartz

Das blutige Land

Die Götterkriege 3

Piper München Zürich

Entdecke die Welt der Piper Fantasy:

Piper-Fantasy.de

Von Richard Schwartz liegen bei Piper vor:
Das Erste Horn. Das Geheimnis von Askir 1
Die zweite Legion. Das Geheimnis von Askir 2
Das Auge der Wüste. Das Geheimnis von Askir 3
Der Herr der Puppen. Das Geheimnis von Askir 4
Die Feuerinseln. Das Geheimnis von Askir 5
Der Kronrat. Das Geheimnis von Askir 6
Die Eule von Askir
Der Inquisitor von Askir
Die Rose von Illian. Die Götterkriege 1
Die Weiße Flamme. Die Götterkriege 2
Das blutige Land. Die Götterkriege 3
Die Festung der Titanen. Die Götterkriege 4
Die Macht der Alten. Die Götterkriege 5
Der Falke von Aryn
Askir. Die komplette Saga 1

Für meinen Bruder Markus, Sandra und Andreas

FSC® www.fsc.org
MIX
Papier aus verantwortungsvollen Quellen
FSC® C083411

Originalausgabe
1. Auflage August 2012
5. Auflage September 2014

Umschlaggestaltung: www.guter-punkt.de
Umschlagabbildung: Uwe Jarling, www.jarling-arts.com
Satz: Fotosatz Amann, Aichstetten
Papier: Pamo Super von Arctic Paper Mochenwangen GmbH, Deutschland
Druck und Bindung: CPI books GmbH, Leck
Printed in Germany ISBN 978-3-492-26830-1

Was bisher geschah

Nachdem der Krieger Havald, der nach dem Willen des Gottes Soltar als sein Engel den letzten Kampf gegen den toten Gott Omagor ausfechten soll, während des Kronrats in Askir einem Attentat zum Opfer gefallen war und wie tot im Tempel des Soltar aufgebahrt lag, mussten seine Gefährten ohne ihn den Kampf zum Gegner tragen. In Begleitung von Schwertmajor Blix gelang es Königin Leandra, den Weltenstrom umzulenken und ein magisches Tor nach Illian zu eröffnen – der Kronstadt des Königreichs Illian, in der Leandra die Nachfolge der legendären Königin Eleonora antreten sollte. Auch Wiesel, Askirs größten Dieb, verschlug es mit seiner Ziehschwester Marla auf Weisung des Namenlosen Gottes in die belagerte Stadt. Ihr Auftrag: zu verhindern, dass sich das Schicksal, das die anderen Götter Leandra zugedacht hatten, erfüllte, um so sicherzustellen, dass sie Herrin ihres eigenen Schicksals werden kann und das gestohlene Schwert Seelenreißer wieder in die Hände Havalds gelangt, um so den Streiter Soltars in die Welt der Lebenden zurückzurufen.

In Illian angekommen, muss Königin Leandra feststellen, dass sie dort nicht die erhoffte Unterstützung finden kann: Graf Render, ein alter Widersacher, greift bereits nach der Krone des bedrängten Königreiches. Als Verräterin verhaftet und einem Gottesurteil unterzogen, ist es die Weiße Flamme des Gottes Boron, die sie als unschuldig ausweist und ihr erlaubt, den Verräter zu stellen und zu richten.

Noch während Leandra di Girancourt, Maestra und nun Königin von Illian, um ihr Leben und ihre Krone kämpft, erwacht Havald aus seiner Totenstarre, ist aber nicht mehr Herr der Lage – zu viel ist in den Wochen geschehen, in denen er im Tempel aufgebahrt lag.

Obwohl der Nekromantenkaiser Kolaron Malorbian in den

Südreichen eine empfindliche Schlappe hinnehmen musste und gegen Lanzenobristin Mirans berühmte dritte Legion sogar eine Niederlage erlitt, bereitet er in den Ostlanden, einer von nomadischen Barbaren besiedelten Steppe, die Offensive gegen den Kern des Kaiserreichs vor. Währenddessen festigt er im Königreich Rangor, einst Teil des Reiches und eines der sieben Königreiche, das durch Verrat und Trug an ihn gefallen ist, seine Stellung.

Hergrimm, Marschall der Ostmark und Herr über die Grenzland-Legionen, steht als Einziger zwischen den schwarzen Legionen und den Kernlanden des Kaiserreichs. Doch die Reiche sind untereinander zerstritten. Während die junge Kaiserin Desina noch versucht, das Reich zusammenzuführen und die legendären Legionen Askirs wieder zu einstiger Größe aufzurichten, erfährt Havald, nun Lanzengeneral der kaiserlichen Legionen, dass der Nekromantenkaiser die Horden der Ostlandbarbaren unter seinem Banner eint. Gelingt es Kriegsfürst Arkin, die Barbaren zusammen mit den schwarzen Legionen des Nekromantenkaisers gegen die Ostmark zu führen, wird die Ostmark fallen. Seit Urzeiten gilt: Fällt die Ostmark, fällt das Kaiserreich.

Wir beten für die Lebenden

1 »Götter«, flüsterte der Schwertrekrut und duckte sich wieder hinter die Anhöhe. »Ich wollte noch nicht sterben!« Er sah mich mit großen Augen an. »Was machen wir jetzt?«

Er hieß, wenn ich mich richtig erinnerte, Armus, und gestern Morgen hatte er mir beim Frühstück mitgeteilt, dass er aus Kantur kommen würde, einer Provinz in Aldane, die östlich von der alten Kaiserstadt Askir am Fuß des Gebirges lag, das Aldane von den Varlanden trennte. Er war blond und schlank, mit blassblauen Augen und einem verlegenen

Lächeln, und er besaß drei oder vier Barthaare, die er offensichtlich sorgsam hegte und pflegte. Wie bei den meisten hier erinnerte mich die Art, wie sein Kopf aus dem schweren Plattenpanzer herausragte, an eine Schildkröte.

Das Problem war, dass nicht nur er mich mit großen Augen hoffnungsvoll ansah. Meiner Meinung nach waren weder Armus noch die anderen Rekruten bereit für diesen Einsatz. Doch die kaiserlichen Legionen, die sehr lange auf tausend Mann reduziert gewesen waren, sollten so schnell wie möglich auf die volle Stärke von zehntausend Mann aufgestockt werden. Die Idee, die neuen Rekruten daraufhin einfach vor Ort weiter auszubilden, war mir sinnvoll erschienen. So wurden die Verluste ersetzt, die wir in der Ostmark erlitten hatten, und zudem waren die Neulinge auf diese Weise am besten in der Lage, sich die Lektionen einzuprägen. Verdiente Veteranen würden ihnen das Überleben beibringen. Zudem war es kein offener Krieg, Schlachten waren nicht zu erwarten, und die Rekruten würden selten die sicheren Mauern der Festungen verlassen.

So hatte ich jedenfalls gedacht, als ich den Befehl unterschrieben hatte. Das Ergebnis konnte ich mir jetzt selbst anschauen. Generalsergeantin Rellin war mit Recht stolz auf die umfassende Ausbildung, die die kaiserlichen Legionäre erhielten, doch keiner meiner Kameraden war seit mehr als acht Wochen dabei. Ich konnte froh sein, dass die jungen Kerle wenigstens wussten, wie sie ihr Schwert anzufassen hatten – jedenfalls würde es noch Monate, eher Jahre dauern, bis die legendären kaiserlichen Legionen sich ihren Ruf wieder verdienten. Dennoch bestand kein Zweifel an dem Mut und der Treue meiner Kameraden, sie waren sichtlich stolz, Legionäre zu sein.

Wo wir stehen, da weichen wir nicht, das war das Motto der kaiserlichen Legionen. Jetzt musste ich nur noch dafür sorgen, dass sie nicht dort liegen blieben, wo sie gestanden hatten. Ich fragte mich, was sie wohl sagen würden, wenn sie wüssten, dass Schwertrekrut Lenar in Wahrheit eben jener Lanzengeneral von Thurgau war, der indirekt dafür gesorgt hatte, dass sie sich nun in dieser misslichen Lage befanden.

Am gestrigen Morgen hatte ich mich im Kommandeursgebäude einfinden dürfen, wo Lanzensergeant Anders, ein bärbeißiger Veteran mit kurzen grauen Haaren und ebensolchen Bartstoppeln, mich und die anderen Tenetiere schon erwartete. Im Gegensatz zu den glatten Gesichtern der Gruppenführer, die vor ihm Haltung annahmen, zeigte sein Gesicht die Furchen und Spuren eines langen Lebens im Dienste des Kaisers – der Kaiserin, verbesserte ich mich. Er musste über fünfzig sein, hatte womöglich die sechzig schon erreicht, und gehörte wohl zu den Veteranen, die man mit zusätzlichem Gold und Versprechungen aus dem Ruhestand zurückgeholt hatte, um wenigstens einen Teil der wichtigeren Stellen zu besetzen. Eine Narbe hatte ihm den Mundwinkel verzogen und einen Teil seines Kieferknochens bloßgelegt, und an seiner linken Hand fehlte der Ringfinger, was auch dadurch nicht ausgeglichen wurde, dass der kleine Finger verkrüppelt war und steif abstand.

Von den zehn, die vor ihm standen, war ich mit Abstand der Älteste, auch wenn man mich von meiner äußeren Erscheinung her kaum älter als Ende zwanzig schätzen würde. Drei Wochen lang hatte ich wie tot auf einer Bahre im Soltartempel zu Askir gelegen, und eine irritierende Folge davon war, dass ich jünger aussah als seit Jahrhunderten. Selbst meine gebrochene Nase war wieder gerade, und bis auf die Narben, die ich mir in meiner Jugend angesammelt hatte, waren die meisten späteren Zeugen von Leichtsinn, Dummheit oder Ungeschick spurlos verschwunden.

Auch beim Rasieren war mir der eigene Anblick ungewohnt; solange ich denken konnte, hatte ich mit dem Messer die Narbe an meinem Kinn vorsichtig umschiffen müssen, jetzt glitt der Stahl dort mühelos über viel zu glatte Haut. Ich konnte mich daran erinnern, dass mir noch vor Kurzem mein eigenes Gesicht mit den tiefen Furchen und Falten seltsam hart und unerbittlich vorgekommen war. Vielleicht sogar Furcht einflößend … tatsächlich waren mir die meisten Menschen aus dem Weg gegangen, selbst wenn ich sie angelächelt hatte. Inzwischen ertappte ich mich dabei, dass ich mein altes Gesicht gerne gegen das jugendliche Antlitz eingetauscht hätte, das ich nun im Spiegel sah – so grün, wie ich jetzt aussah, konnte ich mich selbst kaum noch ernst nehmen!

Die Erfahrung, die ein Mensch hatte, stand ihm ins Gesicht geschrieben, wie bei Sergeant Anders hier, bei dem ein Blick reichte, um zu wissen, dass der Mann wusste, wovon er sprach.

Der Rest der Rekruten, die halbwegs gerade vor ihm standen, war kaum älter als zwanzig; einer von ihnen, Schwertrekrut Tobas, hatte sich am Tag seines fünfzehnten Geburtstages zu den Legionen gemeldet.

»Ihr drei«, knurrte der Sergeant und wies mit seinem verkrüppelten Finger auf die Ersten, die links in der Reihe standen … und damit auch auf mich. »Wie ihr vielleicht wisst, wurde vor ein paar Tagen diese Festung beinahe überrannt, während es im Umland verdächtig ruhig geblieben ist.« Der Sergeant wies mit seinem Dolch auf die Karte, die hinter ihm an der Wand hing. »Es ist jedes Mal dasselbe, wenn es ein paar Jahre keinen Angriff gegeben hat, denken irgendwelche Hornochsen, das wäre die Gelegenheit, sich hier in der Ostmark ein neues Leben aufzubauen und sich um die Feste herum anzusiedeln.« Er stieß ein kurzes bitteres Lachen aus. »Weil sie denken, dass es sicher wäre. Und statt dass er ihnen dafür in den Hintern tritt, hat der Marschall das noch unterstützt … indem er diese Dörfer und Gehöfte von hier aus jede zweite Woche mit dem Nötigsten versorgen ließ.« Er ließ seine kühlen grauen Augen über uns schweifen. »Wie kaum anders zu erwarten war, kehrten die Handelswagen, die vor drei Tagen aufgebrochen sind, nicht wieder zurück. Sie nahmen diese Strecke, nach Süden, hier am Brandsteinfall und dem Totenmoor vorbei, nach Alkith, Dormuth und letztlich Akenstein. Akenstein ist das größte dieser Dörfer, es gab dort fast fünfhundert Einwohner, und sie haben einen Gartenzaun um ihre Hütten gezogen und dachten, es wäre eine Festungsmauer.«

Er spie aus und traf zielgenau die Öffnung eines Spucknapfs, der gut zwei Schritt entfernt stand. »Wir wissen, was ihr finden werdet. Nichts, das noch leben wird. Dennoch hat der Obrist in seiner grenzenlosen Weisheit beschlossen, dass wir hier Flagge zeigen sollen ... ihr sollt nun erkunden, was geschehen ist, auch wenn wir es schon längst wissen. Einer unserer Späher hat eine Kriegsbande der Barbaren gesehen, vor zwei Tagen, als sie etwas übermütig wurden. Es können nicht mehr als zweihundert gewesen sein ... aber das sind nur die, die wir gesehen haben.« Er tippte mit der Spitze seines Dolchs auf die Linie, die die Straße nach Süden darstellte. »Euer Auftrag ist einfach: Ihr geht die Straße entlang, bis ihr entweder auf Barbaren stoßt und dann auf allerhöchsten Befehl den Schwanz einkneift und in die Feste zurückkehrt, oder bis ihr die euch zugewiesenen Dörfer erreicht, euch dort anseht, was die Barbaren davon übrig gelassen haben, und *dann* den Schwanz einkneift und zurückkommt. Du«, sagte er und wies mit seinem Dolch auf eine junge Soldatin, die tapfer schluckte, »gehst mit deinen Leuten nach Alkith, du nach Dormuth und du«, der Dolch wies jetzt auf mich, »nach Akenstein. Noch mal, der Obrist wünscht keine Heldentaten, er will wissen, wie es um diese Dörfer bestellt ist ... und braucht seine Rekruten lebend wieder, damit vielleicht eines Tages doch noch Soldaten aus euch werden!« Er bedachte die Soldatin neben mir mit einem düsteren Blick. »Besorg dir einen scharfen Dolch«, riet er ihr. »Und wenn du siehst, dass es kein Entrinnen gibt, zögere nicht. Glaub mir, bei den Göttern, du willst nicht miterleben, was sie mit dir machen werden, wenn sie dich in die Finger bekommen. So, jetzt sammelt eure Schäflein ein und seht zu, dass ihr heil wieder zurückkommt. Wegtreten.«

Während wir salutierten, wandte er sich an die restlichen sieben Tenetiere. »Ihr braucht gar nicht so erleichtert dreinzuschauen … ihr geht zu einem vorgelagerten Beobachtungsposten … und dreimal dürft ihr raten, ob der sich in den letzten Tagen gemeldet hat …«

»Ser«, fasste sich die Soldatin ein Herz. »Was ist, wenn wir doch Überlebende antreffen?«

Sergeant Anders schaute sie überrascht an.

»Schwertrekrut Firande«, sagte er dann leise und bewies damit, dass er sich Namen durchaus merken konnte. »Ihr solltet beten, dass es nicht so ist. Denn dann fällt euch die ehrenvolle Aufgabe zu, den Leuten mitzuteilen, dass sie ihr Hab und Gut aufgeben und in die Festung zurückkehren müssen. Ihr hättet dann den Auftrag, diese Hornochsen, die sich jedem vernünftigen Rat verwehren werden, hierher zurückzugeleiten … und euer Leben dafür einzusetzen, dass sie hier auch ankommen. Mein Rat ist, seid dankbar für jeden, der sich weigert mitzukommen, denn je weniger euch behindern, umso größer ist die Wahrscheinlichkeit, dass ihr die Festung wiederseht. Und jetzt fort mit euch.«

Es gab nicht viele Seras unter den Rekruten, Firande war in unserer Tenet die einzige, gerade groß genug, dass man eine Rüstung für sie hatte finden können, und, wie der Rest von uns, nicht annähernd ausreichend darin geübt, sie auch zu tragen, geschweige denn darin zu kämpfen. Die Rüstungen der kaiserlichen Legionäre waren zurecht als Meisterwerke der Rüstungsschmiede berühmt, aber, wie mir Serafine einmal erzählt hatte, dauerte es ein gutes Jahr, bis man die Muskeln entwickelte, die es brauchte, um sich darin anständig zu bewegen. Jedem von uns, auch mir, schienen die Rüstungen noch zu groß; damit sie wenigstens einigermaßen passten, hatten einige sogar zwei der gepolsterten Jacken angezogen, die man uns zugeteilt hatte.

Schwertsergeant Anders war gnädig mit uns verfahren. Alkith lag keine zwei Wegkerzen von der Feste Braunfels entfernt, Dormuth vier und Akenstein sieben … und sie lagen alle auf demselben Weg, sodass wir zumindest bis Alkith gemeinsam marschieren konnten.

Schwertrekrut Firande besaß braune Haare, dunkelblaue Augen und ein weites Lächeln, und wir wussten alle, dass Sergeant Anders sie lieber zum Kartoffelschälen eingesetzt hätte, als dafür, eine Streife ins Feindgebiet zu führen. Denn das war es, egal, ob die Karten das Land um Braunfels herum mit dem kaiserlichen Drachen markierten oder nicht. Ich hätte es nicht anders gehandhabt. Oder sie vielleicht doch zum Kartoffelschälen abgestellt. Es gab bei den kaiserlichen Legionen genügend weibliche Soldaten, die mir Respekt abnötigten, aber viele hatten einen hohen Preis dafür bezahlt. Dass in den Legionen auch Frauen dienten, war etwas, das mir nicht sonderlich gefiel.

Kaum eine Kerzenlänge später brachen wir auf. Jeder von uns war wie ein Lastesel bepackt, mit Schwert, Schild und einem Packen, der das Nötigste für drei Tage enthielt: Wasserschlauch, Dörrfleisch, Käse, schwarzes Brot und Dauerwurst, dazu noch Wetzstein, ein kleiner metallener Spiegel, Angelschnur, Zunderkästchen und andere Dinge, die der Zeugwart für notwendig erachtete, zwei von uns führten zudem leichte kaiserliche Armbrüste mit je zweimal zwanzig Bolzen mit sich.

Mit dem Wetter hatten wir Glück; auch wenn in der Ferne dunkle Wolken heranzogen, war es ein schöner Tag, und für die Ostmark, wie ich inzwischen wusste, sogar ausgesprochen mild.

Der Weg, dessen tiefe Wagenspuren hier und da mit Steinen aufgefüllt worden waren, erwies sich als nicht allzu schlammig, und wir kamen in der ersten Kerzenlänge gut voran.

Ich wusste, dass die Legionen oft mit Gesang marschierten, wir hätten es vielleicht auch tun sollen. So aber marschierten wir schweigend, und jedes verlassene oder abgebrannte Gehöft, das wir in der Ferne sahen, drückte uns mehr aufs Gemüt. Es war, als gäbe es außer uns keine Lebenden mehr auf dieser Welt.

Zwei Wegkerzen wäre Alkith entfernt, hatte uns Sergeant Anders versichert. Von Schwertmajor Blix wusste ich, dass er davon ausging, dass seine Lanze mehr als drei Meilen in einer Kerzenlänge marschieren konnte, für ihn und seine Lanze mochte es vielleicht sogar zutreffen. Für uns nicht. Schon nach den ersten Schritten schien die Rüstung mich in den Boden ziehen zu wollen, und bevor die erste Kerzenlänge vergangen war, brannten meine Schultern von dem Gewicht der schweren Panzerung.

Der Rüstungsschmied hatte Platz für die Muskeln gelassen, die wir noch nicht besaßen, und auch der Versuch, die Rüstung auszupolstern, führte nur dazu, dass es an den unmöglichsten Stellen scheuerte und drückte.

Davon abgesehen, waren wir alles andere als leise. Unsere Waffen und Rüstungsteile schepperten so sehr, dass man uns schon von Weitem kommen hören konnte, wie die Krähen, die von dem Pritschenwagen dort vorne aufstiegen, noch bevor wir ihn richtig sehen konnten. Bis hierhin war der Weg verlassen gewesen, nicht eine Menschenseele hatten wir gesehen, nur einen kleinen Hund, der erst angerannt kam, als ob er froh wäre, uns zu sehen, um dann zu bellen, auf seinen Hinterpfoten zu tanzen und schließlich in Richtung eines fernen Gehöfts davonzulaufen … und dann stehen zu bleiben und erneut zu bellen, als ob er uns auffordern wollte, ihm endlich zu folgen.

Dreimal tat er das, schließlich blieb er am Wegrand sitzen und sah uns nach … selbst als wir ihn nicht mehr sehen konnten, hörten wir ihn noch heulen. Wir wussten, was er uns hatte zeigen wollen.

Danach hätte auch Gesang den grimmigen Gesichtern meiner Kameraden wohl kaum geholfen.

Der Wagen, den wir fanden, war einer dieser niedrigen, mehr schlecht als recht zurechtgezimmerten Pritschenwagen mit einem festen Kutschbock, gerade groß genug, um von einem Pferd gezogen zu werden. Das lag in seinem Zaumzeug zwischen den Deichseln, von ihm waren die meisten Krähen aufgestiegen. Eine schwere Axt hatte dem Tier den Schädel gespalten, und es fehlten Stücke an dem Kadaver, die jemand herausgeschnitten hatte.

Ein Mann mittleren Alters und ein Kleinkind von nicht mal einem Jahr fanden wir seitlich des Wagens, der Vater hatte sich über das Kind geworfen, doch ein Speerstoß hatte sie beide durchbohrt.

Seine junge Frau, vielleicht war es auch die Tochter, fanden wir etwas abseits des Wegs, nahe einer Feuerstelle, wo sich unsere Barbarenfreunde eine Pause gegönnt hatten, um sich am Pferdefleisch und ihrer Beute gütlich zu tun. Um ihren linken Knöchel war ein grobes Hanfseil geknotet, an dem sie, den Spuren nach, zurückgezogen worden war, als sie fliehen wollte. Der blutige Stein, mit dem man sie erschlagen hatte, lag noch immer dort.

»Sie sind mindestens schon seit drei Tagen tot«, stellte einer der Soldaten mit rauer Stimme fest und beugte sich über die junge Frau, um ihr zwei Kupferstücke auf das zu legen, was die Krähen übrig gelassen hatten, da es nicht mehr möglich war, ihr die Augen zu schließen.

Hier gab es genügend Steine, um die Toten schnell zu begraben, es brauchte nicht sehr lange, dann marschierten wir weiter. Ich warf einen Blick zurück, auf die wenigen Habseligkeiten, die um den Wagen herum verstreut waren, ganz offensichtlich hatten sie versucht, sich mit einem Teil ihres Hausrats in der Feste in Sicherheit zu bringen ... das Pferd war schon älter gewesen, und ich konnte mir in etwa vorstellen, wie schnell sie vorangekommen waren ...

Kurz bevor wir Alkith erreichten, begrüßte uns ein Kamerad, der an den Stamm einer großen Eiche genagelt war. Er trug nur den wattierten Waffenrock und wie es aussah, hatte er noch eine Weile gelebt, nachdem man ihm die hölzernen Nägel durch die Gelenke getrieben hatte. In die Borke der

Eiche hatte man Runen geschnitzt, die keiner von uns verstand.

»Wird eine Streife vermisst?«, fragte einer der anderen, doch wir sahen uns nur ratlos an. Wir waren alle erst gestern nach Braunfels gekommen, und unser Kamerad hier war bestimmt schon seit über einer Woche tot, viel hatten die Krähen und anderes Getier von ihm nicht mehr gelassen. Nur dort, wo der wattierte Waffenrock ihn schützte, waren sie nicht weit gekommen. Während wir ihn begruben, gab es kaum eine Hand, die nicht am Schwertgriff lag, oder Augen, die sich nicht ängstlich umsahen.

»Hinter dieser Anhöhe«, meinte Firande und wies mit der gepanzerten Hand die Richtung, während sie mit der anderen eine Karte auf ihrem Oberschenkelschutz gerade strich, »müsste Alkith liegen.«

Wahrscheinlich. Ich hörte nicht richtig zu, ich sah nur gebannt zu dem Reh hin, das aus dem kleinen Wäldchen trat, uns musterte und dann gemächlich davonging.

Alkith ein Dorf zu nennen, wäre zu viel der Ehre gewesen, es war ein Weiler mit ein paar Häusern und Gehöften. Das größte Gebäude war eine Scheune, und das einzige, das zumindest in den Grundmauern aus Stein erbaut worden war, war ein kleiner Gasthof mit einer Schmiede.

Wir hatten den Ort knapp eine Kerzenlänge vor Mittag erreicht und auf den ersten Eindruck schien alles unberührt, doch dass Lanzensergeant Anders mit seinen düsteren Vermutungen recht behalten sollte, wurde uns klar, als wir die eingeschlagenen Türen und offenen Gatter wahrnahmen, den Schemel, der mitten auf dem Pfad zum Brunnen lag, und dass das, was von der Brunnenwinde herabhing, nicht nur die Brunnenkette war.

Armus war derjenige gewesen, der vorsichtig in die Tiefe geschaut hatte, um sich dann, mit einem Ausdruck des Entsetzens im Gesicht, wortlos neben den Brunnen zu erbrechen.

Der Feind hatte einen Unglücklichen mit seinem Gedärm

an der Winde festgebunden und in den Schacht gestürzt. So grausam sein Schicksal uns erschien, hatte er wahrscheinlich noch Glück gehabt. Wir fanden, was von den anderen Dorfbewohnern übrig war, in der Scheune. Man hatte sie, wie die Schweine und die Kühe, die sich dort befunden hatten, abgeschlachtet.

Wir zählten sie, siebenundzwanzig Männer, Frauen und Kinder lagen dort.

»Sie haben die Mädchen und Frauen zwischen zwölf und zweiundzwanzig mitgenommen«, stellte Firande mit rauer Stimme fest, nachdem sie in ihrem Streifenbuch nachgesehen hatte. »Sechs insgesamt.« Sie schluckte und sah suchend zu mir und dem anderen Streifenführer hin, einem jungen Mann aus Aldane, dessen Name ich vergessen hatte.

»Damit ist euer Auftrag erfüllt«, meinte ich. »Seht zu, dass ihr zurück zur Feste kommt.«

»Was ist mit den Toten?«, fragte sie gepresst. »Wir können sie doch hier nicht so liegen lassen.«

»Wir werden sie begraben.« Der Aldane führte das Zeichen der Dreieinigkeit über seiner Brust aus. »Nimm deine Leute und geh.« Er musterte sie mit einem undeutbaren Blick. »Dass du das hast sehen müssen, ist schändlich genug. Wenn du meine Schwester wärst, hätte ich dir den Hintern derart gestriemt, dass du nicht zu den Trommeln hättest kriechen können ... dies ist kein Leben für eine Sera!«

»Es war meine Entscheidung«, entgegnete sie beherzt, und der Aldane nickte müde. »Zudem, mein Bruder und mein Vater sind beide dieses Jahr gestorben. Meine Mutter und meine Schwestern müssen von etwas leben. Wenn ich falle, bekommen sie wenigstens meinen Totensold.«

»Ich verstehe«, sagte er langsam und bewies damit für einen Aldanen überraschende Einsicht. »Dennoch, es wäre uns allen wohler, wenn du nicht fallen würdest. Also sieh zu, dass du von hier verschwindest.«

Dem konnte ich mich nur anschließen.

Jeder von uns führte eine su'Tenet an, ein Zehntel einer

Tenet, also zehn Mann. Von den zwanzig, die blieben und zusahen, wie Firandes su'Tenet den Pfad zurückging und aus unserer Sicht verschwand, dachte wahrscheinlich jeder das Gleiche: Dass wir froh waren, dass sie keinen weiten Weg zurück zur Feste hatten … und jeder von uns am liebsten mit ihr gegangen wäre.

»Also gut«, ordnete der Aldane an, nachdem wir von Firande nichts mehr sahen. »Jeder sucht sich etwas, womit er graben kann …«

»Nein«, erwiderte ich leise und zog ihn etwas zur Seite weg. »Wenn du sie alle begraben willst, wird das bis morgen dauern … die Zeit habt ihr nicht. Wir würden alleine schon eine Glocke verlieren, bis wir wissen, zu wem welches Körperteil gehört. Es dauert einfach zu lange.« Ich wies zur Sonne hoch. »Wenn wir uns beeilen, können wir Dormuth in einer Glocke erreichen … und ihr könnt es noch am Abend zurück zur Feste schaffen.«

»Es wäre ein Frevel, sie so liegen zu lassen«, gab er störrisch zurück. »Wenn wir sie nicht mit einem Gebet begraben, kommen sie vielleicht als Wiedergänger zurück.«

»Dann sprechen wir ein Gebet für alle und brennen die Scheune ab, wenn wir auf dem Rückweg hier durchkommen. Aber nicht jetzt.«

»Im Buch Soltars steht, dass ein jeder verpflichtet ist, den Toten Respekt zu zollen«, beharrte er, aber so, wie er zur Scheune hinsah, war ihm anzumerken, wie wenig erpicht er darauf war, den Ort noch einmal zu betreten.

»Die Lebenden sind wichtiger«, sagte ich und wies auf unsere Kameraden, denen ihre Gedanken ins Gesicht geschrieben standen. Es gab wohl kaum jemanden, der länger als nötig hier verweilen wollte. »Auf dem Rückweg Feuer«, wiederholte ich. »Ein Gebet, das wird reichen. Soltar wird nicht so kleinlich sein, sie vor seinen Toren warten zu lassen, nur weil sie nicht begraben wurden.«

»Zumindest auf das Gebet sollen sie nicht länger warten«, entschied er, und wir gingen zusammen in die Scheune zurück, um ihnen das Leitgebet zu sprechen. Der Gestank von altem Blut und Tod trieb mich fast wieder hinaus, aber die Blöße wollte ich mir nicht geben. Während wir das Gebet sprachen, bewegte sich einer der Toten, und der Aldane wurde bleich, doch es war nichts, es war nur die Verwesung oder die Maden, die den Leichnam hatten nach vorne kippen lassen.

Wir brauchten dann doch länger, um Dormuth zu erreichen. Auf dem Weg fanden wir noch den Kadaver eines Reitpferds, aber keine Spuren seines Reiters … und einen alten Mann, mit einer Schütte zu seinen Füßen, der auf einem Stein nahe dem Wegrand saß, als wäre er nur erschöpft und würde Rast machen. Er hatte die Hände in den Schoß gelegt und saß zusammengesunken da. Die Barbaren hatten ihn wohl nicht getötet, denn es gab keine Spuren einer Verletzung an ihm zu sehen.

»Vielleicht hat er einfach nur aufgegeben«, überlegte einer der Kameraden. »Ich glaube, er hat sich in den Tod geweint.«

»Ja«, sagte ein anderer Rekrut und sah hinüber zu dem abgebrannten Gehöft, das nicht weit von hier zu sehen war. »Er hat vielleicht das dort überlebt … und dann nicht mehr leben wollen.«

Dormuth unterschied sich von dem Weiler vorhin durch zwei Dinge. Zum einen rochen wir die kalte Asche schon, bevor wir den Ort sahen, zum anderen brauchten wir die Einwohner nicht zu suchen, wir fanden ihre Köpfe, sorgfältig aufgereiht, am Wegesrand liegend vor. Der Aldane sah in seinem Streifenbuch nach.

»Vier mehr, als es sein sollten«, stellte er dann mit belegter Stimme fest. »Diesmal haben sie auch die Seras nicht verschont … vielleicht sind darunter ein paar der Seras, die sie aus Alkith mitgenommen haben.«

Von dem Dorf stand nichts mehr, man hatte an jedes Gebäude Feuer gelegt, der süßliche Geruch verriet uns, was mit dem Rest der Körper geschehen war. Der Aldane sah sich um, musterte die dunklen Wolken am Himmel und schaute dann zu mir. »Es sieht nach Regen aus … wenn wir jetzt zurückkehren, werden wir die Hand vor Augen nicht mehr sehen. Wir sollten besser hier in der Nähe rasten.«

»Wenn es regnet, ist es gut, es dämpft die Geräusche«, teilte ich ihm mit. »Und wenn ihr nichts sehen könnt, sieht auch euch niemand. Der Weg ist schwer zu verfehlen … schlafen könnt ihr, wenn ihr wieder sicher in der Feste angekommen seid.«

»Und du, Lenar?«, fragte er. »Was hast du vor?«

»Wir werden ein wenig weitermarschieren«, erklärte ich ihm. »Wir haben etwas mehr als eine Kerzenlänge bis zur Dämmerung. Dann werden wir irgendwo Rast machen.« Ich schaute von den Köpfen zu den rauchenden Ruinen hin, der Anblick war leichter zu ertragen. »Nicht alle Feuer sind vollends erloschen, hier und da schwelt es noch. Es ist keine zwei Tage her, dass das geschehen ist. Je weniger wir sind, desto weniger fallen wir auf.«

Er musterte mich sorgfältig.

»Es ist nicht das erste Mal, dass du so etwas gesehen hast«, meinte er dann.

»Ja«, nickte ich. »Es wird auch nicht das letzte Mal sein.«

Hochkommandant Keralos hatte recht behalten. Es war an der Zeit gewesen, am eigenen Leib zu erfahren, was es hieß, ein kaiserlicher Legionär zu sein. Jetzt stand ich da und sah dem Aldanen nach, wie er mit seiner su'Tenet davonmarschierte und dachte, dass es eine Schande war, mir den Namen des Aldanen nicht gemerkt zu haben. Als ich mich wieder umdrehte, sah ich in zehn müde Gesichter, die von mir wissen wollten, was nun zu tun war. Und ja, der Aldane hatte recht, es würde bald zu regnen anfangen.

»Wir gehen in einer Reihe«, teilte ich ihnen mit. »Die zwei Armbrustschützen an dritter und siebter Position. Du … Petir?«

»Petar, Ser.«

»Petar. Du kümmerst dich nicht um das, was vor uns geschieht, du schaust nur nach hinten. Jeder Zweite schaut nach rechts, die anderen nach links. Wir marschieren nicht, wir gehen. Und jeder schaut bei seinem Vordermann, wo etwas klappert oder die meisten Geräusche entstehen. Wir reden nicht, wir flüstern. Ich gehe an der Spitze, und ihr folgt in zwanzig Schritt Abstand. Wenn ich die Hand hebe, oder stehen bleibe, bleibt ihr stehen, wenn ich mich ducke, duckt ihr euch, und wenn ich mich fallen lasse, will ich euch alle im Dreck liegen sehen, bevor ich selbst dort ankomme.« Ich wies auf das verbrannte Dorf vor uns. »Das ist höchstens zwei Tage her. Wer immer das angerichtet hat, könnte noch in der Nähe sein.«

Als der Regen kam, hatten wir das, was von Dormuth übrig war, bereits ein gutes Stück hinter uns gelassen. Man hatte den Wald um das Dorf herum geschlagen und Felder angelegt; es gab viel fruchtbaren Boden hier. Aber ich war erleichtert, als wir den Wald erreichten. Das nasse Laubwerk dämpfte die Geräusche und gab uns Deckung, wir waren nicht mehr ganz so leicht zu entdecken.

Die Erleichterung hielt nicht lange an, denn dort, abseits des Weges, ein Stück in den Wald hinein, fanden wir einen anderen unserer Kameraden an einen Baum genagelt vor.

Die Regenwolken hatten die Dämmerung beschleunigt, unter dem Laubwerk war es bereits so dunkel, dass man kaum etwas sehen konnte, so war es nicht verwunderlich, dass ich ihn ohne Seelenreißer wahrscheinlich nicht gesehen hätte. Gleich zu Beginn unserer Reise nach Askir war ich für ein paar Tage blind gewesen, damals hatte ich gelernt, mich auf die Wahrnehmung meines Schwertes zu verlassen. Seitdem war ich darin besser geworden, mittlerweile konnte ich durch Seelenreißer alles Leben in einem Umkreis von gut vierzig Schritt wahrnehmen, von dem Hirschkäfer in der Borke bis hin zu unserem Kameraden, dem man hölzerne Nägel durch alle Gelenke getrieben hatte.

Dass ich ihn durch Seelenreißer fühlen konnte, bedeutete aber auch, dass er noch am Leben war.

Ich hob die Hand, und hinter mir hörte das leise Klappern auf. Vorsichtig trat ich näher, doch erst als ich keine zwei Schritt mehr von ihm entfernt stand, bemerkte der Unglückliche mich und hob mühsam den Kopf, um einen gurgelnden Laut auszustoßen.

»Götter!«, rief Bemmert, einer der Rekruten. »Er lebt noch!« Er brach aus der Reihe aus und rannte auf uns zu. »Worauf wartet ihr?«, rief er seinen Kameraden zu. »Wir müssen ihm helfen!«

»Keiner bewegt sich!«, rief ich nach hinten, als die anderen ihm folgen wollten. »Auch du nicht, Bemmert!«

Denn der Legionär am Baum versuchte mir etwas zu sagen. Was ohne Zunge schwierig war, er sah nur immer wieder zu einem Punkt auf dem Boden etwas seitlich von mir und dann hoch zu dem dunklen Laubwerk über uns. Wasser lief von meinem Helm herab und kalt in den Nacken, während ich gegen den Regen blinzelte. Irgendetwas war dort oben und ... »Bemmert!«, schrie ich. »Keinen Schritt weiter! Dort ist ...«

»Willst du ihn da hängen lassen?«, beschwerte sich der Rekrut empört und tat den verhängnisvollen nächsten Schritt, woraufhin ich zu ihm hinsprang, um ihn zu Boden zu reißen, gerade als zu seinen Füßen ein Seil aus dem Laubwerk schoss ... und ein Rauschen und Knarzen von oben kam.

»Lass mich los!«, rief Bemmert empört, schlug mir den gepanzerten Ellenbogen ins Gesicht, drehte sich mit aller Macht aus meinem Griff und stemmte sich mit Händen und Knien gegen meine Versuche, ihn aufzuhalten, um sich empört halb aufzurichten.

Ein Stück Baumstamm, gespickt mit angespitzten Pfählen, rauschte über mich hinweg und riss Bemmert mit sich fort ... ein dumpfes Geräusch war zu vernehmen, als ob jemand einen Kürbis zerschlagen würde, dann folgte der

Aufprall auf dem Baum, an den unser geschundener Kamerad genagelt war.

Laub und Astwerk fielen herab, selbst im weichen Waldboden war die Erschütterung zu spüren … einer der Pfähle hatte sich durch den Legionär tief in den Baum gebohrt. Neben ihm hing Bemmert, dem einer der Pfähle knapp oberhalb seiner Rüstung in den Hals gefahren war.

Vielleicht hätte, wenn ich ihn nicht umgeworfen hätte, seine Rüstung sogar gehalten und er wäre mit Knochenbrüchen davongekommen, so aber hörten seine Füße bereits auf zu zucken.

»Götter«, flüsterte einer der Rekruten.

Ich stand langsam auf und wandte mich den anderen zu, die nun doch ein paar Schritt näher gekommen waren.

»Er war schon halb tot und hat dennoch versucht uns zu warnen«, erklärte ich leise. »Und Bemmert hat es ihm versaut. Die Barbaren wussten, dass wir eine Streife schicken würden … und sie haben uns erwartet.« Ich wies auf den dunklen Wald vor uns. »Irgendwo dort sind sie … oder einer ihrer Späher. Das nächste Mal, wenn einer von euch meinen Befehl missachtet, bringt er sich vielleicht nicht nur selbst um, sondern auch jeden anderen von uns.« Ich sah sie der Reihe nach an, was in der Dunkelheit nicht einfach war. »Haben wir uns verstanden?«

»Aye, Ser«, sagte Armus und schluckte.

»Wartet hier. Jeder Zweite schaut nach links«, erinnerte ich sie, während ich vorsichtig zu Bemmert und dem toten Kameraden ging. Doch wenn es weitere Fallen gab, dann sah ich sie nicht, nur Bemmert und seinen Geist, der sich unverständig umsah. Er bewegte seine Lippen.

Bin ich tot?

Doch bevor ich antworten konnte, zerfaserte er bereits in einem unfühlbaren Wind. Seinen sechzehnten Geburtstag würde er nicht mehr erleben. Ich hängte sein Schwert aus, schnitt ihm seinen Rucksack vom Rücken, anders kam ich nicht daran, und kehrte zu den anderen zurück.

»Verteilt die Lebensmittel untereinander«, wies ich sie an. »Und dann weiter. Wir müssen einen Ort zum Lagern finden.«

»Im Wald?«, fragte einer der Rekruten und schluckte, während er sich furchtsam umsah.

»Ja. Im Wald.«

»Was ist mit Bemmert und dem Kameraden?«, fragte ein anderer.

»Wir werden für ihn beten«, teilte ich ihm mit. »Wenn wir wieder in Braunfels sind. Bis dahin beten wir für uns.«

»Lenar?«, flüsterte einer der Rekruten, während ich, Seelenreißer fest in der Hand, nach vorne spähte. Hier war das Laubwerk etwas lichter, und man konnte ein wenig mehr erkennen.

Ich drehte mich um. »Was gibt es?«, fragte ich genauso leise zurück.

»Diese Wagenspuren sind frisch«, teilte er uns mit und wies auf den Boden, wo ich in der zunehmenden Dunkelheit nur mit Mühe die mit Wasser gefüllten Wagenspuren erkennen konnte. »Noch keine Glocke alt.«

Es mochte sein, dass ein mutiger Händler mit seiner Eskorte und allem Glück der Götter bis hierher durchgekommen war, doch irgendwie glaubte ich nicht daran.

»Sie haben die Wagen überfallen und mitgenommen«, stellte ein anderer Rekrut fest.

»Damit wissen wir dann auch, wer die Unglücklichen waren, die wir an die Bäume genagelt vorfanden«, hauchte ein anderer. »Die Eskorte.«

Sechs Mann für jeden Handelswagen. Das bedeutete, dass vier fehlten … und vielleicht sogar noch am Leben waren. Das bedeutete aber auch, dass sie sich langsam fortbewegten.

Ich sah mich um und traf eine Entscheidung. »Wir verlassen den Weg hier und schlagen uns in den Wald.«

Als wir in den Wald marschierten, sanken unsere schweren Stiefel tief in den weichen Boden ein. Spätestens am

Morgen wäre selbst ein Blinder in der Lage, unsere Spuren zu verfolgen, doch dagegen konnten wir nichts tun.

»Oh Götter«, stöhnte einer der Rekruten. »Wie sind meine armen Füße geschunden worden!«

Er sprach damit aus, was wohl jeder Neuling dachte. Feuchtigkeit und neue Stiefel gingen nicht gut zusammen. Meine Stiefel waren alt, gut eingelaufen und gefettet, insofern ging es mir ein wenig besser.

»Was gäbe ich jetzt für ein Pferd«, meinte ein anderer wehmütig. »Ich hoffe nur, dass die Gerüchte wahr sind und der Lanzengeneral uns allen Pferde geben wird!«

»Ein Pferd würde dir jetzt auch nicht helfen«, stellte Armus fest.

»Doch«, widersprach ein anderer. »Wir könnten es essen.«

»Nicht ohne Feuer«, gab Armus bedrückt zurück und zog seinen nassen Umhang enger um sich.

»Wenn wir schon beim Wünschen sind«, meinte ein anderer sehnsüchtig, »dann hätte ich jetzt gerne einen Gasthof mit einem warmen Kamin, gutem Bier und einer willigen Schankmagd!« Ich sah den weißen Fleck seines Gesichts, als er sich mir zuwandte. »Können wir denn gar kein Feuer machen, auch kein kleines?«

»Selbst hier im Wald kann man den Schein weit sehen … und noch weiter kann man das Feuer riechen«, sagte ich und massierte mir den linken Knöchel, den ich mir eben auf einer Baumwurzel vertreten hatte. Ich wies auf die Baumgruppe, die ich mir ausgesucht hatte, hier standen fünf Bäume recht eng zusammen. »Spannt vier Zeltbahnen zwischen den Bäumen dort, damit wir einen Windschutz haben, und die restlichen zu einem Dach.« Ich stand mühsam auf. »Ich werde die erste Wache halten. Ihr zwei habt dann die nächste Wache.«

»Sollten wir nicht losen?«, meinte einer der Rekruten, die ich ausgedeutet hatte, und klang recht unglücklich dabei. Er war es gewesen, der die Wagenspuren entdeckt hatte, und Armus war bei unserem Gang durch den dunklen Wald nicht ein einziges Mal gestrauchelt. Beide besaßen entweder gute Nachtsicht oder eine hohe Aufmerksamkeit.

»Nein«, antwortete ich ihm. »Das sollten wir nicht.«

Ich konnte mich an einige Gelegenheiten erinnern, die unangenehmer waren, als in einer kühlen, nassen Nacht ohne Feuer zu lagern, vor allem, wenn man in Rüstungen schlafen musste, die in den letzten Glocken scheinbar dreifach an Gewicht zugenommen hatten. Aber viele waren es nicht.

Dennoch schlief ich nach der Wache sofort ein, es half schon, dass die Zeltplanen über uns den Regen wenigstens so weit abhielten, dass er uns nicht in Bächen in den Nacken rann. Es roch nach feuchtem Laub, nasser Wolle, Rost und uns. Ab und zu bewegte sich jemand oder stöhnte leise, während der Regen weiterhin unvermindert auf die Zeltplanen über uns prasselte.

Bevor ich einschlief, dachte ich träge darüber nach, warum, bei allen Göttern, ich mich nur in diese Lage gebracht hatte ...

Das Rätsel der Ostmark

2 »Ihr wollt in die Ostmark gehen?«, fragte Askannons verlorene Kaiserin fast schon empört, während wir zusammen die Kaiserstraße hinauf zur Zitadelle schritten. »Warum das? Wäre es nicht angebrachter, Eurer Freundin Leandra zu helfen?«

»Leandra hat Hilfe genug«, erklärte ich Kaiserin Elsine. »Die Priester können bestätigen, dass die Königin sie zu ihrer Nachfolgerin bestimmte. Sie ist an Steinherz gebunden, das sollte schon reichen, um ihren Anspruch zu sichern. Sie kommt durch ein magisches Tor, über das wir die Stadt von Askir aus versorgen können ... und hat damit fast auch schon die Belagerung gebrochen. Blix wird sie begleiten, und wo

Vernunft nicht ausreicht, wird der Anblick von hundert kaiserlichen Legionären schon für Ruhe sorgen. Sie bringt eine Allianz mit Askir mit und Hoffnung auf Rettung. Niemand, der noch klar denken kann, wird sich gegen sie stellen.«

Ich dachte an die alte Herzogin und fragte mich, ob sie es geschafft hatte, rechtzeitig nach Illian zu kommen. »Außerdem wird sie auch vor Ort Hilfe erfahren. Nein, Leandra braucht mich im Moment nicht. Generalsergeantin Kasale ist ungemein fähig, sie wird die zweite Legion so schnell ins Feld bringen, wie es irgend möglich ist, und hier in Askir ist die Lage ruhig. Das Problem war und ist die Ostmark. Dort stehen fast dreißigtausend hartgesottene Soldaten unter Marschall Hergrimms Befehl, eine Armee, die alleine schon die fünf oder sechs Legionen des Feinds aufhalten könnte, die wir in den Barbarenländern vermuten. Aber nicht, wenn es dem Nekromantenkaiser gelingt, die Barbaren unter seinem Banner zu vereinen. Die Bedrohung ist real. Bis jetzt ist es noch nie vorgekommen, dass die Barbaren vereint angegriffen haben, und auch so war es schon schwer genug, sie zurückzuhalten. Wenn sie gemeinsam mit den schwarzen Legionen marschieren, werden sie uns wie eine Flutwelle überrennen … dann dauert es nicht mehr lange, bis sie vor unseren Mauern stehen.«

»Das können sie so lange tun, wie sie es wollen«, antwortete die ehemalige Kaiserin grimmig. »Nichts wird diese Mauern durchbrechen können.«

»Selbst wenn dem so wäre, nützt es uns wenig«, erklärte ich ihr. »Es verfehlt doch den Sinn, wenn wir hinter unseren Mauern gefangen sind, während der Feind den Rest der sieben Reiche erobert. Auch Askir kann nicht allein gegen diesen Feind bestehen.«

»Ich verstehe nicht, wieso diese Barbaren eine solche Bedrohung geworden sind«, sagte sie, während ich den Gruß einer Gruppe Offiziere erwiderte, die uns dann interessiert hinterhersahen. »Zu meiner Zeit gab es nur vereinzelt Übergriffe … dafür ließ sich der Handel gut an.«

»Das ist eine Weile her«, antwortete ich. Um die siebenhundert Jahre. Während sie in diesen magischen Ketten gefangen lag, hatte sich die Welt verändert. Nach allem, was ich wusste, nicht zum Besten.

»An was habt Ihr gedacht?«, wollte sie wissen. »Ihr habt doch selbst gesagt, dass unsere Legionen unzureichend sind … und es noch Jahre dauern wird, sie auf Stand zu bringen. Zeit, die, so möchte ich anmerken, uns Kolaron schwerlich gewähren wird. Er ist im Vorteil und wird diesen nutzen.«

»Deshalb sind wir hier«, entgegnete ich. »Ich bat meinen Adjutanten, Schwertleutnant Stofisk, nach Büchern über die Barbaren Ausschau zu halten. Er fand eines, das sich eignen könnte, und versprach mir, es für mich zu besorgen. Das war vor dem Überfall, mittlerweile sollte ihm das gelungen sein.«

»Schaut in den Archiven des Eulenturms nach«, riet sie mir. »Ich weiß, dass einige Eulen Zeit im blutigen Land verbrachten.«

Die Archive des Eulenturms waren nur den Eulen, den Maestros des Kaiserreichs, zugänglich, wie sie darauf kam, ich könnte sie selbst durchforsten, erschloss sich mir nicht, doch sie hatte insoweit recht, als dass ich Kaiserin Desina oder die Eule Asela danach fragen konnte. Nur, dass ich diesen beiden zumindest für den Moment nicht gegenübertreten wollte.

»Weshalb nennt Ihr die Ostmark so?«, fragte ich sie, um davon abzulenken. »Ich dachte, damals wäre die Lage nicht so schlimm gewesen?«

»Die Elfen nannten das Land so. Es gab dort vor Jahrtausenden eine Schlacht um eine der wenigen Elfenstädte, die es dort gab. Ich weiß nicht mehr, worum es ging, aber die Kämpfe waren wohl so blutig, dass man sich bis heute darauf besinnt.«

Sie seufzte. »Kennard hat sich schon immer dafür interessiert, er sandte sogar Expeditionen aus, um diese alte Elfenstadt zu finden und dort vielleicht etwas zu lernen. Nicht eine einzige ist je zurückgekehrt. Er sprach oft davon, dass wir selbst dort hinfliegen sollten, um die Stadt zu suchen …« Ein wehmütiges Lächeln umspielte ihren Mund. »Aber irgendwie kam es dann doch nicht dazu.«

Sie blieb stehen und sah mich mit diesen dunklen Augen an, die mich so sehr an Serafine erinnerten. Wie bei vielen, denen die Magie oder das Erbe der Alten oder sogar beides im Blut lag, war sie mit dieser zeitlosen Schönheit gezeichnet. Die Falten, die sie besaß, waren glatt und leicht zu übersehen und zeigten Charakter … dennoch hatten sich die Spuren tiefen Leids in ihr Gesicht gegraben. Irgendwann musste sie viel gelacht haben, die feinen Fältchen an ihren Augen verrieten es, doch die Spuren von Entbehrung waren tiefer in ihr Gesicht gezeichnet. Zudem umgab sie ein Gefühl von tiefer Traurigkeit und leiser Verzweiflung, oftmals, wenn sie sich unbeobachtet glaubte, sah ich Tränen in ihren Augen oder die Mühe, die sie aufwandte, um nicht zusammenzubrechen. In dieser Hinsicht erinnerte sie mich an Asela, wahrscheinlich die einzige Maestra, die Askannons verlorener Kaiserin an Macht gleichkam, und beide Seras hatten unvorstellbar unter dem Nekromantenkaiser gelitten.

Doch während Asela sich wieder zum Kaiserreich bekannte und nun nach bestem Willen und Fähigkeiten Desina unterstützte, hatte mir Sera Elsine gleich zu Anfang mitgeteilt, dass sie nicht nach Askir zurückgekommen war, um dem Kaiserreich zu dienen.

»Ich will meinen Gemahl finden«, hatte sie mir erklärt. »Sonst nichts. Alles andere folgt daraus.« Deshalb hatte sie mir auch das Versprechen abgerungen, dass wir ihre Anwesenheit hier in der Stadt geheim halten sollten.

»Ich frage Euch erneut, was wollt Ihr tun?«, fragte sie mich jetzt. »Ihr seid ein Lanzengeneral, aber Euch fehlen die Truppen. Selbst früher, als das Reich noch mächtig war, wäre es eine Herausforderung gewesen, den Nekromantenkaiser zu besiegen … tatsächlich hat selbst Kennard es damals nicht vermocht, dieses Ungeheuer zu vernichten. Wie Ihr in der heutigen Lage glauben könnt, dass es einen Weg gibt, ihn zur Strecke zu bringen, erschließt sich mir noch immer nicht.«

»Mir auch nicht«, antwortete ich, während ich sie sanft am Arm nahm, um sie einem von hinten nahenden Ochsenkarren aus dem Weg zu ziehen. »Ich weiß nur, dass das Schlachten in der Ostmark ein Ende haben muss. Dafür muss ich wissen, was dort geschieht. Die Berichte, die ich gelesen habe, sind oftmals widersprüchlich, und ich habe das Gefühl, dass die ganze Wahrheit nur vor Ort zu finden ist. Also will ich dort hin und mir mit eigenen Augen ansehen, wie die Lage ist. Und schauen, ob sich etwas ändern lässt. Hauptsächlich deshalb, weil ich das Gefühl nicht loswerde, dass niemand sich bemüht, die Barbaren zu verstehen. Sie müssen einen Grund haben, weshalb sie sich so endlos gegen unsere Mauern werfen! Niemand zieht gerne in den Krieg, es muss etwas geben, das sie dazu zwingt.« Ich sah zu ihr hin. »Zumal Ihr mir bestätigt, dass es einst anders war.«

Sie gewährte mir hinter ihrem Schleier ihr seltenes Lächeln. »Ihr seid ein Träumer, Ser Roderik.«

»So wie Ihr es sagt, klingt es nicht nach einem Vorwurf.«

»Es war auch keiner«, sagte sie sanft. »Es braucht Menschen, die träumen … sie sind es, die neue Wege suchen.« Ihre dunklen Augen musterten mich suchend. »Wie seid Ihr bloß Soldat geworden?«

»Euer Gemahl verzauberte mich und steckte mir einen Ring an.«

»Abgesehen davon?«

»Widerwillig.«

Eine Hand schüttelte mich wach, und in dem ungewissen Licht, das die Dämmerung ankündigte, sah ich Armus' Gesicht über mir.

»Ich habe Stimmen gehört«, flüsterte er mir zu. Ich nickte und stand mühsam auf. Was auch immer sich Soltar dabei gedacht hatte, mir meine Jugend wiederzugeben, meine Knochen und Gelenke hatte er dabei wohl übersehen. Nach einer verregneten Nacht in Rüstung schmerzten sie, als hätten sie jedes meiner Jahre mitgezählt, und ich war steif wie ein Stock. Die unangenehme Feuchtigkeit und Kälte halfen dabei auch nicht weiter.

»Was ist?«, fragte er besorgt, als ich in der Bewegung erstarrte, mich gegen den Baum stützte und tief durchatmete.

»Es ist nichts«, flüsterte ich zurück. »Eine alte Wunde … und mein Rücken. Gebt mir einen Atemzug, dann wird es besser.«

Es brauchte etwas länger, bis ich mich bewegen konnte, ohne dass mir glühende Messer in den Rücken stachen, dann folgte ich ihm so leise, wie ich konnte. Er führte mich etwas tiefer in den Wald hinein und duckte sich, während wir mit unseren Augen die Düsternis zu durchdringen versuchten. Der Regen hatte etwas nachgelassen, und vom Waldboden stieg hier und da bereits der Dunst auf; wahrscheinlich würde es Nebel geben.

»Hört Ihr es?«, fragte er mich leise.

Der junge Mann besaß ein feines Gehör, es brauchte eine Weile, bis ich das ferne Lachen hören konnte.

»Geht zurück und weckt die anderen«, bat ich ihn. »Ich werde kurz erkunden. Wir treffen uns im Lager.«

Ich war nie besonders gut darin gewesen, mich anzuschleichen. Wie Zokora zu behaupten pflegte, machte ich Lärm wie eine ganze Herde Rinder. Im Vergleich zu ihr bestimmt, gegen sie war selbst ein Lufthauch laut. Wahrscheinlich hätte sie quer durch das feindliche Lager schleichen können, ohne dass sie jemand wahrgenommen hätte.

Hier war von Vorteil, dass es im Wald so früh am Morgen noch recht düster war und der immer dichter werdende Frühnebel die Sicht erschwerte und die Geräusche dämpfte. Doch die Wahrnehmung meines Schwerts wurde dadurch nicht gehindert.

Es mochten Barbaren sein, aber sie waren gerissen. Sie wussten, dass früher oder später eine Streife ausgeschickt werden würde und, so wie es schien, erfüllte sie der Gedanke nicht gerade mit Furcht und Schrecken.

Es gab eine Wache, die scheinbar achtlos an einem Baum lehnte und sich das Treiben im Lager besah, ohne allzu viel Aufmerksamkeit auf den Waldrand zu verschwenden. Ein Blinder hätte ihn gesehen. Die zwei, die ein paar Schritte links und rechts von ihm hoch in den Baumwipfeln lauerten, waren hingegen so gut versteckt, dass ich sie, obwohl ich durch Seelenreißer wusste, wo sie waren, dennoch kaum erblicken konnte.

Ich nahm die Einladung nicht an, sondern schlich im Bogen weiter … und fand das gleiche Spiel an anderer Stelle vor. Nur mit Mühe fand ich eine Lücke, dort, wo der kleine Bach, an dem sie lagerten, um einen großen Felsen floss, konnte man sich an dem Stein vorbeischleichen und war auf einer Seite sogar gegen den Beobachter im nächsten Baum gefeit. Der auf der anderen Seite hätte mich vielleicht sehen können, doch auch hier half der Nebel. Zudem hoffte ich, dass er seine Wachsamkeit auf den Waldrand gerichtet hatte. Ich hoffte, kroch und hoffte … und es geschah nichts.

Wo ich jetzt lag, war ich von drei Seiten von dem grauen Stein abgeschirmt, der allerdings für Seelenreißer kein Hindernis bedeutete. Zählte ich die mit, die sich in den Bäumen verborgen hielten, dann hatte ich es hier mit einer Gruppe von gut dreißig Mann zu tun, die Hälfte von ihnen lagerte scheinbar sorglos in Sichtweite. Offenbar beschrieb der Weg durch den Wald hier einen Bogen oder wir hatten uns in der Nacht in der Richtung vertan, so oder so, hätten wir in der Nacht weiter den Weg verfolgt, wir wären ihnen direkt in die Arme gelaufen.

Es war das erste Mal, dass ich einen Barbaren sah. Zokora hatte mir vorgeworfen, ich würde jedes Mal einen sehen, wenn ich mich rasierte, und so unrecht hatte sie damit wohl nicht, aber die Barbaren, die einst die Südlande bevölkert hatten, waren mit diesen hier nicht zu vergleichen.

Auch die Varländer schimpfte man, vor allem in Aldane,

gerne Barbaren, und auch mein Freund Ragnar schämte sich nicht, auf das Spiel einzugehen, aber wo in meiner Heimat eher stämmige Menschen mit dunklen Haaren zu finden waren und die Varländer miteinander im Wettstreit zu liegen schienen, wer von ihnen zuerst so groß wurde, dass er die Monde vom Himmel holen konnte, waren diese hier eher schwarzhaarig und drahtig, wenn nicht schon fast dürr zu nennen und nicht besonders groß.

Woran erkennt man einen Barbaren, hatte mal irgendjemand gefragt. Daran, dass sie Felle tragen und ungewaschen sind. Daraufhin hatte einer der anderen Rekruten gelacht und gemeint, dass dann die meisten Adeligen, die er je gesehen hatte, auch Barbaren wären. Was den Aldanen dazu brachte, das Gegenargument zu bringen, Adelige trügen keine Felle, sondern Pelz, und wenn sie über Wochen die Bäder mieden, nun, dafür hatte man die Duftwasser erfunden.

Wie auch immer, nach einem Tagesmarsch und nach dieser feuchten Nacht stank jeder von uns wie ein Iltis.

Irgendwie fand ich die Barbaren enttäuschend unbarbarisch. Nun, zumindest manche von ihnen trugen auch noch Felle. Meist jedoch waren es eroberte Rüstungsteile oder hart gegerbte Lederrüstungen. Sie liefen auch nicht mit rohen Knüppeln umher, sondern trugen zum größten Teil Schwerter, die wohl aus den Arsenalen der Ostmark stammten, drei von ihnen trugen sogar die Schwerter kaiserlicher Legionäre. Ich sah kurze Lanzen, runde Schilder aus sauber gefügtem und mit gehärtetem Leder überzogenem Holz, Dolche und die kurzen Bögen aus Hirschhorn, die nicht weit schossen, dafür aber oft. Ganz hinten lag, an das hintere Rad eines der beiden Handelswagen gelehnt, auch eine leichte kaiserliche Armbrust.

Mit Lederriemen an das vordere Rad gebunden, entdeckte ich dort zwei Legionäre. Blutig, geschunden und verletzt, aber noch lebend. Auch vier der Mädchen und Frauen aus dem ersten Dorf hatten überlebt, sie wurden mit viel Gelächter und Schlägen dazu ermuntert, die Männer zu bedienen.

Zumindest tranken sie. Zwar nicht aus Totenschädeln, sondern aus dunkelgrünen Flaschen; die aufgebrochene Kiste, die unweit des Lagerfeuers stand, trug eingebrannt den Namen »Fahrentau«. Ich hatte nicht die geringste Ahnung, wie gut der Wein war, unseren Freunden schien er jedenfalls zu munden.

Nun, das also waren die Barbaren der Ostmark. Auf mich wirkten sie wie jede andere Söldnergruppe, die ich je gesehen hatte, es gab nicht einen, der sich die Haare sonderlich lang hatte wachsen lassen, keine Knochen, die sie sich durch die Nase geschoben oder in ihre Barthaare geflochten hatten, was auch daran liegen musste, dass die meisten von ihnen mehr oder weniger rasiert waren ... und wer einen Bart trug, trug ihn kurz gestutzt. Viele von ihnen hatten einzelne Tätowierungen in ihrem Gesicht, aber es gab nur einen, der älter war und auf einem kunstvoll gefertigten Klappstuhl saß, dessen Gesicht über und über mit Tätowierungen bedeckt war. Er trug außer einem Dolch mit einem Griff aus Bein keine Waffe, dafür lehnte an seinem Stuhl ein Stab, der mit dem Schädel einer Katze verziert war. Er trug auch keine Rüstung, sondern kunstvoll verzierte Lederkleidung, eine weite Hose und eine Art lederne Jacke, die ihm, wäre er gestanden, wohl bis zu den Knien gegangen wäre. Er trug sie offen, trotz der Kühle, und auf seiner Brust setzten sich die Tätowierungen fort.

Den anderen Anführer zu finden, war schwerer. Ich fand ihn schließlich etwas abseits, wo er auf einem Stein saß und sich sorgfältig das kaiserliche Langschwert besah, das er auf seinen Knien liegen hatte. Neben dem Schamanen war er der Einzige, der nicht getrunken hatte, seitdem ich sie beobachtete.

Was die Reinlichkeit anging: Weiter unten am Bach ließen sich drei der Barbaren von einer Sklavin waschen.

Keine Heldentaten, hatte Sergeant Anders befohlen. Wir waren zehn, sie mehr als dreißig, wenn es nicht noch ein paar gab, die ich nicht gefunden hatte. Nach den Narben und der gelassenen Ruhe, die sie zeigten, auch wenn sie sich als Köder scheinbar ungeschickt auf Wache stellten, handelte es sich hier um erfahrene Krieger … und von unserer su'Tenet war ich der Einzige, der bislang im Kampf gestanden hatte. Und mit Bemmert hatte ich schon einen der Rekruten verloren.

Es war eine Falle, erinnerte ich mich selbst, als ich wieder zurückkroch. Sie lagerten mitten auf der Straße, damit wir sie leicht finden konnten, machten Lärm und taten unbeschwert.

Wussten sie, dass die fünfte Legion nach Braunfels verlegt worden war und dass sie zum größten Teil aus blutjungen Rekruten bestand, oder galt die Falle den hartgesottenen Schlächtern von Marschall Hergrimm? Sergeant Anders hatte erwähnt, dass man kürzlich eine Raubbande von mehr als zweihundert Mann gesehen hätte … es war wie mit den Wachen, die so offensichtlich waren. Die einzelne Wache war ein Köder, das scheinbar so verletzliche Lager auch.

Irgendwo in der Nähe musste sich der Rest befinden. In Akenstein, so hatte der Sergeant gesagt, lebten fünfhundert Menschen, und sie hatten ihr Dorf befestigt, auch wenn es sich in seinen Augen nur um einen Gartenzaun handelte. Wer hier siedelte, gehörte zu der Sorte Menschen, die sich nicht leicht nehmen ließen, was sie hart erarbeitet hatten; wenn es hier wie in meiner Heimat war, dann wusste jedes Bauernkind, das laufen konnte, schon mit einem Bogen oder zumindest mit einem Messer umzugehen. Abgesehen von Barbaren gab es genügend Gefahren, vorhin erst hatte ich die Spur eines großen Bären gesehen, er hatte in der Nacht unserem Lager einen Besuch abgestattet … und war dann weitergegangen, ohne dass wir ihn bemerkt hatten.

Eine Bande von dreißig Mann konnte sich nicht sicher sein, ob sie den Kampf gegen Dörfler gewinnen konnten, die ums nackte Überleben kämpften. Es musste also mehr von ihnen geben. Zweifelsohne wäre es am klügsten, dem Befehl zu folgen und uns zurückzuziehen, mit etwas Glück konnten wir vor dem Abend wieder in der Feste sein.

Doch von den entführten Seras lebten noch vier, auch wenn

in ihren Augen schon der stumpfe Blick zu sehen war, der so oft auf Gewalt und Schrecken folgte. Man konnte es überleben, passte sich an, musste nur zusehen, wie die Kinder zu Barbaren wurden, und vergaß dann irgendwann, dass es auch ein anderes Leben geben konnte. Und die beiden Legionäre … bei ihnen war es wohl nur eine Frage der Zeit, bis man einen passenden Baum für sie gefunden hatte.

Nachdem Askannons Kaiserin mich einen sturen Kerl geschimpft hatte, seufzte sie vernehmlich. »Vielleicht kann ich Euch helfen, von Thurgau. Nur müsst Ihr etwas für mich tun.« Sie richtete sich gerader auf und atmete tief durch. »Ich hörte, auch Asela wäre die Flucht vor dem Nekromantenkaiser geglückt. Ich muss sie sprechen.«

»Es gibt einen Ort, an dem Asela und ich uns schon öfter getroffen haben«, teilte ich ihr mit. »Den Kaisergarten. Dort … dort, wo auch Euer Grab und das Eurer Tochter zu finden ist.«

»Ja«, sagte sie gefasst und tat eine kleine Geste. »Ich weiß. Geht voran.«

Asela gehörte nicht zu der Sorte, die man finden konnte, wenn sie es nicht wollte. Zudem konnte sie sich überall befinden, hier in Askir, in den Südlanden oder sonst irgendwo im Reich.

Also versuchte ich es gar nicht erst. Ich zog mein Schwert, was Kaiserin Elsine dazu veranlasste, eine elegant geschwungene Augenbraue anzuheben, und dachte angestrengt an die Eule mit den kalten blauen Augen.

Ein Windstoß wehte durch den kleinen Pavillon im Kaisergarten, und Asela stand vor mir, die Hände in den weiten Ärmeln ihres feinen Kettenmantels verborgen, aber mit offener Kapuze und … wie nicht anders zu erwarten, einer hochgezogenen, elegant geschwungenen Augenbraue.

Ich hatte noch nie einen Mann gesehen, der dies so vollendet konnte, es musste etwas sein, das die Seras vor dem Spiegel übten. Zusammen mit diesem teils geduldigen, teils entnervten Blick, der einem so wunderbar vermittelte, dass man ihre sonst so endlose Geduld wie üblich über Gebühr in Anspruch nahm.

Doch dann sah die Eule die Sera, die auf einer Bank nahe dem kleinen Tisch saß, an dem Asela und ich nun schon mehrfach Shah gespielt hatten.

Im Allgemeinen vermittelte die Eule leicht den Eindruck, dass es unter Soltars weitem Himmel nichts gäbe, das sie noch erschüttern könnte. Doch diesmal nicht. Freude, Verzweiflung, Trauer und vielleicht auch Entsetzen zeigten sich in ihren Zügen, während sie scharf die Luft einzog.

»Asela«, begrüßte Askannons Kaiserin die Eule höflich und neigte leicht den Kopf. »Ich bin froh zu sehen, dass es dir gelungen ist, dich aus seinen Klauen zu befreien.«

»Zumindest ist es Euch gelungen«, stellte Asela leise fest. »Ein Zeichen dafür, dass die Götter doch auf Gebete hören.«

»Als ob du froh darüber wärst«, gab die Kaiserin überraschend kühl zurück.

»Es war Asela, die mir den Weg zum Tor wies, das zu Eurem Tempel führte«, verteidigte ich die Eule gegenüber der alten Kaiserin.

»Tatsächlich?«, meinte diese wenig überzeugt.

Offenbar war es für die beiden Seras kein Grund, sich gegenseitig freudig in die Arme zu fallen, nur weil man sich siebenhundert Jahre nicht gesehen hatte.

»Zumindest das war ich Euch schuldig«, sagte die Eule betreten.

Die Kaiserin stand auf und trat ans Geländer, um über den Garten zu schauen, den der Kaiser vor so vielen Jahren für sie angelegt hatte, dann schwenkte ihr Blick zu dem Mausoleum, das im hinteren Teil des Gartens stand.

Sie krallte die Finger so fest in das Geländer, dass die Knöchel weiß hervortraten, schließlich stieß sie sich ab und bedachte die Eule mit einem Blick, der mich hätte flüchten lassen.

»Ich weiß, dass du, Balthasar und Feltor unter dem Einfluss des dunklen Kaisers gestanden habt«, sagte sie dann mit rauer Stimme. »Ich weiß auch, dass er es war, der euch gezwungen hat, mir so nahe zu kommen, dass ich euch hätte angreifen können ... aber wenn jemand einem mit Feuer und Eis ein Bein verbrennt, ist es schwer, an dem Gedanken festzuhalten, dass Kennard es mir nie verzeihen könnte, wenn ich seinen Sohn oder seine Enkelin dafür erschlüge ... und dennoch, du weißt nicht, wie nahe es daran war ... Von denen gepeinigt zu werden, die man lieben sollte, die das Einzige waren, was von Kennard überdauerte ... wie oft ich nahe daran war, euch zu vernichten, nur damit die Pein ein Ende hat.«

»Wir alle wussten es«, hauchte Asela. »Wir konnten nur nichts dagegen tun.«

»Ja«, entgegnete Askannons verlorene Kaiserin. »Balthasar, der seinem Vater kaum in etwas nachstand, und du ... und Feltor, die mächtigsten Eulen, die das Kaiserreich je gesehen hatte ... und ihr wart zu schwach, euch von seinem Joch zu befreien? Nun«, sagte sie mit einem harten Lächeln, »dir ist es anscheinend doch gelungen.«

»Für einen hohen Preis«, antwortete Asela gepresst. »Für einen hohen Preis.« Sie schluckte und strich ihre Robe glatt, nicht, dass dies bei dem schweren Material nötig gewesen wäre, und wandte sich dann mir zu.

»Ihr habt mich sicherlich nicht gerufen, um alte Bekanntschaften aufleben zu lassen. Dennoch bin ich froh, dass Ihr wieder bei Sinnen zu sein scheint.«

»Danke«, erwiderte ich und neigte den Kopf in Richtung der Kaiserin. »Sie half mir zurück.«

»Dann mag es sein, dass wir alle Euch verpflichtet sind«, sagte Asela leise zu ihr.

»Bei Gelegenheit kannst du mir vielleicht erklären, was so besonders an dem Lanzengeneral ist«, meinte die Kaiserin kühl, um sich mit einem Blick zu entschuldigen. »Nichts gegen Euch, Ser Roderik«, fügte sie hinzu. »Aber ich verstehe es nicht.« Bevor jemand etwas sagen konnte, hob sie warnend die Hand. »Kommt mir nicht mit dieser Prophezeiung, Ihr wisst genauso gut wie ich, dass es für jede sogenannte Prophezeiung, die sich zu erfüllen scheint, tausend gibt, die sich nie erfüllen werden!«

»Von Askannon abgesehen, ist er der Erste, der mich je im Shah geschlagen hat«, führte Asela an, und die Kaiserin lachte.

»Hast du vergessen, dass du meist auch gegen mich verloren hast? Balthasar war derjenige, der auf den Feldern eine Herausforderung darstellte ... dir fehlte es stets an Geduld dazu.«

»Ja«, räumte Asela mit unbewegter Miene ein. »Das habe ich wohl vergessen. Lanzengeneral«, fügte sie hinzu, als sie sich wieder mir zuwandte. »Ich muss zur Donnerfeste zurück, ich habe nicht viel Zeit. Allerdings wird Desina mir verzeihen, wenn ich ihr die gute Nachricht bringe, wir waren alle in Sorge um Euch. Jetzt sagt mir, was Ihr von mir wollt, Ihr habt mich sicherlich nicht nur zu einem Schwatz gerufen?«

»Ich wollte dich sprechen, Asela«, sagte Sera Elsine an meiner Stelle. »Ich will, dass du Kaiserin Desina eine Nachricht überbringst.«

»Warum sprecht Ihr nicht selbst mit ihr?«, fragte Asela überrascht. »Es wird leicht möglich sein, dies einzurichten.«

»Weil ich genau das nicht will«, antwortete Askannons verlorene Kaiserin. »Richte ihr einfach aus, dass sie die Krone mit meinen besten Wünschen trägt. Vor allem aber, dass ich mich aus den Belangen des Kaiserreichs heraushalten werde. Ich habe dem Reich genug gegeben.«

Asela musterte sie und nickte langsam. »Wer wüsste das besser als ich«, sagte sie bedrückt. »Also gut. Ich werde es ihr ausrichten. Aber ... Ihr wäret für das Reich von unschätzbarem Wert. Niemand sonst verfügt über Eure Fähigkeiten.«

»Sie waren damals nicht genug, um gegen Kolaron zu bestehen, und werden es auch jetzt nicht sein«, gab Elsine bestimmt zurück. »Ich will das, was von meinem Leben übrig ist, auch leben, irgendwo einen neuen Anfang wagen. Sollte es Gerüchte geben, dann unterbindet sie. Die Kaiserkrone gebührt Desina. Wenn bekannt würde, dass ich noch lebe, könnte es ihren Anspruch schmälern.«

»Das glaube ich zwar nicht«, meinte Asela, »aber ich werde dennoch Euren Wünschen entsprechen.« Sie wandte sich mir zu. »Was ist mit Euch, Lanzengeneral? Seid Ihr wieder bereit zum Dienst?«

Ich war alles andere als bereit dafür. »Nein«, antwortete ich. »Es gibt ... Dinge, die ich tun muss und will. Ich brauche Zeit dazu.«

Asela nickte langsam. »Das ist verständlich. Wie lange? Ihr wolltet den Oberbefehl über die Legionen, jetzt habt Ihr ihn. Ihr müsst wissen, dass eine Menge Arbeit auf Euch wartet.«

Ich überlegte kurz. »Zwei Wochen. Vielleicht drei. Ich will in die Ostmark, mir vor Ort ein Bild machen, denn ich glaube, dass sich dort unser Schicksal entscheiden wird.«

»Fällt die Ostmark, fällt das Kaiserreich«, nickte Asela. »Das sagt man doch, nicht wahr?«

»So ist es leider auch.«

»Gut«, nickte sie. »Sie wird Verständnis dafür haben.« Ein schnelles Lächeln huschte über ihr Gesicht. »Für zwei Wochen, Lanzengeneral.«

»Das könnte zu wenig sein.«

»Es muss reichen.« Der Ton der Eule machte deutlich, dass damit das letzte Wort gesprochen war. »Desina wird Euch in Askir sehen wollen, noch bevor die Krönung stattfindet. Haltet Euch daran.«

So ganz zufrieden war ich nicht, aber mehr konnte ich auch kaum verlangen. »Was meine ... Genesung angeht«, fuhr ich fort, »versuchen wir es ebenfalls geheim zu halten. Kolaron hat seine Spione hier, wir wollen ihnen nicht zu viel an Futter geben.«

»Lanzenobrist Kelter hält das Kommando über die fünfte Legion, die zur Zeit in der Ostmark stationiert ist. Ich werde

Anweisung erteilen, dass er Euch nach bestem Wissen unterstützen soll.«

Ich schüttelte den Kopf. »Ich will auch Oberst Kelter nicht in Bedrängnis bringen, also gehe ich als einfacher Rekrut dorthin. Wenn die Kaiserin darauf beharrt, dann sagt es ihr, aber es wäre mir lieber, wenn auch sie nicht wüsste, was ich tue … ich möchte nicht, dass sie, wenn etwas schiefgeht, in der Verantwortung ist.«

»Nett von Euch gedacht, Ser Roderik«, sagte Asela kühl. »Wenn etwas schiefgeht, steht sie nur so da, als ob sie nicht wüsste, was ihre Offiziere tun. Als ob es nicht schon reichen würde, dass Lanzenobristin Miran sie beständig reizt.«

»Ich hörte, Miran wäre fähig?«

»Ja. Das hörte ich auch. Die Obristin hat es mir selbst gesagt«, gab Asela kühl zurück. »Also gut, Ihr wollt in die Ostmark. Ich habe kürzlich erst ein Tor nach Braunfels geöffnet, es ist in Betrieb. Es dürfte also ein Leichtes sein, dort hinzukommen. Was habt Ihr dort vor?«

»Eine Möglichkeit zum Frieden finden. Es kann nicht sein, dass dies unmöglich ist.«

»Da seid Ihr der Erste, der das denkt«, meinte sie zweifelnd. »Und wie wollt Ihr dieses Wunder vollbringen?«

Ich sah zu Sera Elsine hin, die daraufhin das Wort übernahm.

»Nachdem der Lanzengeneral darauf beharrte, in die Ostmark zu gehen, fiel mir etwas ein, eine Legende, von der mir Kennard berichtet hat.«

»Legenden gibt es viele«, nickte die Eule. »Um welche handelt es sich?«

»Es geht um den Tarn.«

Asela schüttelte den Kopf. »Davon habe ich noch nie gehört. Was ist es?«

»Eine mystische Krone, deren Träger Zwietracht schlichten und das Volk einigen kann. Ein Relikt aus der Zeit der Elfen, aber auch die Barbaren glauben daran. Gäbe es jemanden, der diese Krone trägt, wäre er oder sie geeignet, einen dauerhaften und vor allem bindenden Frieden auszuhandeln.«

Asela nickte langsam. »Einen Versuch wäre es wert. Ihr wisst, wo sich dieser Tarn befindet?«

»Das ist das Problem. Angeblich ist die Krone in Stücke gebrochen. Kennard suchte damals selbst schon nach dieser Krone, hatte jedoch wenig Erfolg. Aber er hat mich einen Zauber gelehrt, der uns helfen sollte, die Teile zu finden. Wir hatten vor, gemeinsam auf die Suche danach zu gehen, sollte sich die Zeit finden.« Ihr Gesicht verdüsterte sich. »Nur dass es dazu nicht mehr gekommen ist.«

»Und Ihr hofft, dass dieser Zauber Euch zu diesen Stücken führen wird?«

Sera Elsine nickte. »Er war gut in solcher Magie, wie du selbst ja weißt. Ich werde den Lanzengeneral begleiten und schauen, ob ich eine Spur des Tarn finden kann … in meiner Fluggestalt kann ich schnell ein größeres Gebiet absuchen.«

»Also helft Ihr doch dem Reich«, sagte Asela lächelnd.

»Nein«, antwortet Askannons Kaiserin und richtete sich gerader auf. »Ich helfe dem Lanzengeneral. Denn Kennard hält sich so gut verborgen, dass selbst ich ihn nicht finden kann. Doch er hat sich von Thurgau schon mehrfach gezeigt.«

Asela musterte sie nachdenklich. »Zumindest seid Ihr davon überzeugt. Meint Ihr wahrhaftig, dass der Kaiser noch lebt?«

»Ich bin mir sicher.«

»Dann wollen wir hoffen, dass Ihr damit recht behaltet. Gut«, nickte Asela. »Ich wünsche Euch beiden in dem Unterfangen viel Erfolg. Und solltet Ihr ihn finden, sagt ihm, dass er einen guten Grund aufweisen sollte, das Reich, das er selbst erschaffen hat, so im Stich zu lassen.«

»Zuerst werde ich ihn fragen, warum er mich im Stich gelassen hat«, entgegnete die Kaiserin kühl.

»Ihr wisst, dass Kolaron Malorbian alles dafür tat, damit

Euer Gemahl nichts davon erfuhr, dass Ihr noch am Leben wart?«

»Das hätte ihn nicht hindern dürfen!«

Asela neigte leicht den Kopf. »Wie Ihr meint.«

Einen Moment herrschte Stille, und ich nutzte die Gelegenheit, um mich an die Eule zu wenden.

»Sagt, was wisst Ihr über die Barbaren dort?«

»Sie tragen Felle, stinken und glauben an Geister. Sie erschlagen jeden, der ihnen nahe kommt. Größere Gruppen haben oftmals zwei Anführer, einen Schamanen, der sich für die Geisterwelt zuständig hält, und eine Art Champion, der sie in den Kampf führt. Der Schamane hat üblicherweise mehr zu sagen.« Sie hob ihre schlanken Schultern und ließ sie wieder fallen. »Das ist es in etwa. Ich musste kürzlich erst in Brandenau aushelfen, als sie die Feste angingen und kann Euch nur raten, sie schneller zu erschlagen, als sie kommen können. Vernunft und Friede gibt es in der Ostmark schon lange nicht mehr. Abgesehen davon, dass sie brennen und sterben, wie jeder andere auch, ist das alles, was ich Euch zu ihnen sagen kann.«

»Was ist mit diesen Schamanen?«

Sie schüttelte verächtlich den Kopf. »Sie glauben an Naturgeister und Totems, und sie weben ihre Zauber nach dem Muster und glauben sich auch gern von diesen Geistern besessen. Sie tätowieren sich die Haut mit Schutzzeichen und denken sich damit auch gegen Stahl gerüstet ... Ich kann Euch versprechen, dass es Stahl nicht hindert, sie zu durchbohren. Was sie an Magie besitzen, ist, im Wesentlichen, die der Elemente und Trug und Täuschung. Es mag sein, dass einer ihrer Schamanen ein Ungeheuer oder ein Tier beschwört, um Euch damit anzugreifen. Hinterlässt es keine Spuren, ist es Täuschung und Ihr könnt es ignorieren, sollte es Spuren hinterlassen, dann rennt. Keiner ihrer Schamanen kann sich je mit einem Maestro messen, doch Ihr werdet sie leicht erkennen können, sie haben auf jedem Fingerbreit ihres Körpers Tinte verschwendet.«

»Diese Tätowierungen haben keine Kraft?«, fragte ich nach.

»Diese nicht, was nicht bedeutet, dass es nicht möglich ist. Es gab einst einen Elfenstamm, der mit solchen Runen Magie in der Haut verankerte ... wenn die Tätowierungen zu leuchten beginnen, oder sich gar von der Haut abzulösen scheinen, dann habt acht, diese Form der Magie ist außerordentlich mächtig ... und bis vor Kurzem glaubte ich sie vollständig vergessen.« Sie verschränkte die Arme vor ihrer Brust. »Sonst noch etwas, Ser General? Ich muss zu Desina zurück, um sie davon zu überzeugen, Euch diesen ... Urlaub zu gewähren.«

»Ich sagte, dass, wenn sie beharrt ...«, begann ich betreten, doch sie schüttelte den Kopf.

»Ich gebe Eurer Logik recht, Ser Roderik. Überlasst es getrost mir, mit etwas Glück reicht eine Andeutung, dass es besser ist, wenn sie nicht zu viele Fragen stellt. War das jetzt alles?«

»Nein«, erwiderte ich, während sie schon die Hand zu einer Geste hob. »Gibt es eine Möglichkeit, mit Euch in Kontakt zu treten? Außer dem Schwert und dass Ihr zu mir kommen müsst?«

Sie hielt in ihrer Geste inne, obwohl ihre Hand bereits zu schimmern schien. »Ich muss gar nichts, Ser General«, teilte sie mir mit einem harten Lächeln mit. »Wenn Ihr das Schwert haltet und an mich denkt, läutet in gewissem Sinne nur ein kleines Glöckchen ... ich kann es überhören, wenn mir danach ist.« Sie hob die linke Hand, wo sie einen der kaiserlichen Ringe trug. »Versucht es doch mit Eurem Ring«, riet sie mir. »Dafür ist er ja gemacht.« Sie führte die Geste zu Ende aus ... und verschwand mit einem dumpfen Knall direkt vor meinen Augen.

Nun, ich konnte mich nicht beschweren, das Gespräch war erfolgreicher verlaufen, als ich mir erhofft hatte. Allerdings war mir auch die Kühle zwischen den beiden Seras nicht entgangen. Ich wandte mich der Kaiserin zu. »Ihr versteht euch nicht?«

Sie musterte mich und rang sich ein müdes Lächeln ab. »Seid nur nicht zu direkt, Ser Roderik«, sagte sie erschöpft. »Einst habe ich sie geliebt, ich bemühte mich auch darum, alleine schon um Kennards willen, aber wäret Ihr erfreut, einen Foltermeister wiederzusehen, der Euch jahrelang gepeinigt hat?« Sie tat einen leisen Seufzer. »Vorher, als Asela eine junge Eule war ... es war gar nicht möglich, sie nicht zu lieben. Es war, als hätten die Götter alles, was gut an einem Menschen sein konnte, ihr überreichlich zukommen lassen. Dass Kolaron sie zwang, sich an mir zu vergehen, war fast so schmerzhaft wie die Folter selbst ... und auch wenn sie überlebt hat, von dieser jungen Eule, die das Leben stets mit einem Lächeln begrüßte und nur das Gute sah ... von ihr ist, wie Ihr unschwer sehen konntet, nicht viel geblieben.« Sie sah dorthin, wo Asela eben noch gestanden hatte. »Es ist ein Wunder«, sagte sie so leise, dass ich sie kaum hörte, »dass wir beide nicht vollends dem Wahn verfallen sind. Obwohl ...« Ihre Lippen verzogen sich zu einem grimmigen Lächeln. »Wahrhaftig sicher kann ich mir nicht sein.«

Das Recht des Kriegers

3 Ich wusste noch immer nicht, ob die Götter den Menschen einen Weg vorzeichneten oder ob wir selbst die Entscheidungen trafen, aber eines wusste ich mit Bestimmtheit. Der Weg durchs Leben wurde von Entscheidungen geprägt, jede einzelne hatte ihre Konsequenzen. Dieses Gespräch, die Suche nach dem Tarn, mein Wunsch zu erfahren, was wahrhaftig in der Ostmark geschah und was nicht in den Berichten stand, all das hatte mich hierher geführt, mich und diese Rekruten, von denen ich nun verlangen würde, dass sie sich einer Übermacht von Barbaren stellten. Nur weil vor Jahrhunderten jemand etwas darüber in ein Buch geschrieben hatte. Und die Kaiserin mich hatte wissen lassen, dass sich ein Stück des Tarn in der Hand einer Barbarengruppe befinden könnte, die zur Zeit in der Nähe von Braunfels auf Raubzug ging.

»Es sind um die dreißig Barbaren«, teilte ich den anderen mit, während ich in meinem Packen wühlte. »Vielleicht mehr. Sie sind Teil der Raubbande, von der Sergeant Anders gesprochen hat, und der Rest von ihnen wird sicherlich nicht weit weg von hier zu finden sein.« Ich fand den Beutel, den ich gesucht hatte, fast hatte ich schon befürchtet, ihn gar nicht eingepackt zu haben. »Sie halten zwei von uns gefangen, haben sie an das Rad eines der Handelswagen gefesselt, die sie gestohlen haben. Sie sehen mitgenommen aus, aber noch leben sie. Auch vier der entführten Seras leben noch, nur ergeht es ihnen nicht gut dabei. Das Ganze ist eine Falle. Die Barbaren wissen, dass wir in der Nähe sind. Deshalb haben sie weiter vorne neben der Straße gelagert, ganz so, damit wir sie nicht übersehen können.«

»An der Straße?«, fragte einer der Rekruten. »Aber …?«

Ich faltete die Karte auf, sie war feucht geworden, aber man konnte sie noch lesen. Wenn ich die Karte richtig herum hielt und wir uns dort befanden, wo ich dachte, dann zeigte die Karte eine Straße, die schnurgerade durch den Wald verlief. »Es sieht aus, als hätten wir uns in der Nacht verlaufen«, gestand ich und faltete die Karte wieder zusammen. »Nun, wir haben Befehl, uns zur Feste zurückzuziehen, wenn wir auf den Feind treffen. Was bedeuten würde, dass unsere Kameraden nicht mehr lange leben werden … und die Seras wahrscheinlich nicht mehr lange leben wollen.«

»Was habt Ihr vor, Lenar?«, fragte Armus.

Ich sah in die Runde angespannter Gesichter.

»Weiß jemand von euch etwas über die Barbaren hier?«

Jeder Einzelne schüttelte betreten den Kopf. »Nur dass sie blutlüsterne Ungeheuer sind«, meinte einer der Rekruten. »Aber das haben wir ja selbst gesehen.«

»Sie sind abergläubisch«, teilte ich ihnen mit. »Und sie besitzen einen Ehrenkodex.«

»Ach ja?«, fragte Armus überrascht. »Das ist das erste Mal, dass ich davon höre.«

»Was auch daran liegen könnte, dass wir nicht miteinander reden, sondern uns nur gegenseitig erschlagen, wenn wir aufeinander treffen.«

»Sie können sprechen?«, fragte einer der anderen ungläubig. »Ich dachte, sie würden nur grunzen.« So wie er es sagte, meinte er es offensichtlich ernst.

»Glaubt mir, sie können sprechen.« Ich sah sie nacheinander an. »Ich will versuchen, sie zu täuschen. Um ihnen weiszumachen, dass ich einem Totem folge und dass es mir damit zusteht, ihren Anführer herauszufordern.«

»Wofür?«, fragte der Rekrut, der Barbaren nur für Grunzer hielt.

»Wenn ich gewinne, kann ich die Gefangenen von ihnen fordern … und freies Geleit.«

»Und wenn du verlierst?«, fragte Armus.

»Das wäre ziemlich blöde für mich. Das gäbe ihnen das Recht, mit mir zu machen, was sie wollen. Sie sollen ziemlich erfinderisch sein, was das angeht.« Ich sah sie der Reihe nach an. »Der Sergeant hat befohlen, dass wir zurückgehen sollen … das solltet ihr auch tun. Armus hier wird euch zurückführen, er verläuft sich nicht so leicht.«

Der junge Mann straffte seine Schultern. »Das geht nicht«, teilte er mir mit. »Dann würden wir drei zurücklassen und nicht zwei. Zwei sind schon zu viel.« Er sah sich fragend um. Es gab einige, die bei dem Gedanken nicht so glücklich schienen, aber jeder Einzelne von ihnen nickte seine Zustimmung.

»Ich hoffe, du kannst wirklich kämpfen«, flüsterte Armus mir zu, als wir unsere kleine Gruppe durch den Wald in Richtung Feindeslager führten.

»Keine Sorge«, versuchte ich ihn zu beruhigen. »Ich gewinne meistens.«

»Wenigstens hast du nicht gesagt, dass du noch nie einen Kampf verloren hast. Damit hat mich mein Vater beruhigen wollen. Bevor er nicht mehr nach Hause kam.«

»Götter«, flüsterte Armus, nachdem er einen Blick auf das Feindeslager geworfen hatte, und duckte sich wieder hinter den kleinen Hügel. »Ich wollte noch nicht sterben!« Er sah mich mit großen Augen an. »Was machen wir jetzt?«

Auch die anderen sahen mich erwartungsvoll an.

»Es gibt zwei Möglichkeiten. Ihr bleibt hier und beobachtet, was geschieht ... und meldet es dann Sergeant Anders. Oder ...« Ich holte tief Luft. »Ihr kommt mit. Doch ihr müsst euch genau an das halten, was ich euch sage ... sonst geht es uns wie Bemmert.«

Sie sahen sich gegenseitig an. »Wir kommen mit«, meinte dann einer der anderen Rekruten. »Was genau müssen wir tun?«

»Ich hoffe, ihr habt alle eure Gesichtsmasken dabei«, sagte ich, während ich die Schnallen meiner Rüstung löste. »Hat jemand von euch Tusche?«

»Ich«, meldete sich einer der Rekruten, der bislang am wenigsten gesagt hatte. Zumindest er besaß die Statur eines Bullen, wie man sich einen vorstellte, breite Schultern, stämmige Statur ... Man konnte das Stroh in seinen Haaren fast noch sehen, und wie es sich für einen Bullen gehörte, besaß er eine flache Stirn, ausgeprägte Augenbrauen und ein Kinn, mit dem er Steine klopfen konnte. Jetzt wurde er rot und sah verlegen zur Seite weg. »Ich schreibe gerne Gedichte«, gab er verlegen zu. »Vor allem, wenn ich Angst habe.«

Ich sah ihn sprachlos an ... wie die anderen auch. Ich konnte mich so oft ich wollte ermahnen, mich nicht von Äußerlichkeiten leiten zu lassen, es half nichts, es geschah mir immer wieder.

»Wie kommt's?«, traute sich einer der anderen Rekruten zu fragen; für den Moment schienen sogar die Barbaren vergessen.

»Meine Mutter ist eine Bardin gewesen«, erklärte er uns verlegen. »Und mein Mädchen mag die Gedichte auch. Sie ist blind, und ich muss sie ihr vorlesen, aber sie sagt, dass sie so mit meinem Herzen sieht.«

»Warum bei allen Höllen bist du hier, Jenner, wenn du doch zu Hause ein Mädchen hast?«, fragte Armus fast schon empört.

»Die Schwestern der Astarte sagen, es gäbe vielleicht eine Möglichkeit, sie zu heilen. Doch sie erwarten eine Spende.« Er kramte in seiner Tasche und zog ein sorgfältig mit Wachs versiegeltes Tintenfässchen aus fein verziertem Silber heraus. »Es ist das Einzige, das mir von meiner Mutter blieb«, erklärte er. »Deswegen hat mir Kana verboten, es zu verkaufen. Sie sagt, sie will lieber blind bleiben, als das von mir anzunehmen.«

»Also weiß sie nicht, dass du dich verpflichtet hast«, stellte Armus fest.

Jenner sah ihn überrascht an. »Woher ...«

»Glaub mir«, meinte Armus rau. »Sie will dich lieber lebend ohne dieses Fässchen als tot mit.« Er seufzte und sah seine Kameraden an. »Und ich dachte, nur der Abschaum würde sich für die Legion bewerben.«

»So falsch liegst du da nicht«, meinte ein Rekrut mit Namen Simplar grinsend. »Ich war ein Dieb, und als sie mich erwischten, hatte ich die Wahl, mich freiwillig zu melden oder ...« Er zupfte an seinem Ohr. »Und da ich wusste, dass es nirgendwo so leicht ist, an Gold heranzukommen, man muss ja nur faul irgendwo herumliegen, dachte ich, ich versuch mich einfach als Soldat.« Er wies auf seine schlammige Rüstung und sah bedeutsam in Richtung des Feindeslagers. »Wie ihr alle unschwer sehen könnt, lag ich damit richtig.«

Beinahe wäre das Gelächter laut genug gewesen, um die Aufmerksamkeit des Feindes auf uns zu lenken.

Ich musterte die stählernen Gesichter meiner Kameraden und verstand zum ersten Mal, warum es diese Gesichtsmasken gab. Abgesehen davon, dass sie einen schützten, wenn man nur den leichten Helm trug, erfüllten sie ihren Zweck, die grimmige Miene aus Stahl verbarg jede Angst und Unsicherheit. Mit den schlammverdreckten Rüstungen und den verschmutzten Umhängen sahen sie nicht mehr aus wie Rekruten, sondern wie stählerne Legionäre.

Jedem von ihnen hatte Armus, der von uns allen am besten zeichnen konnte, mit Tusche, die er mit Schlamm versetzt hatte, um sie zu strecken, einen stilisierten Wolf auf den linken Brustpanzer gemalt. Ich hatte mich meiner Rüstung entledigt und trug nur das Beinzeug, meine alten Stiefel und mein Schwertgehänge.

»Jetzt glaube ich dir, dass du schon gekämpft hast«, hatte er mir leise mitgeteilt, als er mir den Wolf auf die Brust malte. Denn die hässlichen Wülste der Narbe über meinem Herzen, die der Opferdolch meines Mörders hinterlassen hatte, waren, anders als die an meinem Hals, noch deutlich sichtbar. So wie die Narbe aussah, hatte ich es mir nicht eingebildet, dass der Dolch eisig gebrannt hatte, als er in mein Herz fuhr.

Um meinen Hals trug ich eine schwere Silberkette, an der ein Wolfskopf aus massivem Silber hing. Wo die Kette und das Amulett mich berührten, kribbelte es mir auf der Haut, ganz so, als ob Leandras Funken über mich tanzten. Abgesehen davon fror ich; in kalten, feuchten und nebelverhangenen Wäldern mit bloßem Oberkörper herumzulaufen, hielt ich normalerweise nicht für eine gute Idee.

Die Armbrüste und das Zweihandschwert, das Jenner getragen hatte, hatten wir zurückgelassen, er hatte es gegen Bemmerts Schwert getauscht. Jeder trug ein Schild und die blankgezogene Klinge. Jetzt waren nur noch die Wachen ein Problem ... die in den Bäumen, nicht die, die darauf warteten, dass man sie fand.

»Bist du sicher, dass sie so reagieren, wie du hoffst?«, fragte Armus leise, während er an seiner Gesichtsmaske herumfingerte. Seine Stimme klang seltsam hohl und vielleicht auch ein wenig unheimlich.

»Nein«, antwortete ich ihm. »Aber sie schätzen es, wenn man ihnen offen entgegentritt.« Ich sah die anderen fragend an. »Bereit?«

Neun stählerne Gesichter nickten, neun gepanzerte Fäuste griffen ihre Schwerter fester.

»Dann los«, sagte ich und ging voran.

Die kaiserlichen Legionen übten einen besonderen Schritt, genau drei Fuß lang. Angeblich konnte man nach diesem Maß auch bauen, so genau marschierten die Legionen. Es war ein kurzer Schritt, dafür gedacht, auch über Unebenheiten zu marschieren, und wenn eine Lanze gerüsteter Legionäre durch eine Straße ging, hörte man diesen Schritt von den Häusern widerhallen. Es gehörte zur Legende der Legion, dass der Legionsschritt unaufhaltsam wäre … und vielleicht wussten auch die Barbaren davon. Seit Jahrhunderten hatten sie die Legionäre bis auf Ausnahmen nur auf den Zinnen der Festungen stehen sehen, doch wenn sie klug waren, wussten sie mehr von uns als wir von ihnen.

Auf dem weichen Waldboden hallten unsere Schritte nicht, dafür schlugen wir im Takt zum linken Schritt auf unsere Schilde.

Armus ging hinter mir, ihm folgten vier mal zwei die anderen, in diesem gleichen Schritt, mit diesen unbeweglichen stählernen Gesichtern … und jeder von ihnen sah nur starr geradeaus.

Direkt auf den Barbaren zu, der sich so offen postiert hatte und uns nun schon von Weitem kommen sah und hörte.

Vielleicht war er überrascht gewesen, aber als ich zehn Schritt vor ihm anhielt und mit dem letzten linken Schritt die Schwerter heruntersanken, zeigte er die Überraschung nicht, er musterte uns nur mit einem durchdringenden Blick. Der Nebel hatte sich mittlerweile wieder etwas verzogen, dennoch umzogen uns feine Schwaden.

Ich wies mit meiner rechten Hand hinauf zu den Bäumen, wo sich die anderen zwei versteckt hatten, und sah dann den Mann vor mir wortlos an.

Er war kleiner als ich, vielleicht um die vierzig Jahre alt, in seinem dichten schwarzen Haar fanden sich schon die ersten grauen Strähnen, jetzt, aus der Nähe, sah ich die Narben, die bewiesen, was ich vermutet hatte, der Mann vor mir war ein Veteran vieler Kämpfe … und damit wusste ich, dass dies nicht nur ein gewöhnlicher Raubzug war. Wenn es wichtig war, schickte man erfahrene Soldaten, das würde bei ihnen nicht anders sein.

Ich sah ihn an und wartete. Er schaute von mir zu meinen bewegungslosen Kameraden hinter mir und bellte etwas zu den Bäumen hoch, das meine Ohren schmerzen ließ. Keiner von meinen stählernen Kameraden zuckte, als zwei weitere Barbaren wie Raubvögel aus den Bäumen herabgefahren kamen, sie sprangen nicht, sondern ließen sich an Seilen herab, was dem beeindruckenden Ergebnis keinen Abbruch tat.

Jeder von ihnen trug einen Kurzbogen, ein erbeutetes Schwert, einer zudem zwei Wurfäxte, die in Schlaufen vor seiner Brust hingen.

»Brac at'lu vis«, sagte ich sorgfältig und wies zum Lager hin. »Mar en ker'ma.«

Wenn ich es richtig ausgesprochen hatte, sollte es bedeuten, dass ich ein Krieger war und mein Recht forderte. Das Recht, mich mit ihrem stärksten Krieger zu messen.

Ich hoffte nur, dass ich keine Suppe bestellt hatte.

Keiner der drei Barbaren verriet irgendeine Überraschung, sie musterten uns noch etwas länger und dann, als ich schon befürchtete, ich hätte etwas falsch gemacht, drehte sich der Mann vor mir um und ging wortlos vor. Ich folgte ihm im kurzen Legionsschritt, mit den neun stählernen Kameraden in meinem Rücken.

Armus hatte richtig entschieden, dachte ich, als wir dem Lager näher kamen. Es brauchte keine Schläge auf das Schild mehr, um uns anzukündigen. Jeder hier im Lager sah uns bereits entgegen, auch wenn die Blicke immer wieder zum Waldrand schwenkten, als ob sie erwarteten, dass dort eine Legion aufmarschierte.

Tatsächlich war ich überrascht, dass wir bis hierher gekommen waren. Vielleicht waren es meine schweigenden Kameraden, die Legenden, die auch die Barbaren über die Legionen gehört haben mussten, vielleicht waren sie einfach nur neugierig, was der halbnackte Idiot, der nun vor ihnen stand, von ihnen wollte.

Außer dem Schamanen, der nach seinem Stock gegriffen hatte, und dem Anführer war jeder aufgestanden und hielt seine Waffen griffbereit. Weiter hinten verknotete einer der Barbaren die Zöpfe der entführten Seras miteinander, bevor er sie zu Boden warf, seine Axt ergriff und näher kam.

Dann regte sich einer der blutigen Legionäre am Wagenrad und schaute mich aus zugequollenen Augen an. »Der Namenlose soll mich holen«, nuschelte er undeutlich und spie blutig aus. »Das glaub ich einfach nicht!«

Der Mann, der uns hergeführt hatte, beugte sich zu dem Anführer herunter, der immer noch auf seinem Stein saß, und sagte etwas, worauf er und die anderen Barbaren in Hörweite zu lachen anfingen.

Der Anführer wog das Schwert in seiner Hand, stand auf und hängte es an seinem Gürtel ein, bevor er gemächlich zu mir kam.

»Brac bedeutet Pferd. Br'ac bedeutet Krieger auf Pferd. Braac bedeutet Krieger.« Er grinste breit. »Bist du ein Pferd?«

Ich hörte von ein paar der Barbaren in der Nähe mehr oder weniger unterdrücktes Kichern. Zumindest diejenigen, die sich hier auf meine Kosten vergnügten, verstanden Imperial.

»Du kannst meine Sprache besser als ich deine«, sagte ich höflich. »Es bleibt trotzdem dabei. Ich bin ein Krieger und fordere mein Recht, mit dir zu kämpfen.«

Er musterte die Kette an meinem Hals, das Bild des Wolfs

auf meiner Brust … und vor allem die feurige Narbe über meinem Herzen. »Krieger haben ein Totem. Mein Totem ist die Katze. Was ist dein Totem?«

Er sprach Imperial mit einem gutturalen Unterton in der Stimme, dennoch hatte ich schon andere gehört, die die Sprache des Kaisers weitaus mehr beleidigten.

»Das des Wolfs«, antwortete ich, drehte mich um und wies auf den goldenen Drachen auf unseren Schildern. »Das des Drachen. Und des Bullen.«

»Die fünfte Legion«, stellte er fest. »Bist du mutig oder dumm?«

»Weder das eine noch das andere. Wir sind zehn. Ihr seid nicht mehr als vierzig.« Ich sah zu dem Schamanen hin, der weiter bewegungslos in seinem Klappstuhl saß. »Kann er die Wahrheit erkennen, wenn man sie spricht?«

»Ja«, antwortete mein Gegenüber, während er erst mich und im Anschluss meine regungslosen Kameraden mit einem langen prüfenden Blick bedachte. Was sollte er auch sonst sagen? Er würde wohl kaum zugeben wollen, dass ihre Schamanen etwas nicht konnten, das unsere Priester regelmäßig taten.

»Frag ihn, ob es wahr ist, dass vor wenigen Tagen Legionäre der zweiten Legion einer achtfachen Übermacht getrotzt und die Schlacht gewonnen haben.«

»Ich hörte schon davon«, sagte er und musterte die Rekruten hinter mir und sah sich daraufhin im Lager um. Es gab mehr als einen Krieger, der uns zugehört hatte … und sie tuschelten miteinander, um dann zu den stählernen Gesichtern hinzusehen.

Er wandte sich mir zu.

»Ich bin Ma'tar, der Anführer dieser kor'va. Ich habe es mir mit Schmerz und Blut verdient und neun Männer erschlagen. Wer bist du, dass du es wagst, mich so herauszufordern?«

Es waren Barbaren. Sie hatten zwei Dörfer überfallen, junge Frauen entführt und unsere Kameraden an Bäume genagelt … und Schlimmeres getan. Doch der Mann, der vor mir stand, erschien mir nicht wie ein übler Schlächter. Er war noch keine dreißig Jahre alt, und doch besaß er ein ruhiges Selbstverständnis, um das man ihn beneiden konnte. Auch die Art, wie er mich ansah, offen und direkt, gefiel mir. Irgendwann musste der erste Schritt gegangen werden. Mit weiterem Morden würden die Toten auch keine Gerechtigkeit erfahren.

»Mein Name ist Havald«, sagte ich, leise genug, dass Armus mich wohl nicht hören würde. »Ich weiß nicht, wie viele ich erschlagen habe, aber ich werde der sein, der dich erschlägt.«

»Ha'vald«, murmelte er nachdenklich. »In unserer Sprache bedeutet es Verfluchter. Oder Vergessener.«

»Nicht nur in eurer Sprache.«

»Was willst du?«

»Die Gefangenen. Wir kamen, um zu erkunden, nicht um zu kämpfen, aber wir können sie euch nicht überlassen.«

»Ich verstehe.« Er streckte die Hand aus und fuhr mit dem Zeigefinger leicht über die Narbe über meinem Herzen. »Hast du den erschlagen, der dich hier traf?«

»Nein. Meine Freunde haben ihn gerichtet.«

Er nickte leicht. »Wir werden kämpfen.«

Ein Raunen ging durch die Reihen der Barbarenkrieger und verstummte, als der Schamane sich von seinem Stuhl erhob und langsam auf uns zukam.

»Du wirst nicht gegen ihn kämpfen, Ma'tar«, bestimmte er in gut verständlichem Imperial und trat nun näher heran; zum ersten Mal erkannte ich, dass er blind war und seine Augen grau und glasig waren. »Dieser Mann trägt den Winterwolf in sich, ein Drachen begleitet ihn auf seinem Weg, und der Bulle hört auf ihn. Er ist das, was er sagt. Er trägt drei Totems in seinem Herzen, und er dient nicht nur einem Gott. Gebe ihm die Gefangenen.« Die blinden Augen wandten sich mir zu. »Ich weiß, wer du bist, Ha'vald. Unser Stamm wird das Land des Drachen verlassen.«

»Ich wurde noch nie besiegt, Großvater«, sagte Ma'tar leise.

»Ja«, nickte der Schamane. »Das ist wahr. Wahr ist auch, dass es heute geschehen wird.«

»Es ist entschieden«, beharrte Ma'tar. »Ich kämpfe gegen ihn.«

Der Schamane sah ihn traurig an und nickte … um dann zu seinem Stuhl zurückzugehen.

»Wenn er gewinnt, können er und die Eisernen gehen … mit den Gefangenen«, verkündete Ma'tar den anderen Barbaren.

»So soll es sein«, bekräftigte der Schamane und setzte sich, den Stab mit dem Katzenschädel fest in der Hand. Der bleiche Schädel schien im Licht der frühen Sonne zu schimmern.

Ma'tar nickte mir zu und führte mich etwas abseits des Lagers in die Mitte der Lichtung.

»Ist es gut hier?«, fragte er.

»Ja«, sagte ich. »Han'ara Ma'tar.«

»Du wirst meinen Namen in Erinnerung behalten?«

»Dann habe ich es richtig ausgesprochen.«

Er lachte. »Vielleicht gönne ich dir und deinen Männern doch einen schnellen Tod.«

Er zog sein Schwert und wartete … ich ließ Seelenreißer aus seiner Scheide gleiten. Ma'tars Augen weiteten sich, als er die fahle Klinge sah, er griff das Schwert fester und fast noch im gleichen Lidschlag erfolgte schon sein Angriff.

Seelenreißer beschrieb einen kurzen Bogen, ein heller Klang ertönte, als die fahle Klinge guten kaiserlichen Stahl knapp über dem Griffstück traf, zur Seite schlug, sich aus der Scharte löste und einen weiteren kurzen Bogen beschrieb.

Ich trat zurück.

Ma'tar ließ seine Klinge sinken und griff sich mit einer Hand an den Hals, wo ihm das Blut zwischen den Fingern hervorquoll, bevor er vor mir auf die Knie fiel und dann nach vorne in das Gras, das sich zu meinen Füßen rot verfärbte.

Ich blinzelte und sah mich wieder im Lager stehen, vor Ma'tar, der unter seiner gebräunten Haut bleich geworden war, und dem Schamanen, der den Barbarenführer aus blinden Augen mit einem langen Blick bedachte, bevor er sich an mich wandte.

»Nimm deine Freunde mit, Ha'vald. Wir gehen.« Und an Ma'tar gewandt: »Ich sagte dir, dass wir rotes Gold nicht essen können … und es uns ins Verderben stürzen wird. Wir werden es hier lassen, genau dort, wo du jetzt stehst. Und jeder, der nur eine Münze zurückbehält, wird daran sterben.«

Dann ging er wieder zu seinem Stuhl zurück und setzte sich.

Nun, auch Asela konnte sich irren. Ich fand dieses kleine Kunststück eben beeindruckend genug.

»So soll es sein.« Ma'tar schluckte. »Großvater ist ein weiser Mann.« Er hängte das kaiserliche Langschwert aus und hielt es mir hin. »Du hast es dir gewonnen.«

»Danke«, antwortete ich und nahm die Waffe entgegen. »Habt Ihr Akenstein angegriffen?«

»Nein. Es wurde schon letzte Woche zerstört. Wir sind erst zwei Tage hier.«

»Was ist mit Dormuth?«

»Das Dorf dort hinten?«

Ich nickte.

»Ja«, sagte er unbewegt. »Wir boten ihnen an, sich zu ergeben. Sie wollten kämpfen. Sie verloren.« Er zuckte mit den Schultern. »So ist es im Krieg.«

»Warum ist Krieg?«

»Weil es hier niemals Frieden gab, der nicht gebrochen wurde.«

»Warum habt ihr den Frieden gebrochen?«, fragte ich.

Er schaute mich prüfend an. »Du glaubst, dass wir den Frieden brachen?«

Ich nickte nur.

»Dann irrst du dich.« Er musterte mich, als ob er sich mein Gesicht für alle Ewigkeit einprägen wollte. »Mein Stamm wird von hier weggehen«, sagte er heiser. »Aber es werden andere kommen.«

»Aber ihr werdet nicht mehr gegen uns kämpfen?«

»Nicht solange ich diese kor'va führe.«

»Das ist gut so«, meinte ich. »Sagt, wisst ihr von etwas, das sich der Tarn nennt?«

Seine Augen zogen sich ein wenig zusammen, doch mehr Regung zeigte er nicht.

»Vielleicht. Du stellst seltsame Fragen für einen Fremden.«

»Ich bin hier, weil ich einen Weg suche, diesem Land den Frieden zu bringen. Das Schlachten muss ein Ende haben. Ich hörte, dass jemand, der den Tarn trägt, für euch alle sprechen könnte und mit ihm ein dauerhafter Friede verhandelbar wäre.«

Er musterte mich nachdenklich, dann spielte ein leichtes Lächeln um seine Lippen.

»Großvater sagt, ein wahrer Krieger sucht den Frieden.«

»Ich kenne den Krieg«, sagte ich rau. »Er nutzt vor allem denen, die andere für sich kämpfen und sterben lassen. Da ziehe ich den Frieden vor.«

Wieder nickte er langsam. »Der Tarn ist nur eine Legende«, erklärte er dann bedauernd. »Nicht mehr als das. Eine Legende alleine reicht nicht, um für die Stämme zu sprechen. Sie müssten ihm auch folgen wollen.« Er schüttelte langsam den Kopf. »Du wirst den Frieden hier nicht finden können, Ha'vald. Doch es ehrt dich, dass du ihn suchst.«

Er griff in den Halsausschnitt seiner Lederrüstung und zog einen Beutel heraus, den er zu seinen Füßen ausleerte, gut ein Dutzend rötlich schimmernder Goldstücke fielen klingelnd auf das Gras. Ich brauchte keines aufzunehmen, um die Prägung zu erkennen. In Thalak prägte man die Münzen mit einem höheren Anteil an Kupfer, der Grund, warum es rötlich glänzte.

Er neigte leicht den Kopf. »Vielleicht sehen wir uns wieder.«

»Ja«, nickte ich. »Vielleicht.«

Ich sah ihm nach, wie er erst zu den Seras hinging und ihnen die Zöpfe löste und dann zu den beiden Legionären, der eine von ihnen war noch immer bewusstlos, doch das Grinsen in dem verbeulten Gesicht des anderen war nicht zu übersehen …

»Was genau ist dort geschehen?«, fragte Armus, als wir unser Lager erreichten, während er die Gesichtsplatte aushängte und sichtlich erleichtert den Helm abnahm. Die anderen taten es ihm nach, und ich spürte ihre Blicke auf mir, als sie sich um die Seras und den bewusstlosen Legionär bemühten.

Der andere, der mit dem Grinsen, setzte sich müde in der Nähe auf einen entwurzelten Baumstamm und massierte seine Handgelenke, die von den festen Fesseln wundgescheuert waren. Seine Hände waren von den festen Fesseln noch immer aufgequollen und mussten wie von tausend Nadelstichen brennen. Was ihn nicht daran hinderte, sich bequem gegen die Wurzel zu lehnen und zufrieden zu seufzen.

»Und weshalb hat er dir das Schwert gegeben?«

»Der Schamane riet ihm, meine Forderung zu erfüllen. Sie haben auch versprochen, die Gegend zu verlassen.« Ich benetzte ein Tuch mit Wasser aus meinem Beutel und fing an, mir das Wolfszeichen abzuwaschen.

»Einfach so?«, fragte Armus zweifelnd.

Ich hielt inne. »Nicht einfach so. Ich sagte ihm, dass jeder von ihnen sterben würde, wenn sie es nicht täten. Ich war wohl überzeugend.« Ich sah zu den anderen Rekruten hin, die teilweise unschlüssig herumstanden. »Wir waren alle überzeugend.«

»Was jetzt?«, fragte einer der Rekruten. »Gehen wir nach Akenstein?«

»Nein. Das Dorf gibt es nicht mehr. Wir gehen nach Hause.«

»Den Göttern sei Dank«, meinte Simplar, der ein Dieb gewesen war. »Nicht dafür, dass das Dorf vernichtet ist … mögen die Götter ihre Seelen wohlwollend aufnehmen. Aber dafür, dass es nach Hause geht. Auch wenn ich mich jetzt schon davor fürchte, wie sich meine Füße anfühlen werden, wenn wir wieder da sind. Sag, Lenar, war das Gold, was er dort hat fallen lassen?«

»Ja.«

»Warum haben wir es nicht mitgenommen?«

»Der Schamane sagte, es wäre verflucht.«

»Glaubst du das?«

»Nein«, entgegnete ich. »Ich weiß, dass es so ist.«

Die Blutreiter

4 »Also, Lenar«, setzte Sergeant Anders an, ohne von dem Bericht aufzusehen, der vor ihm auf dem Schreibtisch lag. Daneben lag das Schwert, das mir Ma'tar gegeben hatte. »Das stellt Ihr Euch also darunter vor, wenn Ihr den Befehl erhaltet, Euch zurückzuziehen, sobald Ihr auf den Feind trefft?«

»Nein, Ser«, antwortete ich und sah starr über ihn hinweg an die Wand, wo noch immer die Karte hing. Jemand hatte neben dem Symbol für den Außenposten das Zeichen für eine Ruine nachgetragen, das Gleiche galt für gut ein halbes Dutzend Dörfer im Norden, für jede Farm im weiten Umkreis von Braunfels und für die Brücke, die im Westen über den Fluss Braiya führte. »Es war das, was ich tun musste, als ich feststellte, dass der Feind Gefangene gemacht hat.«

»Hhm«, meinte er. »Hier steht, Ihr seid hingegangen, habt mit dem Barbaren geredet, und er gab Euch die Gefangenen und ließ Euch ziehen. Zudem teilte er Euch mit, dass das Dorf Akenstein bereits vernichtet ist. Habt Ihr nachgesehen?«

»Nein, Ser.«

»Ihr habt ihm geglaubt?«

»Aye, Ser.«

Er bedachte mich mit einem langen Blick.

»Aber Ihr habt ihm die Handelswagen gelassen und die Ausrüstung, die man von unseren Toten erbeutet hat. Bis auf dieses Schwert.«

»Aye, Ser.«

Er nahm das Schwert und zog es eine Handbreit aus der Scheide. Dort, knapp unter dem Griffstick, trug es eine tiefe Scharte, eher eine Kerbe, die gut ein Viertel der Klingenbreite maß. »Warum sollte er Euch ein beschädigtes Schwert geben?«

Ich starrte auf die Kerbe und fühlte, wie es mir kalt den Rücken herunterlief. Ich schätzte üblicherweise Aselas Rat sehr, aber hier hatte sie sich gründlich geirrt.

»Ich weiß es nicht, Ser.«

»Hhm«, sagte er wieder, schob das Schwert in die Scheide zurück und lehnte sich nach hinten, um mich prüfend anzusehen. »Ihr habt Euch unterhalten. Haben sie wirklich so gut unsere Sprache gesprochen, wie Ihr hier schreibt?«

»Aye, Ser. Zumindest die beiden, die etwas gesagt haben.«

»Stabskorporal Frick befand sich drei Tage in ihrer Gefangenschaft. Er hat berichtet, dass nur einer von ihnen gebrochen Imperial sprach. Das deckt sich nicht mit Euren Beobachtungen.«

Was sollte ich dazu sagen? »Aye, Ser.«

»Gut«, meinte er dann nach einem weiteren langen Blick. »Lanzenobrist Kelter hat von dem Vorfall Kenntnis erhalten. In seiner grenzenlosen Weisheit beschloss er, Eure Befehlsverweigerung mit einer Beförderung zu belohnen. Glückwunsch, Lanzensoldat.«

»Danke, Ser.«

»Stabskorporal Frick will Euch sehen«, teilte der Sergeant mir mit. »Ihr könnt ihn drüben beim Zeughaus finden. Noch eines, Lenar.« Seine Augenbrauen zogen sich zusammen. »Ich weiß, dass Ihr und Eldred mir etwas verbergt. Aber Frick und ich … wir kennen uns schon lange. Also habt auch meinen Dank. Aber ich werde Euch so schnell nicht mehr aus den Augen lassen.«

»Aye, Ser.«

»Wegtreten!«

Ich musste etwas herumfragen, bis ich Stabskorporal Frick fand. Als ich den Soldaten an der Lagerausgabe fragte, sah er mich prüfend an.

»Ihr seid Lenar?«

»Aye, Ser.«

»In Ordnung, ich öffne Euch.« Er verschwand aus meinem Sichtfeld, um dann eine mit Stahlbändern verstärkte, schwere Eichentür auf der Seite für mich zu öffnen.

»Geht diesen Gang entlang«, erklärte er mir. »Bis Ihr am Ende eine Tür seht. Die mit der Warnung. Dort seid Ihr richtig.«

Ich fand die Tür. Und die Warnung.

Nur für Zeugwarte. Wer nicht rechnen kann, wird neu sortiert.

Daneben, mit einem Brandeisen ins Holz gebrannt, das Zeichen des Hammerkopfs.

Das war mir ja bereits bestens bekannt. Ich klopfte, und jemand rief »Herein«.

Im Zeughaus wurden nicht nur Waffen und Ausrüstung gelagert, sie verwalteten dort auch alles andere, was eine Armee am Leben erhielt. So war es keine Überraschung, dass die Versorgungstruppen sich, zusammen mit den Federn, eine kleine Messe in einem Raum des Zeughauses eingerichtet hatten, der sich von der großen Messe vor allem dadurch unterschied, dass er gemütlich eingerichtet worden war. Und es Gitter vor den Fenstern gab. Obwohl ich mich doch fragte, wie ein kostbar gefertigtes Spinett seinen Weg in diesen Raum gefunden hatte.

»Da ist er ja«, rief Stabskorporal Frick fröhlich, als ich die Messe betrat. Er stand auf und ging zu einer Anrichte hin, auf der Becher und ein paar Weinflaschen standen, eine offene

Kiste auf dem Boden neben der Anrichte verriet, wo sie hergekommen waren, offenbar bekam ich jetzt doch die Gelegenheit herauszufinden wie Fahrentau schmeckte.

Er war nicht alleine, zwei weitere Unteroffiziere hatten es sich in den Sesseln bequem gemacht und spielten Hüpfstein miteinander. Eine flachsblonde Frau mit kurzen Haaren und grauen Augen, die mich prüfend musterte, und ein Mann, den ich bereits kannte. Schwertsergeant Eldred, der mich mit einem breiten Grinsen begrüßte.

»Gerade rechtzeitig«, erklärte er und warf einen bezeichnenden Blick auf das Brett vor ihm, auf dem zwei schwarze Steine einer Armee von weißen gegenüberstanden. »Damit habe ich einen Grund abzubrechen, ohne zuzugeben, dass sie mich niedermetzelt!«

Der Schwertsergeant hatte die zweifelhafte Ehre, der Erste zu sein, der nach einem Attentat auf eine Eule nicht hingerichtet worden war. Ich hatte die Wunde an Desinas Schläfe selbst gesehen, er hatte sie nur knapp verfehlt; dass er dennoch lebte, verdankte er seiner jahrelangen Freundschaft mit dem Opfer und der Tatsache, dass sie schlichtweg nicht glauben konnte, dass er sie hatte ermorden wollen.

Es hatte sich dann recht schnell ergeben, dass er unter Beeinflussung gestanden hatte. Bis zu diesem Zwischenfall hatte er zur ersten Legion gehört, die traditionell die Drachen, also die Leibwache des Kaisers, stellte und auch die Zitadelle bewachte. Nach dem Anschlag auf die junge Eule, die damals noch nicht Kaiserin gewesen war, hatten ihm seine Kameraden den Rücken zugekehrt, niemand wollte mehr irgendetwas mit ihm zu tun haben. Einmal schon war er beeinflusst worden, wer konnte sich da sicher sein, dass es nicht noch einmal geschah?

In seiner Verzweiflung hatte Eldred mich auf dem Zitadellenplatz abgepasst und um Hilfe gebeten, ich hatte ihn an Zokora verwiesen … und ihn dann erst wiedergesehen, als er mir am Morgen der letzten Kronratssitzung über den Weg gelaufen war.

Frick war schon heran und drückte mir einen Becher in die Hand.

»Trinkt«, grinste er. »Wenn man befördert wird, bekommt man den Rest des Tages frei. Lanzensoldat, heh?« Die Schwellungen in seinem Gesicht waren nur ein wenig zurückgegangen und schillerten in allen Farben, aber offenbar war der Korporal in bester Laune. »Könnt Ihr Euch eigentlich an mich erinnern?«

»Nein«, sagte ich höflich, während ich einen Schluck trank. Der Wein, den er mir eingeschenkt hatte, war ungewässert und so trocken, dass es mir den Mund zusammenzog. Ich hustete. »Ihr müsst mir auf die Sprünge helfen.«

»Gut, nicht wahr?«

Besser als ungekochtes Wasser, das einen auf die Latrine trieb … aber nicht viel mehr. Da blieb ich lieber bei meinem Dünnbier.

»Wir sind uns in der *Silbernen Schlange* begegnet.« Er zog stolz seitlich die Oberlippe hoch, sodass ich seine Zahnlücke bewundern konnte. »Ihr habt mir den Zahn ausgeschlagen«, teilte er mir fröhlich mit. »Das war die Prügelei mit Santer und seinem kleinen Affen Fefre.« Er wandte sich den anderen zu. »Ich habe ihm einen Stuhl auf dem Kopf zerschlagen, und er hat es nicht einmal bemerkt!«

Doch, hatte ich. Jetzt fiel es mir wieder ein. Aber nicht ich hatte ihm den Zahn ausgeschlagen, sondern Serafine.

»Ich sage Euch, ich konnte es kaum glauben, als ich den Lanzengeneral mit diesen verrückten Rekruten aus dem Waldrand kommen sah. Wisst Ihr, wie er aussah? Wie ein Wilder, sage ich Euch, wie ein Wilder! Aber ich habe ihn sofort erkannt!«

»Du hast es uns schon hundertmal erzählt«, meinte die Blonde gelassen. »Willkommen, Lanzengeneral.« Sie musterte mich sorgfältig. »Ich bin Bannersergeant Lannis.«

Ein Rang, der selten und nur aus besonderen Anlässen vergeben wurde. Er stand zwischen einem Stabssergeant und einem Schwertleutnant, war aber in mancher Hinsicht mit dem eines Stabsleutnants zu vergleichen. Bisher war ich noch niemandem begegnet, der diesen Rang trug und wenn, dann hätte ich so jemanden erwartet wie Sergeant Anders, der mehr Dienstjahre auf seinen Schultern trug als drei andere zusammen.

»Ich befehlige die Späher und Scharfschützen«, lieferte sie die Erklärung nach. »Wenigstens so lange, bis sie einen Offizier gefunden haben, der besser geeignet ist.«

»Wofür sie lange brauchen werden«, meinte Schwertsergeant Eldred grinsend. »Als ich von Frick hörte, wer ihn gerettet hat, dachte ich an unsere kleine Unterhaltung zurück. Sie kann Euch die Leute liefern, die Ihr sucht. Alles Verrückte, die sich wohler fühlen, wenn sie vom Feind umgeben sind, als von guten Festungsmauern.«

»Hinzu kommt, dass Marschall Hergrimm das Oberkommando hat und er darauf besteht, dass seine eigenen Leute für ihn spähen. Also sitzen wir uns hier die Ärsche platt«, fügte Lannis hinzu. »Ich bin verwundert, dass Lanzenobrist Kelter es überhaupt durchzusetzen vermochte, dass Legionäre selbstständig Streife gehen können. Bis dahin bestand er immer darauf, dass es gemischte Truppen waren, die selbstverständlich unter dem Befehl seiner Grenztruppen standen.«

»Was du nicht weißt, ist, dass Hergrimm die Bedingung stellte, dass er die Streifenziele vorgibt«, meinte Frick zu ihr. »Weil er will, dass seine Truppen den Ruhm für sich beanspruchen können, die Ostmark für alle sicher zu halten. Wie gut es ihm gelingt, kann man ja unschwer erkennen.«

»Nein«, widersprach Eldred ruhig, ohne sich dazu zu äußern, dass er seinen alten Freund und Kameraden Anders darum gebeten hatte, eine Streife aus blutigen Rekruten zu den zerstörten Dörfern zu entsenden. »Das ist nicht der Grund. Er will verhindern, dass die Kaiserin herausfindet, welches üble Spiel seine Blutreiter treiben. Der Name kommt ja nicht von ungefähr.«

»Könntet Ihr das erläutern, Eldred?«, forderte ich ihn auf

und stellte den Wein ab, um mir einen der Sessel heranzuziehen. »Was ist das für ein übles Spiel, das Hergrimm treibt?«

»Ich glaube nicht, dass er so glücklich darüber ist, was seine Truppen in den Grenzlanden anrichten«, sagte Eldred vorsichtig. »Aber er befürchtet, dass es ihm schadet, wenn es herauskommt. Vor allem vor der Eule Asela hat er so viel Schiss, dass seine Hosen schon zu riechen anfangen, wenn er sie nur sieht. Er weiß sich wahrscheinlich nicht anders zu helfen, als das Verhalten seiner Soldaten zu übersehen.«

»Ich habe mit dem Barbarenanführer gesprochen«, sagte ich.

»Ja«, grinste Lannis breit. »Davon habe ich gehört. Frick hat uns auch das schon hundertmal erzählt.«

»Er sagte, dass nicht sie den Frieden gebrochen hätten.«

»Da ist was dran«, sagte Frick bedächtig. »Es wäre nicht das erste Mal.«

»Was genau geschieht hier?«, fragte ich kühl.

»Nicht nur hier«, meinte Lannis ruhig. Sie musterte meinen Becher, den ich kaum angefasst hatte. »Wollt Ihr lieber Bier?«

»Ja. Danke. Was geschieht hier?«

»Hergrimms Blutreiter verhalten sich, als ob sie die Fürsten dieses Landes wären. Sie pressen den Dörfern Schutzgelder ab, vergreifen sich ungestraft an den Frauen … und gerüchteweise haben sie sich irgendwo da draußen ein Lager eingerichtet, in dem sie Frauen der Barbaren gefangen halten, um ihre gröbsten Gelüste an ihnen auszuleben.« Die Bannersergeantin öffnete die Anrichte und zog ein kleines Bierfass heraus, um es geschickt anzuschlagen und mir einen schäumenden Becher mit dem Dunkelbier zu füllen. »Ob es wahr ist, weiß ich nicht zu sagen, aber ich hörte einmal ein paar der Blutreiter untereinander prahlen, was sie mit einer der Barbarenfrauen angestellt haben, bevor sie zu ihren heidnischen Geistern ging.« Ihre Stimme klang ruhig, fast unbeteiligt, doch ihr Gesicht glich einer steinernen Maske, als sie mir den Bierhumpen reichte. »Eldred erzählte mir, dass Ihr nach einer Möglichkeit sucht, das Schlachten hier in der Ostmark zu beenden«, fuhr sie im gleichen Ton fort. »Abgesehen davon, dass sich die schwarzen Legionen auch hier herumtreiben, wird es niemals Frieden zwischen uns und den Barbaren geben, solange wir so mit ihnen umgehen.«

»Noch etwas«, fügte Eldred hinzu. »Zumindest in Askir seid Ihr aufgeflogen. Schwertrekrut Lenar wurde von einer Streife besoffen aus dem Straßengraben gefischt. Stellt Euch die Überraschung vor, als der Wachhabende erfuhr, dass Schwertrekrut Lenar pünktlich zum Appell erschienen ist und nun schon seit drei Tagen in der schönen Ostmark weilt.«

Er zog ein gefaltetes Blatt aus seinem Ärmelaufschlag und beugte sich vor, um es mir zu reichen. »Ich bin mit einer der Federn hier recht gut bekannt und konnte sie überzeugen, die Nachricht nicht weiterzureichen, aber nur, indem ich sie einweihte, dass unser trinkfreudiger Rekrut in Wahrheit der Ser Lanzengeneral ist.« Er nahm einen Schluck von seinem Wein. »Lange wird es sich jedenfalls nicht mehr geheim halten lassen. Zumal die ganze Legion sich bereits die Mäuler über diesen Rekruten zerreißt, der es irgendwie vollbrachte, die Barbaren kampflos dazu zu bewegen, Gefangene wieder herauszugeben.«

»Warum habt Ihr überhaupt vorgegeben, nur ein einfacher Rekrut zu sein?«, fragte Frick jetzt neugierig. »Wenn Ihr mir die Frage gestatten wollt.«

Ich trank einen Schluck von dem Dunkelbier, das, ganz anders als der Wein, wirklich vorzüglich war, und schaute dann zu Bannersergeantin Lannis hin.

»Ich wollte herausfinden, was hier geschieht. Meiner Erfahrung nach ist die unverblümte Wahrheit selten in Berichten zu finden. Doch genau die will ich wissen.«

»Dann seid Ihr hier richtig«, lachte Eldred. »Vor allem Frick hier bemüht sich schon seit Jahren, dem schönen Wort ›unverblümt‹ eine ganz neue Bedeutung zu verleihen.«

»Ich habe einem Lanzenleutnant, der meinte, er wisse alles besser, deutlich gemacht, dass er seine Befehle dorthin schieben sollte, wo Soltars Licht nicht scheint«, erklärte der Korporal achselzuckend, als ich fragend zu ihm hinsah. »Irgendwie habe ich eine Abneigung gegen dumme Befehle entwickelt, auch wenn es mich scheinbar jedes Mal, wenn ich das Maul aufmache, einen Dienstgrad gekostet hat.«

»Also«, nahm Lannis das Wort wieder auf. »Egal, was Ihr vorhabt, wir sind dabei.«

Eldred nickte zustimmend. »Bei der Gelegenheit, was ist es, das Ihr vorhabt?«

»Etwas treibt die Barbaren immer wieder gegen unsere Grenzen.« Ich trank einen Schluck. »Etwas, das ihnen keine Wahl lässt.« Ich stellte den Humpen ab und musterte die Unteroffiziere. »Ich will wissen, was das ist. Bis jetzt wurden sie immer vernichtend geschlagen, dennoch kommen sie immer wieder.« Ich sah sie der Reihe nach an. »Kann mir jemand sagen, warum sie immer wieder gegen unsere Grenzen stürmen?«

Während Eldred nachdenklich dreinschaute und Lannis die Stirn runzelte, kratzte sich Frick am Kopf.

»Keine Ahnung«, gestand er. »Machen das Barbaren nicht immer so?«

Limark, Brandenau, Braunfels und Wallstadt. Das waren die Namen der vier Grenzfesten, die Meilen vor der eigentlichen Grenze die Ostmark sichern sollten. Nahm man sie nicht ein, bestand die Gefahr, dass die Grenztruppen dem Angreifer in den Rücken fielen, also, so die Überlegung, mussten die Barbaren diese Festungen zuerst erobern. Köder und Amboss zugleich. Das zumindest war die Überlegung. Nach dem, was ich über die Geschichte der Ostmark wusste, hatte man nur vergessen, das auch den Barbaren mitzuteilen.

Fünfmal in den letzten sieben Jahrhunderten waren die Barbaren vorgestürmt und hatten die Grenzfesten vollständig ignoriert, zweimal war es ihnen sogar gelungen, über den Grenzfluss Braiya überzusetzen, und vor etwas über zweihundert Jahren hatte es eine Kriegsbande von fast dreitausend Barbaren sogar vermocht, bis an die Grenzen von Aldane vorzustoßen.

Auf dem Weg ins Innere des Reichs hatten sie eine Spur der Verwüstung hinterlassen. Niemand, so hieß es, könne sich mit ihrer Grausamkeit messen. Ich konnte mir vorstellen, welche Angst und Panik in der Ostmark und im Rest des Kaiserreichs geherrscht haben musste … aber ich verstand nicht, warum sie so gehandelt hatten.

Denn allen Angriffen war eines gemeinsam: Nicht einer der Barbaren, die je die Grenzen überschritten hatten, hatte überlebt, man hatte sie abgeschlachtet wie Hunde und jeden Einzelnen gejagt wie ein waidwundes Tier und zur Strecke gebracht … im wahrsten Sinne des Wortes. In einem der Bücher hatte ich einen Kupferstich gefunden, auf dem ein Lanzenobrist der vierten Legion zusammen mit dem damaligen Marschall ein Feld abging, wo, in ordentlichen Reihen, über zweitausend Köpfe ausgelegt worden waren.

Es ergab keinen Sinn für mich.

Es war nicht so, dass die Barbaren beständig angriffen, es geschah in Wellen, in Abständen zwischen zwanzig und sechzig Jahren; so gab es manchmal lange Zeiten, in denen die Ostgrenzen ruhig waren und unerschrockene Siedler das Land für sich erschlossen. Zeiten, in denen man glaubte, die Gefahr wäre, von kleinen Scharmützeln abgesehen, gebannt.

Bis sie wiederkamen.

Ich verstand auch nicht, warum man den Menschen gestattete, jenseits des Braiya zu siedeln. Wäre das Land leer und unbesiedelt, gäbe es außer den Grenzfesten selbst nichts, das die Barbaren angreifen konnten. Aber das war Angelegenheit der Ostmark, der Titel Marschall stammte noch aus der Zeit, als die Legionen das Land hier verteidigt hatten, in Wahrheit war Marschall Hergrimm ein unangefochtener Herrscher, der in vielen Bereichen freier regieren konnte als zum Beispiel Desina, deren Macht durch einen Stände- und Handelsrat sowie enge kaiserliche Gesetze begrenzt war.

Auch die Priesterschaft der Dreieinigkeit hatte in Askir

einen weitaus größeren Einfluss, als man gemeinhin annehmen konnte. Ein Großteil der Bullen folgte schon aus Tradition den Lehren des Gottes Boron. Ein möglicher Konflikt zwischen der jungen Kaiserin und dem Oberpriester des Glaubens, der, wie ich gehört hatte, zudem recht stur sein konnte, könnte die Legionen leicht lähmen. So mächtig Desina auch war, konnte sie dennoch nicht einfach tun und lassen, was sie wollte.

Marschall Hergrimm kannte solche Probleme nicht, die Ostmark befand sich seit Jahrhunderten unter Kriegsrecht. Der Marschall war, wie seine Vorgänger, mehr ein Tyrann als ein gerechter Herrscher, seine Macht allein dadurch begründet, dass es angeblich eine harte Hand am Zügel brauchte, um gegen den nächsten Ansturm der Barbaren gewappnet zu sein.

Auf dem letzten Kronrat war ein Überlaufen der Ostmark an den Feind gerade noch verhindert worden, doch es hatte tiefe Risse hinterlassen, die nur unzureichend übertüncht worden waren. Der Marschall hatte dem Rest des Kaiserreiches vorgeworfen, auf Kosten der Ostmark ein gutes Leben zu führen, während seine Truppen bluten mussten. Was nicht einer gewissen Wahrheit entbehrte, doch auf der anderen Seite waren es die anderen Reiche, welche die Ostmark mit allem versorgten, was das Land benötigte.

Man sah der Feste Braunfels an, dass sie schon viermal in ihrer Geschichte gefallen war. Immer wieder hatte man sie neu aufgebaut, die Wälle geflickt und versucht, sie besser auf den nächsten Ansturm vorzubereiten.

Das Ergebnis war ein Flickwerk, Wälle aus fest gefügten kaiserlichen Quadern wechselten sich mit Mauern ab, die aus Bruchstein errichtet worden waren, kaum ein Wehrturm, der noch seine ursprüngliche Höhe besaß, dafür gab es andere, die neu errichtet worden waren, um einen Teil der Wallanlagen zu schützen – und die auf mich roh und ungeschlacht oder einfach nur halb fertig wirkten.

Die Feste war in einem unregelmäßigen Rechteck angelegt

und im Groben dreigeteilt. In der Mitte befand sich der zivile Teil der Stadt, von eigenen Wällen geschützt, sodass Hoffnung bestand, hier noch auszuharren, wenn die äußeren Wälle gefallen waren. Dort lag auch die Kommandantur, die sich Lanzenobrist Kelter mit den beiden Grenzlandregimentern des Marschalls teilen musste.

Der südliche Bereich der Feste war diesen Grenzlandregimentern, den Blutreitern, wie sie sich selbst nannten, vorbehalten. Hier drängten sich niedrige Fachwerkhäuser in die Lücken zwischen den Baracken, die entweder Schenken waren oder Hurenhäuser oder, meistens, beides.

Die Straßen dort waren vor Jahrhunderten gepflastert gewesen, doch davon war nicht mehr viel zu sehen. Dreck und Unrat stapelten sich dort, und der Gestank war meiner Nase unerträglich. Dazwischen spielten Kinder, die sich nicht sehr von den verwilderten Hunden unterschieden, die dort nach Nahrung suchten.

Zweitausend Zivilisten lebten hier, und wer das Glück hatte, im mittleren Teil der Feste, wo das Handwerk angesiedelt war, einer Arbeit nachgehen zu können, verdiente sich eine goldene Nase. Doch das waren die wenigsten, die meisten versuchten sich ein elendiges Leben zu erhalten, indem sie die mannigfaltigen Begierden der Soldaten stillten.

Über allem lag ein Schleier der Verzweiflung, der letzte Ansturm auf die Feste lag nur ein paar Tage zurück, noch immer brannten vor den Toren die Scheiterhaufen und überzogen die Feste mit dem Gestank von Tod und Feuer. Wenn einer lachte, war es ein betrunkener Soldat, der mit einer Hure durch die Straßen zog, um seinen Sold zu verprassen, wer sonst lachte, tat es nur, um an eben diesen Sold zu gelangen.

Im Norden der Feste lag der kaiserliche Stützpunkt, sorgsam mit einer Mauer mit niedrigen Türmen und einem streng bewachten Tor von dem Rest des Sündenpfuhls getrennt, der Braunfels war.

Auch hier gab es keine Kanalisation, doch die Straßen wurden gekehrt und waren sauber, die Baracken der Legion aus geradem kaiserlichen Stein errichtet und gepflegt, hier und da sah ich sogar einen kleinen Garten.

Zwischen Hergrimms Grenztruppen und den Legionen herrschte keine Freundschaft, Hergrimms Soldaten warfen den Legionären vor, sich für etwas Besseres zu halten. Und die Legionäre sahen keinen Hinweis darauf, dass sie es nicht waren.

Und doch, wenn es Nacht wurde und der Sold in ihren Taschen brannte, zog es auch die Legionäre zu den Schenken und Hurenhäusern im Süden der Feste. Um dem einen Riegel vorzuschieben, bedurfte es einer schriftlichen Erlaubnis, um den Stützpunkt zu verlassen, einer Erlaubnis, die so gut wie nie erteilt wurde.

Doch ein Soldat ohne Bier und Seras war ein unglücklicher Soldat, deshalb hatte man Soldatenschenken auf dem Stützpunkt errichtet, vier an der Zahl, und ein Hurenhaus, das sich gleich neben einem kleinen Tempel der Astarte befand.

Die Seras, die dort im Haus der Lüste ihre Dienste anboten, hatte man mir als durchaus ansehnlich angepriesen, sie waren reinlich und gesund … und verlangten, neben einer kleinen Spende für die Göttin, so viel für ihre Dienste, dass man sich für die gleiche Summe im Süden ein ganzes Hurenhaus hätte mieten können.

»Nicht, dass diese Hornochsen etwas sparen, wenn sie mit den Huren im Südteil liegen«, hatte Eldred kopfschüttelnd angemerkt. »Man füllt sie ab, gaukelt ihnen die Erfüllung ihrer Wünsche vor … und meist enden sie dann doch ausgeplündert in den Gassen. Woraufhin sie den nächsten Wochensold ansparen müssen, um sich beim Tempel von dem reinigen zu lassen, was ihnen diese Seras als Geschenk mit auf die Reise gaben. Aber erklärt dies einem Bauernburschen, der zum ersten Mal an einem solchen Ort ist … mir scheint es manchmal, als würde Dreck und Verdorbenheit selbst die anziehen, die zuvor niemals daran dachten, ihr Liebchen zu Hause in ihrem Dorf zu hintergehen. Dazu kommt, dass sie sich oft, zu Recht, bestohlen und betrogen fühlen und auf

Rache sinnen … nur um festzustellen, dass sie für die Paradiesverwalter, die ihre Hände auf die Seras halten, keine Gefahr, sondern doch nur Opfer sind. Manchmal erscheint es mir ganz und gar vergeblich, in dicken Bullenschädeln nach Vernunft Ausschau zu halten. Nur wenn sie es eingeprügelt bekommen und überleben, scheinen sie zu lernen.« Er hatte dann verächtlich ausgespien. »Ich, für meinen Teil, bin dankbar für die Seras dort am Tempel, manchmal glaubt man ihnen sogar, dass sie einen mögen.«

Das Haus der Lüste war nicht mein Ziel, dafür eine der Soldatenschenken, sie lag gleich am Tor zum Stützpunkt und war einfach zu finden. Die Schankmädchen, die dort bedienten, waren nicht für Gold zu haben, dafür war die Küche gut und das Bier billig. »Auch wenn die Schenke ihre Tür schon zur siebten Glocke schließt, ist sie die bessere Wahl«, hatte Eldred dazu gemeint. »Der Wirt des Kaiserstein ist ein Veteran, der dem Kaiserreich seine Gesundheit geopfert hat, und ein alter Freund von mir. Wenn wir uns dort treffen, wird er dafür sorgen, dass wir unter uns bleiben, und es wird sich niemand wundern, dass sich dort Soldaten treffen. Abgesehen davon hebt er für mich und meine Freunde immer das beste Stück des Bratens auf.«

In der Ostmark war es merklich kühler als in Askir, vielleicht lag es daran, dass der Wind ungehindert über die Steppe pfeifen konnte, und auch heute Morgen hatte es wieder geregnet, überall stand noch Wasser in den Straßen, was zumindest den Soldaten die Arbeit erleichterte, die das Pech hatten, die Straßen kehren zu müssen. Entsprechend froh war ich, die Schenke schnell zu finden, ich hatte in der letzten Zeit viel zu oft gefroren.

Der Kaiserstein war ein lang gestrecktes, niedriges Gebäude, wie so oft bei kaiserlichen Bauten hatte man nach einem Muster gebaut, so war es nicht verwunderlich, dass die Schenke aussah wie eine halbierte kaiserliche Baracke. Mich wunderte es, trotz des unangenehmen Wetters an den Tischen vor der Schenke eine Gruppe Legionäre vorzufinden, die sich ruhig unterhielten.

Keiner von ihnen trug eine Rüstung, doch alle trugen ihre Waffen griffbereit.

Als ich die Tür der Schenke aufstieß, wurde ich angenehm überrascht. Zwar roch es hier nach altem Bier und Wein, doch die Dielen unter meinen Stiefeln und die langen Tische, ganz offensichtlich aus kaiserlichen Beständen, waren frisch gescheuert. Zwei junge Seras begrüßten mich mit neugierigem Blick und einem scheuen Lächeln, und hinter der Theke schob ein hagerer Mann mit einer Augenklappe Schwertsergeant Eldred einen Bierhumpen über die Theke, während Lannis mit einer der Schankmägde über etwas lachte.

Die Fenster, mit ihren stabilen Läden und Schießscharten, waren weit geöffnet und ließen frische Luft und Licht herein, dennoch war die Schenke bis auf eine kleine Gruppe Soldaten, die an einem Tisch nahe der Theke Würfel spielten, fast wie ausgestorben.

»Da seid Ihr ja«, lachte Lannis und verabschiedete sich mit einem Zwinkern von der Schankmagd. »Wir haben schon auf Euch gewartet.«

Eldred, der gerade einen zweiten Humpen in Empfang nahm, hielt mir den ersten hin. »Das ist er«, teilte er dem Wirt mit. »Lanzengeneral, das ist mein alter Freund und Kamerad Nort. Wir können ihm vertrauen.«

Ich nickte dem Wirt zu, er war mit Sicherheit der dürrste Wirt, den ich je gesehen hatte, er war abgemagert bis auf die Knochen, und das, obwohl die Gerüche aus der Küche mir das Wasser im Mund zusammenlaufen ließen.

»Lasst Euch nicht von seinem Aussehen täuschen, hier gibt es den besten Braten in der ganzen Ostmark«, erklärte Eldred mit einem breiten Grinsen. »Dass er so dünn ist, verdankt er einem Lanzenstich in seinen Bauch, der ihm den Spaß am Essen gründlich verdorben hat.«

»Ich hatte Glück, dass mich ein Priester zusammenflicken konnte«, erklärte der Wirt mit einer Stimme wie ein rauer

Stein. »Doch ich vertrage es nicht mehr, wenn ich zu viel esse.« Er warf einen mahnenden Blick auf seinen alten Freund. »Was nicht bedeutet, dass es mir nicht schmeckt.« Er wies mit seinem Blick zu den vier Soldaten, die in der Ecke Würfel spielten. »Ihr könnt heute hier jedem vertrauen, wen wir nicht kennen, der wird heute keinen Einlass finden.«

»Die anderen warten draußen«, teilte mir Lannis mit. »Dort, wo wir sitzen, kann uns die Wache am Tor gut sehen, niemand wird vermuten, dass wir uns verschwören.«

»Ich wusste nicht, dass wir uns verschwören«, merkte ich an, während ich von Eldred den Humpen entgegennahm.

»Nun, es geht um Geheimnisse, nicht wahr?«, grinste der Sergeant. »Oder habt Ihr den Lanzenobrist ins Vertrauen gezogen?«

»Noch nicht«, antwortete ich, während ich den beiden nach draußen folgte. Dort rückte man auf den Bänken zusammen, sodass ich mich in ihre Mitte setzen konnte.

»Das hier, Leute«, stellte mich Lannis mit einem breiten Grinsen vor, »ist Lanzengeneral von Thurgau.«

»Komisch«, lachte einer der Soldaten. »Für mich sieht er aus wie ein Rekrut.«

»Stimmt es, dass Ihr halbnackt gewesen seid, als Ihr den Barbaren die Gefangenen abgetrotzt habt?«, fragte ein anderer neugierig. »Oder hat Frick wieder übertrieben?«

»Der Scherzbold hier«, meinte Lannis und wies mit ihrem Humpen auf den ersten Sprecher, »ist Lanzensergeant Hanik. Von den Federn. Er ist einer der besten Kartenzeichner, die wir haben, und hat einen untrüglichen Sinn fürs Land. Er weiß stets auf einen Fuß genau, wo er sich befindet. Ich kenne ihn seit Jahren, und auch wenn er nicht zu meinen Spähern gehört, kann man ihm vertrauen.«

Sie wies zu einer dunkelhaarigen Soldatin mit schmalem Gesicht und scharfen grauen Augen hin. »Das hier ist Mahea. Ihre Mutter wurde entführt, und sie wuchs unter den Barbaren auf, bis man sie befreite. Sie spricht ihre Sprache und ist unsere beste Fährtenleserin.«

Sie wies auf die anderen Soldaten, die am Tisch saßen. »Das ist Hulmir. Seine Mutter kommt aus den Varlanden, wie Ihr an seiner Größe sehen könnt, er ist stark wie ein Ochse … nur nicht so dumm. Zeig dem Lanzengeneral deine Geliebte, Hulmir«, fügte sie mit einem breiten Grinsen hinzu.

Der blonde Hüne warf ihr einen scharfen Blick zu, griff nach unten und hob eine leichte Handballiste an, sodass ich sie sehen konnte, leicht in dem Sinn, dass man diese meist auf einem Dreibein benutzte und sie von zwei Mann getragen wurden.

»Ich nenne sie Mechthild«, teilte er mir mit und strich liebevoll über das polierte Metall. »Sie hat schon auf dreihundert Schritt getroffen … und das nicht nur einmal.«

»Das ist Korporal Beren«, sagte sie und wies mit ihrem Becher auf einen unscheinbaren Mann. »Auch er ist eine Feder, er kommt nicht mit, gibt uns aber bei den Federn Rückendeckung.«

»Er hat schon einmal für uns gelogen«, erinnerte mich Eldred, ich nickte dem Mann dafür dann dankend zu.

»Mein Name ist Hefmar«, sagte ein anderer. »Ich gehöre zu den Hammerköpfen und kann Euch alles besorgen, was Ihr aus den kaiserlichen Lagern braucht. Ich kann nicht mit Euch kommen, einer von uns muss hierbleiben, damit die Legionäre nicht verhungern, aber Ihr könnt mir vertrauen.«

»Ich bin Roderik«, teilte ich den anderen mit. »Bis auf offizielle Anlässe sparen wir uns am besten meinen Rang.«

»Jeder von uns«, nahm Eldred das Wort auf, »hat seine Gründe, warum er oder sie sich Euch anschließen will. Ihr … du hast einen gewissen Ruf … Roderik. Das mag eine Rolle spielen, aber die meisten hier sind das Schlachten leid.«

»Die fünfte Legion war vor fünf Jahren schon einmal hier stationiert«, erklärte Lanzensergeant Hanik rau. »Bis auf Eldred haben wir damals alle hier gedient. Wir schützten die Wälle, während die Blutreiter das Land bewachten. Dennoch kam es ab und an vor, dass auch wir die Feste verließen, manchmal, weil wir die Versorgungswagen bewachten, oder aus anderen Gründen. So oder so, als die Fünfte wieder abgezogen wurde, hatten wir alle Blut an unseren Händen.«

»Es gab und gibt Kopfgelder für jeden Barbaren, der erschlagen wird«, erklärte die dunkelhaarige Lanzenkorporalin. »Drei Silber. Für jeden Kopf. Ob der Kopf nun einem Krieger gehörte oder einer Frau oder ihren Kindern. Drei Silber. Die Blutreiter haben mich als Kind befreit … wenn man es Befreiung nennen konnte. Sie ritten in unser Lager, das fast zwei Tagesritte von hier entfernt lag, und erschlugen jeden, ich überlebte nur, weil ich auf Imperial um mein Leben flehen konnte. Meine Mutter stammte aus Rangor, war die Tochter eines Händlers, der meinte, hier in der Ostmark ließe sich leichter Gold verdienen. Nachdem man mich ›gerettet‹ hatte, durfte ich zusehen, wie einer der Blutreiter ihren Kopf aus einem Sack zog, um seine drei Silber zu bekommen.« Sie musterte mich mit ausdruckslosen Augen. »Eldred sagt, Ihr wäret hier, um die Ostmark zu befrieden. Ich sehe keinen Weg dazu, aber wenn es einen gibt, dann werde ich ihn mit Euch gehen.«

»Wie Eldred sagte, wir haben alle unsere Gründe«, meinte Sergeant Hanik. »Doch wenn es einen Weg gibt, das Blutvergießen zu beenden, sind wir dabei. Nur, wie wollt Ihr das bewerkstelligen?«

Eine der Schankmägde kam herbei und trug eine große Platte mit Braten heran und gab mir so die Zeit, meine Antwort zu überlegen.

»Zur Zeit ist es nicht mehr als eine grobe Idee«, teilte ich den anderen mit, während ich mir meinen Teller füllte. »Zuerst gilt es, mehr von den Barbaren zu verstehen.« Ich sah zu Mahea hin. »Ich hoffe, Ihr könnt mir da weiterhelfen, Lanzenkorporal.«

»Soweit ich es vermag«, nickte sie. »Doch ich war sechs Jahre alt, als die Blutreiter kamen, was ich von den Barbaren weiß, ist zum größten Teil das Wissen eines Kindes.«

»Kinder sehen mehr, als viele glauben«, meinte Eldred.

»Sicher«, nickte sie. »Es ist nur die Frage, ob es nützt.«

»Von dem, was ich in Erfahrung brachte«, sprach ich weiter, »scheitert es oft daran, dass jegliche Vereinbarung, die mit den Barbaren getroffen wird, nur an die Person des Anführers gebunden ist. Stirbt er, betrachten die Barbaren jede Vereinbarung als hinfällig.«

»So ist es«, nickte sie. »Manchmal wird ein Anführer herausgefordert, weil man der Meinung ist, dass er den Stamm in eine falsche Richtung führt. Wäre der Nachfolger an das gebunden, was der Vorgänger beschlossen hat, würde eine solche Herausforderung nach dem Denken der Barbaren ihren Sinn verfehlen.«

»Auf der anderen Seite ist ein Anführer verpflichtet, jede Herausforderung anzunehmen, nicht wahr?«

Sie schüttelte den Kopf.

»Sie glauben, dass die Geister den beschützen, den sie auswählen, um den Stamm zu führen. Aber nicht jeder hat das Recht, eine solche Forderung auszusprechen. Der Herausforderer muss einem Totem dienen, ein Krieger und ein Anführer sein. Er muss bewiesen haben, dass andere ihm folgen. Nur dann, wenn daran kein Zweifel besteht, muss die Herausforderung angenommen werden. Gibt es an einem dieser Punkte Zweifel, liegt es an dem Anführer, ob er die Forderung annimmt.«

»So in etwa wie in Aldane, wo ein Bauer einen Ritter nicht zum Duell fordern kann?«, fragte einer der anderen nach.

»Nicht ganz«, gab sie ihm Antwort. »Denn bei den Barbaren ist es möglich … sofern der Bauer auch ein Krieger ist und andere führen kann. Aber den Beweis dazu muss er erst erbringen.«

Dann, dachte ich, hatte ich Glück gehabt, dass die anderen Rekruten mir folgten. Wäre ich alleine gekommen, hätte Ma'tar die Forderung vielleicht doch abgelehnt.

»Was ist, wenn die Herausforderung von dem Anführer eines verfeindeten Stamms kommt?«, fragte ich nach.

»Es ist die Art, wie die Barbaren Streitigkeiten unter den Stämmen lösen, wenn es sonst keine Einigung gibt. Es hat aber den Nachteil, dass der Gewinner eines solchen Zweikampfs den Stamm des Verlierers in seinen Stamm aufnehmen muss.« Sie zuckte mit den Schultern. »Das Leben dort draußen ist karg, die Barbaren sind Nomaden, gerade weil es schwierig ist, genügend Nahrung zu finden. Als ich das erste Mal einen solchen Braten sah, habe ich es kaum glauben können, dass er für so wenige bestimmt war. Der hier«, sagte sie und wies auf den Rest des Bratens zwischen uns, »hätte gereicht, um unseren ganzen Stamm zu ernähren. Wenn man schon die Verantwortung für einen Stamm trägt, wird man sich hüten, sich leichtfertig eine weitere Verpflichtung aufzubürden. Lieber setzt man sich zusammen und berät sich so lange, bis eine Lösung für einen Zwist gefunden ist.«

»Ich wusste nicht, dass sie so vernünftig sind«, meinte Eldred erstaunt. »Warum setzen sie sich dann nicht mit unseren Anführern zusammen und tun das Gleiche hier?«

Alle sahen Mahea fragend an.

»Ich weiß es nicht«, gestand sie. »Aber ich vermute, dass es daran liegt, dass sie uns nicht respektieren. Ich weiß, dass mein Vater die kaiserlichen Truppen feige nannte ... aber ich weiß nicht mehr wieso.«

»Wenn also ein Anführer einen anderen besiegt, ist er verpflichtet, für das Wohlergehen des Stamms des Verlierers zu sorgen?«, fragte ich.

»Es geht darüber hinaus. Der Stamm des Verlierers wird in den Stamm des Gewinners aufgenommen, und es ist eine Frage der Ehre, dass es keinen Unterschied mehr macht, wer vorher zu welchem Stamm gehörte.« Sie zögerte. »So handhaben sie es auch im Kleinen. Wenn ein Krieger einen anderen im Zweikampf erschlägt, muss er sich um die Familie des anderen kümmern und sie als seine akzeptieren.«

»Also, wenn man die Frau eines anderen haben will, erschlägt man den Ehemann und bekommt die Frau?«, fragte einer der anderen ungläubig.

Sie lachte. »Das geht einfacher. Dann würde der Krieger die Frau des anderen umwerben, und es ist ihre Entscheidung, ob sie zu ihm kommt oder nicht. In vielerlei Hinsicht sind die Frauen der Barbaren freier als hier im Kaiserreich. Vergesst nicht, er muss sich auch um die Kinder desjenigen kümmern, den er erschlagen hat ... und der Stamm verliert einen Krieger, was niemand gerne sieht. Nein«, sagte sie und schüttelte den Kopf. »Diese Zweikämpfe werden nur als letztes Mittel gesehen, wenn sich ein Streit nicht anders lösen lässt. Zudem muss der Anführer sie erlauben. Ja, der Sieger muss sich um die Frau des Verlierers kümmern«, fuhr sie mit einem leichten Schmunzeln fort. »Aber sie kann sich einem anderen zuwenden, wenn sie es will. Ihr seht, auch bei den Barbaren bekommt ein Mann die Gunst der Sera nicht, ohne dass er um sie wirbt.«

»Und wie ...«, begann Eldred, doch dann sah er an mir vorbei und stockte. »Uh-oh«, meinte er betreten. »Ich glaube, Lanzengeneral, wir sind soeben aufgeflogen!«

Ich drehte mich um, und dort stand Serafine, die Hände in die Seiten gestützt, und musterte mich mit einem undeutbaren Blick. Obwohl, so wie sie die Augenbrauen zusammenzog, war er doch recht leicht zu deuten. Sie war alles andere als erfreut.

Im Gegensatz zu mir, denn ich konnte mir keinen willkommeneren Anblick vorstellen. An das, was zwischen meinem Erwachen auf der Bahre im Tempel des Soltars und dem Moment lag, an dem mir Kaiserin Elsine den Teil von mir zurückgab, den man mir gestohlen hatte, konnte ich mich kaum erinnern, aber ich wusste, dass sie mich im Tempelgarten aufgesucht hatte. Sie hatte mir etwas Wichtiges gesagt, wenigstens kam es mir so vor ... was genau, wusste ich allerdings nicht mehr. Nur dass ich mich in ihrer Nähe glücklich fühlte.

»Entschuldigt«, bat ich und stand auf, um zu ihr hinzugehen, während ich die Blicke der anderen in meinem Rücken spürte.

»Finna«, sagte ich leise. »Ich kann dir das alles erklären, allerdings kommst du in einem ungünstigen Moment. Lass uns ...«

»Du erinnerst dich wieder.«

Ich nickte und wollte ihr gerade erzählen, wie es dazu gekommen war …

»Gut«, meinte Serafine grimmig. »Dann weißt du, wofür das ist.«

Sie war schon immer schnell gewesen, dennoch hätte ich der Ohrfeige vielleicht ausweichen können, doch ich versuchte es erst gar nicht.

Was ich sofort bereute, denn sie traf mich so hart, dass es mich fast herumriss … Götter, dachte ich, während ich mir die Wange rieb, ich hatte mir in meinem Leben schon einige Ohrfeigen verdient, aber diese hier stach alle anderen aus, die ich je erhalten hatte. Und hinter mir, wie nicht anders zu erwarten, genossen meine neuen Freunde das Schauspiel, das wir ihnen boten … sie pfiffen und johlten, und jemand rief: »Noch mal, ich habe es so nicht richtig sehen können!«

Soviel dazu, dass man in der Legion füreinander einstand!

»Ich denke«, sagte ich und fühlte nach, ob mein Kiefer weiterhin an der richtigen Stelle saß, »das habe ich mir wohl verdient.«

»Weder Leandra noch ich sind Schankhausdirnen«, erklärte Serafine kühl. »Sie ist eine Königin, und ich bin in beiden Fällen von altem Bessareiner Adel. Wenn ich Armin und Faihlyd besuchen würde, kann es geschehen, dass ich auf dem Rücken von Soldaten gehe, die sich mir zu Füßen hingeworfen haben. Weder Leandra noch ich verlangen das von dir … aber dass du uns Bescheid gibst, wenn du dich erinnerst und es dir besser geht … das war doch wohl nicht zu viel verlangt!«

»Ich habe dich aufgesucht«, versuchte ich sie zu beschwichtigen. »Ich ging zur Zitadelle hin und …«

»Mit einer anderen Sera an deiner Seite!«, knurrte sie. »Was ist es nur mit dir und den Seras? Willst du dir einen Harem gönnen? Wie kommt es, dass du nie ohne weibliche Begleitung bist?«

»Ich … so ist es gar nicht!«, versuchte ich zu erklären. »Ich schwöre, dass ich ...« Einer ihrer Mundwinkel zuckte. »Sag, lachst du mich gerade aus?«

»Ja, Havald«, grinste Serafine. »Ich weiß, wer diese Sera war ... und ich würde sehr vermuten, dass sie etwas damit zu tun hat, dass du wieder weißt, wer du gewesen bist.«

»Du bist nicht wütend?«, fragte ich, während ich mir weiter meine Wange rieb und mit der Zunge tastete, ob noch alle Zähne dort waren, wo sie hingehörten.

»Doch«, lächelte Serafine. »Und du wirst dir Mühe geben müssen, das abzuarbeiten ... und die Ohrfeige hast du dir auch redlich verdient. Und jetzt, Ser Lanzengeneral, gehen wir zu einem Ort, wo du mir erklären kannst, was das ganze Spiel hier soll.«

»Dann sind wir genau hier richtig«, meinte ich und wies zu der Bank hin, auf der die anderen saßen.

»Wisst Ihr«, lachte ein Korporal, während er zur Seite rückte, um ihr Platz zu machen. »Eine solche Ohrfeige ist ein Zeichen, sie spricht von wahrer Leidenschaft ... wenn du klug bist, Roddie, dann nimmst du sie zur Frau.«

»Dazu muss sie mir erst einmal verzeihen«, lachte ich und wies mit einer Geste auf die Bank. »Macht Platz für sie an unserem Tisch.«

»Schwertobristin«, begrüßte sie Eldred mit einem breiten Grinsen. »Der Götter Segen und willkommen in Braunfels, dem Hinterteil des Kaiserreichs!«

»Gut gesagt!«, lachte Lannis und zwinkerte ihm zu.

»Du kennst Schwertsergeant Eldred sicher noch«, sagte ich.

»Richtig«, sagte Serafine. »Ihr seid ...«

»Ja«, nickte Eldred grimmig. »Ich bin derjenige, der auf die Kaiserin geschossen hat.«

Eine der Schankmägde hatte den neuen Gast bemerkt und war herausgekommen, ich bestellte ein Bier für mich und schob Serafine meinen Humpen zu, während Eldred weitersprach. »Der General suchte mich hier auf und wollte wissen, ob ich bereit wäre, mein Leben für die Kaiserin zu geben. Und ob ich andere in der Fünften kennen würde, die verrückt genug wären, es uns gleichzutun.«

Serafine musterte die anderen.

»Offenbar habt Ihr sie gefunden.«

»Finna«, erklärte ich. »Du sitzt hier bei dem Ersten Horn der fünften Legion.« Denn so war es auch, im Geheimen oder nicht, wir folgten der alten Tradition der Legionen, für besondere Aufgaben die besten Soldaten der Legion zusammenzufassen. Und wenn ich Lannis glauben konnte, dann waren sie die Besten. Wenigstens wenn es darum ging, weit hinter die feindlichen Linien vorzustoßen.

»Gut«, sagte Serafine. »Fein. Ich fühle mich geehrt. Sag mir, weiß Kelter auch davon?«

»Nein«, antwortete ich ihr. »Er weiß es nicht. Wenn es schiefgeht, will ich nicht, dass er dafür geradestehen muss. Er hat schon genügend daran zu tragen, dass er Aselas Verführungskünsten erlegen ist, und er versucht hier alles, um seinen Ruf wieder reinzuwaschen. Er ist ein wenig stur und uneinsichtig, aber sonst ein guter Mann.«

Serafine nickte langsam. »Und, was genau habt ihr nun vor? Außer euer aller Leben wegzuwerfen? Was soll die Geheimnistuerei?«

»Eigentlich wollen wir nicht sterben«, lachte Eldred. »Weit entfernt davon.«

»Wir wollen den Krieg hier beenden«, erklärte ich ihr. »Das Problem ist, dass man ihn nicht so einfach beenden kann. Wenn ich dich in der Zitadelle angetroffen hätte, hätte ich dich damals gebeten mitzukommen. Dann wüsstest du auch schon über alles Bescheid.«

»Und du konntest nicht warten?«, fragte sie etwas spitz.

»Die erste Lanze rückte knapp eine Glocke später ab. Durch Corvulus hatte ich schon zu viel an Zeit verloren … du musst meinen Brief doch gelesen haben, sonst wärest du nicht hier.«

»Nein«, erwiderte sie ganz langsam. »Ich habe keinen Brief bekommen.«

»Ich gab ihn Sergeant Emlich aus der Schreibstube. Er versprach, ihn dir zu geben, sobald er Dienstschluss hatte.«

Serafine schüttelte den Kopf. »Er hat mir keinen Brief gegeben.«

»Wie hast du mich dann gefunden?«

»Ein Schwertrekrut mit Namen Lenar wurde von der Wache betrunken aufgegriffen. Stell dir unsere Überraschung vor, als wir erfuhren, dass er sich bereits im Dienst befand«, ließ sie mich kühl wissen.

»Dieser Lenar«, grinste Hefmar. »Schon bei der Ausbildung hat er meist verschlafen … selbst Stockhiebe haben ihn nicht munterer machen können. Es war immer leicht, ihn dazu zu bringen, ein paar Bier mehr zu trinken, als ihm guttat.«

»Wir haben dafür gesorgt, dass ihm sonst nicht viel geschehen wird, vier Wochen in einer Zelle werden ihm schon nicht allzu sehr schaden«, erklärte Eldred.

»Wie lange habt ihr das alles schon geplant?«, fragte Serafine ungläubig.

»Geplant ist zu viel gesagt«, antwortete ich. »Es war nur mehr eine grobe Idee … eine Ahnung, wenn du willst. Doch die eigentliche Antwort auf die Frage fand ich in einem Buch, das mir Leutnant Stofisk besorgen sollte. Das Gemetzel hier muss ein Ende haben, sonst kann die Ostmark niemals Frieden finden. Der erste Schritt war, einen Weg zu finden, unauffällig herzukommen. Weiter hatte ich vor dem Kronrat nicht gedacht … Was dann geschah, das weißt du ja.«

»Du bist ein Lanzengeneral. Nur dem Hochkommandanten und der Kaiserin verpflichtet. Warum die Heimlichkeit?«

»Weil sie meinem Plan nicht zustimmen werden.«

Sie seufzte. »Was für einen Plan hast du wieder ausgeheckt?«

Ich sah zu den anderen hin. »Wir werden desertieren. Wir haben nur auf dich gewartet.« Eldred hob eine Augenbraue an, und Lannis verschluckte sich an ihrem Bier, während die anderen zumeist nur überrascht dreinschauten.

»Desertieren?«, fragte Serafine ungläubig. »Wieso denn das? Und wieso habt ihr auf mich gewartet?«

»Ganz einfach«, lachte ich. »Weil du mit uns marschieren wirst.«

Von harten Köpfen

5 »Havald«, sagte Serafine eindringlich, als wir etwas später durch das Tor des Stützpunkts gingen. Die Wache hatte nur einen Blick auf ihre Rangabzeichen geworfen und salutiert, doch was sie sich dabei dachten, dass eine Schwertobristin mit einem Rekruten den Stützpunkt verließ, ließ sich an ihren Gesichtern ablesen. »So einfach geht das nicht. Ob du es wahrhaben willst oder nicht, du hast eine Verantwortung übernommen. Du kannst nicht einfach so verschwinden!«

»Das habe ich auch nicht vor«, meinte ich, während ich mich neugierig umsah. Bis jetzt hatte ich nicht die Gelegenheit gehabt, mir in Muße den zivilen Teil der Feste anzusehen. Abgesehen von den vielen gewappneten Soldaten, konnte man fast glauben, man befände sich in einem ganz normalen Dorf, es gab sogar einen kleinen Markt, der auf dem Platz vor der Kommandantur seine Stände aufgebaut hatte. »Tatsächlich gibt es keinen besseren Zeitpunkt dafür. Kasale weiß, was sie tut, sie braucht mich nicht, um die zweite Legion auszubilden, ich würde sie nur stören. Selbst mit ihrer Erfahrung und allem Einsatz wird es noch mindestens vier Monate dauern, bis sie so weit ist, was soll ich bis dahin machen? Papiere hin und her schieben?«

»Was ist mit Leandra?«, wollte sie wissen. »Sie kann deine Hilfe sicherlich gebrauchen.«

»Daran hatte ich auch gedacht. Aber sie hat den Rückhalt der Priesterschaft, sie bringt eine Allianz mit dem Kaiserreich nach Hause mit, und bei hundert Legionären, die ihr den Rücken stärken, wird sich schwerlich jemand trauen, ihr Wort anzugreifen.«

»Sieglinde und Janos begleiten sie. Und Blix und Grenski. Sonst niemand. Es ist uns einiges dazwischengekommen. Asela hat sie mit ihrer Magie dorthin gebracht, aber bis wir dort ein Tor aufgebaut haben, sind sie von uns abgeschnitten.«

»Was ist mit dem Tor im Palast?«, fragte ich sie. »Als ich es fand, wusste ich nicht, dass es ein Tor ist, und habe mich gefragt, für was es von Nutzen war, doch ich erinnere mich daran, dass ich mich damals schon darüber gewundert habe, warum man ein goldenes Achteck in den Boden eingelassen hat. Sie braucht nur ein paar Torsteine und schon kann sie sich frei bewegen. Leandra weiß, wie sie die Markierungen an dem Tor zu lesen hat.«

»Gut«, sagte sie. »Weiß Leandra von dem Tor?«

»Ach, verflucht«, entfuhr es mir, und ich blieb stehen, um sie fassungslos anzusehen. »Das weiß ich nicht. Ich nahm es an, ich weiß, dass Königin Eleonora und die Herzogin von diesem Raum wussten! Willst du sagen, dass Leandra allein gegangen ist, und wir keine Verbindung halten können?«

»Sie ist nicht alleine«, widersprach sie. »Aber sie ist auch nicht von hundert Legionären umgeben. Genau das will ich sagen ... Illian ist noch immer nicht erreichbar!« Sie musterte mich prüfend. »Wer ist diese Herzogin, von der du sprichst?«

»Eine alte Freundin«, erklärte ich. »Wenigstens hoffe ich, dass wir noch Freunde sind.«

»Wieso? Was hast du gemacht?«

»Nach dem Tod ihres Gemahls habe ich versucht, ihr ein wenig zu helfen. Sie hat sich dann in mich verliebt ...«

»Und du hast dich aus dem Staub gemacht?« Sie schüttelte den Kopf. »Irgendwie habe ich mir so etwas gedacht.«

»Ich hatte meine Gründe«, verteidigte ich mich. »Es war nicht möglich und auch nicht so leicht zu erklären. Finna«, unterbrach ich sie, als es aussah, als ob sie weiterbohren wollte. »Es ist weit über hundert Jahre her!«

»Sie lebt?«, fragte sie ungläubig.

»Ja. Wenigstens hoffe ich das. Sie trägt einen Anteil Elfenblut in sich, nicht viel, aber genug, um nur langsam zu altern. Vor acht Jahren hörte ich, dass sie noch lebte und noch immer rüstig ist ... wenn sie es rechtzeitig in die Kronburg geschafft hat, wird sie Leandra helfen.«

Dass Leandra ohne die Hundertschaft Legionäre nach Illian gegangen war, beunruhigte mich mehr, als ich zugeben wollte. Dennoch, was hatte sich geändert? Sie trug Steinherz, und die Priester, die Eleonoras letzten Willen gesiegelt hatten, konnten ihr Recht auf den Thron bezeugen. Sie brauchte nur vor den Rat zu treten und ihren Anspruch geltend zu machen.

»Du wirst sehen«, beruhigte ich uns beide. »Man wird sie dort mit offenen Armen empfangen. Warum sollte sich jemand gegen sie stellen? Sie bringt die Allianz mit Askir mit, alleine dafür wird man sie bejubeln.«

»Das will ich hoffen«, sagte Serafine leise. »Dennoch ... was ist mit der dritten Legion?«

»Was ist mit ihr?«, fragte ich zurück. »Solange die zweite Legion sich in Ausbildung befindet, sollte sie doch die Donnerfeste halten?«

»Lanzenobristin Miran sieht das anders«, teilte mir Serafine mit. »Sie ist der Ansicht, dass wir den Kampf zum Feind tragen müssen und uns nicht eingeschüchtert hinter den Mauern der Donnerfeste vergraben sollten.«

Ich schaute sie ungläubig an. »Unsinn. Die Donnerfeste bewacht den Zugang nach Coldenstatt, das ist der einzige sichere Ort, zu dem sich die Flüchtlinge zurückziehen können. Es ist notwendig, dass die Feste besetzt ist und dem Feind die Stirn bieten kann, sonst werden sich die Flüchtlinge in Coldenstatt nicht sicher fühlen können!«

»Nun, Miran hat die Kaiserin davon überzeugt, ihrem Plan zuzustimmen. Sie hat die einundzwanzigste Feindlegion in einen Hinterhalt gelockt und fast vollständig vernichtet.«

»Wie das?«, fragte ich erstaunt. »Nach dem, was am Eisenpass geschehen ist, glaube ich nicht, dass man sie noch einmal so überraschen kann.«

»Sie hat einen Lindwurm auf sie gehetzt und erst angegriffen, als der Wyrm den Feind schon halb aufgerieben hat.«

»Einen Lindwurm?«, fragte ich ungläubig. »Byrwylde? Die Schlange, die angeblich in einem Moor liegen soll?«

»Genau die.«

»Götter!«, fluchte ich. »Was habe ich denn noch alles verpasst!«

»Das kommt davon, wenn man sich umbringen lässt«, sagte Serafine, doch was vielleicht scherzhaft klingen sollte, endete damit, dass sie schluckte und sich mit feuchten Augen abwandte.

»Finna«, bat ich sie leise. »Es ist ...«

Ich hatte sie leicht an der Schulter berührt, sie fuhr herum und funkelte mich an, während sie sich mit einer zornigen Bewegung die Augen auswischte.

»Wie konntest du das zulassen?«, fauchte sie, während ihre Augen schneller feucht wurden, als sie die Tränen abwischen konnte. »Weißt du, wie ich mich fühlte, als du plötzlich verschwunden warst? Als ich dich leblos auf dieser Bahre liegen sah? Als ich dachte, ich hätte dich nun schon zum zweiten Mal verloren? Bei dem Gott der Sonne, was heißt zum zweiten Mal? Als du noch Jerbil warst, habe ich dich ein Dutzend Male tot geglaubt ... ich bin es satt, weißt du das, Havald? Ich bin diesen ewigen Kampf, die Angst, das Leid, das Bangen und das Hoffen satt!« Sie ballte die Fäuste zusammen, während ihr die Tränen die Wangen herunterliefen. »Ich bin ein gläubiger Mensch, ich glaube an Astartes Vergebung, an Soltars Gnade und an Borons Gerechtigkeit ... aber wie oft muss ich noch fürchten, dich verloren zu haben? Du magst der Engel des Todes sein, aber du bist nicht unsterblich! Du warst tot, Havald, tot!«, weinte sie und schlug mit beiden Fäusten gegen meine Brust, woraufhin ich mich ein Stück drehte, um sie vor den neugierigen Blicken zu schützen, die nun auf uns lagen. »Hast du oder Jerbil jemals daran gedacht, was es für die bedeutete, die euch lieben, wenn ihr euch immer wieder in Gefahr begeben habt?«

»Finna«, sagte ich so ruhig ich konnte. »Es ist ja nicht so, als ob ich eine Wahl hätte!«

»Doch!«, widersprach sie aufgebracht. »Genau so ist es. Du hattest die Wahl! Der Emir hat dich reich beschenkt, du hättest dich in Gasalabad niederlassen können. Verflucht, selbst als Bauer wärest du besser dran ... mir wäre egal, von was wir leben ... ich würde für dich betteln gehen! Und selbst wenn du noch tausendmal von den Toten aufstehst ... wir wissen doch beide, wie es enden wird! Du wirst auf Seelenreißers Klinge sterben ... Götter, ich bete darum, dass ich das nicht erleben werde!«

»Sag das nicht!«, beschwor ich sie und zog sie in meine Arme, obwohl sie sich anfänglich gegen mich stemmte. »Es ist mir egal, ob das Schicksal der Welt auf meinen Schultern liegen soll, denn mir geht es nicht darum! Mir ist egal, was die Götter von mir wollen, oder ob ich diesen letzten Kampf verlieren werde. Mir geht es nicht um solche Dinge, nicht darum, ob Askirs Macht wiederaufersteht oder Illian unter Leandras Herrschaft geeint und von Thalaks Truppen befreit wird!«

Sie stemmte sich gegen mich, und ich ließ sie gehen.

»Wenn es dir nicht darum geht, worum geht es dir dann?«, schniefte sie, um sich wieder vergeblich über die Augen zu wischen. »Was ist so wichtig, dass du wieder und wieder für andere in die Bresche springst?«

»Es geht um dich«, antwortete ich ihr leise. »Und um ...«

»Leandra«, beendete sie den Satz für mich. »Du liebst sie noch immer.« Es war eine Feststellung.

»Ja«, gestand ich. »Ich kann nicht einfach damit aufhören, vielleicht will ich es auch nicht. Aber sie steht nicht zwischen uns, Finna ... sie ...«

»Sie steht neben uns«, beendete sie erneut meinen Satz.

Ich zuckte hilflos mit den Schultern. »Wenn du es so sehen willst. Aber es gibt andere, die ich liebe, die ich beschützen will. Darum geht es mir, Finna. Nicht darum, die Welt zu retten … sondern die, die ich liebe. Und wenn ich dafür mit einem Gott streiten muss, dann ist es eben so!« Ohne es zu bemerken, hatte ich sie ergriffen und hielt sie an den Schultern fest. »Darum geht es mir und um nichts anderes! Ich …«

»Havald!«, unterbrach sie mich. »Du …«

»Nein«, widersprach ich wütend. »Du lässt mich jetzt ausreden. Ich …«

»Lass die Sera los, Bursche«, hörte ich eine erzürnte Stimme hinter mir. Ich drehte mich um und sah zwei kaiserliche Legionäre dort stehen. Der, der mich angesprochen hatte, war ein Schwertkorporal und sah ausgesprochen grimmig drein. Ich wusste, dass es Streifen gab, allein schon um die aufzulesen, die in den Kneipen und Hurenhäusern im Süden der Feste unter die Räder gerieten. Doch ich war nicht betrunken, und was immer er wollte, jetzt hatte ich keine Zeit für ihn.

»Haltet Euch da heraus, Soldat«, riet ich ihm und wandte mich wieder Serafine zu. »Ich …«

»Ich gebe dir Soldat, Soldat«, knurrte der Schwertkorporal, dann sah ich, wie Serafines Augen sich weiteten.

»Nicht!«, rief sie und dann wurde ich unsanft daran erinnert, warum die Soldaten auf Streife diese schweren lederumwickelten Knüppel mit sich führten …

Als ich die Augen wieder öffnete, sah ich Serafine gleich zweimal über mich gebeugt … mein erster Gedanke war, dass ich nicht wusste, ob sie weinte oder lachte, der zweite, dass mir der Schädel dröhnte. Wenigstens lag ich auf einem Feldbett in einem Zimmer und nicht in der Bilge irgendeines Schiffs oder in einem Verlies.

»Götter«, sagte sie und schüttelte lächelnd den Kopf, während ich versuchte, sie beide in Einklang zu bringen. »Was bin ich froh, dass du so einen harten Schädel hast!«

»Was, bei allen Höllen, ist passiert?«, fragte ich und blinzelte …

»Die Wache hat mich vor dir gerettet«, erklärte sie erheitert. »Du hast mich an den Schultern gehalten und geschüttelt, erinnerst du dich?«

»Die Wache ...!«, stöhnte ich.

»Genau«, lachte sie. »Sag, ist es eine neue Angewohnheit, dich immer mit den Wachen anzulegen?«

»Frag nicht! In der letzten Zeit ist es jedenfalls zu oft der Fall gewesen!«

Ich konnte es dem Schwertkorporal der Wache nicht einmal verübeln. Ich hatte sie festgehalten und sie hatte geweint ... an seiner Stelle hätte ich mich nicht anders verhalten. Höchstens fester zugeschlagen.

Obwohl ... ich betastete vorsichtig meinen Schädel. So wie sich die Beule anfühlte, hatte er sich auch darin redlich Mühe gegeben. Jetzt, als sich meine Sicht so langsam klärte, nahm ich den mit Papyira und Schriftrollen übersäten Schreibtisch wahr, die Tafel an der Wand, auf der sorgsam die Befehlskette der ersten und der dritten Lanze aufgelistet war, die Fahne Askirs an der linken Wand, gleich über dem Bullen und der kaiserlichen Zahl fünf über seinen Hörnern. Dann blieb mein Blick an dem Mann hängen, der dort am Fenster lehnte und mich mit über der Brust verschränkten Armen musterte.

Für einen Bullen war er überraschend schlank, auch wenn ich die Muskeln unter seiner Uniform erahnen konnte. Kurze schwarze Haare, die an den Schläfen deutlich mit Grau gesprenkelt waren, ein scharfes, schmales Gesicht mit einer geraden Nase, einem schmalen Mund und Grübchen am Kinn ... und unter geraden Augenbrauen graue Augen, die mich zu durchbohren schienen. Er schien nicht besonders erfreut zu sein, und wenn sich meine Ahnung bestätigte ...

»Das ist Lanzenobrist Kelter«, stellte Serafine den Mann vor. Sie ahnte wohl meine Gedanken, denn ein feines Lächeln spielte um ihre Lippen, als sie weitersprach. »Er war so freundlich, uns nach diesem ... Missverständnis seinen Amtsraum zur Verfügung zu stellen.«

»Ich dachte, ich hätte Euch nur zum Lanzensoldat befördert«, erklärte Kelter nun mit einem leicht bissigen Unterton. »Stellt Euch meine Überraschung vor, als ich erfuhr, dass Ihr jetzt Lanzengeneral geworden seid!« Seine Augenbrauen zogen sich zusammen. »Wann hattet Ihr vor, bei mir vorstellig zu werden, von Thurgau? Dann, wenn Ihr es vermocht habt, mich ganz und gar lächerlich zu machen? Oder zweifelt auch Ihr an meinen Fähigkeiten und meiner Treue zur Kaiserin?«

»Tatsächlich«, sagte ich, während ich mich vorsichtig aufrichtete und wartete, bis die Welt sich nicht mehr drehte, »war es meine Absicht, Euch zu schützen. Es schien mir angebracht, Euch nicht in meine Absichten einzuweihen, sodass Ihr hättet bestreiten können, irgendetwas gewusst zu haben.«

»Ach ja?«, meinte er gehässig. »Das soll ich Euch glauben? Nun, ich bin nicht überrascht. Ganz und gar nicht. Sagt mir, Lanzengeneral von Thurgau, habt Ihr etwas finden können, das mich letztlich doch noch meinen Kopf kosten wird? Habe ich mich schon wieder gegen das Reich verschworen und es verraten? Heraus mit der Sprache, was legt man mir diesmal zur Last?«

Ich musterte ihn erstaunt und vergaß darüber sogar für einen Moment meinen dröhnenden Kopf. »Nichts«, beeilte ich mich ihm zu versichern. »Eure Loyalität stand nie in Zweifel. Ich …«

»Und das soll ich Euch glauben?«, unterbrach er mich aufgebracht. »Meint Ihr, ich wüsste nicht, wie man sich in Askir die Mäuler über mich zerreißt?«

Ich schüttelte den Kopf und bereute es im gleichen Moment schon wieder.

»Ich weiß von Euch nur, dass Ihr Schwierigkeiten hattet. Aber da Asela sich für Euch verbürgt, glaube ich nicht, dass …«

»Asela?«, schnaubte Kelter und ballte die Fäuste, während die feinen Adern an seinen Schläfen sichtbar anschwollen. »Diese verfluchte Hure hat mir doch all das eingebracht! Sie hat mich mit ihrer Magie verführt und mich glauben lassen, dass ich sie liebte, während ich unter ihrem Zauber all das verriet, woran ich mein ganzes Leben glaubte!«

»Davon wissen wir nichts«, sagte Serafine kühl. »Auf was auch immer Ihr anspielt, muss geschehen sein, bevor wir nach Askir kamen. Ich weiß nur, dass Asela in höchsten Tönen von Euch sprach und sich für Eure Beförderung einsetzte. In welcher persönlichen Beziehung ihr zueinander steht, geht uns zudem wenig an.«

»Persönliche Beziehung?«, wetterte er. »Sie war eine verfluchte Kurtisane, die sich für Gold gegeben hat! Eine Hure, wenn Ihr es wissen wollt, und zudem noch eine verfluchte Spionin des Nekromantenkaisers! Sie wird in allen Ehren wieder aufgenommen, obwohl sie uns jahrhundertelang verraten hat … und ich lande in diesem verdammten Drecksloch und muss mich mit Hergrimms Grenzreitern und diesen götterverdammten Barbaren plagen! Wenn sie sich tatsächlich für mich eingesetzt hat, dann nur, um das, was sie an Gewissen zurückbehalten hat, ein wenig zu beruhigen! Sie führt uns alle an der Nase herum … und wir werden noch bereuen, ihr vertraut zu haben! Götter«, fluchte er, als er unsere Gesichter sah. »Warum will mir nur niemand glauben!«

»Weil ich selbst sah, wie sie vor Soltar getreten ist, um sich von dem Gott richten zu lassen«, sagte ich so ruhig ich konnte. »Niemand, der dabei war, wird das jemals vergessen. Was auch immer sie vorher gewesen sein mag, ihre Sünden sind vergeben, und sie ist geläutert.«

»Vielleicht hat sie auch den Gott getäuscht«, knurrte Kelter. »Ihr könnt nicht mal erahnen, was für eine falsche Schlange das ist!«

»Hört Euch doch selbst zu«, bat Serafine ihn leise. »Der Lanzengeneral erklärte Euch soeben, dass er zugegen war, als Soltar sie geläutert hat. Ich war ebenfalls damals anwesend. Wenn sie, wie Ihr zu glauben scheint, sogar einen Gott in seinem Tempel täuschen kann, dann haben wir alle schon verloren. Aber glaubt Ihr das tatsächlich?«

Der Lanzenobrist sah sie wütend an und holte Luft … und ließ sie dann fahren und die Schultern hängen.

»Wohl nicht«, gestand er müde. »Ich glaube an die Macht

des Gottes ... selbst der verfluchte Nekromantenkaiser würde es nicht wagen, Soltars Tempel zu betreten. Aber ... ich kann ihr einfach nicht verzeihen!«

»Wenn Ihr die Eule so sehr hasst, bin ich verwundert, dass Ihr Euch die Mühe nicht gemacht habt, mehr über sie zu erfahren«, meinte ich, während ich meinen Schädel abtastete. Er schien nirgends gebrochen, ein Segen, denn das hätte ich nicht noch einmal gebrauchen können. »Alles, was sie Euch antat, hat sie tausendmal gesühnt. Was geschehen ist, kann auch sie nicht ändern, aber sie versucht, es gutzumachen. Ist Euch das nichts wert?«

»Wie soll sie denn gebüßt haben?«, fragte er verärgert. »Ich ...«

»Ihr habt es selbst gesagt«, unterbrach ihn Serafine. »Sie stand jahrhundertelang unter dem Bann des Nekromantenkaisers. Was meint Ihr, wie es ihr dabei ergangen ist?«

Der Lanzenobrist sah sie betroffen an. »Daran habe ich bislang nicht gedacht ...«

»Dann tut es jetzt«, sagte Serafine hart. »Ich hoffe, dass Ihr Euch danach nicht mehr über Kleinlichkeiten empören wollt!«

»Kleinlichkeiten?«, begehrte er auf, um sogleich innezuhalten und zu seufzen. »Lassen wird das. Warum seid Ihr hier?«

»Jedenfalls nicht, um Euch auszuspionieren«, erklärte ich dem Obristen, während ich mir überlegte, ob ich schon aufstehen sollte, und mich dann dagegen entschied. Allein schon der Gedanke daran ließ mir schwindlig werden. »Aber Ihr, Lanzenobrist, seid hier, weil Asela Euch vertraut. Dass Ihr vor der Zeit hierher versetzt worden seid, ist keine Bestrafung, wie Ihr vielleicht glaubt. Vielmehr entscheidet sich hier in der Ostmark die Zukunft des gesamten Kaiserreichs. Die Kaiserin braucht hier einen Kommandeur, von dem sie weiß, dass sie auch in schwierigen Zeiten auf ihn zählen kann. Wenn Asela sagt, dass Ihr dieser Mann seid, dann ist es so. Ich weiß nicht, was genau zwischen euch vorgefallen ist, aber es scheint mir, als ob sie Euch gut zu kennen glaubt.«

»Wahrscheinlich besser als ich mich selbst«, meinte Kelter erschöpft. »Allein in den Momenten, an die ich mich erinnere, habe ich ihr gegenüber mehr von mir preisgegeben als jedem anderen, und die Götter wissen, was sie noch erfahren hat, als ich unter ihrem Bann gestanden habe.« Er musterte mich durchdringend. »Ihr seid nicht hier, um meine Unfähigkeit zu beweisen?«

»Nein«, beruhigte ich ihn. »Ich bin hier, weil der Nekromantenkaiser die Stämme der Barbaren unter seinem Banner zu vereinen sucht. Gelingt es ihm, werden wir überrannt.«

Er wartete, doch ich sagte nichts weiter.

»Kurz und knapp«, meinte er dann und kehrte zu seinem Schreibtisch zurück, um sich dort anzulehnen und mich zu mustern. »Wir haben die Barbaren wieder und wieder zurückgeschlagen. Wir werden es auch weiterhin tun.«

»Wie viele Soldaten haben wir verloren?«

»Fast vierzig. Die meisten von ihnen grüne Rekruten. Aber sie haben Hunderte verloren. Und zehnmal mehr bei dem Angriff auf Brandenau.«

»Nein«, widersprach ich hart. »Unser eigentlicher Feind hat nicht einen Verlust erlitten. Die Barbaren … ich weiß nicht, was sie dazu treibt, gegen uns anzurennen, aber sie sind nicht unsere Feinde. Der Nekromantenkaiser und seine Legionen sind die wahre Bedrohung.«

»Das versucht mal jemandem zu erklären, der hier schon länger dient«, knurrte Kelter verärgert und massierte seinen Nacken, als ob dieser ihn schmerzte. »Wir hören nur, dass es diese schwarzen Legionen hier geben soll, aber gesehen hat sie niemand. Nur die Barbaren … sie kann man nicht übersehen.« Er seufzte und schüttelte den Kopf wie ein nasser Hund. »Also gut, Ser General. Wie kann ich helfen? Was habt Ihr vor?«

»Es hieß immer, man könne keinen Frieden mit den Barbaren schließen.«

»So ist es«, nickte Kelter. »Sie halten ein paar Jahre lang den Frieden, dann greifen sie erneut an.«

»Wisst Ihr, dass der Barbar, mit dem ich sprach, behauptete, dass nicht sie den Frieden gebrochen hätten, sondern wir?«

»Er hat Euch angelogen.«

»Das glaube ich nicht.«

»Wieso nicht?«, gab Kelter verärgert zurück und sprang von dem Schreibtisch auf, um angespannt hin und her zu gehen. »Meint Ihr, ich wüsste nicht, wovon ich rede? Ich habe zwölf Jahre meines Lebens an dieser Grenze vergeudet! Man kann diesen Barbaren nicht vertrauen!«

»Gut«, sagte ich. »Dann erklärt mir, wie der Nekromantenkaiser es vollbrachte, einen Teil der Stämme für sich zu gewinnen. Ganz offensichtlich steht er nicht mit ihnen im Streit.«

Kelter erstarrte in der Bewegung und schnaubte verärgert. »Magie? Bei Borons Gürtelschnalle, der Kerl ist ein Nekromant! Er will ein Gott werden, was erwartet Ihr? Dass er ihnen Geschenke bringt? Ich hörte, er hätte Hunderttausende unter seinen Bann gezwungen, was machen da ein paar Barbaren mehr noch aus?«

»Das mag sein. Aber er kann nicht alle beherrschen, und die Barbaren würden sich gegen ihn wenden. Er muss eine Möglichkeit gefunden haben, sie zu überzeugen.«

»Er wird ihnen das Land hier versprochen haben«, meinte Kelter.

»Das hat er mit Sicherheit. Doch er bezahlt sie dafür, uns anzugreifen, aber das allein kann nicht der Grund sein, weshalb sie ihm folgen. Was nützen Nomaden, die von dem Land leben, goldene Münzen? Sie könnten sie höchstens hier ausgeben … aber es gibt keinen Handel zwischen uns.« Abgesehen davon hoffte ich, dass auch die Geldwechsler hier mittlerweile wussten, dass der Besitz von Münzen aus Thalak ihnen den Kopf kosten konnte. »Wenn es Frieden in der Ostmark geben soll, kann er nicht hier errungen werden. Nicht in einer Festung, deren Wälle sie mit Blut getränkt haben. Die Antwort liegt da draußen, in der Steppe. Ich will dorthin gehen und sie suchen.«

»Aber wohl nicht allein«, stellte er verärgert fest. »Ich habe mich schon gefragt, was Bannersergeantin Lannis mit Eldred zu tun hat … sie ist normalerweise die Erste, die auf die Hammerköpfe schimpft.«

»Ich brauche sie«, teilte ich Kelter unumwunden mit. Was ihn dazu brachte, hart aufzulachen.

»Ja«, meinte er bitter. »Nehmt mir den Rest meiner Veteranen ab! Wenn sich, wie Ihr es prophezeit, hier das Schicksal des Reichs entscheidet, wird es dann genau deshalb in den Händen grüner Rekruten liegen!«

Ich ging darauf nicht ein. »Wir werden morgen früh auf eine Streife aufbrechen und nicht mehr zurückkommen. Jeder wird denken, wir wären desertiert.«

»Desertiert?« Er schaute mich ungläubig an. »Niemand ist so blöde und desertiert in der Ostmark! Man wird annehmen, dass ihr den Barbaren zum Opfer gefallen seid … denn das ist weitaus wahrscheinlicher. Also gut, Ihr reitet aus. Was dann?«, fragte er säuerlich. »Was wollt Ihr tun? Die Barbaren erobern, ein neues Reich errichten?«

»Vielleicht auch das«, antwortete ich ihm, ohne es ernst zu meinen. »Sagt, habt Ihr jemals von einer Stadt mit Namen Tir'na'coer gehört?«

Er schüttelte den Kopf. »Hört sich elfisch an. Wo soll sie liegen?«

»Dort«, sagte ich und wies in Richtung Fenster. »In der Steppe. Irgendwo da draußen. Vor Jahrhunderten hat hier ein Offizier der Federn gedient, er machte sich die Mühe, mit den Barbaren zu reden, fragte sie nach ihrem Leben, ihrer Kultur und ihren Legenden. Er schrieb es in einem Buch nieder, und dort erwähnte er auch diese Stadt. Sie ist für die Barbaren ein heiliger Ort, vielleicht finden wir dort etwas, das wir verwenden können.«

»Und zu was soll das nütze sein?«, fragte er verärgert. »Es ist wahrscheinlich nur ein Hirngespinst. Die Barbaren besitzen keine Kultur, sie sind Wilde!«

»Zwei Eurer Soldaten und vier Frauen aus Alkith verdanken dem, was er schrieb, bereits ihr Leben«, teilte ich ihm mit. »Es öffnet uns einen Weg, mit ihnen zu verhandeln.«

»Also ist es wahr, dass Ihr Euch halb nackt ausgezogen und bemalt habt, und er die Gefangenen dann einfach gehen ließ?«, fragte er ungläubig. »Ich habe den Bericht gelesen, von Thurgau, aber ich habe nicht ein Wort geglaubt.«

»Glaubt es«, sagte ich. »Jedes Wort ist wahr. Ich wusste, was ich sagen musste, weil sich ein Major der Federn vor Jahrhunderten die Mühe machte, mit den Barbaren zu reden, ohne sie gleich zu erschlagen.« Ich stand auf und hielt mich an der Wand fest, während ich wartete, bis die Welt zu kreisen aufhörte. »Ihr solltet besser überlegen, wie es sein kann, dass die Barbaren unsere Sprache besser sprechen als manche unserer Rekruten, und wieso sie viel von uns wissen und wir so gut wie nichts von ihnen.« Ich sah ihn direkt an. »Ich habe dort auf der Waldlichtung keine Barbaren getroffen, Lanzenobrist, sondern Krieger mit Ehre.«

»Hmpf«, meinte er. »Ich will Euch keiner Lüge bezichtigen …«

»Dann tut es nicht«, riet Serafine ihm.

»Gut«, meinte er. »Wenn Ihr es sagt. Was wollt Ihr, dass ich tue?«

»Hergrimm hat sich an das zu halten, was er selbst gefordert hat. Er wollte, dass die Last der Verteidigung der Ostmark nicht allein auf seinen Schultern ruht. Setzt Euch gegen die Kommandeure der Grenztruppen durch und sendet uns morgen früh auf Streife. Wenn wir nicht zurückkommen, gibt es den Blutreitern Grund zur Häme … gebt Euch dann betroffen. Ich verspreche Euch, sie werden es bereuen.« Noch etwas fiel mir ein. »Sorgt zudem dafür, dass wir die Ausrüstung bekommen, die wir brauchen. Und achtet auf jeden, der mit Gold aus Thalak bezahlen will. Er soll erklären, woher er es hat.«

»Das Gold, das so rötlich glänzt?«

»Genau das.«

»Stabmajor Amostins Abhandlung über ›Barbarische Gebräuche, Mythen und Rituale‹?«, fragte Serafine, als wir die Kommandantur verließen. Unser nächstes Ziel war das Zeughaus, wo ich hoffte, Frick anzutreffen.

»Du weißt davon?«

»Du kennst Stofisk. Er hat auf einen Blick erkennen können, welches Buch fehlte. Ich habe ihn beauftragt, mir eine weitere Kopie zu besorgen. Und alles herauszufinden, was es über Kaiserin Elsine herauszufinden gibt.« Sie sah zu mir hoch. »Hat sie etwas damit zu tun, dass du deine Erinnerung wiedererlangt hast? Ist sie wirklich ein Drache? Und eine Göttin?«

Ich war froh darum, dass sie das Gespräch von vorhin nicht wieder aufnahm, auch wenn es mir nötig erschien, es weiterzuführen, nur nicht jetzt und hier. Dazu kam, wie sie mich ansah, die Neugier in ihren Augen ... Ich lachte und wollte sie an mich heranziehen, doch sie duckte sich unter meinen Armen durch.

»Willst du, dass dir der Schädel noch mehr brummt?«, lächelte sie. »Du weißt doch, dass so etwas nicht zwischen Offizieren und Mannschaften erlaubt ist. Sag schon«, fuhr sie mit leuchtenden Augen fort und schlug mir überraschend hart gegen den Oberarm. »Spann mich nicht so auf die Folter! Wer ist sie, dass sie Askannon so verzaubern konnte, dass er sie nie vergaß?«

»Du wirst Gelegenheit haben, sie selbst zu befragen«, teilte ich ihr mit. »Aber ja, sie hat mir geholfen, mein Gedächtnis wiederzuerlangen.«

»Aber wie?«, fragte sie neugierig.

»Es scheint, als ob der Nekromantenkaiser nicht nur meinen Tod wollte, sondern auch meine Seele. Der Kerl, der mich angegriffen hat, besaß einen Opferdolch, ein Artefakt, das einst Omagor geweiht gewesen ist. Mit solchen Dolchen haben die Priester ihren Opfern die Seele entzogen, um sie dann ihrem Gott zuzuführen ... oder sich selbst. Die Sera Elsine meint, diese Rituale wären sogar der Anfang der

Nekromantie gewesen, auch die Blutmagie der Elfen hätte sich daraus entwickelt.«

»Er wollte deine Seele opfern?«, fragte sie entsetzt und wurde bleicher, als ich es je bei ihr gesehen hatte.

»Ja. Aber beruhige dich, es ist nicht dazu gekommen. Mein Angreifer hielt sich zwar für einen Priester des Namenlosen, aber er kannte wohl das Ritual nicht oder führte es falsch aus. Ich habe nicht alles verstanden, was Elsine mir zu erklären versuchte, nur dass ich Glück hatte, dass es ihm nicht ganz gelang. Kaiserin Elsine behauptet übrigens, dass sie keine Göttin sei, doch sie hat eine Schwester, die eine ist.«

»Aber …«, begann Serafine.

Ich zuckte mit den Schultern. »Frag sie, nicht mich. Jedenfalls war diese andere Göttin in Askir, und sie spürte, wie der Dolch verwendet wurde. Sie kennt wohl einen stadtbekannten Dieb und hat mich mit ihm zusammen aus dem Wasser gezogen und so gerettet. Dann ist sie aufgebrochen, um den Dolch zu suchen. Sie fand ihn und gab ihn Sera Elsine, die das verfluchte Ding benutzte, um mir das wiederzugeben, was man mir genommen hatte. Wie du siehst, scheint sie erfolgreich gewesen zu sein. Was mir jetzt noch an Erinnerungen fehlt, ist die Zeit zwischen meinem Erwachen und dem Moment, in dem sie mir meine Erinnerungen wiedergab.«

»Und wie hat sie dieses Wunder vollbracht?«

Ich zögerte. Sie hatte mich aufmerksam gemustert und musste wohl etwas in meinem Gesicht gesehen haben.

»Havald«, bat sie eindringlich. »Was ist?«

Ich holte tief Luft. »Sie musste das Ritual umkehren. Der Dolch nahm mir ein Teil meiner selbst, als er mir ins Herz gestoßen wurde.«

»Das bedeutet … ?«, fragte Serafine leise.

»Genauso gab sie mir das, was fehlte, auch zurück. Sie stieß mir den Dolch ins Herz.«

»Aber …«

»Ich will nicht weiter darüber reden«, wehrte ich ab. Es fiel mir jetzt schon schwer, mir nichts weiter anmerken zu lassen.

So vieles hatte ich vergessen, aber auf die Erinnerung, wie dieser Kerl mir den Dolch in die Brust rammte, hätte ich gerne verzichtet. Allein der Gedanke ließ mein Herz schon rasen und trieb mir den Angstschweiß auf die Stirn. »Belassen wir es dabei, dass es beim zweiten Mal nicht viel angenehmer war, diesen verfluchten Dolch in meinem Herz zu spüren.«

Sie wurde bleich und griff meine Hand so fest, dass es schmerzte. »Aber wie …«

Götter, dachte ich verzweifelt. Aber an ihrer Stelle hätte ich es wohl ebenfalls wissen wollen.

»Sie hat Bruder Jon überreden können, ihr dabei zu helfen. Er und vier Priester halfen ihr dabei. Bruder Jon sagt, der zweite Stich hätte keine zweite Narbe hinterlassen und mein Herz hätte nur einen Schlag lang ausgesetzt.« Ich schluckte. »Mehr will ich jetzt nicht sagen, Finna.«

»Götter«, hauchte sie. »Ich weiß nicht, was ich sagen soll.«

»Dann sag besser nichts. Je schneller ich es vergessen kann, umso besser ist es. Es verfolgt mich noch in meinen Träumen.« Viele meiner Narben waren fast spurlos verschwunden, doch natürlich war es diese Narbe von dem Attentat auf mich, die mir verblieb. »Was den Drachen angeht«, fuhr ich rasch fort, auch um sie abzulenken, »kann ich dir nur sagen, dass sie lachte, als ich sie darauf ansprach und meinte, sie wäre ganz bestimmt nicht aus einem Ei gekrochen. Sie sagt, sie wäre ein Mensch wie du und ich, nur dass das Erbe der Alten in ihr stärker wäre.«

»Hat sie das erklärt?«, fragte Serafine.

Ich schüttelte den Kopf. »Ich habe nicht gefragt, ich hatte zu der Zeit ganz andere Sorgen. Nur eines noch. Sie hält nicht viel von Wundern.«

»Wie das?«

»Sie sagt, ich wäre noch nicht tot gewesen, also wäre es kein Wunder Soltars, dass ich lebe, sondern nur der Heilkunst ihrer Schwester zu verdanken.«

Sie sah mich erstaunt an. »Hast du gefragt, wie sie das meint?«

»Nein. Ich …«

»Du hattest andere Sorgen zu der Zeit.« Sie musterte mich und schüttelte dann erheitert den Kopf. »Und wenn ich tausend Jahre alt werde«, sagte sie lächelnd, »ich werde nie verstehen, wie du denkst! So oder so bin ich ihr dankbar.« Wir hatten mittlerweile fast das Tor zum Stützpunkt erreicht, doch jetzt blieb sie stehen und sah sich suchend um.

»Du sagst, ich würde Gelegenheit erhalten, sie selbst zu fragen. Ist sie hier?«

»Sie wird bestimmt nicht am Tor Wache stehen«, lachte ich. »Aber ja. Sie ist hier. Irgendwo. Sie sagt, sie wird sich später wieder melden.«

Ich wollte Serafine gerade fragen, was sie mir über die letzten zwei Wochen berichten konnte, als ich den Hufschlag mehrerer Pferde hörte.

Es war eine Gruppe von Hergrimms Blutreitern, fünf oder sechs Mann, die direkt auf uns zuhielten.

»Hey!«, rief einer der Reiter gehässig. »Bist du der, der mit den Barbaren spricht?« Bevor ich antworten konnte, zog er einen Ledersack auf, der an seinem Sattel hing. »So spricht man mit Barbaren«, rief er und zog einen Kopf heraus, den er mit breitem Grinsen in unsere Richtung warf. »Das ist die einzige Sprache, die sie verstehen!«

»Keine Angst!«, rief ein anderer, als er sein Pferd herumriss. »Du wirst sie zu sprechen lernen!«

Grölend und lachend ritten sie wieder davon, während der Kopf vor meine Füße rollte. Ich sah ihnen nach … und dann auf den Kopf herunter, der mit dem Gesicht nach unten vor mir liegen geblieben war. Das geflochtene Haar ließ es mich schon befürchten, doch es war Serafine, die den Kopf vorsichtig mit der Fußspitze anstieß und umdrehte.

»Götter«, hauchte sie. »Sie war fast noch ein Kind.«

Aufbruch in die Steppe

6 Eine harte Hand rüttelte an meiner Schulter. »Lenar«, knurrte Sergeant Anders. »Raus mit dir!«

»Was ist?«, nuschelte ich verschlafen. »Es ist noch dunkel.«

»Ja«, knurrte der Sergeant. »Rate mal, warum ich eine Laterne halte?« Er wartete nicht auf meine Antwort, sondern schob mich mit seinem genagelten Stiefel aus dem Bett … offenbar hatte er darin Erfahrung. »In einem Docht will ich dich draußen sehen, *Lanzensoldat,* fertig zum Appell! Du bist einer Streife zugeteilt worden, und sie werden bestimmt nicht auf dich warten!«

»Aber …«, begann ich.

»Du weißt nichts davon?«, beendete der Sergeant meinen Satz und warf meinen Sack neben mir auf den Boden. »Das tut mir aber leid. Ich bin sicher, dass Lanzenobrist Kelter es zutiefst bedauert, dich nicht zurate gezogen zu haben … und jetzt …«

»Ich weiß, ich weiß«, grummelte ich, während ich mich aufraffte. »In einem Docht zum Appell.«

»Und du«, fauchte der Sergeant Armus an, der verschlafen den Kopf aus dem Kissen gehoben hatte. »Glotz nicht so, sonst schauen wir, ob wir nicht die ganze Tenet munter bekommen!«

Tatsächlich war ich, als ich gähnend die Unterkunft verließ, überrascht, dass ich überhaupt hatte schlafen können. Korporal Frick, Serafine und ich hatten einen guten Teil der Nacht über Ausrüstungslisten gebrütet und danach, als wir endlich etwas Zeit für uns hatten, hatte sie mir erzählt, was genau Leandra und den anderen widerfahren war.

»Götter!«, hatte ich geflucht. »Dabei hätte es so einfach sein können! In dem Moment, da mir Asela von dem Wolfskopf berichtete, wusste ich, wo sich der Eingang zu dem Tempel befand, ich habe damals selbst geholfen, ihn zuzumauern!«

»Nur dass du das niemandem gesagt hast«, hatte sie mich vorwurfsvoll erinnert.

»Ich habe ja nicht ahnen können, dass man mir am nächsten Tag einen Dolch ins Herz rammen würde!«

»Richtig«, hatte sie mir kühl entgegnet. »Natürlich nicht. Doch du hast mich wieder in die Legion gebracht, damit ich deine Adjutantin bin ... das nächste Mal weihst du mich in deine Pläne ein, bevor du dich umbringen lässt!«

»Ich habe nicht vor, mich umbringen zu lassen.«

»Ja, genau.« Den Blick, den sie mir dabei zugeworfen hatte, würde ich so schnell nicht mehr vergessen. »Weil es dir so selten geschieht?«

Auf jeden Fall hatte sie sehr deutlich gemacht, dass sie mir die hohen Verluste von Blixens Lanze zu Füßen legte. »Zur rechten Zeit ein paar Sätze zu deinen Plänen, und es wäre nie geschehen. Und wer weiß, vielleicht wäre Zokora jetzt auch noch unter uns!«

Erst bei dieser Gelegenheit erfuhr ich, dass Zokora von anderen dunklen Elfen unter dem Kommando einer Maestra gefangen genommen worden war und man sie des Verrats an ihrem Stamm bezichtigt hatte. Und dass Varosch wieder leben würde ... allerdings im Körper eines Priesters der dunklen Elfen. Dass sie Zokoras Schwert, das offenbar das Bannschwert Furchtbann war, trug, weil sie geschworen hatte, es ihr wiederzugeben.

Ich erfuhr zudem von der alten Enke und dass sie in Wahrheit gar nicht so alt und hässlich war ... und auch davon, dass die Wolfselfe, die ich in den Höhlen unterhalb der Donnerberge kennengelernt hatte, in Wahrheit eine Hüterin der Elfen war, die über Jahrhunderte hinweg den Lindwurm Byrwylde im Moor gefangen gehalten hatte.

Bei all dem war schon die erste Glocke vorbei, als wir uns trennen mussten. Serafine hatte Quartier in der Kommandantur bezogen, doch Lanzensoldat Lenar besaß nur eine Pritsche in der Baracke ...

»Ich hätte nie gedacht, dass ich mal das Vergnügen haben würde, einen Lanzengeneral aus dem Bett zu treten«, begrüßte Sergeant Anders mich jetzt fröhlich ... und ich unterdrückte einen Seufzer. Wenn das so weiterging, war es nur eine Frage der Zeit, bis jeder hier wusste, wer ich war.

»Ich hoffe, Ihr habt es genossen«, begrüßte ich ihn mürrisch.

»Ich werde ewig davon zehren«, grinste er mich an und reichte mir seine Laterne. »Die anderen warten im Zeughaus«, teilte er mir dann leise mit und salutierte. »Langsam beginne ich zu glauben, was man über Euch erzählt. Viel Glück, Ser General!«

»Ich weiß, ich weiß«, sagte Korporal Frick müde, als er sich die Ausrüstung besah, die man uns noch in der Nacht durch das Tor aus dem Zeughaus in Askir hatte zukommen lassen. »Ein Sieg bedarf der Vorbereitung ... aber, bei Borons krummem Zehennagel, ich schwöre, von der Hälfte von dem Zeug hier wusste ich nicht einmal, dass wir so etwas im Zeughaus haben ... oder was genau es ist! Diese Schuppenrüstungen zum Beispiel ... ich weiß, dass man so etwas in Bessarein spazieren trägt, aber dass wir sie auch haben ...«

»Es sind leichte Rüstungen«, erklärte Serafine ihm, während sie die Liste auf ihrem Klemmbrett abhakte. »Wir werden viel reiten, und schwere Rüstungen würden die Pferde zu schnell ermüden.«

»Dass das leichte Rüstungen sind, sehe ich«, meinte Frick ungehalten, um sich dann daran zu erinnern, mit wem er sprach. »Verzeiht, Schwertobristin«, fügte er rasch hinzu. »Es ist nur, dass ich solche Rüstungen noch nie gesehen habe. Und ich bin seit dreizehn Jahren Zeugwart.«

»Es gab einst eine leichte Reiterei«, erklärte Serafine, während sie eine Kiste öffnete, in der sich fünf seltsame Konstruktionen aus Stahl, Rollen und Seilen befanden, und dann zufrieden nickte. »Die Einhörner. Aber das waren ausschließlich Frauen … und ihre Rüstungen hätten uns wenig genutzt. Die Rüstung, die der General gerade anlegt, ist die gleiche, wie sie die Drachen verwenden, nur hat er sie schwärzen lassen.« Sie warf mir einen Blick zu. »Es scheint, als mag er es nicht, wenn er zu sehr glänzt.«

An diesem Morgen hatte sie mich nur knapp begrüßt, und jedes ihrer Worte zeigte mir, dass sie mir noch nicht alles verziehen hatte.

»Der Rest der Drachenrüstungen, die wir im Lager hatten, wurde zur zweiten Legion nach Gasalabad gebracht, also musste ich mir etwas einfallen lassen. Diese Rüstungen hier«, fuhr sie fort und zeigte mit ihrer magischen Schreibfeder auf die schwarzen Rüstungen, »sind Rüstungen der Nachtfalken. Elfenarbeit. Leicht, stabil, beweglich. Das, was wir brauchen.« Sie warf mir einen Blick zu, den ich nicht deuten konnte. »Nur gab es keine in seiner Größe.«

»Ich dachte, die Nachtfalken sind Mörder, die dem Namenlosen dienen?«, fragte Frick überrascht.

»Einst haben sie auf unserer Seite gestanden und Nekromanten gejagt.«

»Wahrhaftig? Wer hätte das gedacht …« Er linste in die Kiste mit den Stahlkonstruktionen. »Was sind das für Dinger?«

»Bögen.«

»Sie sind zu kurz für Bögen. Und sie sind aus Stahl.«

»Sie sind zusammengeklappt. Leicht, stabil, hohe Reichweite und unverwüstlich. Die Sehnen stören sich auch nicht daran, wenn sie nass werden. Genau das …«

»… was wir brauchen, ich weiß«, sagte Frick und erntete dafür einen Blick von ihr. »Schon gut«, sagte er und hob ergeben die Hände. »Ich bin ja schon still. Warum keine Armbrüste?«, strafte er sich im nächsten Atemzug schon wieder Lügen.

»Habt Ihr schon mal mit einer Armbrust von einem Pferderücken aus geschossen?«, fragte sie entnervt. »Und sie dann auch wieder gespannt?«

»Das ist ein Problem«, gestand Frick, kratzte sich verlegen am Kopf und sah sich suchend um.

»An Proviant habt Ihr gedacht«, stellte er fest. »Aber sind es nicht zu wenig Wasserbeutel?«

»Glaubt mir«, sagte sie kühl, »Wasser wird unser Problem nicht sein.« Sie sah zu mir. »Wenn du fertig bist, kannst du dich ja schon um die Pferde kümmern«, schlug sie vor ... nur dass es wie ein Befehl klang. Ich widerstand der Versuchung zu salutieren und floh.

Bislang hatte ich Serafine so nicht erlebt, aber dass es Gelegenheiten gab, bei denen man es den Seras nicht recht machen konnte, hatte ich schon lernen müssen.

»Götter«, hauchte Lannis und hielt die Laterne höher, um besser sehen zu können. »Das nenne ich mal ein Pferd! Ich wusste nicht, dass es im Kaiserreich so große Pferde gibt! Dabei ist er nicht einmal ein Kaltblüter ... wie heißt er denn?«

»Zeus«, antwortete ich ihr lächelnd, während ich ihm einen Apfel gab, den er mit gewohnter Geschwindigkeit von meiner Hand verschwinden ließ. »Er ist das Ergebnis einer ganz besonderen Zucht, und ich bin froh, dass er noch lebt.«

Er musste mich vermisst haben, denn als ich ihm die Satteldecke auflegte, verzichtete er auf sein übliches Spielchen, zu warten, bis ich den Sattel auflegte, um sie dann mit den Zähnen herunterzuziehen. Manchmal hätte ich schwören können, dass er mich dabei auslachte. Doch jetzt stand er nur brav da, während seine Ohren spielten.

»Seltsamer Name«, stellte Lannis fest, während sie sich gegen den nächsten Balken lehnte und mir zusah, wie ich mein Pferd sattelte.

Noch war die Morgendämmerung kaum zu erahnen, und wo der Schein der Laterne nicht direkt auf Lannis fiel, war sie wie ein schwarzer Schatten. Leicht mochten diese Rüstungen sein, aber irgendwie kamen sie mir unheimlich vor. Zudem erinnerten sie mich unangenehm an die Nachtfalken, die uns in Gasalabad begegnet waren.

»Ich wuchs mehr oder weniger in einem Tempel auf«, teilte ich ihr mit. »Einer der Priester dort erzählte gerne Geschichten ... Zeus war wohl ein Gott der Titanen. Oder der Drachen. Oder der Zwerge? Ich weiß es nicht mehr so genau ... aber er passt irgendwie zu ihm, nicht wahr?«

Sie nickte. »Und er ist pechschwarz. Bis auf diese Blesse auf der Stirn. Sieht fast aus wie ein Schwan.«

Zeus schwenkte seinen mächtigen Kopf herum und stupste sie an, sodass sie lachend zurückwich.

»Das ist der Grund, warum ich an den Namen Zeus dachte«, meinte ich lächelnd und zog den Sattelgurt zu, woraufhin er schnaubte. »Dieser Gott, er hat irgendwie einen Schwan gefressen ... oder so ähnlich.« Ich wartete, bis Zeus verstand, dass ich weiter nicht auf diesen alten Trick hereinfiel, und wieder ausatmete, und zog den Gurt dann nach. »Diese Geschichten waren seltsam. Ich mochte die über unsere Götter lieber.«

Ich wandte mich Serafine zu, die im Dunklen lautlos hinter uns getreten war. Gehört oder gesehen hatte ich sie nicht, doch vor Seelenreißer konnte sie sich nicht verbergen. »Wie hast du das nur eingerichtet, dass Zeus jetzt hier ist?«

»Bedanke dich bei Leandra«, sagte sie knapp und trat an ihn heran, um ihm den Hals zu tätscheln. »Ich ließ ihn nur herbringen. Lanzenobristin Miran hat die schnellsten Pferde beschlagnahmt, darunter auch ihn. Leandra hat ihn gerade so vor Miran retten können, die anderen Pferde wurden von Byrwylde gefressen. Mitsamt ihren Reitern, nehme ich an.«

Serafine hatte mir in der Nacht Genaueres davon erzählt. Noch hatte ich Miran nicht kennengelernt, aber bisher erschien sie mir äußerst kaltblütig. Auch wenn sie vielleicht recht hatte und es letztlich die Verluste niedrig hielt.

Ich musterte Serafine, sie erschien mir im Moment wie ein dunkler Schatten. »Diese Umhänge ...«

»Sind aus einem festen Stoff«, teilte sie mir mit. »Sie werden uns nicht fressen.«

Bannersergeantin Lannis hob fragend eine Augenbraue an, doch Serafine reagierte nicht darauf.

»Sind Eure Leute so weit?«

Lannis nickte. »Bis auf Eldred.« Sie lachte. »Er hat Schwierigkeiten mit seiner Rüstung. Sie ist ihm am Bauch etwas knapp geraten.«

»Das wird sich geben«, meinte Serafine ungerührt. »Können wir dann aufbrechen?«

»Wir können«, sagte ich.

Sie nickte. »Dann sollten wir weiter keine Zeit verschwenden.«

»Seid Ihr Obristin Helis auf den Fuß getreten?«, flüsterte Lannis, als wir die Pferde aus dem Stall führten.

»Ja, ist er«, antwortete Serafine hinter mir. »Und es geht Euch gar nichts an.«

Als das schwere Festungstor rumpelnd zur Seite rollte, spürte ich die Blicke der Blutreiter auf uns, die sich an diesem Morgen am Tor eingefunden hatten. Das Tor selbst war von Legionären besetzt, die vor Serafine salutierten, auch wenn sie etwas überrascht auf unsere Rüstungen schauten.

»Heda, wollt Ihr wieder mit den Barbaren *reden*?«, spottete einer von Hergrimms Reitern, doch das Gelächter, das folgte, wirkte nicht überzeugend. Selbst diese Schlächter schienen von unserem Anblick verunsichert.

Ich verstand wieso. Serafine hatte uns zwanzig Pferde kommen lassen, für jeden von uns zumindest zwei, und jedes einzelne von ihnen war schwarz.

»Hast du das so geplant?«, fragte ich sie leise, als wir durch das Tor ritten. »Die schwarzen Rüstungen, die Pferde …?«

»Nein«, antwortete sie mir, während sie unverwandt geradeaus sah. »Es war, wie ich sagte. Leichte Rüstungen sind Mangelware … Ich dachte nur, wenn wir schon diese Rüstungen tragen, dann passen schwarze Pferde besser. Oder hätte ich Schimmel besorgen sollen?«, fügte sie etwas spitz hinzu.

Ich ritt näher an sie heran, sodass uns die anderen nicht

hören konnten. »Warum bist du so erzürnt?«, fragte ich sie leise.

»Wie hast du dich denn gefühlt, als Nataliya sich für dich geopfert hat?«, fragte sie kühl. »Meinst du, ich will, dass du dich für mich erschlagen lässt?« Bevor ich etwas dazu sagen konnte, trieb sie ihr Pferd an und ritt voraus.

Der Winterwolf

7 »Oooh«, stöhnte Eldred und stellte sich im Sattel auf, um sich ausgiebig am Hintern zu kratzen, was unter der Kettenschürze seiner Rüstung nicht ganz einfach war.

»Bah!«, meinte Lannis angewidert. »Musst du das vor meinen Augen machen? Ich reite hinter dir, weißt du?«

»Was bleibt mir denn anderes übrig, wir machen ja keine Rast«, beschwerte sich der Schwertsergeant. »Ich bin so lange schon nicht mehr geritten, dass ihr gar nicht wissen wollt, wie sich mein Hintern anfühlt!«

»Du hast recht«, schnaubte Lannis und zog ihr Sehrohr aus der Satteltasche, um sich ebenfalls in den Steigbügeln aufzustellen und durch die Röhre aus Messing dorthin zu spähen, wo südlich von uns eine Staubwolke zu sehen war. »Ich will es auch nicht wissen. Blutreiter«, teilte sie uns mit, als sie das Rohr wieder zusammenschob und sorgsam verstaute. »Die zwanzig, die vorhin am Tor gewartet haben. Sie scheinen es eilig zu haben, sie reiten in vollem Galopp.«

»So werden sie nicht weit kommen«, meinte einer der anderen. »Ich frage mich nur, wohin sie wollen. Was liegt dort im Südosten?«

Lannis griff an ihre Gürteltasche und zog eine gefaltete Karte heraus, die sie mit einer Hand ausschüttelte. Sie warf einen Blick auf die Karte und runzelte die Stirn. »Farmihn.« Sie sah meinen fragenden Blick. »Das war ein größeres Dorf, fast schon eine Stadt zu nennen. Damals haben sich die Barbaren fast achtzig Jahre lang still verhalten und nur Handel getrieben, um sich dann doch wieder zu erheben. Es wurde vor etwas über fünfzig Jahren überfallen. Es gibt dort noch einen Brunnen, der Wasser führt, aber ansonsten nur Ruinen.« Sie sah fragend zu mir. »Reiten wir hin und schauen nach, was sie dort treiben?«

Ich schaute zu der fernen Staubwolke hin und schüttelte den Kopf. »Wenn wir sie einholen wollten, müssten wir die Pferde zu sehr treiben. Unser Ziel liegt im Osten.« Ich sah zu Eldred hin, der ein äußerst unglückliches Gesicht machte. »Es ist schon die vierte Glocke vorbei. Wir machen bei nächster Gelegenheit Rast.«

»Euch und den Göttern sei gedankt!« Eldred rief das so inbrünstig, dass die meisten von uns lachen mussten. Tatsächlich ging es mir nicht so viel besser als ihm, auch ich musste mich erst wieder daran gewöhnen, wie breit Zeus' Rücken war.

Ich wandte mich an Lannis. »Gibt es einen geeigneten Lagerplatz in der Nähe?«

»Ja«, erklärte sie ohne Umschweife. »Einen kleinen Hügel mit einer Quelle für die Pferde, etwa eine halbe Wegkerze entfernt. Das Problem ist, dass die Barbaren den Ort kennen. Sie lagern oft dort … es könnte sein, dass wir dort auf welche treffen.«

»Mahea?«, fragte ich und die Korporalin ritt näher heran.

»Aye, Ser?«

»Wie nähert man sich einem Lager der Barbaren und macht zugleich deutlich, dass man in Frieden kommt?«

»Fangen wir damit an, dass man sie nicht Barbaren nennt, Ser Lanzengeneral«, gab mir die Korporalin Antwort. »Sie nennen sich selbst Kor. Das bedeutet Volk in ihrer Sprache.«

»Einfallsreich«, grinste Hanik. »Ich hatte mal einen Hund, den ich Kor nannte. Nach dem Barden aus der Geschichte von …«

»Hanik«, sagte Lannis kurz, und der Lanzensergeant schloss

den Mund. »Fahr fort, Mahea«, bat sie, und die Korporalin nickte.

»Ein Lager wie das, was Lannis meint, wird oft von Schamanen zu i'tar erklärt. Das ist so etwas wie heilig, aber nicht den Göttern geweiht. Wenn man dort Blut vergießt, muss man die Rache der Geister fürchten, die der Schamane dorthin bestellte, um das Lager zu schützen. Sie vertreiben auch wilde Tiere … und dem Glauben der Kor nach muss man diese Geister überzeugen, dass man in Frieden kommt. Ein solches Lager wird meistens durch einen Kreis aus Steinen markiert … und irgendwo wird man ein Totem finden. Einen Stock mit einem Schädel darauf, das dem Tier gehört, dessen Geist der Schamane zum Schutz des Lagers beschworen hat. Das kann vom Kaninchen bis zum Bären alles sein.«

»Ein Geisterkaninchen, zum Schutz?«, fragte Eldred ungläubig. »Du willst uns auf den Arm nehmen?«

»Lach nur«, meinte Mahea unbewegt. »Ich habe selbst einen solchen Geist schon gesehen. Er hat einen Säbeltiger von unserem Lager vertrieben. Aber du hast insofern recht, als dass sich niemand trauen wird, den Frieden eines Lagers zu brechen, der von einem Bären bewacht wird. Wenigstens niemand vom Volk.« Ihr Gesicht war ausdruckslos, als sie weitersprach. »Die Blutreiter hat es nicht gekümmert. Der Geist des Lagers griff sie an … doch sie haben es nicht einmal bemerkt.«

»Also haben wir von diesen Geistern nichts zu befürchten?«, fragte Hanik nach.

»Nicht direkt, nein«, sagte Mahea ruhig. »Zumindest die meisten von uns nicht. Aber das Volk wird sehen, wenn der Geist uns angreift, und dann wissen, dass wir ihre Feinde sind.«

»Du glaubst an dieses Zeug?«, fragte Eldred erstaunt.

»Ja«, sagte Mahea. »Ich glaube an unsere Götter. Doch ich habe diese Geister selbst gesehen, warum soll ich also nicht an sie glauben? Wann hast du zuletzt einen unserer Götter gesehen?«

»Gestern Abend, nach dem achten Bier, ist mir Astarte erschienen und teilte mir mit, dass sie mich mit einem Kater strafen wird, wenn ich so weitertrinke!«, lachte Eldred. »Zählt das?«

»Hast du einen Kater?«, fragte Mahea übertrieben freundlich.

»Und wie! Ein wahres Ungeheuer aus Pelz und Krallen, das mir meinen armen Kopf geschunden hat und noch immer meinen Schädel brummen lässt!«

»Dann zählt es wohl«, lachte sie. »Aber glaube mir, für die Kor sind diese Geister so wahrhaftig wie du und ich. Die Tiere dieses Landes sehen sie auch … und ich sah mit eigenen Augen, wie der Schutzgeist einem Säbeltiger die Flanke aufriss …«

»Und wie sagen wir nun diesen Geistern, dass wir in friedlicher Absicht kommen?«, fragte Serafine.

»Ein kleines Opfer am Totem des Geistes. Ein Schluck Wasser, vielleicht ein paar Körner, etwas von unserem letzten Mahl … sie brauchen nicht viel, es zählt die Absicht.«

»Und wie erklären wir es ihnen?«, fragte Lannis leise und wies mit ihrem Blick zur linken Seite hin, dort im Nordosten waren zwei Reiter zu sehen, die auf einem niedrigen Hügel aufgetaucht waren und uns regungslos beobachteten.

»Gar nicht«, sagte Mahea und schluckte. »Sie werden entweder den Rest ihrer kor'va, ihrer Jagdgruppe, holen und uns angreifen oder uns in Ruhe lassen. Es kommt auf ihren Anführer an.« Sie holte tief Luft. »Wir können uns allerdings sicher sein, dass morgen jeder im Umkreis von hundertfünfzig Meilen weiß, dass wir hier sind und in welche Richtung wir reiten.«

»Und wie?«, fragte Serafine.

»Die Schamanen senden Vögel aus, um die Nachricht zu verbreiten«, erklärte Mahea. »Solche wie diesen Adler dort.« Sie wies in Richtung der Barbaren in den Himmel. So schlecht waren meine Augen wahrlich nicht, aber einen Adler konnte ich nirgendwo erkennen.

Auch Serafine hielt die Hand über ihre Augen, um den Himmel abzusuchen. »Ich sehe keinen Adler.«

»Das wundert mich wenig«, meinte Mahea, während ihr Blick einem unsichtbaren Punkt am fernen Himmel folgte. »Es ist ja auch ein Geist.«

Wie versprochen brauchte es keine halbe Kerze mehr, bis wir das Lager fanden, von dem Lannis gesprochen hatte. Es war verlassen, Lannis folgerte allerdings aus dem Anblick von ein paar Steinen und geknickten Gräsern, dass erst vor zwei Tagen hier jemand gelagert hatte. Wir fanden den Steinkreis und gleich drei Totems. Einen Biberschädel, einen von einem Wolf, und, deutlich neuer und nicht verwittert, einen Luchsschädel.

»Leute«, rief Hanik leise und wies auf einen kleinen Steppenfuchs, der dort am Steinkreis herumschlich. »Schaut euch das mal an … es scheint fast wirklich so, als ob diese Geister wilde Tiere fernhalten!«

»Es ist eine Quelle«, erklärte Mahea, als sie jedem der Totems ihre Gabe darbrachte. »Kein Wasserloch, das versanden, oder ein Brunnen, in den jemand einen Kadaver werfen kann. Ein guter Ort, um zu lagern und in Frieden zusammenzukommen.«

»Siehst du die Geister?«, fragte Hanik und sah sich unbehaglich um.

»Ja, den Wolf«, nickte sie. »Er beschnuppert gerade deinen Hintern.«

Als Hanik herumfuhr und wild starrte, lachte sie laut auf. »Nein, er ist nicht dort«, beruhigte sie ihn mit einem breiten Grinsen. »Sie kommen nur, wenn es nötig ist. Aber glaube mir, sie sind da. Ich spüre sie.«

Nachdem wir die Geister besänftigt hatten, schlugen wir unser Lager auf.

»Ach Mist«, entfuhr es Frick, als er die Hufe seines Pferdes überprüfte. »Ritor hier hat sich einen Stein eingetreten, er sitzt tief … ich habe es mir also nicht eingebildet, dass er zu lahmen anfing.«

Ich sah zum Himmel hinauf, bis zur Dämmerung waren es nur noch knapp drei Kerzen. »Wir lagern hier für die Nacht«, entschied ich, während ich Zeus absattelte und ihm seinen Hafersack umhängte. »Schaut zu, dass Ihr den Stein schonend herausbekommt ...«

»Hab ich schon«, teilte er mir mit und hielt einen scharfkantigen Splitter hoch. »Morgen wird es ihn nicht mehr stören.«

Während sich im Hintergrund Eldred mit Lannis darüber stritt, warum ausgerechnet er jetzt kochen sollte, nahm ich mir meinen Sattel und die Bettrolle und legte sie etwas abseits von dem Steinkreis aus, in dem Mahea gerade mit ihrem Zunderkästchen Feuer machte. Ein großer grauer Stein, etwa halb so hoch wie ich und in der groben Form einer Faust, die aus dem Boden ragte, gab mir dort etwas Sichtschutz vor den anderen; im Moment war ich nicht darauf aus, jemandem den Platz am Feuer streitig zu machen.

Als Serafine wortlos ihre Bettrolle neben meine legte, sah ich sie fragend an.

»Ich habe beschlossen, ein anderes Mal weiter erzürnt zu sein«, teilte sie mir erhaben mit. »Es ist mir zu anstrengend.« Sie setzte sich neben mir auf ihren Sattel und schlang die Arme um ihre Beine, um den Kopf auf den Knien aufzustützen und zu mir hinaufzusehen. »Zudem scheint es dich nicht sonderlich berührt zu haben.«

»Da täuschst du dich«, teilte ich ihr mit, während ich unser Lager herrichtete. »Ich habe nur gelernt, dass es wenig Sinn ergibt, dagegen anzukämpfen. Doch das mit Nataliya«, fügte ich leise hinzu, »hat wehgetan.«

»Es tut mir leid«, sagte sie mit gedämpfter Stimme. »Aber ich habe etwas gegen Selbstaufopferung. Selbst wenn Soltar unseren Seelen neues Leben gibt, so hänge ich doch an diesem hier ... und will dich nicht erneut betrauern. Aber das ist nicht das Einzige, was ich dir vorhalte.«

»Was noch?«, fragte ich, als ich mich neben sie setzte.

»Meinst du nicht, dass du mit diesem Abenteuer all die im

Stich lässt, die auf dich zählen? Du hast nicht einmal einen richtigen Plan. Niemand hat etwas von dieser Stadt Tir'na'coer gehört, auch nicht Mahea. Vielleicht gibt es sie gar nicht.« Sie zupfte einen Grashalm aus und spielte mit ihm. »Lanzenobristin Miran hat sich mit ihrer Legion ebenfalls in ein solches Abenteuer gestürzt. Kopflos und ohne nachzudenken. Jetzt hat sie ein paar beschwerliche Tage Marsch vor sich ... und die Kaiserin und zudem Asela glauben, dass sich irgendwo in ihrer Nähe noch eine Feindlegion befindet. Eine volle Feindlegion, Havald. Zehntausend Mann gegen Mirans knapp dreitausend.« Sie sah mich mit ihren dunklen Augen vorwurfsvoll an. »Wärest du da gewesen, du hättest es bestimmt verhindert.«

»Du weißt, weshalb ich die dritte Legion in die Donnerfeste beordern wollte. Und Miran gilt als fähig. Allerdings bin ich verwundert darüber, dass sie schon so viele unter ihrem Banner versammeln konnte.«

»Als der Vertrag von Askir nichtig wurde, hat sie rücksichtslos bei den anderen Legionen geplündert. Sogar von Kasale hat sie einige erfahrene Soldaten abwerben können«, erklärte Serafine. Sie seufzte. »Du kannst zur Zeit nicht durch die Straßen Askirs gehen, ohne über einen Werber zu stolpern. Desina tut, was sie kann, um die Legionen wieder aufzubauen, aber es gibt nicht genügend Veteranen. Doch um alle Legionen auf volle Stärke zu bringen, fehlen uns zur Zeit fast vierzigtausend Mann. Abgesehen davon fehlt es uns an Ausrüstung und Material. Nicht alles, was im Zeughaus liegt, ist noch zu gebrauchen. Die große Schmiede am Arsenalsplatz ist wieder in Betrieb, aber es geht alles zu langsam und ... ehrlich gesagt, die Qualität unserer neuen Rüstungen lässt sehr zu wünschen übrig. All das macht Miran und ihre dreitausend Legionäre zu unserer wichtigsten Legion.«

»Du befürchtest, dass Miran die Legion verschwenden wird?«, fragte ich nach.

»Sie mag gut sein in dem was sie tut«, seufzte Serafine. »Aber sie ist eigensinnig und strebt nach Anerkennung und

Macht. Aber … ja. Ich befürchte, dass sie die Legion verlieren wird.«

»Es ist immerhin eine kaiserliche Legion. So leicht wird man sie nicht schlagen«, versuchte ich sie zu beruhigen. »Weißt du, was sie vorhat? Will sie sich dem Gegner stellen, oder versucht sie so schnell wie möglich zur Donnerfeste zurückzukehren?«

»Ersteres«, sagte sie. »Es gibt dort in der Gegend eine alte Ruinenstadt. Das Letzte, was ich hörte, ist, dass sie sich dort in Stellung begeben will.«

»Welche Ruinenstadt?«, fragte ich überrascht. »Außer Lassahndaar gab es dort in der Gegend keine größeren Ansiedlungen.«

Sie zuckte mit den Schultern. »Ich weiß es nicht, ich war nie dort. Sie hat einen seltsamen Namen … Dunkelschacht, oder so ähnlich.«

»Götter«, fluchte ich. »Hat Miran denn niemand, der sie vor Ort berät? Der aus den Südlanden kommt?«

»Nicht dass ich wüsste. Sie würde sich auch nicht viel sagen lassen. Warum?«

»Dunkelschacht ist eine alte Bergarbeiterstadt. Sie haben dort nach Kupfer und Zinn gegraben … aber die Stadt wurde auf den Ruinen eines alten Elfengrabs erbaut.« Es hielt mich nicht mehr im Sitzen, ich sprang auf und ging ruhelos auf und ab. »Während der Minenarbeiten stießen die Arbeiter dort auf das Grab und brachen es auf. Zehn Tage später fand ein Händler dort nur noch Tote vor, Kinder, Frauen und alte Männer, allesamt grausam gefoltert und zu Tode gebracht … nur von den jungen Männern fehlte jede Spur. Fast dreitausend Menschen starben dort, und es gab nicht die geringsten Anzeichen dafür, dass es zu einem Kampf gekommen wäre. Dafür fand man zwei Säulen aus schwarzem Stein. Eine trug die Warnung in der Schrift der Dunkelelfen, die andere in einwandfreiem Imperial. Sie warnten, dass jeder, der es wagen würde, den Ort noch einmal zu betreten, das gleiche Schicksal erleiden würde.«

»Zokoras Stamm?«, fragte Serafine, und ich nickte.

»Sie erzählte mir, dass sie als junge Kriegerin an dem Angriff teilnahm. Und sie ließ keinen Zweifel daran, dass sie selbst wieder so handeln würde, wenn jemand den Boden dort entweiht.«

»Du meinst nicht, dass es einen Unterschied macht, wenn es Legionäre sind, die dort nur einen sicheren Ort für die Nacht suchen?«

»Für Zokora? Vielleicht. Für ihre Schwestern?« Ich schüttelte den Kopf. »Wohl kaum. Ob Legionäre oder nicht, wenn Miran dort lagert, werden wir am nächsten Morgen nur noch tote Legionäre finden. Kaiserliche Rüstungen schützen nicht gegen die Magie der dunklen Elfen! Götter, Finna, wie lange braucht Miran noch bis dorthin? Sie muss gewarnt werden!«

»Dafür ist es zu spät, Havald«, sagte Serafine rau. »Ich hörte, es würde zwei Tage brauchen … also wollen sie sich dort noch heute Nacht verschanzen. Es ist zu spät, Havald … Selbst wenn wir nicht fast einen Tagesritt vom Tor in Braunfels entfernt wären, es würde nichts nützen. Es bräuchte schon zu lange, um von der Donnerfeste dorthin zu kommen.« Ihre dunklen Augen hielten mich, als sie fast unhörbar seufzte. »Das ist es, was ich meinte, Havald. Wärest du in die Südlande gegangen und nicht hierher, hättest du es verhindern können. Manchmal …«, fügte sie leise hinzu, um endlich diesen unerträglichen Blick von mir abzuwenden und in die Ferne zu starren und die Arme fester um ihre Knie zu schlingen, »manchmal kommt es mir so vor, als ob überall, wo du zu finden bist, Blut den Boden tränkt.«

Sie konnte wohl kaum wissen, wie hart mich ihre Worte getroffen hatten. Ich sah in ihr Gesicht, das im Schlaf noch jünger und unschuldiger wirkte, und seufzte. Sie hatte sich aus ihrer Rüstung geschält, trug nur den wattierten Waffenrock, und im Schlaf war ihr die Decke von der Schulter gerutscht. Ich beugte mich vor und zog ihre Decke zurecht, dann lehnte ich mich gegen den Stein und stützte mein Kinn auf Seelenreißers Knauf.

Noch war die Nacht nicht ganz hereingebrochen, vom Feuer her hörte ich die leisen Stimmen der anderen, doch sonst störte nichts die Ruhe. Die Quelle und das Feuerbett, in dem bestimmt schon Hunderte von Lagerfeuern entzündet worden waren, befanden sich auf einer kleinen Erhebung, kaum wert, ein Hügel genannt zu werden. Von hier aus hatte ich eine weite Sicht über die Steppe … und unser Feuer würde man weithin sehen können.

Oder auch riechen, denn Holz war hier bereits Mangelware, die dichten Wälder der Ostmark lagen hinter uns. Dass wir Feuer zum Kochen hatten, verdankten wir der Voraussicht der Barbaren, die uns unter einer gegerbten Tierhaut einen Haufen getrockneten Dung zurückgelassen hatten. Es brannte, aber dem beißenden Rauch wich man am besten aus.

Während der letzten Kerze hatte ich mehrfach versucht, Asela zu erreichen. Zuerst hatte ich es, wie sie geraten hatte, mit dem Ring versucht, ihn mit ihrem Namen angesprochen, lange angestarrt, ihn dreimal links und dreimal rechts am Finger gedreht … um dann doch nach meinem Schwert zu greifen. Sollte sie sich halt beschweren. Jedenfalls fehlte nicht viel und ich hätte mit Seelenreißer herumgefuchtelt und laut ihren Namen gerufen, aber diesmal war das Glöckchen wohl zu leise … oder sie war zu beschäftigt.

Serafine hatte in den letzten Tagen wenig Schlaf bekommen und sich schon vor Sonnenuntergang zur Ruhe begeben, ich beneidete sie darum, denn obwohl mir meine Knochen bleischwer erschienen, fand ich keine Ruhe.

Hatte Serafine recht? Ich sah dorthin, wo die Sonne nurmehr durch das Himmelslodern zu sehen war und fragte mich, ob es wahrhaftig meine Schuld war, wenn sich, während ich hier saß, das Schicksal der dritten Legion in Dunkelschacht erfüllte.

Meine einzige Hoffnung war Zokora und die Allianz, die

sie Desina versprochen hatte, doch was nutzte das, wenn Zokora selbst von ihrem eigenen Stamm als Verräterin angesehen wurde? Eines war sicher: Sollte ihr Stamm die Legion abschlachten, dann wäre die Allianz dahin. Auch wenn Desina es sich anders wünschen mochte, bliebe ihr nichts übrig, als in Zukunft den dunklen Elfen feindlich gegenüberzutreten.

Zokora hatte mir einmal gesagt, dass sie Angst vor uns Menschen hätte. Weil es so viele von uns gab und so wenige von ihnen. Sie wusste, wie es ausgehen würde, vielleicht nicht heute oder in zehn oder auch in hundert Jahren, aber früher oder später würden die dunklen Elfen für uns nur Legenden sein, die man sich am Herdfeuer erzählte … genauso wie man heute von den Zwergen sprach.

Für eine dunkle Elfe war sie uns weiter entgegengekommen, als man es jemals hätte glauben können. Sie trug zwei Kinder unter ihrem Herzen, die Kinder ihres menschlichen Liebhabers, und auch wenn sie sich nie ausführlich darüber geäußert hatte, wusste ich, dass sie gehofft hatte, ihre Stammesschwestern zurück an die Oberfläche zu führen … und in eine gemeinsame Zukunft mit uns.

All das war dahin, weil Lanzenobristin Miran sich nicht die Mühe gegeben hatte, sich nach einem ortskundigen Führer umzusehen.

Götter, dachte ich verzweifelt, was würde ich nicht alles tun, um das Unheil zu verhindern!

Dann halte den Gedanken fest.

Schon einmal hatte ich eine Stimme in meinen Gedanken gehört, die nicht die meine war, doch diesmal gehörte sie nicht einem Drachen, sondern besaß einen rauen, gutturalen Unterton …

Was nicht verwunderlich war, da sie zu dem geisterhaften Wolf gehörte, der dort vor dem Steinkreis stand und die Steine beschnüffelte, um dann gemächlich über den Kreis zu treten.

Vielleicht war ich nur müde oder schlief schon und träumte, aber ich meinte für einen kurzen Moment die Tiergeister zu sehen, von denen Mahea gesprochen hatte, ein Luchs, ein Biber und ein Wolf, der auf den Geisterwolf zukam, nur um sich vor ihm auf den Rücken zu werfen … und sofort wieder zu verschwinden … so wie der Biber und der Luchs.

Irgendwie, sprach der Wolf weiter, als er langsam auf unser Lager zukam, *wusste ich, dass du es sein würdest, der mich weckt.*

Sein Anblick hätte mich erschrecken lassen sollen, doch etwas in mir wusste, dass er nicht gekommen war, um uns zu schaden.

Er setzte sich ein Stück neben Serafine hin und begann, sich ausgiebig hinter dem linken Ohr zu kratzen, während er mich mit gelben Augen musterte.

Verdammte Flöhe.

Haben Geister Flöhe?

Nein, antwortete er und bedachte mich mit einem strafenden Blick. *Aber dieser Körper war mir am nächsten, als ich erwachte, und er hat Flöhe… wenn auch nicht mehr lange. Ist es das, worüber du mit mir sprechen willst, Havald? Meine Flöhe? Ich denke nicht.*

Nun, es war mir neu, dass ich mit einem Wolf hatte sprechen wollen.

Seine Hinterpfote erstarrte mitten in der Kratzbewegung, und er sah mich strafend an. *Dafür rufst du ziemlich laut, Wanderer.*

Ich wollte fragen, was er meinte, doch dann folgte ich seinem Blick zu meiner Brust … wo ich noch immer das Wolfsamulett trug, ich hatte vergessen, es abzunehmen.

Wir kennen uns, sagte der Wolf und erlaubte sich ein wölfisches Grinsen. *Schon lange. Du weißt, wer ich bin, Wanderer … du trägst das Wissen in deinem Blut.*

In der Tat, ich wusste, wer er war. Vater Wolf. Wolfgaard. Der Winterwolf. Der Gott des Winters meiner Heimat. Bevor die zweite Legion gekommen war, um den Göttern der Dreieinigkeit mit Blut und Stahl ein neues Land zu erobern, war er es, zu dem meine Vorfahren gebetet hatten. Das Amulett, das ich um meinen Hals trug, war einst ihm geweiht gewesen, mit der Hilfe solcher Amulette war es den Schamanen meiner Heimat möglich gewesen, die Form eines Wolfs anzunehmen … und genau das hatte ich getan, in jenem letzten verzweifelten Moment, als es ausgesehen hatte, als gäbe es nichts, das Balthasars Macht widerstehen könnte.

Du hast mich dreimal schon geweckt, fuhr er mit grollender Stimme fort. *Einmal, als du mit deinen stählernen Brüdern in mein Land kamst, um meine Kinder zu erschlagen. Das zweite Mal, als du meinen Aspekt angenommen hast, um den Weltenstrom umzulenken … und das dritte Mal, als du wieder meine Kinder erschlagen hast … um dann doch Gnade zu üben*. Er legte den Kopf schräg. *Was du so als Gnade siehst*, fuhr er knurrend fort, während sich um ihn herum das Gras langsam mit Raureif bedeckte. *Von neun Kindern hast du ihr nur zwei gelassen …*

Er musste die Wolfselfe meinen. Die Werwölfe, die wir erschlagen hatten.

»Es war ein Missverständnis«, teilte ich ihm mit.

Wenn ich das nicht wüsste, wäre ich nicht hier. Seine Augen bannten mich. *Du bist wahrlich der Verfluchte, Havald*, sagte er. *Wo du gehst und stehst, bringst du den Tod … aber auch Wandel und Erneuerung. Bevor du kamst, lag ich im Schlaf gefangen, hörte nicht mehr die Stimmen meiner Kinder, die mich riefen. Du hast meine Kinder erschlagen … zugleich aber brachtest du mir die meiner Dienerinnen zurück, die ich am meisten liebe, und hast mir das Tor zurück in diese Welt geöffnet. Du dienst vielen Göttern, Havald … und doch letztlich dienst du nur dir selbst. Doch du hältst auch deine Versprechen … also, Wanderer, Verfluchter, was gibst du, um die stählernen Soldaten zu retten, die meine Kinder einst erschlagen haben?*

Ich glaubte nicht mehr daran, dass es ein Traum war.

»Du bist ihr zu nahe«, teilte ich ihm mit und wies auf den Raureif, der Serafines Decke immer näher kam.

Er sah zu ihr hin … lange, als würde er über etwas nachsinnen.

Habe ich sie nicht schon einmal in meinen Atem gehüllt?, fragte er dann. *Mir ist so, als ob ich sie kennen sollte.*

»Ja, das hast du«, bestätigte ich rau. »Einmal reicht.«

Damals, als wir das Erste Horn der zweiten Legion in diesem Eiskeller gefunden hatten, hatte ich noch nicht gewusst, dass eine der in Stahl und Eis gepanzerten Soldaten Serafine gewesen war. Sie hatte neben dem Sergeanten gesessen, den Kopf an seine Schulter gelehnt, als ob sie schlafen würde. Nur er hatte aufrecht dagesessen, Eiswehr waagrecht auf seinen Knien, und mich durch das Eis und die Jahrhunderte, die uns trennten, angesehen, als hätte er gewusst, dass ich kommen würde. Als ich diesmal fror, war es nicht die Kälte, die von dem Wolf ausging, sondern der Schatten der Erinnerung. Auch ich war damals gestorben. Denn mittlerweile schien es mir sinnlos, daran zu zweifeln, dass Jerbil Konai und ich eine Seele teilten.

Ich habe geschlafen, damals, teilte mir der Wolf mit. *Vielleicht hätte ich euer Flehen erhört, wäre ich wach gewesen.* Er zog die Lefzen hoch und zeigte seine Fänge. *Vielleicht auch nicht.* Doch noch während er sprach, verschwand der Raureif und ließ feuchtes Gras zurück.

Gleichzeitig lief ein Schimmern über ihn, und vor mir stand ein blonder Mann, in eine Fellrüstung gekleidet, auf einen Kriegshammer gestützt, gut einen Kopf größer als ich, und musterte mich mit grauen kühlen Augen. Nichts Geisterhaftes war mehr an ihm, ich sah sogar den schwachen Schatten, den das Abendrot ihn werfen ließ.

»Besser so?«, fragte er und kam langsam, hinkend, auf mich zu, um es sich dann vor mir auf meinem Sattel bequem zu machen.

»Danke«, sagte ich. In unseren Tempeln standen die Statuen unserer Götter, sodass wie sie verehren konnten. Wer auch immer diese Statuen einst schuf, hatte es vermocht, sie fast mit Leben zu erfüllen, doch dies war der erste Gott, den ich leibhaftig sah. Bei aller Ehrfurcht, die ich oftmals in den Tempeln unserer Götter verspürte, kam es nicht an das heran, was ich nun spürte. Es war, als ob die Luft nach Schnee roch, die Welt schärfer und klarer gezeichnet wäre, er meine Sinne erfüllte und allein sein Anblick mir die Luft aus der Lunge und die Gedanken aus dem Kopf ziehen würde ... ich konnte nur sprachlos dasitzen und starren und mich wundern, warum ich nicht vor ihm auf die Knie fiel.

Dann kratzte er sich hinter dem Ohr.

Der Blick, den er mir dabei zuwarf, warnte mich davor, auch nur das Falsche zu denken.

Zu spät.

Für einen Moment sah ich schon diesen Hammer nach mir fliegen ... doch schließlich zuckten seine Lippen.

»Wann gehst du auf die Knie?«, fragte er neugierig, während er sich das besah, was er gefangen hatte, es zwischen den Fingernägeln knackte und dann achtlos wegwarf. »Ist es schon geschehen?«

»Selten«, gab ich zu, während ich ihn meinerseits musterte. »Ich frage mich, warum ich keine Angst vor dir habe.«

Diesmal lachte er. Laut. Unwillkürlich achtete ich auf die Stimmen der anderen, doch sie unterhielten sich weiter, vielleicht dachten sie, das Lachen wäre von mir gekommen.

»Du bist zu stur dazu.«

Damit mochte er recht haben.

»Ich habe dich nicht gerufen, Alter Wolf«, sagte ich dann langsam, jedes Wort sorgsam abwägend. »Zumindest lag es nicht in meiner Absicht. Du bist gekommen, weil du etwas von mir brauchst. Nur weiß ich nicht, was es sein könnte.«

Er musterte mich länger, während seine grauen Augen hin und wieder gelblich schimmerten. »Ich will, dass du mir dienst.«

»Ich diene Soltar.«

»Das eine schließt das andere nicht aus«, teilte er mir mit. »Ich weiß sehr wohl, wem du dienst ...« Er schien aus irgendeinem Grund erheitert. »Was ist es nur an den Menschen, dass sie so an ihren Göttern festhalten, die ihnen niemals so offen entgegentreten werden, wie ich es tue? Kürzlich erst hörte ich solches schon einmal. Woher nehmt ihr Menschen nur die Dreistigkeit, einem Gott zu sagen, dass ihr ihm nicht dienen wollt? Sei's drum.« Er tat eine wegwischende Handbewegung und grinste breit. »Du wirst sie ja noch kennenlernen …«

Ich verstand nicht, was er damit sagen wollte, aber gut … »Was willst du dafür, dass du mir hilfst?«

Er wurde ernst, nein, das traf es nicht ganz, denn in seinen eisgrauen Augen las ich einen Wintersturm.

»Omagor«, sagte er mit rauer Stimme. »Ich werde nicht zulassen, dass ein Seelenreiter nach seinem Mantel greift! Das Geschmeiß dieses Nekromanten besudelt mein Land, mit seinen Ritualen frisst er die Seelen meiner Kinder, und er gewinnt mehr und mehr an Macht. Jetzt, da ich erwacht bin, kann ich das nicht zulassen. In diesem Kampf stehe ich an der Seite deiner Götter, Wanderer, es ist unser Krieg … aber ich will etwas dafür, dass der Winter Seite an Seite mit dem Sommer kämpft. Du hast Einfluss auf die Königin aus Eis, sie wird tun, was du ihr rätst.«

»Welche Eiskönigin?«, fragte ich, doch noch während ich sprach, wusste ich, wen er meinte. »Leandra?«

Er nickte. »Sage ihr, dass sie eine neue Bestimmung hat. Dass sie frei ist von den Göttern der Dreieinigkeit, dass ihr Pfad nicht mehr von Göttern bestimmt wird, sondern einzig allein ihrem Willen unterliegt. Ich will, dass sie mir opfert, dass sie im Land verkünden lässt, dass ich erwacht bin, und dass meine Kinder frei und stolz neben denen stehen sollen, die denen dienen, die du verehrst.« Seine Hand fasste seinen Kriegshammer so fest, dass die Knöchel weiß wurden und Eissplitter zu Boden fielen. »Sag dem Sonnengott, dass Friede sein soll zwischen mir und ihm und seinen Geschwistern. Dass unsere Kinder Seite an Seite kämpfen werden … und uns gemeinsam ehren sollen. Der Kampf gegen die Dunkelheit eint uns …« Seine Augen bohrten sich in die meinen. »Dies muss das letzte Mal sein, dass die Götter gegen die Dunkelheit streiten, das letzte Mal, dass die Götter fürchten müssen, die Welt werde ihrer Schöpfungen beraubt.« Er holte tief Luft. »Stehst du für die Menschen ein, Wanderer?«

Was sollte ich darauf antworten?

»Ja«, sagte ich einfach. »Was auch immer es nutzt. Wenn es nach mir geht, wird Omagor nie wieder auferstehen.«

Er lachte bissig.

»Aus deinem Mund hört sich das seltsam an«, grollte er. »Als hättest du darin noch eine Wahl! Aber dass ein verfluchter Seelenreiter an seine Stelle tritt, darf nicht geschehen. Zumindest darin sollten wir einer Meinung sein.«

»So sehe ich das auch«, stimmte ich ihm zu und musterte ihn nachdenklich. »Ich soll also Leandra dazu bewegen, sich deinem Glauben anzuschließen?«, fragte ich nach. »Ich weiß nicht, ob sie das will. Sie dient Boron.«

»Sie diente Boron«, widersprach er scharf. »Sie tut es nicht mehr. Sie wird es verstehen, zudem ist sie bei mir besser aufgehoben ... ich passe besser zu ihr als dieser sture Gott, der nur seine Regeln kennt.«

»Wie meinst du das?«, fragte ich überrascht. »Warum sollte sich Leandra von Boron abgewendet haben?«

»Nicht sie hat sich von ihm abgewendet, sondern er von ihr«, sagte Wolfgaard rau. »Frage den Priester, der dir dein Schwert brachte, er kann es dir erklären.«

»Erklär du es mir.«

Er sah mich lange an. »Deine Götter sahen die Bestimmung deiner Freundin bereits erfüllt. Ein Versprechen ist gegeben worden, es wurde eingehalten, aber nur den Worten nach und nicht nach ihrem Sinn. Wäre es nach deinen Göttern gegangen, stände sie bereits vor ihrem Gericht ... und würde ihre größere Bestimmung nie erfahren.« Er beugte sich etwas vor und grinste breit. »Anders als Boron habe ich keine Angst vor ihr und erfreue mich an dem Gedanken, was aus ihr werden kann.«

Damit war ich genauso schlau wie zuvor. Er schien mir sagen zu wollen, dass Leandra beinahe gestorben wäre ...

»Hast du das verhindert? Leandras Tod?«, fragte ich ihn leise.

»Nein«, knurrte er. »Das war ein anderer.« Er hob abwehrend die Hand. »Mehr kann und will ich dir nicht sagen. Frag diesen Priester.«

Genau das hatte ich nun vor.

»Ich werde es Leandra ausrichten«, versprach ich. »Nur täuschst du dich darin, dass es verboten ist, dir zu huldigen. Es wird niemand verfolgt, wenn er dir dient.«

»So lange nicht, wie sie es im Verborgenen tun«, sagte er bitter. »Aber nicht, wenn der Glaube an mich wieder erstarkt. Deine Götter hüten eifersüchtig ihren Einfluss, doch das ist der Preis, den ich ihnen abverlange. Das ist der zweite Teil unseres Handels. Die Priester der Dreieinigkeit müssen meinen Glauben akzeptieren und dürfen nicht dagegen predigen. Denn nur so kann ich stark genug werden, um gegen den Verfluchten ins Feld zu ziehen. Du hast Einfluss bei den Priestern Soltars. Nutze ihn dafür. Und vergesse nicht, es ist mein Land gewesen, in das deine Götter gekommen sind.«

Ich zuckte hilflos mit den Schultern. »Ich kann es Bruder Jon ausrichten, aber ...«

»Das muss reichen«, meinte der Alte Wolf. Er sah auf Serafine herab. »Du wirst sie wecken müssen, wenn es dir gelingen soll, die Stählernen zu retten.« Er wies hoch zu Soltars Tuch. »Siehst du diesen Stern?«, fragte er leise. »Folge ihm. Reite so schnell du kannst. Er wird dich zu einem der alten Wege führen. Du wirst wissen, was dann zu tun ist.« Er grinste breit. »Du bist der Wanderer ... also wandere ...«

»Havald!«, zischte Serafine leise und schüttelte mich an der Schulter. »Wach auf!« Sie hielt Zokoras Schwert in der Hand und sah sich wachsam um.

»Was ist?«, fragte ich benommen, während ich nach Seelenreißer griff.

»Ein Wolf. Hast du ihn nicht heulen hören?«

Ein Wolf. Ich schüttelte den Schlaf aus meinem Kopf und

wollte ihr gerade von dem Traum erzählen, den ich gehabt hatte, als ich das feuchte Gras sah …

»Der Wolf wird uns keine Sorgen mehr bereiten«, teilte ich ihr mit, während ich schon aufstand und nach meinem Sattelzeug griff. »Aber wir müssen auf der Stelle los!«

Verirrst du dich im Kreis aus Stein …

8 »Lanzengeneral!«, rief Lannis mir über das Donnern der galoppierenden Hufe zu. »Haltet ein! So reiten wir nur die Pferde zuschanden, wir müssen ihnen etwas Ruhe gönnen.«

»Und meinem Hintern auch!«, hörte ich eine Stimme weiter hinten.

Widerwillig zügelte ich Zeus. Selbst er schnaubte und wandte mir seinen mächtigen Kopf zu. »Du bist ein braver Junge«, teilte ich ihm leise mit, während ich versuchte, in der Dunkelheit vor uns etwas zu erkennen.

»Ist er immer so, Schwertobristin?«, hörte ich Lannis Serafine fragen. Die Nacht war nun schon lange hereingebrochen, und mit ihr war die Kälte gekommen, selbst im Sternenlicht konnte ich Zeus' Atem sehen.

»Nein«, hörte ich Serafines Antwort. »Manchmal erklärt er sogar, was er tut.« Gerade im Hinblick auf unsere letzten Gespräche fiel es mir nicht schwer, einen Vorwurf aus ihrer Stimme herauszuhören. Aber wie hätte ich ihr das erklären können, was ich suchte, wenn ich es selbst nicht wusste?

Ich sah hinauf zu Soltars Tuch, wo dieser eine Stern besonders strahlend schien … ich hatte mich noch immer nicht daran gewöhnen können, dass im alten Reich sogar der Himmel anders gezeichnet war. Fünf Kerzenlängen waren wir nun schon geritten; wäre das Land nicht so flach und leer gewesen, hätten wir bestimmt schon Pferde verloren, aber so gab es nichts, was unseren wilden Ritt gebremst hätte. Nur dass Lannis recht hatte, für den heutigen Tag hatten wir unseren Pferden bereits zu viel zugemutet.

Ich stieg ab, um Zeus ein Stück weit zu führen, die anderen taten es mir nach, und ich wandte mich an die Bannersergeantin, die zusammen mit Serafine hinter mir ging.

»Ihr kennt dieses Land«, stellte ich fest. »Wisst Ihr, was wir hier finden werden, wenn wir in dieser Richtung weiterreiten?«

Im Sternenlicht sah ich, wie sie ihr Haupt schüttelte. »Es ist Jahrzehnte her, dass jemand so weit in das Barbarenland vorgedrungen ist«, teilte sie mir mit, während sie sorgsam den Gang ihres Pferdes überprüfte. Sie hielt an, um den linken Vorderhuf zu überprüfen. »Nichts«, stellte sie fest. »Wir sind wohl nur zu lang geritten.«

Währenddessen spähte ich in die Dunkelheit. »Irgendetwas muss sich dort vorne befinden.« Ich wusste nicht, warum mich Wolfgaard zur Eile getrieben hatte, aber es konnte nicht mehr lange bis Mitternacht sein. Und mit jedem Lidschlag, jedem Docht, der verstrich, wurde meine Unruhe nur größer. Es war, als ob ich einen Sturm fühlen könnte, der auf uns zukam.

»Es gibt eine Landmarke der Barbaren dort vorne«, meinte Lannis und wies mit ihrer freien Hand in die Dunkelheit. »Wir haben sie schon fast erreicht. Dort … könnt Ihr es sehen?«

»Ist es etwas mit festen Mauern?«, fragte Hanik von hinten.

»Nein. Ein paar große Steine, mehr nicht«, antworte Lannis. »Wieso?«

Als Antwort wies der Lanzensergeant zur Seite hin, wo soeben eine Fackel entzündet wurde. Während wir noch starrten, flammten weitere Fackeln auf.

»Das müssen so um die zwanzig sein«, stellte Serafine grimmig fest und lockerte ihr Schwert in der Scheide. »Aber nicht jeder wird eine Fackel tragen.«

»Zu viel für uns«, kommentierte Eldred. In der Dunkelheit war sein Gesicht kaum zu erkennen. Ich erahnte mehr, als dass ich es sah, wie er den Kopf schüttelte. »Ich verstehe nicht, wie sie uns haben folgen können … so schnell, wie wir geritten sind!« Er sah zu mir hin. »Was machen wir jetzt, Ser General?«

»Mahea?«, fragte ich die Späherin.

»Sie wussten, wohin wir ritten«, sagte sie betont neutral. »Wir ritten gerade wie mit einer Schnur gezogen … sie haben uns einfach abgepasst.«

»Sie kommen nicht näher«, stellte Serafine fest.

»Sie sterben ungern in der Nacht«, erklärte die Späherin. »Sie werden bis zum Morgengrauen warten. Sie haben die Fackeln nur entzündet, damit wir uns darauf vorbereiten können.«

»Wie freundlich von ihnen«, meinte Lannis trocken. »Aber ich wette, dass sie auch am Tag nur ungern sterben.« Sie spie aus in die Dunkelheit. »Wir sind Legionäre und keine Blutreiter! Mal schauen, wie eilig sie es mit dem Sterben haben, wenn die Ersten von ihnen tot vor unseren Füßen liegen.«

»Dann sollten wir weiterreiten«, meinte Mahea gefasst. »Die Wolfssteine sind keine Mauern, aber sie sind besser als nichts. Wer weiß, vielleicht greifen sie uns gar nicht an, wenn wir dort Deckung suchen … Diese alten Steine sind ihnen heilig.«

»Wie habt Ihr sie soeben genannt?«, fragte ich sie, während ich wie gebannt zu den fernen Fackeln hinsah. Strengte ich mich an, konnte ich in ihrem Schein weitere dunkle Gestalten sehen … Serafine hatte recht, es mussten weit über hundert sein. »Die Steine … wie habt Ihr sie genannt?«

»Wolfssteine«, antwortete sie. »Nicht, weil die Steine selbst einem Wolf ähneln, sondern wegen der verwitterten Skulpturen in der Mitte des Steinkreises.« Ich sah in der Dunkelheit ihre Zähne schimmern, als sie lächelte. »Ich war zuletzt als Kind dort … und es ist wahrhaftig ein magischer

Ort … alt und verzaubert … aber ich hätte mir einen anderen Ort zum Sterben gewünscht.«

»So leicht sterben Legionäre nicht. Außerdem hat Mechthild auch ein Wörtchen mitzureden«, lachte Hulmir grimmig. »Ich könnte ihnen jetzt schon einen Vorgeschmack geben; einen von den Fackelträgern trifft sie sogar noch von hier.«

Ich sah zum Sternenhimmel hoch. »Reiten wir weiter«, sagte ich. »Vielleicht wird es am Morgen doch eine Überraschung für unsere Freunde hier geben.«

Lannis hatte recht gehabt, es dauerte kaum mehr als ein Viertel einer Kerze, bis wir den Steinkreis erreichten. Und auch Mahea sollte recht behalten, es war in der Tat ein magischer Ort. Sieben Menhire ragten hier in die Höhe, gut zwei Mannslängen hoch und so massiv und schwer, dass man sich fragte, wie man sie errichtet hatte. Der Kreis, den sie beschrieben, war gut zwölf Schritt im Durchmesser, und in ihrer Mitte bildeten fünf steinerne Wölfe, so sehr verwittert, dass man sie kaum noch als solche erkennen konnte, einen inneren Kreis, der gut sieben Schritt maß.

»Ist es das, was du gesucht hast?«, fragte mich Serafine rau, als ich von Zeus' breitem Rücken glitt und ihn an den Zügeln in den Kreis führte. »Ein paar Steine im Nirgendwo?«

»Ja«, entgegnete ich leise, während ich versuchte, mich an die alten Geschichten zu erinnern. »Das ist es.«

»Wolltest du mich nicht in deine Pläne einweihen?«, fragte sie leise genug, sodass die anderen sie nicht hören konnten. Sie klang zugleich grimmig, müde und enttäuscht. »Vielleicht …«

»Wir werden hier nicht sterben«, teilte ich ihr mit und ließ Zeus' Zügel fallen, um mit der Hand über den verwitterten Stein zu streichen und dann zum Himmel aufzusehen.

»Das hoffe ich doch sehr«, meinte sie mit einem schwachen Lächeln. »Aber glaubst du wahrhaftig, dass du sie allein mit Seelenreißer besiegen kannst?«

Ich hoffte mehr darauf, dass es sich vermeiden ließ. »Mit Seelenreißer hat das nichts zu tun.« Die Sterne hier waren mir fremd, also wandte ich mich an Lannis, die mit den anderen aufgeschlossen hatte und nun ebenfalls ihre Pferde in den äußeren Kreis führte. »Wie lange bis Mitternacht?«

»Etwas mehr als eine halbe Kerze.«

»Havald«, sagte Serafine in dem mahnenden Tonfall, den ich oft genug in meinem Leben schon gehört hatte. Sie wollte Erklärungen. Jetzt.

»Gibt es mehr von diesen Steinkreisen?«, fragte ich Lannis.

»Ich weiß von einem weiteren«, teilte sie mir mit.

»Es gibt mehr von ihnen«, sagte Mahea, während sie die Wolfsstatuen staunend besah. »Ich selbst weiß von drei weiteren ... und es sollen noch viel mehr sein, die hier im Land verteilt zu finden sind.«

»Es sind nur Steine«, meinte Hulmir, während er den Haken an der Sehne seiner Handballiste ansetzte und zu kurbeln begann. »Aber sie bieten Deckung.«

»Havald ...«, begann Serafine ungeduldig. »Es wird Zeit, dass du ...«

»Es gibt diese Steine nicht nur hier«, erklärte ich ihnen. »Es gibt sie auch in meiner Heimat. Sie gelten dort ebenfalls als heilig.«

»Es gibt sie überall im ganzen Kaiserreich«, meinte Serafine entnervt. »Was ist mit ihnen?«

»In meiner Heimat sind sie dem Wolf geweiht. Dem Wolfsgott, den man dort verehrte.«

»Ich weiß«, knurrte sie. »Ich bin dort gewesen, hast du das vergessen?«

»Vielleicht erinnerst du dich daran, wo wir dem Wolf noch begegnet sind«, sagte ich, während ich die Blicke der anderen auf mir spürte. Bis auf das Klackern von Hulmirs Ladewinde war es still hier, und ich konnte ihren Atem hören ... und sehen. »Er findet sich an jedem Knotenpunkt des Weltenstroms. Wegen eines Wolfskopfs wurdet ihr von Balthasar verraten … und diese Steine sind so alt wie die Welt.« Ich suchte in der Dunkelheit ihren Blick. »Den Legenden nach nutzten die Priester des Wolfs diese Steine, um zu anderen Orten zu reisen … in andere Welten, vielleicht auch, um ihrem Gott zu begegnen. Vor vielen Jahren wurde in einem Dorf ein Kind vermisst, ich war zufällig zugegen, und man bat mich, bei der Suche zu helfen. Erst dachten wir, das Mädchen wäre in den Brunnen gefallen, doch dann fanden wir ihre Spuren, und sie führten zu einem dieser Kreise. Doch nicht wieder hinaus. Wir suchten weiter, drei Tage und drei Nächte, aber wir fanden sie nicht. Doch in der vierten Nacht kehrte sie zurück, erschreckt und verängstigt. Sie sagte, der Wolf hätte sie in eine andere Welt gebracht, in der Menschen lebten, die sich mit Federn schmückten und Masken trugen von seltsamen Tieren. Einer dieser Vogelmenschen versorgte sie … doch sie hatte Angst und floh vor ihm, zurück zu einem Kreis aus Steinen. Als wir sie fanden, trug sie ein Kleid aus roten und blauen Federn, in Gold gefasst, wie es niemand von uns je zuvor gesehen hatte.«

»Dann sind das Tore?«, fragte Serafine ungläubig. »Deshalb hast du uns hierher geführt? Weißt du, wie man sie bedient?«

»Vielleicht«, sagte ich zögernd. »Es gibt einen alten Kinderreim, den man den Kindern einst lehrte. Es gab mehrere von ihnen, sie unterschieden sich voneinander, je nachdem, um welchen Steinkreis es sich handelte … In der Gegend von Bregen lehrte man ihn wie folgt:

Verirrst du dich im Kreis aus Stein,
springe, tanze, lache, leg zum Schlaf dich hin,
dann führt der Jäger dich noch heim.«

Ich lachte leise, als ich verstand, was mir der Wolfsgott hatte sagen wollen. »Das Mädchen sagte damals, der Reim hätte sie wieder zurückgebracht.«

»Das reimt sich weder, noch ergibt es einen Sinn«, beschwerte sich Lannis, während ich an Zeus herantrat und eine Fackel aus der Satteltasche zog. »Wie soll ein Kinderreim uns helfen?«

»Wenn wir Licht machen, dann sehen sie uns«, warnte Hanik.

Ich zog einen Funken herbei, um die Fackel zu entzünden. »Das ist nur gerecht«, antwortete ich ihr, während ich die Fackel drehte, bis sie richtig brannte. »Schließlich zeigen sie sich ja auch uns.«

Ich hielt die Fackel höher, um die verwitterten Steine zu beleuchten. »Manchmal finden sich Runen an den Steinen«, erklärte ich, als ich die stehenden Steine ableuchtete. Nur um die Fackel dann enttäuscht sinken zu lassen. Wenn es hier Inschriften gegeben hatte, waren sie bis zur Unkenntlichkeit verwittert.

»Was sucht Ihr, Ser General?«, fragte Mahea.

»Einen Weg zurück«, teilte ich ihr mit, während ich mein Glück an einem der anderen Steine versuchte. Hier ließ sich etwas erahnen, aber nicht mehr erkennen.

»Einen tanzenden Wolf vielleicht?«, fragte sie leise, während sie an den Stein herantrat, den ich eben abgeleuchtet hatte. Sie ließ ihre Finger über eine unsichtbare Spur gleiten. »Ich kann ihn noch sehen«, fuhr Mahea fast flüsternd fort. »So lebendig, als ob er mehr wäre als nur ein Geist ...« Sie sah unsere Blicke und lächelte verlegen. »Es ist das Erbe meines Vaters. Ich sagte doch, ich kann die Geister sehen ... auch wenn sie im Stein gefangen sind.«

»Von dem größten Stein ausgehend und nach links gedreht, was seht Ihr auf den Steinen?«, fragte ich sie.

»Einen, der schläft, einen anderen, der lacht, einen, der springt, noch einen, der schläft, und einen, der tanzt ... und hier einen, der wie ein Jagdhund die Spur anzeigt.«

»Was bedeutet dies alles?«, fragte Serafine, während sie sich die Wolfsfiguren genauer ansah.

Ich hielt die Fackel höher, um die Figuren im inneren Kreis zu beleuchten. »Dass dies der Weg ist, den ich gesucht habe«, teilte ich ihr erleichtert mit. »Und weil die Lanzenkorporalin Geister sehen kann, können wir sogar hierher zurückkehren … Götter«, hauchte ich. »Ich muss Dutzende dieser Steinkreise in meinem Leben gesehen haben … und habe nie verstanden, welchen Sinn sie erfüllten.« Ich wandte mich Serafine zu. »Weißt du, wo Bregen liegt?«

Sie schüttelte den Kopf. »Ich habe noch nie von diesem Ort gehört.«

»Das verwundert mich nicht«, teilte ich ihr mit. »Der Ort wurde gegründet, nachdem die Elfen Dunkelschacht vernichtet haben. Das Kupfer dort war zu wertvoll, um es im Berg zu belassen. Bregen liegt keine zwei Wegstunden von Dunkelschacht entfernt. Und der Wolfsgott muss gewusst haben, dass ich den Reim kenne, der dorthin führt.«

Serafine musterte mich misstrauisch. »Wovon genau sprichst du?«

Ich wies mit meiner freien Hand auf den Ring aus Fackeln, der uns mittlerweile eingeschlossen hatte. »Davon, dass unsere Freunde hier morgen früh wahrhaftig überrascht sein werden.« Ich wandte mich an Lannis. »Teilt mir bitte mit, wenn es genau Mitternacht ist.«

»Gerne«, sagte die Bannersergeantin etwas bissig. »Wenn Ihr mir verratet, wie ich das erkennen soll? So gut kenne ich die Sterne doch nicht!«

»Vielleicht daran, dass die Geister zu leuchten anfangen?«, fragte Mahea rau. »Die Geisterzeichen in den Steinen haben soeben angefangen zu pulsieren.«

»Dann sollten wir keine Zeit verlieren … kommt alle in den inneren Kreis, auch Ihr, Hulmir … und vergesst Mechthild nicht. Nur die Pferde müssen wir zurücklassen, den Legenden nach bekommt ihnen die Reise nicht.«

»Welche Reise?«, fragte Eldred misstrauisch.

Diese Statue hier musste wohl einst der springende Wolf gewesen sein … »Springe, tanze, lache«, wiederholte ich den Kinderreim, während ich nacheinander die Schnauze der verwitterten Wölfe berührte. »Schlafe … dann führt der Jäger dich doch heim.« Der letzte Wolf stand wie ein Jagdhund, und er war noch so gut erhalten, dass ich fast meinen konnte, er würde mich angrinsen, während er mir die Spur zeigte … Ich berührte seine Schnauze und versank im Stein …

»Götter!«, keuchte Eldred und rollte sich mühsam von der Stelle weg, an der er sich erbrochen hatte. »Wenn ich das nächste Mal auf die Idee komme, zusammen mit Euch ein Abenteuer zu bestreiten, versprecht Ihr mir dann, dass Ihr mich davon abbringt?« Er schüttelte sich wie ein nasser Hund. »Hat jemand was zu trinken übrig? Mein Mund schmeckt wie der Hintern einer Kuh!«

»Ja«, keuchte Lannis, während sie sich an einem der Steine abstützte. »Aber erst, nachdem ich selbst getrunken habe … aber erkläre bitte nicht, woher du weißt, wie der Hintern eines Rindviehs schmeckt!« Mit zitternden Fingern zog sie den Korken aus der Flasche aus getriebenem Silber, die sie an ihrem Gürtel getragen hatte. Sie trank einen kräftigen Schluck und ließ die Flasche herumgehen, während sie sich auf ihre Knie stützte und den Kopf schüttelte, als müsse sie den Nebel daraus vertreiben. Dann sah sie sich um, spähte hinauf zum Himmel, wo der größere der beiden Monde uns Licht spendete … und in den dichten Wald hinein, der bis an die Grenze des Steinkreises herangewachsen war. »Wo, bei Astartes goldener Spange, sind wir hier gelandet? Und wieso fühle ich mich, als ob man mir das Innerste nach außen kehrte?«

»Wahrscheinlich, weil genau das geschehen ist«, meinte Serafine schwach. Sie kroch zu mir hinüber, um mich besorgt anzusehen. »Was ist mit dir, Havald?«, fragte sie erschöpft. »Alles in Ordnung?«

»Ja«, brachte ich mühsam hervor. »Ich denke schon. Was …« Ich holte tief Luft und kämpfte zugleich gegen meinen Magen an, der noch immer protestierte. »Was hast du gesehen, als wir im Stein waren?«

»Gesehen?«, fragte sie schwach. »Nichts … nur gefühlt … es hat eine Ewigkeit gedauert, es war wie in einem trägen Strom, der mich mit sich fortspülte, während ich Mühe hatte, mich nicht selbst zu verlieren.«

»Ich sah leuchtende Bänder«, meinte Frick erschöpft. »Sie wanden sich endlos und machten mich ganz wirr im Kopf.«

»Dann war ich wohl der Einzige, der endlos in die tiefste Nacht gefallen ist«, offenbarte sich Eldred gepresst. »Ich werde bis an mein Lebensende Albträume davon haben!« Er nahm einen tiefen Schluck aus Lannis' Flasche, um sogleich das Gesicht zu verziehen. »Was, beim Namenlosen, ist das für ein Zeug? Poliermittel?«

»Kornschnaps. Mein Bruder brennt ihn«, teilte Lannis ihm erhaben mit. »Aber Ihr habt recht. Er eignet sich auch gut, um die Rüstung zu polieren.«

»Das glaube ich gerne«, grollte Eldred und nahm noch einen Schluck. »Da wachsen einem Haare auf der Brust.«

»Ganz sicher nicht«, meinte Lannis etwas spitz und nahm ihm die Flasche wieder ab.

»Was hast du gesehen, Havald?«, fragte Serafine leise.

»Ein leuchtendes Netz aus Sternen … verbunden durch dunkelrot schimmernde Bänder. Ich glaube«, fügte ich hinzu, während ich schwerfällig aufstand und mich gegen den nächsten Stein lehnte, »dass es ein Teil des Weltenstroms gewesen ist. So hat mir Leandra die Erdmagie beschrieben, wenn sie sie hat fühlen können.« Ich schüttelte den Kopf, um die Benommenheit zu vertreiben und sah zum Himmel auf. »Dunkelschacht liegt in dieser Richtung«, teilte ich den anderen dann mit. »Wir müssen uns beeilen. Auch die dunklen Elfen greifen gern am Morgen an … doch noch zur Dunkelheit.«

»Beeilen?«, fragte Hulmir rau. »Wofür? Wo sind wir, und wo geht es hin?«

»Wir sind in den Südlanden. Unser Ziel ist es, die dritte Legion zu retten. Miran hat sie in eine Falle geführt … In spätestens zwei Kerzenlängen werden die dunklen Elfen die

Legion vernichten, wenn wir Lanzenobristin Miran nicht warnen können.«

»Na dann«, sagte Eldred bissig und brachte sich mühsam auf die Beine. »Warum habt Ihr das nicht gleich gesagt? Ich wollte schon immer mal noch vor dem Frühstück die halbe Welt umrunden, um eine Legion zu retten!«

»Tatsächlich?«, keuchte Hanik. »Ich weiß nur eines, ich werde mich nie wieder über die magischen Tore beschweren … da bekommt man wenigstens nichts mit! Wie lange waren wir in dem verfluchten Stein? Jahre?«

»Vielleicht nur einen Herzschlag lang«, antwortete ich ihm.

»Es fühlte sich wie Jahre an«, grollte die Feder und fluchte, als er auf einen Stein trat und ins Stolpern geriet.

Dunkelschacht

9 Ich versuchte mich zu orientieren. Das Mondlicht half, und vor einer halben Kerze hatten wir den gespaltenen Stein passiert, der den Abzweig von der Straße nach Bregen markierte. Wir waren auf dem richtigen Weg, dennoch hatte die Unruhe in mir noch nicht nachgelassen. Wäre es nach mir gegangen, wir wären nur gerannt, doch dazu war auch ich nicht mehr imstande. Vielleicht lag es an der Strecke, vielleicht war die Magie gänzlich anders, aber die Reise durch den Steinkreis hatte meine Kräfte aufgezehrt. Und Hanik hatte recht, es hatte sich wie eine Ewigkeit angefühlt.

»Ich dachte, ich bekäme ein Pferd«, beschwerte sich Eldred hinter uns. »Jetzt tun mir die Füße weh!«

»Hast du dich vorhin nicht über deinen Hintern beschwert?«, fragte Lannis etwas spitz.

»Ja«, grollte der Sergeant. »Und lass mich dir versichern, ich spüre ihn noch immer!«

»Du bist Legionär«, meinte Lannis ungerührt. »Also, halt die Klappe und marschiere … so wie es echte Legionäre tun!«

Also marschierten wir. Ich lauschte angestrengt in die Dunkelheit, aber außer den üblichen Geräuschen des Waldes war nichts zu hören. Kein Schlachtlärm, kein Klirren von Stahl auf Stahl. Es war friedlich hier, dachte ich, als ich zu Soltars Tuch aufsah, gegen das sich die Baumkronen schwarz abzeichneten. Vielleicht, versuchte ich mir einzureden, waren wir ja doch nicht zu spät.

Auch die Anhänger des toten Gottes griffen gern in der Nacht an, ein Zeitpunkt, der für die meisten anderen nur Schrecken hielt, ihnen aber heilig war. Dann wähnten sie die Macht des dunklen Gottes am stärksten.

Doch wenn sie bereits um Mitternacht die Schlacht eröffnet hatten, war es unwahrscheinlich, dass sie schon vorbei war. Und selbst wenn … es wäre nicht so still und friedlich hier.

»Ich glaube«, meinte ich wenig später und rieb mir nachdenklich die Nase, »wir müssen hier entlang.« Es war doch schon ein paar Jahre her, dass ich diesen Weg gegangen war. »Ich weiß es nicht genau.«

»Aber andere Dinge, die weißt du, ja?«, meinte Serafine in einem Ton, der mich überrascht zu ihr blicken ließ.

»Wie meinst du das?«

»Dass du Dinge weißt, die du nicht wissen kannst«, meinte sie etwas spitz und ging mit erhobenem Kopf voran. Ich unterdrückte einen Seufzer. »Du brauchst nicht so zu seufzen«, tadelte sie mich, ohne zu mir zurückzusehen. »Du wolltest meine Hilfe … aber ich kann nicht helfen, wenn ich von nichts weiß.«

»Wie lange willst du mir das noch vorwerfen?«

»Bis ich sicher bin, dass es nicht mehr geschieht«, kam die knappe Antwort. »Fangen wir doch damit an, dass du mir erklärst, woher du von dem Steinkreis wusstest …«

»Sind die beiden immer noch am streiten?«, hörte ich Hanik hinter uns flüstern.

»Geht es dich was an?«, flüsterte Lannis scharf zurück.

»Nein, wohl nicht. Es ist nur nett mit anzusehen … Sie muss ihn lieben, wenn sie ihn so leiden lässt.«

»Havald«, meinte Serafine leise, dennoch war die Drohung in ihrer Stimme kaum zu überhören. »Du sagst jetzt besser nichts dazu.«

Etwas später drückte ich mich vorsichtig an das Wurzelwerk eines mächtigen Baumes, der auf einem kleinen Hügel stand. Im Mondlicht hatte ich von hier aus einen Blick den Weg hoch nach Dunkelschacht und auf einen kaiserlichen Soldaten, der sich gerade an einer der beiden Säulen erleichterte, die dort den Weg markierten.

Es waren nicht viel mehr als zweihundert Schritt bis zu ihm hin, aber ebenso gut hätten es hundert Meilen sein können, denn zwischen ihm und uns lagen in den dunklen Schatten am Wegesrand andere versteckt … einer, den ich beim besten Willen ohne Seelenreißer nicht gesehen hätte, weil er die Dunkelheit wie ein Laken um sich hüllte, und … fünf weitere, deren schwarze Lederrüstungen nur mit Mühe auszumachen waren.

Neben mir drückte sich Lannis ihrerseits in das Wurzelwerk, das uns nur geringe Deckung bot. Ich konnte nur hoffen, dass der dunkle Priester nicht zu uns hinübersah, bislang hatten alle, die ich gesehen hatte, dem Volk der dunklen Elfen angehört, und für sie war diese Nacht so hell wie für mich der Tag. »Seid Ihr sicher, dass es sechs sind? Ich kann nur diese fünf entdecken.«

Damit war sie besser als ich, ohne Seelenreißer hätte ich nur vier gefunden.

»Seht Ihr die vom Blitz gefällte Eiche?«, flüsterte ich.

Ich spürte, wie sie neben mir nickte.

»Dort, im Bruch, hat sich einer der dunklen Priester versteckt. Er gehört dem Volk der dunklen Elfen an … aber er dient dem Nekromantenkaiser.« Vorsichtig wagte ich einen weiteren Blick, doch die feindlichen Soldaten rührten sich noch immer nicht. Sie schienen auf etwas zu warten. Mit Mühe unterdrückte ich einen Fluch. »Die dritte Legion sitzt in der Falle, ganz wie erwartet. Doch das sind nicht die dunklen Elfen, sondern die Soldaten Kolarons.«

»Es sind nur sechs«, meinte Lannis leise und spähte hinüber auf die andere Seite des Wegs. Niemand war dort zu sehen, aber Seelenreißers Sicht reichte nicht so weit, eine halbe Legion konnte sich dort im Buschwerk verstecken, ohne dass ich es gesehen hätte. »Wir könnten ...«

»Nein«, unterbrach ich sie und berührte sie an der Schulter, um ihr zu bedeuten, dass wir uns zurückziehen sollten. »Allein dieser Priester kann uns schon in Bedrängnis bringen ... und wenn sie so nahe an das Lager herangerückt sind, wird es in der Nähe auch noch andere geben.«

Ich sah zu dem Legionär hinüber, schaute zu, wie er sich die Rüstung richtete und wieder über die gekreuzten Pfähle kletterte, mit denen die Legion die Lücken in der alten Palisade geschlossen hatte. Zumindest hatten sie vor der alten Befestigung das Gelände auf dreißig Schritt gerodet ... Ich hoffte nur, dass es ihnen helfen würde. Tatsächlich machte die Rodung es uns unmöglich, ungesehen das Lager zu erreichen.

»Wir müssen zu den anderen zurück und ... oh Götter«, entfuhr es mir. »Bewegt Euch nicht!«

Es war gespenstisch. Seelenreißer zeigte mir die dunklen Elfen, als sie zwischen den Bäumen auftauchten, doch meine Augen sahen nichts, nur Schatten und Dunkelheit. Nicht ein Ast brach unter ihren weichen Lederstiefeln, nicht ein Blatt raschelte. Erstmals verstand ich, wie Zokora ungesehen ihre Wege gehen konnte, selbst wenn es heller Tag gewesen wäre, hätten wir sie nicht sehen können.

Hier am Waldrand war der Boden weich und mit alten Blättern bedeckt, und dennoch hinterließen die dunklen Elfen keine Spuren. Es waren vier, drei in einer kleinen Gruppe, die links von uns von Baum zu Baum huschten, ein weiterer etwas rechts von uns, der sich geschickt wie eine Schlange hinter einen Baumstumpf gleiten ließ. Für einen kurzen Augenblick sah ich etwas im Mondlicht schimmern, das eine Armbrust sein konnte … auch wenn sie mir für den Elfen zu groß erschien … und noch während mir das Herz im Leibe klopfte und ich zu allen Göttern betete, dass sie uns nicht entdecken würden, nagte ein Gedanke mir im Hinterkopf. Etwas stimmte nicht.

Doch bevor ich wusste, was es war, hörte ich den unmissverständlichen Schlag einer Armbrust, als deren Sehne einen Bolzen trieb, der in einem unwirklichen blauen Leuchten aufglühte und in der Dunkelheit unter dem Baumstamm einschlug. Ich hatte in meinem ganzen Leben nur einen gekannt, der das Talent oder vielleicht auch den Glauben dazu besaß, solche Bolzen zu verschießen … konnte es denn wahrhaftig Varosch sein?

Zugleich tanzten drei Schatten von einem feindlichen Soldaten zum nächsten, nur eines ihrer Opfer kam noch dazu, kurz und gedämpft aufzustöhnen. Dann lagen sie still, und die drei Schatten verschwanden links hinter uns im Wald.

Nur dass ein anderer Schatten lautlos hinter uns geglitten war.

Mit einem Fluch stieß ich Lannis zur Seite weg und riss Seelenreißer hoch, doch die dunkle Elfe war schneller, als ich es je für möglich gehalten hätte, sie bog sich wie ein Gras im Wind, und die fahle Klinge verfehlte ihre Kehle um nicht mehr als eine Haaresbreite! Bevor ich nachsetzen konnte, hatten zwei schwarze Dolche Seelenreißers fahle Klinge gebunden … und ich sah fassungslos in ein paar dunkel glühende Augen, die ich geradezu sehnlichst vermisst hatte.

»Hätte ich doch pfeifen sollen?«, fragte Zokora lächelnd, während sie mit ihren Dolchen Seelenreißers Klinge zur Seite drückte.

Ich spürte, wie ihre Dolche an meiner Rüstung kratzten, als ich Seelenreißer fallen ließ, sie einfing und umarmte …

und damit den Beweis erbrachte, dass man sie sehr wohl überraschen konnte.

»Götter«, hauchte ich, als ich sie an mich zog. Sie roch nach Erde, Pilzen, nach Stahl … und Blut und anderem. Und dennoch … es gab nichts Willkommeneres für mich.

»Ich hörte, dass dein Stamm dich gefangen genommen hätte und …«

»Havald«, sagte sie leise und gepresst. »Lass mich los und beweg dich nicht. Einer meiner Dolche hat sich in deinem Seitenpanzer verfangen, als du mich an dich gezogen hast, und es liegt Gift darauf … Selbst Soltar wird dich nicht retten können, wenn die Spitze durch deinen Waffenrock dringt.«

Langsam ließ ich sie los … und genauso sorgfältig trat sie zurück, um dann sorgsam ihren Dolch zwischen den Panzerplatten herauszuziehen. Er war dünn und schmal genug, um sich sogar einen Weg durch die Ketten zu bahnen, die den Platten Halt boten. Sie hielt die Spitze hoch, und selbst im Mondlicht sah ich eine dunkle Flüssigkeit auf dem Stahl glänzen.

»Ich nehme an, ihr kennt euch?«, bemerkte Lannis von der Seite her.

»Ja«, seufzte ich. »Dennoch kommt es irgendwie immer auf das Gleiche hinaus, wenn ich sie umarmen will.«

Zokora verstaute ihre Dolche und sah hoch zu mir, während ein leichtes Lächeln auf ihren Lippen spielte.

»Versuche es doch erneut.«

Ich starrte sie ungläubig an.

»Wiederholen werde ich den Vorschlag nicht«, lächelte sie.

Zweimal ließ ich mich nicht bitten. Sie war noch immer leicht wie eine Feder …

»Das reicht«, teilte sie mir kühl mit, und ich ließ sie wieder sinken. Sie klopfte den Armschutz ihrer Rüstung ab, als ob sich dort Staub gesammelt hätte, und bedachte mich mit einem kühlen Blick. »Ich werde versuchen, daran zu denken, dass ich pfeifen sollte … und du, dass du fragst, bevor du nach mir greifst.« Sie fuhr mit dem Finger über ihren Hals und hob die Fingerspitze an, um den Blutstropfen darauf neugierig zu betrachten, als hätte sie einen solchen nie zuvor gesehen. »Nicht einmal Dorin kam mir so nahe«, meinte sie dann und leckte den Tropfen ab, um an mir vorbei dorthin zu sehen, wo ein dunkler Elf lautlos aus dem Schatten trat.

»Und das, Havald, war ein Kampf, über den Sieglinde eine Ballade schreiben sollte«, lachte der dunkle Elf und sah schmunzelnd zu Lannis hin, die verständnislos von einem zum anderen sah. Mir ging es nicht viel besser ... außer dass mir trotz der fremden, fein gezeichneten Gesichtszüge das Lächeln bekannt vorkam und die Armbrust, die der dunkle Elf in seinen Händen hielt!

»Varosch?«, fragte ich ungläubig.

»Wenn auch nicht in Fleisch und Blut, so doch in Herz und Verstand«, lachte der dunkle Elf, während ich fasziniert beobachtete, wie die vertraute Mimik dieses fremde Gesicht überlagerte. Er sah zu Zokora hin, die ruhig und still dastand und kaum merkbar lächelte. »Du hast dir Zeit gelassen«, teilte sie uns mit und wies in die Richtung, in der die anderen lagerten. »Lass uns zu deinen Freunden gehen. Bannersergeant Lannis, du kannst vorgehen.«

»Woher wisst Ihr meinen Namen?«, fragte Lannis überrascht. Jetzt erst stellte sie fest, dass sie noch ihr Schwert in der Hand hielt und versenkte es hastig in der Scheide.

»Eldred hat ihn vorhin doch laut genug gesagt«, meinte Zokora unbewegt und wies mit ihrem Blick die Richtung an. »Ich sagte, geh voraus.«

Lannis sah fragend zu mir hin, und ich nickte, auch wenn ich weiterhin nicht ganz fassen konnte, wie es kam, dass diese beiden vor mir standen.

»Ich sage es nur ungern«, lachte der dunkle Elf, der Varosch war, als wir den Weg zurück einschlugen. Ich warf noch einen Blick auf das kaiserliche Lager, dort war alles ruhig geblieben.

»Was?«, fragte ich ihn.

»Zokora hat recht. Du trampelst wie ein Flusspferd«,

grinste der Elf, der Varosch war. »Glaub mir, ich kann es jetzt beurteilen.« Sein Lächeln schwand. »Ich weiß, dass du viele Fragen haben wirst«, fügte er dann leiser hinzu. »Aber nicht, wenn fremde Ohren uns belauschen können.« Er sah vielsagend zu Lannis hin, die steif voranging. »Ich hoffe, es ist dazu später noch Zeit. Bis dahin gilt es, eine Schlacht zu schlagen.«

»Aber wie?«, fragte Serafine später. Auch sie sah immer wieder zu Varosch hin, offenbar hatte sie nicht weniger Probleme als ich, es glauben zu können, dass unser alter Freund in diesem Körper stecken sollte.

Varosch zuckte mit den Schultern. »Niemand von uns kann es sich erklären. Aber selbst wenn es der Gewöhnung bedarf, ich bin trotzdem dankbar.« Er sah liebevoll zu Zokora hin, und spätestens dieser Blick bewies, dass es wahrhaftig Varosch war, der in diesem Körper steckte. »Vielleicht verfolgen die Götter einen Plan«, meinte er dann bedächtig. »Wenigstens ist es das, was ich mir erhoffe.«

»Was ist damit, dass diese Spruchweberin dich gefangen nahm?«, fragte Serafine Zokora und sah zu den anderen hinüber, die sich etwas abseits versammelt hatten und mit neugierigen Augen und großen Ohren zu uns hinschielten.

Zokoras Lippen verzogen sich zu einem Lächeln, das einem das Blut in den Adern gefrieren lassen konnte. »Dorin überschätzte sich«, teilte sie uns mit. »Sie wirkte darauf hin, dass ich mich ihr im Ring der Prüfung stellen sollte ... und ich habe ihr den Wunsch erfüllt.« Sie sah zu mir herüber. »Wir werden erfahren, ob einer oder mehrere der Legionäre das Grab betreten haben«, teilte sie mir dann mit unbewegter Stimme mit. »Sie werden sterben. Das wird sich nicht vermeiden lassen. Aber der Rest der Legion wird leben. Das ist der Preis. Er ist nicht verhandelbar, wenn du willst, dass die Allianz noch steht.«

»Steht sie denn?«, fragte Serafine leise.

»Ja«, antwortete Zokora unbewegt. »Mein Wort gilt.«

»Und deine Mutter? Die Königin? Sieht sie es auch so?«, fragte ich.

»Du hast das Wort der Königin«, teilte Zokora mir mit. »So wie ich das deine habe.«

Ich nickte langsam.

»Hast du sie erschlagen müssen?«, fragte ich sie leiser.

Sie nickte. »Es war nicht schwer. Sie war alt und langsamer, als sie glaubte.« Ihr Gesicht verriet nichts von ihren Gefühlen, doch sie las wohl meinen Blick.

»Irgendwann werde ich es dir erzählen«, fuhr sie sanfter fort. »Aber nicht jetzt und heute.« Sie lächelte in der Dunkelheit. »Wusstest du, dass Leandra mir Hilfe geschickt hat? Ich traf die Hexe Enke und die Hüterin auf dem Weg zur Oberfläche, sie wollten mich befreien.«

»Die Alte Enke?«, fragte ich verblüfft. »Die von dem Schlangenmoor?«

»Ja. Sie«, meinte Zokora. »Du hast mächtige Verbündete an deine Seite gerufen, Havald.«

»Ich kenne sie nicht einmal«, wehrte ich ab. »Ich habe das Moor gemieden, ich habe es nicht so mit Hexen. Sag, ist sie so hässlich, wie man sagt?«

»Kommt wohl darauf an, was du unter hässlich verstehst«, meinte sie.

»Hat sie eine Warze an der Nase, so etwas?«

»Ja, das hat sie. Wenn das allein schon hässlich für dich ist … die Hüterin solltest du ja schon kennen.«

Ich runzelte die Stirn.

»Die wolfsgeschworene Elfe. Groß, schlank, Tätowierungen? Die sich in einen Wolf verwandeln kann? Wir haben gegen sie gekämpft. In den Tunneln. Weil sie mich erschlagen wollte, da sie mich für eine Anhängerin des toten Gottes hielt?«

»Ja, natürlich«, sagte ich, als es mir wieder einfiel. »Sie suchte nach dir?«, fragte ich erstaunt. »Ich dachte, sie wäre etwas … schwach im Geist?«

»Wohl nicht mehr«, lächelte Zokora. »Eher das Gegenteil.« Sie legte den Kopf zur Seite. »Sie war dennoch etwas seltsam. Sie kam uns in den Höhlen entgegen, sah mich, sagte, ich wäre wohl frei und dass damit die Schuld erfüllt wäre. Sie machte auf dem Absatz kehrt und ging davon. Enke sagte mir, dass Leandra sie geschickt hätte, dann eilte sie der Hüterin nach. Du wusstest nichts davon?«

Ich schüttelte nur den Kopf.

»Also sollte ich mich bei Leandra bedanken.« Ihre Zähne schimmerten in der Dunkelheit. »Auch wenn es der Rettung nicht bedurfte. Was uns zum Punkt bringt. Ich habe fünfzig unserer besten Kriegerinnen an die Oberfläche geführt, sie werden euch in der Schlacht zur Seite stehen. Unter einer Bedingung. Jeder dunkle Priester, der die Schlacht überlebt, wird uns gehören. Auch das ist nicht verhandelbar.« Sie stand von dem Baumstamm auf, auf dem sie gesessen hatte, und sah zu Lannis, Eldred und den anderen hinüber. »Es wird Zeit«, sagte sie dann. »Die zwölfte Legion beabsichtigt im Morgengrauen anzugreifen, jetzt, da ihr gekommen seid, sollte es möglich sein, ohne Missverständnisse das kaiserliche Lager zu betreten und sie zu warnen.«

Die Schlacht der dritten Legion

10 Der Soldat, der einsam und allein an der Barrikade Wache hielt, zuckte nicht mit einer Wimper, als er uns den Weg hinaufkommen sah. Nicht einmal Zokoras und Varoschs Anblick ließ ihn blinzeln. Es war ein Lanzenmajor, ein Dienstgrad, der mir zu hoch erschien, um an einem Tor Wache zu halten.

»Lanzengeneral, Schwertobristin«, begrüßte er uns, obwohl wir keine Rangabzeichen trugen und er uns nicht kennen sollte. Er salutierte eher nachlässig. »Wenn Ihr mir bitte folgen wollt, Lanzenobristin Miran erwartet Euch bereits.«

Er wandte sich an Lannis und die anderen. »Wir haben das alte Wirtshaus am Marktplatz übernommen und dort eine Messe eingerichtet. Wenn Ihr Euch waschen wollt und stärken, ist das der Ort, den Ihr aufsuchen solltet.«

Es war kein Vorschlag, und die Bannersergeantin verstand es auch nicht als solchen, sie nickte nur und salutierte.

Ich tauschte einen Blick mit Serafine und Zokora, als wir dem Lanzenmajor folgten. In Serafines Augen las ich die gleiche Frage, während Zokora wie üblich nichts von ihren Gedanken preisgab. Varosch, der, je länger ich ihn sah, mir umso bekannter und vertrauter erschien, musterte dagegen die langen Reihen der Legionärszelte, die jeden Winkel des alten Marktplatzes von Dunkelschacht füllte … und dann das blutrote Zelt auf der anderen Seite des Platzes, das von zwei ölgefüllten Feuerschalen hell erleuchtet war.

Ein Zelt, sogar an den niedrigsten Stellen hoch genug, dass ich darin aufrecht gehen konnte, und gut zwölf Schritt in der Breite und Tiefe, vor dem an einer langen Reiterlanze die Flagge der dritten Legion rot und schlaff herunterhing.

Zwei Legionäre flankierten den Eingang und sahen starr geradeaus … ich sah zurück zum Tor, das mir nun, da der Lanzenmajor uns hierher begleitete, vollends unbewacht erschien. Die Zelte standen hier, dennoch war der Ort gespenstisch ruhig. Hier und da sah ich einen Legionär, aber insgesamt mochten es nicht mehr als zwei Dutzend sein … Wo auch immer die dritte Legion zu finden war, hier war sie nicht.

Eine hochgewachsene blonde Frau, eine Schönheit mit strahlend blauen Augen und einem gewinnenden Lächeln, der sogar der schwere kaiserliche Plattenpanzer zum Vorteil gereichte, stand an einer niedrigen, kostbar geschnitzten Anrichte und wandte sich uns zu, als der Lanzenmajor für uns die Zeltbahn aufhielt.

»Ah«, meinte Lanzenobristin Miran, »ihr müsst der Lanzengeneral sein.« Ihr Blick glitt zu Helis, der sie knapp zunickte, wanderte kurz zu Varosch hin, um für einen langen Moment an Zokoras unlesbarer Miene hängen zu bleiben.

Mir schien Furcht in ihren Augen zu stehen, dann hatte sie sich schon wieder gefangen. »Bier für Euch, Wein für die Seras?«, fragte sie und hielt fragend eine Karaffe aus kostbar geschliffenem Glas hoch.

»Danke, nein«, sagte Serafine höflich. Wenn sie mir in der letzten Zeit kühl erschienen war, hielt es dennoch keinem Vergleich mit der jetzigen Kälte in ihrer Stimme stand.

Während ich mich in dem kostbar ausgestatteten Zelt umsah, verstand ich auch wieso. Serafine war die Tochter des kaiserlichen Gouverneurs von Gasalabad gewesen, sie kannte die Annehmlichkeiten, die Reichtum mit sich brachte, doch über zwanzig Jahre ihres Lebens hatte sie in der Legion verbracht. Zelte mit kostbaren Möbelstücken, goldene Leuchter, in denen feine Kerzen aus Bienenwachs brannten und einen angenehmen Geruch verströmten, bequeme Faltsessel und dicke Teppiche, Kohleschalen, die das Zelt erhitzten … all das hatte sie wohl in ihrer Zeit in der Legion nur selten zu sehen bekommen.

Hochkommandant Keralos, ein ruhiger Mann mit scharfem Verstand, den ich sehr schätzte, war der Oberkommandierende der Legionen; im Vergleich zu diesem Zelt war sein Arbeitszimmer in der Zitadelle ein Ausbund an Genügsamkeit, den man eher mit der Gebetszelle eines Tempelpriesters vergleichen konnte. Die Opulenz dieses Zelts konnte man am besten mit den Zelten der Stammesfürsten in Bessarein vergleichen … und war nicht das, was ich von dem Kommandeur der dritten Legion erwartet hatte.

»Aber Ihr werdet ein kühles Bier wohl nicht abschlagen, Ser General?«, fragte sie, während sie mir einen Humpen reichte. »Arenfelder Dunkelstein. Eine der wenigen Brauereien in meiner Heimat, die trinkbares Bier hervorbringen«, ergänzte sie, während sie fragend zu Zokora hinübersah, die den Kopf schüttelte, und dann zu Varosch, der mit glänzenden Augen nickte.

»Bier, bitte«, brachte er hervor und leckte sich wahrhaftig über die Lippen.

»Sie lassen Pilzsaft gären«, erklärte er entschuldigend mit einem Blick zu mir. »Von all den Unerträglichkeiten der tiefen Höhlen ist das wohl das Schlimmste. Götter, für ein gutes Bier hätte ich fast mein Leben eingetauscht.«

Die Obristin zog eine Augenbraue hoch, doch als er nichts weiter sagte, zapfte sie nur ein Bier für ihn aus einem kleinen Fässchen ab, reichte es ihm und wies dann auf die Sessel in der Nähe der Kohleschale.

»Es ist freundlich, dass Ihr Euch die Mühe gebt, herzukommen, um uns zu retten, Lanzengeneral«, teilte sie mir dann lächelnd mit, ohne Serafine oder Zokora auch nur mit einem weiteren Blick zu bedenken. Sie hob ihren Kelch an. »Auf das Reich, die Götter und die Kaiserin.«

»Ja«, sagte ich. »Darauf.«

Ich trank, das Bier war ganz erträglich, aber nicht der Grund, weshalb wir unsere Pferde fast zuschanden geritten hatten … von der Reise durch den Steinkreis ganz abgesehen. »Ihr wisst, dass Ihr an einem Ort lagert, den die dunklen Elfen uns verboten haben, und eine Legion des Nekromantenkaisers Euer Lager hier umschlossen hat?«

Sie befeuchtete ihre Lippen mit der Zunge und bedachte mich mit einem langen Blick und einem Lächeln. »Ich mag es, wenn die Sers gleich zur Sache kommen«, gurrte sie, was Serafine zu einem leisen Schnauben veranlasste, und schwenkte ihren Blick zu Zokora hin. »Meint Ihr nicht, ein Akzent an Farbe würde Euch besser stehen?«, fragte sie freundlich und tat eine hilflos scheinende Geste. »Ihr seid so … so schwarz.«

»Ja«, sagte Zokora, ohne mit einer Wimper zu zucken. »So sind wir. Schwarz. Ihr nennt uns deshalb auch die dunklen Elfen. Farbe verliert ihre Bedeutung in den Höhlen … und es gibt keine Fasane dort.« Ihre Augen hielten die der Obristin. »Hier, wo Euer Zelt jetzt steht, haben wir eine Pyramide aus Schädeln errichtet, die euch Menschen warnen sollte, diesen Ort nie wieder zu betreten.«

Die Obristin neigte elegant ihr Haupt. »Ich weiß«, gestand

sie mit einem bezaubernden Lächeln. »Ich habe sie wegräumen lassen ... ein unangenehmer Anblick, und er störte meine Pläne.« Ihr Lächeln wurde kühler. »Ich weiß von dem Grab. Ihr werdet es unberührt vorfinden, ich habe Wachen abgestellt, um zu verhindern, dass jemand auf dumme Gedanken kommt. Ich weiß, dass die zwölfte Legion unter der Führung von Kriegsfürstin Dereinis in etwas weniger als einer Kerze diesen Ort angreifen wird. Ich weiß, wie sie es tun will ... und ich weiß, wie die zwölfte Legion untergehen wird.« Sie trank aus ihrem Glas, während sie uns mit einem langen kühlen Blick bedachte. »Es war mein Fehler«, sprach sie dann weiter, als ginge es nur um das Wetter. »Ich war unbedacht und habe den Feind unterschätzt. Es gibt keine denkbare Möglichkeit, den Feind noch leicht zu schlagen, die Falle ist schon lange zugeschnappt. Ich habe alles durchgespielt ... selbst im besten Fall werde ich die Hälfte meiner Soldaten verlieren. Aber heute Abend wird die Fahne der dritten Legion stolz im Wind wehen, während der Feind unter kaiserlichen Stiefeln in den Staub getreten wird.« Sie lächelte etwas schmerzhaft. »Was ich nicht weiß, ist, ob ich das erleben werde ... es besteht darin eine gewisse Unsicherheit.«

»Woher wollt Ihr das wissen, Miran?«, fragte Serafine kühl. »Gaben Euch die Götter besondere Einsicht in die Zukunft?«

»Etwas in der Art«, antwortete die Obristin ungerührt. »Ihr solltet vielleicht herauskommen und Eure Freunde begrüßen«, sagte sie in Richtung einer der Zeltplanen, die ihr Zelt in Kammern unterteilte.

»Mögen die Götter Euch allen gewogen sein und fruchtbare Lenden schenken«, begrüßte uns der hagere Mann mit einem schiefen Lächeln, als er sich unter der Zeltbahn hindurchduckte. »Ich würde Euch ja gerne angemessen begrüßen, aber wie Ihr sehen könnt, bin ich leicht verhindert.« Er hielt seine Handgelenke hoch, an denen schwere Manschetten zu erkennen waren, die wiederum mit Ketten an den Manschetten über seinen weichen Stiefeln verbunden waren.

Neben mir stieß Serafine einen tiefen Seufzer aus. »Werden wir Euch denn gar nicht los?«

»Ich hoffe nicht, Sera«, meinte der blutige Marcus höflich. »Ich habe es zu oft gesehen, und nicht ein einziges Mal empfand ich es als angenehm. Bei zwei Gelegenheiten seid Ihr es gewesen, oh Schönheit der Wüste, die mir mein Leben genommen habt.« Er neigte den Kopf. »Auch wenn ich zugeben muss, dass Ihr Grund dazu hattet.« Er tat eine Geste, die die Ketten klirren ließ. »Einmal war es eine eher unwahrscheinliche Variante, in der ich Euch und den General verraten habe ... ein Gedanke, den ich schon vor langer Zeit aufgegeben habe. Die andere Gelegenheit ...« Er schluckte. »Ich hoffe, ich kann Euch noch überzeugen.«

»Ich sehe, Ihr kennt meine geheime Waffe«, meinte Lanzenobristin Miran mit einem schmalen Lächeln, bevor ich den Piraten fragen konnte, wie er das meinte. »Ich muss zugeben, dass Euer Freund über ein ungewöhnliches Talent verfügt ...«

»Er ist nicht unser Freund«, merkte Serafine kühl an.

»Oh, wir werden Freunde sein«, unterbrach der blutige Marcus sie mit einem hoffnungsvollen Lächeln.

»... aber er wusste mit seinem Talent nicht wirkungsvoll umzugehen«, fuhr die Obristin ungerührt fort.

»Es ist auch nicht dafür bestimmt, für andere zu wirken«, widersprach der ehemalige Pirat fast schon empört, um sich dann fast flehend an uns zu wenden. »Wisst Ihr, was sie getan hat? Sie hat mich an einen Pfahl binden lassen, an verschiedenen Orten, sodass ich ihr beschreiben konnte, was ich vor meinem Tod noch sehen würde ... Sie hat mich gut einhundert Mal hier sterben lassen!« Er bedachte sie mit einem brennenden Blick. »Ihr seid eine Bestie!«, warf er ihr vor. »Ohne die geringste Gnade oder Mitleid!«

»Das hättet Ihr sehen sollen, bevor Ihr von meiner Streife aufgegriffen wurdet«, teilte sie ihm ungerührt mit.

»Das war, bevor ich mein Talent zur vollen Gänze zurückerhielt«, beschwerte er sich.

»Ihr habt ihn die Zukunft erleben lassen und danach Euren Schlachtplan ausgerichtet?«, fragte ich sie überrascht.

»Ja«, nickte sie mit einem harten Lächeln. »Es erschien mir angebracht, das zu nutzen, was die Götter mir in den Schoß haben fallen lassen.« Sie setzte ihr Glas ab und schaute zu Zokora hin. »Hättet Ihr mir tatsächlich die Haut abgezogen, wenn ich diesen dummen Becher aus dem Grab mitgenommen hätte?«

»Für den Anfang, ja«, antwortete Zokora unbewegt.

»Nun«, meinte Miran, »wie Ihr sehen könnt, liebe ich die schönen Dinge ... aber auch nicht mehr als meine Haut. Seine Beschreibung war ausführlich genug, dass ich nicht riskieren wollte, diesen Weg zu beschreiten. Der Rest folgte daraus. Wir haben alle Möglichkeiten wieder und wieder durchgespielt, bis wir zu dieser hier gekommen sind. Der besten, nach der wir uns richten.«

»Wollt Ihr das erläutern?«, fragte ich.

»Dunkelschacht ist eine Falle für uns, aber auch für den Feind. Meine erste und zweite Lanze sowie der größte Teil der dritten Lanze haben den Ort durch die alten Minenschächte bereits verlassen. Hier sind nur noch zweihundert Mann, die besten meiner Leute, sie werden den Amboss geben und den Feind binden, während meine Lanzen ihm in den Rücken fallen.« Sie hob die Schultern und ließ sie wieder fallen und schaute dann zu Marcus hin. »Euer Freund weiß auch nicht, wie es für mich endet, dennoch, ich erfuhr genug von ihm, um einen Plan auszuarbeiten, der uns den Tag retten wird. Alle Vorbereitungen sind bereits abgeschlossen. Wir haben Fässer mit Naphta in den alten Minen gefunden, die Zelte auf dem Platz und die Gruben, die wir ausgehoben haben, sind damit getränkt. Mehr können wir nicht tun. Auch Ihr nicht, Ser General.«

Ich wusste nicht, was ich darauf sagen sollte.

»Ihr begründet Euren Plan nur auf seine Visionen, wie wollt Ihr Euch da so sicher sein?«, fragte dafür Serafine.

Miran lächelte etwas wehmütig. »Ich bin gut darin, Widersprüche zu erkennen. Niemand hätte diese Visionen so aufeinander abgleichen können, dazu fehlt ihm der strategische Verstand. Es wird kommen, wie er sagt, letztlich hat er auch Eure Ankunft vorhergesehen. Man könnte sagen, dass es der letzte Beweis seiner Fähigkeiten ist.« Sie seufzte leise. »Es ist meine Schuld, ich habe den Feind unterschätzt und diese Kriegsfürstin ist gerissener, als ich es für möglich gehalten habe. Doch auf diese Weise werden wir der zwölften Feindlegion ihren Sieg nehmen, mehr können wir unter diesen Umständen nicht mehr erwarten.« Sie sah zu mir hin. »Ihr kennt Lanzenmajor Blix?«, fragte sie mich leise.

Ich nickte.

»Richtet ihm von mir aus, dass ich mich dafür entschuldige, dass ich seine Leistung unterschätzte. Und, dass er auch in anderen Dingen recht behalten hat.«

»Was ist mit Havald?«, fragte Serafine leise. »Lanzengeneral von Thurgau? Er ist gut darin, in ausweglosen Lagen ...«

»Ja«, unterbrach die Lanzenobristin sie. »Als unser Freund hier«, sie nickte dem Piraten zu, »das erste Mal davon sprach, dass Ihr kommen würdet, war es der Lanzengeneral, der sagte, dass, wäre er nur früher gekommen, er einen Teil der Legion durch die Minenschächte in den Rücken des Feinds geführt hätte.« Sie blickte jetzt zu Zokora hin. »Ihr hättet die Erlaubnis dazu gegeben ... in Folge nahm ich sie vorweg.«

»Die Minen sind gefährlich«, meinte ich dazu, und der blutige Marcus seufzte herzergreifend.

»Was Ihr nicht sagt!« Er verzog schmerzhaft das Gesicht. »Schächte, deren Stützpfeiler morsch und lose sind, Steinschlag, ein Wassereinbruch und endlos oft tiefe Schächte, die ich auf unangenehme Art erkunden musste. Es dauerte ein wenig, bis wir den Weg hindurch gefunden haben.«

Er ließ den Satz verklingen, und ich musterte sein blasses Gesicht und die Art, wie er auf seiner Lippe kaute, dann nickte ich langsam, bevor ich mich wieder an Miran wandte.

»Warum habt Ihr nicht Euch selbst in Sicherheit gebracht?«, fragte ich sie. »Das wäre die andere Möglichkeit gewesen, die

Schlacht heute zu vermeiden, um an einem anderen Tag zu gewinnen.«

»Ich bin eine kaiserliche Legionärin«, sagte sie nur und trank einen weiteren Schluck von ihrem Wein, während sie mich mit ihren Augen festhielt. »Wir weichen nicht zurück. Sie wollen die Schlacht, also werden sie sie bekommen.« Sie setzte ihr Glas ab. »Damit ist Eure Zeit erschöpft.« Sie wandte sich Zokora zu. »Bevor Ihr geht, wollte ich Euch danken, ohne die Hilfe Eurer Kriegerinnen würde morgen die Legion nicht mehr bestehen.«

Zokora, die sich das alles ruhig und schweigsam angehört hatte, sah nun zu Marcus hin. »Habt Ihr ebenfalls meine Pläne durchleuchtet?«

Er hob die Schultern und ließ sie wieder fallen. »In meiner Vision habt Ihr gesagt, dass Eure Schwestern wüssten, wie man Menschen tötet, und wir beließen es dabei.«

»Ihr müsst jetzt gehen«, sagte die Lanzenobristin gefasst. »Hier.« Sie trat an den Schreibtisch heran und nahm eine gesiegelte Rolle auf. »Überbringt dies der Kaiserin. Sie enthält meinen Bericht … und eine Petition für unseren Piraten hier … er hat dem Kaiserreich einen Dienst erwiesen.« Sie tat eine nachlässige Geste. »Seine Nützlichkeit für mich ist jetzt erschöpft. Ihr könnt ihn mitnehmen.«

»Aber …«, begann der Pirat überrascht.

»Tut nicht so, als wäre dies nicht Eure Absicht gewesen«, sagte Miran kurz. Sie nickte uns zu. »Es wäre eine Ehre gewesen, an Eurer Seite zu kämpfen, aber unser Pirat hier sagt, es wäre ein Fehler … also geht jetzt besser, Euch und Euren Leuten bleiben nur zwei Dochte Zeit, bevor es zu spät für Euch geworden ist.«

»Ich nehme an«, sagte Lannis leise, als wir dem Piraten auf der Rückseite des Lagers auf seinem Weg durch die Ruinen und an alten Bergwerkschächten vorbei folgten, »dass dies alles noch eine Erklärung finden wird?«

»Was?«, fragte Serafine müde. »Dass wir durch einen Steinkreis die bekannte Welt durchquerten, um eine Legion zu retten, die wir nun doch ihrem Schicksal überlassen?«

»In etwa, ja.«

»Ich bezweifle, dass es sich jemals vollends erklären lassen wird«, meinte Serafine erschöpft und sah, wie wir alle, zurück zu diesem leeren, stillen Lager. In der Ferne begann ein Trommelschlag, der nicht nur mir ein Schaudern über den Rücken trieb, und ich sah zum Himmel hoch, der sich nun langsam rötete.

»Marcus«, rief ich leise nach vorn, als wir uns etwas von dem Lager entfernt hatten. »Wisst Ihr wirklich nicht, wie es mit der Obristin ausgehen wird?«

»Nein«, antwortete er betreten. »In den unzähligen Variationen, die ich sah, geschah es dreimal, dass sie und diese Kriegsfürstin aufeinandertrafen ... doch ich starb jedes Mal, bevor ich sah, wie der Kampf ausging. Ich fürchte, niemand von ihnen hier wird überleben.«

»Was, wenn wir dort an ihrer Seite gekämpft hätten?«, fragte Serafine.

»Das kann ich nicht sagen. Wenn ich in dem Lager verbleibe, sterbe ich. Jedes Mal. Deshalb konnte ich von dem Ausgang nur berichten, wenn ich erlebte, wie die Schlacht geendet haben würde.« Er schüttelte ungläubig den Kopf. »Götter«, sagte er dann bewundernd. »Was für eine Frau. Kalt wie Eis und mit einem Verstand, der schneidet wie das schärfste Glas ... und doch irgendwie gerecht.«

In der Ferne ertönten Hörner, ein Kriegsschrei aus Tausenden von Kehlen sowie das Brüllen von Bestien, die in diesen Landen nichts zu suchen hatten, und über uns hörte ich das Rauschen von Flügeln, als gut ein Dutzend Wyvern, die sich gegen den geröteten Himmel scharf abhoben, über den Wald hinwegflogen, durch den wir uns verdrückten. In ihren Krallen hielten die Flugschlangen schwere Körbe mit Dutzenden von Wurfpfeilen. Aus großer Höhe abgeworfen, hatte ich schon gesehen, wie solche Pfeile sogar die stabilen Planken eines kaiserlichen Schiffs durchschlagen hatten.

»Ich bin hier«, hauchte der Pirat, der nun so blass geworden war, dass sich die Brandnarben in seinem Gesicht von seiner bleichen Farbe feurig abhoben. »Und doch bin ich dort und sterbe … immer wieder … stets aufs Neue …« Er schluckte und sah fast Vergebung heischend zu mir auf. »Diesmal habe ich mich nicht drücken können«, meinte er rau und schluckte erneut. »Lasst uns von hier verschwinden. Ich weiß einen Ort, an dem wir sicher sind, bis sich das Schicksal der dritten Legion erfüllt.« Er sah mich erneut an. »Keine Sorge, Eure Freunde werden am späten Mittag zu uns stoßen.«

Ich lockerte Seelenreißer in der Scheide und überlegte, doch der Pirat sah flehend zu Serafine hin. »Lasst es nicht zu«, bat er sie leise. »Er würde es zwar überleben, aber er würde den Plan verändern, den die Obristin so mühsam ausgetüftelt hat … und es ist unwahrscheinlich, dass er es allein noch zum Besseren wenden kann.«

»Nur lasse ich ungern andere im Stich«, meinte ich.

»Havald«, sagte Serafine leise.

»Also gut«, seufzte ich. »Führt uns zu diesem Ort, an dem wir sicher sind, während unsere Kameraden sterben.«

Es dauerte endlos lange, bis Zokora und Varosch wiederkamen, und als es dann geschah, rochen wir den beißenden Qualm der vielen Feuer bis hoch zu diesem alten Minenschacht, in dem wir uns wie Ratten versteckt hatten. Obwohl es heller Mittag war, verdunkelte der Qualm der brennenden Ruinenstadt den Himmel, und auf meiner Zunge schmeckte ich den süßlichen Geschmack von verbranntem Fleisch.

»Wie ging es aus?«, fragte ich zur Begrüßung, als sich Varosch durch den Eingang drückte. Zokora folgt ihm dicht auf dem Fuß. Beide waren mit Blut besudelt und von Ruß geschwärzt … und scheinbar unverletzt.

»Übel«, meinte Varosch erschöpft. »Eine wahrlich üble Metzelei.« Er konnte nicht mehr blass werden, aber seine Haut war grau, und von seinen Augen hatten sich Furchen in den Schmutz auf seinen Wangen gegraben.

»Ausgeglichen«, sagte Zokora unbewegt, während sie mit einem dankbaren Nicken Serafines Feldflasche entgegennahm, um gierig zu trinken. »Es muss das erste Mal in der Geschichte sein, dass ein Schlachtplan auch ausgeführt werden konnte ... und ich wurde daran erinnert, wie ich in meiner Jugend die Legionen des Kaiserreichs in den Kampf marschieren sah. Miran hat ihre Lanzen in fünfundzwanzig Keile aufgeteilt, die wie die Zähne einer Bärenfalle in das Fleisch des Gegners schnitten.«

»Das ergibt Sinn«, nickte Serafine. »Zur Zeit ist ein Tenet, hundert Mann, noch immer die Gruppengröße, die die Legionäre am besten kennen.«

»Es ist vorbei?«, fragte ich.

»Ja«, nickte Varosch und trank von der Flasche, die Zokora ihm reichte. »Weiß jemand, wo ich Bolzen herbekommen kann?«, fragte er. »Ich habe heute alle verschossen.«

»Ihr habt gelogen«, stellte ich fest, als ich vor den abgebrannten Überresten von Mirans kostbarem Zelt stand. Der Pirat sah auf den verbrannten Fetzen herab, der einst die Fahne der dritten Legion gewesen war. »Ja«, sagte er leise. »Ich weiß.«

Es war später Nachmittag, fast schon Abend, und während sich die Reste von Mirans Legion auf der Straße nach Dunkelschacht sammelten, um die Verwundeten zu versorgen und die Toten zu betrauern, hatten wir schweigend das Schlachtfeld nach Überlebenden abgesucht. Jetzt, bei hellem Licht, waren die vielen Vorbereitungen zu erkennen, die Miran getroffen hatte, die Fallgruben, geschickt unter den Überresten der Zelte versteckt, die Spuren heftiger Kämpfe in den alten Ruinen, die Kadaver der Kriegsbestien, die noch immer in den Gruben kokelten.

Die zweihundert, die sie in der Ruinenstadt behalten hatte, hatten sich dem Feind nicht offen gestellt, sondern den Gegner in den Ruinen in einen Häuserkampf gebunden ... und so ihr Leben möglichst teuer verkauft. Ich fand den Lanzenmajor, der uns am Tor empfangen hatte, in einem Kreis von gut einem Dutzend erschlagener Feinde liegend vor … und eine Spur von Leichen zog sich durch die alte Lagerhalle, in der er seinen letzten Kampf gefochten hatte.

Von Miran fanden wir nur ihr Schwert, verglüht, als hätte jemand es in einer Schmiede geschmolzen. Wir suchten nach ihnen, doch wir fanden weder die Obristin noch eine Leiche in der weißen geprägten Rüstung einer Kriegsfürstin.

Von ihren fünfzig Kriegerinnen hatte Zokora fünf verloren, ein herber Verlust für ihren kleinen Stamm, von dem sie mir mit unbewegtem Gesicht berichtete.

»Diese Soldaten dienten dem Nekromantenkaiser, der Omagor in die Welt zurückrufen will«, hatte sie mir ausdruckslos dazu gesagt. »Jede meiner Schwestern hätte ihr Leben tausendmal gegeben, um ihm Einhalt zu gebieten.« Ihre brennenden Augen bohrten sich in die meinen. »Wir haben zwei seiner Priester lebend genommen«, fuhr sie dann mit der gleichen unbewegten Stimme fort. »Sie werden in den nächsten Jahren die Namen meiner Schwestern lernen.«

»Wie meint sie das?«, fragte Lannis mich leise.

»Sie werden sie tagelang foltern«, erklärte ich genauso leise, doch ich hatte schon wieder vergessen, wie fein Zokoras Ohren waren.

»Nicht tagelang«, verbesserte sie mich, ohne zu uns hinzusehen. »Vergesst nicht, ihr Tod macht den Nekromantenkaiser nur stärker … also behalten wir sie in unserer Obhut, bis er geschlagen ist … erst dann schicken wir sie ihm nach. Selbst wenn es Jahrzehnte dauert … oder länger.« Sie lächelte wie eine Raubkatze, die Blut geleckt hatte. »Die Priester gehören meinem Volk an, das macht es leichter, sie lange am Leben zu erhalten.«

Es war ein junger Schwertmajor, der mir, blutend und erschöpft, von der Schlacht berichtete. Von dem Hügel vor der Stadt aus, dem gleichen, an dem ich mich im Wurzelwerk des Baums versteckt gehalten hatte, konnte ich den Schlachtverlauf fast vor mir sehen, während ich seinen Worten lauschte.

»Es war das erste Mal, dass mir eine Sanduhr den Befehl gab, mit meiner Lanze … ich meine Tenet … in die Schlacht zu ziehen«, erzählte er mir, während ein Medikus der Federn einen üblen Schnitt an seinem Arm nähte. Der Schwertmajor schien es nicht einmal zu bemerken. Seine Augen schweiften über das Schlachtfeld, doch ich bezweifelte, dass er das Gleiche sah wie ich.

»Wir kamen gerade rechtzeitig, um die Flanke der neunten Tenet der zweiten Lanze zu verstärken, und wurden unsererseits von der fünften der zweiten verstärkt … Dort …«, sagte er und schluckte, während er mit seinem gesunden Arm zu der Stelle wies, an der sich die gefallenen kaiserlichen Soldaten und die des Gegners türmten. Noch immer war man damit beschäftigt, die im Todeskampf ineinander verkeilten Körper zu trennen und nach Überlebenden zu suchen. »Miran bestand darauf, dass wir sie dort binden sollten, um so die feindlichen Soldaten, die in die Stadt eingedrungen waren, von dem Rest ihrer Kameraden zu trennen. Das taten wir dann auch … und jedes Mal, wenn es schien, als ob wir überrannt werden würden, stieß eine weitere Tenet zum Kampf hinzu … und immer genau dort, wo wir sie brauchten und der Feind eine schwache Stelle hatte … Götter«, schluckte er. »Ich weiß nicht, wie sie es gemacht hat, aber ihr Plan lief wie eines dieser Wasserwerke … ein Rad griff ins andere.« Er sah zu mir hin, aber ich war nicht sicher, ob er mich tatsächlich sah. »Ich weiß, dass sie uns opfern musste, sie sagte uns bereits im Vorfeld, dass die Hälfte von uns den Tag nicht mehr erleben würde. Doch sie bat uns, dafür zu kämpfen, dass die andere Hälfte den Tag bestehen würde! Götter, sie glich es so fein ab, dass jedes Mal, wenn uns der Wille zu brechen drohte, wir das Horn hörten und eine neue Tenet in den Kampf eingriff … Es brach den Feind, denn was auch immer er versuchte, er fand kaiserlichen Stahl und Entschlossenheit, die ihm den Weg versperrten.« Er wies zu einer kleinen Baumgruppe etwas abseits von dem Berg von Leichen. »Ich selbst lockte mit drei anderen einen der Priester des verfluchten

Nekromanten dort hervor, die anderen starben dabei, doch ich hatte das Vergnügen zuzusehen, wie er ungläubig auf meine Klinge starrte, die sein Herz durchbohrte. Hier.« Er griff mit seiner freien Hand an seinen Gürtel und zog ein scharfkantiges stählernes Gebilde hervor, einen Schneidestempel, wie ihn Lederarbeiter verwendeten, um Formen aus dem Leder zu schlagen. »Bevor er etwas tun konnte, schlug ich ihm diese Rune in die Stirn ... und sie brannte sich ihm ein, obwohl der Stahl so kalt war wie jetzt auch. Unsere Schmiede haben den größten Teil des gestrigen Nachmittags damit verbracht, diese Stempel aus alten Klingen zu formen und sie Boron zu weihen.«

Ich erkannte diese Rune wieder, es war die gleiche, die ich nach kaiserlichem Brauch in die Stirn von Orduns Schädel gebrannt hatte.

»Ich verstehe ja nichts von Magie«, fuhr der Major leise fort, »aber ich versichere Euch, es hat diesen Priestern zuverlässig den Garaus gemacht.« Er sah zu mir hin, und zum ersten Male schien er mich wahrzunehmen. »Sie sagte, dass es Euer Plan wäre, der uns retten würde ... dafür danke ich Euch. Wenn Ihr Euren Bericht schreibt, erwähnt für die Kaiserin, dass niemals eine Legion tapferer für das Reich gekämpft hat, als die dritte.« Er schluckte. »Sagt ihr, dass auch der klägliche Rest, der von ihr übrig ist, niemals weichen wird.«

»Nur dass es nicht mein Plan war«, meinte ich später unwirsch zu Serafine, während ich eines der Pferde sattelte, die man uns zur Verfügung gestellt hatte. Es gab genügend von ihnen, die keine Reiter mehr besaßen. »Das ist nun das zweite Mal, dass ich davon höre, was ich plante, ohne dass es je geschehen wäre.«

»Es war Eure Idee, aber ihr Plan«, sagte Marcus von der Seite her. Wir hatten ihm die Fesseln abgenommen, aber es schien ihn an diesem Tag wenig genug zu freuen, er war ernster, als ich ihn jemals gesehen hatte. »Es blieb nicht mehr als drei Glocken, um ihn zu schmieden, tatsächlich aber war es eine Ewigkeit, in der sie an ihm feilte. Ihr war es ernst damit, als sie sagte, dass sie mich sterben lassen würde, wenn ich ihr nicht helfen könnte.« Er schauderte leicht. »Daran gab es nicht den geringsten Zweifel.« Er sah mit gequälten Augen zu mir auf. »Ihr wisst, dass ich Euch gegen die Seelenreiter helfen werde … aus Tausenden von Gründen. Aber bitte, verlangt so etwas nicht noch einmal von mir.«

»Wir sollten Euch erschlagen«, sagte Serafine ausdruckslos. »Ihr seid ohne Zweifel der gefährlichste Mensch, den ich je kannte.«

Marcus schluckte. »Ich weiß«, gestand er leise. »Das werdet Ihr auch sagen, wenn Ihr mich erschlagen werdet. Und wenn Ihr es nicht seid, dann ist es die dunkle Elfe.« Er sah bittend zu mir hoch. »Lanzengeneral, ich flehe Euch an, lasst es nicht zu! Ich kann es Euch noch nicht sagen, aber es gibt einen Grund für alles, was ich tue, einen, den Ihr verstehen werdet. Ich kann nur darum bitten, dass Ihr mir vertraut.« Er verzog sein verbranntes Gesicht zu einem schiefen Lächeln. »Und Ihr ahnt nicht, wie lange ich an diesen Worten feilte.«

Also wusste er, wie knapp es um ihn stand. Er hatte hier, nach seinen Worten, geholfen, zumindest einen Teil der dritten Legion zu retten, aber wie viel davon entsprach der Wahrheit? Vielleicht hatte er Miran auch getäuscht … und was, wenn er dem Feind in die Hände fiel? Er war ein Pirat, einst Herrscher über die Feuerinseln, und ich hatte selbst erlebt, wie er zu seinem Beinamen gekommen war. Er hatte nach kaiserlichem Recht den Tod hundertfach verdient … Serafine hatte recht, Marcus war gefährlich. Es war nicht möglich, ihm zu vertrauen …

»Wertet mich nach dem, was ich getan habe«, bat er leise. »Im Schlechten wie im Guten. Ohne mich ständet Ihr nicht hier, ich weiß, dass Soltar Seine Hand über Euch hält, doch vor dem Vulkan hätte auch Er Euch nicht bewahren können … und Eure Freundin, die Maestra, steht nicht gleichermaßen unter Seinem Schutz. Sie würde nicht mehr leben, hätte ich Euch nicht den Weg aus dem Schlund gewiesen.«

»Habt Ihr Euch auch diese Worte sorgsam überlegt?«, fragte ich ihn rau.

Er nickte.

»Wie geht es weiter?«, fragte ich ihn.

Er schluckte erneut und hob die Schultern in einer hilflosen Geste.

»Es führte mich alles immer wieder an diesen Punkt«, gestand er. »Genau hier. Jetzt. Mit der Schwertobristin in meinem Rücken, die schon ihr Schwert in ihrer Scheide gelockert hat, und der Sera Zokora dort am Baum mit ihrem verfluchten Blasrohr. Es ist ein exquisiter Schmerz, wenn das Gift einem die Glieder lähmt ... und man danach alles tausendfach fühlt, was einem widerfährt.« Er sah mich unverwandt an. »Ich sage die Wahrheit, Ser Lanzengeneral. Ich stehe zu dem Kaiserreich.«

»Mit jedem seiner Worte formt er unsere Gedanken«, sagte Zokora kühl, als sie hinter dem Baum hervortrat und das schlanke Blasrohr hinter ihrem Nacken verschwinden ließ. »Wenn wir es zulassen, führt er uns, nicht ich, nicht du, nicht Serafine. Er ist es, den wir befragen werden, nicht wir entscheiden dann über die Zukunft, sondern nur sein Rat. Es gibt viele Talente, die die Götter uns gaben, aber dieses hier ... ist nicht für Sterbliche bestimmt, und schon gar nicht gehört es in die Hände eines Menschen.«

Ich sah den schlanken Dolch in ihrer Hand, er konnte ihn nicht sehen, sie stand seitlich hinter ihm, doch er zog scharf den Atem ein und schloss die Augen, während seine Lippen zitterten.

»Es tut mir leid«, sagte ich langsam. »Aber ich kann Euch nicht gestatten, Euer Talent weiter zu verwenden.«

Er nickte und versuchte, gerader zu stehen. »Ich weiß ... ich bitte die dunkle Elfe darum, den Stoß zu führen, ich weiß, dass ich ihn nicht merken werde.«

»Nein«, sagte ich leise, als Zokora sich für den Stoß anspannte. »Das ist es nicht, was ich meinte. Ich sagte, dass ich es nicht erlauben kann, dass Ihr Euer Talent weiter verwendet. Dafür, dass Ihr überlebt, ja, ich glaube, dass es sich nicht verhindern lassen wird. Aber erfahre ich jemals, dass Ihr es genutzt habt, um Euch einen anderen Vorteil zu erschleichen, oder vermute es auch nur, werde ich Euch töten.« Ich wies den Weg hinab. »Geht, Marcus«, sprach ich leise weiter. »Geht und versucht ein Leben zu leben, das sich von anderen nicht abhebt. Geht ... und lasst mich nie wieder von Euch hören.«

Als er verstand, dass er leben würde, taumelte er fast und wäre gefallen, hätte ich ihn nicht gehalten. Erneut schluckte er und atmete dann tief durch, um mühsam seine Fassung wiederzuerlangen.

»Dass wir uns wiedersehen, wird sich schwerlich vermeiden lassen«, sagte er. »Aber Ihr werdet Eure Entscheidung nicht bedauern müssen. Mirans Bericht ... seht zu, dass ich darin nicht erwähnt werde, selbst wenn Ihr ihn fälschen müsst. Wenn die Eule Asela erfährt, was heute hier geschah, wird sie mich härter binden, als die Obristin es je tat ... es würde in einer Katastrophe enden.« Er sah von mir zu Zokora und Serafine und den anderen, die schweigend zugesehen hatten. »Der Götter Segen auf Euren Wegen«, bat er rau, und wandte sich ab, um stolpernd den Weg hinabzurennen.

»Jetzt hätte ich gerne sein Talent, um zu wissen, ob das ein Fehler war«, merkte Serafine an, als wir ihm nachsahen. Dann seufzte sie. »Es wird sich ja zeigen.«

»Es ist seltsam«, meldete sich Zokora zu Wort, während sie mich mit einem langen Blick musterte. »In jedem anderen sähe ich dein Handeln als eine Schwäche an, die ich verabscheuen würde ... doch bei dir beschleicht mich der Gedanke, dass es in Wahrheit deine Stärke ist.« Sie sah sich suchend um. »Es sind zu wenig Pferde. Wir brauchen zwei mehr.«

Von Menschen und Elfen

11 »Du und Varosch wollt mit uns kommen?«, fragte ich erstaunt. »Du bist die neue Königin, braucht dein Volk dich nicht?«

»Ich bin die oberste Dienerin der Solante und trage das Omen der Katze. Das ist es, was ich bin. Wenn meine Schwestern beständig an der Hand gehalten werden müssten, hätte man sie schon als Kinder erschlagen. Sie kennen meinen Willen und wissen, was zu tun ist, jede von ihnen hat bereits ihre Aufgabe erhalten. Mein Weg führt mich dorthin, wo du hingehst, Havald«, teilte sie mir kühl mit. »Wir brauchen eine andere Zukunft als die, welche die Priester deines Gottes uns gegeben haben. Lasse ich dich allein, befürchte ich, dass du sie nicht finden wirst. Also folge ich dir.«

»Ich nehme an, wir haben keine Zeit, um nach Lassahndaar zu reiten?«, fragte mich etwas später der dunkle Elf, der Varosch war, als er sein Pferd neben mich lenkte.

Ich sah ihn fragend an.

»Meine Familie lebte dort … und eine Sera, die ich noch immer sehr achte.«

»Lassahndaar ist vollständig zerstört«, erklärte ich ihm. »Was die Truppen Thalaks stehen ließen, wurde, so hat es mir Serafine erzählt, von dem Lindwurm Byrwylde in den Staub gepresst.«

»Verflucht«, stieß er aus und schluckte. »Es hat niemand überlebt?«

»Doch«, sagte ich mit einem Lächeln. »Serafine sagte, man hätte die Bewohner in Sicherheit gebracht, bevor der Lindwurm kam. Der größte Teil von ihnen hat ein neues Heim in Coldenstatt gefunden. Vielleicht findest du dort die, die du suchst … allerdings …«

»Ja«, seufzte er. »Ich verstehe mittlerweile Zokora etwas

besser. Es ist … irritierend, wenn du siehst, dass jeder, dem du auf deinem Weg begegnest, dich erschlagen will … oder voller Angst und Panik flieht.«

Er spielte auf eine Gruppe Flüchtlinge an, die wir vorhin getroffen hatten. Sie hatten uns um Wasser und Nahrung gebeten, aber gerade als Lannis ihnen etwas von unserer Verpflegung abgeben wollte, hatten sie Zokora und ihn erblickt und waren schreiend geflohen.

»Dies ist meine Heimat«, sagte er und ließ seinen Blick über die dichten Wälder streifen, die hier den Weg säumten. »Ich wünsche mir nichts mehr, als hier in Frieden leben zu können, aber das wird nicht möglich sein. Ich will mich nicht beschweren«, fuhr er hastig fort. »Auch wenn in mancher Hinsicht dieser Tausch ein schlechter ist, lebe ich, und auch wenn ich der Gerechtigkeit der Götter vertraue, ist es mir lieber so … vor allem, weil es wohl danach aussah, als hätte der Nekromantenkaiser meine Seele Boron vorenthalten wollen.« Er sah zu Zokora zurück, die vier Pferdelängen hinter uns mit Serafine im Gespräch versunken war. »Weißt du, dass sie sich bei erster Gelegenheit darüber beschwerte, dass ich mich vor sie geworfen habe?«

»Ja«, gestand ich. »Serafine hat es mir erzählt. Zokora sagte, der Zauber des Nekromanten hätte sie nicht töten können.«

»Sie nicht«, sagte Varosch leise und schluckte. »Aber ihre ungeborenen Kinder. Sie sagt, dass sie es weiß. Sie hat mir dennoch verboten, sie erneut schützen zu wollen. Weißt du, dass ihr Volk Männer wie Konkubinen hält?« Er schüttelte unverständig den Kopf. »Sie führten sich auch so auf wie eitle Seras, bepudert und bemalt, und sie haben kaum etwas anderes im Kopf als ihre Eitelkeit … es ist ein Wunder, dass Zokora uns Männern überhaupt zugesteht, dass wir für uns selber denken können, denn eines ist sicher: Die, die sie sich in ihren Höhlen halten, haben die Fähigkeit dazu verloren.« Er schüttelte sich wie ein nasser Hund. »Weißt du, dass sie mich baden wollten wie ein kleines Kind? Und mich anmalen? Ich bin in einem Hurenhaus aufgewachsen, dort war es ja nicht anders, nur dass in den Höhlen die Männer die Huren waren … und dümmer, als je eine Sera der Lust es hätte sein können.« Er blickte wieder zu Zokora zurück. »Ich würde für sie sterben«, sagte er einfach. »Aber selbst für sie gehe ich dorthin nicht mehr zurück.«

Er wusste so gut wie ich, dass auf diese Entfernung Zokora jedes unserer Worte hörte, demnach war es nicht überraschend, dass sie aufsah und seinen Blick einfing. Vielleicht bildete ich es mir nur ein, aber mir schien es, als hätte sie fast unmerklich genickt.

Mit den Pferden war der Weg zurück zum Steinkreis schnell bewältigt. Drei Legionäre hatten uns begleitet, um die Pferde wieder zurückzuführen, und ich war gerade dabei zu überprüfen, ob ich auch nichts in den Satteltaschen vergessen hatte, als Lannis einen Alarmruf ausstieß und Hulmir seine Mechthild gegen den Himmel richtete, wo über uns eine einsame Wyvern kreiste.

»Verflucht«, grollte Varosch. »Ihr Reiter weiß auf den Fuß genau, wie groß unsere Reichweite ist!«

Nur Zokora ließ sich nicht anstecken, sie sah kurz zu der fliegenden Schlange auf … und beschäftigte sich weiter mit ihrem Pferd.

»Sie landet!«, rief Eldred aufgeregt. »Dort vorn auf dem Weg!«

»Warum sollte sie das tun?«, fragte Hanik, und Zokora sah kurz auf.

»Damit ihr nicht aus Versehen auf sie schießt.«

»Glaubt mir, es wäre kein Versehen«, gab Hanik entschlossen Antwort.

»Eben«, gab Zokora zurück.

Lannis und die anderen verschwanden geduckt im Wald, als hätte ein Windhauch sie verschluckt, doch es war nur eine schlanke Gestalt in einer dunklen blauen Robe, die uns dort gemessenen Schrittes entgegenkam.

Als ich Asela das erste Mal gesehen hatte, war ihr Gang noch eher hölzern gewesen, das hatte sich jetzt gelegt, sie ging so elegant, als wäre der Pfad unter ihren Füßen nicht uneben und mit Wurzeln überzogen, sondern das glatte Parkett im Thronsaal eines Fürsten. Etwa vier Schritt vor mir blieb sie stehen. »Finna«, sagte sie und neigte ihr Haupt, um Serafine zu begrüßen. »Lanzengeneral. Zokora.«

»Asela«, gab Serafine genauso höflich zurück.

Eine Augenbraue hob sich, als die Eule den dunklen Elf an Zokoras Seite musterte. »Der Boronadept Varosch, nehme ich an?«

»Ja«, antwortete Varosch. »Auch wenn es schwer zu glauben ist.«

»Ich glaube Euch«, teilte sie ihm ungerührt mit, um den Steinkreis hinter mir zu mustern und dann meinen Blick einzufangen.

»Ich habe schon immer geahnt, dass etwas mit diesen Steinkreisen ist, es gibt sie zu oft. Aber sie liegen nicht auf Kreuzungspunkten, und nur manchmal fühle ich den Erdstrom unter ihnen. Aber Ihr scheint mir ihr Rätsel gelöst zu haben.«

»Ich hatte Hilfe«, antwortete ich bescheiden. Von einem Gott und einem kleinen Mädchen, das sich vor Jahren verirrte.

Sie hielt meinem Blick stand und nickte dann langsam. »Ich sah das Schlachtfeld … in Anbetracht der Tatsache, dass die Luft plötzlich mit Bolzen gefüllt war, entschloss ich mich, dort vorerst nicht zu landen. Ist es Euer Werk, dass es Überlebende gibt?«

»Nein. Lanzenobristin Miran bewies ihr Talent in Strategie, um eine verlorene Schlacht zu wenden. Es war allein ihr Verdienst.«

»Wie es ihr Verdienst war, dass die Legion überhaupt erst in diese Lage kam«, erinnerte Asela mich schneidend.

»Es besteht die Möglichkeit, dass die Obristin in Feindeshand gefallen ist«, teilte ich der Eule leise mit. Sie neigte den Kopf.

»Dann wird sie die Möglichkeit erhalten, jeden ihrer Fehler sorgsam zu bereuen«, stellte sie fest. »Selbst ihr würde ich das nicht wünschen. Wisst Ihr, wie hoch die Verluste waren?«

»Etwas über siebenhundert gefallen, mehr als fünfzehnhundert zum Teil schwer verletzt.«

Wieder nickte sie bedächtig.

»Also haben wir die dritte Legion zum größten Teil verloren.«

Diesmal nickte ich.

»Ihr seid auf dem Weg zurück in die Ostlande? Durch diesen Steinkreis? Wie ist es, wenn man durch diese Steine geht?«

»Zum Kotzen«, antwortete Frick, bevor ich etwas sagen konnte, um dafür einen langen Blick der Eule einzufangen. »Ist doch wahr!«, verteidigte er sich. »Ich habe mir die Seele aus dem Leib gekotzt!«

»Das wundert mich nicht«, meinte die Eule ungerührt. »Nach allem, was ich weiß, stehen diese Steinkreise über die Erdströme des Weltenstroms in Resonanz zueinander. Seitdem sie erschaffen worden sind, hat sich der Weltenstrom bewegt … Ihr habt ungeheuerliches Glück gehabt, dass Ihr einen Steinkreis gefunden habt, der mit dem Ort verbunden war, den Ihr aufsuchen wolltet, vor allem über eine solche Strecke. Ich hätte eher erwartet, dass es Euch zerreißt. Wollen wir hoffen, dass Ihr den Rückweg überlebt.«

»Jetzt fühle ich mich besser«, meinte Frick und schluckte heftig.

Die Eule bedachte ihn mit einem schmalen Lächeln. »Dann ist es ja gut.« Bevor er etwas sagen konnte, wandte sie sich wieder mir zu. »Zwei Dinge: Zum einen, wenn Ihr mich schon ruft, würde ich es vorziehen, Euch nicht über die gesamte Weltenkugel nachhetzen zu müssen, zum anderen soll ich Euch von der Kaiserin ausrichten, dass Ihr zwar ihr Vertrauen genießt, aber Euer … Urlaub … demnächst beendet sein sollte. Sie erwartet Euch in zwei Wochen zurück. Der Götter Segen mit Euch allen.«

Mit diesen Worten drehte sie sich um und ging den Weg wieder hinunter, wortlos machten ihr Lannis und die anderen Platz.

»Ich mag sie«, stellte Zokora überraschend fest, als Asela aus unserem Blickfeld entschwand.

»Ach ja?«, fragte Serafine neugierig. »Wieso das? Ich meine, ich mag sie auch, sie ist meine älteste Freundin, aber …«

»Sie weiß, wie sie ihren Unmut deutlich macht«, erklärte uns die dunkle Elfe. »Das ist ein guter Anfang.«

»Was bedeutet das?«, fragte Frick neugierig.

»Sie sagt Euch, dass die Eule stinkend sauer war«, übersetzte Varosch hilfreich.

»Ich verstehe nur nicht, wie es kommt, dass sie eine Wyvern fliegt«, meinte Eldred und schob seinen Helm nach vorne, um sich am Hinterkopf zu kratzen. Und das, während er seinen Kopf weit in den Nacken legte, um der Wyvern nachzusehen, die gerade mühsam aufstieg. Aus irgendeinem Grund hätte mich der Anblick beinahe laut lachen lassen.

»Was ist daran nicht zu verstehen?«, fragte Zokora.

»Ihr wisst den Grund?«, fragte Eldred überrascht. »Wollt Ihr ihn mir verraten?«

»Sie hat wohl gerade keinen Greif zur Hand gehabt.«

»Sie hat recht«, teilte mir Zokora etwas später mit. Ich seufzte, warf ihr einen bösen Blick zu, beendete das, was ich gerade tat, und zog meine Rüstung zurecht.

»Was?«, fragte sie und hob eine Augenbraue an.

»Ich wünschte nur, dass du nicht immer diese Gelegenheiten aussuchen würdest, um mich zu sprechen.«

»Es bietet sich an«, teilte sie mir mit. »Zum einen suchst du dafür die Abgeschiedenheit, zum anderen brauchst du zum Reden die Hände nicht. Obwohl …« Sie sah nachdenklich drein. »Manchmal habe ich bei Euch Menschen das Gefühl, dass es der Fall ist. Manche von Euch fuchteln immer mit den Händen herum. Ich habe versucht, die Gesten zu verstehen, und sie enthalten Elemente einer Sprache, aber so rudimentär, dass Ihr es Euch auch sparen könnt.«

Ja, ich hatte sie vermisst. Eine Unterhaltung über den Sprachgehalt von Gesten, während ich meine Notdurft verrichtete, gehörte zu den Dingen, die ich nur mit ihr erleben konnte.

Ich unterdrückte einen Seufzer.

»Wer hat wobei recht?«

»Die Eule Asela. Diese Steinkreise waren schon alt, als mein Volk hierher kam, und die allermeisten haben schon lange jegliche Verbindung zum Erdstrom verloren. Leandra und ich reisten durch eines dieser Tore, um vom alten Moor aus zu dem Tempel in Lassahndaar zu gelangen, und auch da war es schon ein Wunder, dass es noch möglich war. Selbst ich hatte vergessen, wofür sie einst dienten.« Ihre Augen hielten mich fest. »Es ist mehr als unwahrscheinlich, dass du einen Steinkreis finden würdest, der die Strecke von der Ostmark bis hierher überbrücken kann.«

»Tatsächlich glaube ich nicht, dass es Glück oder Zufall war«, erklärte ich ihr, als wir gemeinsam den Weg zurück zum Steinkreis gingen. Ich erzählte ihr von meinem Wachtraum, und sie nickte nachdenklich.

»Der Winterwolf ist einer dieser alten Götter, deren Macht auch dann nicht bricht, wenn sie in den Schlaf verfallen«, teilte sie mir mit. »Jedes Jahr kehrt der Winter zurück, wie soll man da an seiner Macht zweifeln? Deine Vorväter glaubten daran, dass der Atem des Winterwolfs die Gebirge bedeckte und den Schnee brachte, kein Wunder also, dass der Eissturm, in dem wir im Gasthof gefangen waren, den alten Wolf geweckt hat. Du trägst noch immer sein Amulett … solche Gegenstände besitzen Macht, befürchtest du nicht, dass du dich unversehens in einen Wolf verwandeln wirst?«

»Leandra sagt, es hat seine Magie verloren, als ich es mir nach dem Kampf im Tempel vom Hals riss. Die Kette hat sie mir richten können, die Magie hingegen nicht.«

»Richtig«, nickte Zokora. »Aber wenn dir wahrhaftig der alte Gott begegnet ist, was glaubst du, wie viel Mühe es ihn kosten würde, das zu ändern?«

Das war einen Gedanken wert. Beinahe hätte ich hier und jetzt den Anhänger ausgezogen, gerade in diesem Moment bildete ich mir ein, dass ich fühlte, wie er auf meiner Haut brannte. Auf der anderen Seite war es so, dass ich dem Wolf ein Versprechen gegeben hatte, und irgendwie erschien mir der Anhänger als ein Siegel unseres Geschäfts.

»Warum kommst du mit uns?«, fragte ich sie, während ich es mir am Fuß einer dieser Steine gemütlich machte. Es war etwas Zeit bis Mitternacht, eine seltene Gelegenheit, etwas Ruhe zu finden. Finna, die sich etwas abseits mit Lannis unterhielt, sah uns und kam herbei, um mir ein Stück Schwarzbrot und einen Kanten Käse zu reichen und sich dann anschließend neben mich zu setzen.

Seitdem wir die Schlacht in diesem verfluchten Minenschacht ausgesessen hatten, hatte sie wenig genug gesagt, auf der anderen Seite schien ihr Zorn verflogen.

Zokora schaute suchend auf und fand Varosch etwas abseits stehend, der sich angeregt mit Hulmir unterhielt und dessen Handballiste begutachtete.

»Du weißt, dass ich hörte, was er dir sagte.«

Ich nickte, während ich das Brot brach und es ihr anbot, doch sie schüttelte nur den Kopf.

»Seine Furcht ist unbegründet«, fuhr die dunkle Elfe fort und setzte sich zu uns, während ihre Augen den Waldrand absuchten. »Ihr Menschen seid so … anders«, seufzte sie dann.

»Wie meinst du das?«, fragte Serafine.

»Hast du schon jemanden sagen hören, ihm wäre eine Lösung einfach eingefallen?«

Serafine zuckte mit den Schultern. »So ist es manchmal.«

»Nicht für mich«, meinte die dunkle Elfe bedächtig. »Die Punkte meiner Gedanken folgen einer ungebrochenen Linie … bei euch Menschen springen sie manchmal. Es ist, als ob ihr nur raten würdet, und doch ist es mehr. Gerade Varosch schätze ich in diesem Zusammenhang sehr, ohne ihn und seinen weisen Rat wäre ich nicht imstande, euch Menschen zu verstehen … auch wenn es mir noch immer schwerfällt. Es waren nur wenige Tage, die wir in unseren Höhlen verbrachten, aber …« Sie sah fast verschämt drein. »Selbst ich spürte die Last des Steins auf meinen Gedanken. Ein halbes Jahr, vielleicht ein Mondzyklus mehr oder weniger, so lange braucht es, bis die Höhlen den Verstand eines menschlichen Männchens vernichtet haben. Wie lange es bei den Männchen meines Volks dauert, ist mir nicht bekannt, die wenigen, die ich zuvor kannte, wuchsen in den Höhlen auf und lernten nie, für sich zu denken. Bliebe ich in den Höhlen und wollte Varosch an mich binden, würde es das an ihm zerstören, was ich am meisten an ihm schätze.«

Ich sah zu Varosch hin, doch der schien weiter mit Hulmir beschäftigt. Was nicht viel bedeutete, wenn er jetzt so gut hörte wie Zokora.

»Ich habe meiner Mutter mitgeteilt, dass die Zukunft unseres Volks nicht mehr in den Höhlen liegt. Sie war anderer Ansicht und forderte mich heraus. Jetzt gibt es keine Stimme mehr, die gegen meine spricht. Mein Volk wird an die Oberfläche zurückkehren. Die mutigsten meiner Schwestern erkunden nun eure Welt, sind auf der Suche nach einem Ort, der für uns passend ist.« Sie lächelte leicht. »Vielleicht Bessarein, auch wenn der Gedanke an so viel Licht manche von uns verschreckt. Viele haben gar nicht glauben können, dass es möglich ist, sich so an die Sonne zu gewöhnen, dass unsere Augen keinen Schutz mehr benötigen.« Sie sah mich direkt an. »Wir haben unseren Platz an der Oberfläche aufgegeben. Wir brauchen jemanden, der für uns spricht, wenn wir ihn wieder einnehmen. Du hast mir versprochen, dass du derjenige sein wirst, der uns vor den Menschen schützt. Deshalb folge ich dir, auch in ein Land, das so fern meiner Heimat ist, dass ich den Stein nicht kennen werde, auf dem es ruht.« Wieder sah sie zu Varosch hin. »Das ist der eine

Grund. Der andere ist der, dass ich diese eine Schwäche nicht aufgeben will. Er macht mich verletzlich. Ängstlich. Ein Blick oder eine Geste von ihm kann mir mehr Schmerzen bereiten als ein Foltermeister … weil ich es zulasse. Denn im Gegenzug kann er mich auf eine Weise berühren, die mich erst leben lässt. Ich sehe durch seine Augen die Dinge anders, schmecke mehr in der Luft, fühle, als gäbe es eine Welt hinter der, die ich sehe … er lässt mich fühlen.« Sie schaute gequält zu uns auf. »Es ist fürchterlich«, fuhr sie leise fort. »Er erschüttert meine Welt, lässt mich zweifeln oder hoffen, fühlen. Gefühle, das habe ich gelernt, machen uns schwach. Tatsächlich aber gaben sie mir die Kraft, gegen Dorin zu bestehen und mich meiner Mutter nicht zu beugen. Und doch … wenn ich fühle, weiß ich nicht und zweifle … und muss mich zwingen, den Zweifel aufzugeben.« Sie schüttelte unverständig den Kopf. »Es macht mich wahnsinnig, wenn er in der Nähe ist. Immer wieder denke ich, ich sollte ihn von mir stoßen, damit Ruhe in meine Gedanken einkehrt, doch als ich ihn verlor, war es so, als wäre ich weniger als zuvor. Oder, im Umkehrschluss, ist er in meiner Nähe, bin ich mehr.« Sie holte tief Luft. »Ich weiß nicht, was sich die Götter dachten, als sie ihm erlaubten, in diesem Körper in das Leben zurückzukehren. Aber zum ersten Mal vertraue ich in etwas, das ich nicht beherrschen kann. Es macht mir Angst … und erfüllt mich mit Leben.«

»Oh, Zokora«, sagte Serafine ergriffen, während sie sich über die Augen wischte. »Das war eine der schönsten Liebeserklärungen, die ich jemals hörte.«

»Ja«, sagte Zokora trocken, als sie in einer flüssigen Bewegung aufstand. »Es stand zu befürchten, dass du so etwas sagst.«

Ohne uns einen weiteren Blick zu schenken, ging sie davon. Nicht zu Varosch hin, doch an eine Stelle, von der aus sie ihn gut sehen konnte.

»Sie hat sich verändert«, stellte Serafine leise fest, während wir ihr hinterhersahen. »Er hat sie verändert.«

»Nein«, widersprach ich ihr. »So wie du es zuerst gesagt hast, ist es richtig. Sie hat sich selbst verändert. Sie hat es zugelassen.« Ich sah zu Serafine hin, die mir so nah war, dass ich ihren Atem fühlen konnte. »Für sie ist es eine mutige Entscheidung.«

»Nicht nur für sie«, sagte Serafine leise, als sie sich an mich lehnte. Es gab ein metallenes Geräusch, als unsere Panzerplatten aneinanderrieben, aber der Gedanke zählte. »Es braucht immer Mut, einem anderen zu vertrauen.«

Wir saßen da, den Rücken gemeinsam an einen Stein gelehnt, voll gerüstet, schweigsam. Und doch war es einer dieser seltenen Momente, von denen man sich wünschte, dass sie nie vergehen. Dieser Tag hatte Tausenden tapferen Männern und Frauen den Tod gebracht und Lanzenobristin Miran vielleicht einem Schicksal zugeführt, das man seinem ärgsten Feind nicht wünschen würde, und doch, für diesen einen kurzen Moment war ich imstande, all das zu vergessen.

»Verstehe ich das richtig?«, fragte Varosch und schaute prüfend über die Länge eines Armbrustbolzens, um ihn kopfschüttelnd auszusortieren. Es war der dritte Köcher, den er so sortierte, und bisher hatte er fünfmal mehr zur Seite gelegt, als er Bolzen behalten hatte. »Wir kommen an einem Ort an, den ihr gestern Abend bei Mitternacht verlassen habt, an dem sich eine Horde von Barbaren darauf vorbereitete, euch am nächsten Morgen zu erschlagen?«

»Ja«, nickte ich und sah zum Sternenhimmel hoch. Diese Sterne kannte ich, verstand ich, konnte ich in mir fühlen. Lange war es nicht mehr bis Mitternacht. »Das trifft es in etwa.«

»Und du hältst dies für eine gute Idee?«

Ich zuckte mit den Schultern. »Das wird sich zeigen.«

»Ist es nicht«, meinte Frick säuerlich. »Jedenfalls nicht, wenn Ihr keinen Spaß daran habt, Euch die Eingeweide aus dem Leib zu kotzen.«

»Es ist besser als zu laufen«, erinnerte Eldred ihn. »Meine Füße tun mir weiterhin weh, mein Magen nicht.«

»Ja, deiner«, grollte Frick. »Das Beschissenste daran ist, dass ich noch etwas Wein in meinem Trinkschlauch habe, doch wenn ich ihn jetzt trinke, opfere ich ihn nachher doch nur wieder.«

»Macht das einen Unterschied?«, fragte Eldred grinsend. »Ich dachte, so liefe das Trinken immer ab bei dir ... erst rein damit, dann später raus?«

»Da hat er recht«, meinte Hulmir gemächlich. »Es macht keinen großen Unterschied. Und wenn du Wein übrig hast ...?« Er hob fragend eine Augenbraue, und Frick seufzte abgrundtief, als er seinen Weinschlauch hervorkramte.

»Wenn ich es richtig verstanden habe«, äußerte sich Lannis träge, ohne die Augen zu öffnen, »will der Lanzengeneral die Gelegenheit ergreifen, um diesen Stamm der Barbaren von sich zu überzeugen.«

Sie lag neben einer der Wolfsfiguren auf dem Gras, und bis zu diesem Moment hatte ich gedacht, sie würde schlafen.

»Und wie?«, fragte der Adept des Boron.

Ich erzählte ihm von dem, was ich in dem Buch gelesen hatte und von meinem Treffen mit Ma'tar. »Es sind nicht nur einfach Barbaren«, erklärte ich. »Sie besitzen Ehrgefühl und Regeln. Sie sind klug genug, um unsere Sprache zu erlernen und Spione in unseren Reihen unterzubringen, Ma'tar wusste von der Schlacht, die Blix hier geschlagen hat.«

»Was eine Leistung ist«, meinte Lannis und richtete sich gähnend auf. »Braunfels ist das letzte Loch, an dem sich eine Neuigkeit verbreitet ... Wenn wir dort von etwas erfahren, ist es an anderer Stelle schon lange vergessen. Jetzt, mit dem Tor, geht es schneller, aber zuvor war es üblich, dass wir erst Wochen oder Monde später von den Dingen erfahren haben, die sich in der Kaiserstadt ereignet haben. Ich wusste zum Beispiel nicht, dass wir wieder Eulen haben, bis Asela kam und dieses Tor errichtet hat. Oder dass es jetzt eine Kaiserin ist, der wir unseren Eid schuldig sind.«

»Es ist ein Fakt, dass diese sogenannten Barbaren über uns weitaus mehr wissen als wir über sie«, fuhr ich fort. »Sie müssen also auch wissen, dass wir uns an unsere Verträge halten. Warum also ist ein Frieden nicht möglich?«

Varosch sah überrascht auf. Es war seltsam, innerhalb weniger Glocken hatte ich mich daran gewöhnt, dass er ein jetzt dunkler Elf war, er schien mir unverändert, und es fiel mir dennoch schwer, mich daran zu erinnern, wie er vorher ausgesehen hatte. Jetzt spielte ein Lächeln um seine Lippen, das ich erkannte ... er hatte etwas gefunden, das ich übersehen hatte.

»Du weißt, dass ich Boron auch in seinem Tempel diente«, fing er an, während er den nächsten Bolzen in seiner Hand drehte. Wenn er so weitermachte, würde er kaum einen ganzen Köcher füllen können. »Du möchtest gar nicht wissen, wie oft sich wütende Vertragsparteien im Tempel zu Lassahndaar eingefunden haben, um das voneinander einzufordern, was sie für ihr vertraglich gesichertes Recht hielten. Oft waren es dicke Packen eng beschriebener Blätter, in denen sich Rechtsgelehrte mühsam darauf verständigt hatten, was die Vereinbarung sein sollte ... und doch gab es immer Lücken, die der eine oder andere zu seinem Vorteil auszunutzen suchte ... und sich dafür auch noch im Recht glaubte.« Er schüttelte den Kopf. »Wo es einen Vertrag gibt, oder ein Versprechen, wird es Menschen geben, die darin ihren Vorteil suchen, nach dem Wort und nicht nach dem Sinn einer Übereinkunft zu verfahren. Sag mir, Havald, was ist mit dem Land?«

»Welchem Land?«

»Die Ostmark. Wem gehörte es, bevor der Kaiser es für sich beanspruchte? War es wie hier? Zokora hat mir von den blutigen Kämpfen berichtet, die es einst hier gab, als das Kaiserreich die Südlande für sich beanspruchte. Es ist noch immer nicht vorbei, warst du es nicht, der sich den Barbaren an diesem Pass entgegenstellte? Sie haben sich seitdem nicht mehr blicken lassen, aber dort, hinter diesem Pass, gibt es ein

Land, in dem sie leben und kaiserliches Recht nicht gilt. Du bist der Held der Geschichte, hast die drei Reiche vor den Barbaren beschützt … und doch ist es deren Land, das wir unser eigen nennen. Nur weil es lange her ist, ändert es nichts daran, dass wir gestohlen haben, was einst ihnen gehörte.«

»Ich hörte, die Ostmark wäre unbesiedelt gewesen«, sagte ich langsam.

»Ja. Sicher«, sagte Lannis trocken. »Insofern, als dass es keine Siedlungen gab. Sie sind Nomaden. Sie denken nicht wie wir, Mahea kann dir mehr davon erzählen. Es ändert nichts daran, dass sie die gesamte Ostmark als ihr Land ansehen. Jeder, der jemals in der Ostmark diente, weiß das. Es verwundert nur, dass dieses Wissen die Kaiserstadt scheinbar nie zu erreichen scheint.« Sie nickte Varosch zu. »Es ist, wie er sagt. Wir halten das Land seit Jahrhunderten, also denken wir, es gehört jetzt uns.« Sie seufzte. »Mir geht es nicht anders. Die Ostmark gehört zum Kaiserreich, und wir halten, was wir haben. Aber die Barbaren sehen es noch immer anders.« Sie lehnte sich gegen die Wolfsfigur und streckte ihre langen Beine aus. »Ich wusste gar nicht, dass ihr hier unten auch ein Barbarenproblem habt.«

»Wir haben ein Thalakproblem«, verbesserte Varosch sie. »Die Barbaren zeigen sich nur selten. Als der Kaiser beschloss, dieses Land zu besiedeln, wählte er sorgsam aus, die Südlande sind an allen Seiten von Gebirgen eingeschlossen, es gibt nur zwei bekannte Pässe, die aus den Reichen führen. Der eine ist der, an dem die Donnerfeste steht … und ich weiß, dass wir lange dachten, das Land im Norden wäre auch von den Barbaren besiedelt … erst vor etwas über zweihundert Jahren kam jemand auf den Gedanken nachzusehen … und fand dieses Land dort tatsächlich unberührt und menschenleer vor. Es ist eine Ironie, dass die eine Feste, die noch vom Kaiserreich erbaut wurde, gegen eine kaum vorhandene Bedrohung schützte. Denn irgendwo im Osten gibt es ein anderes Land, gänzlich unerforscht, in das sich die Barbaren zurückgezogen haben, die sich uns nicht beugen wollten.

Dort hätte man eine Feste errichten sollen, aber dazu ist es nie gekommen. Niemand weiß, wie es dort aussieht, wie viele es von ihnen gibt. Soviel ich weiß, haben wir jetzt selbst eine Passfeste an dem Ort errichtet, an dem die vierzig Getreuen fielen, und das ist es dann gewesen. Ich nehme an, es gibt auch dort ein Tor, aber es wird wohl nicht geöffnet werden.« Er lachte bitter. »Tatsächlich würde ich es mir wünschen, wenn die Barbaren wieder angreifen würden, müssten sich Thalaks Truppen mit ihnen herumschlagen.« Er schaute zu Lannis hin. »Zokora sagt immer, dass wir alle hier von den Barbaren abstammen, und wir uns noch immer nicht allzu sehr von ihnen unterscheiden.«

»Ihr nicht. Ihr seid ein dunkler Elf«, stellte sie fest.

»Ja«, sagte Varosch und lächelte etwas gequält. »So ist es wohl, nicht wahr?«

Es war schlimmer als beim ersten Mal. Diesmal hatte ich kaum die Kraft, mich aufrecht hinzusetzen, ich hatte Schwierigkeiten, richtig zu sehen, so dauerte es eine Weile, bis ich verstand, dass der Kreis der Fackeln noch immer in der Ferne zu sehen war … und Zulauf bekommen hatte. So viel dazu, ob es eine gute Idee gewesen war, hierher zurückzukehren. Doch in diesem Moment hätten sie mich abschlachten können, ohne dass ich ihnen Gegenwehr geboten hätte, also beschränkte ich mich darauf, meinen Magen zur Ruhe zu zwingen. Sogar die Pferde waren noch da, und Zeus verschwendete keine Zeit, mich mit seiner Nase anzustoßen und mich daran zu erinnern, dass er einen Apfel wollte.

Es war wenig überraschend, dass Zokora von uns allen als Erstes auf den Beinen war.

»Manchmal«, keuchte Serafine, als Zokora ihr half, eine Wasserflasche an die Lippen zu halten, »könnte ich dich hassen.«

»Ich weiß«, sagte Zokora, doch sie lächelte dabei. Varosch war der Nächste, der die Kraft fand, sich aufzurichten, aber auch er sah mitgenommen aus … und Frick ging es so schlecht, dass er nicht einmal die Kraft zum Fluchen fand. »Ich hab's doch gesagt«, keuchte er auf allen vieren. »Der Wein war verschwendet!«

Es dauerte eine gute Kerzenlänge, bis wir uns erholt hatten.

»Nie wieder«, schwor Hulmir mit rauer Stimme und sprach nur das aus, was wir alle dachten. Wie lange wir in dem Stein gewesen waren, wusste ich nicht, nur dass mir der Gedanke gekommen war, Aselas Befürchtung könnte sich bewahrheiten: Es hatte sich wahrhaftig so angefühlt, als würde es uns zerreißen. So war es eher eine Überraschung gewesen, anzukommen und festzustellen, dass sich noch alles am rechten Ort befand.

»So«, stellte Serafine etwas später fest. Sie saß auf einer der Wolfsfiguren und schaute zu dem fernen Ring aus Fackeln hin, der uns weiter umschloss. »Wir sind hier, und wir leben. Jetzt erkläre mir jemand, warum sie unsere Pferde in Ruhe gelassen haben und noch immer dort warten ...«

»Sie waren heute Morgen hier«, meinte Lannis und hielt ihre Fackel so, dass wir die Spuren sehen konnten, die in den Kreis hinein- und wieder hinausführten. »Aber nur zwei von ihnen.«

Mahea nickte. »Ich sagte doch, es ist ein heiliger Ort für die Kor. Vielleicht warten sie, bis wir den Steinkreis verlassen, bevor sie angreifen.«

»Nun, wir können uns hier schlecht häuslich einrichten«, stellte Eldred fest. »Irgendwann müssen wir den Ort verlassen.« Er sah vorwurfsvoll zu mir hin. »Hätten wir nicht in den Südlanden bleiben können?«

Ein Gedanke, der mir auch schon gekommen war.

»Nein«, antwortete ich, während ich Zeus sattelte. »Früher oder später wären wir in eine ähnliche Lage gekommen, es wird Zeit, herauszufinden, ob sie mit sich reden lassen.«

»Und wenn nicht?«, fragte Frick.

»Dann werden wir kämpfen müssen«, teilte ich ihm mit.

»Aber noch hoffe ich, dass es sich vermeiden lassen wird. Ich werde zu ihnen reiten, danach werden wir es wissen.«

Varosch und Zokora tauschten einen Blick. »Ich komme mit dir«, sagte sie, und auch Serafine nickte.

»Nein«, sagte ich und sah die beiden an. »Varosch, du bist hier besser aufgehoben, du und Hulmir könnt sie mit euren Bolzen ausdünnen, bevor sie heran sind. Finna … es ist mir lieber, du bleibst hier.« Einen Moment sah ich diesen gewissen störrischen Blick in Serafines Augen, doch dann seufzte sie und nickte.

»Und was denkst du, was wir tun sollen, während ihr beide dort draußen seid?«

»Mit den anderen auf uns warten. Bitte.«

»So ist es beim Militär«, seufzte Lannis. »Erst reißt du dir den Hintern auf, um so schnell wie möglich irgendwo hinzukommen, und dann sitzt du ihn dir platt, während du wartest.«

»Ich weiß«, sagte Serafine knapp. »Ich habe es oft genug erlebt. Es wird nicht besser dadurch.«

Niemand fragte, was sie tun sollten, kämen wir nicht zurück.

Die Krone des Vergessens

12 »Es ist nicht aussichtslos«, sagte Zokora scheinbar unbeteiligt, als wir langsam auf den Kreis der Fackeln zuritten. »Ich zähle einundachtzig Krieger, der Rest sind Frauen und Kinder. Sie scheinen nicht auf einen Kampf aus, und du hast Seelenreißer.«

Ich sah zu ihr hin, Serafine hatte ihr Furchtbann wiedergegeben, aber Zokora berührte ihr Schwert nicht.

»Bist du wirklich so furchtlos?«, fragte ich sie.

»Nein«, antwortete sie. »Aber ich weiß, dass sie mich nicht

sehen werden, sollte es zum Kampf kommen.« Sie sah zu mir hin. »Wenn ich kämpfe, dann um zu gewinnen. Ich weiß um meine Fähigkeiten … und sie kennen diese nicht. Ich kann mich in Dunkelheit hüllen, während ich sie erschlage, das gleicht vieles aus.«

»Wollen wir hoffen, dass es nicht so weit kommt. Wir sind hier, um das Blutvergießen zu beenden.«

Das Sternenlicht war gerade ausreichend, dass ich das Weiß ihrer Augen erahnen konnte, der Rest von ihr war nur ein Schatten. Dennoch ahnte ich, wie Zokora mich jetzt gerade ansah, ich hatte es oft genug gesehen.

»Das ist ein kindlicher Wunsch«, teilte sie mir dann auch mit. »Es war schon immer so, dass gerade dann am meisten Blut vergossen wird, wenn man einen Frieden erzwingen will.«

Doch es war Ma'tar, der uns mit einer Fackel in der Hand entgegentrat, als wir den Kreis der Barbaren erreichten. Irgendwie war ich nicht überrascht.

Von hier zum Steinkreis waren es nicht viel mehr als zweihundert Schritt, wir hätten laufen können. Was Zokora mit Pferden anstellen konnte, grenzte fast selbst schon an Magie, und Zeus war ein ausgebildetes Kriegspferd. Ich wollte nicht auf ihn verzichten, wenn es zum Schlimmsten kam. Doch danach sah es im Moment nicht aus.

»Wenn das dein Pferd ist, Ha'vald«, begrüßte mich der Krieger mit einem breiten Grinsen, »ist es kein Wunder, wenn du ein Pferd sein willst.« Ein paar der Krieger um uns herum waren in Hörweite, aber anders als das letzte Mal lachten sie nicht, dennoch sah ich den einen oder anderen nicken, während ihre Blicke begehrlich auf meinem Pferd ruhten.

Ich brauchte nicht zu Zokora hinzusehen, um zu wissen, dass sie eine Augenbraue hochzog.

»Du hättest ihn dir nehmen können, als wir im Steinkreis waren«, sagte ich, zögerte kurz und ließ mich aus dem Sattel gleiten. Zokora tat es mir nach. Dass Dutzende von Blicken neugierig auf ihr ruhten, schien sie gar nicht wahrzunehmen.

»La'mir wusste, dass ihr zurückkommen würdet. Ich stehle keine Pferde«, teilte er mir mit, während sich seine Augen leicht zusammenzogen. »Abgesehen davon, hätte er mich umgebracht.« Seine Augen wanderten über Zeus' stolze Form. »Nur ein Fürst reitet ein solches Pferd«, sprach Ma'tar dann weiter, während in seiner Stimme eine gewisse Ehrfurcht lag. »Wärest du auf ihm in unser Lager geritten, hätten wir dich anders empfangen.«

»Wir haben uns schon kennengelernt«, erklärte ich Zokora. »Ich …«

»Ich weiß«, sagte sie trocken. »Ich habe die anderen belauscht, wie sie darüber gesprochen haben.«

»Kommt«, sagte Ma'tar und gab einem seiner Krieger ein Zeichen, dass sie sich um unsere Pferde kümmern sollten. »La'mir hat euch schon erwartet.« Er sah zu dem blinden Schamanen hin, der ein paar Schritte entfernt auf seinem Klappstuhl an einem der zahlreichen Feuer saß.

Es gab keine Stühle für uns, also taten wir es Ma'tar nach, der sich mit gekreuzten Beinen am Feuer niederließ. Es war nicht mehr als eine kleine Flamme, gerade genug Glut, um etwas Wärme zu geben und einen kleinen Kupferkessel zu erhitzen. Sie mussten einen Trick kennen, dass die Fladen nicht so rauchten, dennoch war ich froh darum, dass kaum ein Wind wehte und wir nicht in die Schwaden gehüllt wurden.

»Willkommen, Ha'vald«, sagte der Schamane leise, bedachte Zokora mit einem langen Blick aus blinden Augen und tat dann eine kleine Geste.

Eine junge Frau mit langen geflochtenen Haaren, die sich kunstvoll um ihr Haupt türmten und dennoch bis zu ihrem Becken hinunterreichten, trat an den kleinen Kessel heran und schöpfte ein dampfendes Gebräu in tönerne Schalen, die sie, mit Zokora angefangen, jedem von uns reichte.

»Tee«, erklärte der Schamane mit einem feinen Lächeln. »Trinkt.«

Wir tranken … was ein Kunststück für sich war, denn der Tee war kochend heiß und bitter, aber auch die anderen nahmen nur einen kleinen Schluck … Ich folgte Ma'tars Beispiel und setzte die Schale vor mir auf dem Boden ab, Zokora tat es ihm gleich, nur La'mir behielt sie in der Hand, um über ihr eine Geste auszuführen.

Aus den Dämpfen formte sich ein Ring aus Jade, mit sorgsam geschnitzten Runen darin, der in fünf Stücke brach und dann verschwand.

»Was zeigt Ihr uns … Großvater?«, fragte ich höflich. Mittlerweile war ich mir sicher, dass zumindest heute kein Blut mehr vergossen werden würde.

»Das ist die Krone des Vergessenen«, erklärte er voller Ehrfurcht mit einer Stimme, die kaum laut genug war, um das Knistern des kleinen Feuers zu übertönen. »Wer sie hält, spricht für die Kor und tritt das Erbe derer an, die vor uns waren.«

»Ist das …«, begann ich.

»Das ist Tarn«, sagte Zokora rau. In ihrer Stimme schwang ein Ton mit, den ich selten von ihr vernommen hatte. »Der Konvent.«

Nicht nur ich sah sie jetzt fragend an, sie hatte auch die Neugier des Schamanen erweckt.

»Was bedeutet das?«, fragte ich.

»Einst waren wir Elfen ein Volk«, erklärte Zokora und trank noch einmal genüsslich von dem Tee, ohne sich daran zu stören, wie brühend heiß er war. »Es geht die Legende, dass es einen Ort gab, an dem wir uns trafen, friedlich unsere Angelegenheiten regelten und den Weltenbaum ehrten, der sich dort in aller Pracht zeigte. In seinem Schatten saßen unsere Anführer und bestimmten das Schicksal unseres Volks. Aber auch unser Volk kann unvernünftig sein. Tarn stand für den Kreis des Lebens, für das, was war, was kam, was kommen würde. Er war keine Krone in dem Sinne, wie es die Menschen sehen, sondern ein Zeichen der Einigkeit, und dennoch war er ein Zeichen der Macht, denn der, der ihn trug, sprach für uns und entschied für alle. Der letzte Träger des Tarn war zum Baum gegangen, und die Völker meiner Vorfahren trafen sich, um zu bestimmen, wer den Tarn nun tragen würde … und fanden einen vor, der ihn sich bereits genommen hatte. Morgon, der Verfluchte. Er sagte, dass die Zeit gekommen wäre, unseren Platz zu räumen, und verlangte von den anderen Anführern, ihm in die Dunkelheit zu folgen. Es wäre der Wille Omagors, und sie müssten sich ihm beugen.« Sie schluckte. »Morgon trug den Tarn, doch er war ihm nicht gegeben worden, er hatte ihn sich genommen. Die anderen Anführer wollten ihn nicht anerkennen, doch Morgon hatte dies vorausgesehen, und als sie protestierten, ließ er sie in der Halle der Abendröte erschlagen, in der sie zusammengekommen waren, um friedlich zu beraten. Die anderen Stämme wollten das nicht dulden. Eine Runenseherin der Shaa, eine der Priesterinnen, die ihr Leben dem Weltenbaum gewidmet hatten, sagte, dass Morgon es wäre, der sich gegen das Schicksal stellen würde, denn der Tarn zeige seinem Träger, wie die Dunkelheit aufzuhalten wäre. Es kam zu einem Kampf … Morgon wurde erschlagen, doch mit seinem letzten Atem rief er, dass niemand sich dem Willen seines Herrn entgegenstellen dürfe … und zerschlug den Tarn. Es heißt, dass er mit seinem letzten Lebensfunken die Stücke des Tarn in der Welt verstreute, bevor er im Fanal verging und alle mit sich riss, die sich gegen ihn erhoben hatten.« Sie schaute mit brennenden Augen zu mir hin. »Bis jetzt dachte ich, dass der Tarn eine Legende wäre, es das Land des Abendrots nicht gäbe, es nur eine Geschichte wäre, den Niedergang unseres Volks darzustellen. Denn dort, wo der Tarn zerbrach, fand der Krieg der Götter seinen Anfang, dort entschied es sich, dass sich mein Volk gegen unsere hellen Schwestern und Brüder stellte, weil es Morgons Worten Glauben schenkte.«

»Hast du mir nicht gesagt, dass die Legenden deines Volks wahr wären?«, fragte ich sie leise.

»Ja«, sagte sie. »Doch hier hoffte ich, dass es nicht mehr als eine Legende wäre, denn es gibt noch eine andere Überlieferung dazu, welche besagt, dass Morgon den letzten Träger des Tarn selbst erschlagen hätte, weil er nicht dulden wollte, dass dieser die Elfe zur Frau nehmen wollte, nach der Morgon selbst in Lust entflammt war, Alesh, die Helle, die seine eigene Schwester war.« Sie schaute grimmig zu der Schale hin, die der Schamane weiter hielt, obwohl in den Dämpfen nichts zu sehen war. »Denn ist die Geschichte über den Tarn wahr, ist die eine Legende wahr, so ist es auch die andere. Ich will nicht glauben, dass der Krieg der Götter seinen Ursprung darin fand, dass ein Mann unseres Volkes nach einer Frau trachtete, die ihm verboten war, und so alles seinen Ursprung nahm. Eine solche Dummheit, hoffte ich, wäre nur den Menschen vorbehalten.«

Ein tiefes Schweigen folgte ihren Worten, nur das Knistern des Feuers war zu hören. Ich sah mich um und fand, dass sich die anderen Mitglieder von Ma'tars Stamm um uns und das Feuer herum versammelt hatten. Zokora hatte nicht laut gesprochen, doch in der Stille hatten ihre Worte weit getragen. Mir kam es vor, als wäre es einer dieser Momente, in denen die Weltenscheibe stockte, sich Dinge offenbarten, die den Lauf der Sterne ändern konnten.

Zokora hatte mir einmal erklärt, dass sie nicht wahrhaftig unsere Sprache sprach, sondern einen Zauber, einen Segen nutzte, den sie von Solante erhalten hatte. Offenbar galt er nicht nur für unsere Sprache, denn ein jeder hier schien ihre Worte verstanden zu haben.

Es war der Schamane, der die Stille brach.

»Legenden gibt es viele«, sagte er leise, während er in seine Schale blickte, als könne er dort weiterhin mehr sehen als nur die Dämpfe des bitteren Tees. »In unserer Überlieferung stritt die Sonne mit der Nacht um die Gunst des Mondes, und als die Göttin verstand, dass die Brüder um sie im Streit lagen, weinte sie Tränen … die größte von ihnen folgt ihr noch immer, die anderen fielen auf unsere Welt herab, und fügt man sie zusammen, erhält man die Krone der Vergessenen, die dem Träger offenbart, was war, was ist und was sein wird.« Seine blinden Augen suchten mich. »Dieser Ring aus Jade hat viele Namen. Manche nennen ihn auch die Krone der Hoffnung. Sie ist es, die du suchst, Ha'vald.«

Ich sah mich um, sah die Gesichter derer, die uns gebannt lauschten, Gesichter, die ich trotz des Feuerscheins und der Fackeln meist nur ahnen konnte … und dann wieder zu dem Schamanen hin, der mich mit blinden Augen zu mustern schien. Was auch immer ich erwartet hatte, als wir den Steinkreis verlassen hatten, das war es nicht.

»Wieso vertraut Ihr mir das an?«, fragte ich leise und erwartete fast schon, dass er sagen würde, dass die Geister es ihm aufgetragen hätten. Doch es war nicht er, der mir die Antwort gab. Es war Mahea, die nun aus der Dunkelheit trat, um sich zwischen dem Schamanen und Ma'tar zu uns ans Feuer zu gesellen.

»Ich habe für Euch gesprochen, Lanzengeneral«, sagte sie, als sie sich mit gekreuzten Beinen setzte. Ihre Stimme klang rau, und sie schluckte, als ich unverständig starrte.

»Ihr seid eine Spionin der Kor?«, fragte ich ungläubig.

»Nein«, widersprach Ma'tar entschieden. »Das ist sie nicht. Niemand von uns wird einen Eid leichtfertig brechen. Wir haben Spione in euren Lagern, aber sie gehört nicht dazu.«

»Selbst wenn«, sagte Mahea bitter, »könntet Ihr mir schwerlich einen Vorwurf daraus machen. Ich habe es Euch erzählt, es waren die Blutreiter, die das Lager meines Stammes überfielen, meinen Vater erschlugen und den Kopf meiner Mutter gegen Silber eintauschten.« Sie ballte ihre Fäuste, bis ihre Knöchel weiß hervortraten. »Am Anfang richtete sich mein Hass nicht nur gegen sie, sondern auch jeden, der dem Kaiserreich folgte. Es war mein Bruder«, sie nickte zu Ma'tar hin, der still am Feuer saß, »der mir erklärte, dass es die Blutreiter waren, die kaiserliches Gesetz brachen, als sie uns überfielen. Es war Großvater, der mich bat, den kaiserlichen Legionen beizutreten, denn er sagt, dass wir die sieben Reiche nicht besiegen können. Er sagt, dass wir nur frei leben können, wenn wir uns dem Drachen beugen.«

»Nur dass ich nicht verstand, wie es sein soll, dass man frei ist, wenn man sich beugt«, nahm der Schamane das Wort wieder auf. »Um das zu verstehen, bat ich die Tochter meines Sohnes, sich den Legionen anzuschließen.« Er erlaubte sich ein leichtes Lächeln. »Doch auch das löste das Rätsel nicht für mich, und ich hatte die Hoffnung fast schon aufgegeben, bis du in unser Lager gekommen bist, um die Gefangenen auszulösen. Doch nun verstehe ich, was es mir sagte, verstehe, dass die Freiheit unterschiedliche Bedeutung haben kann. Dass das Joch der Kaiserin leichter zu tragen ist als das des dunklen Herrschers, der unsere Stämme in den Untergang führen will.«

»Du sagst, etwas habe dir das Rätsel aufgetragen. Wovon sprichst du, alter Mann?«, fragte Zokora sanft.

»Davon«, antwortete der Schamane und öffnete den Beutel, den er an einem Lederriemen um den Hals trug. Er ließ den Inhalt in seine Hand fallen und zeigte uns ein Stück Jade. Es war schmal und gebogen, Teil eines Stirnreifs, und selbst jetzt, nach all der Zeit, schien der Schein des Feuers in den Runen auf dem Stück einen Widerschein zu finden. »Es sprach nur einmal zu mir, als ich noch ein Kind war und es in einem alten Flussbett fand.«

»Wie sprach es?«, fragte Zokora, während sie wie gebannt auf das Stück Jade starrte, das der Beweis für die Legende war. »Was hat es dir gesagt?«

»Ich hörte eine weibliche Stimme«, sagte der Schamane leise, während seine langen Finger sanft über das Jadestück strichen. »Ich brauchte mein halbes Leben, um die Worte selbst zu verstehen, denn sie sprach in der Art der Elfen zu mir. Sie sagte, dass wir die Freiheit, die wir suchen, nur unter dem Schutz des Drachen finden können.« Er sah von Zokora zu mir. »Der Drache ist das Kaiserreich. Wir kämpfen seit Generationen gegen ihn, es fiel mir schwer zu glauben, dass es der Feind sein sollte, der mir meine kor'va, meinen Sohn, meine Stammestochter und ihr Kind genommen hat, der uns Freiheit bringen sollte.« Er beugte sich leicht vor. »Erst als ich

Ma'hea bat, herauszufinden, wer du bist, löste sich das Rätsel.« Die blinden Augen hielten mich. »Du bist der, dem der Gott des Lichts das Schicksal bestimmte, gegen die Dunkelheit zu kämpfen und zu sterben, damit die Hoffnung weiterlebt.«

Ja, davon hatte ich auch schon gehört.

»Zumindest stelle ich mich dem entgegen, der einen toten Gott in unsere Welt zurückrufen will«, antwortete ich. Dafür, dass es noch nicht so lange her war, dass ich hatte sterben wollen, hatte ich einen deutlichen Widerwillen gegen den zweiten Teil der Prophezeiung entwickelt. Unwillkürlich sah ich zu Zokora hin. Gib den Worten eine andere Bedeutung, hatte sie mir geraten. Ich hoffte nur inständig, dass es mir gelingen würde.

»Sagt euch der Name Arkin etwas?«, fragte jetzt Ma'tar.

Zokora und ich sahen uns gegenseitig an und schüttelten dann den Kopf.

»Das ist der Name des Kriegsfürsten des dunklen Herrschers, der unsere Stämme unter dem schwarzen Banner vereint, um sie gegen den Drachen zu führen«, erklärte Ma'tar mit unbewegter Miene. »Er verspricht unserem Volk den Sieg über den Drachen, und seine Worte haben Gewicht, weil er zwei Stücke der Krone des Vergessenen besitzt. Während er Stamm um Stamm unter sein Banner bringt, suchen seine Späher den Rest der Krone … Findet er sie alle und kann sie zusammenfügen, wird es niemandem vom Volk geben, der ihm nicht folgen wird.«

So also war es dem Nekromantenkaiser gelungen, die Stämme zu überzeugen.

»Weiß er, dass Ihr ein Teil besitzt?«, fragte ich den Schamanen.

»Nein«, antwortete La'mir ruhig. Seine blinden Augen schwenkten über die Angehörigen seines Stammes, die um uns herum saßen. »Aber er wird es bald erfahren, er besitzt Augen und Ohren, die nicht wissen, dass sie für ihn sehen und hören.« Sorgsam tat er das Jadestück zurück in den bestickten Beutel.

»Du bist nicht vom Volk«, sagte Ma'tar ruhig. »Doch du bist ein Krieger, du folgst nicht nur einem Totem, sondern gleich dreien, reitest ein Pferd, das der König aller Pferde ist … und hast mich im Kampf besiegt.« Er schaute zu Mahea hin. »Hast du ihm erklären können, was es bedeutet?«

»Ja«, sagte die Späherin und sah mir fest in die Augen. »Das habe ich. Ich weiß nur nicht, ob er es versteht.«

»Was versteht?«, fragte ich.

»Du hast mich im Kampf besiegt«, sagte Ma'tar rau. »Niemand sonst sah es, doch wir beide wissen es. Ich fühle noch immer das Brennen deiner Klinge in meinem Hals, wenn ich die Augen schließe.« Er sah zu seinem Großvater hin, dann zu denen, die um uns herum saßen und still lauschten. »Du hast mich besiegt.« Er schluckte heftig. »Nach unserem Recht bist du nun verpflichtet, uns als deinen Stamm anzusehen, und keinen Unterschied darin zu sehen, ob wir von deinem Blut sind oder nicht. Du bist es, der uns nun führen muss … und schützen und ernähren, mit deinem Willen leiten.«

»Oh, Havald«, seufzte Zokora. »Was hast du getan?«

»Also«, sagte Bannersergeantin Lannis grimmig, während sie Mahea mit ihrem Blick zu erdolchen drohte. »Du hast uns nicht verraten, und wir sind jetzt alle Brüder und Schwestern, weil wir zu dem Stamm des Lanzengenerals gehören. Ist es das, was du uns sagen willst?«

»Wenn die Blutreiter Eure Familie erschlagen hätten, Ihr hättet sehen müssen, wie der Kopf Eurer Mutter gegen Silber aufgewogen wird, würdet Ihr es dann auch als Verrat ansehen?«, antwortete Mahea gefasst. »Wäre es nicht ein größerer Verrat, nicht gegen die Schlächter vorzugehen, die Euch Eure Kindheit raubten?«

»Die Blutreiter dienen Marschall Hergrimm«, sagte Eldred unbehaglich. »Und er dient Desina … somit verrätst du das Kaiserreich, wenn du die Blutreiter verrätst.«

»Du bist noch nicht sehr lange hier«, sagte Lannis überraschend, ohne den Blick von Mahea zu wenden. »Die Blutreiter dienen ihrem eigenen Vorteil, selbst der Eid, den sie dem Marschall geschworen haben, ist nur eine leere Hülse. Sie sind nicht wie die Legionen. Es ist wahr, dass jeder, der hier dient, die Hände in Blut gewaschen hat, aber ich bin stolz darauf, dass zumindest die Legion es nur widerwillig tut … und Kelter und die Kaiserin nach anderen Wegen suchen. Hergrimm und seine Reiter dagegen wollen nichts ändern, für sie ist das Schlachten hier von Vorteil, es hält sie in Amt und Würden und erlaubt ihnen, ihre Taten noch als heldenhaft zu verkaufen. Mahea, du sagst, du hast deinen Eid dem Kaiserreich gegenüber nie gebrochen?«

»Nein, Bannersergeant«, sagte Mahea mit stolz erhobenem Kinn. »Ich kam in die Legion, um etwas über das Kaiserreich zu lernen, nicht, um es zu verraten.«

»Ich glaube ihr«, sagte Hulmir. »Sie hat mir zweimal schon den Arsch gerettet, und ich stehe für sie ein.«

»Ich ebenfalls«, sagte Frick. »Sie hat mir bisher nicht den Arsch gerettet, aber ich habe keinen Zweifel, dass sie es tun würde, wenn es nötig wäre.« Auch die anderen nickten.

Lannis sah nun von Mahea zu mir hin. »Es ist nicht meine Aufgabe, sie zu richten«, teilte sie uns dann mit, bevor sie sich mir zuwandte. »Ihr seid hier der höchste Offizier, Lanzengeneral. Ihr entscheidet, was mit ihr geschieht … aber auch ich spreche für sie. Sie hat nie verschwiegen, woher sie kam und was ihr als Kind geschehen ist. Ich bin sicher, dass die Blutreiter Hergrimms Teilschuld daran tragen, dass die Ostmark keinen Frieden findet … und ich stehe für Mahea ein.«

Ich sah auf Maheas Schwert herab, das ich in meinen Händen hielt. Sie hatte es mir wortlos gegeben, als wir zum Steinkreis zurückkehrten, wo die anderen auf uns warteten.

Sie hätte bei ihrem Stamm bleiben können; dadurch, dass sie uns folgte, hatte sie mir auch ohne Worte gesagt, wo sie stand. Dann sah ich zu Serafine hin, die Mahea nachdenklich musterte. Sie bemerkte meinen Blick und schüttelte den Kopf.

»Bannersergeantin Lannis hat recht«, teilte sie mir in ruhigen Worten mit. »Es ist deine Pflicht, über sie zu richten.« Ungesagt blieb, dass ihr Blick von mir forderte, dass ich für mein Handeln auch die Verantwortung zu übernehmen hatte, dass ich ihrer Meinung nach endlich verstehen sollte, dass der Rang des Lanzengenerals eine Bedeutung besaß, die ich anerkennen musste. Ich hätte sie gerne gefragt, wie sie zu der Ansicht kam, dass ich nicht wüsste, wie viele Leben und Schicksale in meinen Händen lagen, aber dies war nicht der rechte Zeitpunkt dafür.

»Nein«, sagte ich und hielt Mahea ihr Schwert mit dem Griff voran entgegen. »Das ist es nicht. Ich muss nicht richten, wo niemand klagt. Es gibt keinen Hinweis für mich, dass sie der Kaiserin nicht treu ergeben ist.«

Während Mahea heftig schluckte und mit feuchten Augen ihr Schwert entgegennahm, lachte Hanik auf.

»So ist es gut«, grinste er. »Ich hatte schon befürchtet, ich müsste einen Bericht schreiben, der sie den Rest ihres Lebens verfolgen würde … gut gemacht, Ser General!«

»Abgesehen davon«, bemerkte Lannis trocken, während ihre Augen zu der Gruppe der Barbaren hinschwenkte, die etwas abseits von uns standen und das Geschehen aufmerksam beobachteten, »wäre es ein schlechter Anfang gewesen, wenn wir die Enkeltochter ihres Schamanen und die Schwester ihres Anführers vor ihren Augen hingerichtet hätten.«

»Sie hätten es akzeptiert«, meinte Mahea und wischte sich die Augen ab, während sie ihr Schwert am Gürtel einhängte.

»Aber diese beiden nicht«, sagte Zokora mit Blick zu mir und Varosch.

Der Adept des Boron nickte. »Es wäre nicht gerecht gewesen.«

»Gut«, meinte Serafine etwas spitz und bedachte mich mit einem Blick, den ich nicht lesen konnte. »Damit wäre das geklärt. Wir sind jetzt alle Brüder und Schwestern. Willst du ihnen jetzt den Eid aufs Kaiserreich abverlangen, oder hüllen wir uns ab sofort in Felle?«

»Weder das eine noch das andere«, sagte ich so ruhig ich konnte. Irgendetwas nagte an ihr, und seitdem wir wieder zusammen waren, wurde ich das Gefühl nicht los, es ihr kaum recht machen zu können. Ich hätte nur gerne gewusst, was es war, das sie so erzürnte. Machte sie es mir noch immer zum Vorwurf, dass die dritte Legion beinahe untergegangen war? Vielleicht hatte ich sie tatsächlich nicht rechtzeitig über alle Pläne unterrichtet, aber dass ich vorgesehen hatte, dass Mirans Legion die Donnerfeste schützen und nicht in den Südlanden Ruhm und Ehre suchen sollte, wusste auch sie. »Ma'tar ist immer noch ihr Anführer. Er folgt mir, sie folgen ihm.«

»Das ist alles?«, fragte sie.

Worauf wollte sie nur hinaus?

»Das ist alles.«

Sie bedachte mich mit einem langen Blick und nickte dann. »Was folgt jetzt?«

Ich sah zu den Barbaren hin, zu La'mir, bei dem ich nicht mehr die geringsten Zweifel hatte, dass er mit seinen blinden Augen mehr sah als andere.

»Wir tun das Gleiche, was Kriegsfürst Arkin tut. Wir suchen andere Stämme auf und bringen sie dazu, sich uns anzuschließen.«

»Einfach so?«, fragte Serafine etwas spitz.

»Nein«, antwortete Mahea für mich. »Großvater besitzt ein Stück der Krone. Kriegsfürst Arkin besitzt deren zwei. Nicht alle Stämme werden dem Lanzengeneral folgen wollen. Sie müssen überzeugt werden.«

»Wie?«, wollte Serafine wissen, obwohl die Antwort uns allen klar sein sollte.

»Er muss die erschlagen, die sich gegen ihn stellen.«

»Und danach? Wenn all das geschehen ist? Wie wird es sich lösen, wenn wir auf jene treffen, die dem Nekromantenkaiser folgen?«

»Es wird zu Kämpfen kommen«, sagte Mahea rau. »Das wird sich nicht vermeiden lassen.«

»Was ist mit dem Abendrot?«, fragte Zokora von der Seite her. Wir sahen sie alle fragend an.

»Tir'na'coer«, erklärte Zokora. »Das Herz der Dämmerung. Die Abendröte.«

»Die alte Elfenstadt?«, fragte ich sie überrascht.

Sie nickte. »Wer auch immer die Stücke des Tarn zusammenfügen will, muss dorthin zurück. Nur dort wird es möglich sein.« Sie wandte sich Mahea zu. »Das Abendrot ist auch euch heilig, richtig?«

Die Späherin nickte.

»Zumindest der Legende nach. Aber niemand weiß, wo diese Stadt zu finden ist. Nicht einmal Großvater, der sich sein ganzes Leben lang mit solchen Dingen auseinandersetzte.«

»Aber es wäre deinem Volk verboten, dort zu kämpfen?«, fragte ich nach.

Sie nickte erneut. »Ja. Doch es sind nicht nur die Stämme, die dem Kriegsfürsten folgen werden. Er befiehlt auch eine der Legionen des Kaiserreichs. Die schwarze Legion wird sich schwerlich an einen Frieden halten, der ihnen nicht heilig ist.«

»Doch es wäre ein Anfang.« Ich sah die dunkle Elfe fragend an. »Kannst du uns dorthin führen?«

»Ich kann nicht einmal mit Bestimmtheit sagen, ob die Stadt noch existiert«, sagte Zokora. »In der Legende heißt es, die Shaa, die Priesterinnen des Weltenbaums, hätten sie aus dieser Welt genommen, als Morgon im Fanal verging. Ob das bedeutet, dass es die ganze Stadt vernichtet hat, als er sich der Magie ergab, oder etwas anderes, weiß ich nicht zu sagen. Aber wenn uns jemand dorthin führen kann, dann ist es La'mir. Genauer, das Stück des Tarn, das er bei sich trägt. Es müsste uns den Weg dorthin weisen können. Und zu den anderen Stücken. Er muss es nur fragen.«

Fragen war vielleicht das falsche Wort. Es brauchte einen bitteren Tee, eines der Barbarenzelte, in dem La'mir über einem Feuer so viel an Kräutern verbrannte, bis der bittere

Rauch auch jene blinzeln ließ, die vor dem Zelt warteten … und uns bei jedem Husten oder Röcheln, das aus dem Zelt zu uns drang, zusammenzucken ließ. La'mir war alt, und wenn ich auch hoffte, dass er wusste, was er tat, befürchtete ich, dass er in dem dichten Rauch ersticken würde, bevor er uns die Richtung weisen konnte.

Irgendwann hörten wir ihn nicht einmal mehr husten, und doch hielt Ma'tar mich davon ab, das Zelt zu betreten, um nachzusehen, ob der Schamane überhaupt noch lebte. »Er folgt den Geistern, Ha'vald«, teilte er mir mit. »Wir sollten ihm vertrauen.«

Der Schamane hatte das Ritual am Mittag begonnen … und es war Mitternacht, als er mit zitternden Händen die Zeltplane zurückschlug und wieder herauskam. Er sah aus, als hätte er Jahre ohne Nahrung verbracht, und seine blinden Augen glänzten fiebrig.

Und doch stand er da und hielt seine linke Hand in Richtung Osten. »Dort«, krächzte er. »Dort werden wir das nächste Stück finden.« Doch in dem Moment sprang Ma'tar schon an seine Seite, um den alten Mann aufzufangen, als er kraftlos in sich zusammenbrach.

Wir mochten jetzt ein Stamm sein, aber noch war davon nicht viel zu bemerken. Das Lager, das wir aufschlugen, lag ein Stück von dem von Ma'tars Stamm entfernt, und niemand von uns wäre auf die Idee gekommen, auf eine Wache zu verzichten. Mahea blieb bei uns, auch wenn sie ab und an zu dem Lager ihres Stamms hinsah.

»Warum gehst du nicht zu deinem Großvater?«, fragte ich sie, als ich zu ihr kam, um sie von der Wache abzulösen. Wir hatten Gräser gezogen, und ich hatte eines der vier kurzen erwischt.

In der Dunkelheit sah ich sie lächeln. »Es ist schwierig zu erklären«, teilte sie mir mit. »Aus der Sicht der Kor habe ich den Stamm gewechselt, als ich der Legion beitrat. Meine kor'va ist jetzt die fünfte Legion. Sagen wir, dass ich es für vernünftiger halte, die Grenzen nicht zu sehr zu verwischen. Es ist besser so. Großvater und Ma'tar verstehen es und würden es nicht anders haben wollen.« Sie gähnte herzhaft. »Ich bin froh, dass Ihr mich ablöst, ich habe in den letzten Tagen wenig Schlaf gefunden. Aber es wird niemand unsere Ruhe stören. Großvater hat für uns Wächter herbeigerufen, bevor er das Stück des Tarn befragte.«

Ich sah zu, wie sie sich in ihre Decke rollte, doch als ich von ihr wegsah, saß Zokora auf dem Stein, auf dem die Späherin eben noch gesessen hatte, Varosch stand wie ein Schatten hinter ihr, seine geliebte Armbrust locker in seiner Armbeuge.

»Wolltest du nicht pfeifen?«

»Wieso? Du siehst mich doch«, gab sie zur Antwort, was Varosch husten ließ, um seine Erheiterung zu verbergen. »Oder willst du dich gerade erleichtern?«

»Das nicht«, gab ich zur Antwort und verbarg nun selbst ein Lächeln. »Was willst du?«

»Antworten«, sagte sie und streckte ihre Beine aus … und erinnerte mich mehr als sonst an eine Katze. »Ich versuche noch immer zu verstehen, was es ist, das du machst.«

»Wie meinst du das?«

»Wir sind der Ansicht, dass du mehr wissen musst, als du uns mitteilst«, erklärte Varosch an ihrer Stelle. »Wir wissen mittlerweile, wie es dazu kam, dass du hierher gekommen bist … aber es fällt ihr schwer zu glauben, dass du nur einer Eingebung folgst und keinem Plan.«

Früher hätte sie ihn darauf hingewiesen, dass sie für sich selbst sprechen konnte, jetzt aber nickte sie nur. »Genauso ist es«, stimmte sie ihm zu. »Mein Argument ist, dass mehr dahinter sein muss. Selbst du kannst nicht darauf hoffen, einfach in ein feindliches Land hineinzureiten und es dir zu unterwerfen.«

»Die Idee war eine einfache: herauszufinden, was es ist, das die Barbaren gegen unsere Wälle treibt, eine Möglichkeit zu finden, dass sie damit aufhören und den schwarzen Legionen irgendwie ein Gegengewicht zu bieten.« Ich zuckte mit den Schultern. »Mehr ist es tatsächlich nicht.«

Sie schüttelte den Kopf und sah zu Varosch hoch. »Wir folgen alle einem Blinden.«

Varosch zuckte mit den Schultern. »Das hat uns schon einmal zum Ziel gebracht.«

Ich suchte meine Pfeife heraus und stopfte sie mit dem Apfeltabak, den mir Serafine mitgebracht hatte. »Ganz so schlimm ist es nicht. Dank dir wissen wir mehr über die Geschichte des Tarn. Vielleicht, wenn wir alle Stücke zusammenhaben, findet sich auch eine Möglichkeit für einen dauerhaften Frieden.«

»Es war nichts als Zufall, dass die erste Gruppe der Barbaren, denen du über den Weg läufst, eines der Stücke besitzt?«, fragte Zokora skeptisch.

Vielleicht zögerte ich einen Hauch zu lange, denn ihre Augen zogen sich zusammen. »Havald«, sagte sie ruhig. »Bislang schätzte ich an dir vor allem deine Ehrlichkeit. Es ist keine gute Idee, etwas vor mir zu verbergen.«

Ich unterdrückte einen Seufzer. »Wenn, dann nicht vor dir. Ich habe gehört, dass der Nekromantenkaiser uns sogar hier belauschen könnte, ohne dass wir es bemerken.«

»Nein«, sagte Zokora entschieden. »Kann er nicht.«

Bei jedem anderen hätte ich Zweifel gehabt, bei ihr nicht. Sie hatte Nataliya und Eldred aus dem Bann des Nekromantenkaisers befreit, was niemand sonst hätte vollbringen können. Wenn sie sagte, dass der Nekromantenkaiser uns nicht belauschen konnte, dann war es so.

Ich setzte meinen Daumen auf den Tabak und rief die Glut herbei, paffte ein paarmal, um die Glut zu setzen, und sah im Schein des Lagerfeuers, wie sich ihre Augen weiter zusammenzogen, viel Geduld hatte die dunkle Elfe ja noch nie besessen.

Mit ein Grund, weshalb ich sie mochte.

»Ich wusste von dem Tarn, dass er in Stücke gebrochen war und dass sich ein Stück in der Nähe befand und ein Barbar es besaß«, teilte ich ihr dann widerstrebend mit. »Es gab nur eine Barbarengruppe in der Nähe, und ich wusste, dass sie sich in der Nähe von Akenstein aufhielt.«

»Und woher wusstest du das?«, fragte eine kühle Stimme hinter mir, als Serafine aus dem Dunkel heraustrat. »Wie war es dir möglich dieser Streife zugewiesen zu werden? Oder wusste Kelter doch davon und hat es so eingerichtet?«

»Er nicht«, sagte ich. »Eldred.«

»Du hast also den Sergeanten in dein Vertrauen gezogen und uns nicht?«, fragte sie in diesem ruhigen Ton, der bei ihr ein aufziehendes Gewitter ankündigte.

»Nein. Er wusste nur, dass ich in diese Streife wollte.« Ich sah zu ihr hoch. »Soll das hier ein Verhör werden?«

»Wenn es nötig ist, ja«, sagte Serafine kalt. »Ich bin es leid, mit Brotkrumen abgespeist zu werden. Woher wusstest du von dem Tarn?«

»Die Feder hat ihn in seinem Buch erwähnt, genau wie die Elfenstadt«, teilte ich ihr mit, doch sie tat eine wegwischende Handbewegung.

»Das weiß ich auch, ich habe es gelesen. Die Frage ist, woher wusstest du, dass Ma'tar in der Nähe von Akenstein war?«

»Von Ma'tar selbst wusste ich nichts. Nur dass eine Gruppe von Barbaren ein Stück des Tarn mit sich führte.«

»Wer konnte so etwas wissen?«, fragte jetzt Varosch. »Mahea? Hat sie es dir gesagt?«

»Es war Elsine.«

»Askannons Kaiserin?«, fragte Zokora nach. Sie klang überrascht. »Sie lebt noch?«

»Ja«, antwortete ich ihr und sah zu Serafine hin. »Wir haben sie mit Ragnars Hilfe aus der Gefangenschaft Kolarons befreien können. Finna, du weißt, wer, besser gesagt, was sie ist … sie verfügt über beeindruckende Fähigkeiten. Und sie konnte mir etwas mehr über den Tarn sagen, als in diesem Buch stand. Genau wie wir sucht sie nach den Stücken der Krone des Vergessenen. Und nach der Stadt des Abendrots.

Aber all das hätte uns nicht weitergeholfen, wenn sich das Ehrengebot der Barbaren in den letzten Jahrhunderten verändert hätte.« Ich sah sie eindringlich an. »Finna, ich musste herausfinden, ob es eine Möglichkeit gibt, die Kor auf unsere Seite zu ziehen. Oder zumindest mit ihnen zu reden und zu erfahren, was sie wollen. Hätten wir Ma'tars Gruppe nicht gefunden, ich hätte einen anderen Vorwand benutzt, um sie zu suchen. Es war eine Probe. Ich musste wissen, ob das, was diese alte Feder über die Barbaren schrieb, auch heute noch Gültigkeit besitzt.«

»Dass Ma'tar hier am Steinkreis auf uns wartete, war nur ein Zufall?«, fragte Varosch.

»Ja«, sagte ich. »Bis ich Ma'tar dort stehen sah, wusste ich nicht, dass er und sein Stamm es waren, die uns am Steinkreis eingeschlossen haben. Bevor du fragst, auch von Mahea war mir nichts bekannt.«

»Was ist Elsines Rolle in dem Spiel?«, fragte Serafine. Ihre Miene machte deutlich, dass sie nach wie vor erzürnt mit mir war. »Was hast du uns alles noch verborgen?«

»Mehr, als mir lieb ist, und weniger, als du denkst«, gab ich entnervt zurück. Ich hatte wenig Lust, ihnen weiter Rede und Antwort zu stehen. »Elsine nahm mir das Versprechen ab, einiges, was sie angeht, für mich zu behalten. So viel aber kann ich euch sagen: Sie ist nicht an dem Kaiserreich interessiert, sie sucht den Kaiser, der sich so gut verborgen hält, dass selbst sie ihn nicht finden kann. Sie geht davon aus, dass Askannon ein Auge auf mich hält, weil er mir diesen Ring«, ich hielt meine Hand hoch, »gegeben hat. Sie hofft, ihren Gemahl durch mich zu finden. Das ist ihr Plan. Meine Absicht ist nur die, herauszufinden, was es mit den Ostlanden auf sich hat, und Kolaron Stöcke zwischen die Beine zu werfen. Aber weder weiß ich wie, noch wann, noch wo, oder ob es überhaupt die Möglichkeit dazu gibt. Ich weiß es nicht«, wiederholte ich verärgert. »Und auch wenn ihr mich weiter ausfragt, mehr gibt es dazu nicht zu sagen! Ich hoffe einfach nur darauf, dass sich Gelegenheiten ergeben, die wir nutzen können!«

Zokora blinzelte nur einmal, Varosch erlaubte sich ein kleines Lächeln, nur Serafine schien überrascht über meinen Ausbruch.

»Warum hast du das nicht gleich gesagt?«, fragte sie dann leise.

»Weil es nur eine Idee ist, deshalb«, knurrte ich. »Weil ich mich nicht blamieren will, wenn der Erfolg ausbleibt … Götter«, fluchte ich. »Ich weiß nicht, wie ich in den Ruf dieses großartigen Strategen gekommen bin, ich bin es nicht … ich kann noch immer nur mit Mühe Karten lesen, und ich weiß weder, wie ich eine Legion führen, noch wie ich die Weltenscheibe vor dem Untergang bewahren soll! Verflucht, bis vor einigen Tagen lag ich wie tot auf dieser Bahre … woher soll ich denn die Antworten auf all die Fragen wissen? Es ist ja nicht so, dass Soltar zu mir spricht und mir den Weg vorgibt! Götter!«, ereiferte ich mich. »Ich kann doch ebenfalls nur raten! Ich fand, dass die Lage hier in den Ostlanden es wert wäre, einmal angeschaut zu werden … und ja«, fuhr ich erzürnt fort und bedachte Zokora mit einem bösen Blick, »ja, es ist, als ob ihr einem Blinden folgt! Weil ich es bin! Also folgt mir, oder lasst es bleiben, aber verschont mich damit, aus mir einen großen Plan herauspressen zu wollen, den es einfach noch nicht gibt!« Ich versuchte ruhig zu bleiben, dennoch zitterte der Pfeifenstiel, mit dem ich auf Serafine zeigte. »Und du … höre auf, mir Vorwürfe zu machen! Ich tue das Beste, das ich kann, und wenn es dir nicht reicht, wenn wegen mir und meiner Dummheit die dritte Legion untergegangen ist, dann kann ich jetzt auch nichts daran ändern! Ist einem von euch denn je der Gedanken gekommen, dass ich von all dem hier nichts wollte?« Der Pfeifenstiel schwenkte zu Zokora hin. »Du weißt es, du warst dort, du weißt, dass ich in diesem verfluchten Gasthof nur in Ruhe sterben wollte! Also lasst mich in Ruhe!«

Sie sahen mich alle nur an, als ich schwer atmend aufstand. »Und da ihr ja nun schon alle wach seid, könnt ihr auch die Wache für mich übernehmen«, teilte ich ihnen knirschend mit. »Aber lasst mir meine Ruhe … und ja«, grollte ich und deutete noch einmal auf Zokora, die den Pfeifenstiel vor ihrer Nase ignorierte und mich nur mit diesen dunkel glühenden Augen ansah. »Du solltest das nächste Mal doch besser pfeifen!«

Damit stapfte ich davon.

Ich war zurück zum Steinkreis gegangen und hatte es mir zu Füßen des lachenden Wolfes bequem gemacht, um in Ruhe meine Pfeife zu Ende zu rauchen. Bevor es so weit war, hörte ich Serafines leichte Schritte … und auch das Zögern, bevor sie zu mir kam und sich an den jagenden Wolf anlehnte, um auf mich herabzusehen.

»Havald …«, begann sie, doch ich wies mit dem Pfeifenstiel auf den Boden neben mir. Mittlerweile bedauerte ich meinen Ausbruch von eben. Nur … manchmal war es mir zu viel. Ich konnte nicht immer die Antworten wissen, niemand konnte das, und ich wünschte, sie würden es verstehen.

»Setz dich«, bat ich sie. »Wenn ich so zu dir hinaufsehe, bekomme ich noch einen steifen Nacken.«

»Was meinst du, wie es mir beständig mit dir geht?«, meinte sie, doch ganz ernst klang sie nicht dabei.

»Bevor du etwas sagt, höre mich an«, bat ich sie.

Sie nickte und forderte mich mit einer Handbewegung auf zu sprechen.

»Stelle dir vor, ich würde alles machen, was du mir aufträgst. Was also würdest du mir raten zu tun, während um uns herum die Weltenscheibe zerbricht?«

»Vielleicht dir von Asela erklären lassen, dass die Welt eine Kugel ist?«, fragte sie mit einem feinen Lächeln.

»Abgesehen davon«, schmunzelte ich. Nicht, dass sie es nicht versucht hätte … und Leandra vor ihr. Ich verstand ja, was sie mir sagen wollten, aber es gefiel mir einfach nicht.

»Das ist ja das Problem«, meinte sie leise. »Ich wüsste nicht, wie ich dir raten könnte. Alles, was ich sage, könnte falsch sein …«

»Ja«, nickte ich bitter. »Genau das ist es. Sogar Mirans Vorstoß ... Sie hat uns die Hälfte der dritten Legion gekostet, aber zugleich zwei Feindlegionen zerschlagen. Vielleicht zieht der Feind jetzt eine der Legionen vor Illian ab, um den Nachschub von der Küste bis nach Illian zu sichern, und erlaubt uns so, die Stadt leichter zu entsetzen ... oder aber die Legion fehlt uns im entscheidenden Moment, und wir verlieren den Krieg wegen ihr. Wie soll man denn jetzt schon erkennen, was richtig oder falsch ist? Was Zokora sagte, ist nur allzu wahr ... ich bin wie ein Blinder, der sich mit seinem Stock vortastet.« Ich sah sie eindringlich an. »Ich habe dir alles gesagt, was mir wichtig schien ... Dass ich Eldred getroffen habe, schien in dem Moment nicht dazuzugehören. Ich konnte ja nicht ahnen, dass man mich am gleichen Tag Omagor opfern würde!«

»Ich verstehe, was du sagst«, antwortete sie leise. »Aber genau das wäre etwas, das du besser machen kannst. Hättest du eine Leibwache an deiner Seite gehabt, wäre es nicht geschehen. Du kannst nicht immer alles allein angehen.«

»Wie du siehst, tue ich es nicht mehr.« Ich sah auf die Glut im Pfeifenkopf herab, während ich meine Gedanken sammelte. »Ich unterrichte dich, so gut ich kann, aber mehr kann ich nicht tun. Wo es keinen großen Plan gibt, kann ich dir auch nicht von einem berichten.«

»Vielleicht solltest du dich darauf besinnen, dass du ein General bist.«

Ich sah sie fragend an.

»Ein General besitzt einen Stab. Dieser Stab findet Dinge für ihn heraus, erstellt Pläne, unterrichtet ihn über die neuesten Entwicklungen. Nachdem er sich alles angesehen hat, trifft er seine Entscheidungen ... sucht sich den Plan heraus, der am besten passt und verändert ihn vielleicht noch ein wenig. Dann gibt er den Befehl, den Plan auszuführen ... und nimmt nur deshalb am Kampf teil, weil er die größte Übersicht besitzt und weiß, was zu tun ist, falls sich die Lage anders als erwartet entwickelt.« Sie beugte sich vor, um leise und eindringlich weiterzusprechen. »*Das* ist die Aufgabe eines Generals. Nicht die, an vorderster Front zu kämpfen. Du bist der, der die Entscheidungen trifft ... wie sollst du dazu imstande sein, wenn man dich nicht fragen kann, weil du bis zum Hals in Feinden steckst?«

»Vielleicht hast du recht«, gestand ich ihr ein. »Aber für diese Art des Führens eignet sich jeder von Desinas Offizieren besser als ich. Sie besitzen die Ausbildung dazu ...« Ich zuckte mit den Schultern. »Ich folge nur meinem Instinkt. Und der sagt mir, dass es jetzt die beste Zeit ist, herauszufinden, was hier in den Ostlanden geschieht. Ich komme mir manchmal wie ein Fährtenhund vor, der eine ferne fremde Witterung aufnimmt ... ich kann gar nicht anders, als der Spur zu folgen.«

»Warum hast du das nicht gleich gesagt?«, fragte sie.

»Dass ich meinem Instinkt folge?«

Sie nickte.

»Ich dachte, das wäre selbstverständlich.«

Sie sah mich seltsam an.

»Havald«, sagte sie dann ernst. »Wenn du deinem Instinkt folgst, folgst du einem Plan. Nur dass du ihn noch nicht benennen kannst.« Sie lächelte und schien erleichtert. »Also, was rät dir dein Instinkt, als Nächstes zu tun?«

»Das zweite Stück vom Tarn zu finden«, antwortete ich.

»Siehst du«, lachte sie und sprang auf, um sich dann herabzubeugen und mir einen schnellen Kuss zu geben. »So schwer ist das doch nicht.«

Ich sah ihr grübelnd hinterher, klopfte meine Pfeife aus und begann, sie neu zu stopfen. Manche Dinge, dachte ich, werde ich wohl nie verstehen.

Als wir am nächsten Morgen aufbrachen, zeigte sich das nächste Problem. Während wir schon unser Lager abgebrochen hatten und bereits die Pferde sattelten, war Ma'tars Stamm noch damit beschäftigt, seine Zelte abzubrechen und sein Hab und Gut auf eine Art Pferdeschlitten zu laden, der aus nicht viel mehr als zwei Stangen und einer Decke dazwischen bestand.

Ma'tars Stamm zählte etwa zweihundert Personen; da sie nur um die vierzig Pferde besaßen und die meisten als Packtiere Verwendung fanden, war abzusehen, dass sie sich wohl kaum schneller als in Schrittgeschwindigkeit bewegen würden.

Bannersergeantin Lannis zog den Sattelgurt ihres Pferdes fester an und warf einen Blick hinüber zu dem Lager, um dann die Schultern fallen zu lassen. »Auf diese Weise wird es ewig dauern, Lanzengeneral. Wir sollten uns von ihnen lösen.«

Eldred schnaubte. »La'mir hat das Teil des Tarn. Er wird es schwerlich hergeben wollen. Was soll es uns also nutzen vorzureiten?«

»Es geht nicht nur darum, dass er es besitzt«, teilte ich den beiden mit. »Nur er weiß, wie das Ritual auszuführen ist, das uns den Weg zeigt.« Dennoch teilte ich ihre Befürchtungen und winkte Mahea heran, während ich versuchte, etwas von dem zu erhaschen, was zwischen Zokora und Serafine vor sich ging, die etwas abseits standen und ihre Köpfe zusammensteckten.

»Tarn«, verstand ich, »General« und »immer stur« … nicht genug, um einen Sinn zu ergeben, außer dass sie wohl über mich sprachen. Tatsächlich hatte ich den Rest der Nacht mehr oder weniger wach gelegen und über all das nachgedacht, was sie mir gesagt und vorgeworfen hatten.

Mahea kam mit ihrem Pferd am Zügel zu mir heran und salutierte, um mich dann fragend anzusehen.

»Niemand von uns weiß, wie viel Zeit wir noch haben, bevor es zu spät ist, Kolaron Einhalt zu gebieten.« Ich wies mit meinem Blick hinüber zu dem Lager, wo man, wie es mir schien, in aller Gemütsruhe weiter die Zelte abschlug. »Uns ihrer Geschwindigkeit anzupassen, würde uns zu sehr behindern. Ich …«

»Warum sollten sie uns behindern?«, fragte sie erstaunt.

»Wir reiten vor, sie werden schon irgendwie nachkommen. Die Kor sind es gewohnt, lange Strecken zu gehen, wir … sie sind Nomaden. Zeit hat eine andere Bedeutung für sie, und Ihr hättet wenig Erfolg darin, sie zur Eile zu drängen.«

»Es würde also niemanden beleidigen, wenn wir schon weiterreiten?«, hakte ich nach.

Mahea schüttelte lächelnd den Kopf. »Ma'tar ist nach wie vor Führer seines Stamms. Dadurch, dass er gegen Euch verlor, sah er eine Möglichkeit, sich uns anzuschließen, ohne sein Gesicht zu verlieren. Tatsächlich bleibt sonst alles beim Alten. Nur dass wir jetzt verbündet sind. Ohne es zu sein.« Sie sah mich aufmerksam an. »Es ist wichtig, dass Ihr das versteht. Ma'tar hat seine Loyalität Euch gegenüber erklärt … und nicht dem Kaiserreich.« Ich nickte langsam. Sie hatte es deutlich genug gemacht.

Sie griff unter ihren Umhang und nahm einen bestickten Beutel heraus, den ich zum letzten Male an der Brust des Schamanen gesehen hatte, und aus diesem holte sie das Stück des Tarn, das La'mir so lange mit seinem Leben gehütet hatte. Eine feine Schnur war daran gebunden, und daran ließ sie es baumeln. »Hier«, sagte sie leise, während wir beide zusahen, wie es sich ein paarmal hin und her drehte, um dann ruhig an der Schnur zu hängen. »Seht Ihr, wie das Stück sich bewegt?« Sie reichte mir die Schnur. »Nehmt es. Großvater hat in seinem Ritual den Geist des Tarn geweckt, nun wird dieses Stück uns den Weg zu den anderen Stücken weisen.«

Vorsichtig nahm ich das Bruchstück entgegen und war überrascht davon, wie schwer es war. Zusammengefügt würden die Stücke einen Stirnreif ergeben, der schwer auf einem lasten würde. Vielleicht war das der Grund, warum so viele Kronen so schwer waren – um den Träger daran zu erinnern, dass die Verantwortung für ein Reich schwer auf einem lastete.

»Euer Großvater ist einfach so bereit, dieses Stück abzugeben?«, fragte ich erstaunt.

»Einfach so?« Mahea schüttelte den Kopf und erlaubte sich

ein feines Lächeln. »Nichts bei meinem Großvater ist einfach so. Wie bei Euch.« Sie legte den Kopf schräg und sah fragend zu mir hoch. »Wollt Ihr mir von dem Kampf erzählen, den Ihr mit meinem Bruder ausgefochten habt? Wen ich auch immer dazu befragte, alle sagen sie, es wäre nicht mehr geschehen, als dass Ihr Euch gegenseitig angestarrt hättet.«

Vorsichtig verstaute ich das Bruchstück wieder in dem bestickten Beutel und hängte ihn mir um den Hals. »Was sagte Ma'tar dazu?«

»Nichts. Außer, dass Ihr gewonnen hättet.« Ihr Lächeln wurde breiter. »Ihr werdet auch nichts weiter dazu sagen, habe ich recht?«

Ich nickte nur.

Sie lachte. »Nun, einen Versuch war es wert.«

Lannis und Eldred hatten das Ganze schweigend mit verfolgt. »Bedeutet das, dass wir jetzt reiten können?«, fragte die Bannersergeantin.

Ich schwang mich auf Zeus' breiten Rücken. »Genau das«, antwortete ich ihr und zeigte mit der Hand die Richtung an, die der Tarn mir eben gegeben hatte. »Hier entlang.«

Kurz bevor wir das Lager aus den Augen verließen, sah ich noch einmal zurück. Ma'tar sah ich nicht, aber der Schamane saß auf seinem Pferd und sah uns mit seinen blinden Augen nach, während er den Arm in einer Geste anhob, als werfe er etwas in die Luft, eine Geste, die ich oft genug bei Falknern gesehen hatte.

Ich schaute zu Mahea hin und fand meine Vermutung bestätigt, als sie mit ihrem Blick dem Flug des unsichtbaren Vogels folgte.

Wie schon zuvor gliederte sich unsere Gruppe auf. Ich ritt mit Serafine, Zokora und Varosch, der mich mehr und mehr an sein altes Ich erinnerte, je öfter er lachte, an der Spitze. Bannersergeantin Lannis folgte mit Eldred, Hulmir und Frick im Abstand von etwa fünf Pferdelängen, während Mahea und manchmal Hanik sich nur grob in Sichtweite hielten. Lannis vertraute vor allem auf Maheas Fähigkeiten, um uns vor unliebsamen Überraschungen zu warnen, hatte mir aber auch mitgeteilt, dass ich Hanik als Späher besser nicht unterschätzen sollte.

Nach einer Weile trieb die Bannersergeantin ihr Pferd an, um zu uns aufzuschließen.

»Ich dachte schon, es wäre anders, wenn wir mit Euch reiten würden«, meinte sie mit einem verschmitzten Lächeln, als sie uns erreichte. »Aber ich sehe, es ist wie üblich.«

»Was ist wie üblich?«, stellte Serafine die Frage, die mir auf der Zunge lag.

»Es geht der Witz, dass die Legion gut darin ist, tagelang hart zu marschieren, nur um dort anzukommen, wo sie aufgebrochen ist.«

»Da ist etwas dran«, lachte Serafine. »Aber was hat das mit uns zu tun?«

»Ihr erinnert Euch an die Blutreiter, die wir sahen?«, fragte die Bannersergeantin.

Ich nickte. »Sie ritten zu diesem Ort Farmin.«

»Farmihn«, verbesserte mich Lannis. »Wenn wir in diese Richtung weiterreiten, wird es uns genau dorthin führen. Damit hätten wir es seit unserem Aufbruch aus Braunfels immerhin vermocht, weniger als einen Tagesritt weit zu kommen.« Ihre Zähne blitzten auf, als sie leise lachte. »Wenn man von unserem kleinen Abstecher in die Südlande absieht … der uns auch wieder dahin führte, woher wir kamen.«

Serafine besah sich die Bannersergeantin und hob eine Augenbraue an. »Ihr erscheint mir seltsam wohlgemut«, stellte sie dann fest. »Gibt es einen Grund dazu?«

Lannis' Lächeln wurde härter.

»Es ist kein Geheimnis, dass die meisten von uns Hergrimms Blutreiter verachten. Was immer sie dort in Farmihn tun, etwas Gutes ist es sicherlich nicht.« Ihr Blick wies zu dem Beutel auf meiner Brust. »Ich habe das Gefühl, dass uns das Stück des Tarn genau zu ihnen führen wird.« Sie löste ihr Schwert aus der Scheide und schob es mit einem vernehmbaren Klacken wieder zurück. »Abseits von Braunfels, hier in der Wildnis, werden sie vielleicht der Versuchung erliegen, unangenehme Fragen damit zu beantworten, den Fragesteller verschwinden zu lassen.« Ihre Augen zogen sich zusammen. »Es wäre nicht das erste Mal. Nur glaube ich nicht, dass Ihr Euch so leicht verschwinden lassen lasst, Ser General.«

»Ja«, nickte Serafine während sie mich mit einem schwer deutbaren Blick bedachte. »Er ist recht stur in dieser Beziehung.«

»Ihr geht davon aus, dass es zu einer Auseinandersetzung kommt, Bannersergeantin?«, fragte ich.

»Genau das.« Sie bleckte die Zähne. »In Wahrheit kann ich es kaum erwarten.«

Das Schwert des toten Gottes

13 Der Rest des Tages verlief ereignislos. Das Land hob und senkte sich in sanften Wellen, nur hier und da war eine Baumgruppe zu sehen zwischen all dem hoch gewachsenen, zähen Buschwerk. Es war, als gäbe es außer uns keine anderen Menschen mehr, als wären wir allein auf diesem Meer aus zähem Steppengras, das sich im Wind beugte und im Licht Soltars schimmernd und wogend über das Land zu laufen schien.

Nur ab und an sahen wir anderes Leben, einmal einen Raubvogel, der hoch über uns kreiste und mir größer erschien als der größte Adler, dann eine kleine Gruppe von Auerochsen, die gemächlich ästen und uns wiederkäuend und uninteressiert musterten, als wir an ihnen vorüberritten. Mit ihren weit ausladenden Hörnern und den mächtigen, von struppigem Fell gepanzerten Schultern, die zwischen acht und elf Fuß in die Höhe ragten, konnten sie leicht gelassen bleiben, wenn es etwas gab, das sie in diesem endlosen Land jagte, dann nicht wir Menschen.

Einmal sah ich einen einsamen Wolf, auch er schien mir größer als die Sorte, die ich kannte. Er folgte uns ein Stück des Weges, und schließlich, als ich mich wieder nach ihm umsah, war er verschwunden. Hunger leiden würde er wohl nicht, was es reichlich gab, waren diese großen Steppenhasen, die sich über das Gras aufrichteten, wenn sie uns kommen sahen, um in mächtigen Sprüngen und Haken schlagend die Flucht zu ergreifen.

An manchen Stellen war das Gras satt und grün, an anderen noch vom Winter braun und grau. Es musste Wasser geben, sonst würde hier nichts wachsen, aber es offen vorzufinden, war nicht leicht. Lannis führte uns zu einer Wasserstelle, von der sie wusste, dass sie auf dem Weg lag, doch wir fanden sie ausgetrocknet vor … und die Spuren vieler Reiter.

»Beschlagen«, stellte Mahea fest, die abgestiegen war und nun an einem Pferdefladen roch. »Nicht lange her, sie haben gestern Nacht hier gelagert.«

»Blutreiter?«, fragte Hanik, und sie nickte.

Als wir auch die nächste Wasserstelle trocken vorfanden, sah ich fragend zu Serafine hin. Sie ritt heran, um ihr Pferd neben mir zu zügeln.

»Weißt du, wo wir Wasser finden können?«, fragte ich sie leise.

Sie nickte fast unmerklich. »Ja. Aber ich will nicht, dass man sich Geschichten über mich erzählt. Jeder weiß, dass ich dieses Land nicht kenne.«

»Wo?«, fragte ich sie.

»Dort hinten«, meinte sie und wies unauffällig die Richtung. »Hinter diesem Hügel mit den Bäumen.« Ich hatte Mühe, den Hügel zu erkennen, von dem sie sprach, er schien mir fast am Horizont, aber bislang hatte ich noch nicht erlebt, dass sie sich täuschte.

»Mir wird etwas einfallen«, versprach ich ihr.

Etwas später zügelte ich Zeus und sah so offensichtlich zu diesem fernen Hügel hin, bis Lannis es bemerkte und zu uns aufschloss.

»Was gibt es?«, fragte sie.

»Zeus riecht Wasser«, erklärte ich ihr. Sie schien etwas zweifelnd, nickte dann aber entschlossen.

»Versuchen können wir es ja.«

Zeus schwenkte seinen mächtigen Kopf herum und sah mich an, als ob er sich beschweren wollte, dass ich ihn vorgeschoben hatte, aber auch sein Gang schien mehr und mehr beflügelt, je näher wir diesem fernen Hügel kamen.

Serafine sollte recht behalten, eine kleine Quelle entsprang am Fuß dieses Hügels und speiste einen schmalen Bach. Da es kaum mehr als eine Kerze dauern würde, bis die Nacht hereinbrach, entschlossen wir uns, hier am Fuße des Hügels zu lagern. Als ich den Befehl zum Absitzen gab, fühlte ich den Blick der Bannersergeantin auf mir ruhen, aber wenn sie etwas zu sagen hatte, behielt sie es vorerst für sich.

»Was habt Ihr gegen die Blutreiter?« fragte Varosch die Bannersergeantin, während er sich vorbeugte, um mit einem hölzernen Löffel den Eintopf zu kosten, der in einem Kessel über dem Feuer köchelte. Er war vorhin kurz ausgeritten und hatte einen dieser Steppenhasen geschossen … ein ziemlich dürres Exemplar mit ungewöhnlich langen Hinterläufen. Zusammen mit dem schwarzen Dauerbrot, von dem wir überreichlich in unseren Satteltaschen mit uns führten, und das einem bei jedem Bissen alles an Feuchtigkeit aus dem Mund zu ziehen schien, sollte es genug für uns alle sein. »Es braucht noch Salz«, stellte er fest.

»Wollt Ihr weiterkochen?«, fragte Lannis drohend, und Varosch trat hastig einen Schritt zurück, um abwehrend die Hände zu heben. »Ich habe den Hasen geschossen«, verteidigte er sich. »Kochen muss ein anderer.«

»Dann beschwert Euch nicht«, warnte sie ihn … und gab etwas Salz nach. Sie rührte, kostete und nickte zufrieden.

»Was die Blutreiter angeht«, fuhr sie fort und deutete mit ihrem Blick auf Mahea, »so habt Ihr Euch doch schon mit ihr unterhalten.«

Varosch nickte. »Eine üble Geschichte.«

»Aber kein Einzelfall. Sie hat Euch auch von dem Kopfgeld erzählt?«

Varosch nickte wieder.

»Ihr habt ja Maheas Stamm gesehen. Die Barbaren sind im Schnitt etwas kleiner als wir, oftmals auch von dunklerer Hautfarbe ... aber wenn man einem von ihnen auf den Straßen von Askir begegnet, würde er keinen zweiten Blick auf sich ziehen.« Sie rührte noch einmal und sah dann angewidert auf. Doch es war nicht der Kesselinhalt, der sie das Gesicht verziehen ließ. »Das Kopfgeld wird für jeden Kopf ausgezahlt, der dunkle Haare hat. Vielleicht ist es Euch schon aufgefallen, dunkle oder schwarze Haare sind auch im Reich nicht selten. Es gibt immer mal wieder Handelskarawanen, die spurlos verschwinden. Natürlich sind es angeblich immer die Barbaren, die daran Schuld tragen, doch ich weiß von vier Fällen, in denen jemand behauptet hat, in einem der abgeschlagenen Köpfe auf den Lanzen vor der Kommandantur einen Bürger oder eine Bürgerin des Reichs wiederzuerkennen.«

»Ihr sagt also, die Blutreiter überfallen Handelskarawanen, rauben sie aus und lassen sich dann auch noch Kopfgeld für ihre Opfer auszahlen?«, fragte Varosch ungläubig.

»Zumindest ist es das, was ich denke«, antwortete die Bannersergeantin rau. »Bislang hat man es ihnen nicht nachweisen können, aber ich bin überzeugt davon, dass nicht alle Übergriffe, die den Barbaren angelastet werden, von ihnen begangen wurden. Das Schöne daran ist«, fuhr sie bitter fort, »wenn wieder einmal eine überfallene Karawane gefunden wird, sind es die Blutreiter, die ausgeschickt werden, um sie zu rächen. Hier hat man den Wolf zum Hirtenhund gemacht.« Sie sah zu mir hin. »Es ist, wie ich sage, Ser General«, fuhr sie bitter fort. »Es gibt nicht viele hier in der Ostmark, die wahrhaftig einen Frieden wollen.«

Varoschs Gesicht verhärtete sich. »Wenn dies wahr ist«, sagte er in diesem bestimmten Ton, der keinen Widerspruch duldete, »müssen sie gerichtet werden.«

Mittlerweile hatte ich fast schon vergessen, wie er vorher ausgesehen hatte, es war überraschend für mich, wie sehr Mimik, Gesten und die Art des Menschen einen ausmachten, und wie wenig wichtig das Äußere doch war.

Als wir nach der Schlacht im Lager der dritten Legion nach Überlebenden gesucht hatten, hatte er von einem Verletzten, um den er sich gekümmert hatte, zum Dank ein silbernes Amulett mit dem Zeichen seines Gottes darauf geschenkt bekommen, dieses hatte er jetzt so fest ergriffen, dass die Knöchel seiner Faust heller hervortraten. Varosch war noch immer ein Adept Borons – dass er nun den Körper eines dunklen Elfen innehatte, vermochte daran nichts zu ändern.

»Wenn sich Beweise dafür finden lassen, werden sie gerichtet werden«, versprach ich ihm, während ich die Nadel durch das störrische Leder meines Sattelgurts zwang, bei dem sich eine Naht gelöst hatte. Ich schnitt den Faden ab und besah mir meine Arbeit, wenig schön, aber sie würde halten. Schon einmal war ich wegen eines Sattelgurts vom Pferd gestürzt, es war lange her, aber mir noch sehr schmerzhaft in Erinnerung.

Dabei konnte ich dem kaiserlichen Zeughaus keinen Vorwurf machen, der Gurt gehörte zu meinem eigenen Sattel und war wahrscheinlich älter als Leandra.

Wie üblich hatte es Zokora Varosch überlassen, die Fragen zu stellen, sie selbst hatte es sich auf ihrem Sattel bequem gemacht und in meinem Buch gelesen, jetzt sah sie auf.

»Wenn es solche Gerüchte gibt, warum wurde ihnen nicht nachgegangen?«, fragte sie.

Lannis sah verärgert auf.

»Was denkt denn Ihr?«, fragte sie bitter. »Es ist wie immer. Zu viele Leute verdienen zu gut daran.«

»Gier«, nickte Zokora und sah zu Varosch hin. »Ich verstehe ja, dass man Besitz anhäufen will, um sein Leben abzusichern, auch wenn es bei euch Menschen nur einen Lidschlag währt, aber was braucht es denn mehr, als man wahrhaftig braucht? Warum immer weiter Gold anhäufen, wenn man das, was man bereits hat, niemals ausgeben kann? Bis jetzt ist es noch niemandem gelungen, seine Habe ins nächste Leben mitzunehmen.«

»Angst«, erklärte Varosch kurz. Sie sah fragend zu ihm hin, und er zuckte die Schultern. »Wie du sagst, Zokora, wir Menschen leben nicht lange und sind, in mancher Hinsicht, zerbrechlich. Mit Gold kann man Wachen bezahlen oder die Vorratskammer gefüllt halten, Heilung und Gebete in den Tempeln erhalten und darauf hinarbeiten, dass die eigenen Kinder versorgt sind, selbst wenn man schon lange vor die Götter getreten ist. Da man nicht weiß, was die Zukunft für einen bereithält, weiß man auch nicht, was man braucht … also häuft man an, was man kann.«

»Das ist eine überraschend verständnisvolle Ansicht«, meinte Lannis erstaunt. »Ist Gier nicht auch eine Sünde im Buch Borons?«

»Wie fast alle Sünden wird auch diese nur dadurch zur Sünde, wenn man das Maß verloren hat«, erklärte der Adept des Boron. »Ich sah oft genug bei den Sündern, die vor Boron traten, dass diese Sünde, ebenso wie die anderen, im Kleinen ihren Anfang hat. Selbst hartgesottene Betrüger haben sich meist nicht absichtlich auf ihren Weg begeben. Sie wussten einfach nicht, wann es genug war … und je mehr sie besaßen, umso mehr trieb sie die Angst, das, was sie hatten, wieder zu verlieren.« Wieder zuckte er mit den Schultern. »Angst vor dem Leben dürfte fast alles antreiben, was vor Borons Augen gerichtet wird.«

Er sah bedeutsam zu Zokora hin. »Zu wissen, was man wahrhaftig im Leben braucht, und damit zufrieden zu sein, ist die Kunst des Lebens. Die Götter geben uns eine Anleitung dafür … aber ich höre immer wieder, dass selbst die, die fest an Boron glauben, Zweifel haben, dass es so wenig braucht, um das Glück im Leben zu finden.«

»Was sagt Boron denn genau dazu?«, wollte jetzt Eldred wissen.

»Es ist einfach«, meinte Varosch. »Ein gerechter Mensch wird auch Gerechtigkeit erfahren. Jeder von uns spürt die Waage Borons in sich, sie sagt uns, wenn wir zu viel für uns nehmen, wenn wir gierig sind, wenn wir das beanspruchen, was uns nicht zusteht. Wir brauchen nur darauf zu hören, was sie uns sagt. Das ist schon alles.«

»So in etwa, wie mir etwas sagt, dass das nächste Bier zu viel wäre?«, fragte Eldred nach, und Varosch lachte.

»So in etwa, ja.«

Der Sergeant seufzte. »Dann hilft es mir recht wenig ... ich habe schon Schwierigkeiten damit, dieses nächste Bier nicht zu trinken! Auch wenn ich es regelmäßig am nächsten Tag bereue.«

»Ihr Menschen seid seltsam«, stellte Zokora fest. »Wie könnt Ihr etwas für Euch wollen, von dem Ihr doch wisst, dass es Euch schaden wird?«

»Das ist einfach«, lachte Eldred. »Wir hoffen immer, dass wir uns täuschen.«

»Das ist dumm«, meinte Zokora und schlug ihr Buch wieder auf.

»Nicht immer«, widersprach Varosch, und sie zog fragend eine Augenbraue hoch.

»Wieso?«

»Manchmal täuschen wir uns nicht.«

Langsam ließ sie das Buch wieder sinken, um ihn mit einem langen Blick zu bedenken.

»Also hofft ihr, dass etwas wider besseres Wissen einen guten Ausgang hat?«

»Nun«, meinte Eldred lachend. »Zumindest beim Bier ist es ganz sicher so, ich hoffe immer, dass der eine Humpen doch noch passt.«

»Also lebt ihr zwischen Angst und Hoffnung«, stellte sie fest und hob das Buch wieder an. »Das erklärt so einiges.«

Wir sahen sie fragend an, aber sie schien wieder in das Buch versunken.

Die Karawane bot ein lohnendes Ziel. Sechs Wagen waren es, aber es gab nur sieben Wachen, die neben den Wagen herritten und die Umgebung im Auge behielten. Nur nicht gut genug, ich bezweifelte, dass sie uns gesehen hatten. Ich zog mich hinter das dichte Unterholz zurück und wandte mich Rarak zu.

»Du bist sicher, dass sie Seide geladen haben?«, fragte ich ihn. Raraks Schwester arbeitete im Handelshof von Farnsdorf, eine kleine mollige Rothaarige, der auch ich schon den Rock gehoben hatte.

Wichtiger war, dass die meisten Handelswachen ihren Reizen ebenso wenig widerstehen konnten, dazu noch der Wein … kein Wunder, dass sie ihre Zunge nicht im Zaum halten konnten.

»Mindestens drei der Wagen«, bestätigte Rarak unruhig. »Einer von ihnen hat angeblich Gewürze für Kelar geladen. Aber …« Er verlagerte unruhig sein Gewicht von einem Fuß auf den anderen.

»Was?«

»Sie sagt, die Wachen fühlen sich sicher. Sie haben diesen Jamal angeheuert, einen Karawanenführer, der angeblich nie eine Karawane verloren hat.«

Ich kratzte mich am Hinterkopf, während ich versuchte, mich daran zu erinnern, wo ich den Namen schon gehört hatte.

»Was hat Anga von ihm erfahren?«

Er schüttelte den Kopf. »Er hat sich nicht von ihr verführen lassen. Mehr noch, sie behauptet, er hätte sie so angesehen, als ob er wissen würde, was in ihren Gedanken war.« Er sah betreten zu Boden. »Sie bat mich inständig, nicht an diesem Überfall teilzunehmen.«

Ich schob die Äste ein wenig zur Seite, um einen Blick auf die Karawane zu erhalten.

»Wer von denen ist es?«, fragte ich.

»Der Große mit den breiten Schultern und den grauen Haaren.«

»Der alte Mann?«, fragte ich, während ich nach ihm Ausschau hielt. Doch im Moment konnte ich nur sechs der Wachen sehen, die meisten von ihnen trugen Helme, also half mir Angas Beschreibung nichts.

Aber auf eine Wache mehr oder weniger kam es nicht an. Sie waren sieben, wir fast zwanzig. Die Wachen mochten besser ausgerüstet sein, aber wir hatten die Überraschung auf unserer Seite und nichts mehr zu verlieren.

Einer der Händler hatte eine junge Frau neben sich auf dem Kutschbock sitzen, vielleicht seine Tochter, vielleicht seine junge Frau, nicht, dass es eine Rolle spielte. Noch heute Nacht würde ich ihr zeigen, wie es sich anfühlte, wenn ein richtiger Mann zwischen ihren Lenden lag.

»Wir greifen an, wenn sie damit beschäftigt sind, das Nachtlager aufzubauen«, teilte ich Rarak mit. »Sag den anderen Bescheid. Von mir aus brauchst du nicht mitzumachen, aber dann bekommst du weder einen Anteil noch das Frauenzimmer.«

Rarak gab einen kleinen Stöhnlaut von sich.

»Willst du dich beschweren?«, fragte ich, während ich mich zu ihm umdrehte. »Ich …«

Doch Rarak hatte sich nicht beschwert, der Laut war ihm entwichen, als ihm eine Schwertklinge aus der Brust gewachsen war. Hinter ihm stand der alte Mann, von dem Anga gesprochen hatte, und zog mit einem harten Lächeln seine Klinge aus meinem Freund heraus.

»Das war die falsche Entscheidung«, teilte er mir mit, während ich mich duckte, um mich unter seinem Streich hinwegzurollen. Der Mann war groß und breit in den Schultern, aber so schlaff, wie ihm das Kettenhemd von den Knochen hing, hatte er seine besten Jahre hinter sich. Das Kettenhemd hatte auch schon bessere Tage gesehen, und er sah müde, alt und erschöpft aus … was nichts daran änderte, dass der Ausdruck in seinen grauen Augen mich frieren ließ. Unbeteiligt, fast, als ob es für uns nicht um Leben oder Tod ging, sondern nur darum, ob er

sich nachher ein Bier genehmigte oder doch lieber nur einen Schluck Wein.

Nun, dachte ich entschlossen, wollen wir doch mal sehen, für wen von uns es nachher noch ein Nachher gibt!

Weder war er schnell, noch waren seine Schläge besonders kräftig, dennoch hatte ich jedes Mal mehr Mühe, seine Schläge zu parieren … und jedes Mal, wenn ich versuchte, bei ihm eine Blöße zu finden, war es, als ob er schon wissen würde, wohin meine Klinge ging, wieder und wieder war sein Schwert mir im Weg, und ich verzweifelte fast schon, als er auf einer Wurzel ausrutschte und kurz, nur einen Lidschlag lang, strauchelte.

Das war die Gelegenheit, auf die ich gewartet hatte. Bevor er sich fangen konnte, sprang ich vor und stieß mit aller Kraft zu, hart genug, dass mein Stich ihm die Kettenglieder sprengte und meine Klinge tief in seine Seite fuhr.

Ein guter Streich, und so tief, wie ihm meine Klinge in die Seite gedrungen war, wussten wir beide, wer von uns den nächsten Tag nicht mehr erleben würde.

Schwer atmend trat ich zurück, während er mit der rechten Hand seine blutende Seite hielt und sein Schwert fallen ließ.

»Ich werde dich lange sterben lassen«, teilte ich ihm mit, während ich zusah, wie er langsam auf seine Knie sackte. »Rarak war mein Freund, und bevor du stirbst, ziehe ich dir dafür die Haut in Streifen ab!«

Er sah zu mir hoch und lächelte schwach … und wieder fühlte ich dieses Frösteln auf meinem Rücken, denn in seinen Zügen las ich weder Angst noch Furcht vor dem Gericht der Götter, eher war es so, als ob er nachdenklich in sich lauschen würde.

Dann schüttelte er den Kopf.

»So will ich nicht sterben«, teilte er mir mit.

»Was du willst, alter Mann, berührt mich nicht«, meinte ich zu ihm. »Ich will dich nur noch schreien hören.« Ich lachte hart. »Vielleicht fängst du schon mal damit an.«

»Ich glaube nicht«, sagte er und hob die linke Hand … und

was dann geschah, ging so schnell, dass ich Mühe hatte, es zu sehen.

Irgendwie rollte sich die Lederrolle auf seinem Rücken auf, und ein Schwert sprang in seine Hand, dessen Klinge hier im Schatten der hohen Baumkronen schwach und fahl zu leuchten schien. So schnell, wie er sich bewegte, war es, als ob es nur ein Blinzeln brauchte, eben kniete er noch sterbend dort, jetzt stand er nah vor mir … und ich sah ungläubig auf seine Hand hinab, die eben diese fahle Klinge hielt, die wie kaltes Feuer in mir brannte.

»Verdammt«, sagte er und zog langsam seine Klinge aus mir heraus, um einen Schritt zurückzutreten und sich über seinen grauen Bart zu reiben. »Das sind bestimmt weitere zwanzig Jahre … hättest du nicht besser zielen können?«

Ich verstand nicht, was er damit sagen wollte, warum mir die Knie so schwach wurden, oder wann mir mein Schwert aus den Fingern geglitten war. Warum seine Augen so schwarz wurden, dass es mir schien, als ständen Sterne in ihnen und ich fiele in sie hinein, in die Dunkelheit, in der das Licht so fern wurde, dass ich es nicht mehr sah …

»Alles ist gut, Havald«, hörte ich Serafines Stimme, während ich aus der Dunkelheit auftauchte. »Sssh …«, flüsterte sie. »Alles ist gut, ich bin bei dir, ich werde immer bei dir sein … nur … bitte … lass Seelenreißer los!«

Langsam nur verstand ich, dass ich mich nicht mehr auf diesem Handelsweg befand, ich nicht gestorben war, und der Nachthimmel, der sich über mir erstreckte, der der Ostmark war. Ich lag auf meiner Decke, halb in sie verknotet, und Serafine lag schräg über mir, ihr Gesicht ganz nah dem meinen, während sie mich mit leichten Küssen bedeckte … und mit der anderen Hand meine linke Hand zur Seite drückte, in der Seelenreißer wie eine fahle Fackel leuchtete. Als hätte er mich verbrannt, ließ ich ihn fallen, und das Leuchten schwand, während Serafine erleichtert ausatmete.

»Was …«, begann ich, »was ist geschehen?«

»Der Alb hat dich geritten, Havald«, teilte sie mir leise mit. »Schlimmer, du hast im Schlaf Seelenreißer zu dir gerufen, und dann hast du aufgeschrien, und er fing an zu leuchten … das hat mir Angst gemacht.«

Sie richtete sich auf einem Arm auf und sah auf mich herab. Für die Nacht hatte sie ihren Zopf gelöst, und ihre Haare fielen wie ein dunkel schimmernder Vorhang auf mich herab. Viel mehr als das Schimmern ihrer Augen sah ich nicht, aber ich spürte ihren Herzschlag auf meiner Brust und roch ihren Atem … und küsste sie, während ich sie zu mir herunterzog.

»Nicht …«, flüsterte sie. »Die anderen …«

»Sollen sie wegsehen«, teilte ich ihr mit, und stahl ihr den Atem von den Lippen, die mich, so schien es mir, schon mein ganzes Leben lang in ungezählten Träumen hatten zittern lassen.

»Ich brauche dich, Finna«, stieß ich rau hervor, während ich mit ungeschickten Fingern an ihrer Schnürung zog. »Ich …«

»Ssh …«, sagte sie leise und schmiegte sich an mich, während ihre Hand die meine zur Seite schob, um nun selbst ihr Mieder zu lösen. Ihre Lippen waren meinem Ohr so nah, dass ich ihren Atem hörte. »Ich bin ja da …«

Ich starb in dieser Nacht ein zweites Mal, doch in ihr zu sterben, fühlte sich an, als würde ich zugleich wiedergeboren werden. Selten hatte ich sie so bedrängt, sie so verzweifelt gehalten, ihr den Atem wieder und wieder geraubt … und als es endlich ein Ende fand und wir verschlungen unter unseren Decken lagen, stützte sie ihren Kopf auf eine Hand, warf die Haare nach hinten, um mich lächelnd anzusehen, während sie die Finger ihrer anderen Hand zärtlich über die Narbe über meinem Herz gleiten ließ.

»Das ist alles, was ich jemals von dir hören wollte, Havald«, teilte sie mir flüsternd mit, um sich zu strecken wie eine Katze. »Alles, was ich wissen muss.«

Noch immer war ich in dem Moment gefangen und kaum fähig, einen klaren Gedanken zu fassen, ich wusste nur, dass es sich so richtig anfühlte … und sie mich für diesen einen magischen Moment die Welt und ihre Sorgen hatte vergessen lassen … und diesen verfluchten Traum.

»Was, Finna?«, fragte ich leise, während ich mit ihrem Haar spielte.

»Dass du mich brauchst«, teilte sie mir mit, während ihre Lippen mich mit federleichten Küssen beschenkten. »Dass du mich brauchst, wie ich dich brauche. Wie die Luft zum Atmen und das Blut in unseren Adern.« Sie sah auf mich herunter, und ich fühlte, wie eine Träne auf mich fiel. »Diese Wand zwischen uns«, flüsterte sie und lächelte, als ihre Hand an mir herabglitt und fand, was sie suchte. »Sie hat mich fast sterben lassen … und ich bin daran verzweifelt.«

»Natürlich brauche ich dich«, flüsterte ich, als ich sie herumrollte und mich über sie beugte. »Es kommt mir vor, als wäre es niemals anders gewesen …« Ich fing ihr leises Stöhnen mit meinen Lippen ab. »Es wird auch niemals anders sein …«

»Gut geschlafen, Ser General?«, fragte mich Lannis am nächsten Morgen mit einem breiten Grinsen, und die erheiterten Blicke der anderen waren kaum zu übersehen.

»Danke, ja«, gab ich ungerührt zurück, während ich das Stück Käse aus meinem Vorratsbeutel holte und aus dem mit Salzwasser getränkten Leinen schlug, um mir und Serafine, die nun mit einer leichten Röte im Gesicht zu uns ans Feuer trat, ein Stück abzuschneiden. Sie hatte ihre Haare wieder neu geflochten, und es gab wenig, was darauf hinwies, wie wir die Nacht verbracht hatten … und dennoch war es nicht zu übersehen.

Ich reichte ihr den Käse und einen Winterapfel, während Eldred ihr einen Blechbecher mit Kafje reichte, stark genug, um einen Löffel darin stehen zu lassen.

Sie nickte uns beiden dankend zu und setzte sich neben

mich, um dann verstohlen die anderen zu beobachten … die sich ihrerseits viel Mühe gaben, so zu tun, als wäre nichts geschehen.

»Wie weit noch nach Farmihn?«, fragte ich Lannis, während ich den Beutel um meinen Hals aufzog und das Stück des Tarn in meine Hand fallen ließ.

»Gegen Abend werden wir den Ort erreichen«, teilte sie mir mit, während wir alle zusahen, wie sich das Stück des Tarn an seinem Faden drehte. »Zeigt er immer noch in dieselbe Richtung?«

»So scheint es«, gab ich ihr Antwort und verstaute das Stück wieder sorgfältig in dem bestickten Beutel. »Erzählt mir mehr über Farmihn«, bat ich sie dann und verbrannte mir fast die Finger an dem heißen Becher, den mir Eldred reichte. »Gibt es etwas Besonderes an diesem Ort?«

»Außer, dass er zerstört ist?« fragte sie. Ich nickte. »Ich wüsste nicht, was. Woran habt Ihr denn gedacht?«

»Vielleicht eine alte Ruine, ein Grab … irgendetwas, das erklärt, warum sich ein Stück des Tarn dort befinden soll.«

Sie runzelte die Stirn, dachte nach und schüttelte schließlich den Kopf. »Davon ist mir nichts bekannt«, meinte sie dann. »Der Schamane sagte, er hätte sein Stück in einem Bachlauf gefunden … vielleicht liegt es einfach irgendwo ganz offen herum.«

Varosch, der gerade seine Armbrust liebevoll mit einem ölgetränkten Lappen putzte, sah auf und lachte ungläubig. »Es wäre das erste Mal, dass etwas einfach wäre.« Er wies mit seiner Armbrust in Richtung Osten. »Lasst uns hoffen, dass diese Wolken weiterziehen, sonst wird es zu alledem auch noch nass.«

Ich hätte wissen müssen, dass ich nicht so davonkam, doch es war nicht Serafine, die mich darauf ansprach, sondern Varosch, der zu Serafine und mir an die Spitze unserer kleinen Gruppe aufschloss, um mich nachdenklich zu betrachten. Offenbar hatte er nur darauf gewartet, dass wir losritten.

»Was gibt es?«, fragte ich ihn und schaute unwillkürlich zu Serafine hin, der wieder eine leise Röte ins Gesicht stieg. Sie hatte Grund genug dazu … in der Nacht hatte ich gedacht, dass wir abseits genug gelegen hätten, doch das Licht der Morgensonne hatte mir offenbart, wie sehr ich mich getäuscht hatte, es waren nicht mehr als zehn Schritt zur Feuerstelle gewesen, an der die anderen ihr Nachtlager aufgeschlagen hatten. Und keine fünf zu der Stelle, an der Zokora und Varosch in ihren Decken gelegen hatten.

»Was ist heute Nacht geschehen?«, fragte er leise. Nicht leise genug, denn ich hörte Serafine seufzen. Er wohl auch, denn er tat eine wegwischende Handbewegung. »Nicht das«, erklärte er mit einem feinen Lächeln, das sofort wieder schwand. »Ich meine das zuvor. Das mit Seelenreißer. Ich kann mich nicht erinnern, dass ich ihn jemals so hell habe leuchten sehen.«

»Ich hatte einen Albtraum«, erklärte ich ihm unbehaglich. »Ich muss nach ihm gegriffen haben.«

Er musterte mich mit dunklen Augen und schüttelte dann langsam den Kopf. »Ich glaube nicht, dass das alles ist.«

»Es ist eine lange Geschichte«, antwortete ich ausweichend, und er zog eine Augenbraue hoch, als hätte er es mit Zokora zusammen einstudiert.

»Ich habe Zeit«, teilte er mir lächelnd mit. »Irgendwie habe ich im Moment nicht viel anderes zu tun.«

Als ich Serafines Blick sah, wusste ich, dass ich diese Schlacht verloren hatte. Den ganzen Morgen hatte ich sie schon dabei ertappt, wie sie immer wieder nachdenklich zu mir hingesehen hatte, und es war offensichtlich gewesen, dass sie nur auf eine Gelegenheit gewartet hatte, um mich abseits der anderen dazu zu befragen.

Nur dass Varosch schneller gewesen war. Varosch war ein guter Freund, ein Diener des Boron, fast schon ein Priester, wenn ich ihm gegenüber nicht ehrlich sein konnte, wem dann?

Also erzählte ich ihm von dem Traum.

Er nickte bedächtig. »Das passt dazu, dass du aufgeschrien und Seelenreißer in deine Hand gerufen hast«, meinte er. »Weißt du, dass du Serafine beinahe erschlagen hättest? Hätte sie sich nicht zur Seite weggerollt, wäre es um sie geschehen gewesen. Schau dir ihre Satteldecke an.«

Wie die meisten von uns nutzte sie ihre Decke, um damit ihr Lager zu bereiten. Sie hatte sie sorgsam aufgerollt hinter ihren Sattel geschnallt, und jetzt, wo Varosch mich darauf hinwies, sah ich den Schnitt in der zusammengeschnürten Lederrolle.

»Götter!«, hauchte ich entsetzt, während sich mein Herz zusammenzog und mir zugleich der Atem schwand, als hätte mir jemand ein eisernes Band um die Brust gelegt. »Warum hast du denn nichts gesagt?«

»Es ist nichts geschehen«, teilte sie mir mit ruhiger Stimme mit. »Zudem … du warst nicht ganz du selbst.«

»Das trifft es in etwa«, sagte ich und musterte sie sorgfältig. »Ist dir wahrhaftig nichts geschehen?«

»Nein«, lächelte sie. »Aber selbst wenn ich mich nicht auf meinem Lager herumgeworfen hätte, Seelenreißer hätte mich verfehlt.« Sie hob die Hand, als ich etwas sagen wollte. »Ich erwachte von deinem Schrei, das Nächste, was ich sah, war Seelenreißer, wie er auf mich herabfuhr … ich hätte gar keine Zeit gehabt auszuweichen. Doch bevor er mir zu nahe kam, beschrieb er einen Bogen und traf die Deckenrolle.« Sie lächelte sanft. »Selbst im Schlaf wirst du mir nichts antun, Havald.«

Das beruhigte mich nur wenig. Es hatte eine Zeit gegeben, in der es mir vorgekommen war, als ob Seelenreißer nach allem getrachtet hätte, was lebte. Wieder besah ich mir den Schnitt in ihrer Deckenrolle. Allein der Gedanke …

Doch Serafine sprach bereits weiter. »Was nicht bedeutet, dass ich erneut auf diese Art geweckt werden will.« In dem Wunsch war sie nicht allein. So etwas, schwor ich mir, durfte nie wieder geschehen. Meine Hand krampfte sich um Seelenreißers Heft. Er hatte mir bereits mit Nataliya jemanden genommen, dessen Verlust ich noch immer nicht ganz überwunden hatte, aber es war auch ihr Opfer gewesen, das dieser verfluchten Klinge den Blutdurst genommen hatte. So hatte nun ebenfalls Serafine ihr Leben diesem Opfer zu verdanken … bevor ich den Gedanken weiterspinnen konnte, fuhr Serafine bereits fort. Ihre dunklen Augen suchten jetzt die meinen.

»Du hast schon öfter Albträume gehabt …«

Hatte ich? Wenn, dann konnte ich mich kaum daran erinnern.

»… aber nicht solche, in denen du nach deinem Schwert rufst! Also, Havald, was ist heute Nacht geschehen?«

»Der Traum war nicht nur ein Traum«, gestand ich. »Eine Erinnerung hat mich übermannt.« Ich sah wenig Sinn darin, es ihnen zu verheimlichen. Ich wurde ja selbst nicht schlau aus dem, was mir geschehen war, vielleicht fiel den beiden etwas ein.

Varosch nickte bedächtig. »Das kann geschehen. Es gibt auch für mich einiges, das ich vergessen will … und das mich aus meinem Schlaf schrecken lassen würde, sollte es mich in meinen Träumen heimsuchen.«

»Das Problem ist«, fuhr ich unbehaglich fort, »dass diese Erinnerung nicht die meine war.«

Serafine sah überrascht auf. »Das musst du erklären.«

Ich hatte meine Zweifel, ob das so einfach möglich war, aber zumindest konnte ich es versuchen.

»Vor knapp siebzig Jahren habe ich eine Handelskarawane von Lassahndaar nach Kelar geführt«, erzählte ich den beiden. »Auf der Strecke hatte es in den Wochen davor immer wieder Überfälle gegeben, was einen wenig verwunderte, wenn man bedachte, dass erst ein Jahr zuvor erbittert zwischen zwei Brüdern um das Land gerungen worden war. Nachdem sich der Streit entschieden hatte, gab es genügend kampferprobte und bewaffnete Männer in dem Land, die sich schwer damit taten, wieder an ihren Pflug zurückzukehren. Dennoch war es seltsam, dass nur die Karawanen überfallen wurden, die besonders wertvolle Ware transportierten, während andere Handelszüge unbehelligt reisten. Während wir im Handelshof zu Lassahndaar warteten, bis der Handelszug vollständig war, fiel mir auf, wie eine der Schankmägde mit ihren Reizen spielte, um die anderen Wachen zu verführen … während sie für einen reichen Händlersohn nur ein schwaches Lächeln übrig hatte. Sie versuchte es auch bei mir und fragte mich dabei aus, allein das erweckte schon mein Misstrauen. In der Nacht vor unserer Abreise schlich sie sich aus ihrem Zimmer … ich folgte ihr und fand sie mit einem anderen zusammen, dem sie berichtete, was die Wagen geladen hatten.«

Ich sah von Varosch zu Serafine hin. »Das waren nicht die üblichen Strauchdiebe. Sie hatten unter dem Banner des Barons Hergfid gekämpft, bis der bei der letzten Schlacht gefallen war. Ihr Anführer, ein Mann mit Namen Derim, hatte in den Kämpfen sogar einen gewissen Ruf erlangt, sodass ich bereits von ihm gehört hatte. Obwohl sie der Verliererseite angehört hatten und das Gold des Barons schon längst verbraucht war, hielten sie sich noch immer in der Gegend auf … und ließen es sich dabei zu gut gehen. Ich hörte, wie die Schankmagd und der Mann besprachen, wo sich dieser mit diesem Anführer der Bande, Derim, treffen wollte. Als wir am nächsten Morgen aufbrachen, brauchten wir nicht lang zu diesem Ort, ich schlich mich davon und fand die beiden Männer vor, wie sie sich berieten und die Beute und die Seras bereits unter sich aufteilten.« Ich zuckte mit den Schultern. »Ich hatte genug gehört und entschloss mich, sie dem Gericht der Götter zuzuführen. Den einen habe ich erwischt, bevor er mich kommen sah, doch der andere leistete erbitterten Widerstand und hatte dann noch das Glück, mich zu schwer zu verletzen.« Ich lächelte verlegen. »Es war nicht mein bester Tag.«

Serafine sah mich fragend an. »Was hat das damit zu tun, was heute Nacht geschehen ist?«

Ich hob hilflos die Schultern und ließ sie wieder fallen. »Ich erlebte die letzten Momente des Anführers nach, als wäre es gerade erst geschehen. Ich dachte seine Gedanken, fühlte seinen Zorn … und seinen Unglauben, als er auf Seelenreißer endete. Ich fühlte seinen Tod«, fügte ich schwer hinzu und schluckte. »Alles. Und ich sah mich selbst durch Derims Augen, als ich ihm … mir Seelenreißer in die Brust gestoßen habe.«

Beide sahen mich einen Moment lang an, Varosch nachdenklich, während Serafine entsetzt wirkte.

»Bist du sicher, dass es kein Traum war?«, fragte er dann erschüttert.

»Ja. Daran besteht kein Zweifel. Es war die Erinnerung dieses Briganten an den letzten Docht vor seinem Tod.« Ich fuhr mir unwohl durch die Haare. »Ich hatte den Vorfall schon lange vergessen, und es gab nichts, das mich daran hätte erinnern sollen … und von dem Gespräch, das die beiden zuvor führten, habe ich bis heute Nacht auch nichts gewusst. Es passt alles … es war keine Einbildung oder nur einfach ein Traum, ich lebte die Erinnerung des Mannes, den ich damals erschlagen habe. Und jetzt …« Ich schluckte. »Jetzt weiß ich mehr über ihn, als ich je zuvor wusste oder wissen wollte. Ich weiß, wo er geboren wurde, wie seine Mutter hieß, und dass er als kleiner Junge einen Hund besaß, der nur drei Beine hatte. Wenn ich nachdenke, kann ich mich an sein gesamtes Leben erinnern … bis zu dem Moment, an dem er es auf Seelenreißer aushauchte, um mich mit seinem Leben von der Wunde zu heilen, die er mir geschlagen hatte. Götter …«, flüsterte ich verzweifelt. »Ich werde ihn nicht wieder los!«

»Was ist, wenn du deine Klinge nicht berührst?«, hörte ich Zokora fragen. Sie hatte zu uns aufgeschlossen, und ohne die Wahrnehmung des Schwertes hätte ich es nicht einmal bemerkt. Manchmal hätte ich schwören können, dass sie sogar ihrem Pferd das Schleichen beibrachte!

Ich ließ die Klinge los, als ob sie mich gebissen hätte.

»Und?«, fragte Varosch. »Wie hieß der Kerl?«

»Derim«, antwortete ich ihm. Das hatte ich eben gerade doch erzählt.

»Und wie hieß seine Mutter?«

»Sie …« Eben noch hatte mir der Name auf der Zunge gelegen, doch jetzt suchte ich nach ihm und fand nur Leere vor. Ich erinnerte mich an das, was ich ihnen eben erzählt hatte, aber nicht an mehr. Zögernd berührte ich Seelenreißers Griff. »Mathilde. Sie hieß Mathilde.«

Ich ließ die Waffe hastig wieder los und sah die anderen Hilfe suchend an. »Wie … wie kann das sein?«

Während Varosch nachdenklich dreinschaute und Serafine fast schon entsetzt, nickte Zokora, als hätte sich ihr eine Vermutung bestätigt.

»Eher stellt sich die Frage, wieso es nicht schon vorher geschehen ist.«

»Wie meinst du das?«, fragte ich sie.

Sie trieb ihr Pferd etwas näher heran, um mich sorgsam zu mustern.

»Ich bin keine Maestra«, sagte sie dann. »Also kann ich es nicht mit Bestimmtheit sagen, aber du hast dich verändert. Etwas hat sich verändert. Du blutest Magie.«

»Desina hat etwas Ähnliches gesagt«, erinnerte sich Serafine. »Sie hat etwas dagegen getan.«

»Ein Art Loch bei mir geflickt, ja«, nickte ich, während ich nach wie vor Zokora fragend ansah. »Aber was hat das …«

»Der Hüter der Schatten ist kein gewöhnliches Schwert. Er wurde geschmiedet, um einen Gott zu erschlagen.« Sie hob die schlanken Schultern und ließ sie wieder fallen. »Selbst ich weiß nicht genau, welche dunklen Rituale meine Schwestern und Brüder verwendet haben, als sie das Schwert formten, aber eines weiß ich genau, nämlich, dass der Blutraub, der Raub der Seelen, das e'nsira, Teil des Rituals gewesen sein muss.« Sie sah unsere fragenden Blicke.

»Das ist ein Ritual, das dem Anwender erlaubt, das Wissen und die Macht seines Opfers zu erlangen. Ein Ritual, das

Omagor geweiht ist und sehr wohl der Ursprung der Seelenreiter sein kann.«

Ich schaute sie verständnislos an.

»Warum sollte ein Schwert, das geschmiedet wurde, um Omagor zu erschlagen, ihm geweiht werden?«

Sie hob eine Augenbraue an. Varosch vermochte mittlerweile, es ihr fast gleichzutun, aber an das, was sie damit ausdrückte, kam er noch lange nicht heran. Sie hätte auch laut seufzen können, während sie meine Begriffsstutzigkeit beklagte.

»Habe ich dir nicht erklärt, dass deine Klinge von meinem Volk erschaffen wurde?«

»Ja?«

»Warum sollte mein Volk, das dem Gott der Dunkelheit folgte, ein Schwert schmieden und es Soltar weihen?« Wir sahen sie alle drei an. Jetzt seufzte sie tatsächlich. »Dein Schwert wurde nicht geschmiedet, um Omagor zu erschlagen. Es wurde dazu geschaffen, Omagor die Macht und das Wissen der Götter zuzuführen, die er damit erschlagen würde!«

»Aber …«, begann Serafine.

»Wie …«, begann Varosch.

»Ein Großteil meines Volkes folgte dem Gott der Dunkelheit und glaubte seinem Versprechen, dass man in ihm aufgehen und so Göttlichkeit erhalten würde, um durch ihn dann neu und anders zu entstehen. Doch nicht jede unserer Anführerinnen fand den Gedanken anziehend, ihre Existenz und die aller Elfen zu beenden, nur auf das Versprechen hin, dass daraus an anderem Ort und auf unbekannte Weise etwas Neues entstehen könnte, an dem sie vielleicht Anteil haben würde.« Zokora erlaubte sich ein verhaltenes Lächeln. »Meine Vorfahrin fand, dass sie zufrieden damit war, eine Hochgeborene zu sein und für sich selbst zu denken, zu handeln und zu entscheiden. Sie fand nicht, dass es an der Zeit war, all das aufzugeben, für das sie und ihre Vorfahren gelebt, gearbeitet und gelitten hatten. Während der Jahrzehnte, in denen das Schwert geschmiedet wurde, suchte sie nach Gleichgesinnten, und an dem Tag, als das Schwert geschmiedet war, stahl sie es fast vom Amboss weg und brachte es zum Lager des Sonnengottes, um zusammen mit den anderen, die ihr gleich gesinnt waren, dem Krieg der Götter auf der Seite des Lichts beizutreten.«

»Willst du damit sagen«, fragte Varosch fassungslos, »dass Soltar Omagor mit dessen eigenem Schwert erschlagen hat?«

»Nein«, antwortete Zokora unbewegt.

»Aber ...«

»Ich will es nicht sagen«, erklärte sie und klang etwas entnervt dabei. »Ich habe es eben schon gesagt.«

Ich schluckte die Worte, die mir auf der Zunge lagen, wieder herunter. Einen solchen Blick wollte ich von ihr nicht auch noch ernten.

»Und was ...«

»Was das mit dir, deinen Träumen und dem Schwert zu tun hat?«, fragte sie.

Ich nickte nur.

»Nun, das Schwert führt die Seelen derer, die es erschlägt, dem zu, dem es geweiht ist. Das wissen wir.« Varosch öffnete den Mund und schloss ihn wieder, als Zokora ihn erneut mit einem Blick bedachte. »Es ist jetzt Soltar geweiht«, erklärte sie knapp. »Sonst hätten die Priester Eures Gottes es ja wohl nicht wieder in die Welt entlassen.« Ihr dunkler Blick glitt zu Serafine hin. »Allein das Wunder deiner Wiedergeburt, oder Rückkehr, beweist es ja. Dennoch, es bleibt dabei, dass dein Schwert, wenn es ein Leben nimmt, an seinem Opfer das e'nsira ausführt. Den Raub der Seelen. Die Seelen gehen zu Soltar. Das ungelebte Leben seiner Opfer geht an den Träger dieser Klinge, heilt ihn und hält ihn jung. Doch seitdem ich das erste Mal dieses Schwert in deiner Hand sah, habe ich mich schon gefragt, was mit dem Rest geschieht.«

»Welchem Rest?«, fragte ich verständnislos und erntete so doch einen dieser Blicke von ihr.

»Das Wissen, die Macht, die Talente ... all das, was nicht Seele oder Leben ist und einen Menschen ausmacht. Erinnerungen, Fähigkeiten …« Wieder zuckte sie mit ihren Schultern. »Du hast das alles ja nicht erhalten. Es war leicht zu erkennen, wie ungebildet du bist, und wie eng gefasst das Maß deiner Fähigkeiten ist.«

»Danke«, meinte ich trocken, doch sie sprach unbeirrt weiter.

»Jetzt habe ich meine Antwort.« Sie nickte in die Richtung der Klinge. »Es ging nichts verloren, sondern blieb in deinem Schwert gefangen.«

Während ich ihre Worte verdaute, stellte Serafine schon die nächste Frage.

»Und du meinst, dass es damit etwas zu tun hat, dass Havald … Magie blutet?«

»Ja«, antwortete Zokora. »Sonst hätte ja ein anderer Träger des Schwerts die gestohlenen Gaben erhalten.« Ihre dunklen Augen ruhten jetzt nachdenklich auf mir. »Diese dunkle Gabe hat dir das Schwert bislang vorenthalten, wahrscheinlich auch aus gutem Grund. Selbst Seelenreiter nutzen nur gezielt, was sie von ihren Opfern brauchen können. Würden sie alles in sich nehmen, würden sie vergessen, wer sie sind. Denn wie soll ein Mensch die Erinnerung und das Leben so vieler in sich tragen, ohne sich zu verlieren?«

»Für mich ist diese eine Erinnerung schon zu viel«, gestand ich und verfluchte mich dafür, dass ich damals im Hammerkopf meinen Schwur gebrochen hatte, die Klinge nie wieder zu berühren. Hätte ich mich daran gehalten, wäre ich jetzt wohl schon bei Soltar, aber viele andere, und auch Nataliya, würden noch immer leben.

»Nur dass sie nicht hätte leben wollen«, sagte Zokora mit überraschend weicher Stimme. »Du vergisst, dass sie sich in der Gewalt von Balthasar befunden hat, der sie als seine Hündin hielt.«

Ich sah sie erschrocken an.

»Nein«, erklärte sie mit einem feinen Lächeln. »Ich lese deine Gedanken nicht, sie stehen dir nur allzu deutlich ins Gesicht geschrieben.« Sie sah mir direkt in die Augen. »Diese

Klinge ist verflucht. Ich will dir auch nicht unterstellen, dass du diese Klinge immer weise und gerecht verwendet hast, aber eines erscheint mir gewiss: In anderen Händen als den deinen hätte sie großes Unheil über die Welt gebracht.« Ihr Lächeln zeigte jetzt kleine, weiße, scharfe Zähne. »Man könnte sagen, Havald, dass du mit deinem Schwert die Dunkelheit mit der Nacht bekämpfst … und vielleicht ist das der einzige Weg, wie es gelingen kann.« Sie schaute lächelnd zu Varosch hin. »Denn nach der Nacht …«

»… folgt stets erneut der Tag«, wiederholte Varosch leise das Versprechen, das der Gott Soltar all jenen gegeben hatte, die an ihn glaubten.

»Aber …«, begann ich.

Ihr Lächeln schwand.

»Wieso du jetzt diese Erinnerungen erhältst? Warum jetzt und nicht zuvor?«

Ich konnte nur nicken.

»Finde es heraus«, riet sie mir in einem ernsten Ton. »Finde es heraus, bevor du dich verlierst.« Sie tat eine Geste, die das Land rundherum und die ganze Ostmark einschloss. »Nachdem er Jahrtausende verloren war, hast du es vermocht, in wenigen Tagen die Spur des Tarn aufzunehmen. Vielleicht hat dein Gefühl dich richtig geleitet, vielleicht ist das der Weg, der Ostmark Frieden zu geben, indem das Volk der Kor unter dem vereint wird, der den Tarn trägt. Aber, ob es dir gefällt oder nicht, du bist der Angelpunkt, du bist der, dem es bestimmt ist, gegen die Dunkelheit anzutreten. Verlierst du dich, verlieren *wir* dich …« Mein Blick folgte ihren Händen, die sich in einer unbewussten Geste schützend auf ihren noch immer flachen Bauch legten. »Dann verlieren wir alle mehr als nur die Ostmark.« Ihr Blick bohrte sich in mich, und tief hinten in ihren Augen sah ich diesen rötlichen Schimmer, der mich nie vergessen ließ, dass sie doch anders war als wir. »Du musst dich darum kümmern, Havald«, fuhr sie eindringlich fort. »Ich weiß nicht, wie viele du erschlagen hast, aber selbst du kannst nicht gegen ihre Geister bestehen, wenn es im Hier und Jetzt eine Schlacht zu schlagen gibt, die weitaus wichtiger ist als die Erinnerungen eines Mannes, dessen Seele schon vor Jahrzehnten vor dem Gericht der Götter gewogen wurde. Du musst einen Weg finden, dich vor diesen Geistern zu schützen!«

Sie zog ihr Pferd zur Seite und warf Varosch einen Blick zu, der ihn, mit einem entschuldigenden Lächeln in unsere Richtung, ihr wortlos folgen ließ.

Ich sah ihr nach, eine kleine, zierliche Person, für die ihr Pferd viel zu groß wirkte, und fragte mich, nicht zum ersten Mal, wie es kam, dass sie stets um so vieles größer wirkte, als sie war.

»Sie hat recht«, sagte Serafine leise.

Das hatte Zokora oft.

»Du musst dich darum kümmern«, meinte Serafine entschieden. »Das ist wichtiger als alles andere.«

»Und das hier?«, fragte ich. »Der Tarn, die Bedrohung durch die schwarzen Legionen, die hier irgendwo zu finden sind? Das Schicksal der Ostmark?«

Sie ritt näher an mich heran und legte ihre Hand auf meinen Arm, um mich eindringlich anzusehen. »Havald«, sagte sie leise. »Die meisten Menschen haben an ihrem eigenen Schicksal schon genug zu tragen. Die wenigsten tragen das Schicksal ganzer Reiche. Aber die, die es tun, müssen abwägen. Wenn du für uns verloren bist, wer soll dann der Dunkelheit entgegentreten?«

»Ich dachte, du wärest dagegen?«, fragte ich sie erstaunt, während ich im Hintergrund meiner Gedanken weiter an dem kaute, was uns Zokora über mein verfluchtes Schwert eröffnet hatte.

»Bin ich«, sagte sie leise. »Noch immer wünschte ich, es wäre anders. Aber wenn Wünsche Flügel wären, könnten wir alle fliegen. Ich werde an deiner Seite sein, wenn du der Dunkelheit entgegentrittst … Denn vorhin, als Zokora mich daran erinnerte, dass es ein Wunder Soltars war, mich in dieses Leben und an deine Seite zurückkehren zu lassen, wurde mir bewusst, dass es ein Geschenk ist.« Sie schluckte heftig und wischte sich fast verärgert mit ihrer behandschuhten Hand die Feuchtigkeit aus den Augen. »Denn die Zeit, die Jerbil und ich zusammen haben durften, fand in diesem eisigen Grab ein Ende«, fuhr sie gepresst fort. »Dass wir uns hier wiederfanden, in dieser Zeit, in diesem Leben, ist ein Geschenk deines Gottes, jeder Atemzug, den wir gemeinsam nehmen, ist mehr, als wir hätten erwarten können, als das Eis nach uns gegriffen hat.« Ihre Finger pressten so fest gegen meine Armschiene, dass ich durch die Rüstung und den wattierten Waffenrock den Druck verspürte. »Es ist kleinlich und dumm, damit zu hadern, dass auch diese Zeit ein Ende finden wird. Also habe ich beschlossen, sie zu nutzen … und nicht mit dir zu streiten.«

Götter, dachte ich verzweifelt, wie sollte ich jetzt nur die Worte finden, die das ausdrückten, was ich ihr sagen wollte?

»Das musst du nicht«, lachte sie und erlaubte sich ein leichtes Lächeln. »Zokora hat auch damit recht. Sie stehen dir ins Gesicht geschrieben.«

Im alten Gasthof

14 Später dann errichteten wir unser Nachtlager. Wir waren übereingekommen, im Schutze der Dunkelheit Farmihn auszuspähen, bevor wir in eine Falle ritten. Ich wandte mich an Lannis, die ungeduldig in dem Kessel rührte, den sie über unser kleines Feuer gehängt hatte. Eine Zeltbahn schirmte es gegen Sicht und den zunehmenden Wind ab; wildes Gemüse und einer von Varoschs Steppenhasen köchelten in dem Kessel vor sich hin.

»Wisst Ihr, was ich denke?«, fragte ich die Bannersergeantin.

Sie sah erstaunt zu mir hoch. »Dass Ihr wünscht, wir hätten mehr wilde Zwiebeln?«, fragte sie dann ungehalten. »Woher soll ich das wissen? Ich kenne kaum jemanden, der seine Gedanken so gut verbergen kann, wie Ihr es tut!« Sie rührte einmal heftig um. »Warum?«

»Ach nichts«, meinte ich. »Es war so eine Idee. Das Essen sieht gut aus.«

»Blödsinn«, schnaubte sie. »Wie es aussieht, ist egal, nur schmecken muss es! Der Hase wäre als Braten besser gewesen, und das wisst auch Ihr. Ihr seid bloß froh, dass Euch Euer Rang vor dem Küchendienst bewahrt!«

»Das wird es sein«, log ich erleichtert und sah zu, dass ich sie nicht mehr weiter störte.

Varoschs Hoffnung, dass die Wolken an uns vorbeiziehen würden, schien sich nicht zu erfüllen. Wie eine schwarze Wand schoben sie sich von Osten her heran und verdüsterten den Himmel, noch bevor die Sonne vollends untergegangen war, vorauseilende Winde trieben Staub und dürres Gras über die Ebene und ließen unsere Umhänge flattern.

Wir hatten einen Baum gefunden, einen dürren und ausgemergelten Vertreter seiner Art, und an ihm versuchten wir nun unsere Zeltplanen so zu befestigen, dass sie dem zu erwartenden Sturm trotzen und zudem unser spärliches Feuer beschützen konnten.

»Das wird nichts werden«, meinte Serafine und ließ sich auf ihre Hacken zurücksinken, um den Holzpflock skeptisch zu begutachten, den sie eben mit dem Griff ihres Dolchs in den harten Boden getrieben hatte. »Jetzt ist der Boden noch hart wie Stein, aber bei dem Wetter, das da kommt, wird er bald aufweichen … ich glaube nicht, dass auch nur eine der Zeltbahnen halten wird.«

Wie um ihre Worte zu bestätigen, packte ein Windstoß das Zeltleinen, das wir eben gerade mühsam verspannt hatten, und riss es scheinbar mühelos von den Pflöcken los, sodass es wie eine Fahne an dem dürren Baum zu flattern begann.

Der gleiche Windstoß hatte unser kleines Feuer angefacht und der Bannersergeantin, die damit beschäftigt war, mit Erde und Sand den Kessel zu säubern, den beißenden Qualm entgegengeschickt. Jetzt sprang sie fluchend auf, um dem Rauch zu entgehen und starrte missmutig auf unser bescheidenes Lager herab.

»Pferdedung und Gras, kein einziges anständiges Stück Brennholz weit und breit … und jetzt werden wir wohl noch nass bis auf die Knochen«, meinte sie grummelnd und sah missmutig nach Süden, wo hinter einem kleinen Hügel, der uns vor zufälliger Entdeckung schützen sollte, das verfallene Dorf Farmihn lag. »Irgendwie gönne ich es ihnen nicht, dass sie es sich so gut eingerichtet haben.«

Von diesem Hügel aus hatte ich vorhin noch selbst durch mein Sehrohr den alten Gasthof bewundern dürfen, der in dem Dorf wohl am besten erhalten war. Jemand hatte sich schon vor längerer Zeit Mühe gegeben, das Dach zumindest notdürftig mit einer Zeltbahn zu flicken, und sogar die Pferde von Hergrimms Blutreitern hatten einen halbwegs trockenen Platz in dem alten Stall gefunden.

Durch das Glas hatte ich sonst nicht viel erkennen können, nirgendwo hatte sich etwas gerührt, und wenn Hergrimms Reiter Wachen aufgestellt hatten, dann hatte zumindest ich sie nicht entdecken können.

»Ich hätte nicht geglaubt, dass ich ein kaiserliches Lager vermissen würde«, knurrte jetzt Eldred, während er versuchte, die Zeltbahn wieder einzufangen. Er fluchte, als ein Strick ihm über die Wange peitschte, griff dann doch beherzt zu und fing die widerspenstige Zeltbahn wieder ein. »Egal, wie oft ich fluchte, wenn wir fertig waren, die Gräben ausgehoben und die Zelte aufgestellt, so wusste ich doch immer, wo ich einen warmen Platz und ein Bier finden konnte, und wie auch immer das Wetter sein mochte, es war besser als das hier.« Er schnitt die Zeltbahn vom Baum ab und rollte sie mühsam wieder zusammen. »Nach den letzten drei Nächten auf dem harten Boden würde ich meinen Sold für ein kaiserliches Feldbett geben, nur ein Mal möchte ich aufwachen, ohne dass mein Rücken mich umbringen will!« Er kniete sich auf die Zeltbahn, damit sie nicht wieder davonflog, und schaute zu mir auf. »Ser General, ich sage Euch, für ein trockenes Bett wäre ich im Moment bereit zu töten! Warum sollen wir hier draußen den Sturm aussitzen, wenn es dort einen Gasthof gibt?« Er rieb sich über die Wange, auf der ein roter Striemen entstanden war. »Wenn wir hierbleiben, wird das eine elende Nacht ... und ich gebe der Schwertobristin recht, bei dem Wind wird keine Zeltbahn halten! Und selbst wenn, wir haben nicht einmal genügend trockenen *Dung*«, er spie das letzte Wort geradezu verächtlich aus, »um uns ein Feuer für die Nacht aufrechtzuerhalten!«

»Wir warten, bis Mahea von ihrer Erkundung zurückkommt«, erinnerte ich ihn milde. »Ob wir nun etwas nass werden oder nicht, ich habe nicht vor, dorthin zu reiten, ohne zu wissen, was uns dort erwartet.«

»Gut«, grummelte Eldred. »Aber beschwert Euch nicht, wenn uns in der Nacht Kiemen wachsen!« Er wies anklagend auf die von Blitzen durchzogene schwarze Wand, die scheinbar schon wieder etwas näher gekommen war. »Genügend feuchtes Nass dafür werden wir bald haben!«

»Dann hofft darauf, was Mahea uns mitzuteilen hat«, sagte Zokora, ohne von ihrem Buch aufzusehen. Sie hatte sich mit dem Rücken zum Wind an den Baum gelehnt und schien gänzlich unberührt von den Naturgewalten, die drohten, uns demnächst heimzusuchen. Sie schlug eine Seite um. »Sie kommt gerade zurück.«

Tatsächlich sahen wir im nächsten Moment ihre schlanke Gestalt am Fuß des kleinen Hügels auftauchen und geduckt zu unserem Lager laufen. Lannis sah von der Späherin zurück zu Zokora, die noch immer nicht den Anschein machte, als gäbe es außerhalb ihres Buches auch nur das Geringste, das ihre Aufmerksamkeit wert wäre, und schüttelte nur den Kopf.

Ich sah Varosch schmunzeln. »Weißt du, wie sie es macht?«, fragte ich ihn leise.

»Du meinst, weil ich jetzt ein Dunkelelf bin?«, fragte er lachend und zuckte mit den Schultern. »Ich habe nicht die geringste Ahnung. Ich sehe mehr und höre besser, bin sogar etwas stärker als zuvor, aber daran liegt es nicht. Sie sagt, es wäre ein Trick. Jeder könne ihn lernen, es bräuchte nur das eine oder andere Jahrzehnt dafür.«

»Sie hat gut reden«, grummelte Eldred, der uns wohl doch gehört hatte. »Aber in einem Jahrzehnt habe ich die feste Absicht, meine Pension in einem guten Wirtshaus zu versaufen und nicht mehr hier im Dreck zu liegen ...« Ein Windstoß trieb ihm Staub und Dreck in die Augen, er fluchte und fuhr zurück ... und wir sahen alle zu, wie die Zeltbahn von windigen Fingern ergriffen und wie ein großer, ungelenker grauer Vogel im Wind davongetragen wurde und in die Höhe aufstieg, um schneller als ein galoppierendes Pferd davongetragen zu werden. Er stemmte die Fäuste in die Hüfte und sah der Zeltplane mit gefurchter Braue nach, um dann den Kopf zu schütteln und irgendetwas zu murmeln, das sich nicht sehr freundlich anhörte. »Ich hoffe«, grollte er zu Mahea, die sich gerade müde am Feuer niederließ und ihren Umhang gegen den Wind zu bändigen versuchte, »dass du nichts gefunden hast, was dagegen spricht, diesen verfluchten Gasthof dort zu stürmen!«

»Nur drei Pferde«, antwortete die Späherin und nickte dankbar, als Lannis ihr einen Becher heißen Tee reichte. »Hinter dem Gasthof angebunden, aber im Freien«, fügte sie hinzu. »Nicht beschlagen, also gehören sie den Kor.«

»Wisst Ihr mehr?«, fragte Serafine. »Kennt Ihr vielleicht die Brandzeichen?«

Mahea umfasste die Tasse mit ihren kalten Händen und blies über den Tee, schüttelte den Kopf und nahm einen kleinen Schluck, bevor sie antwortete. »Die Kor verwenden keine Brandzeichen«, erklärte sie. »Wir wissen auch so, welche Pferde uns gehören. Aber nein«, sagte sie und blies wieder über den Tee. »Ich weiß nicht, zu welchem Stamm die Pferde gehören. So verhasst, wie die Blutreiter beim Volk sind, würde niemand freiwillig mit ihnen auch nur irgendetwas zu tun haben wollen.« Sie schaute zu mir hin. Selbst wenn sie es nicht aussprach, ihr Blick sagte es deutlich. Wenn die Blutreiter dort Leute ihres Volks gefangen hielten, dann erwartete sie, dass ich etwas dagegen tat.

Ich unterdrückte einen Seufzer. »Ist Euch sonst noch etwas aufgefallen? Seid Ihr sicher, dass sie keine Wachen aufgestellt haben?«

»Ganz sicher«, meinte sie.

»Dann sind sie dumm, oder es gibt einen anderen Grund dafür, dass sie sich so sicher fühlen«, stellte Zokora fest und klappte ihr Buch zu. »Lasst uns nachsehen«, meinte sie, stand auf und warf erst den drohenden Wolken und dann Eldred einen Blick zu. »Bevor uns tatsächlich Kiemen wachsen.«

»Es ist nicht Magie«, teilte mir Zokora mit, als ich mich in den Sattel schwang. Ich sah sie fragend an. »Der Trick«, erläuterte sie. »Wie ich wusste, dass Mahea wiederkam.«

»Und wie geht er?«, fragte Serafine neugierig und griff härter in die Zügel, als ihr Pferd wegen eines fernen Donnerschlags scheute. Von einem Moment auf den anderen, so schien es mir, war es dunkel geworden, und die schwere Wolkenwand war bereits dabei, sich vor den Mond zu schieben.

»Wenn man weiß, was sich wie anhört, kann man es überhören. Ich habe den Regen und den Wind überhört … und übrig blieben ihre Schritte. Seht ihr«, meinte sie ernsthaft, »es ist ganz einfach. Es ist keine dunkle Magie.«

Sie wollte schon davonreiten, doch ich hielt sie mit einer leichten Berührung ihrer Schulter zurück.

»Warum erzählst du uns das?«, fragte ich sie. Sie zögerte und sah dann zu Varosch hin, der etwas abseits mit seinem Pferd beschäftigt war.

»Wegen ihm. Er leidet darunter, dass die Menschen jetzt Angst vor ihm haben. Er ist ja noch immer derselbe, auch wenn er nun eine andere Haut trägt. Es soll niemand denken, dass wir uns in dunkler Magie üben. Sag es ihnen.«

»Aber wir sind nicht mehr in den neuen Reichen«, widersprach ich. »Hier kennt man die Furcht vor deinem Volk doch gar nicht.«

»Das mag so sein«, meinte sie. »Dennoch fürchten deine Soldaten mich.«

»Doch sie wissen, dass du auf unserer Seite bist.«

Sie sah mich direkt an. »Das ändert nichts daran, dass sie mich fürchten. Uns fürchten.« Überrascht sah ich, wie sie schluckte. »Ich kann das nicht, Havald«, fügte sie dann leise und fast verzweifelt klingend hinzu. »Ich kann nicht so sein wie ihr!« Bevor ich etwas sagen konnte, trieb sie ihr Pferd schon davon.

Ich sah ihr verwundert nach.

»Götter«, meinte Serafine so leise, dass ich Mühe hatte, sie über den Wind zu verstehen. »Deshalb also. Ich habe mich schon gewundert, weil sie sich so verändert hat … sie versucht, sich uns anzupassen!«

»Aber warum?«, fragte ich sie. »Sie ist doch, wie sie ist. Warum sollte sie sich ändern wollen?«

Serafine sah mich sprachlos an. »Manchmal bist du ein Idiot«, meinte sie dann. »Sie will ihr Volk an die Oberfläche führen, sie ist schwanger mit Zwillingen, die zur Hälfte menschlich sind. Sie weiß, wie sehr ihr Volk in deiner Heimat gefürchtet wird. Selbst du musst zugeben, dass es mit Recht so ist. Sie versucht, uns zu zeigen, dass sie auch anders sein kann!«

»Jetzt verstehst du nicht«, teilte ich ihr mit. »Zokora braucht sich nicht zu ändern. Ich kannte nie einen treueren Freund als sie. Sie ist ein unerschütterlicher Fels, und sie verliert nie den Mut … ohne sie hätten wir Askir wahrscheinlich nie erreicht, und du würdest noch immer in Eiswehr schlafen.« Ich zuckte hilflos mit den Schultern. »Sie ist nur … anders. Nicht schlechter oder besser als wir, einfach anders. Aber genau das ist es doch, was sie ausmacht … ich sehe keinen Grund, warum sie sich ändern sollte, sie ist gut so, wie sie ist.«

Jetzt war es an Serafine, mich erstaunt anzusehen. »Denkst du wahrhaftig so?«, fragte sie mich. Ich zuckte mit den Schultern.

»Was ist falsch daran?«

»Nichts«, sagte sie leise. Sie beugte sich im Sattel zu mir herüber und gab mir einen schnellen Kuss auf meine stoppelige Wange.

»Wofür war der denn?«, fragte ich erstaunt.

Doch jetzt war sie es, die ihr Pferd vorantrieb und mich zurückließ.

Es waren wohl nicht mehr als fünftausend Schritt bis zu dem verlassenen Dorf, kein wahrlich langer Ritt, aber bevor wir die Strecke halb zurückgelegt hatten, zügelte Varosch sein Pferd neben mir.

»Zokora weint«, teilte er mir mit. »Sie hat gehört, was du zu Serafine gesagt hast.«

Über den Wind hinweg. Den sie wohl überhört hatte. Wieso …

»Aber …«, begann ich, doch er schnitt mir das Wort ab.

»Sie bat mich, dir zu danken«, sagte er lächelnd … und trieb sein Pferd voran.

Ich sah ihm nach und wünschte mir, dass man mir zumindest manchmal noch die Gelegenheit geben würde, etwas zu sagen, anstatt mich auf Pferdehintern starren zu lassen.

»Du hast etwas übersehen«, meinte Zokora zu Mahea, als wir uns dem alten Gasthof näherten, und wies mit ihrer Hand in die Dunkelheit. Nur mit Mühe konnte ich dort einen halb verfallenen Schuppen ausmachen.

»Und was soll das sein?«, fragte die Späherin etwas ungehalten.

»Eine Leiche. Dort im Schuppen.«

»Habe ich nicht«, widersprach Mahea gereizt. »Ihr mögt zwar im Dunklen sehen können, aber vor zwei Kerzen war es noch hell genug, und da war der Schuppen leer!«

»Jetzt ist er es nicht mehr«, antwortete Zokora ungerührt.

»Wir schauen uns das an«, entschied ich mit einem Blick zu dem Gasthof. Durch die Ritzen der alten Wandbretter konnte man den Schimmer von behaglichem Kerzenschein erahnen. Dafür trieb der Wind uns schon die ersten schweren Tropfen entgegen.

Der Schuppen war vor Jahren zum Teil abgebrannt, und die verkohlten Bretter boten wenig Schutz vor dem Wetter. Als Lannis eine Laterne aus der Satteltasche holen wollte, tat Zokora eine kleine Geste, und ein Licht erschien, gerade stark genug, um uns den grausigen Anblick zu beleuchten, ein Licht, das zudem noch den Vorteil besaß, nicht von Wind und Regen berührt zu werden.

»Der ist aber länger tot als nur ein paar Stunden«, meinte Hulmir zweifelnd und beugte sich im Sattel vor, um besser sehen zu können. »Vielleicht ein paar Hundert Jahre?«

Was dort im Schuppen verkrümmt auf dem Boden lag, hatte nicht mehr viel Ähnlichkeit mit einem Menschen. Mumien wie diese konnte man vielleicht in einer salzigen Wüste finden, wo jede Feuchtigkeit aus dem Körper gezogen wurde, aber nicht in einer Steppe, die, wie wir gerade am eigenen Leib erfuhren, mitunter auch recht feucht sein konnte.

»Ich glaube dir, Mahea«, sagte ich, als ich langsam abstieg, um mich über den Toten zu beugen. »Der Mann ist wahrscheinlich keine Glocke tot.«

»Aber wie soll das möglich sein, Lanzengeneral?«, fragte Eldred ungläubig. Ich benutzte ein Stück Holz, um die nackten mumifizierten Überreste umzudrehen, sodass wir nun das Gesicht des Toten sehen konnten, das noch immer den Ausdruck seines letzten Entsetzens in den ausgedörrten Zügen zeigte. Der Mann war groß und blond gewesen, welche Farbe seine Augen gehabt hatten, war nicht mehr zu erkennen, nur die verblasste Tätowierung eines Falken auf seiner linken Wange war noch auszumachen.

»Das ist das Werk eines Nekromanten«, erklärte Zokora, als ob sie feststellen würde, dass der Regen nass ist. »Manche von ihnen sind mächtig genug, sich das Leben ihres Opfers so schnell zu ziehen, dass … dass so etwas übrig bleibt.« Für einen Moment brach ihre Selbstkontrolle, und ich sah Trauer und Schmerz in ihrem Gesicht, dann zeigte sie wieder die uns allen wohlbekannte unbewegte Maske. Unwillkürlich sah ich zu Varosch hin, der noch immer im Sattel saß und auf den Toten hinabschaute. Auch er war einem Nekromanten zum Opfer gefallen und vor unseren Augen gealtert und gestorben.

»Ist das denn wirklich möglich?«, fragte Lannis entsetzt.

Ich nickte grimmig. »Ich habe selbst schon einmal gesehen, wie ein Seelenreiter einen gesunden Menschen in wenigen Lidschlägen in eine ausgetrocknete Hülle verwandelt hat, um sich zu stärken.«

»Ihr meint, er hat ihn … gefressen? So zum Abendbrot?«, fragte Eldred ungläubig.

»Ja«, sagte ich. »So in etwa.«

»Warum ist er nackt?«, fragte Hulmir.

»Was meinst du denn? Dass er sich selbst ausgezogen hat?«, fragte Lannis etwas spitz. »Der Seelenreiter wird ihn geplündert haben.«

»Die Frage ist, warum«, stellte Serafine fest.

»Er wird die Kleider gebraucht haben«, sagte Zokora in diesem bestimmten Ton, der mir immer die Nackenhaare steigen ließ. Auch ihr Blick richtete sich jetzt auf den Gasthof. »Mit etwas Glück können wir ihn fragen.«

»Ihr meint, er ist da drin?«, fragte Frick entgeistert.

Sie zog eine Augenbraue hoch. »Meinst du, er bleibt im Regen stehen?«

»Na, bestens«, grummelte Eldred. »Nicht nur, dass wir es mit den Blutreitern zu tun haben, jetzt sitzt dort auch ein Nekromant herum! Sagt, weiß jemand, was eigentlich dagegen spricht, von einem Sturm ersäuft zu werden?«

Zokora zog ihr Pferd herum. »Man wird nass dabei.«

Wie oft hatte sich mir ein solcher oder ähnlicher Anblick geboten, wenn ich die Tür eines Gasthofs aufgezogen hatte? Ein langer, niedriger Raum mit drei massiven Pfeilern, die eine von altersdunklen Eichenbalken gestützte Decke trugen, eine Theke am hinteren Ende, an der ein breitschultriger Mann gerade ein Bier aus einem Fass zapfte, Tische und Bänke, an denen Karten oder Würfel spielende Soldaten saßen. Es stank nach schalem Bier und Wein, nach nasser Wolle, Leder und Metall und dem Qualm von gut einem Dutzend Pfeifen. Das alles hatte ich schon hundertmal gesehen und erlebt.

Dass ein Großteil der Gäste fluchend aufsprang und nach ihren Waffen griff, war jedoch eher selten geschehen.

»Halt, Männer, haltet ein!«, rief der Mann hinter der Theke hastig. »Wisst ihr Hornochsen denn nicht, was passiert, wenn ihr einer Schwertobristin euer blankes Metall zeigt? Sie wird euch am Halse baumeln lassen, wenn ihr den Stahl nicht schnell wieder versteckt!«

Serafine und ich tauschten einen kurzen Blick, dann trat sie an mir vorbei nach vorn, während Hulmir als Letzter durch die Tür getreten kam.

»Ihr wisst also, wer ich bin«, sagte sie kühl und sah sich mit einem Ausdruck der Geringschätzung in dem alten Gastraum um. »Ist das die Art, wie Ihr Eure Streife verbringt? Habt Ihr die letzten Tage nur hier gesessen und gezecht?« Ihr Blick fiel auf die drei Gefangenen am letzten Pfeiler, und ich bemerkte, wie sich ihre Miene verhärtete.

»Mitnichten, Schwertobristin«, antwortete der Mann und kam nun hinter der Theke hervor. »Nur wären wir dumm, bei einem solchen Wetter nicht ein festes Dach über dem Kopf zu suchen. Wie Ihr.« Er salutierte etwas nachlässig. »Ich bin Gardeleutnant Sannak, und dies hier ist der erste Zug der dritten Kompanie, zweites Reiterregiment der Ostmark. Auf Streife, wie Ihr ja wisst, von der schönen Feste Braunfels aus.«

Er wies auf einen Tisch, der links von der Theke stand und noch frei war. »Kommt erst einmal herein und lasst dieses beschissene Wetter draußen … und dann erzählen wir Euch von den Spionen der Barbaren, die wir aufgegriffen haben.«

Er wies auf das Fass in seinem Rücken. »Wir haben sogar noch etwas Bier da ... nur für den Fall, dass ihr Legionäre den Stock aus eurem Arsch bekommt und euch mal entspannen könnt!«

»Hey«, rief einer der Reiter, der gerade sein Schwert wegsteckte, und deutete mit einem dreckigen Zeigefinger auf mich. »Den kenne ich. Das ist dieser Rekrut Lenar, der, der mit den Barbaren gesprochen hat.«

»Na«, grinste der Gardeleutnant und wies mit einer großzügigen Geste auf die drei Gefangenen, die man mit schweren Stricken an der letzten Säule vor der Theke festgebunden hatte. »Dann versucht doch Euer Glück bei diesen hier ... mit uns wollen sie ja nicht reden!«

»Götter«, hörte ich hinter mir Frick ausstoßen. »Ich weiß, es sind Barbaren ... aber muss das so sein?«

»Da siehst du, wer hier die Barbaren sind!«, zischte Mahea ihm zu, um sich dann an mich zu wenden. »General, Ihr müsst etwas unternehmen!«

Ja, gerne, dachte ich. Doch was? Die Schwerter ziehen und drauflosstürmen? Ich schaute verstohlen zu Serafine hin, die meinen Blick bemerkte und leicht nickte, als wolle sie sagen, dass ich es ihr überlassen könne.

Vor achtzig Jahren mochte dies ein gut geführtes Haus gewesen sein, jetzt aber waren die Spuren des Verfalls und der Vernachlässigung deutlich zu sehen. Genauso deutlich war zu erkennen, dass sich die Blutreiter hier schon öfter häuslich niedergelassen hatten, allerdings ohne dass es jemand für nötig befunden hatte, den Boden aufzuwischen; die schweren Eichenbohlen waren unter dem Dreck fast nicht mehr zu erkennen. Doch es war trocken und warm, während draußen die Blitze in immer schnellerer Folge herniederfuhren und das Grollen der Donnerschläge das alte Gemäuer zu erschüttern schien. Schon als wir unsere Pferde in den alten Stall gestellt hatten, hatte der Regen schlagartig zugenommen, jetzt prasselte er hörbar gegen die alten Fensterläden.

Sich in einem warmen, trockenen Raum zu befinden, während draußen ein Sturm wütete, hatte etwas Gemütliches, doch ich hatte meine Zweifel, ob die Gefangenen es auch so sahen.

Es waren drei, die man mit schweren Stricken sitzend an den letzten Pfeiler vor der Theke gebunden hatte. Ein älterer Mann mit grauem Haar und Bart, dessen Lederrüstung an der linken Seite aufklaffte. Die Wunde hatte man ihm wohl nicht versorgt, denn dort tropfte Blut herab, um auf dem dreckigen Boden langsam eine kleine Pfütze zu bilden. Links hinter ihm, genauso hart gebunden, saß ein Jüngling, den ich auf kaum älter als vierzehn schätzte, Genaueres konnte ich nicht erkennen, da der Pfeiler mir im Weg war. Die letzte der »Spione« war so an den Pfeiler gefesselt, dass sie in unsere Richtung sah; es war eine junge, dunkelhaarige Sera, die bei den Worten des Gardeleutnants stolz und trotzig das Kinn hob und uns aus dem Auge, das nicht zugeschwollen war, verächtlich anfunkelte.

Jeder der Gefangenen trug die Spuren harter Schläge im Gesicht, doch darüber hinaus hatte man die junge Frau gedemütigt, indem man ihr das einfache Gewand aufgerissen und sie entblößt hatte, auch dort waren Spuren von Misshandlungen zu erkennen.

»Korporal«, wandte sich Serafine mit kühler Stimme an Mahea. »Wollt Ihr bitte der Gefangenen das Kleid richten?« Ihr Blick schwenkte zu dem Gardeleutnant hin. »Wollt Ihr mir das erklären?«

»Sie hat Jorten gebissen«, erklärte er ungerührt. »Also haben wir ihr eine Lektion erteilt.« Er zuckte mit den Schultern. »Wir werden sie am Morgen irgendwo aufhängen, also, was macht es für einen Unterschied?«

Mittlerweile hatten wir uns so im Raum verteilt, dass wir eine Art Halbkreis bildeten, und es mochte dem Gardeleutnant aufgefallen sein, dass wir wohl nicht daran dachten, seiner Einladung zu folgen. Er entschloss sich, den Stier bei den Hörnern zu packen.

»Dies ist die Ostmark, Schwertobristin«, sagte er. »Unser Land … und unsere Angelegenheit. Wir verfahren mit unseren Gefangenen, wie wir es wollen. Ihr könnt uns Gesellschaft leisten oder wieder gehen, ganz wie es Euch beliebt.« Sein Blick ging zu der jungen Frau, der Mahea gerade die Fetzen ihres Gewands notdürftig ordnete. »Das könnt Ihr Euch sparen, Korporal. Wenn wir nachher unseren Spaß mit ihr haben, wird noch mehr von ihr zu sehen sein.«

»Das ist nicht die Art, wie das Kaiserreich seine Gefangenen behandelt«, sagte Serafine steif.

»Ach, nicht?«, gab der Gardeleutnant mit einem kühlen Lächeln zurück. »Ihr meint, weil wir kein Rad haben, auf das wir sie flechten können, oder glühende Zangen oder Kohlen? Ist es nicht so, dass sie sich glücklich schätzen kann, wenn wir nur unseren Spaß mit ihr haben und sie morgen hängt? Habt Ihr noch nicht gesehen, was kaiserliche Foltermeister an blutigen Kunststücken vollbringen, wenn wieder einer der Barbaren in der Feste erwischt wird?«

»Das Schlimme ist«, teilte mir Varosch betrübt mit, »dass er die Wahrheit sagt, wie er sie zu kennen glaubt.«

Ich konnte nur nicken, das war mir durchaus bewusst. Auch die Gerechtigkeit des Kaiserreichs konnte ungerecht sein, vor allem, wenn die Priester Borons nicht einbezogen wurden. Doch während Serafine sich mit dem Leutnant auseinandersetzte, lag meine Aufmerksamkeit woanders. Ich berührte Seelenreißer und dankte den Göttern dafür, dass er mich nicht mit fremden Erinnerungen überflutete, sondern mich nur an seiner Wahrnehmung teilhaben ließ. Über uns, in den alten Betten, schliefen wohl noch zwei weitere Blutreiter, das teilte er mir mit, aber sonst hielt sich hier im Gasthof niemand mehr verborgen.

Achtzehn von Hergrimms Soldaten saßen hier, zwei lagen oben in ihren Betten, zwanzig waren zur Streife aufgebrochen. Keiner fehlte … also hatte das Opfer des Nekromanten doch nicht zu Hergrimms Männern gehört. Ich schaute fragend zu Zokora hin, die meinen Blick bemerkte und nur leicht den Kopf schüttelte, auch ihr war bisher nichts aufgefallen.

Und dennoch … ich hatte das unbestimmte Gefühl, als hätten wir etwas übersehen. Der Seelenreiter war irgendwo in der Nähe, aber wenn er nicht hier war, wo war er dann? Leandra hätte uns helfen können, sie hatte gelernt, einen dieser Verfluchten mit ihrer Sicht der Magie zu erkennen. Manche Priester vermochten dies auch zu tun, aber weder Varosch noch Zokora waren dazu imstande. Nun, dachte ich grimmig, selbst wenn wir also den ersten Schritt dem Nekromanten überlassen mussten, so waren wir doch wenigstens darauf vorbereitet und konnten hoffen, nicht vollends überrascht zu werden.

Währenddessen war der Gardeleutnant an die Gefangene herangetreten, für einen Moment sah ich, wie Mahea sich anspannte, als ob sie sich auf ihn stürzen wollte, doch dann ließ sie es zu, dass der Leutnant sie zur Seite schob und der Gefangenen grob ins Haar griff, um sie zu zwingen, ihn anzusehen. »Wenn du dir Mühe gibst, ersparst du dir so vielleicht das Hängen«, meinte er zu ihr und wich lachend aus, als sie blutig nach ihm spie. Mit einem festen Griff riss er ihr das Gewand noch weiter auf, sodass die junge Frau nun fast völlig entblößt war. »Und das«, fuhr er fort, als er sich aufrichtete und wieder uns zuwandte, »ist weitaus mehr Gnade, als sie von kaiserlichen Scharfrichtern erwarten kann! Oder wollt Ihr behaupten, dass Ihr diesen Rang erhalten habt, ohne dass Ihr jemals Gefangene habt hinrichten lassen?«

»Nur wenn sie unrettbar verloren waren«, antwortete Serafine mit einem Gesichtsausdruck, der einer Maske glich.

»Habt Ihr das entschieden, oder habt Ihr vorher einen Priester dazu befragt?« Der Leutnant fuhr sich über das kurze blonde Haar und sah uns alle nacheinander verächtlich an. »Wir sind Euch doppelt überlegen. Ihr tragt nicht einmal kaiserliche Rüstungen, es könnte also gut sein, dass Ihr Briganten seid, und dass ich mich darin täuschte, in Euch eine Schwertobristin des Kaiserreichs zu erkennen.«

»Droht Ihr mir?«, fragte Serafine kühl.

»Nehmt es, wie Ihr wollt«, meinte der Leutnant verärgert. »Wir kommen ja auch nicht nach Askir und sagen Euch, wie Ihr dort Eure Angelegenheiten zu ordnen habt. Also sagt Ihr mir besser nicht, wie ich mit Spionen zu verfahren habe.« Er fuhr zu Mahea herum. »Und Ihr«, drohte er, »hört auf, mit der Gefangenen zu tuscheln, man könnte fast meinen, Ihr wäret eine dieser Bastarde!«

»Götter!«, hörte ich Hanik neben mir murmeln. »Warum beenden wir das nicht einfach? Der Kerl redet sowieso zu viel!«

Ein großer Teil der Blutreiter hatte sich nach unserer Ankunft nicht wieder hingesetzt, jetzt standen viele da und hielten die Hände an den Griffen ihrer Schwerter. Ich hörte sie murren, ihre Blicke sagten deutlich, dass sie hinter ihrem Leutnant standen und sich im Recht glaubten, mehr als das, sie schienen verärgert, dass wir es wagten, ihre Abendunterhaltung zu stören oder gar ganz in Frage stellen zu wollen.

Serafine richtete sich zu ihrer vollen Körpergröße auf und hob das Kinn. »Ihr täuscht Euch«, sagte sie schneidend. »Die Ostmark ist Teil des Kaiserreichs, Marschall Hergrimm hat das Haupt vor unserer Kaiserin gebeugt, und obgleich er weiter die Truppen der Ostmark befehligt, untersteht er wiederum dem Befehl des Lanzengenerals von Thurgau, wie dieser dem Hochkommandant Keralos und zuletzt der Kaiserin untersteht.«

»Ich schlage demnach vor, dass Ihr einen Bericht schreibt, in dem Ihr Euch beschwert«, antwortete der Gardeleutnant kalt. »Ich hörte, Ihr Kaiserlichen wäret gut darin.« Er lachte grimmig. »Vielleicht liest der General ihn sogar, und wir hören noch in diesem Jahr von ihm. Dann wird mein Hauptmann mir aus dem guten Buch vorlesen und mich zur Strafe auf Streife schicken, und wenn ich Glück habe, finde ich eine Spionin der Barbaren, mit der ich mir die Zeit vertreiben kann!« Er spie verächtlich aus. »Götter, Sera, seid Ihr blind? Es herrscht Krieg hier, sollen wir sie mit Samthandschuhen anfassen? Meint Ihr, die Barbaren gehen anders mit uns um? Ich habe schon gesehen, wie sie eine unserer Frauen über einem Feuer geröstet und anderen noch Schlimmeres angetan haben … warum setzt Ihr Euch für sie ein? Sie ist es doch gar nicht wert!«

Ich hatte lange genug geschwiegen, mittlerweile schien es mir unwichtig, dass sie mich noch immer für den Lanzenrekrut Lenar hielten, dies war zu weit gegangen. Doch bevor ich etwas sagen konnte, trat Serafine einen Schritt vor und durchbohrte den Leutnant mit einem kalten Blick.

»Es geht nicht um sie«, sagte Serafine schneidend. »Es geht um den Frieden hier im Land.«

»Welchen Frieden?«, begehrte der Leutnant wütend auf. »Habt Ihr nicht gehört, was ich sagte? Es herrscht Krieg hier … es gibt hier keine Regeln, nur das Schwert entscheidet! Ihr Kaiserlichen seid auch nicht besser, Ihr schlachtet die Barbaren genauso ab wie wir, und auch für Eure Soldaten sind die Barbarenweiber nichts als Kriegsbeute! Stellt Euch nicht über uns, Sera, hier in der Ostmark sind Eure Hände genauso blutig wie die unseren!«

»Nur dass es einen neuen Befehl gibt und genau dieses Schlachten nun ein Ende hat«, teilte ihm Serafine bemerkenswert ruhig mit. »Ihr habt nun die Wahl, Gardeleutnant. Entweder bindet Ihr die Gefangenen los und überantwortet sie mir, oder wir lassen, wie Ihr es eben ausgedrückt habt, die Schwerter entscheiden.«

Für einen Moment stand der Leutnant da und funkelte sie an, seine Hand lag schon auf dem Griff seines Schwerts, das er so hart gegriffen hatte, dass seine Knöchel weiß hervortraten. Einen Atemzug lang spannten sich Körper und wurden Schwerter in den Scheiden gelockert, doch dann stieß der Mann mit einem Fluch seinen gelockerten Stahl wieder in die Scheide zurück.

»Von mir aus sollt Ihr sie bekommen«, grollte er. »Da habt Ihr sie, sie gehören Euch, ein Geschenk der Schutzreiter an die kaiserlichen Legionen! Ihr werdet sehen, was Ihr davon habt, sie sind nicht besser als Tiere, es würde mich nicht wundern, wenn sie Euch einen Dolch in den Rücken stoßen, nachdem Ihr sie befreit habt!« Er ballte wütend die Fäuste. »Wenn Ihr meint, es würde etwas ändern, nur weil ein General irgendwo in Askir einen Befehl erlassen hat, täuscht Ihr Euch gewaltig, hier in der Ostmark zählt nur Blut und Stahl, so war es immer schon, und so wird es bleiben. Ich kann Euch nur wünschen, dass Ihr nicht in die Hände der Barbaren geratet, denn dann würdet Ihr lernen, dass ich geradezu gnädig mit diesen drei verfahren bin!«

Serafine hatte sich den Ausbruch ruhig angehört, jetzt nickte sie knapp. »Ich habe Eure Meinung zur Kenntnis genommen«, teilte sie ihm mit. »Und jetzt ... schneidet sie los.« Sie ließ ihren Blick langsam über die Gesichter der Blutreiter schweifen, von denen nur die wenigsten mit der Entscheidung ihres Leutnants einverstanden schienen. »Es war die richtige Entscheidung«, sagte sie dann ruhig, bevor sie sich wieder an den Leutnant wandte. »Nachdem wir das geklärt haben: Gilt die Einladung zum Bier noch immer?«

»Ach, was soll's«, grollte der Leutnant. »Sucht Euch einen Tisch und trinkt auf unsere Kosten, was macht es für einen Unterschied!« Er hob die Hand und deutete anklagend mit dem Finger auf Serafine. »Aber merkt Euch meine Worte, Schwertobristin! Egal, was Ihr denkt, hier ausrichten zu können, die Barbaren halten kein Wort und werden Euch in den Rücken fallen, sobald sich die Gelegenheit dazu ergibt! Ihr habt ihnen Gnade gezeigt, aber die Lektion werden sie nicht lernen!«

»Das werden wir sehen«, sagte Serafine kühl. »Jetzt bindet sie los, gebt der Sera etwas, womit sie ihre Blöße bedecken kann, und bringt die Gefangenen dann an unseren Tisch.«

»Wie Ihr wünscht«, meinte der Leutnant und salutierte übertrieben. »Sollen wir ihnen auch ihre Waffen wiedergeben, wenn wir schon dabei sind?«

Serafine zögerte einen Moment zu lange. »Ja«, sagte Mahea

an ihrer Stelle mit einem flehenden Blick zu Serafine und zu mir. »Damit gebt Ihr ihnen ihre Ehre wieder.«

»Ihre Ehre, ja?«, meinte der Leutnant ungläubig und hob dann die Hände in einer Geste an, die deutlich zeigen sollte, dass es ihn nicht mehr berührte. »Ach, bei Borons Arsch, von mir aus!«, grollte er und gab einem seiner Männer ein Zeichen. »Doch, bei allen Göttern, wenn sie einen von Euch niederstechen, rühren wir keinen Finger, um zu helfen! Und wehe«, fügte er übertrieben drohend hinzu, »Ihr beschwert Euch über unser Bier!«

»Nicht, dass man sich darüber beschweren könnte«, meinte Eldred und trank noch einen Schluck. »Wahrscheinlich haben sie es von einem der überfallenen Handelszüge gestohlen!« Er schaute unzufrieden zu mir hin. »Ich weiß nicht, ob ich zufrieden damit sein soll, wie es ausgegangen ist.«

»Ich bin es nicht«, meinte Hanik mit einem verächtlichen Blick zu den Blutreitern, die auf der anderen Seite des Raums saßen und ebenfalls die Köpfe zusammensteckten und tuschelten. Die Blicke, die uns von dort aus zugeflogen kamen, waren alles andere als freundlich.

Frick nickte zustimmend. »Das sind alles Halsabschneider und Halunken«, fuhr er fort. »Jeder von denen hat so viel Blut an seinen Händen, dass sie beim Gehen tropfen müssten. Wenn wir sie hängen, erwischt es nicht die Falschen.«

»Das Problem ist«, mahnte ich die drei, nachdem Serafine und ich einen Blick ausgetauscht hatten, »dass wir dem Leutnant wenig vorwerfen können.«

»Ihr meint, die drei dort sind wahrhaftig Spione?« Eldred wies mit seinem Humpen zum Tischende hin, wo die drei ehemaligen Gefangenen sich leise mit Mahea unterhielten, während sich die junge Frau um die Wunden des Mannes kümmerte, den ich, jetzt, da ich die Gesichter besser sehen konnte, für ihren Vater hielt.

»Es stimmt wohl so weit, dass die Blutreiter sie in der Nähe der Feste aufgegriffen haben«, meinte Lannis bedächtig.

»So viel verstehe ich von dem, was sie Mahea gerade erzählen. Aber Spione sind sie nicht. Behaupten sie jedenfalls.« Sie seufzte und schaute zu mir herüber. »Ihr meint wahrhaftig, Ihr könnt das richten, was in der Ostmark im Argen liegt? Ich sähe diesen Leutnant lieber tot als lebend, aber er hat recht so weit, Gnade ist hier ein fremdes Wort.«

»Wir müssen es versuchen«, beharrte ich. »Sonst finden sich die Kor unter Thalaks Banner ein.«

»Es geht nicht darum, ob sie Spione sind oder nicht!«, meinte Serafine entschieden. »Sie sind keine Soldaten, also gibt es keine Regelung, wie man mit ihnen zu verfahren hat, auch in den Legionen ist es eine Entscheidung des kommandierenden Offiziers. Der Leutnant hat zudem mit anderem recht ... als ich mit der zweiten Legion in die Südlande marschierte, waren wir ebenso wenig zimperlich. Wenn wir einen Barbaren in unserem Lager erwischten, haben wir ihn erschlagen oder aufgehängt, ohne einen weiteren Gedanken daran zu verschwenden.« Sie seufzte. »Krieg ist immer ungerecht und blutig. Mir kommt es vor, als hätte ich es nie anders gekannt.« Sie sah mit dunklen Augen zu mir hin. »Mehr und mehr komme ich zu der Überzeugung, dass es für mich ein Fehler war, wieder in die Legionen einzutreten. Ich habe genug von solchen Dingen.«

Ihre Worte ließen die Bannersergeantin erstaunt aufsehen.

»Es ist siebenhundert Jahre her, dass die zweite Legion in den Südlanden verschwand. Wollt Ihr sagen, Ihr wart damals dabei?«

»Ja«, sagte Serafine kurz. »Aber dabei belassen wir es.«

Der Bannersergeantin und auch den anderen fiel es deutlich schwer, ihre Neugier zu zügeln, aber die Sergeantin nickte zustimmend. »Wie Ihr wünscht. Es geht ja um das Hier und Jetzt. Ihr habt das Problem genau getroffen. Die Barbaren folgen keinem Banner und gehören zu keiner Armee ... und so werden sie auch behandelt. Als Freischärler. Oder als Räuber und Banditen. Und ja, genauso werden sie hingerichtet. Ich gebe es ungern zu, aber der Leutnant sagte die Wahrheit. Wie er mit diesen drei verfahren wollte, ist wahrscheinlich gnädiger als das, was ihnen widerfahren wäre, hätte er sie als Gefangene nach Braunfels gebracht.« Sie sah grimmig in ihren Becher. »Genau das ist das Problem. Die Barbaren halten sich nicht an Regeln, also tun wir es auch nicht … Götter, General, wie wollt Ihr diesen Knoten lösen?«

»Wenn ich einen Knoten nicht aufbekomme, weiß ich, wie ich ihn lösen kann«, antwortete ich ihr.

»Wie?«, fragte Eldred neugierig. »Indem Ihr ihn zerschlagt?«

»Warum denn das?«, fragte ich erstaunt. »Dort ist das Seil doch am dicksten! Ich schneide es dort auf, wo es am dünnsten ist.«

Einen Moment sah mich der Sergeant verblüfft an, dann lachte er. »Und, wo ist hier das Seil am dünnsten?«

»Genau nach der Stelle suche ich noch.«

Der Verschlinger

15 Es war spät, draußen tobte unvermindert der Sturm, und auch die Blutreiter hatten sich beruhigt. Zwar schickte man immer wieder nicht allzu freundliche Blicke in unsere Richtung, aber die Lage hatte sich so weit entspannt, dass auch sie an andere Dinge dachten.

»Mach schon, Cester«, forderte einer der Reiter seinen Kameraden auf. »Greif deine Fidel und spiel für uns!«

Der Angesprochene hob abwehrend die Hände. »Heute nicht, meine Freunde«, sagte er. »Mir ist einfach nicht danach.«

»Hab dich nicht so«, meinte einer der anderen. »Spiel uns ein Lied.«

»Ich sagte, heute nicht«, beharrte der Mann in einem

scharfen Tonfall, der seine Kameraden überrascht blinzeln ließ.

Irgendetwas ließ mich aufmerken. Irgendetwas …

»Lanzengeneral«, sagte Mahea leise. »Sie wollen mit Euch sprechen.«

Als ich zu ihr hinsah, war es die junge Frau mit dem zugequollenen Auge, die mich heranwinkte. Ich griff mein Bier und setzte mich etwas näher an sie heran, sodass ich nun rechts neben Serafine saß.

Mahea wandte sich an mich. »Ich habe ihnen gesagt, dass sie von uns nichts zu befürchten haben, wenn sie die Wahrheit sagen und keine Spione sind.«

»Das sind wir nicht«, sagte die junge Sera in einem Imperial, das mir besser vorkam als das meine. »Wir haben nur versucht, in die Feste zu kommen, um einen eurer Priester aufzusuchen. Aber so weit kamen wir nicht.«

Ich sah zu Varosch hinüber, der kaum merklich nickte, also sagte sie die Wahrheit.

»Ich bin Delgere«, stellte die junge Sera sich vor. »Dies sind mein Vater Belgur und mein Bruder Selin.« Sie schaute die beiden etwas vorwurfsvoll an. »Sie haben darauf bestanden, mich nach Braunfels zu begleiten … obwohl ich ihnen gesagt habe, dass ich allein unauffälliger gewesen wäre.«

»Offenbar hattest du recht«, sagte ihr Vater rau. »Doch jetzt ist alles gut.« Er nickte mir zu. »Dank der Schwertobristin, und wie wir von Mahea erfahren haben, auch dank Euch.«

»Wir wollten wissen, ob wir wirklich gehen können«, sagte der junge Ser furchtsam. Wie der Vater sprach er langsam und mit einem deutlichen Akzent, aber verständlich. Auch sein Gesicht zeigte Spuren von Misshandlung, wobei es seine Schwester wohl am härtesten getroffen hatte.

»Ja«, antwortete Serafine. »Solange ihr das Schwert nicht gegen uns erhebt, könnt ihr gehen, wohin ihr wollt.«

»Könnt ihr uns zum Astartetempel in eurer Feste geleiten?«, fragte Delgere. Als ihr Vater protestieren wollte, bedachte sie ihn mit einem Blick, der ihn wieder verstummen ließ. »Es hat sich nichts geändert«, teilte sie ihm mit. »Wir müssen dorthin!«

»Es bleibt gefährlich«, beharrte ihr Vater. »Man kann den Drachensoldaten genauso wenig trauen wie den Eidbrechern.« Er hob hastig die Hand. »Anwesende ausgenommen«, fügte er rasch hinzu, selbst wenn es nicht sehr überzeugend klang.

»Warum ist es Euch so wichtig?« fragte ich die junge Sera.

»Ich bin eine Schamanin«, teilte sie uns mit, was nicht nur mich überrascht aufsehen ließ. Nach dem, was ich erfahren hatte, bedeutete das, dass diese junge Frau den Stamm mehr oder weniger führte. Was ich an ihr allerdings vermisste, waren ihre Tätowierungen.

»Die Geister haben sie schon geliebt, als sie ein Kleinkind war«, erklärte ihr Vater voller Stolz, als er unsere Überraschung bemerkte. »Sie braucht sie nicht zu binden, sie kommen von ganz allein.«

»Dann erklärt mir eines«, fragte ich die junge Sera. »Ich habe davon gehört, dass die Schamanen Eurer Stämme über große Macht verfügen. Wie kommt es, dass Ihr Euch nicht gegen die Blutreiter habt wehren können?«

»Ich habe es Euch doch schon erklärt«, erinnerte mich Mahea. »Da Ihr die Geister nicht wahrnehmt, haben sie keine Macht über Euch.«

»Dies gilt nicht für alle Geister«, widersprach Delgere mit Bestimmtheit. »Manche von ihnen sind so machtvoll, dass man sie nicht ignorieren kann. Doch rieten mir die Geister abzuwarten, sagten mir, dass es nicht notwendig wäre ... auch wenn ich zugeben musste, dass ich anfing, an ihrem Rat zu zweifeln.«

»Eure ... Geister können die Zukunft sehen?« Nach dem, was ich mit La'mir erlebt hatte, hätte es mich nicht allzu sehr überrascht.

»Nein«, lächelte sie. »Aber sie konnten diejenigen belauschen, die nicht weit von hier Rast machten, bevor es ihnen zu feucht zu werden drohte.«

Ich schaute vorwurfsvoll zu Mahea hin. »Ihr könnt die Geister doch sehen, warum habt Ihr uns nicht gewarnt, dass wir belauscht werden?«

»Ich sah keine anderen Geister als den Adler, den Großvater uns geschickt hat«, behauptete die Späherin. »Sonst hätte ich Euch darauf hingewiesen!«

»Sie trägt keine Schuld«, verteidigte die junge Schamanin Mahea. »Auch wir sehen die Geister nur, wenn sie sich offenbaren wollen. La'mir war höflich, ich fürchte, ich war es nicht.« Sie schaute zu mir hin. »Ihr müsst verstehen, Fremde in diesem Land sind üblicherweise ein Grund zur Vorsicht.«

»Ihr kennt meinen Großvater?«, fragte Mahea überrascht.

Delgere nickte. »Wir kennen uns alle ... aber nicht auf eine Art, die leicht zu erklären wäre.«

Es wurde Zeit, das Gespräch auf den Punkt zurückzubringen. »Also, warum wolltet Ihr zum Tempel der Astarte?«

»Wir brauchen die Hilfe der Göttin«, sagte Delgere einfach. »Sie steht für Gnade, also hoffte ich, dass sie sich unser erbarmen würde, auch wenn wir nicht zu ihren Gläubigen zählen.« Sie sah ernsthaft in die Runde. »An'she'a scheint überzeugt davon zu sein, dass wir dort die Hilfe finden werden, die wir suchen.«

»Wer ist ... Ansee ...?«, fragte ich.

»An'she'a«, verbesserte sie mich. »Sie ist mein ... Schutzgeist. Sie fand mich, als ich noch ein Kind war, und seitdem schützt und leitet sie mich.«

Ich unterdrückte einen Seufzer. Sie sprach unsere Sprache besser als ich, dennoch kam es mir vor, als ob ich mit einer Angelrute Fliegen fangen wollte.

»Gut«, sagte ich geduldig. »Warum braucht Ihr die Hilfe unserer Göttin?«

Sie duckte den Kopf und sah sich verstohlen um. »Ein Verschlinger treibt hier in der Nähe sein Unwesen. Er sucht etwas; was es ist, können oder wollen die Geister mir nicht sagen. Doch während er das sucht, was sein Meister haben will, jagt er. Er sucht seine Opfer nicht nur beim Volk«, fügte sie so leise hinzu, dass man sie kaum verstehen konnte, »sondern auch unter euch.« Sie rang ihre Hände. »Bitte«, beschwor sie uns. »Ihr müsst mir glauben, dieses Wesen ist eine der größten Bedrohungen, die Ihr jemals erleben werdet! Solange wir nicht die Hilfe der Göttin erhalten, sind wir alle in Gefahr, nicht nur unser Leben, sondern auch unsere Seele!« Sie schaute in die Runde. »Das ist der zweite Grund, warum ich nichts gegen die Blutreiter unternahm, ich fürchtete, den Verschlinger auf mich aufmerksam zu machen!«

Varosch richtete sich auf. »Was ist ein Verschlinger?«, fragte er, selbst wenn er, wie wir alle, schon einen Verdacht haben musste.

»Ein Dämon, der die Seelen von Sterblichen verschlingt, um der Dunkelheit immer mehr Macht zuzutragen.« Sie fuhr sich mit den Händen über die Unterarme, als ob sie frieren würde, tatsächlich konnte ich die Gänsehaut sehen, als sich die feinen Härchen dort stellten. »An'she'a sagt, sie wäre stark genug, ihn abzuwehren, aber besiegen kann sie ihn nicht, dafür ist sie schon zu lange nicht mehr von dieser Welt. Wenn es dazu kommt, dass er uns jagt, flieht und überlasst ihn mir.« Sie schaute zu ihrem Vater und Bruder hin. »Das gilt vor allem für euch«, fügte sie leise hinzu. »Gegen einen Verschlinger könnt ihr mich nicht beschützen.«

Zumindest war es das erste Mal, dass jemand anbot, *uns* vor einem Nekromanten zu beschützen.

»Wir haben einige Erfahrung mit Seelenreitern«, sagte Varosch beruhigend. »Wir ...« Doch sie schüttelte bereits den Kopf.

»Es ist kein Seelenreiter. Er ist mehr als das. Die Verschlinger entstanden vor langer Zeit, indem sie die Seelen bestimmter Bestien in sich aufnahmen, um noch mehr an Macht für sich zu gewinnen. Vielleicht ist er der Letzte seiner Art, doch mit einem Verfluchten, wie ihr sie nennt, sind sie kaum zu vergleichen.«

»Ich hörte von solchen in alten Legenden«, meldete sich Zokora zum ersten Mal zu Wort, bislang hatte sie nur aufmerksam zugehört, während ihre Augen immer in Bewegung waren. Sie traute dem Frieden wohl nicht mehr als ich.

»Was kannst du uns über diese Wesen sagen?«, fragte ich sie.

Sie zuckte mit den Schultern. »Nicht mehr als sie. Es sind Seelenreiter, die ihre Seele in einem bestimmten Ritual an eine Bestie banden, die schon lange ausgestorben ist. Diesen Bestien sagte man nach, dass sie, ähnlich wie die Alten, entscheiden konnten, wer sie sind. Nein, Havald«, fügte sie hinzu, als sie meinen fragenden Blick sah. »Was das genau bedeutet, kann auch ich nicht sagen.« Sie schaute zu der Schamanin hin. »Wenn das, was du sagst, wahr ist, dann ist diese Bestie wahrhaftig uralt. Sag, wer ist dein Schutzgeist?«

»Ihr Name ist An'she'a«, antwortete Delgere. »Das sagte ich doch bereits.«

»Was ist sie? Ein besonderer Tiergeist?«

Delgere schüttelte ihren Kopf so heftig, dass ihre Haare flogen. »Sie ist weder Tier noch Geist, sie ist zwischen den Welten gefangen, und einst war sie so wie Ihr. Eine Elfe.«

»Sie sieht aus wie ich?«, fragte Zokora ungläubig.

Delgere schüttelte lächelnd den Kopf. »Das habe ich nicht gesagt.« Sie lachte leise. »Sie sagt, dass Ihr es nicht falsch verstehen sollt, aber sie gehört zu den hellen Schwestern, die einst hier im Land den Frieden hielten.«

»Das muss aber mächtig lange her sein«, bemerkte Eldred bitter. »Frieden gab es hier schon lange nicht mehr.«

»Ihr habt recht«, antwortete Delgere dem Sergeanten. »Es ist wahrhaftig lange her, dass sie auf dieser Welt wandelte.« Sie wandte sich an mich. »Mahea sagt, dass Ihr auf der Suche nach einem Stück des Tarn seid?«

Dass Mahea den Tarn erwähnt hatte, stimmte mich nicht besonders glücklich, sie sah es wohl an meinem Blick.

»Sie ist eine Schamanin«, erklärte die Korporalin. »Ich dachte, sie wüsste vielleicht etwas, das uns helfen könnte.«

»Also gut«, sagte ich zu Delgere. »Wir sind auf der Suche danach. Warum?«

»Die Geister sagen mir, dass es das sein könnte, was der Verschlinger sucht. Ihr solltet vorsichtig sein.«

»Das bin ich immer«, antwortete ich. Neben mir hustete Serafine. Ich sah fragend zu ihr hin. Während sie noch nach Atem rang, schüttelte sie den Kopf. »Es ist nichts«, brachte sie mühsam hervor und tauschte einen Blick mit einem schmunzelnden Varosch.

Ein Gedanke kam mir, und ich wandte mich wieder Delgere zu. »Sagt, kann es sein, dass Ihr ein Stück des Tarn bei Euch tragt?«

Die Schamanin schaute überrascht auf. »Wie kommt Ihr darauf?«

»Weil ein Teil davon hier in der Nähe sein muss.«

»Was erklärt, warum der Verschlinger sich in diesem Gebiet aufhält«, nickte sie. »Aber nein, Ihr irrt Euch, wenn ich ein Stück des Tarn besitzen würde, wäre ich nicht hier.«

»Warum das?«, fragte Varosch.

Doch es war ihr Vater, der für sie antwortete. »Weil dann unser Stamm auf sie hören würde«, sagte er bitter. »Wir wären dann alle nach Braunfels gezogen, um diesen Tempel aufzusuchen. So aber hält man sie für zu jung und zu unerfahren, um den Willen der Geister richtig zu deuten.« Er seufzte. »Ihr seid die Fremden hier, wisst nichts von uns und unseren Gebräuchen. Und doch habt Ihr meiner Tochter geglaubt, als sie Euch von ihrem Schutzgeist erzählte. Doch in unserem Stamm werden ihre Worte angezweifelt. Nur weil Faraguar den Geist nicht sehen kann.«

»Faraguar ist der Schamane unseres Stammes«, erklärte Delgere zurückhaltend. »Er … er zweifelt daran, dass ich würdig bin, ihm nachzufolgen. Er fordert von mir, dass ich aufhöre, Lügen über An'she'a zu verbreiten. Bis ich nicht zugebe, dass ich sie erfunden habe, weigert er sich, mich den Pfad der Geister zu lehren.«

»Was mit daran liegt, dass du sagst, dass wir dem Drachen folgen sollen«, warf jetzt ihr Bruder ein. Er war noch jung genug, dass seine Stimme dabei zweimal kippte. Er räusperte sich hastig. »Es gibt niemanden in unserem Stamm, der nicht schon jemand an die Drachenkrieger und Blutreiter verloren hat, niemand kann oder will glauben, dass unsere Hoffnung darin besteht, uns vor dem Drachen zu beugen, den wir geschworen haben zu bekämpfen, seitdem er unser Land gestohlen hat.« Er funkelte mich herausfordernd an. »Denn das hier ist *unser* Land ... und *ihr* seid hier die Eindringlinge!«

Sein Vater legte ihm mahnend die Hand auf die Schulter. »Achte auf deine Worte, Sohn«, riet er ihm. »Bedenke, dass sie uns gerettet haben, also mäßige dich!«

Serafine öffnete den Mund, doch Zokora war schneller.

»Also sagst du, das Land gehört euch, weil ihr vor den Drachenkriegern hier gewesen seid?«

»Genau das«, antwortete der Junge in trotzigem Unterton.

»Doch bevor ihr hierher gekommen seid, gehörte das Land den Elfen. Also müssen wir euch wohl von unserem Land vertreiben«, sagte Zokora in einem Ton, der keinen Scherz vermuten ließ.

»Aber ...«, begann der Junge, sah in die brennenden Augen Zokoras und schluckte. »Meint Ihr das ernst?«, fragte der Vater erschrocken.

»Ja und nein«, antwortete Zokora unbewegt. »Es ist unser Land, aber die Zeiten ändern sich. Auch für unser Volk. So wie für das deine. Ich las davon, wie fruchtbar dieses Land gewesen ist, dass es hier feuchte Wiesen gab, Wälder, Moore und reichlich Wild. Doch heute ist es ein karges Land, in dem ihr nur überleben könnt, wenn ihr ihm seine Gaben mit Ackerbau und Viehzucht abringt. Wollt ihr überleben, müsst ihr sesshaft werden.« Sie schüttelte leicht den Kopf. »Ich verstehe euch Menschen nicht. Ihr stehlt das, was ihr braucht, von den Handelskarawanen derer, die ihr als eure Feinde seht. Doch würdet ihr friedlich siedeln, wäre es nicht nötig zu stehlen, und sie würden euch vielleicht als Freunde willkommen heißen.«

»In unserem Land«, stieß der Junge bitter aus.

»Es ist *unser* Land«, widersprach Zokora ruhig. »Nach dem selben Recht, das du für dich in Anspruch nimmst.« Sie erlaubte sich ein leichtes Lächeln. »Es ist die Zeit, Junge. Sie verändert alles.«

»Ihr versteht das nicht«, beharrte der Junge. »Sie, nein, *Ihr*«, rief er anklagend und deutete mit seinem Finger direkt auf mich, »habt meine Mutter erschlagen! Wie soll ich das ungesühnt lassen? Oder habt Ihr nie gelernt, für das zu kämpfen, was Euch wichtig ist?«

Ich hätte eine Reaktion erwartet, doch Zokora bewies mehr Geduld, als ich es ihr zugetraut hatte. Sie beugte sich etwas vor, sodass sie dem Jungen näher kam, bis er keine Wahl hatte, als ihr in die glühenden Augen zu sehen. »Die Gesetze des Kaiserreichs verbieten den Legionen, euren Raubbanden über die Grenzen der Ostmark hinweg zu folgen. Nur deswegen gibt es euch noch. Ohne diese Gesetze hätte man euch nach jedem Raubzug die Legionen hinterhergeschickt, um euch zu erschlagen … und es wäre ihnen gelungen.«

»Ihr wollt mir doch nur Angst einjagen«, sagte der Junge tapfer, obwohl es ihr offensichtlich ganz gut gelang. Was mich kaum wunderte. Wenn mich Zokora mit ihren brennenden Augen so ansah, dachte ich auch das eine oder andere Mal an einen Rückzug.

»Nein«, widersprach sie ruhig. »Angst ist das, was man verspürt, wenn man nicht weiß, was einen bedroht. Ich will dir Furcht geben. Furcht davor, dass sich eure Stämme mit den schwarzen Legionen verbinden. Denn dann werden die Kaiserlichen nicht eher haltmachen, als bis der Letzte gefallen ist, der ihnen entgegensteht. Fürchte dich davor, Junge. Denn Furcht ist gut. Sie nennt die Angst beim Namen und erlaubt zu überlegen, wie man es vermeiden kann, dass das, was man fürchtet, auch geschieht.«

»Ihr sagt«, sprach der Vater sichtlich getroffen, »dass in dem Moment, in dem sich das Volk auf die Seite des schwarzen Stamms stellt, die Legionen handeln müssen?« Er schaute zu seinem Sohn hin. »Sie haben es schon einmal getan und eine ihrer Legionen ausgeschickt«, erklärte er ihm. »Sie ließen niemanden am Leben.«

Zokora nickte. »Genau das. Wenn ihr euch dem Drachen anschließt, verliert ihr einen Teil eurer Freiheit … folgt ihr aber dem schwarzen Banner, verliert ihr eure Seele. So oder so, die Zeiten, dass ihr euren alten Traditionen ungestört folgen konntet, sind schon lange vorbei. Passt euch an, oder geht unter.« Sie hob die Schultern und ließ sie wieder fallen. »Man muss sich verändern können, will man überleben.«

Und wieder ruhte ihr Blick auf mir, als ob sie auch mir damit etwas sagen wollte.

Es war nicht das erste Mal, dass Zokora mich beeindruckte, nur diesmal war es nicht ihr Geschick mit der Klinge, sondern ihre Worte. Vielleicht auch, weil in dem, was sie sagte, der Funken Wahrheit lag, den man nicht überhören konnte. Vor Kurzem hatte sie mich noch gefragt, welchen Plan ich verfolgte. Nun, jetzt hatten ihre Worte mich der Lösung näher gebracht. Ich beugte mich zu Varosch hin.

»Woher weiß sie das alles?«, fragte ich ihn leise.

»Sie las es in Büchern«, antwortete Varosch schmunzelnd. »In Büchern, die sie von Stabsobrist Orikes auf jede denkbare Art und Weise erpresste. Nachdem wir Askir erreichten, tat sie kaum etwas anderes, als Bücher zu lesen, erinnerst du dich?«

Er hatte recht. Seitdem wir in Askir angekommen waren, schien es mir, als hätte ich Zokora nicht mehr ohne ein Buch gesehen.

»Sie sagt, wenn es schon so viele Bücher gibt, aus denen man lernen kann, dann wäre es eine Verschwendung, genau das nicht zu tun. Sie sagt auch, dass du zu wenig liest«, fügte Varosch mit einem Lächeln hinzu.

Ich nickte langsam. Vielleicht hätte ich genau das mehr tun sollen. Dann hätten wir nicht bis zu einem halb zerfallenen Gasthaus im Nirgendwo reisen müssen, um den Weg zu finden, wie man diesem zerrissenen Land den Frieden bringen konnte. Denn so ganz nebenbei hatte sie mir eben das Rätsel gelöst, das mich in die Ostmark getrieben hatte.

Ein lautstarker Fluch und das Poltern eines umfallenden Stuhls ließen mich zu dem Tisch des Gardeleutnants hinsehen. Dort war einer der Blutreiter erbost aufgesprungen. »Verdammt sollt Ihr sein, Leutnant, Ihr habt das Glück des Namenlosen! Das ist nun schon der zweite Wochensold, den Ihr mir aus der Tasche gezogen habt!«

»Es sind deine Würfel, Takos«, antwortete der Leutnant gelassen, während er einen Stapel Münzen einstrich. »Du solltest nicht spielen, wenn du das Gold dazu nicht hast.«

»Noch ein Spiel«, grollte der Mann. »Eines noch. Gebt mir die Gelegenheit, meinen Lohn zurückzugewinnen!«

»Und was willst du setzen?«, fragte der Leutnant müde und schüttelte den Kopf. »Lass es, Takos. Du hast schon zu viel verloren.«

»Ich setze meinen Glücksbringer«, antwortete der Soldat. Als der Leutnant zögerte, verlegte sich der Mann aufs Betteln. »Nur dieses eine Spiel noch!«

»Behalte deinen Glücksbringer«, meinte der Leutnant. »Ich …«

»Ihr wisst, wie viel er mir wert ist. Zumindest einen Wochenlohn. Verliere ich, behaltet Ihr ihn als Pfand! Götter, Ihr könnt ja nicht immer Glück haben!«

»Nun gut«, meinte der Leutnant widerstrebend. »Fast hoffe ich schon selbst, dass dir dein Glück diesmal mehr hold ist. Sonst wirst du mir zu unleidlich!«

Der Mann stellte seinen Stuhl aufrecht und setzte sich wieder, von dort drohte wohl vorerst keine Gefahr, also wandte ich mich wieder Zokora und dem Jungen zu.

Soviel Mühe sich Zokora mit ihm auch gegeben hatte, schien er es noch immer nicht einsehen zu wollen. »Ich lasse mich nicht von Euch einschüchtern«, sagte er stur. »Wir sind die Kor, wir lassen uns nicht unterdrücken.«

»Er ist jung«, nahm der Vater den Sohn in Schutz. »Er muss noch lernen.« Doch damit sagte er wohl das Falsche.

»Willst du aufgeben, nach dem, was sie Mutter angetan haben?«, fragte der Junge empört, doch jetzt war es Delgere, die ihm widersprach.

»Es liegt Weisheit in ihren Worten, Selin«, sagte sie sanft mit einem entschuldigenden Blick zu Zokora. »Der Verschlinger dient einem Meister. Einem Anführer der schwarzen Soldaten. Sie hat recht, mit solchen Verbündeten würden wir nur unser Ende besiegeln.«

»Sagst du«, grummelte der Junge.

»Ja«, antwortete sie gelassen. »Genau das sage ich. Doch jetzt ist nicht die Zeit zu streiten.«

Wenigstens das schien der Junge einzusehen, er sagte nichts weiter, obwohl er die Arme vor der Brust kreuzte und trotzig dreinsah. Doch im Moment war mir Delgeres Bruder weniger wichtig als das, was Delgere eben gesagt hatte.

»Ihr sprecht von der schwarzen Legion«, stellte ich fest, und sie nickte.

»Wisst Ihr, wo die Legion sich befindet?«, fragte Serafine angespannt.

»Ja«, antwortete die junge Sera einfach. »Wieso? Sucht Ihr sie denn?«

Serafine und ich tauschten einen Blick. Dass niemand wusste, wo sich die Legion befand, hatte uns einen großen Nachteil beschert, denn im Gegenzug wussten Thalaks Truppen nur zu genau, wo wir zu finden waren.

»Wir werden euch helfen«, entschied ich. »Ich weiß nicht, ob wir euch selbst zum Tempel begleiten werden, oder ob ein Passierschein reichen wird, aber …«

Doch die junge Schamanin hörte mir nicht mehr zu, vielmehr starrte sie mit aufgerissenen Augen an mir vorbei … Ich sah über meine Schulter, für mich war dort außer der grob gemauerten Wand nichts zu sehen, doch dafür fiel mir auf, wie Zokoras Augen sich weiteten, als sie wie gebannt auf die gleiche Stelle schaute. Bevor ich sie fragen konnte, duckte sich die Schamanin und starrte mit ängstlichen Augen zu dem Tisch der Blutreiter hin, der uns am nächsten war.

»Er ist hier, An'she'a sagt, sie kann ihn spüren«, flüsterte sie furchtsam. »Vielleicht hat er uns gehört! Flieht!«, bat sie verzweifelt und meinte wohl nicht nur uns damit, sondern hauptsächlich ihren Vater und ihren Bruder. »Wenn ich nicht überlebe, lauft, so schnell ihr könnt, die Blitze werden ihn verwirren!«

»Du musst dich täuschen«, sagte ihr Vater beruhigend. »Und selbst wenn nicht, mit all den Soldaten hier wird dieses Ungeheuer es nicht wagen, irgendetwas zu tun. Nein, Kind«, fügte er hinzu und schüttelte den Kopf, »wir sind hier sicherer, als wenn wir kopflos in die Nacht fliehen!«

»Bei allen Geistern«, bat sie ihn flehend. »Tut doch ein Mal das, was ich sage! Nimm Selin und flieh von diesem Ort!«

»Wir lassen dich nicht allein zurück!«, beharrte jetzt ihr Bruder.

»Es ist sowieso zu spät«, hauchte die Schamanin schreckensbleich. »Gut, dann tut, als wäre nichts, hoffen wir, dass er andere Beute sucht als uns!«

»Es gibt hier keine Bedrohung«, versuchte ihr Vater sie zu beruhigen. »Nicht mehr.«

»Nur dass du nicht siehst, was ich sehe«, antwortete Delgere gepresst und starrte weiter furchtsam zu den Soldaten hin.

Ich folgte ihrem Blick zu dem Tisch des Leutnants. Dort schien alles normal, nur dass dieser Soldat Takos wohl wieder kein Glück gehabt hatte.

»Da«, grollte er und nahm etwas aus einem Beutel, um es auf den Tisch zu werfen. »Da, nehmt es und werdet glücklich damit!«

Ein anderer Soldat, Cester, der, den man vorhin vergeblich dazu hatte drängen wollen, mit seiner Fidel aufzuspielen, stand jetzt auch dort, vielleicht, um sich das Würfelspiel anzusehen, doch als der Verlierer seinen Einsatz auf den Tisch warf, schnellte die Hand des Fidelspielers vor.

»Was machst du da, Cester?«, beschwerte sich der Leutnant. »Er hat verloren. Von mir aus kann er es wieder eintauschen, wenn … Cester?«

Der Fidelspieler schien den Leutnant gar nicht zu hören, sondern sah nun auf seine Hand herab, als würde er darin den größten Schatz halten. An seiner Wange sah ich die Tätowierung eines Falken zucken, als die Wangenmuskeln des Soldaten zu mahlen anfingen und er die Hand um das ballte, was er gestohlen hatte.

Die Tätowierung eines Falken. Eine solche, eine gleiche, hatte ich heute schon einmal gesehen. Neben mir hörte ich, wie Zokora scharf die Luft einzog.

»Götter!«, fluchte ich und griff nach Seelenreißer. »Das ist …«

Doch im gleichen Moment legte der Mann, der weder Soldat noch in Wahrheit ein Fidelspieler war, seinen Kopf nach hinten und riss seinen Mund unwirklich weit auf, um einen Schrei ertönen zu lassen, wie ich ihn nie zuvor gehört hatte. Allein der Ton stieß mir wie zwei glühende Dolche in die Ohren, doch mit dem Schrei kam zugleich eine Druckwelle von Magie, die alles um ihn herum zurückwarf und Soldaten, Kelche, Flaschen, Würfel, Stühle, Bänke und auch uns wie von einem harten Schlag getroffen mitriss und zu Boden warf.

Während mich die Welle von meiner Bank riss und gegen die Wand schleuderte, sah ich Zokora, die im Fallen mit ihrem Fuß den schweren Tisch umstieß und nach Serafine griff, um sich mit ihr zusammen dahinterzuwerfen. Die Wand traf mich hart am Hinterkopf und ließ mich halb benommen an ihr herabrutschen; um uns herum sah ich, wie meine Gefährten und Hergrimms Reiter zusammenbrachen, die Hände an die Ohren gepresst, während ihnen das Blut aus Ohren, Nase und Augen strömte.

Dann spürte ich Zokoras Hand an meinem Fuß, als sie mich zu sich heranriss, und währenddessen sah ich, wie der Verschlinger seine Hand nach dem Verlierer des Würfelspiels ausstreckte, der neben ihm zusammengebrochen war. Er wurde von einem dunklen violetten, fast schwarzen Licht umhüllt, um in einem Lidschlag von einem lebenden Menschen zu einer ausgetrockneten Hülle zu werden, die brüchig wie trockener Torf in drei Teile zerbrach, als sie auf dem Boden aufschlug.

Der unerträgliche Schrei dauerte noch an, als ich neben Zokora und Serafine in der Deckung des schweren Eichentischs landete. Gegen diesen Schrei gab auch der schwere Tisch nur wenig Deckung, aber es reichte, um mir die Benommenheit zum Teil zu nehmen. Vor mir sah ich Eldred auf uns zukriechen, aus Ohren, Nase und den Augen blutend, doch mit der sturen Verbissenheit, die ich von ihm kannte. So leicht, schien mir sein blutiger Blick sagen zu wollen, gab sich ein Legionär nicht geschlagen!

Endlich, *endlich*, verklang dieser unnatürliche Schrei. Ich schmeckte das Blut in meinem Mund und sah rote Schlieren vor meinen Augen, doch zumindest Serafine, Eldred und Zokora lebten noch, auch wenn ich mich fühlte, als hätte man mich niedergeritten.

Der Gewinn, den der Verschlinger soeben gestohlen hatte, musste das Stück des Tarn sein, zu dem unser Stück uns hingeführt hatte, und ich hatte nur den einen Gedanken: dass dieses Stück dem Feind nicht in die Hände fallen durfte.

Hätte ich Zeit zum Denken gehabt, ich wäre wohl in Deckung geblieben, doch ich dachte nicht, sondern stand schwankend auf, um mich mit der Sturheit eines angeschlagenen Jahrmarktkämpfers auf einen Feind zu stürzen, dem ich nichts entgegensetzen konnte.

So benommen, wie ich war, brauchte es einen Moment, bis ich verstand, dass ich nicht als Einziger auf den Beinen war. Vor mir, auf der anderen Seite des Tischs, stand Delgere, die offene Hand dem Ungeheuer entgegengereckt, ein entschlossener Ausdruck in ihrem Gesicht, während sich ihre Lippen bewegten und langsam neben ihr eine Gestalt Form annahm.

Dort vorn, an dem Tisch des Leutnants, verrichtete der Verschlinger sein schauriges Werk, ohne uns auch nur Beachtung zu schenken, wieder und wieder streckte er die Hand aus, um einen der Soldaten, die dort sich windend auf dem Boden lagen, mit diesem Licht zu umhüllen, wieder ließ er nur eine ausgetrocknete Hülle zurück, doch als der Verfluchte sich dem Leutnant zuwandte, hob die durchscheinende Gestalt neben der jungen Schamanin die Hände und sprach ein Wort, das mir wie Donner in den Ohren hallte, obwohl meine gepeinigten Ohren sonst nichts hören konnten.

Welche Magie auch immer dieser Geist beschworen hatte, sie traf den Verfluchten mit der Wucht eines Schmiedehammers, warf ihn zurück und gegen die Wand hinter dem Leutnant, der die Gelegenheit nutzte, um sich hastig krabbelnd unter dem Tisch in Deckung zu bringen.

So hart war der Aufprall des Verfluchten, dass ihm die Hand aufging und das Stück des Tarn herunterfiel. Mit einem wütenden Aufschrei schüttelte er sich und wandte sich seinem neuen Feind entgegen … um dann mit einem Ausdruck des puren Entsetzens in seinem Gesicht, das kaum mehr dem eines Menschen glich, sondern eher der tierischen Fratze einer Bestie, mit einem großen Sprung zur Seite weg aus meinem Sichtfeld zu fliehen.

Als ich endlich hinter ihm her war, konnte ich nur benommen eine zerschmetterte Tür erkennen, durch die der Sturm den Regen peitschte; von dem Verschlinger jedoch war nichts mehr zu sehen.

Ich schüttelte mich wie ein nasser Hund und schaute zurück zu der jungen Schamanin, doch von unserer geisterhaften Retterin war nichts mehr zu sehen, nur Delgere stand schwankend dort, schwer atmend, eine Hand auf die Kante des umgestürzten Tischs gestützt, als könne sie kaum mehr stehen, bevor sie langsam vor ihrem Vater und dem Bruder, die verkrümmt zu ihren Füßen lagen, auf die Knie sank.

Mühsam bückte ich mich und hob das Stück des Tarn auf, das dort zwischen zwei der ausgetrockneten Hüllen lag, und sah mich in dem verwüsteten Gastraum um. Hier und da regte sich noch jemand, aber die meisten, darunter etliche von Hergrimms Soldaten, die nahe bei dem Leutnant gesessen hatten, lagen nur still und reglos da.

Wie Delgeres Bruder.

Als am nächsten Morgen Soltars Licht aufging, waren die Spuren des Gewitters allgegenwärtig. Der Blitz hatte eines der alten Häuser am Dorfplatz getroffen und in Brand gesteckt, wir hatten davon wenig bemerkt, jetzt schwelte es noch und ließ eine dünne Rauchfahne in den Himmel steigen.

Der Morgen fand uns auf dem Totenacker hinter dem alten Boronschrein. Wir hatten die Statue des Gottes liegend und mit abgebrochenem Kopf vorgefunden, jetzt stand sie wieder auf ihrem Sockel, und auch den Kopf hatten wir ihr aufgesetzt. Ein guter Spaten gehörte zum Marschgepäck jedes Soldaten, also gab es genug von ihnen, sodass wir alle hatten graben können.

Noch immer schmerzte mein Rücken, und Schlamm und nasse Erde hatten ihre Spuren auf unseren Rüstungen hinterlassen, doch ich glaubte kaum, dass Boron daran Anstoß nehmen würde.

Ich war froh, dass Varosch es auf sich genommen hatte, das Totengebet zu sprechen, gerade heute zweifelte ich zu sehr an der Gerechtigkeit der Götter, um glaubhaft davon predigen zu können. Varosch aber war sich treu geblieben, standhaft pries er den Gott, hob seine Gerechtigkeit hervor und versprach den Lebenden, dass ein neues Leben auf die Gefallenen wartete, in dem die Seelen einen neuen Anfang finden würden.

Zwölf Gräber hatten wir in der Nacht ausgehoben, noch bevor der Sturm sich ganz verzogen hatte. Die Einzigen von uns, die nicht gegraben hatten, waren Varosch und Zokora gewesen, sie hatten Wache gehalten in der Hoffnung, dass ihrer Nachtsicht nichts entgehen würde. Doch die verfluchte Bestie hatte sich nicht gezeigt; was auch immer Delgeres

Schutzgeist getan hatte, zumindest für den Moment schien das Ungeheuer vertrieben.

Ich bewunderte Varosch um die Festigkeit seines Glaubens, keines seiner Worte ließ nur den geringsten Zweifel daran zu, dass die Götter uns zur Seite standen, obwohl wir uns nun anschickten, den Gegenbeweis hier zu begraben.

Mein Blick ruhte auf dem Körper von Delgeres Vater, der darauf wartete, neben dem seines Sohns in den feuchten Boden gebettet zu werden, und wanderte dann zu der jungen Schamanin hin, die still und regungslos in die Ferne schaute. Was mochte sie darüber denken, dass wir ihren Vater nach unseren Ritualen begruben? Wie wurde sie mit der schweren Entscheidung fertig, die sie hatte fällen müssen?

Zuerst hatten wir hoffen können, dass die sieben ersten Opfer des Angriffs die einzigen wären, die wir beklagen müssten, doch dann, als sich Zokora um die Verletzten kümmern wollte, die uns zuerst nur ohnmächtig erschienen waren, hatte sie zu unserem Entsetzen ihren wahren Zustand erkennen müssen. Es war keine Ohnmacht, die vier der Blutreiter und Delgeres Vater in ihrem Griff hielt, weitaus Schlimmeres war ihnen zugestoßen.

Der Schrei, die Druckwelle an Magie, was auch immer es gewesen war, mit dem dieser Verfluchte einen Gastraum voller hartgesottener Soldaten in ein Totengrab verwandelt hatte, war eine noch schrecklichere Waffe, als wir es uns in unseren schlimmsten Albträumen hätten vorstellen können, denn als Delgeres Vater sich zum ersten Male wieder regte, waren seine Augen leer, Blut und Speichel liefen ihm aus dem Mund, und kein Zeichen des Erkennens zeigte sich in seinen glasigen Augen. Was auch immer es gewesen war, das uns so hart getroffen hatte, es hatte ihm den Geist zerstört und seinen Körper am Leben gelassen.

»Siehst du das?«, hatte Zokora leise die weinende Schamanin gefragt und auf das Blut gewiesen, das dem Vater noch immer langsam aus dem Ohr floss. »Siehst du, dass es sich mit dieser anderen, fast farblosen Flüssigkeit vermischt … und die grauen Teile darin?« Delgere hatte nur mühsam nicken können, während wir anderen ratlos und furchtsam umherstanden; allein die Art, wie Zokora sprach, so sanft und leise, wie ich sie selten gehört hatte, ließ mich schon das Schlimmste vermuten. »Hast du schon einmal gehört, dass man bei einem harten Schlag auf den Kopf Erinnerung oder Geist und Verstand verlieren kann?«

»Ist es das, was ihm geschah?«, flüsterte die Schamanin gebrochen.

»Ja«, hatte Zokora antworten müssen. »Sein Gehirn ist zerstört. Es ist, als ob er hundert harte Schläge hätte ertragen müssen, es war zu viel für ihn. Auch wenn sein Herz noch schlägt, ist er doch schon jetzt von uns gegangen. Es mag Tage dauern, aber sein Körper wird sterben.« Mit diesen Worten hatte Zokora einen ihrer schmalen, schwarzen Dolche gezogen und ihn der jungen Sera hingehalten. »Willst du ihm den Weg zu den Göttern weisen, oder soll ich es für dich tun?«

Sie hatte es nicht glauben wollen, doch geduldig hatte Zokora sie dann darauf hingewiesen, dass die Augen des Vaters nicht einmal mehr blinzelten, wenn man sie berührte. Vielleicht auch aufgrund unserer Beteuerungen, dass Zokora eine herausragende Heilerin war und man ihr vertrauen könnte, hatte sich die junge Sera dazu entschlossen, dann selbst zu tun, was getan werden musste.

Vier der Blutreiter war es wie Delgeres Vater ergangen, hier war es Gardeleutnant Sannak gewesen, der ihnen die Erlösung gab. Angeschlagen, auf einem Ohr taub und mit einem Blutgerinnsel im linken Auge, hatte er das Zusammentreffen mit dem Verschlinger ebenfalls überlebt und war vielleicht auch daran gewachsen. Von der Feindseligkeit zwischen uns war nicht mehr viel geblieben. Als Serafine ihn darauf hinwies, dass wir jetzt dem wahren Feind begegnet waren, nickte er und schwor ihr, dass er das nie mehr vergessen würde.

Was uns anging … Hulmir würde niemals wieder einen

Bolzen abschießen, er war, mit Mechthild in seinen Händen, dort gestorben, wo er gesessen hatte. Varosch, der es nicht geschafft hatte, sich in die Deckung des Tischs zu begeben, hatte es mit am härtesten getroffen, er hatte sein Gehör fast vollständig verloren und Schwierigkeiten, etwas zu sehen oder sein Gleichgewicht zu halten, doch zumindest Zokora gab sich zuversichtlich, dass er wieder vollends genesen würde.

»Unser Volk ist zäh und verfügt über Heilkräfte, die euch erstaunlich vorkommen müssen«, hatte sie mir beruhigend erklärt. »In ein oder zwei Tagen wird er sich wieder erholt haben.«

Ansonsten gab es kaum jemanden von uns, dem nicht die Adern in den Augen geplatzt waren oder der noch gut hörte; vielen fiel es schwer, das Gleichgewicht zu halten, und jeder von uns litt unter einem Kopfschmerz, als würde jemandem unser Gehirn als Amboss für einen schweren Schmiedehammer dienen. Nur Zokora schien den Angriff unbeschadet überstanden zu haben, doch auch sie bewegte sich langsamer als zuvor. Auf der anderen Seite hatte sie noch nie die Angewohnheit besessen, darüber zu klagen, wie es ihr erging. Tatsächlich gab es für sie wenig Wunden zu versorgen, doch sie verbrauchte fast ihren ganzen Vorrat an Medikamenten, um uns einen abscheulich schmeckenden Trank zu brauen, der uns helfen sollte, schneller zu genesen.

All diese Gedanken gingen mir durch den Kopf, als Varosch von den Göttern sprach, dann half ich schweigend, die Toten in die Gräber zu betten und diese aufzufüllen. Auch als wir die Pferde sattelten, gab es kaum jemanden, der etwas sagen wollte; wir alle hingen unseren Gedanken nach.

Wohin es ging, hatte keiner großen Entscheidung bedurft. Delgeres Schutzgeist hatte ihr gesagt, dass die einzige Hilfe gegen den Verschlinger im Tempel der Astarte in Braunfels zu finden war.

Der Gardeleutnant nannte es einen wohlüberlegten Rückzug, doch in Wahrheit wusste jeder, dass wir flohen.

Delgeres Geist hatte das Ungeheuer nur vertreiben können, mit großen Kosten, wie die junge Schamanin später berichtete, denn seitdem hatte sie ihren Geist nicht mehr wahrnehmen können. Ich ertappte mich bei dem absurden Gedanken, dass ich hoffte, dass sich der Geist erholen möge.

Es war ein müder, zerschlagener Trupp, der durch die Steppe ritt. Kaum einer, der gerade im Sattel saß. Wieder und wieder suchten unsere Augen die Steppe ab, vermuteten hinter jedem Busch und Strauch das Ungeheuer, aber außer einigen Steppenhasen und einem Steppenhund gab es nichts zu sehen.

Kurz vor Mittag kam einer der Hasen zu nah heran. Varosch schwang seine Armbrust herum und schoss … und verfehlte sein Ziel.

»Das ist mir seit Jahren nicht mehr geschehen«, sagte er missmutig, während wir zusahen, wie der Hase davonhoppelte.

Nun, da war er auch nicht fast blind gewesen.

»Es muss die Art sein, wie diese Bestien einst jagten«, vermutete Zokora, als wir am Abend unser Nachtlager aufstellten. »Dieser Schrei … er lähmt jede Beute.«

»Kannst du uns sagen, was es war?«, fragte Serafine, als sie ihre Bettrolle neben meiner ausbreitete. »Es muss mehr als nur ein Schrei gewesen sein.«

»Magie«, antwortete die dunkle Elfe und half wortlos Varosch, der mit zitternden Fingern versuchte, die Schnalle einer Satteltasche zu öffnen. »Eine Welle von Magie. Es gibt nur einen kleinen Trost dabei … so machtvoll wie diese war, wird das Ungeheuer kaum imstande sein, sie oft zu verwenden. Auch er muss Zeit benötigen, um sich von dieser Anstrengung zu erholen.«

»Weißt du das, oder vermutest du das nur?«, fragte ich sie.

Sie sah hoch zu mir.

»Es ist eine Vermutung«, antwortete sie unbewegt. »Von mir aus nenne es auch eine Hoffnung. Denn wenn er es öfter zu tun vermag, sind wir machtlos gegen ihn. Er verfolgt uns, Havald.«

Sie schaute an mir vorbei, und ich drehte mich um, um ihrem Blick zu folgen. Die Dämmerung war bereits aufgezogen, doch noch war es hell genug für mich. Wir hatten unser Lager auf einem kleinen Hügel aufgeschlagen, hoch genug, um weit in die endlose Steppe sehen zu können. Es gab wenig genug, das man als Deckung nehmen konnte, aber sosehr ich auch die Augen zusammenkniff, ich konnte keine Gefahr erkennen.

»Das, Havald, ist jetzt keine Vermutung«, fügte sie leise hinzu, ohne den Blick von der endlosen Steppe zu wenden. »Ich weiß es.«

Gleiches sagte auch die Schamanin etwas später, als Lannis schweigend unseren mageren Eintopf unter uns und den überlebenden Soldaten aufteilte. Die hatten drei Laib Brot beisteuern können, das noch nicht zu hart war, somit reichte es aus. »Er weiß, dass Ihr den Tarn habt«, erklärte Delgere tonlos und starrte wie blind in unser kleines Feuer. »Er ist an den Willen seines Meisters gebunden und wird nicht eher ruhen, bis er es wiederhat.«

»Ich dachte, dieses … Wesen wäre einst ein Mensch gewesen? Ein Seelenreiter?«, fragte Serafine nach. »Wieso ist es dann gebunden?«

»Ihr erinnert Euch, dass An'she'a mir sagte, das Wesen wäre alt?«, fragte Delgere, und wir nickten.

»Sie sagte«, fuhr sie leise fort, noch immer ohne ihren Blick vom Feuer abzuwenden, »es gab sie schon, bevor wir Menschen hierherkamen. Damals waren es Elfen, die hier lebten, und einer von ihnen konnte den Versuchungen der Blutmagie nicht widerstehen. Erst sein Talent zur Magie in Verbindung mit den Gaben dieser Bestie ließ den Verschlinger so machtvoll werden. Die Gefahr durch dieses Wesen war so groß, dass sich An'she'as Volk dazu entschloss, geeint gegen es vorzugehen. Sie erschlugen unter hohen Verlusten jede dieser Bestien und rotteten sie aus, sodass keine neuen

Verschlinger entstehen konnten. Da sie dann aber keinen Weg fanden, den Verschlinger zu erschlagen, erschufen sie mit mächtigen Ritualen eine Waffe, die imstande war, den Willen des Verschlingers zu brechen und zu binden. Als man dieses Ungeheuers habhaft wurde, brach und band man dessen Willen und schloss es in einer Gruft ein, mit dem letzten Befehl, dort zu verharren, bis das Ende seines Lebens oder das Ende der Zeiten kommen würden. Mehr konnte auch An'she'a mir nicht sagen. Sie vermutet, dass jemand diese Gruft entdeckt und dann herausgefunden hat, wie man diesem Verschlinger befiehlt.«

Zokora sah zu mir hin.

»Manchmal denke ich, dass du ein Talent dazu hast, die Vergangenheit zu wecken, Havald«, sagte sie leise. »Wo du gehst und stehst, regen sich Dinge und Mächte, die seit Jahrtausenden ruhen … oder aus gutem Grund gefangen waren.«

Vor allem, weil ich schon Ähnliches gedacht hatte, traf mich ihr Vorwurf härter als erwartet.

»Ich sehe nicht, wie du mir das zu Füßen legen kannst«, verteidigte ich mich. »All das nahm doch schon seinen Anfang, lange bevor ich geboren wurde!«

»Ja«, sagte sie, während sie mich mit einem nachdenklichen Blick bedachte. »Das mag sein. Ich wüsste trotzdem zu gerne, was sich damals in diesem Eiskeller ereignet hat.«

Ich schaute zu Serafine hin, die unwillkürlich ihre Arme um sich schlang, als würde sie frieren.

»Er … er versprach mir, dass ich wieder leben würde«, sagte sie mit belegter Stimme, was dann auch die Schamanin dazu brachte, vom Feuer aufzuschauen und mir einen langen Blick zu gönnen. »Das ist das Letzte, woran ich mich erinnern kann, bevor ich mich der Kälte ergab und einschlief. Mehr weiß ich nicht.«

»Ja«, nickte Zokora, die mich noch immer unverwandt anschaute. »Was ich wissen will, ist, wieso er der Meinung war, dieses Versprechen geben zu können … und vor allem, wie war er imstande, es zu halten?«

Jetzt sahen mich alle fragend an.

»Wenn ich es wüsste, würde ich es euch sagen«, grollte ich. »Aber ich kann mich nicht erinnern! Es war ein anderes Leben! Da ist nur …«

»Nur was?«, wollte Zokora wissen.

Ich hob hilflos die Schultern und ließ sie wieder fallen. »Manchmal glaube ich mich in Träumen zu erinnern. Daran, dass ich mit den Göttern einen Handel einging. Aber mehr weiß ich wahrhaftig nicht!«

Varoschs Augen weiteten sich. »Bei den Göttern!«, hauchte er. »Ich erinnere mich daran!«

»Du?«, fragte ich überrascht.

»Ja«, sagte Varosch aufgeregt. »Eben kam es mir wie eine ferne Erinnerung, ich saß da, sah Jerbil und Serafine, wie sie in seinen Armen einschlief, und hörte, wie du geschworen hast, dass du alles tun würdest, was die Götter von dir verlangen, wenn sie dir nur den Wunsch gewähren würden, dass du uns alle aus dieser eisigen Kammer führen könntest und wir wieder leben würden!« Er atmete schwer. »Ich … ich war einer von ihnen. Mehr kann ich nicht sagen, aber ich … auch ich bin damals dort gestorben!«

Für einen Moment herrschte Stille.

»Alle?«, fragte Serafine dann leise. »Er versprach, uns alle lebend aus diesem Eiskeller herauszuführen?«

»Genau das«, sagte Varosch entschieden. »Ich kann dir nicht sagen, woher und wie diese Erinnerung nun aufkam, aber ich weiß, dass sie mich nicht trügt. Ich … ich war Mikail.« Er schüttelte den Kopf, während ein wehmütiges Lächeln auf seinen Lippen entstand.

»Vielleicht hat er dir diese Erinnerung hinterlassen, als er dich aussuchte, um dich zu führen?«, fragte ich.

Er neigte den Kopf. »Mag sein. Aber so fühlt es sich nicht an. Weißt du, was ich meine?«

Ich nickte. Ich wusste es nur zu gut.

Gardeleutnant Sannak, der auf der anderen Seite des Feuers saß, schaute uns jetzt der Reihe nach an.

»Wenn ich jetzt danach frage, von was ihr gerade sprecht, werde ich dann eine Antwort erhalten?«

»Ich glaube nicht«, sagte Serafine kühl.

»Das habe ich mir gedacht«, meinte der Leutnant, stand auf und wickelte sich seine Decke enger um die Schultern. »Dann werden meine Männer und ich uns jetzt zurückziehen ... ich würde gerne bei der Wache helfen, aber ...« Er tat eine hilflose Geste hin zu seinem blinden Auge.

Varosch schaute dem Leutnant und seinen Männern nach, dann sah er zu Lannis hin, die tat, als wäre sie sehr daran interessiert, dass der Kessel wahrhaftig sauber war.

»Ich weiß noch, wie Mikail ging«, fuhr Varosch fort. »Ich hörte seine Stimme, wie er Abschied nahm ... dann nichts mehr von ihm. Wo ich ihn gefühlt hatte, war nurmehr Leere.« Er lächelte etwas wehmütig. »Wenn er mir etwas von sich hinterlassen hat, habe ich nichts dagegen.«

Zokora schaute zu mir hin. »Vielleicht haben die Götter auf ihre Art ihren Teil der Abmachung gehalten. Ich würde nur gerne wissen, was du ihnen dafür versprochen hast.«

»Liegt es nicht auf der Hand?«, meinte Varosch. Wir sahen ihn fragend an. »Er muss sich bereit erklärt haben, zu Soltars Engel zu werden.«

Wenn dem so war, dachte ich, als ich mein Zeug zusammensuchte und mich für die Nacht fertig machte, dann hatte ich nicht gewusst, worauf ich mich da einließ. Ich hörte Serafine über etwas lachen, das Lannis sagte, und schaute zu ihr hin. Mittlerweile war das Feuer nur noch eine Glut, aber es reichte, um sie zu sehen. Sie bemerkte meinen Blick und schenkte mir ein schnelles Lächeln, bevor sie sich wieder Lannis zuwandte. Vielleicht wusste ich es doch.

»Glaubst du, es ist wahrhaftig so, wie Varosch vermutet?«, fragte Serafine etwas später, als sie unter unseren Decken in meinen Armen lag. Über mir spannte sich die Ewigkeit, Soltars Tuch mit seinen Sternen, aber auch dort fand ich keine Antworten für mich.

»Weißt du, was ich denke?«, fragte ich sie, und sie lachte leise.

»Natürlich nicht. Sag schon, was denkst du?«

»Dass es nicht von Belang ist«, antwortete ich und zog sie näher an mich heran. »Du hast es selbst gesagt. Es ist das Hier und Jetzt, das zählt ... und dass jeder Lidschlag, den wir miteinander verbringen können, ein Geschenk der Götter ist. Es ist dieses Leben, das jetzt zählt ... und wenn wir versuchen, die Absichten der Götter zu verstehen, werden wir nur scheitern.«

Sie nickte träge. »Das glaube ich auch«, meinte sie, und ich spürte, wie ihr Atem langsamer wurde. Was nichts daran änderte, dass ich lange wach lag, nicht zum ersten Mal, denn solche oder ähnliche Gedanken quälten mich schon länger.

Kaum, dass ich eingeschlafen war, schreckte ich auch schon wieder auf. »Was ...«, fragte ich Lannis, die Wache hatte, während ich mein Schwert suchte, doch die schüttelte nur erheitert den Kopf. »Beruhigt Euch, Lanzengeneral. Es ist nur Hanik, der seine Notdurft verrichten wollte. Was weiß ich, warum er fluchte, aber solange er flucht, kann es nicht schlimm sein.«

»Sollten wir nicht ...«, begann ich, doch da sah ich Hanik auch schon wiederkommen. Mit der einen Hand hielt er sich die Nase, während er mit der anderen noch seine Hose hielt. »Ich bin beim Scheißen ausgerutscht«, erklärte er grollend. »Und habe mir die Nase dabei an dem Baum angeschlagen!« Er sagte das so empört, dass ich lachen musste.

»Lacht Ihr nur«, grollte er. »Den Göttern sei Dank, kam es nicht zu Schlimmerem!«

»Was hätte denn schlimmer sein können?«, fragte Lannis lachend.

»Ich hätte den Baum mit meiner Nase verfehlen und in das fallen können, was ich hinterlassen habe!« Er stemmte die Hände in die Seiten. »So, seid ihr nun zufrieden? Habe ich euch genug erheitert, um jetzt schlafen zu gehen?«

»Ja«, schmunzelte die Bannersergeantin. »Das hast du. Ohne Zweifel.«

Ich war ihm dankbar. Nach alldem, was geschehen war, hätte ich nicht gedacht, dass ich mich mit einem Lächeln in meine Decken hüllen würde.

Später, in meinen Träumen, wandelte ich an einem Ort, der mir zugleich fremd und seltsam vertraut vorkam.

»Also ist es beschlossen?«, fragte einer, eine mächtige Gestalt voller Mut und Kampfeswillen. »Wir geben die Schlacht nicht auf und versuchen diesen Zug?«

»Alles ist besser als das, was sonst geschehen würde«, sagte eine andere, die hell und sanft strahlte. »Also, ja, es ist beschlossen.«

»Nein«, widersprach einer, der nun schlank und geschmeidig aus dem Schatten trat. »Das ist es nicht.«

»Aber es ist der beste Weg«, beharrte eine goldene Gestalt.

»Das bestreite ich ja nicht«, lenkte die schattenhafte Gestalt ein. »Der Plan ist so gerissen und hinterhältig, dass er von mir hätte sein können.«

»Es war ja auch dein Vorschlag«, erinnerte ihn der Goldene missgestimmt. »Warum also bist du jetzt dagegen?«

»Nein«, sagte der Schatten und schüttelte erheitert seinen Kopf. »Mein Vorschlag war ein anderer. Ich sagte, wir müssten es ihm selbst überlassen, wie er seinen Weg gehen will.«

»Aber … wie sollen wir dann sicher sein?«, fragte der Erste.

»Das können wir nicht«, antwortete die schattenhafte Gestalt. Sie wandte sich mir zu und schien mir zuzuzwinkern. »Das ist es ja. Es muss seine Entscheidung sein, sein Weg. Er muss selbst lernen, was wir schon lange wissen. Sonst verfehlt es seinen Zweck.« Er kam näher, und der Schatten schien von seinem Gesicht zu schwinden …

Schwer atmend saß ich aufrecht in unserer Bettstatt, neben mir Serafine, die verschlafen protestierte, und sah dann Zokora auf einem Stein unweit von uns sitzen.

»Hast du die ganze Zeit schon dagesessen?«, fragte ich sie mit belegter Stimme.

»Ja«, antwortete sie genauso leise und hielt Seelenreißer hoch. »Ich wollte sichergehen, dass du ihn nicht im Schlaf berührst. Hast du wieder eine Erinnerung geträumt?«

»Nein«, antwortete ich und räusperte mich, um meine Stimme besser in den Griff zu kriegen. »Diesmal war es etwas anderes.«

»Gut«, sagte sie. »Denn du hast im Schlaf gesprochen.«

»Was habe ich gesagt?«

»Du hast gefragt, ob du auch dein Pferd zurückbekommen kannst«, antwortete sie mir unbewegt. Dann verzogen sich ihre Lippen zu einem leichten Lächeln. »Offenbar ziehst du auch in deinen Träumen das Reiten dem Marschieren vor. Auf jeden Fall hast du im Schlaf noch breit gegrinst.«

Die Macht des Drachen

16 Wenigstens hatte ich im Schlaf etwas zu lachen gehabt, dachte ich säuerlich, während mein Blick über die Toten schweifte. Jetzt sah das etwas anders aus.

Wir waren früh aufgebrochen, in der Hoffnung, die Feste am Mittag zu erreichen, keiner von uns wollte nur einen Tag länger außerhalb der Festungsmauern verweilen.

Jeder anderen Gefahr konnten wir ins Auge sehen, aber die Begegnung mit dem Verschlinger hatte uns zu Feiglingen werden lassen. Ich hoffte nur, dass Delgeres Schutzgeist recht behielt und wir im Tempel der Göttin die versprochene Hilfe gegen den Verschlinger fanden.

Dass es in der Steppe andere Gefahren gab, hatte ich dabei fast vergessen, doch kaum eine Kerzenlänge, nachdem wir unser Lager abgebrochen hatten, wurden wir daran erinnert.

»Unsere Ablösung«, erklärte Gardeleutnant Sannak rau

und stützte sich schwer auf seinen Sattelknauf, während er sich das Schlachtfeld besah. Es musste in der Nacht geschehen sein, an manchen Stellen schien das Blut noch frisch.

»Kaum Gegenwehr«, stellte Zokora fest, und Lannis, die abgestiegen war und sich gerade über einen der Gefallenen beugte, nickte.

»Sie haben gelagert und wurden im Schlaf überfallen«, meinte sie und drehte einen der Toten auf den Rücken, um seine Wunde zu begutachten. »Schwerter und Bolzen. Die Bolzen haben sie wieder eingesammelt.«

»Nicht alle«, meinte Zokora und wies auf einen der anderen Gefallenen. »Dort.«

Lannis trat an den toten Soldaten heran und zog einen schwarzen Bolzen unter ihm hervor. Sie strich mit dem Finger über die blutige Spitze und roch dann an dem Blut. »Etwa um Mitternacht«, stellte sie fest, reichte mir den Bolzen und sah sich weiter um. »Die Angreifer haben die Pferde mitgenommen und alles geplündert, was sie finden konnten. Aber es waren keine Barbaren … Kor«, verbesserte sie sich mit Blick zu Mahea. »Ihre Pferde waren auch beschlagen.«

Ich wog den Bolzen in meiner Hand, solche hatte ich schon zuvor gesehen. »Es waren Truppen aus Thalak«, stellte ich besorgt fest. »Ein Stoßtrupp, oder Aufklärer. Wahrscheinlich erfolgte der Angriff deshalb um Mitternacht, weil sie glauben, ihr falscher Gott wäre dann am mächtigsten.«

Lannis bückte sich und hob eine Decke hoch, die nahe dem niedergebrannten Lagerfeuer gelegen hatte. Sie schob ihren Finger durch eines der zwei blutigen Löcher darin. »Wie aus dem Lehrbuch«, stellte sie fest. »Sie haben die Wache überwältigt und mit Armbrüsten auf die Schlafenden geschossen. Gute Schützen waren sie nicht, die meisten, die sie angeschossen haben, kamen noch dazu, zu kämpfen. Trotzdem …« Sie drehte sich langsam, während ihre Augen für mich unsichtbaren Spuren folgten. »So will ich nicht aufwachen. Sie schossen und stürmten dann ins Lager … hier entlang. Hier teilen sich die Spuren, jeder der Angreifer hatte vorgegebene Ziele …

Es können nicht mehr als zehn Mann gewesen sein«, meinte sie dann. »Eine su'Tenet, mehr nicht.« Sie schaute zu Sannak hoch, der nach wie vor regungslos auf seinem Pferd saß. »Dennoch mutig von ihnen«, stellte sie fest. »Sie waren zwei zu eins unterlegen.«

»Haben sie denn wenigstens Verluste erlitten?«, grollte der Leutnant. »Oder haben sie uns ohne Kosten abgeschlachtet?«

»Genau das haben sie«, stellte Zokora unbewegt fest. Sie ritt etwas zur Seite hin und musterte vom Sattel aus den Toten, der dort lag. »Doch sie hatten Hilfe.«

Ich ritt zu ihr und schaute auf den Mann herab, der dort im dürren Steppengras lag. Er hatte wohl den Angriff überlebt, dafür hatte man ihm Pflöcke durch Hand- und Fußgelenke getrieben, und noch jetzt war das maßlose Entsetzen in seinen Zügen zu erkennen und ein Abdruck einer gespreizten Hand, unter der das Fleisch schwarz geworden war. »Sie hatten einen Priester dabei.«

»Woher wollt Ihr das wissen?«, fragte der Leutnant.

»Der Handabdruck. Er ist kleiner als bei einem Menschen üblich. Ein dunkler Elf.« Varosch hob seine eigene Hand an, spreizte sie, verglich sie mit dem Abdruck auf dem Gesicht des Toten und nickte leicht.

»Kennst du diesen Mann?«, fragte Zokora den Leutnant. »Besaß er irgendwelche Talente?«

Sannak schüttelte den Kopf. »Ich kannte ihn. Aber wenn er ein Talent besaß, dann ist es mir nicht aufgefallen.«

»Vielleicht war der Priester auch nur hungrig«, meinte sie und trieb ihr Pferd voran.

Der Leutnant sah ihr nach und wandte sich dann mir zu. »Wollen wir die Gefallenen denn nicht begraben?«, fragte er empört.

»Es sind zwanzig Mann«, erinnerte ich ihn. »Bis wir sie begraben haben, wird es so spät sein, dass wir Braunfels nicht mehr vor der Nacht erreichen.«

Er seufzte und ließ die Schultern hängen. »Ihr habt recht«,

sagte er mit einem letzten Blick auf seine toten Kameraden. »Ich werde für sie beten.«

»Tut das. Denn schaden kann es nicht«, sagte ich und schloss zu Zokora auf.

»So kenne ich dich nicht«, sagte Serafine etwas später zu mir. Sie warf einen Blick zurück, wo die Toten in der Ferne kaum mehr zu erkennen waren.

»Auch wenn wir keine Beweise haben finden können, glaube ich Lannis und Mahea«, teilte ich ihr mit. »Wahrscheinlich sind sie nichts anderes als Mordbuben und Halsabschneider, die unter der Flagge der Ostmark reiten.«

»Das hätte dich sonst nicht daran gehindert, sie zu bestatten«, stellte sie fest.

»Das Leben gehört den Lebenden«, teilte ich ihr rau mit. »Mir liegt mehr daran, dass wir Braunfels lebend erreichen, als die Toten zu begraben. Es war schon immer das Schicksal von Soldaten, dort zu verrotten, wo sie fallen.«

So wie sich ihre Augenbrauen zusammenzogen, hatte ihr meine Antwort nicht gefallen. Doch bevor sie etwas sagen konnte, sprach ich bereits weiter.

»Ich habe Angst, Finna«, gestand ich ihr. »Gegen den Verschlinger ist auch Seelenreißer machtlos.«

»So geht es uns allen beständig«, sagte sie. »Nicht jeder von uns trägt ein magisches Schwert an seiner Seite, das einem die Wunden heilt.«

»Möchtest du ihn haben?«, fragte ich unwirsch und griff nach Seelenreißer, doch sie schüttelte den Kopf.

»Nicht um alles in der Welt. Der Preis, den er fordert, ist mir viel zu hoch.«

»Es ist nicht Angst«, teilte mir Zokora wenig später mit, als sie ihr Pferd zu uns lenkte. Ich sah sie fragend an.

»Du sagst, du hättest Angst vor dem Verschlinger«, erklärte sie und bewies damit, dass sie immer noch zu gut hörte. »Es ist nicht Angst. Es ist Furcht. Furcht ist vernünftig. Sie treibt dich dazu, zu überlegen, wie du ihr begegnest. Angst ist schlimmer. Sie hindert das Denken.« Sie musterte mich aus dunklen Augen. »Wäre dieser Schrei nicht, du würdest nicht zögern, dich diesem Ungeheuer zu stellen.«

»Vielleicht«, meinte ich. »Aber ich bezweifle, dass es etwas bringt, einfach nur die Ohren zuzuhalten.«

»Dann lass dir etwas einfallen«, meinte sie und ritt davon.

Ich sah ihr nach und seufzte, bevor ich mich an Serafine wandte. »Warum bin immer ich es, der sich etwas einfallen lassen muss?«

Wenn ich mir aufmunternde Worte von ihr erhofft hatte, dann hatte ich mich getäuscht. »Weil du das Kommando hast«, teilte sie mir überraschend hart mit. »Deshalb. Du hast es dir so ausgesucht.«

»Nicht alles«, protestierte ich.

»Ja«, nickte sie. »Aber das schon.«

Selten war ich so froh gewesen, die Mauern einer Feste zu erblicken. Vielleicht jagte der Verschlinger nur des Nachts, vielleicht hatte ihn der Schutzgeist der Schamanin auch gehörig abgeschreckt. So oder so, er hatte sich nicht blicken lassen. Ich wünschte nur, ich hätte mir einbilden können, es wäre alles nur ein böser Traum gewesen. Ich drehte mich im Sattel um und sah zu Delgere hin, die neben Mahea ritt. Seitdem sie ihren Vater erlöst hatte, war es auch unserer Späherin kaum gelungen, ihr ein Wort zu entlocken. Jetzt musterte sie die alten Mauern der Feste, die die Spuren von so vielen Kämpfen trugen, nur mit einem unbeteiligten Blick, nach wie vor schien sie wenig Interesse an dem zu haben, was um sie herum geschah. Als wir heute Morgen unser Lager verlassen hatten, hatte Mahea sie danach befragt, ob sich ihr Schutzgeist wieder gemeldet hatte, doch die junge Schamanin hatte nur den Kopf geschüttelt.

Ein Hornsignal ertönte vom Torturm, und die schweren Tore schwangen langsam für uns auf. Als wir hindurchritten, spürte ich die neugierigen Blicke der Soldaten auf uns lasten, aber Delgere schenkte man kaum Beachtung. Abgesehen von dem Wolfsfell, das sie um ihre Schultern trug, sah man ihr kaum an, dass sie zu den Kor gehörte; eine Jacke und ein geteilter Reitrock aus Leder waren gerade hier an der Grenze kein unüblicher Anblick. Als wir das Tor passiert hatten, regte sie sich zum ersten Mal und lenkte ihr Pferd zu mir. »Begleitet Ihr mich zum Tempel?«, fragte sie mich tonlos.

»Wir müssen Bericht erstatten«, antwortete Serafine. »Aber das wird nicht lange dauern und …«

»Ich will nicht warten«, teilte sie uns im gleichen unbewegten Tonfall mit. »Denn auch hier sind wir nicht sicher.«

»Ich werde Schwertobrist Kelter Bericht für Euch erstatten«, bot Lannis an und streckte sich im Sattel. »Reitet Ihr nur zum Tempel, meine Leute und ich können derweil ein Bad und ein Bier gebrauchen.« Sie sah zu Hanik, Frick und Eldred hin. »Kommt ihr mit?«

»Ich gehe mit zum Tempel«, sagte Hanik und rieb sich seine Nase. »Ich habe genügend von meinem Sold für eine Heilung und einen Segen übrig.«

»Und ich genug, um im Kaiserstein zu zechen«, sagte Frick breit grinsend. »Irgendwie habe ich das dann doch vermisst.«

»Ich gehe mit zum Tempel«, meinte Eldred. »Einen Segen der Göttin kann ich gut gebrauchen. Sagt, Lanzengeneral«, wandte er sich an mich, »war es das wert?«

»Ja«, nickte ich und versuchte, überzeugt zu klingen. »Das war es. Wir haben zwei Stücke des Tarn, und ich denke, dass ich einen Weg gefunden habe, diesem Land den Frieden zu bringen.«

»Gut«, nickte der Sergeant. »Dann ist es ja gut.«

»Habt Ihr das?«, fragte die Schamanin und zeigte damit zum ersten Mal, seitdem wir ihren Bruder und ihren Vater in die Erde gebettet hatten, eine Regung. »Habt Ihr wahrhaftig einen Weg für den Frieden gefunden?«

»Ich glaube schon«, teilte ich ihr mit.

Sie musterte mich prüfend. »Setzt nicht zu viel Hoffnung in den Tarn«, warnte sie mich. »Er ist eine Legende … und selbst wenn Ihr alle Stücke besitzen würdet, wäre er doch nicht mehr als eine zerbrochene Krone.« Sie wartete meine Antwort nicht ab, sondern lenkte ihr Pferd in Richtung des Markts, offenbar kannte sie sich in Braunfels bestens aus.

»Damit hat sie recht«, meinte Serafine.

»Wahrscheinlich«, gab ich zu und wies mit einer Geste zu Zokora hin. »Aber ich setze meine Hoffnung mehr in das, was sie sagte.«

»Was war das?«, fragte die dunkle Elfe neugierig.

»Ich habe mich immer gefragt, was die Barbaren dazu trieb, wieder und wieder gegen unsere Mauern anzurennen, obwohl dies dem sicheren Tod gleichkam. Seitdem ich hier bin, hörte ich Dutzende von möglichen Gründen. Dass Vereinbarungen nur an die Person des Stammesführers gebunden sind und nicht an seine Nachfolger, dass Hergrimms Reiter sich an den Barbaren vergehen, wo sie nur können, und den Zorn der Stämme heraufbeschwören, dass die Kor ihr Land verteidigen und wir die Eindringlinge wären, dass es hier im Land keine Gnade gäbe und es so den Barbaren nach Blutrache gelüstet ... all das.«

»Aber das ist es nicht?«, fragte Serafine und bewies damit, wie gut sie mich kannte.

»Nein, das ist es nicht«, stimmte ich ihr zu. »Es ist etwas, das viel einfacher zu verstehen ist. Und du«, ich sah zu Zokora hin, »hast mich darauf gebracht.«

»Gut«, meinte die dunkle Elfe und zog eine Augenbraue hoch. »Wie?«

»Ich habe auch dieses Buch gelesen. Doch ich übersah etwas, bis du mich darauf aufmerksam gemacht hast, dass das Land nicht mehr so fruchtbar ist wie früher.« Die anderen sahen mich fragend an.

»Hunger«, teilte ich ihnen mit. »Sie leiden Hunger. Das Land ernährt sie nicht mehr. Wäre es anders, bräuchten sie sich nur ein Stück von unseren Grenzen zurückzuziehen und könnten ungestört ihrer alten Lebensart nachgehen. Doch dort finden sie nicht, was sie suchen. Dort gibt es keine bestellten Felder und Getreidesilos. Es ist der Hunger, der sie treibt. Sie wollen das, was wir haben. Und wir können es ihnen geben.«

»Das ergibt Sinn«, sagte Serafine langsam. »Vielleicht ist es auch die Lösung. Nur vergisst du etwas.«

Ich sah sie fragend an.

Sie seufzte. »Die Feuerinseln. Der Ausbruch des Vulkans hat den größten Teil der Winterernte vernichtet. Schon jetzt sind die Preise für Korn im Land so hoch, dass die Armen darunter leiden. Ich hörte, wie sich Desina und Asela darüber unterhielten. Sie haben Faihlyd um Hilfe gebeten, und man will versuchen, die brachliegenden Felder in Bessarein wieder zu bestellen, aber bis all das Wirkung zeigt, steht uns ein hartes, karges Jahr bevor. Ohne die Kornlieferungen aus Bessarein müsste Desina sogar mit Aufständen rechnen. Niemand verschenkt sein Korn, die Händler wollen ihre Preise treiben.« Sie schüttelte den Kopf. »Wenn du darauf hoffst, die Barbaren mit Brot und Getreide zu befrieden, dann wirst du damit warten müssen. Im Moment hat das Kaiserreich davon selbst nicht genug.«

»Ich dachte mehr daran, ihnen das Land zu geben, das sie brauchen, ihnen zu zeigen, wie man es bestellt. Zokora hat versucht, es dem Jungen zu erklären. Sie müssen sesshaft werden oder untergehen.«

»Viel Glück dabei. Genau dagegen haben sie sich doch verwahrt«, sagte Serafine zweifelnd. »Sie halten stur an ihrem alten Leben fest!«

»Sie denken nur, dass sie es tun«, sagte ich und wies mit meinem Blick auf Delgere, die nun abstieg und ihr Pferd am Marktrand entlangführte. »Bis auf das Wolfsfell, das sie trägt, stammt alles, was sie anhat, aus unserer Fertigung, von den Stiefeln bis zu ihrer Jacke ... oder wurde von uns abgeschaut. Früher trugen die Barbaren Felle und waren nur mit Knüppeln bewaffnet. Schau sie dir heute an, selbst in Ma'tars Kriegsbande waren die meisten so bewaffnet und gerüstet, dass sie kaum mehr von uns zu unterscheiden sind. Warum, meint ihr, haben so viele von ihnen unsere Sprache gelernt?« Ich sah die anderen eindringlich an.

»Wir haben schon mehrfach gehört, dass sie sich sogar in die Feste schleichen und sich als Dörfler ausgeben, um sich hier auf dem Markt zu versorgen.«

»Ja, mit Gold, das sie denen raubten, die sie erschlagen haben«, meinte Serafine.

»Genau das ergibt wenig Sinn«, meinte ich. »Sie haben nichts davon, wenn wieder Krieg ist und die Feste ihnen die Tore vor der Nase verschließt. Auf jeden Fall haben sie sich bereits angepasst, sind den Weg schon zum Teil gegangen, jetzt müssen wir ihnen nur zeigen, wie sie ihn zu Ende gehen können!«

Zokora nickte langsam. »Du hast damit wahrscheinlich recht. Jetzt sage mir noch, wie du es hinbekommen willst, dass sie es mit ihrem Stolz vereinbaren können und es nicht als Niederlage einsehen müssen.«

»Stolz ist überbewertet«, antwortete ich ihr. »Man muss ihn sich leisten können. Wenn der Magen knurrt, geht der Stolz zugrunde.«

»Aber er kommt meistens wieder, ist der Magen erst gefüllt«, erinnerte sie mich. »Finde einen Weg, ihnen ihren Stolz zu lassen, und du hast vielleicht den Weg zum Frieden gefunden. Doch bis es so weit ist, geht das Sterben weiter.«

»Sie gehört zu uns«, erklärte Serafine den Wachen am Tor der Garnison. Die bedachten Delgere nur mit einem langen Blick, um dann für uns das schwere Tor aufzudrücken. Es kam mir alles so normal vor, dachte ich, während ich dem Wirt des Kaisersteins zunickte, der vor seiner Schenke die Tische wischte und uns begrüßte, als wir vorüberritten. Hier hatte alles seine Ordnung, die Straßen waren frisch gefegt, und wenn ich danach fragte, konnte ich sicher sein, ein gutes Bett und ein heißes Bad zu bekommen. Was auch immer Zokora an Pulvern in den Tee geschüttet hatte, es war hilfreich gewesen, ich fühlte mich noch immer zerschlagen, aber weitaus besser als zuvor. Die Geschehnisse in dem alten Gasthof kamen mir fast wie ein übler Traum vor, auch wenn mich die rötliche Schliere in meinem Blickfeld beständig daran erinnerte, dass all das wahrhaftig geschehen war.

Der Tempel der Astarte lag etwas abseits von der breiten Straße, die sich durch die Garnison zog. Ein schmaler Weg führte zu einem kleinen offenen Platz zwischen zwei Baracken, wo der Tempel zu finden war. Blumenbeete säumten diesen Platz, und man konnte den Frieden der Göttin bereits fühlen, noch bevor man ihren Tempel sah. In Wahrheit war es mehr ein Schrein denn ein Tempel, ein offener Kreis von Säulen mit einem Kuppeldach auf einem Hügel, mit breiten Stufen, die zu seinem Inneren führten.

Zur linken Hand befand sich ein kleines Haus mit einem Garten davor, dort arbeitete eine der Tempelschülerinnen im Garten, während eine etwas ältere Priesterin, nicht ganz so schlank und rank, wie ich sie aus Askir kannte, sich über den Gartenzaun mit einer Sera unterhielt, die ich sehr wohl kannte. Elsine, Askannons verlorene Kaiserin, obwohl man dies bei ihrem Anblick kaum vermuten konnte. Sie hatte die leichten Gewänder aus Bessarein gegen die hiesigen eingetauscht. Sie trug feste Lederstiefel, eine weiße Leinenbluse mit Rock und Jacke aus dicht gewebter Wolle, dazu einen der hier üblichen langen braunen Umhänge. Hätte sie nicht ihren kostbar verzierten Dolch an der Seite getragen, den ich schon in Askir bewundert hatte, hätte ich sie wohl kaum wiedererkannt.

»Ah«, rief die Priesterin erfreut. »Kundschaft! Ihr erlaubt?«, fragte sie Elsine, und als diese lächelnd nickte, eilte sie zum Gartentor und kam uns mit kurzen, schnellen Schritten entgegen.

Ihre blassen grauen Augen glitten über uns, blieben an Delgere hängen, um uns dann alle mit einem gründlicheren Blick zu mustern.

»Der Segen der Göttin mit euch«, begrüßte sie uns dann, während wir unsere Pferde zügelten und absaßen. »Warum habe ich nur das Gefühl, dass ihr nicht wegen einer schalen Jungfer kommt?«

Delgere wollte antworten, doch es war Hanik, der vortrat. »Wir kommen, weil wir uns von Euch Hilfe gegen ein Ungeheuer, eine Mischung aus einer Bestie und einem Seelenreiter, erhoffen«, erklärte er und sah sich suchend um, als hätte er noch andere hier erwartet. »Könnt Ihr gegen eine solche Bestie bestehen?«

Die Priesterin blinzelte überrascht. »Gegen einen Seelenreiter? Meint Ihr einen Nekromanten? Nein, ich wüsste nicht wie. Ich bin darin geübt, Krankheiten zu heilen, aber darin erschöpft sich meine Macht bereits.« Sie lächelte freundlich. »Vielleicht kann man Euch im Tempel in Askir helfen … durch das Tor ist es nur ein kleiner Schritt …«

»Sergeant«, mahnte ich Hanik an. »Ihr müsst sie nicht so erschrecken. Lasst uns doch erst einmal …«

»Ich habe schon genug gehört«, sagte Hanik in einem Ton, der mir die Nackenhaare steigen ließ. Doch bevor ich verstand, was hier geschah, hob Hanik seine Hand, die sich noch in der Bewegung in eine schwarze, mit ölig glänzendem Chitin gepanzerte dreifingrige Kralle verwandelte, und schlug zu. Als ob die Zeit stehen bleiben würde, sah ich, wie das Blut auf die frisch gefegten Steinplatten vor dem Tempel spritzte und die Priesterin mit weiten Augen zurücktaumelte, während sie mit beiden Händen versuchte, die fürchterliche Wunde an ihrem Hals zuzuhalten. Unsere Pferde bäumten sich auf, selbst mein sonst so unerschütterlicher Zeus stieg und riss mir die Zügel aus der Hand, im nächsten Moment traf mich seine breite Brust und schleuderte mich zur Seite. Ich rollte mich zur Seite ab, und wie von allein sprang Seelenreißer in meine Hand. Diesmal, dachte ich grimmig, komme ich ihm zuvor … noch hat er nicht geschrien. Diesmal kommt er nicht davon!

Aber diesmal hatte er gar nicht vor zu flüchten. Ganz im Gegenteil. Zu spät verstand ich, dass er nur ein Ziel hatte. Mich. Sein Fehler, dachte ich grimmig, als die fahle Klinge in einem flachen Halbkreis auf den Verfluchten niederfuhr… und so hart auf den Unterarm der Menschbestie traf, als hätte ich auf Stein geschlagen. Nur dass Seelenreißer auch Stein durchschlagen konnte!

Die andere Hand des Ungeheuers traf mich mit der Wucht eines Rammbocks in der Magengrube, ich hörte die Rüstung knacken, als die Bänder rissen und die metallenen Lamellen sich verzogen. Wie es kam, dass ich noch stand, wusste ich selbst nicht so genau, doch der nächste Schlag, mit gleicher Wucht ausgeführt, traf mich an der Schulter. Diesmal hörte und fühlte ich auch Knochen brechen, dann lag ich auf dem Boden, und die Kralle fuhr in den Kragen meiner Rüstung. Seelenreißer fuhr hoch und vor… und wurde mir mit einer nachlässig erscheinenden Bewegung aus der Hand geschlagen. In dem Moment riss der Lederriemen; das Ungeheuer hatte, was es suchte. Mit einem Fauchen, das keinem glich, das ich je zuvor gehört hatte, stieß es die Hand, die meinen Beutel hielt, triumphierend in die Höhe… um im nächsten Moment von einem mächtigen Blitzstrahl getroffen zu werden, der es von mir und gegen die Wand der nächsten Baracke warf. Benommen schüttelte sich das Ungeheuer und fletschte seine Zähne, um sich dann aufzurichten und die Reste von Haniks Rüstung abzustreifen.

»Der Beutel!«, keuchte ich, als die Bestie sich zum Sprung duckte. »Er darf nicht mit ihm entkommen!«

Wieder zuckte ein Blitz über mich hinweg, doch dieser bildete einen gleißend hellen Bogen, der sich wie eine Peitsche wand. Mit den ohrenbetäubenden Einschlägen von Tausenden von Blitzen wand sich die gleißende Peitsche um das Handgelenk des Ungeheuers, das sich bereits im Sprung zum Dach der Baracke befunden hatte, und riss es zurück, sodass es neben mir hart auf dem Boden aufschlug, während seine rechte Klaue mit dem Beutel darin gut fünf Schritt von uns in den Garten fiel, wo die Tempelschülerin erschreckt aufschrie.

Die Bestie war direkt neben mir gelandet, und das

Schlimmste an dem hasserfüllten Blick, den sie mir nun zuwarf, war, dass es noch menschliche Augen waren. Das Ungeheuer reckte mir den Armstumpf entgegen, und ich sah einen dunklen violetten Schleier auf mich zukommen, einen solchen hatte ich zuletzt im Gasthof gesehen, als es das Leben aus den Körpern der unglücklichen Soldaten saugte.

Eisige Kalte berührte mich, zugleich schien ich zu brennen. Ich wollte schreien, irgendetwas tun, aber ich war hilflos, wie gelähmt … doch nicht ganz, denn als ich mich gegen diesen dunklen Schatten stemmte, fühlte ich ihn, spürte ich seine Substanz, konnte ihn berühren, formen … und zurückwerfen.

Ob ich es war oder der nächste Blitz, vermochte ich nicht zu sagen, das Ungeheuer flog wie von einer eisernen Faust getroffen zurück, überschlug sich, kam auf muskulösen, ölig gepanzerten Beinen auf … sprang in einem ungeheuerlichen Satz hoch zum Dach der nächsten Baracke … und war verschwunden.

»Havald!«, rief Serafine verängstigt, als sie sich auf mich stürzte. »Bist du … hast du …«

»Mir fehlt nichts«, versuchte ich sie zu beruhigen. Es kam etwas gepresst heraus.

»Bis auf ein paar gebrochene Knochen«, meinte Varosch trocken, während er seine Armbrust nachlud. »Ich habe sie bis hierher brechen hören.« Er wandte sich unserer Retterin zu und verbeugte sich höflich vor ihr. »Habt Dank für diese unerwartete Rettung.«

»Dankt mir gleich zweimal, dass ich verstand, dass Ihr und diese dunkle Elfe zu dem Lanzengeneral gehört«, antwortete Elsine schwer atmend. »Beinahe hätte mein erster Blitz Euch beiden gegolten.« Sie sah hinauf zum Dach, wo das Ungeheuer verschwunden war. »Was, bei allen Göttern, ist *das* gewesen?«

Zokora, die zu der Priesterin geeilt war und nun neben ihr kniete, schloss der Dienerin der Göttin nun sanft die Augen. »Solante wird dich führen«, versprach sie der Toten leise und sprach einen Segen über sie, um sich dann aufzurichten und die Kaiserin mit einer hochgezogenen Augenbraue zu mustern.

»Warum sollte dein erster Blitz uns beiden gelten?«, fragte sie, während sie aufstand und ihre Knie abklopfte. Sie streckte die Hand aus, und die abgetrennte Klaue mit meinem Beutel darin sprang ihr entgegen.

»Ich wurde von anderen Eures Volks lange gefoltert«, antwortete die Kaiserin kühl. »Es hinterließ eine gewisse ... Abneigung gegen kleine dunkle Elfen.«

Varosch seufzte hörbar. Die beiden Seras schauten fragend zu ihm hin, worauf er in einer entschuldigenden Geste die Schultern hob. »Ich gewöhne mich nur schwer daran«, erklärte er mit einem schiefen Lächeln. »Früher sind die Leute nicht schreiend davongerannt und wollten mich auch nicht mit einem Blitz bedenken, sobald sie mich nur gesehen haben. Früher«, fügte er mit einem verlegenen Lächeln hinzu, »war ich auch mal größer.«

Zokora bedachte Elsine mit einem langen Blick.

»Du bist die Kaiserin«, stellte sie dann fest, während in der Ferne Rufe und Befehle und das Geräusch von genagelten Stiefeln zu hören waren, ein Zeichen dafür, dass man inzwischen auch in der Garnison verstanden hatte, dass hier etwas geschehen war.

»Das bin ich einst gewesen«, antwortete Elsine. »Jetzt bin ich es nicht mehr. Wie habt Ihr mich erkannt?«

»Als du den Blitz nach dieser Bestie geworfen hast, sah ich Schuppen unter deiner Haut schimmern«, meinte Zokora schulterzuckend.

»Ach das«, sagte die Kaiserin, als wäre es nicht von Belang. »Manchmal geschieht so etwas.«

»Ich hörte davon«, erklärte die dunkle Elfe unbewegt. »Ich weiß nur von einem Drachen, der hier auf zwei Beinen herumläuft, folglich bis du sie.« Zokora wandte sich von ihr ab und schaute erst zu mir hinüber und dann zu Delgere, die weiß, blass und zitternd noch immer mitten auf dem Weg stand und die Kaiserin mit offenem Mund bestaunte. »Offenbar«, meinte Zokora zu ihr, mit einer Geste hin zu Elsine, »hat dein Schutzgeist wahr gesprochen. Wir sind beim Tempel der Astarte, und hier ist jemand, der dir gegen den Verschlinger helfen kann.« Sie versuchte die Finger der Kralle aufzubiegen, die weiter den Beutel in ihrem Griff hielt; da ihr das nicht gelang, benutzte sie ihren Dolch dazu. Sie löste den Beutel und ließ die Kralle wieder achtlos auf den Boden fallen, um sich dann neben mich zu knien und mir den Beutel in die Hand zu drücken. »Und jetzt«, meinte sie zu Serafine, »hilf mir, seine Rüstung zu lösen, bevor er uns erstickt.«

Jetzt, wo sie es erwähnte, stellte ich auch gerade fest, dass ich kaum atmen konnte. Die Welt wurde schon an den Rändern dunkler, doch bevor es dazu kam, schnitt Serafine entschlossen die Riemen an der linken Seite durch. Mit einem lauten, blechernen Knacken sprang das Vorderteil meines Brustpanzers vor … und ich konnte meine Lungen füllen.

Was ich sofort bereute.

Während ich keuchend nach Luft rang und versuchte herauszufinden, wie viele Rippen der Verschlinger mir gebrochen hatte, hielt Serafine mir fast anklagend das Brustteil meiner Panzerung vor Augen. Der zähe Stahl war eingedellt, und an zwei Stellen hatten die Krallen des Ungeheuers ihn sogar aufgerissen.

»Sag du mir noch ein Mal, dass du keine Rüstung brauchst«, beschwerte sie sich, bevor sie den Brustpanzer achtlos beiseite warf. »Wie schlimm ist es?«, fragte sie Zokora.

»Das Schlüsselbein ist gebrochen«, teilte Zokora ihr mit, während sie, ohne größere Rücksicht auf empfindliche Stellen zu nehmen, meinen geschundenen Körper abtaste. »Kaum der Rede wert.«

In meiner Haut fühlte es sich nicht ganz so nebensächlich an. Ich schaute zu der Priesterin hin und schluckte meinen Protest herunter. Im Vergleich zu ihr war ich glimpflich davongekommen. Denn diesmal hätte mir auch Seelenreißer nicht viel helfen können.

Serafine reichte mir ihren Wasserschlauch, ich nickte dankend, während ich ihn mit Händen ergriff, die so sehr zitterten, dass ich das Mundstück kaum öffnen konnte.

»Was ist hier los?«, unterbrach uns die barsche Stimme eines grauhaarigen Stabssergeanten, der mit fünf anderen Soldaten mit gezogenen Schwertern in die Gasse gestürmt war. »Ich will wissen … oh Götter!«, entfuhr es ihm, als er die tote Priesterin auf den Stufen ihres Tempels liegen sah. »Priesterin Tasra! Wer … was … Götter!« Er baute sich mit seiner vollen Größe vor uns auf. »Bei des Namenlosen Nasenhaaren, ich will jetzt sofort wissen, was hier geschehen ist!«

»Das ist eine längere Geschichte«, sagte Serafine und stand auf. Sie schaute zu der Priesterin hin, sah sich dann suchend um, doch die, die sie suchte, war nirgendwo mehr zu sehen. Irgendwie hatte es auch unsere Schamanin vermocht, ungesehen zu entschwinden. »Ihr könnt Lanzenobrist Kelter danach fragen.«

»Ich will …«

»Sperrt die Straße ab, Sergeant, und sorgt dafür, dass Eure Leute vorerst über das hier schweigen.«

Er musterte sie mit einem harten Blick. »Ihr tragt keine Rüstung, die ich kenne. Darf ich fragen, wer Ihr seid, Sera, dass Ihr glaubt, einem Legionär des Kaiserreichs Befehle erteilen zu können?«

»Ich bin Schwertobristin Helis, die Adjutantin von Lanzengeneral von Thurgau«, teilte sie ihm kühl mit, während mir Varosch wieder auf die Füße half und Seelenreißer reichte.

»Ihr …« Der Sergeant schluckte, riss sich sichtlich zusammen und salutierte. »Aye, Ser!«

»Gibt es hier in Braunfels eine andere Priesterin oder einen Priester der anderen Gottheiten?«

»Wir haben noch einen Boronpriester. Man kann ihn meistens in der Goldenen Eiche finden. Das ist ein Wirtshaus am Marktplatz. Ihr …«

»Ihr braucht mir den Weg nicht zu beschreiben«, teilte ihm Serafine kühl mit. »Schickt jemanden hin, um ihn zu holen.« Sie wies mit ihrem Blick auf die Tempelschülerin hin, die nun auf unsicheren Beinen zu der toten Priesterin hineilte und weinend neben ihr auf die Knie sank. »Er soll ihr Beistand leisten.«

»Und er soll für Lanzensergeant Hanik beten«, meinte Eldred mit rauer Stimme. Er schaute auf sein Schwert herab, als ob er gar nicht wüsste, warum er es in seinen Händen hielt, und schob es in die Scheide. »Oder, wenn er schon seine Gottesdienste in einem Wirtshaus abhält, zumindest auf ihn trinken.«

Ein letzter Umtrunk auf die Kameraden

17 »Hier«, sagte Lanzenobrist Kelter und reichte mir einen Kelch mit schwerem roten Wein. »Wie geht es Eurer Schulter?«

»Es geht«, antwortete ich. Zokora hatte sie mir so straff verbunden, dass ich kaum mehr atmen konnte, und auch meinen rechten Arm stillgelegt, tatsächlich spürte ich im Moment nur ein dumpfes Pochen, denn noch, hatte sie mir erklärt, würde der Trank wirken, den sie uns im Gasthof gegeben hatte. Sie war jetzt zusammen mit Varosch auf den Markt gegangen, um zu schauen, ob sie die Kräuter finden konnte, die sie brauchte. Obwohl sie, zumindest was die getrockneten Pilze und Spinnen anging, bereits ihren Zweifeln Ausdruck verliehen hatte.

Serafine und ich befanden uns in der Kommandantur, wo wir die letzte Kerze über Lanzenobrist Kelter Bericht erstattet hatten.

»Ein Ungeheuer, eine Mischung aus einem Seelenreiter und einer ausgestorbenen Bestie, die Magie zur Jagd verwendet. Schwarze Legionäre, die keinen halben Tagesritt von hier einen Trupp von Hergrimms Reitern überraschen. Und eine tote Priesterin der Astarte. Götter!«, seufzte Kelter und zerzauste sich das Haar. »Hättet Ihr nicht gute Kunde bringen können?«

»Wir haben mit einem Stamm der Kor Frieden schließen können.«

»Ja«, grollte er. »Einem von wie vielen Hundert?«

Er trank nun selbst von seinem Kelch und trat ans Fenster, um über den Markt hinweg auf das Tor und die Steppe dahinter zu schauen, und schüttelte niedergeschlagen den Kopf. »Aber was soll man von diesem götterverlassenen Land auch anderes erwarten!« Er wandte sich vom Fenster ab und wieder mir zu. »Nun gut. Es wird eine wahre Freude werden, die Sterbebriefe zu schreiben! Vor allem den an Haniks Tochter. Was soll ich ihr sagen? Dass eine Legende ihn gefressen hat?« Doch bevor ich etwas erwidern konnte, winkte er ab. »Ich weiß. Er fiel ehrenhaft im Kampf für das Kaiserreich. Das ist das, was ich fast immer schreibe, und es hat den Vorteil, auch noch wahr zu sein. Ich hoffe nur, das war es alles wert. Habt Ihr weitere Befehle für mich?«

»Ja«, sagte ich. »Stellt die Streifen ein und setzt das Kopfgeld für die Barbaren ab. Halten wir von ihnen welche in Gewahrsam?«

»Vier«, antwortete Kelter. »Aber nicht wir haben sie, sondern Hergrimms Leute. Sie sollen morgen hingerichtet werden. Die Blutreiter sind es auch, die das Kopfgeld ausgegeben haben, mit so etwas haben wir, den Göttern sei Dank, nichts zu tun.«

»Wer ist der Kommandeur von Hergrimms Reitern?«

»Stabsmajor Sirus.«

»Teilt ihm mit, dass er ab sofort Eurem Kommando untersteht, und befehlt ihm, die Barbaren gehen zu lassen. Gebt die Weisung aus, dass ab sofort die Barbaren wie Bürger des Reichs zu behandeln sind und ihnen die gleichen Rechte zustehen.«

»Meint Ihr das ernst?«, fragte Kelter fassungslos.

»Irgendwo muss der Anfang gemacht werden«, teilte ich ihm kühl mit. »Und das ist er.«

Er tat eine wegwischende Handbewegung. »Von mir aus können die Barbaren wie dressierte Hunde auf dem Markt tanzen, solange sie niemand anfallen! Ich meinte, dass mir zukünftig die Blutreiter unterstehen? Marschall Hergrimm wird nicht erfreut sein.«

»Überlasst den Marschall mir«, sagte ich grimmig. »Wenn ich mit ihm fertig bin, wird er erfreut sein müssen. Bis dahin schaut, ob Ihr jemanden findet, der in unserem Auftrag bei den Blutreitern mitreitet.«

»Ihr wollt sie ausspionieren?«, fragte er erstaunt.

»Genau das. Ich will wissen, was an den Vorwürfen dran ist, die ich über sie hörte.«

Kelter sah ratlos zu Serafine, doch als auch sie nichts weiter dazu sagte, zuckte er nur mit den Schultern. »Das sollte sich einrichten lassen. Was habt Ihr jetzt vor?«

»Wir kehren nach Askir zurück«, sagte Serafine ausdruckslos. »Hier können wir im Moment nichts weiter tun.«

Kelter nickte langsam und musterte mich prüfend. »Sagt mir, habt Ihr gefunden, wonach Ihr gesucht habt?«

»Ja«, antwortete ich, während ich meinen Becher leer trank und auf der kleinen Anrichte abstellte. Ich bildete mir ein, die zwei Stücke des Tarn auf meiner Brust zu spüren. »Das habe ich.«

Ich war an das Fenster getreten, um mir etwas frische Luft zu gönnen, nach den Tagen im Sattel kam mir die Luft stickig vor. Von hier aus sah man den Kasernenhof und auch den Galgen, groß genug für acht Unglückliche, doch im Moment baumelten nur drei daran. Einen davon kannte ich.

»Sagt, Kelter, was wisst Ihr über diese drei?«, fragte ich den Lanzenobrist, der zu mir ans Fenster trat. Er zuckte mit den Schultern.

»Ich nehme an, es gab einen Grund, weshalb ich sie zum Tode verurteilt habe.«

»Könnt Ihr nachsehen?«, bat ich ihn. »Es geht mir um den in der Mitte. Ein Rekrut mit Namen Simplar.«

Er nickte. »An den erinnere ich mich. Wir haben ihn als Spion verhaftet, weil er mit rotem Gold bezahlte. Bis zuletzt beteuerte er seine Unschuld und gab an, er hätte das Gold im Gras liegend gefunden.«

»Es traf zu«, sagte ich leise. La'mir hatte also recht behalten, das Gold war wahrlich verflucht gewesen.

»Er war kein Spion?«, fragte Kelter überrascht.

»Nein. Konnte denn niemand für ihn sprechen?«

»Wir haben ihm keinen großen Prozess gemacht«, teilte Kelter mir mit. »Wir griffen ihn mit dem Gold auf, keine halbe Kerzenlänge später hat er schon gebaumelt.«

»Warum so schnell?«

»Wir hatten die Hinrichtung der beiden anderen schon angesetzt, es passte für einen Weiteren, sonst hätten wir noch bis morgen warten müssen. Wir haben sogar nach dem Priester des Boron gesandt, doch der war betrunken und schlief seinen Rausch aus. In Simplars Akte stand, dass er ein Dieb gewesen ist.« Kelter zuckte mit den Schultern. »Das und das Gold ... und Euer direkter Befehl, es war genug für mich.« Er schaute mit gerunzelter Stirn zu Simplar hin. »Er war wahrhaftig unschuldig?«

»Zumindest daran.«

»Nun gut«, meinte der Lanzenobrist ungerührt. »Dann war es Pech für ihn. Doch ich werde es in seiner Akte vermerken.«

Mehr hatte er offensichtlich nicht dazu zu sagen. Es dauerte noch gut zwei Kerzenlängen, bis wir so weit alles besprochen hatten, dass Kelter zufrieden war. Ich überließ, wie öfter in letzter Zeit, das Reden Serafine. Als Tochter des kaiserlichen Gouverneurs in Bessarein zur Blütezeit des Imperiums und später als Zeugwart der zweiten Legion, besaß sie weit mehr als ich die Fähigkeit, anderen zu vermitteln, was sie wollte, und zugleich gesträubte Federn zu glätten.

Kelter schien nachgerade freundlich, als wir unseren Abschied nahmen.

»Zum Kaiserstein?«, fragte Serafine mich, als wir die Treppe zum Kommandeurszimmer hinuntergingen.

Eldred hatte uns alle gebeten, uns dort einzufinden, um einen letzten Trunk auf Hulmir und Hanik zu nehmen. Mir war nicht so sehr nach Wein, meine Schulter und meine Rippen schmerzten, mein Kopf pochte wie ein Hammerwerk, und ich hatte meine Zweifel, ob Wein mir helfen würde. Aber es wurde von uns erwartet. Also nickte ich eher zögerlich.

»Havald«, sagte sie und blieb stehen, kaum dass wir die Wachen am Tor der Kommandantur passiert hatten. »Was ist mit dir?«

Ich zögerte, doch ihr Blick machte deutlich, dass sie keine Ausflüchte dulden wollte.

»Der Verschlinger«, gestand ich ihr widerwillig. »Er … ich traf ihn mit Seelenreißer, und er prallte ab.« Ich schaute sie gequält an. »Wir können ihn nicht besiegen! Wäre Sera Elsine nicht gewesen, er hätte uns alle erschlagen!«

Serafine verstand, was ich ihr nicht sagen konnte.

»Er hat uns überrascht«, meinte sie beruhigend. »Auch er wird eine Schwäche haben, wir müssen sie nur finden. Vergiss nicht, die Kai… Sera Elsine konnte ihm schaden. Vielleicht …«

Ich schüttelte bedrückt den Kopf. »Sie wird uns nicht helfen wollen. Sie machte mehr als deutlich, dass die Belange des Kaiserreichs für sie nicht mehr von Bedeutung sind. Sie will Askannon finden, alles andere ist für sie nicht von Belang.«

»Das eine dürfte aber untrennbar mit dem anderen verbunden sein«, antwortete Serafine aufmunternd. »Außerdem hat der Geist der Schamanin recht behalten. Wir haben am Schrein der Astarte die Hilfe gefunden, die wir suchten. Wenn auch anders, als wir vermutet haben.«

»Siehst du sie hier irgendwo?«, sagte ich barsch. »Oder die Schamanin?« Ich seufzte. »Ich kann Sera Elsine ja verstehen.

Sie hat dem Kaiserreich so viel opfern müssen, ihr Kind an Kolaron verloren und all diese Qualen durchstehen müssen … kein Wunder, dass sie mit all dem nichts mehr zu tun haben will. Hätte ich die Wahl«, fügte ich bitter hinzu, »würde ich mir den entferntesten Winkel der Weltenscheibe aussuchen und nur noch meine Ruhe haben wollen.«

»So wie der Gasthof zum Hammerkopf?«, lächelte sie. »Das hat das letzte Mal schon nicht gereicht. Im Übrigen glaube ich, dass du dich täuschst. So wie Askannon von seiner Kaiserin gesprochen hat, ist sie nicht diejenige, die andere im Stich lässt.«

»Das war einmal«, meinte ich, als ich die Tür zum Kaiserstein aufstieß. »Ich möchte wetten, dass wir sie so schnell nicht wiedersehen.«

»Gut für dich, dass ich nicht wette«, meinte Serafine grinsend und nickte grüßend zu dem Tisch in der Ecke, an dem sich die Sera Elsine, die Schamanin sowie Varosch und Zokora ins Gespräch vertieft befanden.

»Auf Hanik!«, rief Eldred und stand schwankend auf, um seinen Becher hochzuhalten und dann in einem Zug zu leeren. Dass ihm der Wein dabei über die Mundwinkel auf seine frische Uniform floss, schien ihn wenig zu stören. »Du warst ein guter Freund und Kamerad … aber Götter, dich beim Scheißen von dem Ungeheuer fressen zu lassen … das muss dir erst mal einer nachmachen!«

»Hört, hört!«, riefen Frick, Lannis und die anderen und leerten ihre Becher. Offenbar nahm niemand Anstoß an Eldreds Worten, dafür wurde eifrig nachgeschenkt.

»Könnt Ihr Euch erinnern«, meinte jetzt Bannersergeantin Lannis, die von allen noch am nüchternsten wirkte, was beileibe nicht hieß, dass sie es auch war, »wie Hulmir gewettet hat, er könne einen Bären mit einem Schuss erlegen? Und wie er rannte, als sein Bolzen in dem dicken Schädel hängen blieb? Auf Hulmir, den geschwätzigsten Soldaten, den ich je erlebte!«

Unter lautem Lachen wurden die Becher geleert und wieder gefüllt … offenbar nahmen unsere Legionäre ihr Gelage ernst.

Ich hatte meinen Becher pflichtbewusst hochgehoben, aber nur an dem Wein genippt, mein Kopf brummte mir auch so, und die anderen schienen damit zufrieden. Sie tranken, erzählten sich Geschichten über die beiden, erschreckten diejenigen, die nicht dabei gewesen waren mit der Beschreibung des Verschlingers, die mit jedem Becher schlimmer und unwahrscheinlicher wurde … und schenkten uns ansonsten keine weitere Beachtung. Was uns nur recht war.

»Hier«, sagte jetzt die Schamanin und legte ihren Finger auf eine weiße Stelle der Karte, die Serafine vor uns auf dem Tisch ausgebreitet hatte. Zum Teil war diese Karte mit der gleichen Genauigkeit gearbeitet, die ich von anderen kaiserlichen Karten kannte, doch der größte Teil der Karte war leer, nur hier und da waren einzelne Landmarken eingezeichnet. Eine dieser Landmarken lag nicht unweit von der Stelle, auf die die Schamanin zeigte, ein Gebirgszug, der noch keinen Namen trug.

»Es gibt dort einen Pass durch den Himmelsrücken«, reichte Delgere den Namen nach. »Hier, durch die Säulen der Titanen. Es ist ein riesiges Heerlager, fast schon eine Stadt. Beide schwarzen Stämme … Legionen lagern dort, sowie etwa vierzig unserer Stämme, die sich den Schwarzen angeschlossen haben.«

»Wie versorgen sie sich?«, wollte ich wissen. Wie Zokora schon erwähnt hatte, war das Land karg und leer, eine Armee dieser Größe hätte sogar in fruchtbarem Land Schwierigkeiten, sich zu ernähren.

Die Schamanin zuckte mit den Schultern. »Am Anfang kamen fast jeden Tag Wagenzüge durch den Pass, jetzt kommen die meisten Wagen aus dem Westen.«

»Aus Rangor also«, stellte ich fest und unterdrückte einen Seufzer. Wir hatten viele Pläne unseres Gegners vereiteln können, aber nicht diesen. Dass Thalak mit Rangor ausgerechnet das der sieben Reiche im Handstreich genommen hatte, das die ergiebigsten Metallvorkommen im ganzen Kaiserreich besaß, war ein herber Verlust für uns. Zumal uns nach wie vor die Truppen fehlten, um etwas dagegen zu unternehmen. Ein Problem für einen anderen Tag, auch wenn sich mit jedem Tag, der verging, Thalaks Griff um dieses Land festigen würde.

»Hhm«, meinte Serafine nachdenklich und wühlte in ihrer Mappe, um eine andere Karte auf den Tisch zu legen, diese umfasste das gesamte Reich ... und zeigte im Südosten ebenfalls jene Gebirgskette und dahinter ... unerforschtes Land. »Dass der Feind seine Truppen aus Rangor versorgen wird, war zu erwarten gewesen. Mehr Sorgen bereiten mir diese Wagen, die über den Pass kommen. Wisst Ihr auch, woher sie kommen?«, fragte sie die Schamanin, während die mit dem Finger die Strecke von dort zu den Außengrenzen Thalaks abfuhr. »Aus Thalak sicher nicht, das müssen Tausende von Meilen sein.«

»Das weiß ich nicht«, antwortete Delgere. »Ich habe nicht gefragt.« Noch immer wirkte sie in sich zurückgezogen, als gäbe es kaum etwas, das ihr Interesse erwecken konnte. Wenigstens sprach sie mit uns. Ich hatte meine Vermutung, wem wir das zu verdanken hatten.

Die Sera Elsine bemerkte meinen Blick und begegnete ihm teilnahmslos. Dennoch schien sie zu wissen, was ich dachte. »Ihr Stamm hat sich dazu entschlossen, sich den schwarzen Legionen anzuschließen«, teilte sie mir mit. »Nach dem, was ihrem Vater und ihrem Bruder widerfahren ist, heißt sie es nicht gut.«

Schön gesagt, dachte ich. Wenn der jungen Sera eine Regung zu entlocken war, dann in den Momenten, wenn sie von ihrem Vater oder ihrem Bruder sprach. Sie hatte versprochen, uns zu helfen. Unter einer Bedingung: dass der Kriegsfürst, der den Verschlinger befehligte, ihr gehören sollte. Ihr ... und ihren Geistern. Zorn, Wut und Trauer ... all das war deutlich genug in ihren Zügen zu lesen gewesen, als sie davon sprach, aber zuvor gab es da eine kleine Schwierigkeit zu überwinden. Den Verschlinger. Abgesehen davon, dass Delgere offensichtlich darunter litt, dass ihr Schutzgeist noch nicht wieder zu ihr zurückgekehrt war.

Nicht zum ersten Mal bemerkte ich, wie der Blick der Sera Elsine zu Serafine hinüberglitt. Als ich Askannons verlorene Kaiserin das erste Mal gesehen hatte, war ich auch über die Ähnlichkeit der beiden Frauen zueinander erstaunt gewesen, hatte es aber anfänglich dem in Bessarein üblichen Erscheinungsbild zugeschrieben. So weit stimmte das, sie hatten das dichte schwarze Haar, die dunklen Augen, die honigfarbene Haut und die stolze Haltung gemeinsam, die vielleicht damit einherging, dass die Frauen dort manchmal schwere Lasten auf ihrem Kopf balancierten, was ich allerdings bei Serafine noch nie gesehen hatte. Zudem fiel es mir schwer, mir die Kaiserin mit einem Tonkrug auf ihrem stolzen Kopf vorzustellen.

Doch jetzt, wo ich die beiden Frauen an einem Tisch sitzen sah, war leicht zu erkennen, dass die Ähnlichkeit über zufällige Gemeinsamkeiten hinausging. Sie hätten Schwestern sein können, oder Mutter und Tochter. Es gab nur kleine Unterschiede, Serafine war etwas größer als die Kaiserin und nicht ganz so schlank, ihre Nase war gerader und der Mund vielleicht auch ein wenig breiter und sinnlicher. Die Form der Wangenknochen, das Kinn, der Schwung der Augenbrauen hingegen waren, als hätten die Götter bei Serafines Erschaffung bei Elsine abgeschaut.

Wie mir jetzt auffiel, als Serafine leise die Schamanin weiter ausfragte, während sie mit einer feinen Feder Zeichen und Symbole auf der Karte nachtrug, waren sich auch ihre Stimmen ähnlich.

»Es ist, als ob mich die Götter verspotten würden«, sagte die Kaiserin, die meine Gedanken gelesen haben musste. »So wie sie hatte ich mir unsere Tochter vorgestellt.« Sie sprach leise, sodass nur ich sie verstehen konnte. Und natürlich Zokora. Aber die hätte auch am anderen Ende des Gastraums sitzen können, ohne dass ihr eine Silbe entging. Die dunkle Elfe schien vollends damit beschäftigt, in einem kleinen Mörser getrocknete Blätter in ein Pulver zu verwandeln, doch ich wusste, wie sehr das täuschen konnte. »Sie sieht ihm sogar ähnlich«, fuhr die Kaiserin leise fort. Ich schaute sie fragend an.

»Kennard«, erklärte sie. »Die gleiche Art, den Kopf zu halten, die Nase und dieses sture Kinn.« Unwillkürlich sah ich zu Serafine hin, doch sosehr ich mich bemühte, konnte ich dergleichen nicht erkennen. »Sie stammt aus Bessarein?«

»Ja«, nickte ich. »Einem Adelshaus dort. Dem Haus des Adlers. Der Gemahl der Kalifa Faihlyd ist ihr Bruder.«

»Warum trägt sie dann die Uniform der Legion? Was hat sie dazu bewogen, die Bälle und Privilegien einer Fürstin mit dem harten Leben eines Legionärs einzutauschen?«

»Ich bat sie darum«, antwortete ich. Sera Elsine hatte mehr als deutlich gemacht, dass sie kein Interesse daran hatte, uns zu helfen, sofern es sich nicht mit ihren eigenen Interessen deckte, also sah ich wenig Grund, ihr all das zu erzählen, was in diesem kalten, eisigen Grab seinen Anfang genommen hatte, um uns letztlich hierher zu führen. »Wenn Ihr mehr wissen wollt, fragt sie doch selbst.«

Sie nickte langsam. »Vielleicht werde ich das tun.« Ihre schlanken Finger spielten mit ihrem Becher Wein, an dem sie bislang kaum mehr als genippt hatte. »Der Verschlinger weiß, dass Ihr die Stücke des Tarn besitzt. Ihr wisst, dass er nicht eher ruhen wird, bis sein Meister sie in seinem Besitz hat? Er wird Euch auch nach Askir folgen.«

»Ja«, antwortete ich kurz angebunden. »Das ist mir bewusst.«

»Hhm«, meinte sie. »Darf ich die Stücke sehen?« Sie schüttelte ungläubig den Kopf. »Ich kann immer noch nicht glauben, dass Ihr sie so schnell gefunden habt.«

Wortlos zog ich den Beutel hervor und leerte ihn in meine Hand aus. Vorsichtig, fast ehrfürchtig nahm sie die beiden Stücke und musterte sie.

»Jade«, sagte sie dann, wie zu sich selbst. »Man spürt das Alter … und die Magie.«

»Der Tarn mag einst mächtig gewesen sein, aber jetzt ist er nur eine zerbrochene Krone. Nurmehr ein Symbol. Ich bin überrascht, dass Ihr nach all der Zeit noch die Magie spüren könnt.«

Sie schaute mich verwundert an. »Wie meint Ihr das?«

Ich wies mit meinem Becher auf die Stücke, die sie weiter mit ihren Fingern betastete, als wären sie Juwelen von unschätzbarem Wert. »Es sind nur noch Bruchstücke. Aus Jade, vielleicht kann man sie also gegen ein paar Silber aufwiegen … wertlos also … würden die Kor ihnen nicht eine solche Bedeutung zumessen.«

Sie legte die beiden Stücke nebeneinander auf den Tisch, und wir sahen zu, wie sie wie Magnetsteine aufeinander zurutschten, um sich mit leisem Klirren zu berühren. »Ihr irrt Euch«, sagte sie dann und schob mir die Stücke wieder zu. »In allem. Der Tarn ist nicht gebrochen, er ist getrennt … seht Ihr, die Enden? Die Jade ist nicht gebrochen, der Stein wurde sorgsam so bearbeitet, dass sich die Stücke ineinander fügen. Diese beiden gehören nicht zusammen, doch sie werden sich mit dem passenden Stück vereinen, wenn Ihr es nur findet. Was die Magie angeht … sie lässt sich schwer den Elementen zuordnen, und ich begreife sie nicht und kann nicht einmal erahnen, was sie bewirkt, aber ich kann Euch sagen, dass ich selten Gegenstände solcher Macht in meinen Händen hielt.«

Ich sah auf die Bruchstücke aus Jade herab, die wohl doch keine Bruchstücke waren, und dann zu Zokora hin. Sie legte den Mörser zur Seite.

»Es heißt, der Träger des Tarn hätte für alle Elfen gesprochen«, teilte sie ihr mit und bewies damit, dass sie sehr wohl unsere Unterhaltung verfolgt hatte. »Von besonderen magischen Fähigkeiten des Tarn ist wenig überliefert.«

»Die Magie in diesen Stücken hat die Farbe von … Gedanken«, meinte die Kaiserin nachdenklich. Sie lächelte etwas verlegen. »Violett … wenigstens für mich. Ich kann Euch allerdings so viel sagen, dass es nicht das Werk von Elfen ist. Diese Krone wurde von den Alten erschaffen.«

»Woher wollt Ihr das wissen?«, fragte ich neugierig.

Sie suchte einen Moment nach Worten. »Jede Art von Magie besitzt eine Art Unterschrift … eine Eigenart, die ihren Schöpfer kennzeichnet. Wie sich die Schrift der Menschen voneinander unterscheidet.« Sie lächelte etwas wehmütig. »Ich kann noch immer Kennards … Worte … in seiner Magie erkennen. Diese Signatur unterscheidet sich auch. Je nachdem, zu welcher Rasse der Erschaffer gehört. Ich kenne diesen bestimmten Schwung, die Linien der Magie zu führen. Man findet sie an allen Kreuzungspunkten des Weltenstroms. Überall dort, wo die Alten ihre Werke hinterlassen haben. Für mich gibt es keinen Zweifel.«

»Ihr sagt also, was immer es ist, das die Alten in den Tarn gewoben haben, es hat seine Macht nicht verloren?«, fragte Serafine jetzt.

»Genau das«, antwortete die Kaiserin. Sie sah uns der Reihe nach an. »Gelangt der Tarn in Kolarons Hände, wird er, was immer diese Magie auch bewirkt, es als Waffe zu benutzen wissen. Dies«, sagte sie entschlossen, »dürft Ihr auf keinen Fall geschehen lassen.«

»Was ich nicht anders sehe«, teilte ich ihr mit, als ich die Stücke wieder sorgsam in den Beutel tat. »Jetzt sagt mir nur, was ich tun soll, wenn der Verschlinger das nächste Mal versucht, sie sich zu holen?«

»Findet einen Weg, ihn zu erschlagen.«

Sie hatte gut reden, dachte ich grimmig, während sie mit einer kleinen Geste den Blick der jungen Schamanin auf sich zog.

»Wir müssen gehen«, teilte sie ihr mit. Delgere nickte folgsam, während ich mich fragte, wie Elsine es in der kurzen Zeit vermocht hatte, einen solchen Einfluss auf die junge Sera auszuüben. Oder was Elsine damit bezweckte. So viel wusste ich schon von ihr, dachte ich, als ich höflich aufstand, um den beiden Seras Platz zu machen: Sie tat nichts ohne Grund.

»Wir werden uns bald wiedersehen«, sagte sie zum Abschied und nickte freundlich in die Runde. »Doch jetzt gibt es für uns Wichtigeres zu tun.«

»Ich frage mich nur«, meinte Serafine, als die Tür hinter den beiden Seras zugefallen war, »was das wohl sein sollte. Hast du bemerkt, wie sie mich angeschaut hat?«

»Sie sagt, dass du so wärest, wie sie sich die Tochter vorgestellt hatte, die Kolaron ihr genommen hat«, teilte ich ihr mit. »Sieh es als Kompliment.«

Sie runzelte die Stirn.

»Wir sehen uns ähnlich, das ist wahr«, sagte sie dann nachdenklich. »Ich frage mich, ob das der Grund ist, weshalb der Kaiser mir so viel Beachtung schenkte.«

Zurück nach Askir

18 Wir waren übereingekommen, erst am Morgen nach Askir aufzubrechen. Zwar hatte ich mich beim Wein zurückgehalten, doch im Moment zog ich es vor, nicht so vor die Augen der jungen Kaiserin zu treten.

»Es ist ihr zuzutrauen, dass sie uns zu sich bestellt, sobald sie hört, dass wir in Askir sind«, meinte dann auch Serafine, während ich die Tür hinter uns schloss. Sie sah sich in dem kargen Quartier um, das man uns zugewiesen hatte, und seufzte leise. »Wenigstens gibt es ein anständiges Bett.«

Viel mehr konnte man in der Tat nicht darüber sagen, nun, es war sauber, und es gab einen Waschstand, einen Schreibtisch mit einem Stuhl davor und eine niedrige Kommode. Und einen Rüstungsständer. Schwere Läden sicherten das Fenster, das zudem noch mit daumendicken Gitterstäben versehen war. Ein verschnürtes Paket lag auf der Kommode.

Es überraschte mich nicht, ein anderes Quartier hätte auch nicht zur Feste Braunfels gepasst, alles hier war karg und auf das Nötigste beschränkt, warum sollte es da bei den Quartieren anders sein?

Doch im Vergleich zu der Art, wie wir die letzten Nächte verbracht hatten, gab es nicht den geringsten Grund zur Klage. Ich legte den schweren Riegel vor und rüttelte prüfend an der Tür, die stabil genug war, um einen Angriff der Barbaren aufzuhalten. Wahrscheinlich war sie genau dafür gedacht.

»Weißt du, dass wir zum ersten Mal seit Langem wahrhaftig allein sind?«, meinte Serafine lächelnd, während sie an mich herantrat und mit flinken Händen erst Seelenreißer von meinem Gürtel abhängte und neben die Kommode stellte, um dann die Knöpfe meiner Uniformjacke anzugehen.

»Jetzt, wo du es sagt …«, meinte ich und zog sie an mich heran. »Nur werden wir nicht viel davon haben, die Schulter …«

»Lass das meine Sorge sein«, meinte sie und schob mich mit einer Hand sanft zurück, bis ich den Bettrahmen in meinen Kniekehlen verspürte. »Mir wird schon etwas einfallen.«

Serafine kuschelte sich an mich, während ihre Finger mit der Schnur des Beutels spielten, den ich noch immer um den Hals trug. »Bist du bereit, dafür zu sterben?«, fragte sie mit einer überraschend dunklen Stimme, während ihre Hand nach dem Beutel griff. »Dann stirb!«

Noch während sie die Worte knurrte, verwandelte sie sich vor meinen Augen in den Verschlinger, und die Hand, die mich eben zärtlich liebkost hatte, wurde zu einer schwarzen Kralle, die auf meine Kehle niederfuhr …

»Götter!«, fluchte ich, als ich aufrecht im Bett saß, die Schulter für den Moment vergessen. Neben mir regte sich Serafine, während ich einen Funken zu der Kerze schickte, die auf dem Nachttisch stand.

»Was ist?«, fragte sie verschlafen und schob sich mit einer Hand ihr offenes Haar aus dem Gesicht. »Hat dich schon wieder der Alb geritten?«

»Ja«, gab ich ihr schwer atmend Antwort. »Aber diesmal war es anders.« Sie schaute mich fragend an, während ich nach der Kerze griff und sie hochhielt, sodass ihr flackernder Schein jeden Winkel des Raums ausleuchtete. Er könnte unter dem Bett liegen, dachte ich … und tadelte mich zugleich dafür, derart kindisch zu sein. Die Riegel an Tür und Fensterläden lagen vor, alles war unverändert, es gab nichts, das uns hätte bedrohen können.

»Ich träumte, du hättest dich in den Verschlinger verwandelt«, gestand ich ihr, während ich überlegte, ob ich nicht doch unter dem Bett nachsehen sollte. Meine Hand zitterte so sehr, dass ich anfing, das Wachs zu verteilen, also stellte ich die Kerze wieder ab. Das Schlimmste war, dass ich Mühe hatte, mir deutlich zu machen, dass der Albtraum nicht wahr sein konnte, wir hatten einander nicht aus den Augen gelassen, seitdem wir dem Verschlinger am Tempel begegnet waren. Dennoch … »Götter, was macht er mir Angst!«

»Nicht ohne Grund«, meinte sie gefasst und setzte sich aufrecht hin, um mich nachdenklich zu mustern. »Nur ein Narr kennt keine Angst. Aber wir werden eine Möglichkeit finden, ihn zu besiegen.«

»Aber wie?«, fragte ich sie verzweifelt. »Wenn selbst Seelenreißer nichts gegen ihn auszurichten vermag?«

»Zur Not fangen wir ihn ein und begraben ihn erneut«, sagte sie entschlossen. »Das war es ja, was die alten Elfen getan haben. Wir versiegeln ihn in Stein, dann hält er erst mal für die nächsten tausend Jahre Ruhe. Doch jetzt«, sie beugte sich vor und küsste mich leicht, »würde ich gerne weiterschlafen.«

Sie schlief an meiner Schulter ein, und ich beneidete sie darum, ich hätte es ihr gerne nachgetan. Doch daran war nicht zu denken, zu tief saß mir der Schreck in den Knochen. Zudem hatten Zokoras Pulver in ihrer Wirkung nachgelassen, und meine Schulter pochte, als würde man sie heiß auf einem Amboss schmieden.

Ich kroch vorsichtig aus dem Bett, sah Serafine einen Moment lang beim Schlafen zu, seufzte und setzte mich mit Stabmajor Amostins »Abhandlung über barbarische Gebräuche, Mythen und Rituale« an den kleinen Schreibtisch, um noch einmal manche Dinge nachzulesen.

Nur um, wie erwartet, festzustellen, dass Zokora den Nagel auf den Kopf getroffen hatte. Das Land, das der Stabsmajor hier beschrieb, war fruchtbar und reich an Nahrung gewesen. Obschon wir nur einen kleinen Teil der Steppe gesehen hatten, wusste ich von Mahea, dass sich die Steppe weithin erstreckte, von dem fruchtbaren Land von damals war nur wenig verblieben.

Tausende Gedanken gingen mir durch den Kopf, während ich dasaß und in das Buch starrte, bis die Buchstaben vor meinen Augen verschwammen. Als ich dann, endlich, viel später schlafen ging, war es kaum mehr eine Kerzenlänge bis zum Wecken.

Und ja, ich schaute doch noch unters Bett.

Die Rufe der Wachablösung auf dem Innenhof weckten mich. Verschlafen drehte ich mich auf die Seite um, froh, nicht dort unten antreten zu müssen ... und dann klopfte es.

Mit einem Tuch um meine Lenden und Seelenreißer in der Hand öffnete ich die schwere Tür und sah mich einem blutjungen Rekruten der Federn gegenüber.

»Seid Ihr der La-Lanzengeneral?«, fragte er mit einem ehrfürchtigen Unterton, während er mir das versiegelte Schreibbrett hinhielt und sich sichtlich bemühte, irgendwo anders hinzusehen als auf eben jenes Brett.

Ich nickte, brach das Siegel, las, was die Feder in der Meldestelle geschrieben hatte, unterdrückte einen Fluch und seufzte.

»Habt Ihr eine Antwort?«, fragte der Rekrut.

»Ja«, knurrte ich. »Wir werden pünktlich sein.«

»Aye, Ser!«, sagte er und salutierte, doch da hatte ich ihm die Tür bereits vor der Nase geschlossen.

Serafine richtete sich im Bett auf einen Arm auf und zog die Decke hoch, so verschlafen, wie sie aussah, hätte ich mich am liebsten gleich wieder zu ihr gelegt.

»Was gibt es?«, fragte sie und gähnte, um mich gleich darauf zu tadeln. »Das war unhöflich von dir.«

»Ich bin nicht in einer höflichen Laune«, ließ ich sie wissen, während ich an den Waschtisch trat. Grobe Kernseife, stellte ich fest, was sollte es hier auch sonst geben.

»Es war von der Kaiserin. Sie hat wohl gehört, dass wir heute nach Askir zurückkehren, und erwartet unsere Aufwartung pünktlich zu Mittag. Sie erinnert uns beide daran, dass wir bis dahin unsere Berichte fertigzustellen hätten.«

Serafine lachte leise, während sie ihre Decke um sich wickelte und ihre langen Beine aus dem Bett schwang.

»Das klingt mir mehr nach Orikes als nach ihr«, meinte sie dann. »Komm, lass mich dir mit dem Verband helfen.«

Als ich etwas später meine alte Rekruten-Uniformjacke aus meinem Packen zog, schüttelte sie nur den Kopf und sah hinüber zu dem verschnürten Packen, der auf der Kommode lag.

»Ein Geschenk der Kaiserin«, meinte sie mit einem Lächeln. »Eine neue Uniform. Meister Breckert hat sie gefertigt. Sieh es als einen Hinweis.«

»Was wetten wir, dass auch das eine Idee von Stabsobrist Orikes war?«, knurrte ich, während ich die Schnürung aufschnitt. Ganz obenauf lag ein kleines, flaches Kästchen aus dunklem, poliertem Holz, als ich es öffnete, fand ich darin ein neues Rasiermesser und sogar Pinsel und Seifenstück. Ich hob es hoch, um es Serafine zu zeigen.

Sie schüttelte lachend den Kopf. »Die Wette nehme ich nicht an.« Sie strich mit ihrer Hand leicht über meine Stoppeln. »Er hatte wohl Angst, dass du dich in einen Barbaren verwandeln würdest.«

Frisch gewaschen und rasiert, neu und bestens eingekleidet, fanden wir uns in der Messe wieder, wo Zokora und Varosch bereits an einem Tisch weiter hinten in der Ecke auf uns warteten. Als ich zur Tür hereinkam und einer der Rekruten das Rangabzeichen auf meinem linken Ärmel sah, stand er stramm und rief laut »Achtung«, woraufhin gut drei Dutzend Soldaten mit lautem Scheppern von ihrem Frühstück aufsprangen und mich so aus meinen Gedanken rissen.

»Weitermachen«, sagte ich hastig, und mit fast ebenso lautem Scheppern nahmen sie ihre Plätze wieder ein, nur dass jetzt alle Blicke auf uns lagen.

»Deswegen mag ich es nicht«, meinte ich grummelnd zu Serafine, während ich mich auf die Bank schwang.

»Gewöhne dich daran. Ich sagte es dir bereits, ein General hat in der ersten Reihe nichts verloren. Er trägt Uniform, wird von seinem Stab begleitet, und man salutiert ihm, wenn man ihn sieht. Er ist wichtig. Er weiß alles, es sind seine Entscheidungen, auf die die Leute vertrauen. Er wirkt vor allem dann überzeugend, wenn er gepflegt und ausgeruht erscheint, so wissen die Leute, dass er in allen Dingen sorgsam ist und so also auch sorgsam mit ihren Leben umgeht.«

»Dann hat Miran ja alles richtig gemacht«, grollte ich. »Ich dachte, du magst sie nicht?«

»Dass ich sie nicht mochte, hatte andere Gründe«, antwortete sie kühl, während Varosch lächelnd von ihr zu mir und wieder zurück schaute, als verfolge er ein Ballspiel. »Aber nach allem, was ich von ihr weiß, war sie eine hervorragende Soldatin. In mancher Hinsicht könntest du dir an ihr ein Beispiel nehmen.«

»Guten Morgen«, meinte Varosch, noch immer lächelnd, aber mit einer leichten Spitze im Ton. »Möchtet ihr mit uns essen oder diesen Disput weiter austragen?«

Ich nickte ihm nur abwesend zu. »Was hast du vor?«, fragte ich Serafine. Ich kannte diesen entschlossenen Ausdruck in ihrem Gesicht aus zwei Leben. Sie hatte sich etwas in den Kopf gesetzt.

»Erinnere dich an die Nacht vor der Schlacht«, fuhr sie eindringlich fort. »Und auch an den Abend danach … jeder einzelne ihrer Soldaten war überzeugt, dass sie wusste, was sie tat. Die Legion ging unter … aber die, die überlebten, glauben fest daran, es ihr zu verdanken, dass sie noch unter uns weilen.«

»Hätte sie sich an meinen Befehl gehalten, wären sie alle noch am Leben«, grollte ich.

»Das ist nicht der Punkt«, sagte Serafine ungehalten. »Sie folgten ihr und glaubten an sie, weil sie wusste, wie man führt. Unter ihrem Kommando hat die dritte Legion nie eine Schlacht verloren … und auch diese nicht. Havald«, sagte sie, während sie mich eindringlich anschaute. »Das ist es, was du erreichen musst, lernen musst, dass die Leute dir folgen, auch wenn du nicht in erster Reihe stehst.« Sie nahm meine Hand und hielt sie. »Ich weiß, warum du es nicht willst … aber genau darum geht es. Es ist ungleich schwerer, vom Hügel aus die Schlacht zu leiten, als selbst dem Feind in die Augen zu sehen. Doch wenn du eine ganze Legion gegen den Feind führen willst, dann geht es nicht mehr anders. Sie werden dir nicht folgen, weil sie dich kennen, sondern weil du der General bist … und sie knüpfen gewisse Erwartungen daran!«

Endlich fiel das Kupferstück. »Die neue Uniform ist von dir?«

Sie schüttelte den Kopf. »Sie ist, wie ich sagte, ein Geschenk der Kaiserin. Aber wer immer ihr dazu riet, hatte recht damit.« Sie tat eine Geste, die die Messe und irgendwie die ganze Ostmark einschloss. »Das hier«, sagte sie leise und fast schon bedauernd, »war dein letzter Ausflug auf eigene Faust. Du bist der Oberbefehlshaber der Legionen, das ganze Reich verlässt sich auf dich … du darfst sie nicht enttäuschen.«

Varosch, der derweil bedächtig sein Brot bestrichen hatte, sah nun zu Zokora hin. »Ich liebe solche leichten Gespräche am Morgen. Genau das Richtige, um einen Tag gemütlich anzugehen.«

»Ich verstehe es sowieso nicht«, sagte Zokora, die, wie

immer, ihre Nase in einem Buch hatte. »Warum legt ihr Menschen immer so viel Wert darauf, jedem vorzuschreiben, *wie* er eine Sache zu tun hat? Warum sagt ihr nicht einfach jemandem, *was* getan werden muss und überlasst dem anderen dann das Wie?«

»Weil dies oft zu Missverständnissen führt«, erklärte Serafine ernsthaft. »Wenn ein Legionär selbst entscheiden dürfte, wie er die Befehle zu befolgen hat, würde er wohl kaum in eine Schlacht ziehen.«

»Was dann beweist, dass doch Vernunft unter den Menschen zu finden ist«, meinte Zokora und legte das Buch zur Seite. »Ich frage mich, wann einer von euch endlich einmal die Zahlen aufaddieren wird.«

»Wie meinst du das?«, fragte ich vorsichtig, während ich das Tablett mit meinem Frühstück von einem Rekruten entgegennahm.

»Während Kolaron Malorbian sich aussuchen kann, wo er als Nächstes angreift, müsst ihr euch überall verteidigen.« Sie tat eine harte Geste. »Der Krieg um Illian ist ein Nebenschauplatz. Die Kronstadt hält zwar aus, doch das Land ist bereits verloren. Der eigentliche Krieg findet hier im Kaiserreich statt, und ihr befindet euch bereits jetzt in der Defensive, vor allem, da der Feind das Geschehen lenkt. So gewinnt man weder eine Schlacht noch einen Krieg.« Sie beugte sich etwas vor. »Es ist nicht so, dass Serafine unrecht hat. Es werden Schlachten geschlagen werden müssen. Doch wenn ihr die Entscheidung nur im Feld sucht, eure Hoffnungen nur auf die Legionen setzt, werdet ihr verlieren. Werden *wir* verlieren.« Ihre dunklen Augen bohrten sich in meine Augen. »Das darf nicht sein. Lass dir etwas anderes einfallen, Havald.« Sie wandte sich an Serafine. »Und du … du unterschätzt ihn noch immer. Er ist kein General. Er ist ein Anführer. Sie folgen ihm nicht, weil er eine Uniform trägt, sondern weil sie spüren, wer er ist. Er ist der Engel Soltars, und er ist der, der die Dunkelheit besiegen wird. Sie folgen ihm, weil er ihre Hoffnung ist. Dazu braucht er keine Uniform und keinen Rang.«

»Ich glaube«, sagte Varosch schmunzelnd, »dass ihr ihn auch mal zu Wort kommen lassen solltet.«

»Danke«, versetzte ich etwas bissig. Ich griff zum Korb, um mir ein Brot herauszunehmen, und fluchte dann, als die Schulter zog und ich das Brot in meinen Kafje fallen ließ. »Götter«, knurrte ich, während ich es wieder herausfischte. »Das war das Letzte!«

»Lass mich«, bat Serafine leise. Sie nahm das nasse Brot und hielt es über meinen Kafje, schaute sich verstohlen um, dass auch niemand sie dabei beobachtete ... und ließ den Kafje wieder in meine Tasse fließen, um mir das nun nicht mehr feuchte Brot auf den Teller zu legen. »Kafje ist zum größten Teil nur Wasser«, meinte sie dazu.

»Danke«, knurrte ich. »Und was das andere angeht, so habe ich bereits einen Plan. Und ja«, fügte ich mit Blick zu Zokora hinzu, »mir ist schon seit Langem bewusst, dass wir in einer offenen Schlacht nicht gewinnen können. Wir müssen den Kampf zu unserem Feind tragen. Nach Kolariste, vor seine Haustür. Aber wir brauchen die Legionen, um zu verhindern, dass er uns überrennt.« Ich blickte jetzt zu Serafine hin. »Ich sehe deine Gründe, und sie leuchten mir ein. Ich werde mich daran halten, wenn es möglich ist. Aber jetzt«, meinte ich und bedachte sie alle der Reihe nach mit einem strafenden Blick, »will ich gerne frühstücken!«

Zokora, die sich wieder über ihr Buch gebeugt hatte, schaute nur kurz auf. »Wer sollte dich daran hindern?«

Vor wenigen Wochen hatte die Eule Asela hier in Braunfels ein magisches Tor geöffnet, das es uns jetzt erlaubte, mit nur einem Schritt die alte Kaiserstadt zu erreichen. Es war sowohl ein Segen als auch ein Fluch, denn so konnte die Feste versorgt und besetzt werden, ohne dass der Nachschub über unsichere Straßen geführt werden musste. Es lag aber auch die Gefahr darin, dass ein Feind die Feste erobern konnte und damit imstande sein würde, das Tor selbst zu nutzen, um in das Herz des Kaiserreichs vorzudringen.

Damit dies nicht allzu einfach möglich war, hatte sich Asela eines der stabilsten Häuser in der alten Feste ausgesucht. Das Fundament und das Erdgeschoss waren noch aus alten kaiserlichen Quadern gefügt, Teile des Obergeschosses und des Dachs waren dagegen aus Holz errichtet worden.

Das Tor hatte man bereits ausgetauscht, mit breiten, stabilen Angeln versehen und auch das Tor selbst mit weiteren frisch glänzenden Stahlbändern verstärkt. Die Fensterläden im Untergeschoss hatte man gegen solche mit Schießscharten ausgetauscht, und oben am Obergeschoss arbeiteten Handwerker an einem geschützten Wehrgang, zugleich war man dabei, die nah angrenzenden Gebäude abzutragen und einen weiteren Wall zu errichten.

All dies würde einer Belagerung nicht lange standhalten. Es galt nur, die Zeit zu erkaufen, die es brauchte, bis die Feder, die das Tor verwaltete, die Steine einsammeln konnte, um sie in ein tiefes Loch zu werfen, und mit einer Axt das goldene Band zu zerstören, das das Tor begrenzte.

Der junge Mann, dem diese Verantwortung übertragen worden war, mochte kaum älter als zwanzig sein, dennoch ging er seiner Aufgabe mit großer Ernsthaftigkeit nach. Mittlerweile hatten die Federn Zeitpläne entwickelt, die den Durchgang durch das Tor regelten, denn es war nicht ohne Tücken. Befand man sich zufällig auf dem Rand, wenn das Tor betätigt wurde, dann wurde man wie von einem scharfen Beil entzweigeschnitten.

Wie wir erfuhren, mussten wir erst zwei Warenlieferungen abwarten, bevor uns der Weg nach Askir geöffnet werden würde, so hatte ich Zeit und Muße, über das Gelernte und Erfahrene nachzudenken. Zum einen gab es für die Ostmark keine schnelle Lösung. Selbst wenn sich alle Stücke des Tarn in unserem Besitz befinden würden, bliebe immer noch das Problem, jemanden zu finden, der den Tarn tragen sollte. Es musste jemand sein, dem an einem dauerhaften Frieden mit dem Kaiserreich gelegen war, zum anderen mussten die Kor ihn auch akzeptieren können. War er allzu offensichtlich vom

Kaiserreich gelenkt, würde, Tarn oder nicht, der Frieden wohl kaum von allen Stämmen eingehalten werden.

Der Kriegsfürst, der die beiden schwarzen Legionen führte, war wohl kaum geneigt, uns einfach gewähren zu lassen. Mittlerweile war jedem von uns bewusst, dass er eine Offensive plante. Und dass es unwahrscheinlich war, dass eine der Frontfesten dem geballten Ansturm der Legionen und zugleich der Barbaren standhalten würde.

Was meine Gedanken zu dem jungen Mann dort am Schreibpult zurückbrachte, der jetzt gewissenhaft drei Wagen voller Leinenballen in seinem Buch notierte, die soeben durch das Tor gekommen waren.

Seine Aufgabe war es, die Torsteine zu entfernen, das Tor zu zerstören und dann gewissenhaft für das Kaiserreich zu sterben … und das, obwohl ein einziger Schritt ihn in Sicherheit bringen könnte. Oder vor das Kriegsgericht.

Einen Moment lang spielte ich mit dem Gedanken, den Verschlinger hierher zu locken und ihn am Rand des Tores zu halten, während es ausgelöst wurde, das wäre sicherlich auch für ihn das Ende. Guter Plan, dachte ich säuerlich. Jetzt müsste mir nur noch einfallen, wie das zu erreichen wäre.

Das Einzige, was meiner Meinung nach der Ostmark dauerhaften Frieden bringen konnte, war, dem Volk die Freiheit zu geben, die es brauchte, und es zugleich anzuleiten, friedlich mit den Nachbarn zusammenzuleben und Felder zu bestellen. Ihnen zu ermöglichen, die Bürgerrechte zu erwerben, Handel zu treiben und sesshaft zu werden. Selbst im besten Fall würde es Jahre dauern … Jahre, die uns der Feind gewiss nicht lassen würde.

Man konnte es ja machen wie damals, als das Reich meine Heimat erobert hatte. Wer in Frieden leben wollte, bekam Haus und Hof und Land zugewiesen. Doch wie Serafine bereits angedeutet hatte, war dies nur möglich gewesen, weil die Legion die meisten derer, die nicht nach Wunsch entschieden hätten, längst erschlagen hatte.

Ich musste an den stolzen Bruder der Schamanin denken,

unsere barbarischen Vorfahren waren bestimmt nicht alle einverstanden gewesen. Wie Serafine es schon sagte, auch der Boden meiner Heimat war erst mit Blut getränkt so fruchtbar geworden.

»Wir sind dran«, riss mich Serafine aus meinen Gedanken. Ich nickte und tat den Schritt über den goldenen Rand, wartete, und als es dann in meinen Ohren knackte, tat ich wieder den Schritt hinaus und stand in Askir.

Um in ein strahlendes, mir gut bekanntes Gesicht zu schauen, das auf den ersten Blick eine bemerkenswerte Ähnlichkeit mit dem eines Pferdes besaß. Schwertleutnant Stofisk, der neben dem Talent, immer irgendwo in einem Fettnapf zu stehen, eine Reihe ungeahnter anderer besaß, war mir in der Tat ein willkommener Anblick. Irgendetwas ließ mich immer schmunzeln, wenn ich ihn sah, zudem war er einer der fähigsten Soldaten, die ich je kennengelernt hatte. Nur dass er auf einem Schlachtfeld vollkommen fehl am Platz gewesen wäre.

»Willkommen zurück in Askir«, begrüßte uns der Leutnant mit einem strahlenden Lächeln, dem nur schwer zu widerstehen war. Er verbog seine hagere Gestalt zu einer formvollendeten Verbeugung, um sich dann hastig daran zu erinnern, dass ein Salut vielleicht die bessere Begrüßung gewesen wäre. Er holte es auf seine unnachahmliche schlaksige Art nach, wobei ich fast befürchtete, dass er sich ein Auge ausstechen würde.

»Ich habe mir erlaubt, alles für Eure Ankunft vorzubereiten!«, teilte er uns mit und rieb sich dann erfreut die Hände, eine Geste, die dem Sohn zweier mächtiger Bank- und Handelshäuser mehr entsprach als ein eher ungeschickter Salut. »Ich habe mir sogar eine Kutsche meiner Mutter ausgeliehen, um Euch abzuholen!«

»Weiß sie davon?«, fragte Serafine grinsend.

»Ich denke nein«, antwortete Stofisk ungerührt. »Doch sie hat so viele davon, diese eine wird sie wohl kaum vermissen. Götter«, wandte er sich dann an mich. »Was bin ich froh,

Euch lebend, gesund und vor allem klar im Geiste wiederzusehen, es wäre wahrhaftig eine Schande gewesen, wenn Ihr alles vergessen hättet oder gar tot geblieben wäret!«

»Danke«, gab ich höflich zurück, während ich im Hintergrund Varosch erstickt schnauben hörte. »Ich bin auch recht froh darüber.«

»Wer wäre das nicht?«, begann er. »Ich meine, wer würde …«

Serafine räusperte sich. Laut.

»Ich …«, begann er und stockte dann, um Serafine mit einem fast vorwurfsvollen Blick zu bedenken, bevor er etwas steifer fortfuhr. »Die Eule Asela trug mir auf, dass Ihr Euch baldmöglichst bei ihr melden sollt. Sie ist bis zum Nachmittag in der Zitadelle, bittet Euch aber darum, das Treffen mit ihr noch vor Eurer Audienz bei Desi … bei der Kaiserin wahrzunehmen. Ich soll Euch außerdem von einem Mann namens Wiesel ausrichten, dass Ihr ihm ein Bier schuldet und Ihr die Zeche in der Gebrochenen Klinge für ihn übernehmen könnt.«

Wiesel war der Ziehbruder der Kaiserin, ein Mann, von dem ich schon viel gehört hatte. Angeblich kannte er Askir wie kaum ein anderer. Er war zudem der bekannteste Dieb der Kaiserstadt … und derjenige, der mich nach meiner Ermordung aus dem kalten Hafenwasser gefischt hatte. Womit ich ihm weitaus mehr schuldete als nur ein Bier.

Bislang war es nicht zu einer Begegnung mit ihm gekommen, diesmal nahm ich mir vor, es baldmöglichst einzurichten.

»Sonst noch etwas?«, fragte Serafine.

»Könnt Ihr mir sagen, was genau geschehen ist? Die Gerüchte überschlagen sich bereits! Seid Ihr wahrhaftig einem Ungeheuer begegnet, das nicht erschlagen werden kann?«

Was wieder nur bewies, dass sich nichts so schnell verbreitete wie ein gutes Gerücht. Die Neugier stand ihm derart deutlich ins Gesicht geschrieben, dass er mir fast schon leidtat, als Serafine ihn darauf hinwies, dass wir ihm wohl kaum hier im Torraum davon berichten würden.

»Gut«, nickte er dann. »Wir haben ja während der Kutschfahrt Gelegenheit. Dort wird uns auch niemand belauschen können.«

»Was ist mit dem Kutscher?«, fragte Varosch schmunzelnd.

»Oh«, meinte der Leutnant mit einer nachlässigen Handbewegung. »Um ihn braucht man sich keine Gedanken zu machen, er ist einer der Spione meiner Mutter und absolut vertrauenswürdig.«

Von seinem Standpunkt aus mochte das sogar stimmen, dachte ich belustigt.

»Vielleicht wollen wir ja gar nicht, dass Eure Mutter all dies erfährt?«, erinnerte ihn Serafine.

»Warum denn nicht?«, meinte der Leutnant erstaunt. »Sie wird es ja doch erfahren, sie hat ihre Spione überall.«

»Zum Beispiel auf dem Kutschbock«, erwiderte ich erheitert. Einer dieser Spione hatte uns zu einem Nekromanten geführt, dafür war ich ihr durchaus dankbar. Aber allzu leicht wollte ich es ihr auch nicht machen. »Nein, Leutnant, ich fürchte, Ihr und Eure Mutter müsst Euch noch etwas gedulden.«

Stofisk seufzte. »Dann hoffe ich, dass sie es schnell herausfindet, sie will nicht einsehen, dass ich ihr nichts berichten kann … und morgen Abend hat sie mich zum Tee geladen.«

Er sagte es so, als wolle man ihn zu seiner Hinrichtung führen. Wenn es jemand gab, der die Reichen und Mächtigen in Askir kannte und verstand, dann war es Leutnant Stofisk. Er gehörte selbst dazu, mit der einen Hälfte schien er verwandt, die andere war wahrscheinlich seinem Vater oder seiner Mutter einen Gefallen schuldig. Nur dass er sich dieses Leben nicht wünschte und beständig damit zu kämpfen hatte, dass seine Eltern Einfluss auf ihn nehmen wollten.

Die Hohepriesterin der Astarte

19 Wir wären schneller vorangekommen, hätten wir nicht die Kutsche genommen. Dennoch war ich Stofisk dankbar, so sanft wie sie gefedert war, spürte ich meine Schulter kaum. Dass unser Leutnant enttäuscht wurde, da weder Serafine noch ich es seiner Mutter leichter zu machen gedachten, aus Gerüchten einen Vorteil zu ziehen, nahmen wir in Kauf. Am Ende trieb es den Preis für Getreide nach oben, wenn sie von dem Verschlinger erfuhr.

Stofisk trug es gelassen und unterhielt uns mit dem neuesten Tratsch aus Askirs besseren Kreisen, doch dann sah ich, dass wir auf den Tempelplatz abbogen.

»Wollten wir nicht zur Zitadelle?«, fragte ich. Der Leutnant sah erstaunt drein.

»Sagte ich nicht, dass Schwester Ainde Euch zu sprechen wünscht? Ihr Einfluss hier in Askir ist groß, und wir sollten sie nicht vergrämen. Zudem könnte Eure Schulter Heilung gebrauchen. Ich hoffe, dass der Knochen schon von einem Medikus gerichtet wurde?«

»Ich habe das übernommen«, teilte Zokora ihm mit.

»Vielleicht sollte doch ein Medikus …«, begann der Leutnant, während sich Serafine hastig räusperte.

»Nein«, sagte Zokora kühl. »Das sollte er nicht.«

In manchen Dingen schien der Leutnant wahrhaftig wenig Gespür zu besitzen, doch zumindest war er lernfähig und sagte jetzt nichts weiter.

Wenn es möglich war, vermied ich es, die Tempel unserer Götter zu betreten, obwohl ich in einem Soltartempel aufgewachsen war. Irgendwie schien immer etwas zu geschehen, wenn ich einen Fuß über die Schwelle setzte. Vor allem aber mied ich die Tempel der Astarte.

In ihren weißen, leichten Roben, die oftmals kaum noch

züchtig zu nennen waren, in ihrem Glauben an das Gute im Menschen und ihrer Bereitschaft, sich für ihre Göttin in Gefahr zu bringen und zu opfern, kamen mir die Priesterinnen der Göttin oftmals allzu naiv und hilfsbedürftig vor. Dennoch hatte ich sie auch schon auf Schlachtfeldern gesehen, ihre weißen Roben von Blut getränkt, während sie den Verletzten und Sterbenden Heilung und Hoffnung brachten, oder einen letzten Segen und den Gnadenstoß. Gab es einen Streit, stellten sie sich zwischen die Streitenden, ungeachtet der Gefahr, die sie dabei eingingen. Gab es Krankheiten und Seuchen, waren sie die Ersten, die zur Stelle waren und Hilfe spendeten … und dann nicht selten selbst den Seuchen erlagen. Ich schätzte Mut und Selbstlosigkeit, doch die Priesterinnen der Astarte gingen mir dabei oftmals viel zu weit.

Vielleicht lag es daran, dass es mir suspekt erschien, wenn jemand von sich behauptete, stets nur auf dem Pfad der Tugend zu wandeln. Selbstloses Handeln begegnete mir zu selten, als dass ich daran glauben konnte, meist gab es einen wie auch immer verdeckten Vorteil, den jemand daraus zog. Wenn eine schöne Sera in solchen offenherzigen Gewändern vor mir stand und mir ein Lächeln schenkte, ließ das in mir meist den Wunsch nach Flucht aufkommen.

Einen Moment lang überlegte ich, ob ich mich dem Tempelbesuch widersetzen sollte, doch der Leutnant hatte recht, als oberste Priesterin der Astarte genoss Schwester Ainde große Macht und Einfluss in der Kaiserstadt, und es wäre töricht gewesen, sie vor den Kopf zu stoßen.

Also fügte ich mich widerstrebend in mein Schicksal.

Der Kutsche war es nicht erlaubt, bis an die Stufen des Tempels heranzufahren, wir gingen also die letzten Schritte zu Fuß, was mir Muße gab, das Haus der Göttin zu betrachten.

Weiße Säulen und Treppenstufen aus Marmor, die bronzene Tür mit Einlegearbeiten aus Gold und Elfenbein versehen, selbst die Opferschalen waren aus Gold und mit Juwelen besetzt. Würde man eine von ihnen einschmelzen und veräußern, holte man wahrscheinlich mehr heraus als aus einem Jahr von Spenden.

In dem Tempel, in dem ich aufgewachsen war, gab es dafür eine flache Schale aus poliertem Stein, die ihren Zweck genauso gut erfüllte.

Der Geruch von Räucherwerk füllte die Luft und lag im Wettstreit mit dem schweren Duft der Blumen, der meine Nase arg zum Niesen reizte, und wo auch immer mein Blick hinfiel, blieb er an zu offen dargebotenen weiblichen Formen hängen.

Nach den Talenten zur Heilung war die Schönheit einer Sera das deutlichste Zeichen für die Gunst der Göttin, kein Wunder also, dass man hier mehr schöne Frauen finden konnte als in einem andorianischen Haus der … ich verbiss mir hastig den Gedanken, als ich die Statue der Göttin in der Mitte der großen Halle stehen sah, dennoch bildete ich mir ein, dass sie mich mit einem leicht tadelnden Blick bedachte.

Hinzu kam, dass Varosch und ich, nein, wir alle, von allen Seiten her verstohlen gemustert wurden, ertappte man sie dabei, taten die Priesterinnen so, als wäre es nur Zufall. Je weiter wir in die große Halle vordrangen, umso mehr juckte es mir zwischen den Schulterblättern.

Es sind nur Seras, die der Göttin dienen, versuchte ich mich zu beruhigen, es ist kein Grund zur Flucht gegeben.

Ganz vermochte ich mich davon freilich nicht zu überzeugen, vielmehr stellten sich meine Nackenhaare auf, als wäre ich ein Hase, der den Blick der Wölfe spürt. Ich riss mich zusammen, tat mein Möglichstes, all dies zu ignorieren, und schaute mich weiter in der großen Halle um.

Hier, im Inneren des lichtgefluteten Tempels mit seinen hohen Säulen, gab es kaum einen Ort, den man nicht verziert und teuer verschönert hatte, selbst die Marmorplatten zu unseren Füßen waren mit Mustern und Einlegearbeiten aufgewertet worden. Und überall … Blumen. Ein Meer von Blumen.

»Wohlsein«, entbot mir Varosch lächelnd, als der Reiz mich übermannte und mein Nieser von den Wänden des Tempels widerhallte.

»Es sind … Hatschuuu … die Blumen«, erklärte ich. »Sie sind zu viel für mich!«

»Das geht vielen Leuten so«, tröstete mich der Leutnant. »Es wird sich legen.« Seine Worte klangen etwas abwesend, und ich folgte seinem Blick.

Offenbar hatte man uns bereits erwartet, denn dort eilte eine Tempelschülerin herbei, um uns derart freudig zu begrüßen, als hätte sie uns schon lange sehnsüchtig vermisst.

»Schwester Ainde erwartet Euch bereits«, teilte sie uns strahlend mit. »Wenn Ihr mir bitte folgen würdet.«

Vielleicht war es eher eine ganz bestimmte Person, die sie so freudig erwartet hatte, denn jetzt wandte sie sich an Leutnant Stofisk, der seinem Spitznamen alle Ehre machte, als er sie steif und reserviert begrüßte.

»Ich habe dich vermisst, du machst dich allzu rar, seitdem ich im Tempel bin.«

»Ich habe Verpflichtungen, Melese«, teilte er ihr schroff mit. »Sie führen mich nur selten in den Tempel. Wolltest du uns nicht zur Schwester Ainde geleiten? Oder sollen wir sie warten lassen?«

Die Abfuhr traf die junge Sera sichtlich hart, doch sie straffte ihre Schultern und lächelte tapfer. »Dann … folgt mir bitte, hier entlang.«

Doch Zokora war vor dem Standbild stehen geblieben, um es interessiert zu mustern.

»Es ist das gleiche Gesicht«, teilte sie mir auf meinen fragenden Blick hin mit. »Nur dass sie hier Robe und keine Rüstung trägt und heller Stein verwendet wurde und nicht Obsidian. Es ist tatsächlich so, wie Varosch sagt, sie sind sich gleich, nur unterschiedlich im Aspekt.« Ein feines Lächeln umspielte ihre Lippen. »Allerdings gefällt mir unser Tempel besser. Kein unnötiger Zierrat, um den Blick von der Göttin abzulenken.«

Die Tempelschülerin fühlte sich wohl verpflichtet, dies zu kommentieren.

»All dies sind Gaben von Gläubigen, die der Göttin für ihre Gunst danken wollten«, erklärte sie verlegen. »Sollte man sie abweisen?«

»Das nicht«, meinte Zokora unbewegt. »Nur erscheint der ganze Plunder mir nutzlos.«

»Der Tempel hält jeden Tag eine Armenspeisung ab«, verteidigte sich die junge Sera.

»Ist das so?«, meinte Zokora und zog eine Augenbraue hoch. »Kann man jetzt Gold und Silber essen?«

»Sag nichts«, mahnte Serafine mich mit festem Blick.

Warum sollte ich? Zokora hatte es ja bereits auf den Punkt gebracht.

»Noch rasch etwas zum Protokoll«, warf Stofisk hastig ein. »Es kann sein, dass die Hohepriesterin Euch besondere Gunst erweist und Euch die Hand hinhält ... das bedeutet nicht, dass Ihr sie schütteln sollt. Ihr werdet dann auf die Knie gehen und *andeuten*, den Ring zu küssen. Sie wird Euch dann im Namen der Göttin segnen und ...«

»Nein«, sagte Zokora. Ich schaute zu Varosch hin, der Mühe hatte, seine Erheiterung zu verbergen. Mir erging es nicht viel besser.

»Nein?«, fragte Stofisk verwirrt. »Aber ...«

»Ich will nicht, dass sie meine Ringe küsst«, teilte Zokora ihm mit. »Also küsse ich nicht ihre. Ich knie nicht vor ihr.«

»Aber es ist üblich ...«, begann die Tempelschülerin, um zu stocken, als Zokoras Blick auf sie fiel.

»Bei euch Menschen zeigt das Knien, dass man die Überlegenheit des anderen anerkennt«, erklärte Zokora geduldig. »Sie ist mir nicht überlegen.«

»Aber sie ist die Hohepriesterin der Astarte!«, widersprach die junge Sera tapfer. »Sie hat Anrecht darauf, dass ...«

»Hat sie nicht«, teilte ihr Zokora mit. »Ich kenne die Bücher der Astarte. In keiner Zeile steht darin, dass man die Ringe ihrer Priesterinnen küssen soll. Oder vor ihnen knien.«

Für ihre Verhältnisse hatte Zokora überraschend viel Geduld bewiesen, doch jetzt gab ihr Ton zu verstehen, dass es damit ein Ende hatte.

Da wir nun schon die kostbar verzierte Tür erreicht hatten, war die Gelegenheit dazu jetzt auch vertan, also schluckte die Tempelschülerin nur, neigte den Kopf … und klopfte an der Tür.

Ein leises »Herein« war zu hören, die junge Sera öffnete die Tür, ließ uns vorgehen und schloss sie wieder hinter uns.

Schwester Ainde war eine schlanke, hochgewachsene Frau, deren Alter nur schwer zu schätzen war, vielleicht hatte es schon fünfzig Jahre überschritten, jedoch ohne die Anmut der Jugend dadurch zu verlieren. Schönheit ist eine der Gaben der Göttin, und Schwester Ainde hatte sie im Übermaß erhalten, das Alter hatte diese nur reifen lassen, wie etwa ein guter Wein zu einer jungen Traube stand. Sie trug die weiße, mit goldenen Streifen verzierte Robe ihres Amts, die jede ihrer Kurven nur betonte, und besaß langes schwarzes Haar, das ihr wahrscheinlich bis zu den Knien gegangen wäre, hätte sie es nicht kunstvoll mit goldenen Nadeln aufgesteckt.

Ihre Augen waren von einem blassen Grau, die Nase gerade, ihr Mund war weit und sinnlich. Die Augen hatte ich nur kurz sehen können, als sie für einen Lidschlag aufblickte, und der Mund drückte eher Missbilligung aus als Freundlichkeit, als sie mit einer knappen Geste auf den Raum vor ihrem großen Schreibtisch wies, der, wie ich ungläubig feststellte, auf goldenen Füßen stand, die man Schwänen nachgebildet hatte. Jeder dieser Schwäne mochte gut fünf Pfund wiegen. Genug, um ein ganzes Dorf über Jahre zu ernähren.

Der Schreibtisch aus dunklem Mahagoni, überreich mit Gold und Einlegearbeiten verziert, war nicht das einzige Ungeheuer in dem Raum, zur linken Hand stand ein Schrank, so übergroß und geräumig, dass eine Familie hätte dort einziehen können, und hinter einem fast durchsichtigen Vorhang konnte ich ein Bett erkennen, groß genug, um einer halben Legion das Lager zu bereiten.

Kostbare Kronleuchter nach Bessareiner Art und aus getriebenem Gold beleuchteten den Raum, die Kerzen darin waren duftgeschwängert und ließen meine Augen sogleich tränen. Das, obwohl es zwei große Fenster gab, beide geöffnet, die den Blick auf einen sorgsam gehegten Garten erlaubten, wo eine ältere Schwester soeben eine Gruppe Tempelschülerinnen zu unterrichten schien, während in einem Zierteich unbeteiligt ein Schwan seines Weges schwamm. Heute Morgen war ich in Braunfels aufgewacht, jetzt stand ich hier und sah auf einen Garten, in dem man einem Schwan einen eigenen Teich angelegt hatte.

Mein Blick kehrte zu Schwester Ainde zurück, doch ihrer kurzen Geste folgte nichts weiter, vielmehr schaute sie wieder auf die eng beschriebenen Blätter aus gebleichtem Papyira hinab, die vor ihr auf dem Schreibtisch lagen, um dann eines dieser Blätter sorgfältig und langsam zu wenden ... und weiterzulesen.

Es war nicht meine Idee gewesen, hierherzukommen, dachte ich trotzig, und was die Heilung meiner Schulter anging, vertraute ich ohnehin auf Zokora. Ganz bestimmt hatte ich nicht die Absicht, hier wie ein Tempeljunge herumzustehen.

»Wenn wir ungelegen kommen ...«, begann ich, nur um Serafines harten Absatz auf meinem Fuß zu spüren, was mich nicht daran hinderte, den Satz zu beenden, »... können wir auch wieder gehen.«

»Havald!«, zischte Serafine.

»Nein. Bleibt«, sagte Schwester Ainde, ohne von dem Blatt aufzusehen. Ich sah zu Zokora hin, die eine Augenbraue leicht angehoben hatte, während sie sich in dem Arbeitszimmer umsah. Vor allem das goldene Tintenfässchen und die Vase mit den Schreibfedern schienen es ihr angetan zu haben. Dafür drohte mir Serafine mit ihrem Blick, während Stofisk unbehaglich dastand und, wahrscheinlich ohne es zu merken, die ganze Zeit auf seinen Absätzen hin und her wippte.

Ich hatte schon vor einem Barbier Leute stehen sehen, um einen faulen Zahn gezogen zu bekommen, die freudiger gewartet hatten.

Letztlich legte sie das Blatt doch zur Seite, schob mit schlanken, bleichen Fingern den Stapel zurecht und sah mit kühlen Augen zu mir auf.

»Hier«, sagte sie und tippte mit der Fingerspitze auf eben jene Blätter, »steht etwas über einen Nekromanten, der sich mit einer Bestie vereinigt hat. Nachdem Ihr ihn zu dem Haus der Göttin geführt habt, soll er fast unter den Augen der Göttin Schwester Tasra erschlagen haben, die darauf bestanden hat, sich dort für die Bedürftigen einzusetzen, obwohl ich sie davor warnte, sich an diesen rauen, ungeschlachten Ort zu begeben.« Sie atmete tief durch und legte ihre Hände zu einem Dach zusammen, um im gleichen kühlen Ton fortzufahren. »Hier steht, Ihr wäret zugegen gewesen und hättet es nicht verhindert. Bruder Jon sagt, Ihr wäret der Engel Soltars, geschickt, um die Menschen in die letzte Schlacht zu führen und der Dunkelheit zu trotzen. Dennoch wart Ihr nicht imstande, einen Verfluchten daran zu hindern, eine Priesterin der Göttin vor ihrem Tempel zu erschlagen. Wollt Ihr Euch erklären?«

»Nein«, antwortete ich, bevor Serafine etwas sagen konnte. Wenigstens schien es mir jetzt sehr unwahrscheinlich, dass Schwester Ainde uns als Zeichen ihrer Gunst den Ring hinhalten würde.

»Nein?«, fragte sie leicht ungläubig. »Ist das wahrlich alles, was Ihr sagen wollt?«

Ich zuckte mit den Schultern. »Es scheint mir nichts Falsches in dem Bericht zu stehen.«

»Verzeiht, Eure Eminenz«, begann Stofisk hastig. »Der Lanzengeneral ist eben gerade aus dem Feld zurückgekehrt, und er …«

»… kann für sich selbst sprechen«, beendete die Hohepriesterin seinen Satz, woraufhin Stofisk nur nickte und den Mund schloss. Sie wandte ihren Blick nun Zokora zu.

»Ihr seid die Hohepriesterin der Solante, welche nach Eurem Glauben ein Aspekt meiner Göttin ist, vielleicht sogar sie selbst?«

»Ja«, sagte Zokora. »Schreibt es sich mit Schwanenfedern besser als mit Gänsefedern?«

»Nicht, dass es mir aufgefallen wäre«, antwortete Schwester Ainde, ohne mit der Wimper zu zucken. »Wenn Ihr regelmäßige Rituale durchzuführen habt, können wir Euch dafür gerne einen Raum hier im Tempel zur Verfügung stellen«, fuhr sie fort. »Ihr sollt wissen, dass Ihr im Haus der Göttin immer willkommen seid.«

»Das ist nicht nötig«, meinte Zokora mit der Andeutung eines Lächelns. »Sie weiß, wer ich bin, ohne dass ich sie daran erinnern muss.«

Schwester Ainde nahm dies unbewegt zur Kenntnis. »Ich würde dennoch die Gelegenheit begrüßen, mich mit Euch auszutauschen, um die Unterschiede zwischen unseren Glaubensformen zu erörtern.«

Zokora nickte. »Es wäre auch für mich von Interesse, zu erfahren, warum Sie euch nicht rüstet und euch lehrt, euch selbst zu beschützen.«

»In der Tat«, sagte Schwester Ainde langsam. »Es wäre ein interessantes Gespräch.« Ihr Blick kehrte zu mir zurück.

»Im Namen der Göttin ersuche ich Euch, mir den Kopf des Mörders zu bringen. Ich will ihn hier liegen sehen«, sagte sie und wies auf ihren Schreibtisch. »Werdet Ihr diesen Dienst für Sie auf Euch nehmen?«

Ein feines Lächeln entstand auf Zokoras Lippen. »Vielleicht sind die Unterschiede doch kleiner, als ich dachte.«

»Gerne«, sagte ich knapp. »Sobald ich weiß, wie ich ihn besiegen kann.«

»Ihr wisst es nicht?«, fragte die Priesterin interessiert.

»Mein Schwert prallte an ihm ab.«

»Wahrscheinlich Magie«, meinte Schwester Ainde. »Fragt besser diese … Eule … Asela dazu. Und erinnert sie zugleich daran, dass sie noch immer nicht im Tempel erschienen ist, um Abbitte zu leisten.« Ihre Augen bohrten sich in mich. »Bringt mir den Kopf des Mörders, und ich versichere Euch, die Dankbarkeit der Göttin und dieses Tempels wird Euch gewiss sein.«

Bevor ich etwas sagen konnte, übermannte mich ein Nieser, der laut von den Wänden widerhallte. Die Priesterin tat, als wäre nichts geschehen. Offenbar erwartete sie keine weitere Antwort von mir, denn sie wandte sich jetzt Serafine zu, um sie mit unverhohlenem Interesse zu betrachten.

»Ihr seid die alte Seele, von der mir Bruder Jon berichtet hat. Wiedergeboren und zurückgekehrt. Ein Mysterium und ein Wunder. Ich hörte, Ihr seid von unserem Glauben, und doch sah ich Euch nie in einem unserer Gottesdienste. Möchtet Ihr vielleicht heute Abend teilnehmen?«

»Ich werde versuchen, es einzurichten«, sagte Serafine höflich.

»Sehr schön«, lächelte Schwester Ainde. »Vielleicht können wir ja zusammen ... beten.« Serafines Augen weiteten sich, doch die Priesterin wandte sich wieder uns allen zu. »Der Segen der Göttin mit euch«, sagte sie lächelnd. »Möge Ihre Weisheit und Gnade euch leiten.«

Offenbar war damit die Audienz beendet, denn sie wandte sich wieder ihren Berichten zu. Stofisk verbeugte sich knapp und ging zur Tür, um dann dort stehen zu bleiben und zu Schwester Ainde zurückzuschauen.

»Der Lanzengeneral ist verletzt«, erinnerte er sie. »Wäre einer Heilung ...«

»Sicherlich«, meinte sie und tat eine großzügige Geste. »Wendet euch an eine der Schwestern im Saal der Besinnung. Sie wird sich um euch bemühen. Beehrt das Haus der Göttin wieder, Ihre Türen sind für alle die geöffnet, die einem wahren Glauben folgen.« Ihr Blick schwenkte zu Stofisk hin. »Ich danke dir, dass du meine Bitte ausgerichtet hast, und grüße deine Mutter, wenn du sie morgen Abend siehst.«

»Das werde ich tun«, meinte der Leutnant knapp und deutete eine Verbeugung an, um dann die Tür für uns zu öffnen.

»Sag, Havald«, wandte sich Serafine empört an mich, kaum dass wir die Hörweite des Tempels verlassen hatten und die Kutsche sich wieder in Bewegung setzte. »Kann es sein, dass sie mich eben *hofierte*?«

Sie schaute so empört drein, dass ich Mühe hatte, meine Erheiterung zu verbergen. Offenbar gelang es mir nicht ganz, denn der Blick, den sie mir jetzt zuwarf, war schneidend.

»Ich denke …«, begann ich.

»Ja«, sagte Zokora unverblümt. »Vielleicht solltest du darauf eingehen.«

»Warum, bei allen Göttern, sollte ich das tun?«, fragte Serafine verblüfft, während Varosch hinter vorgehaltener Hand ein Husten zu verbergen suchte.

Zokora zuckte mit den Schultern. »Sie scheint mir erfahren, vielleicht kann sie dich noch lehren.«

Während Serafine sie fassungslos anschaute, räusperte sich Stofisk verlegen. »Man sagt von ihr, dass sie sehr … äh … leidenschaftlich wäre. In allen Dingen.«

Serafines Blick schwenkte wie zwei Speerwerfer zu ihm herüber.

»Ich … wir … ach, verflucht«, stotterte er dann, offensichtlich bemüht, einen Ausweg zu finden. »Jetzt sind wird doch nicht zur Halle der Besinnung gegangen!« Er schaute mich um Verzeihung heischend an. Was ihm auch den Vorteil brachte, Serafines kaltem Blick zu entgehen. »Sind die Schmerzen arg? Sollen wir umkehren?«

»Ach«, meinte ich mannhaft. »Es wird schon gehen.«

Was Zokora dazu brachte, eine Augenbraue anzuheben. Ich denke, wäre sie ein Mensch gewesen, hätte sie lauthals losgelacht.

Wiesel und Siegel

20 »Die Dankbarkeit der Göttin und dieses Tempels wird Euch gewiss sein«, äffte Serafine die Priesterin nach, kaum dass wir unser Quartier in der Zitadelle erreichten. Götter, dachte ich, was bin ich froh, wieder zu Hause zu sein. Ich ließ meinen Packen achtlos vor das Bett fallen und begab mich sogleich zu dem Bad, um nachzusehen, ob es dort warmes Wasser gab. Serafine folgte mir. »Ich kann mir denken, was sie damit meint!«

Ja, stellte ich erleichtert fest, als ich den Hebel umlegte und das Wasser dampfend in die Wanne floss, welche Magie auch immer dieses kleine Wunder vollbrachte, hatte uns auch heute nicht im Stich gelassen. Ich fing an, mir die Unform aufzuknöpfen.

Sie kreuzte die Arme vor ihrem Busen und bedachte mich mit einem misstrauischen Blick.

»Hörst du mir überhaupt zu?«

»Schon«, sagte ich geduldig, während ich die Jacke abstreifte. »Aber sie ist die Priesterin der Astarte. Für sie ist es ein Gottesdienst. Nimm es nicht so ernst.«

»Umso schlimmer!«, schimpfte sie. »Es bedeutet ihr nicht einmal etwas! Götter, es ist fast ein Grund, diesen verfluchten Verschlinger *nicht* zu erschlagen!«

»Serafine«, sagte ich ruhig, während ich Seelenreißer zur Seite stellte und mir den Gürtel aufzog. »Ist dir nicht aufgefallen, wie unwillig ich war, diesen Tempel zu betreten?«

»Schon ... Aber sie ist eine schöne Frau.«

»Sie berührt mich nicht«, erklärte ich sanft und zog sie in meine Arme. »Außerdem habe ich die ganze Zeit an etwas anderes gedacht.«

Sie stemmte sich gegen mich. »Und an was?«

»Daran, dass es hier heißes Wasser gibt. Und eine Wanne, groß genug für zwei.«

Sie schaute mich prüfend an und dann zur Wanne hin. »In der Tat«, sagte sie lächelnd. »Jemand muss ja darauf achten, dass du dir beim Bad nicht noch die Schulter falsch belastest.«

Später, als sie mir die Haare wusch, hielt sie inne. Ich wischte mir die Seife aus den Augen und sah zu ihr hin.

»Was ist?«

Sie schenkte mir ein strahlendes Lächeln. »Wir werden den Kopf mit einem Boten zu ihr schicken!«

Wir hätten uns mehr Zeit lassen sollen, dachte ich säuerlich, als Leutnant Stofisk auf einen der sorgfältig geschichteten Stapel von Berichten deutete, die sich auf meinem Schreibtisch türmten. »Und dies«, teilte er mir ernsthaft mit, »sind die Berichte aus dem Zeughaus. Ich habe mich persönlich darum bemüht, dass sie noch rechtzeitig vor Eurer Rückkehr fertig sind. Es ist die erste Inventur seit mindestens dreihundert Jahren, aber ich kann Euch versichern, dass sie vollständig ist, ich habe dreimal zählen lassen.« Womit er sich bestimmt keine Freunde gemacht hatte, dachte ich und musterte vergrämt die Stapel von Berichten.

»Ihr wart fleißig«, stellte ich fest, woraufhin er heftig nickte.

»Ich habe mich in der Tat sehr bemüht«, gestand er verlegen. »Ihr seid so lange weg gewesen, dass es sehr viel nachzuholen gibt, ich wollte es Euch erleichtern, indem ich es vorsortiere!«

»Danke.« Götter, dachte ich, jetzt wusste ich, womit ich die nächsten Tage verbringen würde. Fehlt nur noch, dass man mir eine Kette an den Knöchel schmiedet, um mich an dem Schreibtisch festzusetzen.

»Es kam auch Nachricht von Marschall Hergrimm«, teilte er mir jetzt mit. Bevor Serafine und ich zu unseren Zimmern gegangen waren, hatte ich ihm aufgetragen, ein Treffen mit dem Marschall der Ostmark zu vereinbaren.

»Gut«, sagte ich. »Wann hat er Zeit? Ihr habt ihm doch gesagt, dass es vor dem Nachmittag nicht möglich ist?«

»Er bedauert.«

Ich sah ihn fragend an.

»Er bedauert, dass es ihm zur Zeit nicht möglich ist«, erklärte Stofisk und stand gerader, als wäre es seine Schuld. »Er lässt ausrichten, dass er viel zu tun hätte, es gäbe aber Hoffnung, dass es sich in zwei Wochen einrichten lässt. Allerdings müsse er dann auch bald in die Ostmark zurück, es wäre also nicht sicher.«

»Havald«, sagte Serafine leise von ihrem Schreibtisch her. Ich schaute zu ihr hin, sie schüttelte mahnend den Kopf. Ich wandte mich wieder Schwertleutnant Stofisk zu.

»Sagt, Leutnant, habt Ihr all diese Berichte gelesen?«

»Aye, Ser, selbstverständlich, Ser!«

»Was ist das dringlichste Problem?«

»Uns fehlt das Eisen aus Rangor. Schon jetzt geht uns der Stahl aus, und wir können die Legionen kaum mehr rüsten.«

Was kein Wunder war. Das Land, das die ergiebigsten Eisenminen der sieben Reiche besaß, war entweder vom Feind besetzt oder zu ihm übergelaufen. Es machte keinen Unterschied, es gab kein Eisen mehr von dort.

»Habt Ihr eine Lösung vorzuschlagen?«

»Aye, Ser!«, antwortete er stolz. »Die Eisenminen in den Varlanden sind wahrscheinlich ergiebiger als die in Rangor, nur schwerer zu erschließen. Es galt als wenig rentabel, da man das rohe Eisen mit dem Schiff transportieren müsste, und die Schiffe der Varländer sind zu klein, um dies profitabel zu gestalten. Wenn man aber unsere Handelsschiffe entsenden würde, oder sie an die Varländer verkaufen, oder besser vermieten, und ihr König dem auch zustimmen würde …«

»Gut«, sagte ich, während ich aufstand und Seelenreißer griff. »Kümmert Euch darum, dass es geschieht, und richtet bei der Gelegenheit Angus und Königin Vrelda meine Grüße aus.«

»Aber, Ser!«, begehrte er auf. »So etwas braucht Wochen, um es einzurichten, und erfordert delikate Verhandlungen!«

»Nehmt ein Fass Dunkelbier mit«, schlug ich ihm vor.

Serafine seufzte. »Du willst das wirklich tun?«, fragte sie, während Stofisk noch die Hände rang.

Ich nickte.

»Dann begleite ich dich«, teilte sie mir mit und griff ebenfalls nach ihrem Schwert.

»Aber …«, begann der Leutnant.

»Ihr kommt sicher ohne uns zurecht«, ermunterte ich den Leutnant. »Angus ist ein lieber Kerl und recht umgänglich, und Vrelda wird die Vorteile neuer Handelswege gewiss zu schätzen wissen.«

»Aber solche Dinge müssen mit dem Handelsrat, dem Hochkommandanten und vielleicht sogar der Kaiserin abgestimmt werden!«

Ich wies auf den Stapel Papyira. »Habe ich nicht hier eine Liste der Dinge gesehen, die die Legionen aus eigener Kasse eingekauft haben?«

»Ja, Ser, aber …«

»Dann schließt den Vertrag im Namen der Legionen ab. Zur Not kauft die Schiffe, die Ihr dann vermietet, oder von mir aus auch ein ganzes Bergwerk. Ihr bekommt das hin«, meinte ich aufmunternd zu ihm und hielt Serafine die Tür auf. »Berichtet mir morgen, wie es gelaufen ist.«

»Aye, Ser«, sagte er niedergeschlagen. »Aber seid Ihr sicher, dass …«

Mehr hörte ich nicht von ihm, denn ich hatte die Tür schon sanft hinter uns ins Schloss gezogen.

»Das war gemein von dir«, lächelte Serafine.

»Ich weiß«, antwortete ich ungerührt. »Aber ich bin der festen Überzeugung, dass es niemand besser regeln kann als unser Leutnant. Er hat ein Talent für solche Dinge.«

»Und es erlaubt dir, vor den Berichten zu fliehen, die sich bei dir stapeln.«

»Auch das«, lachte ich, während die Blicke der Soldaten in der Amtsstube uns neugierig verfolgten. »Vor allem das.«

In spätestens zwei Kerzenlängen erwartete uns Kaiserin Desina zur Audienz. Zuvor wollte Asela uns noch sprechen. Viel Zeit blieb also nicht, dem Marschall unsere Aufwartung zu machen. Wenn das das passende Wort war.

Das Problem war nur, ihn zu finden.

Als Oberbefehlshaber der Truppen der Ostmark und als Marschall der Ostmark stand ihm in der Zitadelle eine ähnliche Zimmerflucht zur Verfügung wie uns. Doch dort hatte man ihn seit Monaten nicht gesehen, tatsächlich konnte sich niemand daran erinnern, ob er die Zimmerflucht jemals genutzt hatte.

Es gab eine Handelsvertretung der Ostmark im Händlerviertel, deren oberste zwei Stockwerke traditionell dem Marschall der Ostmark zur Verfügung standen, wenn er sich in der Reichsstadt befand. Manchmal allerdings zog er sich auf das Flaggschiff der Ostmark-Flotte zurück, um »Abstand« von seinen schwierigen Amtsgeschäften zu suchen. Dies war umso erstaunlicher zu vernehmen, da die Ostmark an keiner Stelle auch nur mit dem Meer in Berührung kam. Offenbar bestand die gesamte Flotte aus ebenjenem Schiff, einer Fregatte, die eigens dafür umgebaut worden war, es dem Marschall so bequem wie möglich zu gestalten.

Zudem besaß er weitere Liegenschaften in der Hochstadt und eine im Tempelbezirk. Eine Art Stadtpalast und zwei Villen mit eigenem Park und hohen Mauern, die den Marschall vor dem Pöbel der Straße schützten.

All dies erfuhr ich von einem unglücklichen Leutnant der Federn, der das Vorzimmer von Stabsobrist Orikes hütete und mehr und mehr verlegen dreinschaute, je mehr er mir über den Marschall berichtete. Als ich ihn darüber ausfragte, welche diplomatischen Verpflichtungen den Marschall so sehr in Anspruch nahmen, dass er kaum Zeit für uns finden konnte, musste die Feder die Flügel strecken und uns an Stabsobrist Orikes verweisen.

Nur war der auch nicht anwesend. In seinem Fall war das allerdings eine Ausnahme, manchmal hatte ich das Gefühl, dass er seinem Schreibtisch hier in der Zitadelle das Ehegelübde geschworen hätte.

»Er nimmt an einem Ritual im Borontempel teil«, erklärte uns die Feder verlegen. »Er sagt, es beruhige ihn und schärfe seinen Geist für seine Verpflichtungen. Er wird zur fünften Glocke zurückerwartet, und normalerweise ist er pünktlicher als der Kaiser selbst.«

Was uns jetzt nicht half. So weit zu gehen und Stabsobrist Orikes aus dem Borontempel herauszuzerren, das wollte ich doch nicht wagen.

Serafine und ich sahen uns an.

»Asela«, schlug sie nach kurzem Grübeln vor. »Zum einen wollte sie uns sprechen, zum anderen wette ich darauf, dass sie weiß, wo der Marschall zu finden ist.«

»Auch sie wird schwer zu finden sein. Sie ist mit der Kaiserin unterwegs«, berichtete die Feder und schob verlegen die Papyiri auf seinem Tisch hin und her. »Mehr kann ich Euch nicht sagen. Die Kaiserin stimmt sich des Öfteren mit Stabsobrist Orikes ab, aber was dann vereinbart wird, dringt nicht bis zu mir vor.«

»Ihr habt uns dennoch geholfen«, beruhigte ich den jungen Mann.

»Ich würde ja gerne mehr helfen ... aber ... es sei denn ...«

»Es sei denn was?«, fragte Serafine.

»Es wurde mir nicht mitgeteilt, ich schnappte es nur nebenher auf. Stabsobrist Orikes beschwerte sich bei der Eule Asela darüber, dass die Kaiserin Wichtigeres zu tun hätte, als einem Dieb Zugang zum Thronsaal zu gewähren. Das war heute Morgen, Sera«, fügte die Feder hinzu. »Ich glaube, mit ein Grund, weshalb Stabsobrist Orikes die Ruhe des Gebets suchte, es hat ihn doch arg aufgeregt.«

Orikes schien mir nicht der Mann, der sich leicht aufbringen ließ. Oder es gar zeigte.

»Danke«, meinte ich und zog für Serafine die schwere Tür auf. »Ihr habt uns sehr geholfen.«

»Tut mir leid«, sagte die Wache vor der Kronratskammer und hob stur ihr Kinn. »Die Kaiserin hat selbst die Tür verschlossen und Anweisung gegeben, jeden fernzuhalten, der Eintritt zur Kammer begehrt.«

Noch während er dies sagte, schwangen hinter ihm die schweren Torflügel ein Stück auf, genügend, um uns einen Blick auf die Kaiserin erhaschen zu lassen. Sie stand auf der Lehne des Throns und hielt mit einer Hand ein schweres, offenes Buch vor sich, während zwei weitere Bücher neben ihr in der Luft schwebten.

»Das ist in Ordnung, Melor«, rief sie über die Weite des Saales hinweg. »Er und die Schwertobristin können eintreten.« Sie winkte uns mit einer Geste heran. »Ich wollte euch ja sowieso sprechen«, teilte sie uns mit einem Lächeln mit. »Das können wir jetzt gleich erledigen.«

Götter, dachte ich, während ich ein Schmunzeln zu verbergen suchte und die schweren Türen sich hinter uns mit einem dumpfen Schlag schlossen, niemand würde glauben, dass diese junge Frau in dem einfachen Leinenkleid und mit dem wilden roten Haar, das aussah, als hätte es in den letzten Wochen nicht einen Bürstenstrich gesehen, die Kaiserin des legendären Reichs Askir war.

Da sie auf der Lehne stand, konnten wir leicht erkennen, dass sie barfuß war, ihre einfachen Leinenschuhe lagen achtlos abgestreift vor ihrem Thron.

Ihr Lächeln füllte den gesamten Saal, und ihre grünen Augen blitzten aufgeregt. »Kommt schnell, ich glaube, Wiesel hat es endlich herausgefunden!«

Als ob es die Antwort wäre, leuchtete und knallte es im gleichen Moment hinter dem Thron, als wäre dort ein Blitz niedergegangen.

»Autsch! Verflucht, bei Borons Unterhemd, das hat glatt wehgetan!« Ein schlanker, fast drahtiger junger Ser streckte seinen blonden Kopf über den Rand der Lehne hoch und schaute uns neugierig an, während er mit der linken Hand wedelte, als hätte er sie sich verbrannt.

»Ich weiß ja, dass er dein Großvater ist, Sina«, fuhr er fort, »aber er ist auch ein rechter Mistkerl, dieses Schloss derart abzusichern! Schau«, rief er empört und hielt ein verkohltes Stück Holz empor. »Hätte ich nicht damit gerechnet, es hätte mich noch umbringen können!«

»Das haben Fallen so an sich«, bemerkte Asela trocken. Die Eule hatte sich einen der Sessel aus den Nischen geholt, in denen die gekrönten Häupter saßen, wenn sie dem Kronrat beiwohnten, diesen passend hingestellt, sodass sie einen Blick auf das Geschehen hinter der Lehne hatte, und es sich darin bequem gemacht. Dem Wappen nach zu urteilen, war es der Thron von Aldane. Ein niedriger Tisch stand neben ihr, und auf diesem eine Schale Früchte, jetzt hob sie grüßend einen Traubenstrang, um dann gelassen fortzufahren: »Ist Euch schon in den Sinn gekommen, dass ein Schloss dafür gemacht ist, nur von dem passenden Schlüssel geöffnet zu werden? Dass Askannon vielleicht nicht wollte, dass ihm ein Dieb das Rätsel löst?«

»Wenn er das nicht gewollt hätte«, meinte der junge Mann überzeugt, »dann hätte er uns dieses Siegel nicht derart vor die Nase gesetzt!«

»Es befindet sich *hinter* dem Thron«, teilte Asela Ser Wiesel mit kühler Stimme mit, während sie sich eine Traube pflückte. »An einer Stelle, die üblicherweise nur er zu Gesicht bekommen hätte. In einem Saal, der der sicherste im ganzen Kaiserreich sein dürfte. Gibt Euch das nicht zu denken? Könnt Ihr Euch nicht an der Schatzkammer versuchen, wie jeder andere Dieb auch?«

Der junge Ser tat eine wegwerfende Handbewegung. »Zum einen habe ich das schon, zum anderen hat es seinen Reiz verloren, seitdem ich Sina einfach nach dem Schlüssel fragen kann.«

»Und wie kommst du darauf, dass du ihn bekommen würdest?«, fragte die Kaiserin spitz und blies sich eine kupferrote Haarsträhne aus der Stirn.

»Warum solltest du ihn mir nicht geben wollen?«, fragte

der Dieb erstaunt. »Du weißt doch, dass ich dich nicht bestehlen würde.« Er hob das verbrannte Holzstück wie zu einem Salut an, begrüßte uns damit, um es dann achtlos fallen zu lassen. »Schön, Euch auf den Beinen zu sehen, Lanzengeneral«, meinte er mit einem gewinnenden Lächeln. »Ihr seht lebend deutlich gesünder aus als tot.«

»Ja«, nickte Asela bedächtig. »Das entbehrt in der Tat nicht einer gewissen Logik.«

»Ahem«, klärte ich meine Kehle. »Majestät, Sera, Ser.« Ich deutete eine Verbeugung an. »Wenn wir stören …«

»Tut Ihr nicht«, kam der Dieb den beiden anderen Seras zuvor. Bedachte man, wer diese beiden Seras waren, schien mir allein das schon erstaunlich. »Kommt herbei und schaut es Euch an. Vielleicht sieht ein ungeübtes Auge etwas, das mir entgeht … Ich studiere dieses verfluchte Schloss schon so lange, dass ich wahrscheinlich den Wald vor Bäumen nicht mehr sehe.«

»Wir versuchen die Symbolik des Siegels zu enträtseln«, fügte die Kaiserin erklärend hinzu und hielt das Buch hoch, sodass wir die Symbole darin sehen konnten.

»Steht Ihr deshalb auf der Lehne?«, fragte Serafine lächelnd.

»Ja«, nickte die Kaiserin. »Zum einen habe ich von hier aus einen guten Überblick, zum anderen reicht der Schockschlag nicht bis hierher, es reicht, wenn sich Wiesel die Finger daran verbrennt.«

»Ja«, meinte Asela von der Seite her. »Das wäre wahrlich tragisch.«

»Ach, komm«, lachte Desina und sprang von der Lehne herab. »Du hast selbst gesagt, ich soll mir eine Pause gönnen.«

»Ich sagte nicht, dass Ihr einem Dieb dabei helfen sollt, das Siegel Eures Großvaters zu brechen«, meinte Asela kühl. »Ich dachte eher an Meditation oder einen Spaziergang im Kaisergarten.«

»Ach, puuh«, meinte die Kaiserin herrschaftlich. »Ich finde es viel aufregender! Zudem ist es das erste Mal, dass Wiesel sich die Zähne an einem Schloss ausbeißt. Normalerweise ergeben sie sich ihm, wenn er sie nur ansieht.«

»Dieses nicht«, grummelte Wiesel und strich eine Strähne blondes Haar zur Seite, die seinem Pferdeschwanz entkommen war. »Dieses ist wahrhaftig stur.« Er winkte uns erneut zu ihm hinter den Thron. »Kommt und schaut Euch das Miststück an.«

»Vielleicht ist es ja doch ein Siegel?«, meinte Asela.

»Und warum die Fallen?«, fragte Wiesel störrisch. »Ist das nicht allein schon der Beweis?«

»Nun gut«, meinte Asela großmütig. »Wenn es Euch ein Anliegen ist und Eure Schwester es … aufregend … findet, übt Euch weiterhin an dem Unmöglichen. Nur bedenkt, dass wir in knapp einer Kerzenlänge eine Audienz mit dem Botschafter von Aldane haben. Es wäre unhöflich, Baron von Freise warten zu lassen. Er ist noch immer nicht gänzlich genesen.«

»Ja. Eigentlich schade, dass Tarkan nicht hier ist«, meinte der junge Dieb dazu. »Vielleicht hätte ihn mein neues Wams ja etwas aufgemuntert.«

»Das …«, sagte Asela in gesetztem Ton, »bezweifle ich … dann … doch.«

Ich hatte von Ser Wiesel, dem Meisterdieb von Askir, schon gehört. Schließlich verdankte ich ihm mein Leben, aber so hatte ich ihn mir nicht vorgestellt. Er schien mir sehr jung für seinen legendären Ruf, zudem fragte ich mich, wie es sein konnte, dass scheinbar jeder von ihm wusste und er dennoch kein geschlitztes Ohr besaß. Er sah zudem nicht aus wie jemand, der anderen in die Fenster stieg. Vielmehr erinnerte er mich an einen jungen Adeligen, der die Welt als seinen Spielplatz ansah, nur dass diese meist ein besseres Auge für die Farben ihrer Gewänder besaßen, das erwähnte Wams mit seinen leuchtend bunten Farben tat einem in den Augen weh.

Stellte ich mir einen Dieb vor, sah ich jemanden, der verschlagen dreinblickte und geduckt durch düstere Gassen schlich. Ser Wiesel, oder einfach nur Wiesel, sah einem direkt und offen in die Augen und hatte ein Lächeln, das einlud, mit ihm zusammen über die Widrigkeiten der Welt zu lachen.

Was mich zudem faszinierte war dieses familiäre Spiel der drei, dessen Zeugen wir hier wurden. Die Vertrautheit zwischen Dieb und Kaiserin war nicht zu übersehen; was mich überraschte, war, dass Asela dies zu unterstützen schien. Ihren Worten war das nicht leicht zu entnehmen, aber das Glitzern in ihren Augen verriet, dass auch sie es genoss, an diesem kleinen Abenteuer teilzunehmen. Sie hatte ihre Rolle in diesem Spiel und spielte sie perfekt … und mit einem Augenzwinkern.

Ich hatte das Gefühl, dass es nicht oft vorkam, dass man diese drei so erleben konnte, und fühlte mich seltsam geehrt, dass sie uns dazu eingeladen hatten.

»Es ist nicht nur ein Siegel«, unterbrach Wiesel meine Gedanken. »Es ist weit mehr als das. Selbst Asela musste zugeben, dass in diesem Siegel mächtige Magien gebunden sind.«

Die Eule nickte. »Ich kannte es von früher, wusste, dass es sich dort befindet, hatte aber nicht allzu oft Gelegenheit, es zu studieren. Oder das Interesse daran. Askannon erschuf es zeitgleich mit diesem Saal, es gehört einfach dazu. Aber ich gebe zu, dass auch mich jetzt die Neugier gepackt hat. Also, was haltet Ihr davon, Ser General? Ist es ein Siegel oder, wie Ser Wiesel meint, die Versiegelung, das Schloss zu einer geheimen Kammer?«

Ich musterte das Siegel zu meinen Füßen. Es war wohl etwas über einen Schritt im Durchmesser und geradezu überladen mit fein ausgeführten Reliefs. Am einfachsten, am deutlichsten war das Symbol des Weltenbaumes zu erkennen, der für das Leben stand und von den Elfen als Ursprung aller Dinge verehrt wurde. Er rankte sich in die Höhe und die Breite, um schützend sein belaubtes Dach über die Welt zu strecken. Doch in den mir bekannten Darstellungen des Elfenvolks fehlte das Wurzelwerk des Baumes, das hier mit großer Sorgfalt dargestellt worden war. Zwischen Blatt und Wurzelwerk, zum Teil verdeckt, befanden sich andere Formen, so ineinandergearbeitet, dass sie nur dann zu erkennen waren, wenn man sich darauf konzentrierte. Mal bildete ein Ast den Rahmen eines Wappens oder eines Banners, mal war derselbe Ast die Pfote eines Fabelwesens, es kam darauf an, wie man hinsah und was man sehen wollte. Das gesamte Siegel war voll davon. Es war nicht ein Bild, das hier dargestellt wurde; in dem Blatt und Wurzelwerk des Baums verbargen sich noch tausend andere. Welcher Goldschmied auch immer dieses Werk vollbracht hatte, er war ein begnadeter Künstler gewesen.

»Kannst du etwas erkennen?«, fragte Serafine, die nun auch herangetreten war, um sich das Siegel zu besehen.

»Vielleicht«, antwortete ich gebannt, »nur weiß ich noch nicht, was.«

Jetzt, da ich so lange suchend in diese wundersame Welt gestarrt hatte, offenbarte es sich mir auf einmal doch. Dort, das konnte das Wappen von Aldane sein, die Blätter bildeten den Wolf, den die Varländer in ihrem Wappen führten. Das Siegel besaß eine Tiefe, die sich dem Betrachter erst nach und nach erschloss. Sah man länger hinein, traten die verborgenen Figuren hervor, begannen die Blätter sich in einem unsichtbaren Wind zu wiegen, erschlossen sich Zusammenhänge, derer man vorher nicht gewahr werden konnte. Und während ich noch schaute, sah ich, wie sich etwas an dem Siegel veränderte, hier wuchs ein neuer Ast, dort war ein alter abgebrochen, versank das Wappen einer unbekannten Adelsfamilie im Erdreich, um von den Wurzeln begraben zu werden.

Plötzlich sah ich mich in diesem Bild, hinter dem Baum, kaum sichtbar in die Struktur der Borke übernommen. Die junge Frau, die mitsamt dem Bachlauf, an dem sie kniete und Wasser schöpfte, von Astwerk gezeichnet war, musste Desina sein, und dieses Zwillingswesen, das über sie Wache hielt, war niemand anderes als Balthasar, dessen neue Form den Baum nicht täuschen konnte.

Je länger ich schaute, umso mehr fand ich sie wieder.

Meine Gefährten, meine Königin Leandra, dort der Wolf, die Schnauze angehoben, um ein Heulen anzustimmen, konnte niemand anders als Angus sein, und der freundliche Gigant hier vorne, der mit einer Schar von Kindern spielte, war Ragnar, selbst seine Axt war in diesem Bild zu finden, sie lehnte vergessen an dem Stein, auf dem er saß.

»Havald«, hörte ich eine ferne Stimme. »Havald! Was ist mit dir?« Es war Serafine, die mich am Arm zog und schüttelte, und als ich ihrer gewahr wurde, verschwand diese wundersame Welt und wurde wieder zu einem goldenen Siegel, das doch um so viel mehr als das war.

»Erstaunlich«, meinte Asela. »Ich hätte schwören können, dass die Magie des Siegels zunahm, je länger er dort hineinsah.«

»Ich …«, begann die Kaiserin, um sich sogleich zu unterbrechen und mich erst prüfend und dann mit deutlichem Erstaunen mit ihren weiten grünen Augen anzusehen. »Götter!«, entfuhr es ihr. »Was wahrlich kein Wunder ist, Asela, der arme Mann blutet nach allen Seiten hin Magie! Was, bei allen Göttern, ist Euch nur geschehen?«

»Er ist gestorben«, sagte Serafine etwas kühl. »Vielleicht liegt es ja daran.«

»Ich weiß nicht, was du meinst«, sagte Asela und stand auf, um zu uns herüberzukommen und mich nun auch prüfend zu mustern. »Ich wusste schon immer, dass er ein Potenzial besitzt, aber manchen Menschen öffnet es sich einfach nicht. Er gehört dazu … doch wenn du hoffst, dass wir aus ihm eine Eule machen können, muss ich dich enttäuschen.«

»Das ist es nicht«, widersprach die Kaiserin. »Es ist, als ob er eine Quelle in sich trägt, die überläuft und all das berührt, was um ihn ist. Das Siegel saugt sie regelrecht in sich auf. Ich habe es schon einmal an ihm gesehen …. Asela, übe einen kleinen Zauber aus.«

Ich konnte nicht erkennen, was sie tat, aber Desina nickte. »Genauso habe ich es mir gedacht«, meinte sie dann. »Du hast die Magie von ihm gezogen!«

»Habe ich nicht«, widersprach die Eule erhaben. »Ich weiß, was ich tue. Die Kunst ist mir ja nicht gerade fremd.«

»Und doch habe ich es eben bei ihm im Wechselspiel gesehen. Habt Ihr es gefühlt, Ser Roderik?«

Ich schüttelte den Kopf.

»Und das?«, fragte sie und ballte die Hand, um die plötzlich ein Kranz von lodernden Blitzen sichtbar wurde.

»Nein«, begann ich … und dann traf mich etwas, das mich binnen eines Lidschlags in ein Meer von Schmerz und Dunkelheit warf.

Als ich wieder zu mir kam, saß ich auf dem Thron des Kaisers, und es war Desinas kühle Hand, die ich auf meiner Stirn fühlte, während Serafine mir ein Kristallglas mit kühlem Wasser an die Lippen hielt. Irgendjemand hatte, ohne dass ich wusste, wie es geschehen war, ein Dutzend schwerer Handelswagen über mich gezerrt und mich unter ihnen ganz und gar zermahlen.

»Was …«, krächzte ich.

»… geschehen ist?«, fragte die junge Kaiserin und biss sich auf die Lippen. »Es war meine Schuld«, gestand sie. »Ich wollte sichergehen.« Sie sah betreten drein, doch es war Aselas staunender Gesichtsausdruck, der mich überraschte.

»Es war wie damals in meinem Elternhaus«, erklärte Desina verlegen. »Ihr erinnert Euch daran?«

Genauso schnell wie die Ohnmacht gekommen war, wich die Benommenheit zurück. Ich blinzelte noch ein-, zweimal, um meinen Blick zu klären, und sah dann, dass die Kaiserin auf meine Antwort wartete.

»Ihr spracht von einer Art Gefäß, das aufgebrochen wäre wie ein schlecht geflochtener Weidenkorb?«

»Genau das. Nur dass diese Hülle gänzlich fehlte. Ihr seid weit offen gewesen, General. Es schien aus Euch herauszufließen wie aus einer Quelle … und was immer Ihr damit berührt habt, berührte wiederum auch Euch. Veränderte sich und Euch auf eine Art, die ich nur erahnen kann.« Sie bedachte mich mit einem langen nachdenklichen Blick. »Ihr habt uns alle schon damit berührt, Ser General.«

»Das würde den Grundsätzen der Magie zuwiderlaufen«, widersprach Asela. »Zwar trägt ein jeder die Magie in sich, es ist das Zeichen der Schöpfung, die in uns ist, aber es ist keine Quelle, die sich erneuert. Vielmehr verbraucht sie sich über das Leben hin.«

»Ich dachte zuerst, dass es Magie wäre, ein Talent, das nicht genutzt werden kann und sich deshalb in Euch staut«, fuhr die Kaiserin fort. »Doch obwohl es zum Teil Magie ist, ist es mehr als das.«

»Also, was ist es, das ich blute?«, fragte ich rau. »Wenn es nicht Magie ist?« Magie war mir schon immer unheimlich gewesen, ich mochte sie noch nie wirklich. Bis die Kaiserin mir dieses Gefäß abgedichtet hatte, rief Magie mir einen Kopfschmerz hervor, wenn jemand in meiner Nähe sich darin übte.

»Es gibt einen Hinweis«, sagte Asela und trat an ihre Kaiserin heran, um Desinas Hand hochzuhalten, sodass ich den frischen blutigen Schnitt in ihrer Handfläche erkennen konnte. »Dafür, was sie eben für Euch tat, müsste sie nach unseren Gesetzen hingerichtet werden.« Sie sah Serafine und mich schon fast drohend an. »Es ist nie geschehen.«

Wir nickten schweigend.

»Jeder Maestro verfügt in einem gewissen Maß über das Talent«, sagte die Kaiserin unwirsch und befreite sich aus dem Griff der Eule. »Auch du.«

»Ich weiß«, sagte Asela gepresst. »Kolaron gefiel sich darin, dieses Talent in Asela zu fördern. Aber selbst er, der sich darin als ein Meister sieht, besitzt nicht das Talent wie du dafür. Ich war nicht imstande zu sehen, was du eben an ihm vollbracht hast.«

»Was ist es?«, fragte ich und räusperte mich erneut. Ich hörte mich noch immer wie ein alter Vogel an.

»Blutmagie«, sagte Asela widerstrebend. »Die älteste Form der Magie. Allein aus dem Willen und dem Leben geboren.

Doch auch Blut ist nur ein Symbol, es steht für die Schöpfung und den Ursprung, aber Symbole haben Macht. Weshalb sich vor allem Nekromanten in dieser Art der Magie üben.«

»Ich verstehe immer noch nicht …«, begann ich und setzte mich gerade auf den Thron. Ich hatte recht gehabt, er war so unbequem, wie ich erwartet hatte.

»Es ist Leben, Asela«, erklärte Serafine ihrer alten Freundin. »Ungelebtes Leben, das er in sich aufgenommen hat. Leben, das sein Schwert für ihn von seinen Opfern stahl.« Sie schluckte heftig. »Ich glaube, Zokora hat sich dieses Mal getäuscht. Es ist alles in dir gelandet, Havald, alles, was Seelenreißer seinen Opfern nahm.«

»Ja«, sagte die Eule schwer. »Es ist die einzige Erklärung.«

Ich sah mich suchend um und fand Seelenreißer neben dem Thron stehend.

»Nicht um alles in der Welt würde ich dieses Schwert führen wollen«, meinte Asela voller Abscheu. »Wie könnt Ihr es ertragen?«

»Ich wusste es bis eben nicht«, antwortete ich ihr. »Ich habe ja auch keine Wahl.«

»Geht es Euch besser, Ser General?«, hörte ich nun Wiesel fragen. Ich sah auf zu ihm und nickte.

»Gut«, meinte er. »Könnt Ihr mir jetzt sagen, was Ihr in diesem Siegel gesehen habt?«

Ganz offensichtlich gehörte Wiesel nicht zu denen, die leicht ihr Ziel aus den Augen verloren.

»Ihr habt das Gefäß wieder geschlossen?«, fragte ich die Kaiserin.

»Nicht direkt«, sagte sie. »Denn ich habe Euch ein neues gebaut. Es sollte besser halten.«

»Was ist mit dem Siegel?«, brach es ungeduldig aus Wiesel hervor. »Nun sagt schon, was Ihr gesehen habt!«

»Es ist kein Siegel. Und auch kein Schloss.«

»Was ist es dann?«

Zuerst wusste ich nicht, was ich ihm sagen sollte, doch schließlich fielen mir die Worte ein.

»Es ist ein Buch. Eine Chronik. Die sich schreibt, während wir noch hier stehen.«

Ich stand auf, froh, diesen Thron endlich zu verlassen. Es fühlte sich falsch an, darauf zu sitzen. Doch wenigstens quälte mich der Kopfschmerz nicht mehr.

Doch als ich jetzt vor dem Siegel kniete, war es nur ein außergewöhnliches Kunstwerk. Die Tiefe, die ich zuvor wahrgenommen hatte, fehlte, und es war mir nicht mehr möglich, das zu erkennen, was mich vorhin derart in seinen Bann gezogen hatte. Ich berührte das Siegel sachte mit meinen Fingern, fühlte … etwas … aber es blieb mir verschlossen.

»Es ist verschwunden«, gestand ich enttäuscht. »Jetzt zeigt es sich mir nicht mehr.«

Asela, die an meiner Seite stand, nickte nachdenklich. »Und doch ergäbe es einen Sinn«, meinte sie dann. »Die Magie, die ich in diesem Siegel spüre, könnte dazu passen. Sie enthält Elemente der Beobachtung und der Niederschrift, jetzt, da Ihr es sagt, kann ich es erkennen. Und doch ist es um so vieles mehr.« Sie schüttelte staunend den Kopf. »Ich habe einst gedacht, ich hätte das Wesen der Magie verstanden und wäre ihm darin an Meisterschaft fast gleichgekommen! Die Torheit der Jugend«, ergänzte sie dann rau. »Man meint, all das zu wissen, was ein anderer in seinem ganzen Leben lernte … Was hätte ich nicht noch alles von ihm lernen können!«

»Ich verstehe das nicht«, meinte Wiesel und kratzte sich am Hinterkopf. »Wie kann dieses Siegel nur ein Buch sein? Ich hätte schwören können, es wäre ein Schloss.«

»In gewisser Hinsicht«, sagte Asela bedächtig, »ist es das auch. Es ist wie das Schloss an einem Tagebuch, das Eure innersten Geheimnisse hütet. Nur habt Ihr nicht den Schlüssel dazu.« Sie schaute mich fragend an. »Wieso hat es sich für Euch geöffnet und jetzt nicht mehr?«

Ich hob die Schultern und ließ sie wieder fallen. »Ich weiß es nicht. Vielleicht hat es damit zu tun, was ich, wie Ihre Majestät so schön sagte, über das Siegel geblutet habe.«

»Hhm«, meinte Ser Wiesel und sah mich spekulierend an. »Könnten wir das vielleicht wiederholen?«

»Nein«, sagten Serafine, Desina und ich gleichzeitig, und auch Asela schüttelte den Kopf.

»Es gehört zu den Dingen, die wir nicht verstehen«, fuhr Desina fort, während ihr Blick nachdenklich auf mir ruhte. »Wir wissen nur, dass es Ser Roderik geschadet hat, wenn dieses Gefäß Risse erhielt. Was auch immer es ist, es verändert die Dinge um ihn herum, die er damit berührt. Den Boden, auf dem er steht. Uns. Es war mühsam genug, dieses Gefäß wieder zu erstellen, doch es wäre in hohem Maße unvernünftig, mit etwas, das wir nicht verstehen, Versuche anzustellen.«

»Müsste man nicht genau das tun, um es zu verstehen?«, fragte Wiesel und rieb sich die Nase. »Das ist es doch, was du so gerne tust? Forschen und den Dingen auf den Grund gehen.«

»Nicht hierbei. Nicht mit dem, was in ihm ist«, entschied Desina.

»Dann erkläre mir noch mal, was es ist«, bohrte Wiesel weiter. »Was ist es? Versuch es mir so zu beschreiben, damit ich es verstehe.«

Eine feine Falte erschien auf ihrer Stirn. »Wenn es stimmt, was wir vermuten, nimmt sein Schwert seinen Opfern etwas und gibt es ihm. Was es ihm gibt, ist verwandt mit Magie oder Blutmagie, aber es ist mehr als das. Es ist ... schau, Wiesel, in jedem von uns steckt ein Rest der Schöpfung. Das, was es brauchte, um uns zu schaffen und zu beseelen. Ich habe das Gefühl, als wäre es das, was sich in ihm sammelt.«

»Und das ist schlimm?«, fragte Wiesel verwirrt.

»Ich kann es dir anders erklären«, sagte Asela kühl. »Schöpfung ist letztlich nichts anderes als Veränderung. Sie versucht sich an den verschiedensten Dingen, wie ein Kind, das eine Vase umwirft, um zu sehen, was passiert. Aus Titanen wurden so Elfen und Zwerge; aus den Elfen entstanden wir Menschen. Aus solchen Veränderungen entsteht die Ordnung der Welt, wie wir sie kennen. Aber bevor es so weit ist, ist die rohe Form dessen, was später dann zur Ordnung führt, vorerst nichts als Chaos.« Ihre Augen bohrten sich in mich. »Das ist es, was Ihr in Euch tragt. Deshalb zieht es an Euch, wenn jemand in Eurer Nähe Magie wirkt. Wirken wir Magie, wollen wir Veränderung erzwingen. Tun wir es in Eurer Nähe, versuchen wir, den Teil von Euch zu stehlen, der die Veränderung bewirkt.«

»Aber wie kann das sein?«, fragte Wiesel ungläubig. »Wie kann ein Mensch so etwas in sich tragen?«

»Fragt Soltar«, meinte Asela knapp. »Er hat ihn schließlich zu seinem Engel bestellt. Mittlerweile fange auch ich fast an, daran zu glauben. Also, frag den Gott, er hat sich bestimmt etwas dabei gedacht.«

»Was bedeutet dies für mich?«, meldete ich mich endlich auch zu Wort. Ich stand auf, sah noch einmal enttäuscht auf dieses faszinierende Siegel herab, doch dort tat sich nichts für mich. »Ist es gefährlich? Kann es mir und anderen schaden?«

»Sehe ich aus, als wüsste ich die Antwort auf alle Fragen?«, gab Asela etwas unwirsch zurück. »Gerade heute erst habe ich lernen müssen, wie wenig ich weiß. Beantwortet Euch die Frage selbst. Ist Veränderung gefährlich?« Sie schien etwas entnervt. »Denn das ist genau das, was Ihr tut, Lanzengeneral. Ihr verändert die Dinge um Euch herum. In gewissem Maße tun wir das alle, nur bei Euch geht es darüber weit hinaus.« Ihre Lippen verzogen sich zu einem grimmigen Lächeln. »Ich brauche nur daran zu denken, wie Ihr mich verändert habt.«

»Havald hatte doch recht wenig mit dir zu tun«, meinte Serafine überrascht. »Ich hätte eher gedacht, dass es Kolaron gewesen wäre, der dich am meisten verändert hat.«

»Ich glaube, Finna«, sagte die Eule langsam, ohne den Blick von mir zu nehmen, »dass der General sehr genau weiß, was ich meine.«

»Also kommen wir hier nicht weiter«, fasste Ser Wiesel enttäuscht zusammen. »Schade ... dieses Siegel verfolgt mich schon seit Jahren.« Er schenkte uns ein schnelles Lächeln. »Nun gut, dann sollte ich Euch besser allein lassen, Hochinquisitor Pertok hat sowieso schon zweimal nach mir verlangt, vielleicht sollte ich ihm den Wunsch erfüllen und ihn aufsuchen.« Er verbeugte sich mit einer galanten Bewegung. »Machst du mir die Türen auf?«, fragte er seine Schwester. »Ta ta!«, meinte er noch heiter winkend, als sie nickte. »Man sieht sich bestimmt wieder.«

Und damit ging er fröhlich pfeifend durch die Türen, die sich wie von Geisterhand für ihn öffneten, um sich dann sogleich wieder zu schließen. Zugleich hörten wir gedämpft in der Ferne die Tempelglocken, die die Gläubigen zum Mittagsgebet ermahnten.

»Nun gut«, meinte die junge Kaiserin mit einem leisen Seufzer. »Wenden wir uns den Amtsgeschäften zu.« Ihr Blick fiel auf das verbrannte Holzstück, das Wiesel hatte fallen lassen, eine Geste später flog es in hohem Bogen zielgenau in einen Korb, während neben uns der Thron von Aldane von selbst seinen Weg zurück in seine angestammte Nische fand. Sie ordnete ihre Röcke und nahm auf dem Thron des Kaisers Platz.

Irgendwie erstaunlich, dachte ich, als ich sie da so sitzen sah. Für sie schien er nicht zu groß.

»Ihr habt Euren … Urlaub … genossen, hoffe ich?«, eröffnete die Kaiserin unverzüglich das Gefecht und bedachte mich mit einem tadelnden Blick. »Bei der Gelegenheit, wenn Ihr noch einmal Urlaub nehmt, dann werdet Ihr mich vorher fragen, ja?«

Ich deutete eine Verbeugung an. »Es wird nicht mehr geschehen.«

»Gut«, sagte sie dann. »Kommen wir zum Punkt. Asela meinte, Ihr hättet versucht herauszufinden, warum sich die Ostmark nicht befrieden lässt. Ist Euch dies gelungen?«

So knapp wie möglich schilderte ich ihr, was wir herausgefunden hatten. Von dem Stolz und dem Ehrgefühl der Barbaren, dass Verträge nur galten, solange der, mit dem sie geschlossen worden waren, lebte, von der Veränderung im Land, der Dürre und dem Hunger. Dem Tarn. Und letztlich dem Verschlinger. Auch, vor allem, davon, dass Hergrimms Reiter wohl kaum dazu beitrugen, den Frieden dort zu wahren.

»Gültige Beweise haben wir noch nicht gefunden, aber ich glaube, was man mir zugetragen hat«, schloss ich etwas später. »Es sind nicht nur sie, die daraus Nutzen ziehen, dass die Ostmark keinen Frieden findet. Deswegen wollte ich auch Marschall Hergrimm sprechen, denn ich hege die Befürchtung, dass er zu denen gehört, die sich an dem Schlachten dort bereichern. Ob er davon wusste oder nicht, er sollte derjenige sein, der durchsetzt, dass es sich ändert.«

»Oder als Verräter am Strang enden und durch einen anderen Marschall ersetzt werden«, meinte Asela kühl. »Diese Lösung gefällt mir weitaus besser.«

»Wofür wir Beweise bräuchten«, wandte Desina ein. »Habt Ihr in der Richtung etwas unternommen?«

»Ich wies Kelter an, Spione in den Reihen der Blutreiter unterzubringen. Inwieweit dies Früchte trägt, werden wir noch sehen. Ich teilte ihm zudem mit, dass die Truppen der Ostmark den Legionen unterstellt sind und er sich von dem Kommandeur der Blutreiter nicht mehr gängeln lassen sollte.«

Desina sah fragend zu Asela hin. »Sind sie das?«, fragte sie. »Uns unterstellt?«

»Er schwor einen Treueeid Euch gegenüber«, erinnerte ich sie. »Hier an diesem Ort. Er beugte sein Haupt vor Euch … und wenn ich ihn finde, werde ich ihn daran erinnern.« Ich wandte mich Asela zu. »Ich bin nicht der Ansicht, dass er hängen sollte. Nicht, wenn er sich fügt und sich anschickt, den Misthaufen aufzuräumen. Verweigert er uns das … nun …« Ich zuckte mit den Schultern. »Dann können wir noch immer einen anderen Marschall suchen.«

»Wenn es nicht die Verträge gäbe«, seufzte Desina.

Ich sah sie fragend an.

»Er ist der Herrscher der Ostmark. Einst war der Marschall dem Kaiserreich unterstellt, aber mit Askannons Abdankung hat sich dies geändert. Wir können ihn genauso wenig vor ein Gericht zerren wie zum Beispiel Prinz Tamin. Nur die Götter stehen über dem Marschall, wir müssen auf ihre Gerechtigkeit vertrauen.«

»Was nicht bedeutet, dass wir der Gerechtigkeit nicht nachhelfen können«, meinte ich kühl. »Ich bin sicher, dass ich dem Marschall erklären kann, warum es zu seinem Besten wäre, würde er sich um das Problem kümmern. Nur muss ich ihn dazu finden.«

»Habt Ihr schon versucht, ihn zu erreichen?«, fragte Desina.

»Ja. Er lässt sich entschuldigen. Vielleicht hat er in zwei Wochen Zeit für uns. Vielleicht auch nicht«, grollte ich.

Sie nickte und schaute zu Asela hin.

»Ich denke, wir können ihn finden. Asela?«

Die Eule räusperte sich. »Er geht im Moment auf einem Schiff diversen Vergnügungen nach, für die Ihr zu jung seid, um sie Euch zu nennen.«

Die Kaiserin schaute zunächst verblüfft drein, um dann belustigt zu lachen. »Ich wünschte nur, ich wäre in der Tat so jung«, meinte sie und wandte sich wieder mir zu. »Wenn wir hier fertig sind, schicke ich einen Boten. Ihr werdet Gelegenheit haben, den Marschall zu belehren.«

»Ich vermute, jemanden an der Gurgel zu packen und vor eine Wahl zu stellen, ist auch eine Art der Belehrung«, meinte Asela mit einem feinen Lächeln. »Wenn es denn die Gurgel ist.«

»Wenden wir uns anderem zu«, entschied die Kaiserin. »Was ist mit diesem Tarn, dieser Krone des Vergessenen? Habt Ihr die Stücke dabei? Kann ich sie mir ansehen?«

Ich reichte ihr den Beutel, und sie ließ die Stücke in ihre Hand fallen, um dann erstaunt aufzusehen.

»Ich muss Kaiserin Elsine recht geben«, sagte sie und reichte die Teile wortlos an Asela weiter, die sie nicht minder intensiv beschaute. »Die Magie darin ist noch immer ungebrochen. Meint Ihr wahrhaftig, dass wir Frieden für die Ostmark erreichen können, wenn wir alle Stücke in unseren Händen halten?«

»Nicht, wenn wir bestimmen, wer sie trägt«, warnte ich. »Das würden die Kor nicht dulden. Aber es muss sich auch unter ihnen jemand finden lassen, der vernünftig genug ist, um einzusehen, dass es niemandem etwas bringt, wenn wir uns auf alle Ewigkeit gegenseitig zerfleischen.«

Während Desina nickte, reichte mir die Eule den Beutel zurück. »Auch darin hat Elsine recht«, meinte sie. »Diese Stücke dürfen dem Feind nicht in die Hände fallen.«

»Womit wir bei diesem Verschlinger wären«, meinte ich und erklärte ausführlicher, was ich vorher nur gestreift hatte.

»Er ist unempfänglich für Metall«, teilte ich den beiden mit. »Seelenreißer konnte ihm nicht schaden. Nur die Magie der alten Kaiserin vermochte ihn zu berühren.«

»Schade, dass sie ihm die Hand abriss und nicht den Kopf«, meinte Asela dazu. »Aber ja ... ihre Talente sind ... besonders.« Sie schüttelte ungläubig den Kopf. »Wollt Ihr uns tatsächlich melden, dass Ihr keine Möglichkeit seht, diesen Verfluchten zu besiegen?«

»Wir könnten ihn irgendwie begraben«, meinte Serafine dazu. »Angeblich haben es die alten Elfen so gemacht.«

»Selbst wenn uns das gelingt, haben wir das Problem dann nur an folgende Generationen weitergegeben«, gab Desina zu bedenken. Sie schaute zu Asela hin. »Fällt dir etwas ein?«

»Ich grüble gerade«, meinte sie. »Lanzengeneral, habt Ihr blaue Funken aufsteigen sehen, als Eure Klinge den Verfluchten traf?«

Ich zuckte hilflos mit den Schultern. »Es mag sein. Ich weiß es nicht, so genau kann ich mich nicht daran erinnern.«

»Hhm«, meinte die Eule. »Es gibt einen Zauber, der vor Schwertangriffen schützt. Eine Art Barriere auf die Haut legt. Es gibt drei Dutzend Varianten oder mehr von diesem Zauber, und auch die alten Elfen kannten ihn schon, sie haben ihn entwickelt. Zwei Dinge kann ich dazu sagen. Er wirkt nur gegen Metall; Holz oder Stein müsste ihn durchdringen. Und zum anderen hält er nur eine bestimmte Anzahl Schläge ab. Ihr könnt es also mit einem Pflock versuchen, oder mit Bolzen, die keine metallenen Spitzen tragen. Oder schlagt öfter zu.«

»Ihr meint, das reicht?«, fragte ich erstaunt. »Ihn einfach so lange schlagen, bis er fällt?«

»Ist das nicht immer so?«, meinte die Eule mit einem feinen Lächeln. »Wie ich hörte, seid Ihr darin ganz besonders geübt.« Ihre Augenbrauen zogen sich zusammen. »Ihr sagt, dass es wahrscheinlich ist, dass dieses Ungeheuer an den Befehl eines Nekromanten oder Kriegsfürsten gebunden ist.«

Ich nickte. »Wahrscheinlich an den, der die beiden anderen Stücke des Tarn bereits besitzt.«

»Und er ist es, der diese beiden Legionen führt, von denen Ihr hofft, ihr Lager gefunden zu haben?«

»Ich denke schon.«

»Bei der Gelegenheit, Lanzengeneral, habt Ihr mehr über die anderen Legionen herausgefunden, die der Feind in die Ostmark geführt haben will?«, fragte Desina.

»Leider nichts, Eure Majestät. Das Land ist zu groß und unerschlossen, er könnte hundert Legionen dort versteckt halten, ohne dass wir von ihnen erfahren.«

»Die Kor, wie sie sich nennen, werden es wissen«, stellte Asela nachdenklich klar. »Und dieser Nekromant, der den Verschlinger befehligt. Reicht mir bitte noch mal die Stücke des Tarn.«

Ich tat wie geheißen. Sie musterte sie sorgsam und nickte dann leicht. »Es müsste möglich sein«, sagte sie wie zu sich selbst. »Kann ich sie eine Weile behalten?«

»Nur zu«, meinte ich. »Bei Euch sollten sie sicherer sein als bei mir … aber seid gewarnt, der Verschlinger will diese Stücke, und wenn er herausfindet, dass Ihr sie bei Euch tragt, wird er auch Euch verfolgen.«

»Ihr seid Euch sicher, dass er nicht aufgibt? Euch bis hier nach Askir folgen wird?«

»Ich gehe davon aus, dass er sich schon hier befindet. Ein Soldat der Federn, der von einem Meldegang zurückkehrt, eine der Wachen, die das Tor beschützen sollten … es könnte jeder sein.«

»Also habt Ihr dieses Ungeheuer direkt in das Herz des Reichs geführt«, meinte Desina.

Ich hob hilflos die Schultern. »Ich wusste keine Möglichkeit, es daran zu hindern.«

»Nun«, sagte Asela langsam. »Es ist eine der seltenen Gelegenheiten, bei der wir zumindest einen Teil des Plans des Gegners kennen. Er will diese Stücke.« Sie wog sie nachdenklich in ihrer Hand. »Es sollte uns einen Hebel geben können.«

»Ich verstehe nur nicht, warum uns Elsine nicht helfen will«, meinte Desina nachdenklich. »Wenn sie sich in einen Drachen verwandeln kann, kann sie doch auch fliegen. Es wäre ein Leichtes für sie, die Legionen Thalaks aus der Luft auszumachen.«

»Das kann ich Euch sagen«, meinte Asela. »Bei den Truppen des Feinds werden sich die Priester des Omagor befinden oder Kriegsfürsten. Beide sind an Kolaron Malorbian gebunden. Der Nekromantenkaiser kann durch ihre Augen sehen und durch sie, im Falle der Kriegsfürsten, sogar zum Teil seine Talente nutzen. Er hat es einmal vermocht, sie in seine Gewalt zu zwingen. Sieht sie die Legion, mag es sein, dass ein Kriegsfürst auch sie sieht. Und sollte Kolaron dort seine Aufmerksamkeit liegen haben, kann es sein, dass er sie wieder zwingen will. Dieser Gefahr will sie sich nicht aussetzen.«

»Aber sie ist stärker als er«, widersprach Desina. »Er konnte sie damals doch nur zwingen, weil sie nah dem Sterben war?«

»Sie hat ihm zumindest bis zuletzt standhalten können«, sagte Asela rau. »Doch sie hat recht, ihn zu fürchten, er hasst gerade sie mit einer Intensität, die wahrhaft erstaunlich ist. Es gibt nur eine, die er noch mehr hasst.«

»Dich«, sagte Desina langsam. »Doch warum ist das so?«

»Ich befürchte«, sagte die Eule mit unbewegter Miene, »dass er Asela einst liebte.«

»Götter«, seufzte Desina. »Manchmal wünsche ich mir die Zeit zurück, bevor die Magie nach Askir zurückkehrte. Damals reichte es, wenn ich mit alten staubigen Folianten herumgeschlagen habe.«

»Aber die Idee an sich, den Feind aus der Luft zu erkunden, ist nicht schlecht«, hielt Serafine fest, während sie Asela nachdenklich musterte. »Wir könnten unsere elfischen Verbündeten fragen, ob sie uns für diese Zwecke einen Greifenreiter abstellen.«

»Das werden wir auch tun«, meinte die Kaiserin. »Kommen wir zum Grund, warum ich Euch rufen ließ.« Sie musterte mich mit ihren meergrünen Augen und erlaubte sich ein leichtes Lächeln. »Es wird Euch freuen, zu erfahren, dass wir ein altes Tor in Eurer Kronstadt haben finden können und es Asela gelungen ist, es für uns zu öffnen. Leandra hat den Thron für sich beanspruchen können, auch wenn es nicht gar so einfach war, wie wir alle dachten. Fragt Wiesel dazu, wenn Ihr noch Gelegenheit dazu habt, überraschenderweise war er daran beteiligt. Dennoch ist die Lage alles andere als sicher, weiterhin belagern die Truppen des Feinds die Stadt, und vor einigen Tagen gab es einen Angriff von Ingenieuren, die versuchten die Mauern zu untergraben und sich mit Rauchpulver aus Xiang den Weg in die Stadt zu sprengen. Dank der Götter Gunst gelang es ihnen nur zum Teil, und der Angriff konnte abgewehrt werden. Aber die Lage dort ist weder ruhig noch sicher.«

»Götter«, entfuhr es mir. »Wieso weiß ich nichts davon?«

»Orikes sagt, er hätte für Euch einen Bericht verfassen lassen, er muss auf Eurem Schreibtisch liegen«, sagte Asela.

»Du musst ihn irgendwie übersehen haben, obwohl du die Berichte doch so gründlich studiert hast«, meinte Serafine dazu mit einem feinen und vielleicht auch etwas spitzen Unterton in ihrer Stimme.

»Wie auch immer«, nahm die Kaiserin wieder das Wort an sich. »Noch ist Kasale mit der Ausbildung der Legion nicht so weit, dass sie Euch dort bräuchte. Was die Ostmark angeht, müssen wir warten, was sich dort entwickelt … und ob Asela den Hebel finden kann, von dem sie sprach. Als Oberbefehlshaber der Legionen seid Ihr ein wichtiger Mann, Ser Roderik. Würden die Dinge etwas anders liegen«, ein leichtes Lächeln spielte um ihre Lippen, »würde ich Euch auf das diplomatische Parkett bemühen. Nur weiß ich nicht, ob das Reich die Euch eigene Art der Diplomatie so leicht überstehen würde.«

»Seid gerecht«, mahnte Asela schmunzelnd. »Sie zeigt zumindest Wirkung.«

»Ohne Zweifel«, nickte die Kaiserin, und ihre grünen Augen funkelten vergnügt. »Doch ich denke, Ihr seid andernorts besser eingesetzt. In den Südlanden genießt Ihr einen gewissen Ruf. Ich höre wieder und wieder, dass man dort nach Euch verlangt. Also werdet Ihr als Sonderbotschafter und militärischer Berater nach Illian gehen und Königin Leandra mit Rat und Tat zur Seite stehen, um den Ruf und die Achtung vor der Legion zu mehren.«

»Aber, Hoheit, was ist mit der Ostmark?«, fragte ich sie. »Wir …«

»Ich habe alles vernommen, was Ihr mir berichtet habt«, teilte sie mir mit. »Wir werden prüfen, was möglich ist, um die Lage zu verbessern. Es wird Gemurre geben, wenn die Leute dort verstehen, dass Ihr es ernst gemeint habt, als Ihr befohlen habt, die Barbaren … die Kor als Bürger des Reichs zu behandeln. Doch dieses Gemurre wird sich legen, wenn sie verstehen, dass Ihr meinen Rückhalt habt. Wir werden außerdem prüfen, inwieweit die Beschuldigungen, die Ihr gegen Hergrimms Truppen erhoben habt, zutreffen. Wenn es so ist, dass sich manche dadurch bereichern, dass sie den Frieden dort gezielt verhindern, werden sie dafür bestraft werden. Aber all das, Ser Roderik, wird seine Zeit brauchen. Wie Ihr selbst gesagt habt, die Ostmark lässt sich nicht an einem Tag befrieden. Ihr habt, was Ihr wolltet, Lanzengeneral. Jetzt gebt mir, was ich will.« Sie schenkte mir ein freundliches Lächeln, das dennoch nicht viel dafür taugte, ihren eisernen Willen zu verbergen. »Ihr geht nach Illian.«

»Aye, Hoheit.«

Sie wartete einen Moment, ob ich noch etwas sagen würde, dann nickte sie. »Morgen Abend zur sechsten Glocke brecht Ihr auf. Nutzt die Zeit bis dahin, um Euch von Euren Anstrengungen zu erholen. Allerdings werde ich Euch bald wieder abberufen müssen. Ihr werdet dann Königin Leandra hierher zurückgeleiten.« Sie sah wohl meinen fragenden Blick und lachte erheitert. »Oder wollt Ihr meine Krönung verpassen, nachdem Ihr so vielen den Arm gebogen habt, damit ich die Krone trage?«

»Wohl kaum«, meinte ich dazu.

Ihre grünen Augen tanzten vergnügt. »Ihr hättet auch nichts anderes sagen dürfen. Nun gut. Wendet Euch an Orikes, er wird alles Weitere veranlassen.« Sie wandte sich Asela zu. »Ich denke, es ist an der Zeit, Baron von Freise aufzusuchen, wir wollen ihn nicht warten lassen.«

»Wie geht es ihm?«, fragte Serafine nach.

»Er kämpft«, antworte die Kaiserin. »Es gibt kleine Fortschritte zu verzeichnen, aber noch immer muss er jeden Tag geheilt werden. Orikes meint, das Rückgrat wäre beschädigt, und es habe etwas damit zu tun, wie die Nerven im Inneren verlaufen. Es ist schwer möglich, etwas zu heilen, von dem man so wenig versteht. Haut und Fleisch und Knochen und manche Krankheiten sind einfach, aber so etwas …« Sie hob hilflos die Schultern und ließ sie wieder sinken. »Wir können nur auf die Gunst der Götter hoffen.«

»Möchtet Ihr ihm unsere besten Wünsche ausrichten?«, fragte ich höflich.

»Sicherlich«, gab Desina lächelnd zurück.

»Ach, eines noch«, sagte Asela wie nebenbei. »Wenn es sich für Euch einrichten lässt, findet doch bitte das letzte Stück des Tarn.«

»Stimmt«, meinte die Kaiserin mit einem feinen Lächeln. »Eine Bitte hätte ich noch an Euch. Meint Ihr, es ist zu viel von Euch verlangt, wenn Ihr in Illian die Uniform der Legionen für mich tragt? Vielleicht sogar mit Rangabzeichen? Manche Menschen finden Generäle sehr beeindruckend.«

»Ich denke«, sagte ich, während ich mich knapp vor ihr verbeugte, »das wird sich einrichten lassen.«

Von Sandspinnen und dunklen Elfen

21 Ein ruhiger Abend, ungestörte Nachtruhe und die Gelegenheit, in Ruhe den Tag anzugehen, hatten Wunder bewirkt. Meiner Schulter ging es deutlich besser. Zokora meinte am Morgen sogar, dass ich den Knochen mittlerweile etwas belasten könnte. »Du heilst fast so schnell wie ich«, hatte sie mir mitgeteilt, als sie am Morgen den Verband gewechselt hatte und mir von ihrem neuen Tee gab. »Es ist erstaunlich.«

Auch wenn ich den Tag in Muße begehen konnte, gab es doch einiges zu tun. Ich suchte meinen Amtsraum auf und las ein paar Berichte. Einer dieser Berichte war von Lanzenmajor Blix, der mit Leandra zusammen nach Illian aufgebrochen war, und beschrieb die Geschehnisse, die letztlich dazu geführt hatten, dass Leandra die Krone der Südlande für sich beanspruchen konnte.

Als ich ungläubig las, dass man sie wegen Verrats und Ketzerei auf dem Scheiterhaufen hatte verbrennen wollen, konnte ich nur fassungslos den Kopf schütteln. Wie sie den Flammen genau entkommen war, darüber äußerte sich Blix nicht, nur dass er von einem Wunder sprach. Ich war so sicher gewesen, dass Leandra meiner Hilfe nicht bedurft hatte … und nun das.

»Es hilft nichts, wenn du dir Vorwürfe machst«, sagte Serafine kühl dazu. »Lerne daraus, dass es besser ist, nicht einfach nur von Dingen auszugehen, sondern sie zu überprüfen. Ein General kann sich solche Fehler nicht mehr leisten.«

Offenbar war sie immer noch wild entschlossen, einen guten General aus mir zu machen. Was nichts daran änderte, dass sie mit ihren Worten recht hatte. Allerdings warf ich mir all das schon selbst vor.

Ein General besaß einen Stab, und irgendwann fiel mir auf, dass unser Stockfisch nicht zum Dienst erschienen war.

Einer der Sergeanten in der Schreibstube richtete mir aus, dass sich der Leutnant unter großem Bedauern entschuldigen ließ, er wäre krank und nicht fähig zum Dienst. Etwas überrascht war ich durchaus, bislang hatte der Leutnant keinen Tag seines Dienstes verpasst, und ich hätte es ihm zugetraut, mit dem Kopf unter dem Arm seine Arbeit zu verrichten. Niemand konnte mir sagen, unter was er litt, und ich nahm mir vor, ihn zu besuchen, als mich Serafine daran erinnerte, dass es noch etwas für mich zu tun gab.

»Wenn es schlimmer wäre, hätte er es uns mitteilen lassen«, meinte sie. »Aber sag, hast du dir eigentlich schon überlegt, was du für Illian packen willst? Wir werden längere Zeit dort verbringen.«

»Ich habe meinen Packen von der Ostmark noch bereit.«

»Ja«, sagte sie kühl. »Wenn du ein Schausteller wärst, der einen abgerissenen Vagabunden geben will, dann wärest du damit gerüstet! Du besitzt nur noch eine saubere Uniform, und über deine Strümpfe«, sie rümpfte die Nase, »will ich gar nicht reden. So jedenfalls wirst du kein gutes Beispiel geben!«

Beinahe hätte ich sie darauf hingewiesen, dass nur sie meine Strümpfe zu Gesicht bekam, aber darum ging es ihr wahrscheinlich.

»Hilfst du mir beim Packen?«, fragte ich sie hoffnungsvoll.

»Nein«, teilte sie mir mit. »Orikes hat mich zum Gespräch geladen. Aber du schaffst das gewiss allein.«

»Fein«, sagte Varosch. »Es geht in die Heimat. Aber warum musst du dafür neu packen?« Er hob ein langes Leinenhemd von meinem Bett und hielt es prüfend hoch. »Bei diesem Loch hier bin ich mir nicht sicher, ob es eine große Motte oder nur ein schmaler Dolch gewesen ist.«

»Dann frag den, dem es gehört«, antwortete ich und sah mich entnervt im Schlafzimmer um. Überall waren Kisten geöffnet und quollen über. Varosch hatte mich gefragt, ob er beim Packen helfen könne, wobei ich mir sicher war, dass er das nur vorgeschoben hatte. Er wollte etwas von mir, aber bis jetzt war er damit noch nicht herausgerückt. »Das ist aus der Kiste, die wir aus der *Lanze der Ehre* haben retten können. Der Rest darin ist von mir, doch dieses Schlafhemd habe ich in meinem Leben nicht gesehen.«

Ich hob eines der Gewänder hoch, die mir Faihlyd zum Abschied geschenkt hatte. Prachtvoll bestickt, aus dünnstem handgewebtem Leinen, leicht und luftig, das Richtige für die heiße Mittagssonne Bessareins. Und vollständig ungeeignet für Illian.

»Götter«, seufzte ich. »Jahrelang hat alles, was ich besaß, in die Satteltaschen meines Pferds gepasst. Jetzt schau dir das an! Sieben große Seekisten und vier kleine! Wir haben Schiffbruch erlitten, normalerweise dünnt es einem den Besitz aus, aber davon merke ich hier wenig!«

»Fünf«, sagte Varosch erheitert.

»Was?«, fragte ich entnervt.

»Fünf kleine Kisten. Du hast die hier neben dem Bett vergessen.«

»Und was ist drin, hast du schon geschaut?«

»Gold und Edelsteine, Mappen mit Urkunden, ein paar seidene Bettschuhe und das hier.« Er rollte sich über das Bett und griff in die Kiste hinein, um mit einer kleinen Handarmbrust und einer Packung Bolzen in der Hand wieder hochzukommen. »Das Ding sieht gemein aus. Wo hast du es her?«

»Ich habe sie von einem Nachtfalken geerbt. Er brauchte sie nicht mehr.«

»Ich habe so eine Waffe bei einer von Zokoras Schwestern gesehen«, sagte Varosch und musterte sie ausgiebig, vor allem die fingerlangen Bolzen. »Dieser hier ist hervorragend gearbeitet. Ist das Gift?« Er wies auf die Verfärbung an den Bolzenspitzen hin.

»Die Armbrust gehörte einem Nachtfalken. Was denkst du?«

»Dass es Gift ist. Zokora würde sicherlich interessieren, welches es ist.« Er zielte mit der Waffe auf eine Vase, die neben einer der Kisten auf dem Boden lag. »Liegt gut in der Hand. Es ist keine Handarmbrust. Es ist ein Bolzenwerfer. Wäre es eine Armbrust oder ein Kreuzbogen, hätte sie Arme. Deshalb nennt man sie auch Armbrust. Hier aber treibt eine Spiralfeder den Bolzen vor.«

»Von mir aus ist es ein Bolzenwerfer«, meinte ich abgelenkt. Ich hatte einen der maßgefertigten Stiefel aus Bessarein gefunden. Sie hatten gepasst, obwohl sie neu waren. Und sahen besser aus als meine alten. Jetzt musste ich nur noch den anderen Stiefel finden, in dieser Kiste jedenfalls war er nicht.

»Liegt dir viel an ihm?«, fragte Varosch jetzt.

Ich sah ihn verwundert an.

»An der Armbr … an dem Bolzenwerfer?«

Ich hatte ihn aufgehoben, weil er mich an einen Kampf erinnerte, den ich hätte verlieren sollen. Ohne diese kleine Armbrust wäre es auch so gekommen. Ich warf den Stiefel zurück in die Kiste und wandte mich Varosch zu. »Du kannst ihn gerne haben. Nur, pass auf, dass deine Armbrust nicht eifersüchtig wird.«

Die Art, wie er den Bolzenwerfer musterte, erschien mir ungewöhnlich, auch wenn ich wusste, dass er von solcherlei Dingen fasziniert war.

»Die Gefahr besteht nicht. Er ist nicht für mich.«

»Für Zokora?«

»Es ist das perfekte Geschenk für sie.« Er lachte leise. »Wenn ich ihr mit Perlen oder Geschmeide oder schönen

Gewändern kommen würde, würde sie mich nur auslachen.« Er lehnte sich gegen die Wand hinter dem Bett und verschränkte die Arme hinter dem Kopf, um zur Zimmerdecke hochzusehen. »Sie hat mich zu einer Sandspinnenjagd eingeladen.«

»Hhm. So wie du das sagst, hat es mehr als die offensichtliche Bedeutung.«

»Ja. Eine Sandspinne, die wohl so groß sein dürfte wie ein Pferd, jagt mit Fallen. Sand, den sie aufgelockert hat. Man kann sie nicht allein besiegen, man muss mindestens zu zweit sein. Man geht nur mit jemandem auf Jagd, dem man sein Leben anvertraut.«

Er lachte leise. »Sie fand es erwähnenswert, dass es seit Jahrhunderten keine solche Jagd mehr gegeben hat. Sie hat mir diesen Segen gegeben … den, mit dem man andere Sprachen versteht. Nachdem sie ihre Mutter im Kampf besiegt hat und befohlen hat, mich freizulassen, konnte ich mit ihren Schwestern sprechen. Diese Jagd … es ist wohl eine Art Einladung, dass ich sie hofieren darf.«

»Eine Verlobung also?«, fragte ich interessiert.

Er lachte und schüttelte den Kopf. »Zokora ist von ihren Schwestern wohl die Einzige, die dieses Wort kennt. Du weißt, dass die Höhlen der dunklen Elfen die Männer ihres Stamms verdummen und auch unfruchtbar machen?«

Ich nickte.

»Sie sparen sich diese Rituale. Sie nehmen sich einfach den, den sie wollen, aus dem Harem heraus und verfügen über ihn. Die Männer sind es gewohnt, gebärden sich wie Pfaue, wenn sie auserwählt werden … sie kennen es ja nicht anders.« Er seufzte. »Nachdem ich gesehen habe, was mit den Männern dort unten geschieht, ist es wahrlich ein Wunder, dass sie es uns Männern überhaupt zutraut, bis zehn zu zählen. Dort unten können sie es nämlich nicht. Eins, zwei, mehr und viele. Es ist schreckenerregend.«

»Um was genau geht es dir, Varosch?«, fragte ich ihn.

»Es gibt zwei Möglichkeiten, auf die Einladung zur Jagd zu

reagieren. Nein, drei. Ich könnte ablehnen. Man vermittelte mir aber den Eindruck, dass dies eine sehr, sehr dumme Idee sei. Es würde Zokora zutiefst beleidigen und vor ihren Schwestern bloßstellen. Die zweite ist, ich nehme die Einladung an, und wir kehren beide lebend von der Jagd zurück. Dann würde man akzeptieren, dass ich ihr Liebhaber bin. So eine Spinne zu erlegen, ist wohl nicht einfach, und jemand, der diese Jagd überlebt, taugt auch in den Augen ihrer Schwestern etwas. Die dritte wäre … wir kehren lebend zurück von dieser Jagd, und ich überreiche ihr ein Jagdgeschenk. Traditionell wohl eine Mandibel. Aber es kann etwas anderes sein. Es muss nur meine Wertschätzung ausdrücken. Das wäre dann der erste Schritt zu einer Vereinigung. Denn wenn sie das Geschenk annimmt, darf ich einen Wunsch an sie richten.« Er lächelte schief. »Was wohl bedeutet, dass ich um ihre Hand anhalte. Das letzte Mal allerdings, als das geschah, lief es etwas anders. Zokoras Stamm hatte damals einen Oberflächenelf gefangen, den sie halbtot irgendwo aufgegriffen hatten. Die Königin fand Gefallen an ihm, und er verführte wohl auch sie. Sie lud ihn zu der Jagd ein, sie überlebten beide, und er gab ihr das Geschenk. Sie nahm es an … und er bat um seine Freiheit, obwohl sie von ihm schwanger war. Die Königin hat die Schmach nie verwunden.«

»War das Zokoras Vater?«, fragte ich leise.

Er schüttelte den Kopf. »Sie sagt, dass er es nicht gewesen wäre. Dass ihre Mutter das Kind geboren und dann an der Oberfläche ausgesetzt hätte. Es hatte zu helle Haut und goldene Augen. Diese Elfen leben lange«, fuhr er leise fort. »Und die meisten von ihnen erinnern sich noch daran. Für die meisten Elfen ihres Stamms ist Zokora jung und unerfahren.«

»Zokora ist fast siebenhundert Jahre alt!«

»Und ihre Mutter wurde fast viertausend. Viele sind über tausend Jahre alt, manche sogar zweitausend oder älter.« Er schüttelte ungläubig den Kopf. »Du kannst dir nicht vorstellen, wie gesetzt manche in ihren Wegen sind. Es gibt eine

Art, etwas zu machen, und so macht man es. Jeder Stein wäre beweglicher als diese alten Elfen. Nach den Maßstäben ihres Stammes ist Zokora eine Rebellin, eine Umstürzlerin, die Traditionen auf den Kopf stellen will, die älter sind, als wir es uns vorstellen können. Sie will sie an die Oberfläche führen. Zerren wäre wohl das bessere Wort. An der Oberfläche werden die Männer nicht dumm. Sie können denken. Sie können aufbegehren. Sie werden keine Sklaven sein.« Er hielt die kleine Waffe gegen das Licht und bewunderte den Schimmer auf dem polierten Metall. »Zokora ist die Königin. Will sie an der Oberfläche den Stamm führen, braucht sie einen König an ihrer Seite. Jemand, den auch die Männer, vor allem aber ihre Schwestern respektieren würden. Sie hat dazu mich ausgewählt und sagt, dass sie, seitdem sie denken kann, zu Solante gebetet hätte, ihr einen Mann zu schicken, den sie achten und ehren kann und der würdig wäre, an ihrer Seite den Stamm in eine neue Welt zu führen. Ich wäre es, weil ich sowohl ihrem Volk angehörte als auch der Oberfläche. Gerade weil die Götter es für richtig hielten, mich in diesen Körper zurückzuführen, wäre ich die Antwort auf ihr Gebet.«

»Oh«, sagte ich nur.

»Genau das«, nickte Varosch. »Oh. Das dachte ich ebenfalls. Ich habe mich noch immer nicht daran gewöhnt, dass dies mein Körper sein soll ... und dann das. Du erinnerst dich an Bruder Gerlon?«

Ich nickte. Er war es, der mir mein Schwert zurückgebracht und mich so ins Leben zurückgerufen hatte.

»Er und Zokora waren in diesem alten Tempel in einer Zelle eingeschlossen. Gerlon hatte ein Vision. Er sah ihre Göttin mit Boron verhandeln und mit dem Namenlosen. Gerlon konnte nicht wissen, wie die dunklen Elfen Astarte oder eben Solante sehen. Doch er beschrieb sie so, wie sie sich für Zokora darstellt, als Kriegerin, gewappnet und mit einem Speer bewaffnet. Sie ist überzeugt, dass die Götter in dem Moment über mich verhandelt haben, und dass dies der

Grund ist, warum ich wiedergeboren wurde.« Er legte die Waffe zur Seite und sah mich fast flehend an. »Ich liebe Zokora. Wenn es für mich einen Grund gab, aus dem Reich der Toten zurückzukehren, dann ist sie es. Als Mensch … als Mensch hätte ich nur eine Liebschaft sein können. Für den Augenblick, den mein Leben noch gewährt hätte. Doch dieser Körper ist jung, wohl nicht viel älter als zweihundert Jahre. Es können Jahrhunderte vergehen, bis er anfängt zu altern. Das ist es, was sie mir anbietet. Jahrhunderte, vielleicht mehr, an ihrer Seite, nicht als Liebhaber oder … Schoßtier, wie manche Elfen uns Menschen sehen, sondern als jemand, der gleichberechtigt neben ihr steht. Sie ist überzeugt, dass dies unsere Bestimmung ist. Nachdem du den Krieg der Götter für uns gewonnen hast, werden wir, nach ihren Worten, den Stamm auf die Oberfläche führen, in eine neue Welt, in eine neue Zukunft. Sie ist überzeugt davon … ich bin es nicht. Ich habe Angst davor. Sie würde es nie zugeben, aber wenn ich ihr kein Geschenk mache, wird es sie hart treffen; gebe ich ihr eines, wird sie es annehmen. Das weiß ich. Und wenn ich dann um meine Freiheit bitte … wird sie sie mir geben. Und mir nicht verzeihen, solange sie leben wird.«

»Und wenn du sie fragst, ob sie bei dir sein will?«, fragte ich ihn leise.

»Havald«, sagte er rau. »Elfen wissen von Geburt an, dass sie lange, nach unseren Maßstäben fast ewig leben werden. Manche von ihnen leben so lange, dass sich in ihrer Zeit sogar die Gebirge verändert haben. Es ist nichts, womit sie sich befassen. Sie wissen, sie werden diese Zeit haben. Aber ich … wie viele gute Jahre hätte ich gehabt? Ich war gerade zweiundzwanzig, als ich starb. Zwanzig Jahre noch? Dreißig? Vielleicht ein paar mehr, bliebe ich gesund und von manchen Gebrechen verschont. Fünfzig vielleicht, wie Bruder Jon? Dann hätte ich mich wahrhaft von den Göttern gesegnet gefühlt. Aber tausend Jahre? Ich weiß nicht einmal, wie ich mir das vorstellen sollte.« Er seufzte. »Zokora würde sich fürs

Leben binden. Unausweichlich. Sie folgt einem Ehrenkodex, den sie niemals brechen würde. Alles, was ich an Fehlern begehen würde, würde sie für mich schultern. Würde ihr zur Last gelegt werden. Eine Trennung ist nicht vorgesehen. Es gab wohl mal einen Fall, wo jemand seine Königin bat, ihn mit einem Dolch zu erlösen. Sie tat ihm den Gefallen. Vier Jahre lang, bevor sie erst ihn und dann sich selbst tötete. Dieser Schritt ist unumkehrbar, Havald. Er bindet mich, solange ich lebe. Und das kann sehr, sehr lange sein. Zu lange, sollte ich meine Entscheidung bereuen.«

»Es kann auch sein, dass wir das falsch betrachten«, gab ich langsam zu bedenken.

Er sah mich fragend an.

»Wir alle haben die Zeit, die uns die Götter geben. Ich weiß von den Elfen, dass sie die Zeit oftmals nicht wahrnehmen. Sie sind manchmal überrascht, wenn es wieder Winter ist oder wieder zehn Jahre vergangen sind. Vielleicht ist es einfach nicht wichtig.«

Er nickte langsam. »Wie empfindest du es denn? Sind zehn Jahre nur ein Blinzeln?«

»Nur im Nachhinein, Varosch«, sagte ich leise. »Nur im Nachhinein. Und vergiss nicht, Zokora ist anders. Sie … sie lernt.«

»Ja«, lachte er. »Es ist manchmal erschreckend, wie schnell sie lernt.«

»Wie lange hast du Zeit mit deiner Entscheidung?«, fragte ich ihn.

»Lange genug«, lächelte er, auch wenn es nicht sehr freudig aussah. »Jahre? Jahrzehnte?«

»Warum dann nicht warten, bis du mehr über dich und sie und ihr Volk weißt, du dich an diesen Körper gewöhnt hast?«

»Es war ein ungeheurer Schritt für sie. Sie wartet nun darauf, wie ich reagiere. Du kennst sie, sie würde fünfzig Jahre warten, oder hundert, ohne es noch einmal anzusprechen. Aber ich werde wissen, dass sie auf meine Antwort wartet. Ich liebe sie, Havald. Aber ist das genug? Ich habe oft genug gesehen, dass die Liebe nicht immer reicht. In dem Haus der Lüste, in dem ich lebte, oder dann im Tempel Borons. Es ist sogar so, dass es meistens nicht reicht. Tatsächlich scheinen solche Ehen am ehesten zu gedeihen, die aus Vernunft geschlossen sind.« Sein Blick war fast gequält, als er weitersprach. »Mittlerweile verstehe ich dich besser, Havald. Sie glaubt, ich wäre von ihrer Göttin für sie auserwählt worden. Nur … ich kann das nicht glauben. Was, wenn ich sie enttäusche? Ihr zur Last werde? Es fängt schon an. Ihre Schwestern mögen nicht, dass ich Boron huldige. Zokora aber sagt, dass der Gott ja auf den Handel eingegangen wäre, und also sowohl Solante als auch Boron dieser Vereinigung ihren Segen gegeben hätten, also wäre es nur recht und billig, dass ich weiterhin dem Gott huldige, der es möglich macht, die dunklen Elfen zurück ans Licht zu führen, indem er ihr den Gefährten gab, den sie dazu braucht. Aber was ist, wenn sie sich täuscht? Gerlon wahrhaftig nur dem Wahn verfallen war? Ich bin ein einfacher Mann, Havald. Mein Vater war ein Fischer und ein Trunkenbold, ich wuchs in einem Haus der Lüste auf, und obwohl man mich im Haus meines Gottes annahm, habe ich es doch nie vermocht, mich zu entscheiden, sein Priester zu werden, mein Leben ihm zu widmen und sein Wort und seine Gerechtigkeit in die Welt zu tragen.«

»Ich denke, dass du das die ganze Zeit schon tust.«

»Aber nicht als Priester. Sondern nur aus meiner Überzeugung heraus. Den letzten Schritt habe ich nie getan … und ich glaube nicht, dass ich ihn tun werde. Dazu hält die Welt zu viel für mich, habe ich zu viel gesehen und erlebt, als dass ich jetzt noch nur nach Tempelregeln leben könnte. Ganz abgesehen davon, dass ich nicht einmal weiß, ob der Tempel noch steht.«

Der Lindwurm Byrwylde war durch Lassahndaar gewalzt und hatte einen großen Teil der Stadt niedergerissen, und ob der Tempel weiterhin stand, konnte ich ihm auch nicht sagen.

»Wenn sie ein Mensch wäre, würdest du zögern?«

Varosch lachte schallend. »Sie als Mensch, das ist schwer vorstellbar. Aber ich weiß, was du meinst. Nein, ich würde nicht zögern.«

»Dann gehe mit ihr auf die Jagd und schenke ihr diese Armbrust … diesen Bolzenwerfer. Bitte sie um die nächste Ewigkeit mit ihr zusammen. Und schaue nicht zurück.«

Er nickte langsam. »Danke, Havald«, sagte er rau. »Du weißt, dass ich dich jahrhundertelang ob deinem Rat verfluchen werde, wenn es ein Fehler war?«

»Das nehme ich in Kauf«, sagte ich. »Ich möchte dich nur an eine Kleinigkeit erinnern.«

»Und welche?«

»Die Götter mögen dir diesen Körper gegeben haben. Aber Zokora hat dich schon auserwählt, als du noch ein Mensch gewesen bist. Wenn überhaupt, dann folgten die Götter hier Zokoras Wunsch und nicht umgekehrt. Und das bedeutet, dass sie dich so wollte, wie sie dich kannte.«

»Größer, blonder und mit einem gewinnenden Lächeln?«, fragte er schelmisch.

»So, wie du bist«, sagte ich. »Dort, wo es zählt.« Ich klopfte ihm leicht auf die Brust.

»Ich hoffe«, seufzte er und stand auf, »dass du recht behalten wirst. Wenn nicht …«

»Ich weiß, verfluchen. Wo willst du hin?«, fügte ich hinzu, als er sich zur Tür bewegte.

»Zu Zokora. Ihr den Bolzenwerfer geben. Das ist auch möglich. Die Jagd muss dennoch überlebt werden, aber so hat sie wenigstens ihre Antwort. Oder ich die meine. Ich hoffe, du kommst hier zurecht?«

Ich schaute mich in meinem Zimmer um, besah mir die Verwüstung, die ich angerichtet hatte.

»Natürlich. Wie schwer kann es schon sein, einen Reisesack zu packen?«

Kaum hatte sich die Tür hinter Varosch geschlossen, öffnete sich hinter mir das Fenster zum Innenhof der Zitadelle.

»Zokora«, seufzte ich. »Wie lange hast du schon gelauscht?«

»Ich lausche nicht«, teilte sie mir erhaben mit, wobei ihre Stimme ungewöhnlich weich klang. »Ich höre zu. Lange genug, um dir sagen zu können, dass der Stiefel, den du suchst, sich dort in der Kiste befindet.«

Es war natürlich die einzige Kiste, die ich noch nicht geöffnet hatte.

»Woher willst du das wissen? Oder kannst du durch Wände sehen?«, fragte ich sie.

Sie setzte sich bequem ins Fenster, es schien sie wenig zu stören, dass sich hinter ihr ein sieben Stockwerke tiefer Abgrund auftat. »Ich erinnere mich daran, wie du ihn dort hineingeworfen hast, weil er in die andere Kiste nicht mehr passte«, sagte sie mit einem Lächeln, das den ganzen Raum erhellte. »Ich wollte dir danken«, fügte sie dann leiser hinzu. »Für alles.« Sie tat eine Geste hin zu dem Bett, auf dem Varosch eben noch gesessen hatte. »Für das. Auch wenn er schon entschieden hat. Sonst hätte ich ihn nicht gefragt.« Ihr Lächeln wurde immer breiter. »Er brauchte nur einen kleinen Schubs, es sich auch selbst einzugestehen.«

»Sieh einfach zu, dass er keinen Grund hat, mich die nächsten zweitausend Jahre lang zu verfluchen.«

»Das wird er nicht«, lächelte sie. »Und wenn ich ihn jeden Tag dazu verführen muss. Aber er täuscht sich. Zweitausend Jahre werden es nicht sein.«

»Er wird nicht so alt werden?«

Sie lachte. »Der Bund zwischen mir und ihm wird auch mit der Göttin sein. Mit ihrer Gnade wird er noch viel länger leben … aber das sage ich ihm vorerst wohl besser nicht. Der Schlüssel zu der Truhe befindet sich an dem Schlüsselbund, den du erst in Armins gelben Beutel und dann in die Tasche dieses Mantels getan hast.«

Ich sah mich suchend um, es lagen gleich vier Mäntel herum. »Welcher Mantel? Der hier oder doch der dort drüben?« Ich sah fragend auf … doch Zokora war nicht mehr zu sehen. Nur ihre Stimme hörte ich noch leise.

»Warum lässt du dir nicht einfach eine Ausrüstung vom Zeughaus geben? Schließlich bist du ein General.«

Die Legende von Aleyte

22 Etwas später klopfte es an der Tür, und Serafine kam herein. Ihr Gespräch mit Orikes war offenbar beendet. Sie fand mich an dem kleinen Schreibtisch am Fenster zum Balkon vor, die Füße mit den neuen Stiefeln auf eine Legionskiste gestellt, mit eine Kanne Kafje vor mir und Stabsmajor Amostins Abhandlung in der Hand.

»Du bist schon fertig, Havald?«, fragte sie ein wenig überrascht und sah sich um.

Ich hob bedeutungsvoll die Fersen und ließ sie mit einem leisen Pochen auf die Legionskiste zurückfallen. »So schwer war es nicht«, meinte ich bescheiden.

Ihr Blick war fast schon misstrauisch, als sie die ordentlich gestapelten Kisten an der Wand betrachtete, die darauf warteten, eingelagert oder uns nachgeschickt zu werden.

»Was wollte Orikes?«, fragte ich im Gegenzug und legte die Abhandlung zur Seite, um mir Serafine in Muße zu beschauen. Ich hatte sie noch vor dem Attentat auf mich gebeten, mir zur Seite zu stehen, sie kannte die Legionen, ich nicht, und sie hatte sich widerwillig dazu bereit erklärt, als meine Adjutantin wieder der Legion beizutreten. Seitdem hatte sie mehrfach schon ihre Unzufriedenheit über ihre Entscheidung geäußert. Doch bei allen Göttern, ich hätte schwören können, dass keinem Soldat je die Uniform der Legion so gut gestanden hatte wie ihr.

»Asela hat ihn gebeten, in den Archiven über den Verschlinger zu recherchieren, Gleiches haben die Eule und sogar die Kaiserin in den Archiven des Eulenturms getan. Er ließ mich rufen, um mir das Ergebnis mitzuteilen.«

Ich hob die Kanne an und sah sie fragend an. »Irgendwelche neuen Erkenntnisse?«

»Nicht viele«, seufzte sie und nickte. Ich schenkte ihr ein und reichte ihr die Tasse, sie nahm sie und setzte sich aufs Bett. »Zuerst einmal bestätigte er mir die Existenz dieses Wesens.«

»Das ist hilfreich«, stellte ich fest.

Sie lachte leise. »Du kennst ihn doch. Aber es kamen doch einige überraschende Dinge heraus.«

»Die da wären?«

»Grob stimmen die Legenden. Wie du dir denken kannst, gab es nicht viel in den Archiven zu finden. Das Reich der Elfen, das es einst in der Ostmark gegeben haben soll, ist ja schon so lange her, dass selbst Zokora es nur von Legenden kennt. Der Kaiser hat sich intensiver damit beschäftigt, aber er hat wohl irgendwann das Interesse verloren. Es war aber trotzdem interessant, was Orikes herausgefunden hat.« Sie trank einen kleinen Schluck. »Es gibt nicht die Verschlinger, sondern den Verschlinger. Orikes hat drei unterschiedliche Variationen derselben Legende gefunden und sogar eine Ballade. Es ist die Rede von einem Prinz der Elfen, der wegen eines Verbrechens dazu verurteilt wurde, an ein Höllenbiest verfüttert zu werden. An ein Ungeheuer, das letzte seiner Art, das Magie sowohl als Waffe zur Jagd benutzte als auch davon lebte. Man hatte diese Bestien gejagt, bis sie ausgestorben waren, nur diese eine hielt man in einem unterirdischen Komplex gefangen, um ganz besonders schwere Verbrechen zu bestrafen.« Sie schüttelte den Kopf. »Es gab wohl damals bei den Elfen auch eine Art Adelskaste, und eine dieser Kasten, die Kaste der Seher, durfte nicht von menschlicher … elfischer Hand gerichtet werden. Sie waren tabu. Beging einer von ihnen ein Verbrechen, musste man sich etwas einfallen lassen, um ihn hinzurichten. Nun, diese Bestie war die Lösung.«

»Weiß man aus den Legenden, welches Verbrechen das gewesen ist?«

»Ja«, sagte Serafine und räusperte sich. »Der Prinz schwängerte eine menschliche Frau, und sie gebar ihm ein Kind, das das Talent zur Magie besaß, welches die Elfen als ihr Vorrecht ansahen. Die Frau wurde vor den Augen des Prinzen von Wölfen zerrissen. Sein Name war Aleyte. Oder Aleute, vielleicht Alite. Orikes fand weitere Referenzen. Das Kind hat wohl überlebt, und ganze Generationen von Elfen haben diesen Aleyte dafür verflucht, dass er die Gabe der Magie unter die Menschen gebracht hätte. Späte Quellen schreiben allein ihm den Untergang der Elfen in der Ostmark zu.«

Wenn es nicht, wie Zokora sagte, mit dem Tarn, Liebe und Verrat und den Götterkriegen zusammenhing. Ihre Version erschien mir wahrscheinlicher.

»Wie lange ist das alles her?«, fragte ich leise.

Serafine zuckte mit den Schultern. »Das war zur Zeit der Elfen. Vor dem letzten Krieg der Götter. Wohl bevor sich Zokoras Art von den hellen Elfen abspaltete. Jahrzehntausende vielleicht ... so lange jedenfalls, dass von diesem Reich in der Ostmark kaum noch Spuren zu finden sind. Es sei denn, man gräbt.«

Ich sah sie fragend an.

»Orikes sagt, dass die Erde wächst und all das einschließt, was lange genug auf ihr liegt. Was auch immer diese Elfen hinterlassen haben, es liegt nun zwischen vierzig und sechzig Fuß tief unter der Erde der Ostmark begraben.«

»Die Erde wächst?«, fragte ich sie überrascht.

»Er erklärte es so, dass das Wetter die Gebirge abträgt und der Wind den Staub verteilt. Über die Zeit ist es so viel, dass er zu Erde wird und alles unter sich begräbt.«

Ich schüttelte ungläubig den Kopf. Was es alles gab...

»Also, dieser Prinz wurde dem Ungeheuer zum Fraß vorgeworfen. Ich nehme an, er ließ sich nicht fressen?«

Ein Lächeln huschte über ihr Gesicht. »Wohl nicht. Er vereinigte sich mit diesem Ungeheuer und brach aus den Katakomben aus. Es ist wohl der Prinz, der die Kontrolle besitzt, denn als Erstes suchte der Verschlinger die heim, die seine menschliche Geliebte hatten hinrichten lassen. Orikes meint übrigens, dass es der älteste Hinweis auf unsere Art wäre, von der er je gehört hätte. Scheinbar gibt es uns schon länger, als wir dachten.«

»Wie ging es weiter?«

»Die Elfen ersuchten ihre Priester um Rat und die ihre Götter. Die erhörten sie und gaben den Priestern ein Ritual, um Aleyte an einen Stein zu binden und ihn mit einem Fluch zu belegen. Und diesen Fluch konnte er nur brechen, indem er selbst das Blut seines Kindes oder das von dessen direkten Nachfahren vergießen würde. Solange er das nicht tat, würde er an den Willen desjenigen gebunden sein, der diesen Stein in seinen Händen hält. Bis dahin würden ihm die Götter Schlaf und Tod, das Vergessen und auch die Flucht in den Wahn verweigern. Sie verfluchten ihn, sich an jede seiner Taten zu erinnern.« Serafine schwieg einen Moment, bevor sie weitersprach. »Es brauchte wohl Jahre oder Jahrzehnte, bis die Elfen ihn einfangen und binden konnten. Aber erst, als er gebunden war, begann die eigentliche Legende des Verschlingers, denn diejenigen, die den Stein hielten, setzten ihn als Waffe ein. Bis dahin hatte sich Aleyte verborgen gehalten und nur die angegriffen, die ihm schaden wollten. Erst als er gebunden wurde, entstand die Legende von dem Ungeheuer.«

Ich ließ das Erzählte einsinken. Vor allem ein Teil des Fluchs ließ mir einen Schauer über den Rücken laufen: niemals zu vergessen. Jeden Fehler, jede falsche Entscheidung beständig vor Augen zu haben.

»Ich glaube«, sagte ich rau, »dass er uns dankbar sein wird, wenn wir ihn erschlagen. Hat Orikes herausgefunden, was es ist, das es braucht, um ihn zu besiegen?«

»Der Legende nach wurde er dreimal besiegt. Besiegt, denn sterben kann er wohl nicht. Einmal, so heißt es, von dem Lächeln eines Mädchens. Einmal von der Weisheit des Alters. Und einmal von der Schwere der Liebe.« Sie lächelte. »Nicht gerade die Waffen, mit denen man üblicherweise

Ungeheuer erschlägt.« Sie seufzte. »Jetzt wissen wir mehr, aber es hilft uns nicht weiter. Nicht nur, dass wir noch nie an einen unbesiegbaren Feind geraten sind, mit diesem habe ich jetzt auch noch Mitleid. Er hätte seinen Fluch auflösen können, indem er das Blut seiner Kinder oder Kindeskinder vergossen hätte. Er hat sich geweigert. Und wurde so hart dafür bestraft.«

»Nach all der Zeit müsste jeder Mensch irgendwie mit ihm verwandt sein«, grübelte ich laut. »Das ergibt irgendwie keinen Sinn.«

»Direkte Nachfahren, Havald«, erinnerte sie mich. »Nach all dieser Zeit dürfte es auch ihm unmöglich sein, herauszufinden, wer das ist. Ich kann mir vorstellen, dass er jedes Mal, wenn er einen Menschen erschlägt, hofft, dass der Fluch damit gebrochen werden würde. Was für eine grausame Bestrafung«, fügte sie bedrückt hinzu. »Offenbar sind nicht nur wir Menschen gut darin. Es sind alles nur Legenden. Ich denke, wir halten uns an Asela. Schlage ihn so hart und oft, wie du es kannst, irgendwann wird er dann fallen. Aber die Geschichte stimmt mich traurig.«

»Er ist und bleibt ein Nekromant«, sagte ich hart. »Ich weigere mich, Mitleid mit jemandem zu haben, der die Seelen der Menschen frisst.«

»Den Legenden nach ist das der Teil der Bestie in ihm«, sagte sie leise. »Es gibt Hinweise darauf, dass es andere waren, die sahen, welche Macht es ihm gab, und dann die Blutmagie entwickelten, um es ihm gleichzutun. Tatsächlich meint Orikes, dass dies der Grund gewesen sein könnte, weshalb sich der Kaiser für diese Legende interessierte.«

»Es ist nicht von Belang, was er ist oder wie er dazu wurde«, erinnerte ich sie. »Er ist unser Feind, und wir müssen einen Weg finden, ihn zu besiegen. Wenn das alles ist, was er herausgefunden hat, was hat so lange gedauert? Du warst fast zwei Glocken lang bei ihm.«

»Die Kaiserin hat beschlossen, nicht auf deine diplomatischen Fähigkeiten zu verzichten. Orikes ist darüber empört und hielt mir einen langen Vortrag über deine Pflichten als Lanzengeneral der Legionen.«

»Warum dir, nicht mir?«

Sie lachte. »Das fragte ich ihn auch. Er meinte, ich hätte mehr Einfluss auf dich.«

»Damit dürfte er recht haben. Was will er von mir?«

»Wie du weißt, strebt die Kaiserin eine Allianz mit Xiang an.«

Ich nickte. Abgesehen davon, dass Xiang das einzige Reich war, von dem wir wussten, dass es Thalak nicht nur einmal zurückgeschlagen hatte, besaß es auch gemeinsame Grenzen mit Thalak und war der gleichen Bedrohung ausgesetzt wie Askir. Es ergab Sinn, sich gegen den Nekromantenkaiser zu verbünden. Nur hatte sich dieses ferne, rätselhafte Reich bislang geweigert, mehr als Handelsbeziehungen mit Askir einzugehen. Man wusste nicht viel über Xiang. Dort waren die Straßen mit Gold gepflastert, die Menschen waren klein, zierlich und sehr zäh, sie sahen seltsam aus … waren so höflich, dass man daran verzweifeln konnte, und besaßen die hübschesten Seras auf der Weltenscheibe, die zudem noch von Kindheit an in der Kunst der Liebe ausgebildet waren. Sie wurden von einem Gottkaiser regiert, der ein Drache war, besaßen Magie, die sich von unserer unterschied, und besaßen zudem Wissen auf dem Gebiet der Alchemie, das sie streng hüteten. Aus Xiang kam auch das Rauchpulver, das eine erschreckende Waffe sein konnte.

Auf einem Teil unserer Reise nach Askir waren wir von einer Sera aus dem Reich Xiang begleitet worden. Sie kämpfte an unserer Seite, tat seltsame Dinge, wie für ganze Glocken nur auf einem Bein auf der Reling unseres Schiffes zu stehen, brauchte scheinbar weder Schlaf noch Nahrung und hatte auf der ganzen Reise kein einziges Wort gesagt. So seltsam sie auch war, ihre Disziplin und ihr Kampfgeschick hatten nicht nur mich beeindruckt. Als die Lanze der Ehre mühsam den Hafen von Aldane erreichte, war sie spurlos verschwunden, ohne dass sich jemand daran erinnern konnte, gesehen zu haben, wie sie von Bord gegangen war. Was mich an ihr am meisten beeindruckt hatte, war, dass selbst Zokora von ihr beeindruckt schien. An die goldenen Straßen glaubte ich nicht, aber daran, dass ein Bündnis mit diesem fernen Reich nur von Vorteil sein konnte.

»Eine Allianz mit Xiang wäre äußerst wichtig für uns«, sprach ich meine Gedanken aus. »Nur bin ich überrascht, dass man mir aufträgt, mit ihnen zu verhandeln. Orikes hat in diesem Punkt recht, ich bin nicht besonders gut in Diplomatie.«

Sie lachte. »Wenn ich an dich und an Diplomatie denke, erinnere ich mich immer an einen Spruch, den mein Vater gerne zum Besten gab: Selbst in dem kleinsten Fettnapf ist immer noch Platz für den größten Fehltritt.«

»Danke«, antwortete ich scheinbar gekränkt. »Das habe ich gebraucht. Also, was soll ich tun?«

»Nichts. Das Reich Xiang will uns einen Beobachter zur Seite stellen. Er wird uns begleiten. Das ist alles.«

Ich schüttelte ungläubig den Kopf. »Ich erkenne Orikes gar nicht wieder!«

»Oh«, lachte Serafine. »Es war nicht seine Idee. Tatsächlich versuchte er wohl alles, um es zu verhindern. Es war der Botschafter Xiangs, der dies als Forderung stellte. Erst nach der Rückkehr des Beobachters von dieser Mission würde man über Weiteres befinden. Wir wollen etwas von ihnen, also stellen sie die Forderungen.«

»Und die sind, dass dieser Botschafter uns nach Illian begleitet?«

»Genau das. Genauer gesagt, er wird dich begleiten, und wir sollen keine Geheimnisse vor ihm wahren.«

»Keine Geheimnisse?«, fragte ich erstaunt. »Wie soll das gehen?«

Sie seufzte. »Das habe ich Orikes auch gefragt. Er meinte, dass zum einen Xiang als sehr verlässlich und vertrauenswürdig gilt, seit Jahrhunderten wurde nicht ein Vertrag mit ihnen gebrochen. Zum anderen haben wir keine Wahl, dieser Beobachter will uns sehen, wie wir sind, aber man hat uns wohl versprochen, dass er sehr diskret sein wird. Desina sagt, wir sollen ihn in allen Belangen ins Vertrauen ziehen, als wäre er schon seit Jahren unser Kampfgefährte.«

»Kann er denn kämpfen?«

Sie zuckte mit den Schultern. »Angeblich ist es einer ihrer besten Generäle. Vielleicht lernst du noch etwas von ihm.«

Wenn Serafine sich etwas in den Kopf gesetzt hatte, war sie nicht aufzuhalten. Sie wollte mich zu einem General machen und, so wie es schien, war ihr dazu auch jedes Mittel recht. Ich unterdrückte einen Seufzer.

»Dann können wir nur hoffen, dass der Verschlinger ihn nicht frisst. Ich hätte Schwierigkeiten, dies zu erklären.«

»Wohl wahr«, seufzte Serafine. »Noch etwas. Asela passte mich auf dem Rückweg ab und gab mir die Stücke des Tarn für dich mit. Sie sagte, du sollst dir Mühe geben, und dass du wüsstest, was sie meint.« Sie fischte den Beutel unter ihrer Uniform hervor und warf ihn mir zu. »Was habt ihr beide diesmal wieder ausgeheckt?«

»Ich versprach ihr, Stillschweigen darüber zu bewahren. Jedem, auch dir gegenüber.«

»Hhm«, machte Serafine. »Was meinte sie damit, dass du sie verändert hättest wie kein anderer? Ist das ebenfalls etwas, das du mir nicht sagen darfst?«

»Ja«, sagte ich unbehaglich. »Sie hat es mir unter dem Siegel der Verschwiegenheit anvertraut.«

Serafine schüttelte traurig den Kopf. »Sie war einst meine beste Freundin und wie eine Schwester für mich. Was auch immer ihr geschehen ist, sie hat sich so verändert, dass ich sie kaum wiederkenne … und doch kommt sie mir noch immer so vertraut vor. Es verletzt mich … wir kennen uns über zwei Leben hinweg ,und sie vertraut mir nicht.«

»Das hat damit nichts zu tun«, versuchte ich abzuwiegeln.

»Ach nein? Jedenfalls vertraut sie mir wohl nicht darin, ein Geheimnis zu bewahren.«

Ich zog es vor, darauf nicht zu antworten. Denn Balthasar vertraute mir darin.

Ser Yoshi

23 Wir sollten uns erst kurz vor der sechsten Glocke am Tor mit Zokora und Varosch treffen. Einer der Vorzüge eines hohen Rangs war, dass wir unser Gepäck nicht selbst tragen mussten, man würde es uns zum Tor bringen. Mittlerweile war der Sommer auch nach Askir gekommen, es war ein schöner, wolkenloser Tag. Die Dämmerung würde bald folgen, aber noch erstreckte sich ein azurblauer Himmel über uns, und die Luft war milder, als ich es bis jetzt in Askir erlebt hatte.

Desinas Elternhaus, in dessen Keller sich das Tor befand, lag im Händlerviertel, aber wenn wir nicht lange trödelten, dann war noch Zeit für einen Umweg über den Hart- und Weichmarkt im Hafen. Serafine schien die Idee zu gefallen, dennoch war sie schweigsam, als wir uns auf den Weg machten.

Schließlich hielt ich es nicht mehr aus.

»Ihr wart, wie du sagst, beste Freundinnen«, erinnerte ich sie. »Als Asela mir das Versprechen abnahm, dachte sie dabei wahrscheinlich nicht an dich. Du solltest sie selbst fragen.«

Sie nickte. »Genau das werde ich tun.«

»Wie standest du eigentlich zu Balthasar? Ihr wart doch befreundet?«

»Ja.« Sie lächelte ein wenig. »Als ich ihn kennenlernte, erschien er mir kühl und abweisend. Er war mehr Denker und Beobachter. Später, als ich dann erfahren habe, dass auch er in Asela verliebt war, verstand ich es besser. Es muss schwer gewesen sein, sie mit Feltor zusammen zu sehen. Er war ein ruhiger Mensch, nachdenklich und besonnen. Es ist kaum glaubhaft, dass er damals schon unter der Kontrolle des Nekromantenkaisers stand. Aber es war wohl so.« Sie schaute zu mir hoch. »Warum fragst du?«

»Weil ich seine Rolle in dem Spiel tragisch finde. Der Nekromantenkaiser ließ ihn alles bewusst erleben, zu dem er ihn zwang. In dem Sinne, dass er zu Malorbian gehalten hätte, war er kein Verräter. Und dennoch wird er als der größte Verräter in der Geschichte des Kaiserreichs in die Geschichtsbücher eingehen. Er muss endlos gelitten haben.«

»Mag sein«, sagte Serafine grimmig. »Aber nicht so wie Asela, die er dem Nekromantenkaiser ja selbst zuführte, als er sie in diese Falle lockte.«

»Ja«, räumte ich ein. »Nur dass er keine Wahl hatte und zusehen musste, wie die Frau, die er liebte, von diesem verfluchten Ungeheuer Schritt für Schritt zerstört wurde.«

Sie blieb stehen und schaute mich nachdenklich an. »Ich hörte von dem Kampf in dem Wolfstempel. Er hätte euch beinahe alle besiegt, hat uns über Jahrhunderte an den Feind verraten und auch Natalyia wie einen Hund behandelt. Dennoch hört es sich an, als hättest du Mitleid mit ihm.«

»Ich habe Respekt vor ihm. An seiner Stelle wäre ich wahnsinnig geworden.«

»Woher weißt du, dass er es nicht wurde?«

»Ich nehme es nur an«, erklärte ich und fand, dass es Zeit war, das Gespräch in eine andere Richtung zu lenken. Ich wies sie auf einen Schal hin, den ein Händler anbot.

»Ich mag solche grellen Farben nicht«, teilte sie mir kühl mit. »Das müsstest du wissen.«

Es fand sich doch etwas für sie. An einem kleinen Stand, ganz am Rand des Hartmarkts, fand sie eine handgroße Statuette einer Tänzerin, die ihr so gut gefiel, dass sie den Preis zahlte, ohne ernsthaft zu handeln.

Ich fand ein neues Schnitzmesser und eine lederne Tasche, gut genäht und gewachst, mit einem Schreibbrett, sicher verschlossenem Tintenfässchen, Griffel, um in den Wachs zu schreiben, und auch kurze Gänsefedern, gestutzt, damit sie in die Tasche passten, sowie Stangen von Siegelwachs. Sogar zwanzig Blatt feinstes Papyira waren mit dabei.

»Genau das, was ein General braucht«, lachte Serafine, deren Laune sich gebessert hatte, nachdem sie die Tänzerin erstanden hatte. »Du wirst diese Federn wahrscheinlich öfter schwingen als dein Schwert.«

Ich berührte Seelenreißers Griff und fühlte kühles Metall und glattes Leder und durch seine Sicht die Welt um uns. Nichts wies darauf hin, dass es anders wäre als zuvor, und doch war es das. Denn jetzt wusste ich, was ich von denen stahl, die unter seiner Klinge fielen.

Auch meine Träume, diese fremden Erinnerungen, mussten etwas mit ihm zu tun haben. Hielt ich ihn im Schlaf fern von mir, kamen sie nicht auf. Wäre es nach mir gegangen, ich hätte ihn zurückgelassen, in eine Kiste mit schweren Schlössern gepackt oder in eine Felsspalte geworfen. Aber solange der Verschlinger uns jagte, war er vielleicht die einzige Waffe, die gegen dieses Ungeheuer helfen konnte. Traf ich es denn hart und oft genug.

Es war nicht das erste Mal, dass ich mit meinem Schwert gehadert hatte oder diesen Gedanken nachhing, aber vor dem Attentat auf mich wähnte ich mich mit ihm versöhnt. Jetzt, da ich wusste, dass er zu Ehren Omagors geschmiedet worden war und seine Fähigkeit, mir das Leben derer zu geben, die ich erschlug, der der Seelenreiter gleichkam, war er mir erneut unheimlich geworden. Ich müsste Ekel empfinden, dachte ich, während meine Finger über das kühle Metall des Knaufs glitten, aber so ist es nicht. Er fühlt sich wie immer an, vertraut, als wäre er ein Teil von mir.

»Was ist, Havald?«, fragte mich Serafine.

»Nichts«, wiegelte ich ab. »Nur Gedanken.« Ich blinzelte zur Sonne hoch, die nun merklich tiefer hing. »Ich glaube, wir sollten uns jetzt sputen.«

Als wir die Rampe zum Tor hinuntergingen, nachdem man uns oben an der Palisade derart prüfend gemusterte hatte, als ob man wüsste, dass wir den Kronschatz gestohlen hätten, fanden wir dort unten nicht nur Zokora und Varosch vor, sondern auch meinen alten Freund Ragnar und unseren vermissten Leutnant Stofisk.

Was auch immer es war, das ihn niedergestreckt hatte, er litt noch immer darunter. Seine Haut war blass, die Augen gerötet, jedes Mal, wenn ein lautes Wort gesprochen wurde, zuckte er zusammen oder unterdrückte ein leises Stöhnen, und fast war es mir, als ob sein Gesicht einen grünen Stich besäße. Er sah aus wie tot und nicht begraben, als hätte man nur vergessen, ihm seinen Tod mitzuteilen.

Dennoch hatte er sich Mühe mit seiner Erscheinung gegeben: Er war frisch rasiert und seine Uniform ein Beispiel an Korrektheit. Wäre er auf die Idee gekommen, sein Schwert zu tragen, hätte ich nichts an ihm auszusetzen gehabt.

»Da ist er ja«, dröhnte Ragnar, als er auf mich zutapste wie ein großer Bär, um mich mit seinen Pranken zu umarmen. »Von den Toten auferstanden«, röhrte er, während Stofisk gepeinigt die Augen schloss und das Gesicht verzog. »Jünger als je zuvor und mit einer Schönheit an deiner Seite, ja, so kenne ich dich, mein Freund!«

Genau genommen kannte er mich so nicht, ich war älter gewesen, als ich ihn kennengelernt hatte, und von den Seras hatte ich mich ferngehalten. Aber er war ein Varländer ... da musste man es ihm verzeihen.

»Was machst du hier?«, fragte ich ihn überrascht, nachdem ich mich aus seiner Umarmung befreit hatte.

»Dein junger Freund hier«, sagte er schmunzelnd und klopfte dem armen Stofisk derart auf die Schulter, dass dieser nach vorn taumelte, »hat mir gestern mitgeteilt, dass du wieder in der Stadt bist, heute Morgen erfuhr ich dann, dass du in die Südlande reisen würdest, und da ich nicht will, dass mein Weib mich verlässt, wenn ich zu lange von ihr bleibe, dachte ich, ich begleite dich ein Stück.«

»Wir gehen nach Illian«, erinnerte ich ihn. »Die Stadt wird belagert, und das bringt dich ihr nicht näher.«

»Sie wird Verständnis dafür haben«, lachte er. »Willst du mich nicht haben?«

»Doch, schon«, wiegelte ich hastig ab. »Du weißt, dass du immer willkommen bist.«

»Das will ich hoffen«, lachte er und zog Stofisk heran, als wäre dieser eine Puppe. »Weißt du, dass dieser Kerl hier wie ein Nordmann trinken kann? Vrelda findet ihn niedlich, und Angus meint, er kenne eine hübsche Blonde aus Njemersskôl, die genau die Richtige für ihn wäre. Würde ihn aufpäppeln, meint er, womit er recht hat, dein Leutnant ist ein wenig dürr.«

Während Ragnar ihn derart lobte, schien Stofisk immer kleiner zu werden, und sein Blick nahm dieses Ausmaß der Verzweiflung an, das man nur von Mäusen kennt, die auf der Stelle ein Loch brauchen, bevor es um sie geschehen ist.

»Allerdings würde das ein paar von Vreldas Schwertschwestern enttäuschen, einige von ihnen fanden gestern durchaus Gefallen an dem dürren Hecht!«

Woraufhin ich meinte, ein leises Stöhnen des Leutnants zu vernehmen.

»Von Vrelda soll ich dir ausrichten, dass ihr die Idee mit den Minen gefällt, sofern die Schiffe für den Transport bei uns gebaut werden, unsere Werften müssen lernen, auch andere Schiffe zu bauen, und den meisten mangelt es an Arbeit. Außerdem ist unser Holz besser. Angus sagt, dass er uns gerne begleitet hätte, aber verhindert ist. Meine Schwester hat ihn ordentlich an die Kette gelegt, aber er scheint sein Schicksal standhaft zu ertragen.«

»Wie schade, dass er nicht mitkommen kann«, meinte Serafine etwas spitz. »Vor allem Leandra wird es bedauern.«

»Ja«, lachte Ragnar. »Das hat er auch gesagt. Auf jeden Fall«, er schlug Stofisk noch mal heftig auf die Schulter, »hast du gute Männer in deiner Legion, der Kerl hier weiß, wie man mit Nordmännern verhandelt!«

Ja, dachte ich, als ich das elende Gesicht meines Leutnants musterte, das kann er wohl. Immerhin wusste ich jetzt, welche »Krankheit« ihn am Morgen am Dienst gehindert hatte.

»Ich wollte Euch nur berichten, dass wir zu einem Abschluss gekommen sind«, brachte der Leutnant jetzt hervor. »Ich kann es selbst kaum glauben. Ich hätte nicht vor neun Wochen mit einem Ergebnis gerechnet!«

»Das habt Ihr gut gemacht«, lobte ich ihn.

Er nickte unglücklich. »Jedenfalls wollte ich mich noch von Euch verabschieden, heute Mittag haben wir uns ja verpasst. Haben die Soldaten, die Ihr angefordert habt, ihre Arbeit ordentlich verrichtet?«

»Welche Soldaten?«, fragte Serafine misstrauisch.

»Die, die ihm beim Räumen helfen sollten.«

Sie bedachte mich mit einem undurchdringlichen Blick. »Ja«, sagte sie mit einem schmalen Lächeln. »Sie haben das gut hinbekommen.«

»Wollten wir hier nicht jemand anders treffen?«, fragte ich, bevor Serafine dies noch vertiefen konnte, und schaute suchend in die Runde.

Einst hatte Askannon mehrere Arten dieser magischen Tore errichtet. Es gab kleinere, wie dieses hier, das wir hinter einer falschen Wand versteckt im Keller von Desinas Elternhaus entdeckt hatten, größere, die wir als Frachttore bezeichneten, die genügend Platz boten, um gleich mehrere Fuhrwerke auf einmal zu transportieren, und dann solche wie das, das den gesamten Raum der Ratshalle des Handelsrats ausfüllte, groß genug, um auf einen Streich Hunderte oder gar Tausende von Menschen und Gütern zu transportieren.

Die meisten Tore, die der ewige Kaiser errichtet hatte, gab es noch. Nur brauchte es diese Torsteine, magische Edelsteine, um die Tore zu aktivieren. Für die normalen Tore brauchte man Steine in Daumengröße, für die Frachttore waren sie schon faustgroß, und für die Art von Tor wie das, das sich unter den Bodenplatten des Handelsrats befunden hatte, brauchte es Torsteine in der Größe eines Kinderkopfs. Abgesehen davon, dass niemand wusste, wo sich ein weiteres derart riesiges Tor befand, und wir für die Frachttore nur wenig Gegentore gefunden hatten, mangelte es uns an den Torsteinen.

Asela kannte das Geheimnis der Tor-Erstellung, doch offenbar war es weder ein einfacher noch ein schneller Prozess; es erforderte vor allem eine ungeheure Genauigkeit in der Berechnung. Bis jetzt war das Tor in Braunfels das einzige Tor, das sie neu errichtet hatte, und sie hatte dafür mehrere Tage über Zahlen und magischen Formeln brüten müssen.

Natürlich hätte gerade Asela wissen müssen, wo sich andere Tore befanden, und zum Teil war das auch der Fall. Doch siebenhundert Jahre waren eine lange Zeit, in der sich vieles verändert hatte. Neben den göttergegebenen Katastrophen war es vor allem der Mensch gewesen, der die Arbeit des ewigen Kaisers zunichte gemacht hatte. So gut er die Tore auch versteckt und abgesichert hatte, viele waren gefunden worden. Ein wesentlicher Teil der Tore war ein daumendicker Streifen Gold, der, in der Form eines Achtecks in den Boden eingelassen, den Toren ihre Grenze gab. Genau dieser goldene Streifen war so oft Opfer von Plünderungen geworden, dass es wohl an einem Tag dazu geführt hatte, dass sich Asela die Haare raufte, als von fast zwei Dutzend Toren, die sie hatte untersuchen wollen, nicht ein einziges mehr intakt gewesen war.

So blieb ihr nichts anderes übrig, als sorgsam und mühselig diese Tore wieder instand zu setzen, ein Prozess, der neben ihren anderen Aufgaben und Pflichten einen großen Teil ihrer Zeit vereinnahmte.

Umso wichtiger waren die Tore, die wir in Betrieb hatten nehmen können, und von diesen war das Tor in Desinas Elternhaus das einzige, das sich in Askir befand und von jedem benutzt werden konnte. Ein anderes befand sich im Eulenturm, jenem Hort magischen Wissens, der einst den Eulen des Reichs als Labor, Bibliothek und Heimat gedient hatte, doch dieses war nur den Eulen zugänglich und fiel deshalb aus, wenn es darum ging, die Kronstadt Illian zu versorgen.

Nach der Entdeckung dieses Tors hatte man die Kellerwand eingerissen, eine Rampe hoch zu der kleinen Nebenstraße eingerichtet, die zu dem Anwesen führte, und zudem Anstrengungen unternommen, das Tor gegen Angriffe von innen und von außen abzusichern. Zuerst waren Palisaden, später auch Mauern errichtet worden, und eine ganze Hundertschaft kaiserlicher Legionäre war allein damit beschäftigt, den Warenverkehr, der durch dieses Tor geleitet wurde, zu überprüfen und abzusichern. Wir wussten, dass der Nekromantenkaiser noch Agenten in Askir haben musste, und gelang es einem von ihnen, dieses Tor zu zerstören, hätte der Feind einen enormen Vorteil errungen.

Da dieses Tor nicht ursprünglich für den Warenverkehr gedacht gewesen war, mussten die schweren Wagen, die man mit Winden die Rampe hinabließ oder hinaufzog, von den Pferden abgeschirrt und mit Muskelkraft in das Tor geschoben werden. Zudem war es mittlerweile so, dass jeder Verkehr mit anderen Toren über dieses Tor lief und es einem genau ausgeklügelten Zeitplan folgte. Je mehr Tore wir entdeckten, ohne in Askir ein weiteres Tor eröffnen zu können, umso enger wurde dieser Zeitplan.

Mittlerweile glich der Betrieb an diesem Tor einem fein abgestimmten Wasserwerk. Eine Glocke ertönte, Ware erschien oder verschwand in dem goldenen Rahmen, eine Sanduhr, geführt von der Feder, die die Toraufsicht hatte, bedingte dann die Zeit, die man hatte, um das Transportgut aus dem Tor zu entfernen und die nächste Ladung bereit zu machen.

Mittlerweile hatte man die meisten Wände in dem Keller eingerissen und durch Säulen ersetzt, und wohin ich auch schaute, wurden Wagen hin und her geschoben und luden schwitzende Legionäre die Ware um oder stemmten sich fluchend gegen die großen Winden, die fast ohne Pausen in Betrieb waren, um die schweren Wagen die Rampe hinaufzuziehen oder abzulassen.

Der Aufwand und die Logistik waren enorm, und ich beneidete die Feder, die die Toraufsicht führte, nicht um ihre Aufgabe, zumal der geringste Fehler leicht einen tödlichen Ausgang finden konnte. Eine einzige Unachtsamkeit am falschen Moment am falschen Ort, und es konnte jemanden das Leben kosten. Ich wusste, dass es bereits Unfälle gegeben hatte, von denen auch einige tödlich verlaufen waren.

Von dort aus, wo wir standen, etwas abseits vom Tor, in einem der ehemaligen Kellerräume, dessen Wände man eingerissen und durch Säulen ersetzt hatte, besaßen wir einen guten Überblick über das Geschehen am Tor; nicht dass es uns viel half, denn in Wahrheit glich der Torbetrieb einem aufgescheuchten Wespennest, in dem beständig Dutzende von Legionären scheinbar sinn- und planlos hin und her eilten, Wagen beluden oder entluden oder schlicht die Sicht auf andere verstellten. Nur das Tor selbst wurde weiträumig gemieden, sodass der kuriose Effekt entstand, dass der Ursprung all dieser Hektik am ruhigsten wirkte.

So oder so, als ich nun den Hals nach diesem Beobachter des östlichen Reichs reckte, sah ich Dutzende von Leuten, die mir die Sicht versperrten, aber nicht einen, der mir so vorkam, als könne er es sein.

Auch Serafine schaute sich um, ab und zu stellte sie sich sogar auf die Zehenspitzen, aber dann schüttelte sie den Kopf.

»Wir sind pünktlich«, sagte sie und wies auf die Wasseruhr, die irgendjemand an der Rückwand des Torraums angebracht hatte. »Nur sehe ich hier niemanden, der ein Beobachter aus Xiang sein könnte.«

»Vielleicht hat er sich verspätet«, meinte Ragnar, doch Stofisk widersprach.

»Das Reich Xiang gibt uns in vielen Dingen noch ein Rätsel auf, aber eines wissen wir von ihnen: Sie legen großen Wert auf Höflichkeit, und unpünktlich zu sein, gilt bei ihnen als Beleidigung. Uns warten zu lassen, würde für diesen Beobachter einem Gesichtsverlust gleichkommen. Ich hörte schon davon, dass manche daraufhin sogar einen ehrenvollen Selbstmord begehen, weil sie mit der Schmach nicht leben können. Wenn er jetzt nicht schon hier ist, dann muss etwas geschehen sein, um ihn zu hindern.«

»Seltsame Sitten«, meinte Ragnar und kratzte sich gedankenverloren am Hintern. »Sie bringen sich um, wenn sie zu spät kommen? Warum? Es gibt doch stets den nächsten Tag.«

»Ich glaube kaum, dass dies allein als Grund ausreicht«, mischte sich Varosch in das Gespräch ein, der sich die ganze Zeit leise mit Zokora unterhalten hatte. »Der Leutnant will damit nur sagen, dass sie es ernst nehmen mit der Pünktlichkeit.«

»So ist es. Sie nehmen es mit ihrer Ehre ernst … und Pünktlichkeit ist eine Ehrenpflicht«, erklärte Stofisk. Er schaute besorgt drein. »Wollen wir hoffen, dass ihm nichts geschehen ist. Es wäre ein denkbar schlechter Anfang.«

Wir sahen uns gegenseitig an. Die Spione des Nekromantenkaisers zu unterschätzen, wäre ein grober Fehler, und jetzt bereute ich es, dass ich nicht eine Eskorte für den Mann befohlen hatte.

»Serafine, geh du hin zur Toraufsicht und frage sie, ob sie etwas weiß«, entschied ich. »Ich werde derweil schauen, ob die Wache oben am äußeren Tor etwas mitbekommen hat.«

Serafine nickte und warf einen Blick hin zum Wasserwerk. »Wir sollten uns sputen, denn viel Zeit bleibt uns nicht mehr. Wenn wir diesen Durchgang verpassen, müssen wir fast zwei Kerzenlängen warten.«

»Ich komme mit dir, Havald«, sagte Ragnar kurz. »Niedrige und dunkle Räume drücken mir zu sehr aufs Gemüt.«

»Ich weiß, was Ihr damit meint«, meinte Varosch voller Inbrunst. »Ihr habt so recht damit.«

»Nein, Lanzengeneral«, sagte der Leutnant der Wache an dem Tor, das die kleine Straße, die zu Desinas Haus führte, von der Hauptstraße trennte. »Soviel ich weiß, ist heute noch nichts vorgefallen. Es ist im Verhältnis ruhig. Wenn man das hier ruhig nennen kann.« Er wies mit seiner linken Hand auf die lange Reihe der Handelswagen, die sich auf der Kornstraße stauten. Meistens waren Ochsen die Zugtiere, manchmal auch Esel und Pferde … und es gab genügend, die unruhig waren, sodass ein beständiges Muhen, Schnauben und entnervtes Wiehern zu hören war, überlagert von den Flüchen der Fuhrleute und den allgemeinen Äußerungen, Beschwerden und harten Worten, die unvermeidlich waren, wenn man Soldaten zu lange untätig warten ließ. »Es hat auch niemanden gegeben, der Einlass begehrte, ohne sich entsprechend ausweisen zu können.«

»Habt Ihr davon gehört, dass anderenorts etwas geschehen wäre?«, hakte ich nach, doch er schüttelte nur wieder den Kopf.

»Unten im Hafen haben die Seeschlangen eine Gruppe Schmuggler aufgegriffen, die sich zu laut darüber beschwert haben, dass sie ihr Bestechungsgeld gezahlt hätten, das hat für einigen Wirbel gesorgt, aber das hat wohl damit nichts zu tun.«

Wohl kaum. »Gibt es irgendetwas, das Euch ungewöhnlich erschien?«

Der Mann seufzte und dachte sich womöglich, dass seine Antwort nicht besser werden konnte, wenn man ihm die gleiche Frage dreimal unterschiedlich stellte. »Nur dieser seltsame Vogel«, meinte er dann und wies zu einer Stelle seitlich hin. Ich trat vor, um zu sehen, was er meinte, und dort stand ein stämmiger Mann in einer Art dunkelroter Seidenrobe und einem komischen seidenen Hut, die Hände zum Teil in den Ärmeln verschränkt, der den ganzen Betrieb aus dunklen Augen und mit einem feinen Lächeln zu beobachten schien.

Zu seinen Füßen stand eine achteckige Kiste oder Tonne aus Kirschholz, sorgfältig lackiert und mit goldener Kalligrafie versehen; zwei kunstvoll geschnürte Griffe am oberen Ende verrieten, wie man sie zu tragen hatte. Er hatte sich die Stirn rasiert, sodass der Haaransatz weit nach hinten verlegt war, und das dichte schwarze Haar zu einem langen Zopf gebunden, der ihm fast bis über die Hüften ging. Zudem war er blass gepudert und hatte sich seine Lippen etwa daumenbreit in der Mitte leuchtend rot geschminkt, sodass er aus der Entfernung seltsam zu schmollen schien. Er stand still wie eine Statue, und in der einen Hand hielt er zusammengefasst einen großen Fächer aus Ebenholz und reich mit Elfenbeinarbeiten versehen, bestimmt länger als ein Fuß. Das einzige erkennbare Zeichen maßvoller Ungeduld war, dass er ab und zu mit einem langen, schlanken Finger leicht auf das Holz des Fächers tippte.

Von Orikes hatten wir ja bereits erfahren, dass uns die Ehre zuteil geworden war, einen der größten Generäle aus dem östlichen Reich als Beobachter geschickt zu bekommen. Einen geschminkten Mann in einem Seidenkleid hatte ich da gewiss nicht erwartet.

Auch Ragnar musterte den Mann ungläubig. »Hat er da Blumen auf sein Kleid gestickt?«, fragte er verwundert. »Die werden dir doch nicht einen Hâlverman geschickt haben?«

»Er meint einen Astartepriester«, erklärte Stofisk. »Wir …«

»Ich weiß, dass Ragnar einen Flötenspieler meint«, unterbrach ich ihn unwirsch. »Aber nein, ich glaube nicht, dass er ein halber Mann ist. Orikes zufolge ist er ein hoher General. Vielleicht ist dieses Kleid ja eine magische Rüstung.«

»Mit eingestickten Blumen darauf?«, fragte Ragnar ungläubig.

»Ich habe ja am Anfang auch nicht glauben können, dass ihr Varländer eure Bärte mit Schweineschmalz einfettet.«

»Das ist, damit der Bart nicht spröde wird, wenn man ihn flicht«, meinte Ragnar etwas ungehalten. »Außerdem schützt Schmalz die Haut bei Kälte. Was ist daran nicht zu verstehen?«

»Das wollte ich Euch schon gestern fragen«, meinte Stofisk neugierig. »Warum seid Ihr und König Angus glatt rasiert, Prinz Ragnar, wenn so viele Eurer Landsleute einen solchen Wert auf Bartwuchs legen?«

»Mein Weib störte sich seit jeher an meinem Bart«, sagte Ragnar in einem grollenden Unterton. »Ich zeige so auch einem Freund, dass ich zu ihm stehe. Gut, dass ihr gestern nicht gefragt habt, Ihr hättet es bereut.«

Angus, ein Varländer, der mir in Bessarein das Leben gerettet hatte und Ragnar buchstäblich über den Tod hinaus treu ergeben war, hatte man schuldlos geschmäht und geschändet, indem man ihm den Bart geschoren hatte, auf den er so stolz gewesen war.

»Das erklärt dann, warum ich in letzter Zeit öfter einen Varländer gesehen habe, der rasiert gewesen ist«, meinte Stofisk nachdenklich. »Euer Freund muss arg beliebt bei Eurem Volk sein.«

Ja. Sicher. Vor allem, nachdem jemand Angus in Vreldas Hörweite als König Bartlos verspottet hatte. Ragnar hatte mir erzählt, dass der Unglückliche danach von den Valkyrien, den weiblichen Schildwachen der Königin, gezwungen worden war, seinen eigenen Bart zu fressen. Offenbar mochte Ragnars Schwester ihren Mann.

»Ihr verkennt das«, meinte Ragnar knirschend. »Ich gebe Euch den Rat, nicht weiter zu fragen, sonst verliert Ihr noch den guten Willen, den Ihr Euch gestern bei uns angetrunken habt.«

»Lassen wir ihn nicht länger warten«, schlug ich hastig vor und bedachte den schlaksigen Leutnant mit einem warnenden Blick. »Wir haben keine Zeit für einen solchen Schwatz.«

»Der Götter Segen mit Euch«, begrüßte ich den Mann, der lächelnd aufsah. »Seid Ihr der Beobachter, den das Reich Xiang entsendet hat?«

Er nickte. Ich hielt ihm die Hand entgegen.

»Ich bin Ha...« Weiter kam ich nicht, da sich Stofisk rüde vor mich drängte, um sich vor dem Mann mit einem gewinnenden Lächeln zu verbeugen. »Dies ist Lanzengeneral Graf Roderik von Thurgau, Oberbefehlshaber der kaiserlichen Legionen, Paladin der Königin von Illian, Beschützer der südlichen Reiche, Beschützer und Held von Aldane, Berater und Freund der Kalifa von Bessarein und ihres

Prinzgemahls. Streiter im Namen der Astarte und Soltars Engel.«

»Ich bin Ragnar«, sagte Ragnar. »Stimmt es, dass ihr aus Reis Bier braut?«

Ich meinte, ganz deutlich Stofisks Stöhnen zu vernehmen.

»Yoshi«, antwortete der Mann mit unverändert feinem Lächeln, und nur eine gesetzte Geste mit dem Fächer deutete an, dass dies sein Name war, bevor er sich Ragnar zuwandte, der vor ihm aufragte wie ein Berg. »Ja. Wir machen auch Wein daraus.«

»Ich mag Bier lieber«, meinte Ragnar.

Ser Yoshi neigte leicht den Kopf. »Ich weiß.«

Als wir den Torraum erreichten, winkte uns die Feder, die die Toraufsicht führte, schon mit heftigen Gesten herbei und wies auf eine Stelle neben den beiden Handkarren, die bis über den Rand mit Mehlsäcken beladen waren.

Wir eilten dorthin, vielmehr eilten Ragnar und ich, Ser Yoshi dagegen folgte uns gemessenen Schrittes.

»Lanzengeneral!«, rief Stofisk und hielt ein Schreibbrett hoch. »Eine weitere Nachricht für Euch!« Er warf es mir zu, Ser Yoshi tat den letzten Schritt und zog den Saum seines Kleids über die goldene Umrandung. Ein Soldat ließ den letzten Stein am Rand in die Vertiefung fallen … meine Ohren knackten, und ich fing das Schreibbrett auf.

Wo eben noch offener Raum gewesen war, schränkten uns nun Mauern aus grauem Feldstein ein. Vor uns gab es eine schwere Tür aus leicht verrostetem Stahl; sie stand offen und gab den Blick frei auf einen schmalen Gang und eine steile Treppe … und auf einen über beide Backen grinsenden Major Blix. Und Leandra, die mich mit einem langen Blick bedachte, bis dann endlich doch ein Lächeln auf ihrem Gesicht erschien.

»Das wurde auch langsam Zeit.«

Hölzerne Erinnerungen

24 Später, als Serafine sich neugierig in meinem alten Gemach umsah, das ich seit Jahrzehnten nicht mehr betreten hatte, ließ sie sich auf das Bett fallen und verzog das Gesicht.

»Götter?«, stieß sie aus. »Verwendet ihr hier Matratzen aus Stein?«

»Gepresstes Pferdehaar«, erklärte ich, während ich ans Fenster trat und es knirschend aufzog, um mir dann einen langen Blick auf den kleinen Garten zu erlauben, der hier zwischen hohen Mauern lag. In den letzten Jahren hatte sich wohl niemand darum gekümmert, er war wild überwuchert.

»Was stand in der Nachricht, dass es der Leutnant so eilig damit hatte?«, fragte sie. Über das Wiedersehen mit Leandra und die etwas hektische Ankunft hatte ich es fast vergessen.

Ich brach das Siegel und löste das Deckleder, las und reichte das Meldebrett wortlos an sie weiter.

»Er ist also in Askir«, stellte sie tonlos fest.

»Es war zu erwarten«, nickte ich. »Ich weiß nicht, wie wir es hätten verhindern können. Früher oder später wird er uns auch hierher folgen.«

Man hatte die ausgetrocknete Leiche eines Lanzenleutnants in Braunfels entdeckt, obgleich dieser bereits am Vortag nach Askir zurückgegangen war. Er war uns also weiterhin auf den Fersen.

»Vielleicht sollten wir Leandra fragen, ob wir das Tor vorerst schließen können«, meinte Serafine leise und legte das Meldebrett zur Seite. »Die Bauarbeiten, die nötig sind, um den Zugang zu verbreitern, könnten uns einen Vorwand liefern.«

Ich schüttelte den Kopf, mir war durchaus aufgefallen, mit welcher Sorgfalt die Soldaten die Mehlsäcke von den Karren genommen hatten. Der Hunger hatte Illian noch nicht erreicht, doch die meisten Speicher in der Kronstadt waren schon bedenklich leer. Auch wenn die Enge des Gangs, der zum Tor hinunterführte, den Warenverkehr begrenzte, war es doch leicht zu erkennen, wie wichtig das Tor für die Kronstadt werden würde. »Sie würde ablehnen.«

»Sie sieht gut aus«, sagte Serafine leise.

»Wer?«, fragte ich.

»Leandra.«

»Ja«, nickte ich. »Das tut sie.«

Leandra hatte nicht viel Zeit für uns gehabt, gerade genug, um uns am Tor zu begrüßen, gleich darauf eilte sie wieder davon, es gab wohl ein Treffen mit den Ratsherren der Stadt.

»Du kennst dich ja hier aus. Wir haben dein altes Quartier herrichten lassen, richtet euch zuerst einmal dort ein. Kommt zur siebten Glocke in die große Halle, dann werde ich auch die Zeit haben, euch anständig willkommen zu heißen.« Und damit war sie davongerauscht und hatte es mir überlassen, unsere kleine Gruppe zu ihren Quartieren zu führen.

Es hatte nur einen kleinen Vorfall gegeben.

Als wir die Tür zum Gästetrakt aufstießen, standen uns zwei Soldaten der königlichen Wache gegenüber. Während sie salutierten und sich der eine abwandte, um uns mit einer Geste weiter in den Gang zu führen, hatte der andere Zokora erblickt … und war dort, wo er stand, mit einem erstickten Laut zusammengebrochen.

»Vor Schreck gestorben«, hatte Zokora festgestellt, als sie sich neben den Toten kniete und ihm am Hals den Puls fühlte. Als sie wieder aufstand, sah sie sich dem anderen Wachsoldaten gegenüber, der zitternd und kreidebleich mit gezogenem Schwert vor ihr stand. »Wenn du flüchten willst, dann flieh«, riet sie dem Mann und wies mit einer Hand zur Tür. »Doch *damit*«, fuhr sie fort, als sie mit der anderen Hand das Schwert des Mannes beiseiteschob, »machst du dich nur lächerlich.«

Mit einem erstickten Laut ließ der Mann seine Waffe fallen und rannte laut schluchzend durch die Tür davon. Wir sahen ihm schweigend nach.

»Unsere Quartiere liegen dort vorn? Die fünfte Tür auf der linken Seite?«, fragte sie mich dann.

Ich nickte nur. Sie sah suchend zu Varosch hin. »Kommst du?«

»Ich gebe ihm nur noch den Segen«, meinte dieser rau und starrte auf den Toten herab, während Ser Yoshi sich all das besah.

»Ich verstehe das nicht«, sagte Ragnar kopfschüttelnd. »Warum haben sie alle eine solche Angst vor Euch?«

»Ich bin eine dunkle Elfe«, erklärte Zokora. »Sie erschrecken kleine Kinder mit Geschichten über mein Volk.«

»Und?«, fragte Ragnar verständnislos. »Der hier ist erwachsen.«

»Ja«, sagte Varosch an ihrer Stelle mit belegter Stimme. »Er war alt genug, um zu wissen, dass all diese Geschichten stimmen.«

Zokora schnaubte verächtlich. »Das war kaum der Grund, weshalb er starb. Der hier stammt wahrscheinlich von einem unserer entflohenen Sklaven ab und trug noch Spuren eines alten Zaubers, der sich auf ihn vererbte. Das wird ihn getötet haben«, meinte sie und griff sich ihren Packen. »Er kam nicht zurecht damit. Zudem wisst ihr Menschen nur den kleinsten Teil von uns.«

»Also sind diese Geschichten doch übertrieben?«, fragte Ragnar nach.

Sie sah noch einmal zu dem Toten hin. »Ich denke nicht«, teilte sie Ragnar mit und ging davon, ohne dass ihre Schritte von den Wänden widerhallten.

Es hatte etwas gedauert, bis wir den Hauptmann der Wache so weit beruhigen und davon überzeugen konnten, dass Zokora den Mann nicht angefasst hatte und weder sie noch Varosch irgendwelche Zauber verwendet oder ihm die Seele aus dem Leib gezogen hatten. Dass Varosch das Zeichen

Borons als Anhänger um seinen Hals trug und dass er das Totengeleit kannte, all dies führte letztlich dazu, dass man den Unglücklichen wegtrug und uns in Frieden ließ, ohne dass es nötig gewesen wäre, Leandra mit einzubeziehen.

Es half auch, dass der Hauptmann der Wache Varosch zwar mit Misstrauen begegnete, aber nicht gleich zitternd und weinend bei seinem Anblick zusammenbrach.

»Ihr sagt, dass er in den Südlanden geboren wäre und nun nach langer Wanderschaft heimgekommen ist?«, fragte mich der Hauptmann und wies mit dem Daumen auf Varosch. »Und dass Ihr Euch für ihn verbürgt?«

Ich nickte nur.

»Gut«, meinte er dann zu Varosch. »Der Götter Segen mit Euch und willkommen zu Hause.«

»Danke«, sagte Varosch und fügte bitter hinzu, als der Hauptmann ging und zwei Wachen an der Tür zurückließ, die nicht ganz so ängstlich waren: »Genauso habe ich mir die Rückkehr vorgestellt.«

»Gibt es ein Fenster, das den Blick auf die Stadt erlaubt?«, riss mich Serafine aus meinen Gedanken. Ich wies auf das Fenster auf der anderen Seite des Kaminzimmers. Wie die meisten Fenster hier war es aus trübem Butzenglas gefertigt, ein Luxus, wie ich mich erinnerte, es gab andere Räume in der Kronburg, in denen es lediglich Fensterläden gab. Serafine zog es auf und sah hinaus, ich gesellte mich zu ihr und schaute ihr über die Schulter.

Wie oftmals üblich, hatte man die Kronburg auf einen Hügel gebaut, der sich leichter verteidigen ließ, und von diesem Fenster aus hatte man in der Tat einen guten Blick auf die Kronstadt. Wir waren sogar hoch genug, um über die mächtigen Mauern hinwegsehen zu können, die die alte Oberstadt von der neuen Unterstadt trennten und nun als einziges Hindernis zwischen uns und den Truppen des Nekromantenkaisers standen.

Ich griff an meinen Gürtel, zog das Sehrohr aus der ledernen Tasche, die ich dort trug, und reichte es an Serafine weiter. Sie nutzte es, um sich Illian genauer anzusehen. Die Dämmerung wandelte sich bereits zur Nacht, doch für den Moment konnte man noch genug erkennen.

»Das sieht aus, als läge in der Unterstadt kein Stein mehr auf dem anderen«, sagte sie leise. »Überall Lagerfeuer … Ich hatte vergessen, wie viel vier Legionen sind, es sieht aus, als wären wir von einem Meer von Feinden umgeben.« Sie schob das Sehrohr wieder zusammen und gab es an mich zurück, um sich im Fensterrahmen umzudrehen und mich prüfend zu betrachten. »Wie lange war dies dein Zuhause?«

»Fast vierzig Jahre«, antwortete ich, während ich mich im Kaminraum umsah. Er war der größte der drei Räume, die man mir zur Verfügung gestellt hatte, und hier befand sich auch das große Bett. Nach links ging es zu einem dunklen, engen Waschraum ab, in dem sich ein Sitzbad befunden hatte. Nur eine schmale Schießscharte spendete dort Licht, und im Winter war es oft genug geschehen, dass die Wände vereisten. Ich hatte mir das nur einmal angetan, seitdem stand die Sitzbadewanne neben dem Kamin. Die andere Tür ging zu einem kleinen Zimmer, das allerdings große, offene Fenster besaß. Kein Glas darin, doch im Sommer war es angenehm.

Aus dem Waschraum hatte ich ein Lager gemacht, in das ich alles geräumt hatte, was ich nicht mehr brauchte, mein Leben indes hatte sich hier in diesem Raum abgespielt, rund um den Kamin, der groß genug war, um einen kleinen Ochsen darin zu rösten, und einem im Winter die Front ansengte, während einem der Hintern abfror. Überall hingen dicht gewirkte Wandteppiche, um die beißende Kälte aus dem Stein zurückzuhalten, meist zeigten sie irgendwelche Jagdszenen oder religiöse Bilder aus den Büchern der Götter, doch dieser eine, den Serafine nun schweigend musterte, zeigte Nymphen im Wald, die sich mit Jünglingen vergnügten.

»Sind das deine Bücher?«, fragte sie und wies auf einen kleinen Schrank mit bleiverglasten Türen.

»Ja«, nickte ich. »Alle vier.« Das Buch Soltars, so zerlesen, dass die hölzernen Einbandbretter von meinen Händen fleckig geworden waren, dann ein Buch über die Sagen und Legenden meiner Heimat, ein Buch in einer seltsamen Sprache, das Kampftechniken behandelte. Jetzt wusste ich immerhin, das es aus Bessarein stammte. Ich fragte mich, wie es den Weg hierher gefunden hatte. Die Worte darin hatte ich nie verstanden, aber die Zeichnungen darin waren gut genug, dass ich mir den einen oder anderen Trick daraus hatte aneignen können. Zuletzt gab es da auch noch einen kleinen Band mit Gedichten. Eleonora hatte ihn mir kurz vor dem Attentat auf sie geschenkt, als Dank für einen Sperling.

Dieser Raum war voll mit Treibgut aus meinem Leben, dort ein Zweihandschwert, mit großen Haken an der Wand gehalten, das ich einmal in einem Turnier gewonnen und nie wieder angefasst hatte, dort ein alter, verbeulter Schild mit dem Wappen der Rose darauf.

»Hast du die alle geschnitzt?«, fragte mich jetzt Serafine und wies auf ein Regal voll von kleinen Holzfiguren. Es gab sie nicht nur dort, kaum eine Oberfläche, auf der nicht zumindest eine der Figuren zu finden war.

»Ja«, sagte ich leise. »Alle.« Ich trat neben sie, als sie vorsichtig eine der Figuren nahm und betrachtete; sie zeigte ein junges Mädchen, das sich im Schlaf schützend um ein kleines Ferkel gelegt hatte.

»Wer war sie?«, fragte Serafine.

»Das ist meine Schwester«, erklärte ich ihr und nahm ihr die Figur vorsichtig aus der Hand um sie mir noch einmal zu beschauen. Ich hatte vergessen, wie sie ausgesehen hatte, doch jetzt stieg wieder ein Bild auf, das mich lachen ließ, wie sie dagestanden und geschworen hatte, genau dieses Ferkel mit ihrem Leben zu verteidigen. »Das Schwein hieß Tergo. Sie kämpfte wie ein Löwe darum, dass es nicht geschlachtet werden sollte.«

»Und sie?«, fragte Serafine sanft. »Wie hieß deine Schwester?«

Sie hieß ... ich seufzte. Eben hatte ich es noch gewusst. »Ich weiß es nicht mehr«, gestand ich und stellte die Figur zurück. »Manchmal erinnere ich mich an ihren Namen, aber meist ... Das ist alles, was mir von ihr blieb.«

Serafine musterte die Figuren, zum größten Teil hatte ich die Formen von Menschen in dem Holz gefunden, die mir etwas bedeutet hatten. Wie dieser lachende Ritter dort, oder dieser Barde mit dem spitzen Bart. Und ...

»Und sie?«, fragte Serafine, die meinem Blick gefolgt war, und wies auf eine junge Frau, die unter einem sorgsam gearbeiteten Apfelbaum stand, die Schürze lachend vor sich aufgespannt, in der bereits einige Äpfel lagen.

»Mein Weib«, antwortete ich heiser. »Als wir noch jung und glücklich waren. Später neidete sie mir meine Jugend und wollte nicht glauben, dass ich sie weiterhin liebte, auch als sie alt und runzlig war. Sie sagte, ich würde sie vergessen ... und sie behielt recht damit.«

Serafine sagte nichts dazu und besah sich nur weiter die Figuren. »Die hier erinnert mich an Leandra«, meinte sie und hob eine Figur heraus, die eine Sera zeigte, die über einem feinen Kleid die lederne Schürze eines Schmiedes trug und einen schweren Schmiedehammer in der Hand hielt ... und ja, die Linie von Kinn und Hals, die Nase, die ganze Haltung ...

»Das ist Königin Lenere«, sagte ich leise.

»Sie beschlug selbst ihre Pferde?«, fragte Serafine erstaunt.

»Manchmal. Sie ist eine, die die Dinge gern selbst in die Hand nimmt.«

»Sie sieht Leandra wirklich ähnlich«, stellte Serafine fest. »Und das hier ist wieder deine Schwester?« fragte sie und nahm eine andere Figur heraus. Ein junges Mädchen, das lachend zusah, wie ein Käfer ihr über den Finger lief. Ich erinnerte mich, dass ich dieses Stück nahm, weil ein Knoten im Holz die Hand mit dem Käfer versprach ...

»Nein.« Ich nahm ihr die Figur vorsichtig ab, um sie sorgsam wieder an ihren Platz zu stellen. »Das ist Königin Eleonora. Als Kind. Wie ich sie erinnere, bevor es ihr den Rücken brach.«

»Aber …«, begann Serafine und sah von meiner Schwester hin zu Eleonora und wieder zurück zu meiner Königin. »Das kann nicht sein. Sie sind genau gleich!«

»So genau ist auch meine Arbeit nicht«, versuchte ich abzuwiegeln. »Es ist ein Zufall. Oder eine Schattierung im Holz, die dich das denken lässt. Es ist nichts weiter …«

»Havald«, sagte sie leise. »Die Ähnlichkeit ist größer noch als zwischen Königin Lenere und Leandra. Ich bin nicht blind.« Sie schaute mich suchend an. »Erzähle es mir«, bat sie. »Bitte. Obwohl … es ist eigentlich nicht nötig«, fügte sie hinzu und bedachte die beiden Figuren mit einem letzten Blick. »Man kann erkennen, dass sie verwandt miteinander sind. Götter … Havald«, hauchte sie dann und trat an mich heran, um mich zu halten, als ich weinte. Als all der Schmerz über mich hereinbrach, den ich so lange ferngehalten hatte …

»Wer war sie?«, fragte sie mich später. Sie hatte eine Flasche Wein in meinem Packen gefunden, jetzt saß ich auf dem Stuhl vor dem Kamin, hielt den Becher in meiner Hand und starrte auf die sauber ausgefegten, geschwärzten Steine, auf denen Leandra neues Feuerholz hatte stapeln lassen. Jemand hatte sich viel Mühe gegeben, mein altes Quartier so herzurichten, dass kaum etwas daran erinnerte, wie lange es her war, dass ich das letzte Mal hier gesessen hatte. Nur ein leicht muffiger Geruch hing noch in der Luft. »War … war Eleonora deine Tochter?«

Ich schüttelte den Kopf. »Hältst du mich für so frei von Ehre, dass ich meinen König derart verraten hätte?«

»Natürlich nicht«, wiegelte sie hastig ab. »Aber wie …«

Ich seufzte. »Du kennst die Geschichte, wie ich an Seelenreißer geriet? Meine Heimatstadt Kelar wurde belagert, und die Priester der Götter suchten jemand, der mit seinem Schwert in der Hand durch Soltars Tor gehen würde, um die Belagerung zu durchbrechen und Hilfe für die bedrohte Stadt zu erbitten. Soltars Tor war ein Steinbogen auf einer hohen

Klippe, dorthin brachte man die, die man verurteilt hatte, und stieß sie die Klippe hinunter. Niemand wollte sterben, um die Stadt zu retten, also bot man immer höhere Belohnungen an. Ich war nur ein einfacher Schweinehirte, mein Leben war nichts wert, doch Arliane …« Ich lachte befreit. »Jetzt ist er mir wieder eingefallen! Arliane, das ist der Name meiner Schwester!« Ich sah sie bittend an. »Kannst du ihn dir merken, falls ich ihn wieder vergessen sollte?«

Sie lächelte ein wenig traurig. »Ich werde ihn behalten. Was war mit ihr?«

»Sie war zwölf damals. Ein liebes Kind, das mir kaum Sorge machte, mit einem Herz, größer als die Weltenscheibe. Wenn Kelar fiel, dann würde es ihr nicht gut ergehen, sie war zu jung, ich befürchtete, sie würde das Schleifen und Plündern der Stadt nicht überleben … und das, was siegestrunkene Soldaten mit den Frauen solcher Städte … du weißt, was ich meine.«

Sie nickte.

»Da ich nicht damit rechnete zu überleben und ich den Preis selbst bestimmen konnte, forderte ich vom Rat der Stadt zwei Dinge: Zum einen, dass sie vor der Stadt einen Apfelhain anlegen sollten, und jeder, der Hunger litt, sollte sich bei den Äpfeln bedienen dürfen, und es sollte ein Haus dort errichtet werden, um den Reisenden einen Ort zur Rast zu geben.« Ich lächelte. »Das war damals noch mein Traum gewesen, irgendwann einen Apfelhain zu besitzen und die Äpfel dann zum besten Wein zu keltern, den die Südlande jemals geschmeckt haben. Dies also forderte ich für mich. Für meine Schwester dagegen forderte ich, dass man sie ausbilden sollte wie eine Tochter aus gutem Haus und sich bemühen, einen guten Ehemann für sie zu finden, von Stand, sodass ihre Kinder nie darben müssten, wie es uns geschehen war.« Ich holte tief Luft. »So geschah es. Vielleicht auch, weil sie es vor den Priestern aller drei Götter hatten schwören müssen und die Rettung von Kelar als ein Wunder galt, hielten sich die Räte der Stadt daran. Sie fanden einen guten

Mann für sie ... den jüngsten Sohn des Königs von Illian, ein eher ruhiger und belesener junger Mann, dem die Streitlust seines Vaters und seiner Brüder abging. Ihre Tochter gebar einen Sohn, und dieser dann fand sich plötzlich im Besitz der Krone wieder, nachdem Streitlust, Mord und Krankheit den anderen Ast der Familie hinweggefegt hatten. Um den Thron zu sichern, musste er eine Cousine ehelichen, die dem alten Königshaus entstammte, aus dieser Verbindung ging Eleonoras Linie hervor, die sich zum größten Teil dadurch auszeichnete, dass sie gewalttätig, dumm und oftmals dem Wahn verfallen war.« Ich sah in meinen Becher herab, der Wein darin erschien mir rot wie Blut. »Sie hat ihn im Schlaf ermordet, weißt du? Sie fand, dass er die Krone nicht verdiente. Lange dachte ich, das Kind, das sie gebar, wäre nicht von ihm gewesen, und so glaubte ich das Erbe meiner Schwester in dieser Linie schon verloren, als mich Eleonoras Großvater an den Hof bestellte, um aus dem schwächlichen Prinzen einen Mann zu machen ... nur schaute der mich mit Arlianes Augen an. Als er dann eine gute Frau fand und die Götter ihnen ein Kind gaben, war es auch für mich ein Geschenk der Götter ... denn in Eleonora fand ich alles wieder, was ich von meiner Schwester verloren glaubte.« Ich trank einen Schluck und stellte den Becher zur Seite, um ans Fenster zu treten und in die Nacht zu schauen. Und auf die fernen Lagerfeuer der feindlichen Legionen. »Es ist die Unsterblichkeit der Menschen«, meinte ich mit rauer Stimme. »Das Geschenk Soltars ... wir kommen in unseren Kindern wieder. Nur dass Eleonora keine Kinder hatte.«

»Also war sie die Wiedergeburt deiner Schwester?«, fragte Serafine sanft

»Nein«, antwortete ich und schluckte heftig. »Das war sie nicht. Eleonora besaß eine alte Seele, aber meine Schwester war sie nicht. Nur das, was mir von meiner Familie geblieben war.« Ich drehte mich zu Serafine um. »Die Schwester eines Schweinehirten«, flüsterte ich gebrochen, »gab diesem Königsgeschlecht das mit, was es brauchte, um den Wahn aus ihrem

Blut zu tilgen, damit Eleonora die größte aller Königinnen werden konnte, die die drei Reiche je sehen werden.«

»Was ist mit Leandra?«, fragte sie sanft.

»Leandra wird ihr nahekommen. Davon bin ich überzeugt. Aber um zu so einem Stahl zu werden, wie Eleonora es geworden ist, muss man auch so vom Leben geschmiedet werden ... und das wünsche ich Leandra nicht. Weißt du, dass Eleonoras Willen stark genug war, um gleich mehrere Nekromanten, die ihr alles Wissen und die Seele rauben wollten, noch im Augenblick ihres Todes in die Verdammung zu schicken? Ich war dabei, in einem Traum, an dem sie mich teilhaben ließ, ich habe es gesehen.« Ich wies zu dem fernen Torhaus hin. »Dort habe ich gestanden, mit ihrem Geist an meiner Seite, aufrecht stehend und gesund, so wie sie in ihrem Leben lange nicht mehr gewesen ist.«

Serafine nickte bedächtig. »Sie muss dich geliebt haben, um an Soltars Schwelle zu verharren und dir all das noch zu zeigen.«

»Ja. Und ich liebte sie.« Ich wischte mir die Tränen ab und schluckte heftig. »Was Arliane angeht ... du bist ihr begegnet. Ihre Seele fand in Nataliya ihren Platz, der Gott gewährte mir die Einsicht, als ich ihren toten Körper ihm zu Füßen legte. Sie war die reine Seele, von der Bruder Jon gesprochen hat, die reine Seele, die auf Seelenreißer starb und so nach der Prophezeiung des Gottes den Krieg der Götter auslöste.«

»Ach, Havald«, flüsterte Serafine, »warum hast du von alledem nichts gesagt? Warum hast du das alles allein tragen wollen?«

»Ich kenne es nicht anders. Ich wusste nicht, dass ich mich jemandem hätte anvertrauen können. Auch haderte ich mit meinem Gott. Warum zeigte er mir, dass es meine Schwester war, gleich nachdem ich sie erneut verloren hatte?«

»Sowohl Leandra als auch ich waren auf Nataliya eifersüchtig«, gestand sie mir. »Leandra durfte es wenigstens ab und an einmal zeigen ... ich dagegen hatte keinen Anspruch. Deshalb also habt ihr euch so gut verstanden. Ich hätte schwören können, dass sie bei dir gelegen hat, aber ich fand nie einen Beweis dafür.«

»Es geschah ja nicht. Zum einen gehörte mein Herz Leandra … zum anderen hätte es sich falsch angefühlt … etwas, das wir beide wussten, auch wenn Nataliya oftmals mit mir kokettierte, nur war es nicht ernst gemeint. Aber ich wunderte mich darüber, warum ich sie so sehr mochte, schließlich hat sie mich beinahe umgebracht.«

»Deshalb also bist du mit Illian so verbunden«, stellte sie jetzt leise fest. »Du hast über sie gewacht, nicht wahr? Über deine Schwester und ihre Kinder?«

Ich lachte bitter »So kann man es nennen. Nur dass ich nicht da war, als man das Attentat auf sie verübte. Ich habe der Linie meiner Schwester wenig Schutz gewährt, vielmehr habe ich sie zweimal ausgedünnt. Ich bin ein Königsmörder, Serafine. Dreimal schon habe ich ein gekröntes Haupt ermordet. Einmal die Mörderin meines Neffen, dann König Elfred, als der sich anschickte, Lenere umzubringen, und, zuletzt, Eleonoras Großvater, als dieser im trunkenen Wahn so auf seinen Sohn einprügelte, dass ich Angst bekam, er würde ihn erschlagen.«

»Lenere?«, fragte Serafine. »Diese Königin?« Sie trat an das Regal heran und wies auf die Figur.

Ich nickte.

Sie musterte die anderen Figuren. »Es sind alles Menschen, die dir etwas bedeutet haben, nicht wahr, Havald?«, sagte sie dann leise. »Es sind so viele … es müssen Hunderte sein.« Sie schaute zu mir zurück. »Ich dachte, du hättest dich von den Menschen ferngehalten? Das hast du selbst mir doch gesagt.«

Ich zuckte hilflos mit den Schultern. »Ich habe es versucht. Ich sagte nicht, dass es mir gelungen ist. Doch alle, die du dort siehst … bis auf Lenere, sind schon bei Soltar.«

»Herzogin Lenere … du hast sie erwähnt. Die, von der du meinst, dass sie Leandra helfen würde.« Sie lächelte. »Die, die dich liebte und vor der du geflohen bist. Warum eigentlich? Weil du ihren Mann erschlagen hast? So, wie du es sagst, war es doch nötig?«

»Elfred die Treppe hinunterstürzen zu lassen und ihm das Genick zu brechen, belastete meine Seele wenig«, gestand ich ihr. »Er mochte das Blut meiner Schwester in sich getragen haben, doch es war durch den Wahn der Könige von Illian bereits verdorben. Er war ein räudiger Hund, der keine Grenzen kannte … Boron wird ihn mir noch gegenrechnen, dessen bin ich mir sicher, aber wegen ihm hielt ich mich nicht zurück. Das ist es nicht.«

»Warum dann?«

Ich zögerte. Das war jetzt etwas, das ich nie jemandem erzählt hatte. »Es mag sein, dass sie meine Enkeltochter ist.«

Serafine blinzelte.

»Du weißt es nicht?«, fragte sie ungläubig.

»Es ist eine dumme Geschichte. Es war kurz nach dem Tod meines Eheweibs. Ich war jung damals und fühlte mich einsam, also besuchte ich meine Schwester. Sie war damals schon betagt. In ihrem Gefolge gab es eine junge Sera, der man nachsagte, dass sie Elfenblut in sich tragen würde. Ihr Name war ebenfalls Lenere.« Ich nahm eine Figur von dem Regal, um sie Serafine zu zeigen. »Hier, das ist sie.«

»Eine schöne Frau«, stellte Serafine fest und sah mich weiterhin abwartend an.

Ich seufzte. »Sie war verheiratet, mit einem Baron, der in der Königsgarde diente. Eine Ehe, die ihr Vater zu seinen, aber nicht zu ihren Gunsten abgeschlossen hatte. Der Mann war ein Säufer und ein Hurenbock, und er behandelte sie nicht besonders gut. Ich fand sie eines Tages weinend vor und tröstete sie, und sie schüttete mir ihr Herz aus. Wir kamen uns näher … eines führte zum anderen, und wir lagen miteinander. Es war … schön, aber ich wusste nicht, ob ich sie liebte. Es durfte auch nicht sein. Ihr Gemahl war ein derber Mann, aber er war nicht … nicht schlecht. Nicht verdorben. Nur jemand, der gerne trank und bei anderen Frauen lag.«

Serafine zog eine Augenbraue hoch. »Das ist nicht die Beschreibung eines guten Gemahls.«

»Aber er sorgte für sie und hat sie nie geschlagen. Sie hat nie vorgehabt, ihn zu verlassen, selbst wenn es ihr möglich gewesen wäre. Wir beschlossen, dass es nicht wieder geschehen würde. Zwei Tage später starb ihr Mann bei einem Turnier.«

Serafines Blick war fragend.

»Nein. Ich war es nicht. Ich hatte keinen Grund dazu.« Ich seufzte. »Trägt man Elfenblut in sich, führt dies zu langen Schwangerschaften. Zehn Monate nach seinem Tod kam sie nieder und gebar ihm eine Tochter. Oder mir. Sie konnte es nicht sagen, wer von uns der Vater war. Sie nannte ihre Tochter nach ihrer Mutter … Marthild, ja ich denke, das war ihr Name. Als ich sie von der Hebamme entgegennahm und sie mich mit ihren violetten Augen ansah, war es um mich geschehen. Doch die Leute fingen bereits an, über uns zu munkeln, also beschlossen wir gemeinsam, dass ich gehen sollte … Kurz vorher war meine Schwester an einem Husten gestorben, und ihr Sohn …«

»Der, der später König wurde und von seinem Weib gemeuchelt wurde?«, fragte Serafine nach.

Ich nickte. »Er war schon fast vierzig Jahre alt, noch unverheiratet und nur seinen Büchern zugetan. Er hatte immer nur davon gesprochen, dass er in einen Tempel gehen würde, und sosehr ich ihn mochte, gab es nicht viel, was uns verband oder mich hätte halten können. Also ging ich. Ein halbes Jahr später wurde er König, und drei Jahre später stand ich dann an seinem Grab. Damit glaubte ich unsere Linie tot … es sei denn …«

»Es sei denn, Marthild wäre deine Tochter«, sagte Serafine leise. »Hattest du nicht andere Kinder? Mit deiner Frau?«

»Ja«, antwortete ich rau. »Drei, die die Geburt überlebten. Meine Tochter erlag dem keuchenden Husten. Mein jüngster Sohn ging in eine Kaufmannslehre, nur, um dann, kaum fünfzehn Jahre alt, bei einer Handelsreise von Räubern erschlagen zu werden. Mein ältester Sohn war gerade Vater geworden, als die Pest sein Haus erreichte … ich kam wenige Tage zu spät. Man führte mich zu einem offenen Grab, in dem die Kinder lagen, und sagte mir, ich könne nach dem Kind dort suchen. Nur hatte ich es vorher nie gesehen. Niemand konnte mir etwas über das Schicksal des Kindes oder seines Eheweibes sagen, nur wusste ich, dass Säuglinge und Mütter, die gerade niedergekommen waren, meist zu den ersten Opfern einer Pest zählen.«

Ich stellte Marthilds Mutter zurück auf ihren Platz und wies auf eine Gruppe spielender Kinder. »Das sind sie«, sagte ich. »Meine Tochter hatte die goldenen Haare ihrer Mutter und blaue Augen, mein Jüngster kam nach mir … aber frage mich nicht nach ihren Namen … ich habe sie vergessen.«

»Es tut mir leid«, flüsterte Serafine.

»So etwas geschieht … Hast du Kinder gehabt?«

Sie schüttelte den Kopf. »Jerbil und ich wollten warten, bis wir die Legion verlassen hatten. Wie ging es mit Marthild weiter? Hast du Kontakt gehalten?«

»Nein. Ihre Mutter hielt es für besser so, und ich stimmte ihr zu. Wir wollten nicht, dass Marthilds Ruf gefährdet wurde. Ich sah sie ab und an, wenn ich in der Gegend war. Aus der Ferne.« Ich seufzte wehmütig. »Als Kind besaß sie dieses silberne Haar und violette Augen. Beides verlor sie mit der Zeit, aber sie war klug und besaß vielerlei Talente. Und schön war sie. Ich sah noch gelegentlich nach ihr, auch wenn ich mir nie sicher sein konnte, dass sie meine Tochter war.« Ich lächelte, als ich mir eine Erinnerung zurückrief, in der ich sie von einem Baum aus beobachtete, während sie an einem Teich die Schwäne fütterte. »Eines Tages kam ein Ritter daher, erblickte sie … und es verlangte ihm nach ihr. Sie wollte sich ihm nicht im Heu ergeben, nicht eine Eroberung sein, die er vergessen würde, sobald er dann weiterritt. Sie gewann sein Herz und er das ihre und ehelichte sie.«

Ich griff eine der Figuren von dem Regal, um sie ihr zu reichen.

»Schau. Das ist sie.«

»Sie sieht dir wenig ähnlich«, meinte sie, während sie sich die Figur besah.

»Ich sagte ja, ich bin nicht sicher. Du siehst, wie schlank sie ist ... das Erbe der Elfen war überdeutlich in ihr. Sie hatte eine Tochter, die sie nach ihrer Großmutter nannte. Lenere. Marthild kränkelte nach ihrer Geburt und starb, bevor das Kind drei Monate alt war. Sein Vater heiratete nicht wieder, und Lenere ... sie wuchs ungewöhnlich auf.« Ich lachte leise. »Puppen waren nichts für sie, und sie war ein freier Geist. Sie konnte reiten wie ein Dämon und brachte ihren Vater mit ihren Unternehmungen fast um den Verstand. In ihr war, wie gesagt, das Erbe der Elfen überdeutlich, und diese violetten Augen ...« Ich schüttelte erheitert den Kopf. »Als sie älter wurde, machte man ihr oft den Hof, sie aber wies einen Antrag nach dem anderen ab. Doch dann erweckte sie königliche Gier. Elfred sah sie, als er zu Gast auf der Burg ihres Vaters war, und als sie auch sein Werben abwehrte, befahl er ihrem Vater, sie ihm ins Bett zu geben. Als dieser sich weigerte, stellte er Lenere vor die Wahl, sich ihm zu geben, entweder ohne den Kopf ihres Vaters vor ihrem Bett oder eben mit. Du kannst dir denken, wie sie wählte. Doch Leneres Vater hatte Freunde ... und nicht geringen Einfluss, und es gab genügend, die sich empörten. Um dem drohenden Aufstand zu entgehen, schwor Elfred, dass er Lenere lieben würde und machte sie zu seiner Königin. Vielleicht hat er sie ja tatsächlich geliebt, wenn auch auf eine wahnhafte Art. Er war einer dieser Könige, die sich stets genommen haben, was ihnen gefiel, und sich zudem im Recht dabei wähnten.«

»Er, der von deiner Schwester abstammte, verging sich an deinem Kindeskind?«, fragte Serafine ungläubig.

Ich nickte knapp. »Wenn Marthild meine Tochter war. Was Lenere und Elfred angeht, ich erfuhr zu spät davon, vielleicht hätte ich es noch verhindern können, so aber ...« Ich zuckte mit den Schultern. »Glaube mir, als ich ihn die Treppe hinunterfallen ließ, gab es nichts daran, was ich je bereuen würde.

Er mochte das Blut meiner Schwester in sich tragen, aber er war nichts als ein wilder Hund.«

»Gab … gab es Kinder aus dieser Verbindung?«

»Ja«, sagte ich bitter. »Sie kam zweimal für ihn nieder. Der erste Sohn wurde als Kleinkind während einer königlichen Jagd von einer wilden Bestie gerissen, als die Jagd in ein Gelage ausartete und man vergaß, sich um das Kind zu kümmern. Elfred hat das Kind mit auf die Jagd genommen, um es der Mutter vorzuenthalten, und es dann vergessen. Das andere überlebte nicht bis zur Geburt, die Tritte des Vaters in den Leib der Mutter brachten es schon vorzeitig zu Soltar. Lenere hasste Elfred nicht nur dafür, denn sie liebte einen anderen. Schon bevor Elfred sie sich genommen hatte. Wer das war, weiß ich nicht zu sagen, ich weiß nur, dass er schon tot war, gefallen in irgendeiner Schlacht, bevor Elfred Lenere in sein Bett erpresste. Was wohl auch der Grund war, weshalb sie all die abgewiesen hat, die um ihre Hand geworben haben.«

»Hatte Lenere weitere Kinder?«

»Fünf«, teilte ich ihr lächelnd mit. »Diesmal mit einem guten Mann, und sie schien mir glücklich, ich zog mich dann zurück von ihr. Die Königskrone ging an den Bruder ihres Mannes, und sie mied auch für lange Zeit den Hof, also glaubte ich sie sicher.«

»Vielleicht hast du also doch irgendwo Familie?«

»Ja. Vielleicht. Irgendwo. Ich hoffe, es erging ihnen besser als Lenere. Ich gab es auf, ihre Spuren zu verfolgen, als Eleonora geboren wurde.«

»Du musst diesen Elfred gehasst haben«, stellte Serafine fest.

»Nein«, widersprach ich. »Das war er mir nicht wert. Ich habe ihn verachtet. Was nicht das Gleiche ist. Ich ließ ihn die Treppe hinunterfallen, damit er nicht Lenere tötet, oder gar ein weiteres Kind. Hass war er mir nicht wert.«

»Deshalb also bist du vor ihr geflohen«, stellte sie mit einem leisen Lächeln fest. »Und nicht, weil du sie nicht liebtest.«

»Oh, ich liebte sie«, gestand ich Serafine. »Ich tue es wohl auch noch immer, nur eben nicht auf die Art, die sie erhoffte. Wäre sie meine Enkelin gewesen, hätte es gegen das Gesetz der Götter verstoßen. Ich wollte mich ihr nicht offenbaren … also floh ich von ihr.« Ich stellte Marthilds Figur zurück in das Regal, neben die von Lenere. »In Blixens Bericht über die Geschehnisse, die zu Leandras Krönung führten, findet sie Erwähnung, sie hat also die Wirren überlebt. Wenn die Königin in der großen Halle speist, dann ist es ein politisches Ereignis. Sie wird dort zu finden sein. Sie kann nicht anders, sie hielt schon immer ihre Finger in jeden Brei, der jemals in Illian kochte.«

»Du bist stolz auf sie«, grinste Serafine.

»Ja. Sehr. Nur dass sie es nicht weiß.«

»Weißt du, was du ihr sagen willst?«

Ich schüttelte den Kopf und lachte dann fast wider Willen. »Ich sollte es mir überlegen. Sie ist alt geworden, aber sie wird immer noch so sein wie früher, stur und unbändig, stolz und gerissen und kaum bereit, ein Nein zu ertragen. Wenn sie mich sieht, wird sie wie der Bolzen einer Armbrust sein … oder wie ein Rammbock. Sie wird mich in eine Ecke drängen, mir den Rückzug abschneiden und mich nicht eher gehen lassen, bis sie ihre Antwort hat!«

»Diese Beschreibung erinnert mich an jemand«, lächelte Serafine. »Ich denke, dieser Abend wird für Unterhaltung sorgen.«

Sie warf einen letzten Blick auf das Regal mit den Figuren. »All diese Menschen«, seufzte sie. »So ein langes Leben. Jeden Einzelnen von ihnen hast du berührt. Kein Wunder, dass du derart in die Geschicke dieses Lands verstrickt bist.« Sie sah mich ernsthaft an. »Vielleicht hat die Kaiserin ja recht in dem, was sie über dich sagt. Dass du all das veränderst, was du berührst. Du hast dieses Land weitaus mehr geprägt, als es jemand auch nur ahnen kann.«

»Nur will ich nicht, dass jemand davon erfährt. Bitte versprich mir das«, bat ich sie.

Sie sah mich lange prüfend an.

»Es ist dein Leben, Havald«, sagte sie leise. »Mir steht es nicht zu, daran zu rühren. Aber hab Dank, dass du mir von dir erzählt hast.«

Ich warf einen letzten Blick auf das Regal mit den Figuren. So viele waren es, und sie alle hatten mir etwas bedeutet, sonst hätte ich ihre Form nicht in Holz gefasst. Doch selbst jetzt, da ich ihre Figuren vor mir sah, wusste ich bei den meisten nicht mehr, wer sie einst gewesen waren. Zokora schien niemals etwas zu vergessen, ich sollte sie fragen, wie ihr das gelang. Vielleicht war es ein Trick, den sie mich lehren konnte.

Oder, dachte ich, als ich mich abwandte und daran machte, meinen Packen auszuräumen, vielleicht sollte ich sie nicht fragen. Vielleicht war es gut, dass ich vergessen konnte.

Dem Verschlinger war es durch einen Fluch verwehrt. Ich hielt inne und zog den Beutel heraus, der die Stücke des Tarn enthielt, und schüttete sie in meine Hand, um sie zu mustern. Asela hatte den größten Teil der Nacht damit verbracht, sie sorgsam zu studieren. Für mich sahen sie noch immer gleich aus, Stücke einer gebrochenen Krone, für die noch viele sterben würden, selbst wenn Aselas Plan aufging. Ich fragte mich, wie lange der Verschlinger wohl brauchen würde, bis er uns gefunden hatte.

Salzlinge und andere Begrüßungen

25 Es klopfte an der Tür. Ich tat den Beutel weg, während Serafine die Tür aufzog. »Habt ihr schon jetzt Sehnsucht nach uns?«, scherzte ich. »Oder einfach Langeweile?«

»Ich bin eine Elfe«, erinnerte mich Zokora kühl. »Es kann Jahre dauern, bis ich jemanden vermisse. Wenn es einen gäbe, den ich vermissen könnte. Es geht um das hier.«

Sie kam herein und hielt mir einen Finger vor die Nase, während Varosch hinter ihr die Tür schloss und sogar den Riegel vorlegte.

Ich sah eine Spinne. Sie saß, blass und bleich und träge, auf Zokoras Fingerspitze, kaum größer als der Fingernagel. Dennoch musste ich an mich halten, um nicht mit einem Satz nach hinten auszuweichen; zu sagen, dass ich Spinnen nicht mochte, wäre eine Untertreibung gewesen.

Ich zwang mich dazu zu lächeln. »Ein neues Haustier?«

»Schwerlich«, sagte Varosch rau und trat an unser Bett heran, um die Kissen auszuschütteln und dann zu Zokora hinzusehen. »Wie machst du das?«, fragte er sie entnervt. »Ich weiß, dass da welche sind, aber …«

Zokora nahm endlich Finger und Spinne unter meiner Nase fort und trat an das Bett heran, um die offene Hand flach neben die Kissen zu legen … und wartete geduldig, bis ein gutes halbes Dutzend dieser Viecher auf ihre Handfläche krabbelten. Jetzt waren es acht dieser kleinen Spinnen … was nicht besser war als eine. Ganz im Gegenteil.

»Was … warum …«, brachte ich mühsam heraus. Es wäre dumm, aus dem Fenster zu springen, es ging dort steil hinab, aber der Gedanke kam mir. »Kannst du sie wegnehmen?«, bat ich sie mühsam. »Warum zeigst du sie mir überhaupt?«

Allein der Gedanke, dass sich diese Viecher in unseren Kissen eingerichtet hatten, trieb mir den Schweiß auf die Stirn. Vielleicht war es doch besser, auf dem Boden zu schlafen und nicht in diesem Bett. Er mochte hart sein und kalt, aber im Moment schien der Boden mir die bessere Wahl.

»Das sind Salzlinge«, erklärte Zokora, während sie zu meiner großen Erleichterung ans Fenster trat und die Spinnen nach draußen abstreifte. »Sie sind hier nicht heimisch, aber man findet sie in kühlen Höhlen. Sie sind an die Kälte und Dunkelheit dort angepasst, lauern träge, manchmal jahrelang, in einer Ecke. Doch wenn sie Wärme spüren, werden sie schnell wach. Wärme, wie die eines schlafenden Menschen. Sie graben sich dann in die Haut ein und lähmen ihr Opfer mit ihrem Gift. Deshalb heißen sie auch Salzlinge, weil es scheint, als wären ihre Opfer zu Salzsäulen erstarrt. Sie graben sich ein und legen ihre Eier ab. Es können mitunter Hunderte sein, die dort brüten, sie fressen ihre Opfer von innen auf. Das Gift auf meinen Blasrohrpfeilen enthält einen Extrakt auch von ihrem Gift, es ist der Teil, der lähmt.«

Sie fand noch eine Spinne und schnippte sie mit der Fingerspitze aus dem Fenster.

»Jemand hat sie uns in die Kissen getan«, erklärte Varosch rau. »Wie Zokora sagte, sie sind nicht heimisch hier. Wir sind schon bei Ser Yoshi gewesen und bei Ragnar. Dort fanden wir sie nicht. Nur in unserem Bett … und hier.«

»Dass Ser Yoshi uns begleiten würde, oder auch Ragnar, war eine kurzfristige Entscheidung«, stellte ich fest, jetzt, da ich wieder denken konnte. »Wer immer das getan hat, wusste nichts von ihnen. Bist du sicher, dass es keine Spinnen mehr hier gibt?«

»Es gibt genügend«, teilte Zokora mir mit einem feinen Lächeln mit. »Aber keine, die dir schaden würden … sie haben mehr Angst vor dir als du vor ihnen.«

Daran hatte ich so meine Zweifel.

»Wer wusste, dass wir hierherkommen würden?«, fragte jetzt Serafine.

Ich zuckte mit den Schultern. »Leandra wird es gewusst haben. Major Blix, Grenski. Vielleicht diejenigen, die diese Zimmer für unser Kommen vorbereitet und durchgefegt haben. Es dürften einige gewesen sein.«

»Meinst du, dass es eine deiner Schwestern ist? Eine dunkle Elfe?«, fragte Serafine, doch Zokora schüttelte den Kopf.

»Unwahrscheinlich«, meinte sie. »So schwer sind diese Spinnen nicht zu finden, man muss nur wissen, wo man suchen muss. Ansonsten war es kein schlechter Plan, die Starre, die ein Salzling auslöst, ist nur schwer vom Tod zu unterscheiden, meist begräbt man die Opfer, bevor man es bemerkt.«

»Oh, danke, dass du das erwähnst«, grummelte ich. »Auf die Vorstellung kann ich verzichten.«

»Ich auch«, meinte Varosch mit Inbrunst. »Lebend begraben zu sein …«

»Ihr verkennt den Punkt. Es geht nicht darum, mit diesem Gift zu töten, sondern darum, den Tod vorzutäuschen. Es gibt ein Gegengift, und ein Grab wird meist nicht so gut bewacht. Es ist eine gute Art, jemanden zu entführen, denn einmal begraben, schaut man selten nach, ob die Toten auch dort liegen bleiben, wo man sie gebettet hat.«

»Warum sollte …«, begann ich.

Zokora bedachte mich mit einem mitleidigen Blick. »Hat man erst jemanden in seiner Gewalt, der für tot gehalten wird, kann man ihn in Ruhe über das befragen, was er weiß. Danach kann man ihn ja noch immer zu seinen Göttern schicken. Ich habe es auch schon so gemacht. Serafine und du, ihr wisst vieles, was der Feind besser nicht erfahren sollte.«

»Du vergisst eines«, sagte ich und versuchte, nicht darüber nachzudenken, wie Zokora ihre Opfer zu befragen pflegte. »Die Stadt wird belagert, und wir wissen um die Gefahren von Krankheiten und Seuchen. Wird eine Stadt belagert, ist es üblich, die Toten zu verbrennen.«

»Also will man uns nur töten«, stellte Zokora fest. Sie schien mir fast enttäuscht.

»Nur töten?«, wiederholte Varosch trocken. »Dann bin ich ja beruhigt.« Er schaute zu mir hin und lächelte etwas schief. »Also auch dir, Havald«, sagte er leise. »Willkommen zu Hause.«

Es gab weiteren überraschenden Besuch, bevor die Flasche Wein, die wir vorhin angebrochen hatten, nur zur Hälfte leer war. Diesmal war es Lanzenmajor Blix, der breit grinsend vor der Tür stand. »Schaut, wen ich euch mitgebracht habe …«

Stabssergeantin Grenski meinte er wohl nicht, die gehörte ja zu ihm, als ob sie bei ihm angewachsen wäre. Sie trat jetzt zur Seite, um eine andere vorzulassen, eine blonde Frau mit feenhaften grünen Augen und einem breiten Lächeln, das ich schon lange nicht mehr gesehen hatte.

»Sieglinde«, rief Serafine erfreut und sprang auf, um der ehemaligen Wirtstochter entgegenzueilen. »Und Janos!«

»Na, Havald«, grinste Janos, während er sich durch die Tür duckte. »Hättest du gedacht, als wir uns kennenlernten, dass du dich mal freuen würdest, mich wiederzusehen?«

»Höchstens, dich baumeln zu sehen«, lachte ich, doch bevor ich ihn begrüßen konnte, hielt ich plötzlich Sieglinde in meinen Armen, die mich breit anlachte.

»Du bist jünger geworden!«, rief sie und sah schelmisch zu Janos hin. »Denkst du immer noch, du siehst besser aus als er?«

»Ich denke es nicht nur, ich weiß es«, lachte Janos. »Aber ja ... gut zu sehen, dass du doch nicht gestorben bist.« Er erspähte an mir vorbei die Flasche Wein und griff sie sich, um nachzusehen, wie viel noch darin war. »Gut!«, rief er erfreut. »Das wird reichen, damit uns nicht der Hals austrocknet, während wir euch erzählen, was hier alles geschehen ist. Aber sage mir zuerst, kann es sein, dass der Kerl, der vor deiner Tür steht und Weiberkleider trägt, auch zu dir gehört?«

Ich zog die Tür auf, und da stand in der Tat ein Kerl in Weiberkleidern.

»Warum habt Ihr nicht geklopft?«, fragte ich Ser Yoshi. Der lächelte nur freundlich. »Ich habe warten wollen.«

»Worauf?«

Sein Blick wies nach vorn in den Gang, wo jetzt Ragnar erschien und siegreich ein kleines Fässchen in die Höhe hielt. »Ich hab doch etwas finden können«, rief er freudestrahlend. »Ist zwar auch nur Eselspisse, aber wenigstens schäumt es, und man kann sich damit betrinken!«

Ragnar war klug. Gebildet. Ehrlich und fleißig. Es gab kaum einen besseren Freund als ihn ... Er war zudem gerissen und verstand sich darauf, jemanden in die Irre zu führen. Er mochte die Rolle des tumben Nordmanns, der seinen einfachen Vergnügungen nachging. Es sorgte dafür, wie er mir einmal berichtet hatte, dass man ihn regelmäßig unterschätzte. Es war nur eine Rolle, erinnerte ich mich, als er breit grinsend Yoshi auf die Schulter klopfte und ihm das Fässchen in die Hand drückte.

Was nicht bedeutete, dass es ihm keinen Spaß bereitete, diese Rolle zu spielen. Und es gab noch einen anderen hier, der eine Rolle spielte. Yoshi.

Ragnars Art, andere »freundschaftlich« zu begrüßen, brachte sogar mich manchmal ins Wanken. Doch als er eben Ser Yoshi so bedachte, brachte es weder das freundliche Lächeln noch den Mann selbst aus dem Tritt, genauso hätte Ragnar auch einer Eiche auf die Schulter klopfen können.

Ragnars Blick suchte den meinen, für einen Moment hielt er die Maske nicht aufrecht, war wieder dieser kühl berechnende Krieger, den ich damals kennengelernt hatte. Jetzt wussten wir etwas mehr von unserem Beobachter.

»Hier ist Bier!«, rief Ragnar und streifte seine Maske wieder über, während er sich durch die Tür duckte. »Wer braucht schon Wein, wenn wir doch Bier haben!«

Es war voll geworden in meinem alten Quartier. Maske oder nicht, Ragnar verstand sich darin, gute Laune zu verbreiten. Zudem gab es viel zu erzählen, die Zeit bis zur siebten Kerze verging so wie im Flug.

Ich wusste jetzt mehr von Byrwylde und der Schlacht von Lassahndaar und von der Rolle, die ein falsches Schwert gespielt hatte. Ich verstand nach wie vor nicht, wie Wiesel nach Illian gekommen war, aber ich war ihm mehr als dankbar dafür. Bruder Faban, Schwester Sondja, alte und neue Namen stürmten auf mich ein, vor allem aber einer: Graf Render. Ich hatte schon damals den alten Grafen in Verdacht gehabt, an Eleonoras Schicksal mitgewirkt zu haben, jetzt, da es bestätigt wurde, dass er Teil der Verschwörung gewesen war, bedauerte ich es, dass er meiner Rache entkommen war. Leandra hatte den jungen Grafen noch auf dem Marktplatz mit einem Streich erschlagen, ein viel zu gütiges Schicksal für ihn, doch dass der alte Graf ungestraft sein Leben hatte leben können, lag mir quer im Hals.

Bis Sieglinde etwas sagte. »Leandra grübelt, was sie mit ihm machen soll. Die Herzogin drängt auf einen Schauprozess und eine Hinrichtung, die dem Verbrechen angemessen ist, Schwester Sondja dagegen drängt zur Gnade und zu einem schnellen Tod für diesen Königsmörder. Zurzeit sitzt er, in schwere Ketten geschlagen, im Kerker und harrt seines Schicksals, bis sich Leandra um ihn kümmern kann.«

»Er hat die Folter überstanden?«, fragte ich sie ungläubig.

Sie schüttelte den Kopf. »Es hat keine Folter gegeben, sie war nicht nötig, wir haben Beweise genug, dass er all das schon seit Jahren plante. Der junge Graf, sein Sohn, gierte nicht minder nach der Krone, aber es war der Vater, der ihm geduldig den Weg bereitet hat. Er wird seinem Schicksal nicht entkommen«, beruhigte mich Sieglinde. »Aus diesen Kerkern, heißt es, ist noch niemals jemand entkommen. Ach, habe ich dir schon erzählt, wie Leandra auf den Hund gekommen ist?«

Was dann der Moment war, in dem ein blasser Page klopfte und uns daran erinnerte, dass wir auch noch auf ein anderes Fest geladen waren.

Nun, den Hund sah und hörte ich fast als Erstes. Er lag vor der großen Tafel auf dem Boden und nagte an einem massiven Rinderknochen, das Bersten des Knochens war kaum zu überhören. Das Vieh übertraf sogar Sieglindes Beschreibung, es war ein wahres Ungeheuer von einem Hund, ein Veteran von tausend Kämpfen, von denen ein jeder seine Narben hinterlassen hatte. Er hob den Kopf, hörte auf zu nagen, und seine wachsamen Augen fanden mich über die große Halle hinweg. Er musterte mich prüfend, dann ließ er sein mächtiges Haupt sinken und nagte weiter an diesem Knochen. Eine verwandte Seele, dachte ich erheitert und führte Serafine in den großen Raum hinein.

»Lanzengeneral Roderik, Graf von Thurgau, Schwertobristin Helis aus dem Haus des Adlers aus dem fernen Bessarein!«, dröhnte der Haushofmeister… und obgleich die große Halle bis zum Bersten gefüllt war und uns der Lärm der Unterhaltungen wie eine Woge entgegengebrandet war, verstummten jetzt die Gespräche, und ein jeder gaffte uns an und eine Stille legte sich über die große Halle wie die vor einem Sturm. Von der Mitte der fernen Tafel sah Leandra mit einem Lächeln auf und erwies uns die Ehre, sich zu erheben.

War es eben schon still gewesen, wurde es jetzt noch stiller, nur Kroms Nagen war nach wie vor zu vernehmen.

»Es ist müßig, den Lanzengeneral vorzustellen oder lange Reden zu halten«, sagte Leandra mit ihrer klaren Stimme, die jeden Winkel der alten Halle füllte. »Wie wir alle habe ich einen Zettel an einen Apfelbaum gebunden, um die Götter zu bitten, dass sie ihn mir senden mögen. Die Götter erhörten mein Flehen, und sie haben ihn mir geschickt. Er ist es, der mir den Weg bereitet hat, nach Askir… und wieder hierher zurück. Er mag nun die Uniform der Legion tragen, denn er ist es, der sie gegen den Feind führen wird, doch wir kennen ihn als den Wanderer, weil er so viele Wege geht. Doch wohin ihn auch diese Wege führen, er kehrt doch immer zu uns zurück.« Sie machte eine kleine Pause. »Willkommen«, sagte sie dann leise, und doch gab es wohl keinen hier, der sie nicht verstand. »Willkommen zu Hause, Wanderer. Willkommen ebenfalls, Helis aus dem Haus des Adlers, meine Schwertschwester aus so vielen Kämpfen, kommt herbei, setzt euch an meine Seite, ich habe euch vermisst.«

Noch während wir zur Tafel schritten, brandete ein Jubel auf, ein Hurra, ein Rufen und auch Weinen, wie ich es nie zuvor erlebt hatte… und immer wieder hörte ich das Gebet des Wanderers dazwischen… jetzt erging es mir wie dem armen Stofisk vorhin, meine Ohren brannten, und ich hätte mir am liebsten ein Loch zur Flucht gesucht, doch mir blieb nichts anderes übrig, als tapfer einen Fuß vor den anderen zu setzen, bis ich die große Tafel erreichte, mich verbeugen konnte, um dann mit Serafine zusammen den Platz an Leandras Seite einzunehmen.

Es war, wie schon öfter, Zokora, die mich rettete. Denn kaum, dass sie den Fuß auf die Schwelle der großen Halle setzte, und man gewahr wurde, wer da stand, erstarrte alles und jeder in einem eisigen Schrecken.

»Zo-zo-kkkk…«, versuchte sich der Haushofmeister, doch dann verließ ihn der Mut. Er floh nicht, sein Stolz und das Amt hätten ihm das wohl nie verziehen, aber er wich langsam, Schritt für Schritt vor ihr zurück. Wie andere auch. Es gab vier Ausgänge hier, die große, doppelflügelige Tür, in der sie stand, die Tür, die rechts zum Küchentrakt führte, eine Tür auf der anderen Seite, die zu den Wohnbereichen hinging, und zuletzt noch die Treppe zur Galerie, auf der, je nach Anlass, die Armbrustschützen oder die Lautenspieler und Minnesänger standen.

Ja, es gab genügend Grund, Angst vor einer Angehörigen der dunklen Feen zu haben, wie man Zokoras Volk hier auch nannte. Ja, die Geschichten, die man als Kind über sie gehört hatte, standen in Grausamkeit der Wahrheit nach. All das war richtig. Aber, bei den Göttern, sie war nur eine Einzige, gut, nein, Varosch stand ja an ihrer Seite, doch in der großen Halle befanden sich Hunderte von Gästen, bestimmt vierzig königliche Gardisten und zwanzig Legionäre der zweiten Legion!

Und doch war es, als ob jemand einen Stein ins Wasser geworfen hätte, der nun eine Welle von Panik, Angst und Schrecken auslöste… und schon begannen einige, sich erst langsam, dann immer schneller auf die wenigen Ausgänge zuzubewegen. Es war eine dieser Gelegenheiten, bei denen man das Unheil kommen sah und man sich machtlos fühlte, etwas dagegen zu unternehmen. Und all das wegen einer kleinen, zierlichen Sera, die mir kaum bis zum Brustbein reichte und die ich mit einer Hand hochnehmen konnte!

Leandra versuchte es zumindest, sie ließ alles an Dekorum fahren und sprang auf.

»Nun beruhigt euch doch! Dies ist Zokora von Ysenloh, eine Priesterin der Astarte, eine Freundin und Verbündete, und ihr Gefährte ist ein Adept Borons!«

Sie hätte auch die »Reise von dem dummen Karl« pfeifen können, es hätte genauso wenig einen Unterschied gemacht, schon gab es die ersten Rempeleien an den Ausgängen, manche der Wachen hatten bereits ihre Waffen gegriffen, und andere dachten wohl schon an Flucht, als Zokora das Kinn stolz reckte und ein Wort ausstieß, das von den Wänden der großen Halle widerhallte, ein Wort, das ich in meinen Knochen fühlte, nein, noch tiefer, an der Stelle, wo das primitive Wesen saß, das in allen von uns lebte, dort vibrierte ... und verklang.

Die Welle verebbte so schnell, wie sie begonnen hatte, verschämt sah man sich um, nahm hastig die Finger von den Schwertknäufen und trat ins Glied zurück oder ordnete sich verlegen die Kleider, um verstohlen zu schauen, ob sich wenigstens die anderen genauso lächerlich gemacht hatten.

Ich glaube, Leandras Aufatmen war genauso gut zu hören wie das meine.

»Ich bin Zokora von Ysenloh«, sagte Zokora jetzt mit ihrer klaren Stimme, »Paladin der Astarte, und dies ist mein Gefährte, Varosch von Lassahndaar, vor den Göttern mein Angetrauter und Adept des Boron.« Ihre dunklen Augen suchten diesen hageren Priester, der Leandra so gerne hätte brennen sehen, der blass und bleich etwas rechts von ihr hinter der großen Tafel stand, und durchbohrten ihn. »Wahr, Bruder Faban?«

Der schluckte hörbar. »W-wahr.«

»Zokora von Ysenloh est neecht nur en Paladain der Göttin, se führrte vor wenegen Tagen zusammen met der drretten Legion eine Strretmacht ehres Volks en den Kampf gegen de zweelfte Legeon des Feends«, ergriff nun Varosch das Wort.

Obwohl es gewiss nicht angebracht war, fiel es mir schwer, ein lautes Auflachen zu unterdrücken. Auch Varosch wusste, wie knapp eben eine Panik verhindert worden war, und vielleicht hatte es ihn mehr erschreckt, als er es zugeben wollte. Jedenfalls vergaß er, sich des hohen Imperials zu bedienen – jetzt aus dem Mund eines dunklen Elfen breiteste Lassahndaarer Mundart zu hören, gab mir einen Lachreiz, dem ich nur mit Mühe widerstand.

»Er Volk steeht zusamme met den hohen Elfen, dee wer so verreehrren, zusammen met dem Keeserrreich met uns Seet an Seet gegen alle dee, dee sech gegen dees Gesetz derr Götterr vergehen!«, rief er jetzt der Meute in der Halle entgegen und klang nicht nur ein wenig empört. »Och se es Teel des Bollwerks, das sech gegen de Trruppen des Nekrromantenkeeserrs stellt un se es uns keen Feend sonnerrn een treuer Freend. Dees schwerr ech bee Borron«, rief er und reckte sein Amulett in die Höhe. »Un es nur een Worrt unwahrr, so soll err mech en deeser Stelle strraffen!«

»Ich finde, das hat er schön gesagt«, meinte ich leise zu Serafine, die nickte und ebenfalls hinter ihrer Hand ihr lachendes Gesicht verbarg.

Auch wenn es hieß, dass Boron gemeinhin schnell mit seinen Strafen war, fuhr kein Blitz hernieder, und die festgefügten Platten unter seinen Füßen brachen nicht auf, um ihn in den Schlund des Namenlosen zu ziehen, obwohl es einige in dieser großen Halle gab, die wohl Ähnliches erwarteten und sich furchtsam duckten. Der mörderische Boronpriester Faban dagegen straffte seine Schultern, um nun noch ein »Wahr!« hinauszudonnern, das deutlich weniger furchtsam klang als das erste.

Was ihn in meiner Gunst nur unwesentlich steigen ließ. Von Sieglinde hatte ich erfahren, dass Leandra wohl ihren Frieden mit ihm gefunden hatte, doch mir war er noch die Erklärung schuldig, wie er dazu gekommen war, meine Königin in einen Lichtbrand zu stellen!

»Königin Zokora von den dunklen Elfen, Varosch, Adept des Boron, ich heiße euch an meiner Tafel willkommen! Nehmt an meiner Seite Platz!«, rief jetzt auch Leandra und setzte sich wieder … nur wir hier am Tisch sahen, wie sehr ihre Hand zitterte, als sie nach ihrem Becher griff.

Dennoch war die Schneise, die man Zokora öffnete, damit sie an die Tafel der Königin treten konnte, deutlich breiter als die, die man für Serafine und mich geöffnet hatte … aber wenigstens verstarb niemand mehr vor Schreck.

»Götter!«, flüsterte Leandra mir zu und griff nach meiner Hand, um sie hart zu pressen. »Ich habe das wohl deutlich unterschätzt!«

»Es ist alles gut«, gab ich zurück und drückte ihre Hand, für den kurzen Moment, den sie mir gewährte; tatsächlich war ich mir dessen nicht so sicher. Nur die wenigsten hier hatten in ihrem Leben jemals eine dunkle Elfe zu Gesicht bekommen. Oder kannten auch nur einen, der eine gesehen hätte. Es gab all diese Geschichten, und es gab die Reste eines Zaubers, den die dunklen Elfen auf ihre Sklaven gelegt hatten, um diese am Entkommen zu hindern.

Doch trotz des Zaubers waren Menschen ihnen entkommen, was nur zeigte, dass diese Magie zu besiegen war. Als wir Zokora kennenlernten, damals, im Hammerkopf, und die Gäste dort herausfanden, dass sie eine dunkle Elfe war, hatte man sie auch nicht besonders willkommen geheißen und meist furchtsam angestarrt. Doch die Panik eben war mehr als das gewesen … und viel zu übertrieben. Meine Nackenhaare kribbelten … ein Zufall war das nicht gewesen. Die Mauern Illians mochten seine Truppen aus der Stadt halten, doch wie weit der Griff des Nekromantenkaisers reichen konnte, wussten wir bereits, Mauern bedeuteten in dem Zusammenhang nicht viel. Kaiserin Desina hatte recht, gefestigt war Leandras Herrschaft noch lange nicht.

Der Haushofmeister hatte indessen seine Stimme wiedergefunden.

»Ragnar Hraldirsson, Prinz der Varlande«, sagte er, sorgfältig darauf bedacht, jedes ›r‹ auch richtig zu rollen. »Bruder von Vrelda, der Königin der Varlande, Freund von Angus, ihrem König, Hoffnung von Coldenstatt, Freund und Vertrauter des Wanderers. Drachenretter, Trolltöter und Feind Thalaks.«

Der Haushofmeister holte tief Luft.

»An seiner Seite … aus dem fernen und legendären Reich Xiang, Ser Yoshi.«

Welcher alle, die ihn und sein seidenes Kleid anglotzten, mit einem freundlichen Lächeln bedachte …

»Drachenretter …?«, flüsterte Leandra über Serafine und mich hinweg, als sich Ragnar neben mich setzte.

»Ja«, lachte Ragnar. »Doch glauben wird es keiner, selbst wenn es wahr ist.«

»Was ist mit den Trollen?«, hakte Leandra nach. »Ist das auch wahr?«

»Ja«, sagte Ragnar etwas verlegen. »Wir haben sie noch in den Varlanden … aber es war keine Heldentat, sondern Dummheit. Selbst mit Ragnarskrag werde ich so schnell nicht mehr in einer Höhle Schutz vor einem Schneesturm suchen, die nach Troll riecht. Aber ich war zwölf damals … da ist man noch so dumm.«

Das ist das Problem mit den Varländern, dachte ich, als ich Leandras Gesicht sah. Sie schneiden gerne auf, prahlen mit ihren Heldentaten, aber sie lügen nicht. Wenn er sagte, dass er einen Troll erwürgt hatte, dann war es so. Vor vielen Jahren meinte ich einmal, einen Troll gesehen zu haben, ein viel zu großes Biest, das aufrecht ging und lange zottelige Haare hatte … wir waren beide klug genug, einander aus dem Weg zu gehen. Aber da war ich nicht mehr zwölf gewesen. Der Troll wahrscheinlich auch nicht.

»Ser Yoshi«, wandte sich Leandra nun an ihren neuesten Gast. »Willkommen in den Südlanden.«

»Ein Gastgeschenk für Euch, Königin der Rose«, sagte Yoshi in seiner sonoren Stimme und zog aus seinem Ärmel einen langen, flachen Kasten aus poliertem Kirschholz hervor, den er auf den Fingerspitzen beider Hände ihr nun mit einer Verbeugung präsentierte. »Es wurde auf Geheiß des Kaisers von dem geschicktesten Handwerker seines Hofs für

Euch gefertigt, als der Göttliche davon erfuhr, welches Opfer Ihr im Kampf gegen die Dunkelheit habt erbringen müssen. Begleitet wird es von den besten Wünschen des Göttlichen, dass der Tag bald kommen soll, da sein Geschenk Eure größte Zierde schmücken wird.«

Was in etwa zehnmal mehr an Worten war, als Yoshi bisher uns gegenüber im Gesamten von sich gegeben hatte.

»So richtet dem Göttlichen meinen Dank aus«, antwortete Leandra höflich, als sie das Kästchen öffnete, in dem sich ein Kamm aus leuchtend grüner Jade befand, so fein geschnitten, dass es aussah, als würde er zerbrechen, sah man ihn nur zu scharf an.

Seitdem Balthasar ihr und Zokora in dem Wolfstempel unter dem Hammerkopf das Haar verbrannt hatte, war es nachgewachsen, aber noch weit davon entfernt, einem kunstvollen Kamm wie diesem Halt zu bieten. »Aah … danke«, brachte Leandra heraus.

Yoshi lächelte. »Der Göttliche selbst wob die Magie der Sterne in diesen Kamm, auf dass er nicht brechen würde und der Tag, von dem er sprach, schneller kommen solle.«

»Du meinst, dieser Kamm bewirkt das Gleiche, wie ihr gegorene Hefe auf das Haupt zu schmieren?«, fragte Ragnar ungläubig.

Einer der Würdenträger ein paar Stühle weiter, ein älterer Ser mit Bauchansatz und schütterem Haar, der mir entfernt bekannt vorkam, verschluckte sich an seinem Wein, während Leandra nur einmal blinzelte.

»Soll das die Haare wachsen lassen?«, fragte Yoshi höflich nach.

»Ja. Es ist das beste Mittel dafür«, verkündete Ragnar voller Überzeugung.

»Dann nein.«

»Nicht?«, hakte Ragnar nach.

»Nein.«

»Aber du sagst, der Kamm soll ihre Haare wachsen lassen?«

»Ja. Aber Hefebrei hilft nicht.« Yoshis Lächeln vertiefte sich ein wenig. »Der Kamm schon.«

An meiner Seite seufzte Serafine. »Als ich Kind war, wollte ich unbedingt bei solchen Feiern teilnehmen, um zu wissen, was die Mächtigen besprechen, wenn sie so tafeln.«

»Nun«, lächelte ich. »Dann hat sich dein Traum jetzt erfüllt.«

»Das meinte ich nicht. Vater sagte, es lohne nicht. Denn sie würden über das Gleiche sprechen wie die Bauern in der Taverne. Über Land, Vieh, die Seras, das Essen und das Bier... und anderes.« Sie lachte leise. »Jetzt weiß ich, wie recht er damit hatte.«

»Hatte er nicht«, grinste Ragnar. »Ich wette, er sprach nie von einem Troll.«

Ich hatte diese Angelegenheiten gehasst. Zumindest, seitdem Eleonora das erste Mal eine solche Tafel abgehalten hatte, bleich, dem Tode nahe, mit Stricken und unter großen Schmerzen an eben jenen Thron gefesselt, auf dem nun Leandra saß. Noch immer sah man die Löcher, die in die Lehne gebohrt worden waren, um die Stricke hindurchzuführen. Während man lachte, aß und trank und sich den Wanst vollschlug, hatte meine Königin gelitten ... und es niemanden sehen lassen wollen.

Jetzt aber war es etwas anderes. Obwohl Zokoras Ankunft dem Ganzen eine gewisse Dramatik verliehen hatte, hob sich die Laune schnell, vor allem, als man das Tor der großen Halle den Bürgern der Stadt öffnete und ihnen auf dem Burghof Tische und Bänke aufstellte, um auch sie zu bewirten. Die Küchenjungen leisteten Schwerstarbeit, als sie die Wagen mit den gebratenen Schweinen hin und her fuhren, die in scheinbar endloser Menge aus der Küche herausgefahren wurden. Später wurden noch Feuerstellen auf dem Hof errichtet, und man überließ es den Bürgern nun selbst, die Schweine aufzuspießen und zu garen, was reichlich getan wurde. Fässer von Wein und Bier, wahre Berge von Brot wurden aufgefahren, Gaukler entzückten nicht nur das Volk, sondern auch die hohen Herren, von denen ich kaum jemand wiedererkannte, und wenn, waren sie alt und meistens fett geworden.

Spielmänner sangen um die Wette, priesen unsere neue Königin, ihr Antlitz und ihr schönes Haar ... was nur wieder zeigte, dass nicht jeder Spielmann diplomatisch war.

Der größte Unterschied aber war durch Leandra gegeben. Es brauchte keine Stricke, um sie in dem Stuhl zu halten; wenn sie lachte und scherzte, war es keine Maske, nicht hart durch Schmerz erkämpft, und als sie später am Abend aufsprang und verkündete, dass nun der Tanz eröffnet wäre, war es für mich, als hätte ihr lachendes Gesicht den Schmerz aus dieser großen Halle hinweggefegt.

So wie sie jetzt war, kannte ich Leandra kaum. Sie fand ein Wort für jeden, vom Ratsherrn bis zum verhärmten Bürger, war das Zentrum dieses Fests, ein Licht, das hell strahlte, selbst nachdem sich Soltars Himmel über uns erstreckte.

Wohin sie auch ging, nicht nur meine Blicke folgten ihr, sondern auch eine schlanke Sera mit kaltem Blick, kurzen schwarzen Haaren und einem Rapier an ihrer Seite und jeweils vier Soldaten der Legion und der Königsgarde. Einmal warf sich die Sera zwischen ihre Königin und einen Händler, der Leandra zu nahe kam, und ich sah eine Handklinge am Hals des Mannes aufblitzen, er erbleichte und trat hastig zurück ... woraufhin ihm die Sera den Kragen richtete und freundlich auf die Schulter klopfte. »Ein Schritt ist nah genug, vergesst das nicht wieder, Meister Bronwen.«

Was auch immer der Mann von Leandra gewollt hatte, jetzt hatte er es vergessen, er floh hastig aus ihrer Sicht.

Die Hand der Königin. Niemand anders konnte sie sein. Als ob sie meine Gedanken gehört hätte, sah sie zu mir hin und schenkte mir ein kühles Lächeln ... und einen kleinen Gruß. Nur dass er mir wohl doch nicht galt.

»Stellt Euch meine Überraschung vor, als ich erfuhr, dass der Schreiner, dem ich mein Herz schenkte, Eleonoras Vater in der gleichen Art diente … nur nicht so offen wie Sarann jetzt Königin Leandra«, hörte ich eine kühle Stimme hinter mir.

Langsam drehte ich mich um. Ich hatte sie an der Tafel schon vermisst, jetzt stand sie da, kerzengerade und aufrecht, als hätten die Jahrzehnte sie nur leicht berührt, in ihren violetten Augen ein Funkeln, das mir halb verärgert und halb vergnügt erschien, Letzteres vielleicht auch, weil sie mich so geschickt ertappte. »Immerhin weiß ich jetzt, weshalb Eleonora mich von ihrem Hof fernhielt, bis Ihr so heldenhaft am Pass gestorben seid.« Sie hob eine Augenbraue an. »Wie stirbt es sich so, wenn man nicht sterben kann?«

»Öfter als man denkt und meist recht unerwartet«, antwortete ich ihr galant und tat einen kleinen Diener. »Wie ist es Euch ergangen, Lenere?«

»Gut«, sagte sie rau. »Ich fand wenig auszusetzen an dem Mann, den Ihr mir zugespielt habt. Er war treu und redlich, ein guter Vater, und ich liebte ihn, auch nachdem ich herausfand, dass Ihr ihn mir geschickt habt … er offenbarte es auf seinem Sterbebett und bat mich um Verzeihung. Mich!« Sie lachte bitter. »Wisst Ihr, dass er bis an sein Ende glaubte, ich hätte ihn nicht geliebt? Wie ist es so, wenn man über die Schicksale anderer auf diese Art verfügt?«

Es war so lange her, weit über ein Jahrhundert, und doch hörte ich noch immer den Schmerz in ihren Worten und sah ihn in diesen Augen, die denen von Leandra so sehr glichen. Damals, als ich Leandra in diesem Gasthof das erste Mal gesehen hatte, glaubte ich für einen kurzen Moment, dass ein Zusammenhang bestehen würde, doch dann verwarf ich den Gedanken. Jetzt aber, da ich sie so nahe vor mir stehen sah, wurde mir heiß und anders. Götter, flehte ich in Gedanken, lasst es nicht sein!

»Was ist, Rod, fehlen dir die Worte? Hat dich dein Gewissen doch ereilt? Oder soll ich Euch Graf schimpfen oder als Wanderer anbeten?«

»Lass es sein, Lenere«, bat ich sie müde. »Dein Mann, wie hieß er noch …«

»Lodewig«, antwortete sie kühl. »Du solltest dir wenigstens die Namen derer merken, mit deren Leben du spielst.«

»Er liebte dich von Anfang an. Schon als du ein kleines Mädchen warst. Er war bereit, vor dem zurückzustecken, den du liebtest, doch als der gefallen war und Elfred dich zur Frau nahm, war er es, der mich aufsuchte, um mich zu bitten, dir zu helfen. Er fürchtete um dein Leben an Elfreds Seite und das mit gutem Grund. Ich schickte nicht ihn zu dir, er schickte mich. Er hatte die älteren Rechte auf dich, und wenn du es nicht vermocht hast, ihm deine Liebe zu zeigen, dann war es dein Versagen und nicht das meine.«

Sie zuckte zurück, als ob ich sie geschlagen hätte.

»Hol Bruder Faban, wenn du mir nicht glaubst«, fügte ich leise hinzu. »Es ist die Wahrheit.«

»Ich glaube dir«, sagte sie und wischte sich verärgert die Feuchtigkeit von den Augen. »Du lügst nicht ... du behältst nur Teile der Wahrheit zurück oder führst mit der Wahrheit in die Irre. Ich zeigte Lodewig, dass ich ihn liebte. Nur glaubte er es nicht, jetzt weiß ich auch, warum, er wusste, wer du warst, und glaubte, nicht gegen deine Legende bestehen zu können. Wie dumm von ihm«, fügte sie rau hinzu, »sich so zu irren. Er war mir zehnmal mehr ein Freund und Gemahl, als du es hättest jemals sein können.«

»Genau das war der Grund«, sagte ich und sah mich um, zu viele Menschen standen hier herum, ich griff sie leicht am Arm, um sie in den Schatten einer Säule zu ziehen, die die Galerie über uns stützte. »Ich wusste das ... und habe es dir gesagt.«

»Ich weiß, wie gut man mit Wahrheit lügen kann«, schnaubte sie und zog ihren Arm aus meiner Hand. »Ich habe es zu deinen Füßen gut gelernt. Ich will wissen, warum, Rod. Ich will wissen, warum du von mir geflohen bist. Du hast nicht nur einem Fremden einen Gefallen getan, sage mir den Grund ... oder schau mir in die Augen und lüge. So oder so, ich will meine Antwort, ich habe lange genug darauf gewartet. Du brauchst gar nicht erst nach einem Fluchtweg zu suchen, die Stadt wird belagert, und diesmal kommst du mir nicht davon.«

Das wusste ich auch. Spätestens seitdem ich Blixens Bericht gelesen hatte, in dem Lenere Erwähnung gefunden hatte, wusste ich, dass dieser Moment kommen musste.

»Ich wollte dich nie verletzen …«, begann ich.

»Das weiß ich auch«, schnaubte sie. »Ich bin nicht dumm … und jetzt ein wenig weiser als damals. Ich trage es seitdem mit mir herum, blöd von mir, ich weiß, aber ich fand nie den geringsten Grund, warum es nicht hätte möglich sein sollen. Ich habe bemerkt, wie du mich angesehen hast, Rod, ich habe dir etwas bedeutet, wage nicht, mir ins Gesicht zu lügen, dass es so nicht war.«

Hinter ihr erblickte ich Serafine, die sich suchend umsah, als sie mich entdeckte, kam sie einen Schritt näher, dann sah sie, mit wem ich sprach, sie hob fragend eine Augenbraue, ich schüttelte den Kopf und nickte, sie lächelte mir aufmunternd zu und mischte sich wieder in die Menge.

Lenere war dieses Zwischenspiel nicht entgangen, sie drehte sich um und sah Serafine nach, um sich dann wieder mir zuzuwenden. »Ist sie das?«, fragte sie leise. »Die, die ich nicht sein konnte? Die, für die du sogar unsere Königin verschmäht hast?«

»Ja. Ich liebe sie länger als ich lebe … und doch habe ich Leandra nicht verschmäht. Nicht so, wie du meinst. Mehr dazu wirst du nicht hören. In anderen Dingen stehe ich dir Rede und Antwort, du hast es verdient, aber das geht dich nichts an.«

Sie sah mich prüfend an. »Du wirst mir meine Antwort geben?«

»Ja«, sagte ich. »Es war mein Vorsatz, schon bevor du mich in diese Ecke drängtest.«

Ein leichtes Lächeln spielte um ihre Lippen. »Halten wir fest, dass du es warst, der mich hinter diese Säule gezogen hat.«

»Götter!«, fluchte ich. »Musst du noch immer jeden Punkt gewinnen?«

»Sonst habe ich nicht mehr viel an Vergnügungen.« Sie holte tief Luft. »Also, Rod, warum hast du mich verschmäht? Du hast mich gerettet vor so vielen Dingen, standest mir zur Seite, als ich dich brauchte … und dann, als ich dir meine Liebe gestand, warst du so schnell verschwunden, dass es einer Flucht gleichkam. Warum also bist du vor mir geflohen?«

»Weil du meine Enkeltochter bist.«

Endlich, es war heraus.

Es gab keine Vorwarnung, nicht einmal ein Zucken ihrer Lider. Sie holte einfach aus und schlug zu. Nicht mit der flachen Hand, sondern so, wie ich sie es einst gelehrt hatte, die Faust ordentlich geballt, präzise und genau. So schnell, dass ich es vielleicht auch dann nicht hätte abwehren können, hätte ich es versucht.

Sie traf mich hart am Wangenknochen … härter als so mancher andere. So viel also dazu, dass sie alt und gebrechlich geworden war.

»Ich habe mich ehrenhaft verhalten«, teilte ich ihr empört mit, während sie die geballte Faust sinken ließ und ich meine Wange rieb. »Ich wusste, dass es dir nicht gefallen wird, aber das habe ich nicht verdient, ich tat damals das Beste, was ich konnte!«

»Nein«, sagte sie leise, während sie mich musterte, als hätte sie mich noch nie zuvor gesehen. »Das tatest du nicht. Du hättest mich fragen können, ob es auch so ist.«

»Und woher hättest du das wissen sollen? Selbst deine Grußmutter wusste es nicht zu sagen!«

»Aber ich.« Sie griff an den Kragen ihres kostbaren Gewands und zog es zur Seite, zeigte mir an ihrem Hals ein kleines Muttermal, das einer Kröte glich. Ich wusste davon, hatte sie sogar einmal deshalb aufgezogen, sie gefragt, ob sie auf einen Prinzen warten würde. »Ich wusste nicht, dass du der Mann warst, von dem meine Mutter und auch meine Großmutter in ihren Tagebüchern schrieben«, fuhr sie leise fort. »Aber in diesen Tagebüchern fand ich die Antwort, die du gesucht hast. Meine Großmutter erwähnte in einem ihrer Tagebücher dieses Muttermal am Hals ihres Mannes … ihres Gemahls, nicht ihres Liebhabers. Auch sie hat einen Witz daraus gemacht. Meine Mutter hatte dieses Mal nicht, aber bei mir erschien es wieder.« Ihre Augen waren wieder feucht, erneut wischte sie diese verärgert ab und hob das Kinn. »Wenn dies dein Grund war, dann hast du einen Fehler gemacht. Ich hoffe nur, dass du ihn jetzt von Herzen bereust.«

Ich wollte etwas sagen, doch sie hob die Hand und stolz das Kinn, um mich mit einem herrschaftlichen Blick in meine Schranken zu weisen. »Nein«, wehrte sie heiser ab. »Nichts weiter von dir. Kein Wort, ich muss mich erst einmal sammeln … und überlegen, ob ich für uns weinen oder dich ermorden soll.« Sie warf einen Blick in die Runde, auf die große Halle, die vielen Menschen darin. »Genieß das Fest«, fügte sie noch mit belegter Stimme hinzu. »Sie hat es für dich gegeben.« Ich versuchte sie zurückzuhalten, doch sie riss sich los und eilte davon.

»Das lief nicht gut für dich«, hörte ich eine weiche Stimme … und als ich mich umdrehte, stand dort Sieglinde mit zwei Bechern in ihren Händen. »Es tut mir leid, dass ich gelauscht habe«, sagte sie bedrückt und reichte mir den einen Becher. »Ich war nur neugierig, wollte wissen, wer diese Sera ist.«

»Wie konntest du uns überhaupt belauschen?«, fragte ich heiser, während ich den Becher wie ein Verdurstender ergriff. »Du standest doch dort drüben?«

»Ich konnte deine Lippen lesen und zum Teil auch ihre. Janos hat es mir beigebracht«, gestand sie. »Zudem gab mir Zokora einen Segen, der es mir erlaubt, fremde Sprachen zu verstehen, beides zusammen machte es mir möglich, euch zu belauschen … wofür ich dich jetzt um Verzeihung bitten will, es war falsch von mir, ich hätte mich abwenden sollen, als ich verstand, worum es ging. Also warst du der Schreiner, der Elfred die Treppe hinunterwarf?«

»Möbeltischler«, seufzte ich. »Aber offenbar kennt niemand darin den Unterschied. Ich warf ihn auch nicht … ich ließ ihn nur fallen.«

»Es gibt eine Spottballade darüber«, sagte sie leise. »Die, in der Elfred eine Eselsmütze trägt.«

»Ja, ich erinnere mich. Es wäre mir recht, wenn es keine neue Ballade geben würde, Sieglinde. Die eine ist schon schlimm genug, und ich bin froh, dass sie nicht mehr gesungen wird.«

»Das würde ich nicht tun«, sagte sie voller Ernst. »Dein Geheimnis wird mit mir sterben.« Sie wandte sich ab, als ob sie gehen wollte, doch dann drehte sie sich noch einmal um zu mir. »Willst du einen Rat?«, fragte sie mich leise.

»Eigentlich nicht«, antwortete ich und hob den Becher an. »Aber danke dafür.«

»Du sahst aus, als würdest du ihn brauchen. Hättest du sie geehelicht?«

»Ich weiß es nicht. Hätte ich gewusst, was ich jetzt weiß … vielleicht … vielleicht ja. Wie sie sagt, es gab nichts, das gegen uns gesprochen hätte.« Und vieles, was dafür gestanden hat, gab ich mir selbst zu. »Also, ja. Wahrscheinlich.«

»Dann sage ihr das, Havald«, meinte sie. »Und wenn du nun bereust, was nicht geschehen ist, dann sage ihr auch das. Es wird ihr genügen.«

Ich sah ihr nach, wie sie sich den Weg durch die Menge bahnte, um sich wieder zu Janos zu gesellen, der über etwas lachte, das Varosch ihm erzählte. Vor wenigen Monden noch war sie eine Wirtstochter gewesen, mit einer ungewissen Zukunft, die versprach, dass sie ihre Tage damit verbringen würde, Tische und den Boden aufzuwischen … und jetzt war sie eine Kriegerin, eine Adelige an Leandras Hof und eine ihrer Vertrauten. Und mit Janos, Agent der Königin, Mörder und Halunke, und manchmal auch ein Dorn in meiner Seite, hatte sie den Mann gefunden, den sie suchte. Ich sah zu Leandra hin, die gerade mit Ragnar scherzte, begegnete dabei auch dem Blick unseres Beobachters und fragte mich, ob auch Yoshi Lippen lesen konnte. Eben noch hatte ich erfreut festgestellt, wie sehr Leandras Lachen diese alten Hallen verändern konnte und mich an dem Fest erfreut, doch jetzt war es mir zu viel.

Ein kleiner Schwatz

26 Serafine fand mich in der Küche, wo die alte Köchin, die die großen Herde mit eiserner Hand regierte, einst ein Küchenmädchen gewesen war und sich noch gut daran erinnerte, wie sie mich dabei ertappt hatte, Küchlein aus dem Herd zu stehlen; eine Geschichte, die sie nun lachend zum Besten gab, während ich von dem Braten stahl, den sie soeben zerteilte.

»Havald«, sagte Serafine, ohne auch nur ein Lächeln zu verschwenden. »Du musst kommen, es ist etwas passiert.«

Er lag hinter den Stallungen, in einem alten Fass, und nur weil man wegen des Fests noch Wasser brauchte und es an Fässern mangelte, hatte man ihn gefunden. Zokoras Licht schwebte über dem ausgetrockneten Leichnam, dessen Lippen so verdorrt waren, dass er sie zu einem schrecklichen Lachen zu blecken schien. »Erkennst du ihn wieder, Havald?«, fragte Zokora.

Ich schüttelte den Kopf.

»Der Page, Havald«, sagte sie mit unbewegter Stimme. »Es ist der Page, der uns zu dem Fest gerufen hat.«

»Also hat er uns gefunden«, stellte Serafine mit rauer Stimme fest und sah sich in der schmalen Gasse hinter den Stallungen um, als ob er dort in den Schatten lauern würde. Wenn er es tat, war er nicht zu sehen. »Er kam nahe genug an uns heran, um uns sogar noch Wein einzuschenken ... und keiner von uns hat etwas bemerkt. Götter«, hauchte sie. »Wie soll man so etwas aufhalten?«

»Gar nicht«, antwortete ich ihr und atmete tief durch. »Vielleicht sollten wir es auch nicht versuchen.« Ich sah sie der Reihe nach an. »Geht zurück zum Fest und entschuldigt mich bei Leandra. Aber erwähnt nichts davon.«

»Zu spät, sie weiß es bereits«, sagte Varosch. »Sie war es, die uns unterrichten ließ.«

»Ich bleibe bei dir«, beharrte Serafine.

»Das wirst du nicht«, sagte ich leise und sah Zokora flehend an. Sie nickte.

»Havald weiß, was er tut«, sagte sie. »Wenn du bleibst, gefährdet es nur seinen Plan.«

»Welchen Plan?«, fuhr Serafine auf.

»Er wird einen haben. Komm«, bat Zokora sie überraschend sanft. »Mach es ihm nicht schwerer.«

Es war bereits deutlich nach Mitternacht, doch noch immer war das Fest in vollem Gang, drängten sich überall diejenigen, die sich noch nicht den Magen voll genug geschlagen hatten, um die Tische und die Spieße. Es brauchte ein wenig, bis ich einen Ort gefunden hatte, an dem man mich leicht finden konnte und der dennoch abgeschieden war. Oben auf den Zinnen, am Burgtor, das heute nicht geschlossen werden würde.

Ich machte es mir dort bequem, sah hinaus über die alte und die neue Stadt, hin zu den fernen Lagerfeuern unserer Feinde, die gewiss nicht so gut speisten, wie wir es in dieser Nacht taten. Wie Stofisk mir sagte, hatte man über die letzten Tage fast dreihundert gut gemästete Schweine durch das Tor getrieben, damit Leandra mit diesem Fest den Leuten in der Stadt Hoffnung geben konnte. Ohne Hoffnung boten die höchsten Mauern keinen Schutz.

Ich zündete mir die Pfeife an und setzte mich in eine der Zinnen, sah hinunter zu dem Graben, in dem Eleonora ihre Gesundheit verloren hatte, wenn er ihr auch das Leben bewahrte.

Selbst wenn ich ihn dort hinunterstürzen konnte, würde

ihn das nicht aufhalten. Eigentlich, dachte ich, war ich froh darum, dass der Verschlinger nur die Stücke des Tarn wollte. Würde er die Stadt belagern, müssten wir uns ihm ergeben.

Es gab eine Bewegung im Schatten, und als ich aufsah, stand dort Korporal Hanik und musterte mich mit einem nachdenklichen Blick.

»Da seid Ihr ja«, sagte ich und wies auf die Zinne neben mir. »Gesellt Ihr Euch auf einen Schwatz zu mir?«

»Warum nicht?«, meinte der Verschlinger. »Die Zeit werden wir noch haben.« Er setzte sich und machte es sich bequem. »Er schätzte Euch«, sagte er dann. »Sogar sehr. Ich verstehe langsam auch warum.«

»Musstet Ihr ihn denn töten? Oder die Priesterin? All die anderen? Wurdet Ihr dazu gezwungen?«

»Gezwungen? Nein. Nicht so, wie Ihr es meint«, gab der Verschlinger nachdenklich Antwort. »Auch wenn ich das Biest in mir führe, so führt es doch auch mich. Es hatte Hunger, und es war ehrenhafte Beute. Warum fragt Ihr? Wollt Ihr meine Seele retten?« Er lächelte ein wenig. »Ich weiß von Euren neuen Göttern, Lanzengeneral. Aber ich bezweifle sehr, dass ich vor Astarte Gnade finden würde.«

»Ich schätzte Hanik ebenfalls«, antwortete ich ihm, ohne auf seine Worte weiter einzugehen. »Müsst Ihr Euch in seiner Maske zeigen, Aleyte? Oder habt Ihr vergessen, wer Ihr einst gewesen seid?«

»Aleyte …«, sagte er langsam. »Könnt Ihr erahnen, wie lange es her ist, dass ich diesen Namen hörte? Aber wenn Ihr diesen Namen kennt, dann wisst Ihr vielleicht, dass ich nichts vergessen kann.«

Ein Schimmern ging über ihn, und vor mir saß ein Elf in der gleichen Pose wie zuvor der Korporal, nur dass er jetzt weniger Platz in den Zinnen einnahm. Aleyte war nicht viel größer als Zokora und ähnelte mehr Varosch als Prinz Imra oder anderen hellen Elfen, denen ich begegnet war. Wie bei der Hüterin zierten perlmuttfarbene Tätowierungen seine Haut. Er besaß eine gerade, lange Nase, schmale Lippen, die

Wimpern einer Frau und meergrüne Augen, die mich offen und ohne Scheu anblickten. Gewandet war er in einer gegürteten Robe, nicht unähnlich der unserer Priester, nur feiner gewirkt und verarbeitet, ein schmaler Dolch zierte seinen Gürtel. Wobei ich mich in einem Winkel meines Verstands fragte, wie er es vollbrachte, auch seine Kleidung zu verändern, das letzte Mal, bei Hanik, war sie ihm noch gerissen.

»Da bin ich, Lanzengeneral«, sagte er und lächelte schmerzlich. »Was auch immer es Euch bringen soll. Dies ist Euer Spiel, Ihr habt mich hierher eingeladen, aber wir wissen beide, wie es enden wird. Nur warne ich Euch, mein Meister zerrt an meiner Leine und wird leicht ungeduldig, viel Zeit kann ich Euch nicht mehr geben. Ich schlage vor, Ihr betet und findet Frieden mit der Welt. Ihr werdet sie alsbald verlassen.«

»Sagt mir vorher, ob Ihr dieses Leben noch wollt. Wäret Ihr mir dankbar, wenn ich Euch erschlagen würde?«

»Schon«, lächelte der Verschlinger. »Ich wäre es. Ich habe länger darum gefleht, dass es einen gibt, der mich erschlagen kann, als Ihr es Euch vorstellen könnt. Nur könnt Ihr es nicht, und wenn, das Biest in mir würde es nicht zulassen.«

»Gibt es wahrlich nichts, das Euch ein Ende setzen könnte?«, fragte ich ihn neugierig.

Er lachte bitter. »Ich habe alles schon versucht. Ertränke ich mich in Wasser, wachsen mir Kiemen, stürze ich mich aus der Höhe, fangen mich Schwingen auf, und selbst Lava reicht nicht, um mir ein Ende zu setzen. Dieses Biest in mir ist nicht viel mehr als lebende Magie, wandelbar in allen Dingen. Diese Sera am Tempel … sie überraschte uns und ist die Erste seit vielen Ewigkeiten, die uns Schmerzen bereiten konnte … doch wie Ihr seht …« Er hielt beide Hände hoch. »Ein Opfer später war die Hand ersetzt. Selbst sie kann uns nicht besiegen, es würde höchstens dazu führen, dass ich die Kontrolle über den anderen Teil von mir verliere … und ihn kann man nicht besiegen, man kann sich ihm nur ergeben und hoffen, dass er einen bestehen lässt. Euer Freund, der Korporal, der, den ihr Hanik nennt. Er ist nicht tot. Er ist nur aufgegangen in der Bestie. Wie so viele andere auch. Es ist noch alles von ihm da, nur lässt das Biest ihn nicht aus sich heraus.« Er legte den Kopf zur Seite, eine Geste ähnlich der, wie ich sie von Zokora kannte, und lächelte schmal. »Ist Euch kalt, Ser Lanzengeneral? Ihr scheint zu schaudern.«

»Es schaudert mir vor Eurem Schicksal«, gab ich ihm ehrlich Antwort. »Es ist die schlimmste Strafe, von der ich jemals hörte.«

Er schüttelte ungläubig den Kopf. »Ich bin versucht, Euch leben zu lassen«, teilte er mir mit. »Es ist eine Weile her, dass ich mich unterhalten konnte. Doch wie gesagt ...« Er tat eine hilflose Geste, »mein Meister zerrt an meiner Leine. Habt Ihr einen Wunsch, wie Ihr sterben wollt?«

»Hat Hanik es denn nicht gesagt? Ich kann nicht sterben. Ich bin nicht unsterblich, so wie Ihr, aber ich bin dazu verflucht, mich wieder und wieder von den Toten zu erheben.«

»Nun, dann macht es für Euch ja keinen großen Unterschied«, lächelte er. »Ich muss Euch ja nur einmal töten. Wenn ich habe, was ich will, könnt Ihr so oft wiederkommen, wie es Euch beliebt.«

Ich zog den Beutel aus meinem Kragen und warf ihn ihm zu. »Hier. Da habt Ihr es.«

Er fing den Beutel auf, öffnete ihn und ließ die Stücke auf seine Hand gleiten, um sie nachdenklich zu mustern ... Ich hielt den Atem an, aber er tat sie nur wieder in den Beutel.

»Warum?«, fragte er. »Wofür erst so hart kämpfen, wenn Ihr sie mir jetzt gebt?«

»Ich weiß jetzt mehr über Euch«, sagte ich mit einem Schulterzucken. »Und selbst mit dem Tarn in seiner Hand wird Euer Meister nicht siegreich sein. Er wird fallen, vielleicht sogar von meiner Hand. Ich kann Euch nicht besiegen, Ihr könnt mich nicht töten, aber meine Freunde, um sie sorge ich mich. Ich will nicht, dass sie Haniks Schicksal teilen.«

»Nun gut«, sagte er. »Dann sind wir fertig. Dankt diesem kleinen Pagen dafür, dass das Biest gesättigt ist. Und betet, dass mein Meister mich nicht doch noch nach Euch und Euren Freunden schickt, ich würde es bedauern.«

»Wartet«, bat ich ihn leise. Er hielt inne und sah mich fragend an.

»Womit bindet man Euch, Aleyte? Was ist es, das eine solche Macht über Euch besitzt?«

»Ihr Name war Elin«, gab der Verschlinger leise Antwort. »Ich liebte sie und sie mich. Man warf sie vor meinen Augen den Bestien vor. Sie starb, und ich glaubte sie erlöst, doch dann holte man ihre Seele aus dem Weltenbaum zurück, band sie in ihren Schädel und in Stein. Pervertierte so das Band der Liebe zwischen uns zu diesem Fluch, der Euch so schaudern lässt. Zerstört den Stein, und Ihr habt uns von diesem Fluch befreit. Ist es das, was Ihr wissen wolltet?«

»Ja.«

»Versucht Euch nicht daran. Der erste Befehl, den mir mein neuer Meister gab, war der, mit allen Mitteln zu verhindern, dass der Fluch gebrochen werden kann.« Seine Lippen verzogen sich zu einem schmalen Lächeln. »Ihr mögt von den Toten auferstehen können, aber wenn mein Biest Euch frisst, dann sterbt Ihr nicht, Ihr reiht Euch nur bei all den anderen ein.«

»Warum ist das Euch nicht geschehen?«

»Wir schlossen einen Pakt. Sie hält sich mehr daran als ich. Für eine Bestie ist sie sehr ehrenhaft.«

Er tat einen Schritt über die Zinnen, ich beugte mich vor, um seinen Fall zu sehen, doch es gab nicht eine Spur von ihm. Nur ein Seeadler, der sich in die Höhe schraubte, fern von jedem Meer.

Ich sah ihm nach und überlegte, wie seine Götter wohl gewesen waren, dass sie ihn so strafen konnten. Dann, als er vor Soltars Himmel nicht mehr zu sehen war, streckte ich die Hand vor mich, die den Generalsring trug, und starrte ihn an, wie Asela es mich gelehrt hatte, versuchte mir ihr Gesicht vorzustellen, sie zu mir zu rufen.

Sie hatte mir den Rat schon in der Ostmark gegeben, doch

damals hatte die Magie versagt. Jetzt wussten wir warum, der Ring, den sie getragen hatte, war zu neu gewesen und nicht mit der Magie des Kaisers erfüllt. Sie hatte einen anderen Ring gefunden, einen, der älter war, und jetzt entstand sie vor mir wie ein Geist, um nun selbst dem Adler hinterherzusehen.

»Hat er etwas bemerkt?«, fragte sie.

Ich schüttelte den Kopf. »Ich glaube nicht.«

Sie seufzte. »Der Schwindel wird in dem Moment auffliegen, in dem jemand die Stücke des Tarn zu vereinen sucht. Dann wird er wiederkommen. Habt Ihr das bedacht?«

»Besser dann als jetzt. Vielleicht fällt uns doch etwas zu ihm ein. Was ist mit dem Zauber, mit dem Ihr diese Stücke belegt habt? Wird er ihn entdecken können? Er war ja einst selbst ein Maestro.«

»Nein«, sagte die Eule selbstbewusst. »Er wird ihn nicht entdecken können. Nicht diesen Zauber. Aber wir können jetzt jeden seiner Schritte verfolgen, er wird uns direkt zu dem führen, den er Meister nennt.« Sie musterte mich nachdenklich. »Desina und ich, wir sind Euch dankbar, dass Ihr diese Gefahr auf Euch genommen habt. Ich selbst … ich glaubte nicht daran, dass er Euch leben lässt.«

Ich zwang mich zu einem Lächeln. »Ihr vergesst, dass ich nicht sterben kann.«

»Ja«, seufzte sie. »Wenn es denn wahr wäre, wäre es viel leichter, nicht wahr, Ser General?«

Ihr Bild zerfaserte, und ich lehnte mich zurück und zog an meiner Pfeife. Hier am Torturm waren noch die Laute des Fests zu vernehmen, das nun drohte, sich bis in den Morgen zu erstrecken, aber im Moment genoss ich diese Ruhe.

Obwohl … ich beugte mich vor und suchte die Mauer ab, die tief unter mir im Graben endete. »Du kannst dich zeigen, Zokora«, sagte ich und bemühte mich, wenigstens eine Bewegung zu erhaschen. Umsonst natürlich.

»Warum bemühst du nicht dein Schwert, um mich zu finden?«, fragte sie mich, als sie aus dem Schatten trat.

Ich zuckte mit den Schultern. »Ich hatte keine Lust dazu.« Ich lehnte mich zurück und drückte die Glut in meiner Pfeife mit dem Daumen nieder, jetzt zog sie besser. »Mittlerweile habe ich mich daran gewöhnt, dass du mich belauschst. Vielleicht biete ich dir das nächste Mal einen Platz in der ersten Reihe an.«

»Ich hatte es bequem genug«, meinte sie mit einem Lächeln. »Ich saß hinter ihm, dort oben auf der Zinne, und mein Schwert berührte fast schon seinen Nacken. Das war dumm von dir, Havald«, fügte sie sanft hinzu. »Du hast nicht wissen können, dass er dich verschont.«

»Dann war es auch dumm von dir«, teilte ich ihr mit.

»Wahrscheinlich hast du recht damit«, sagte sie und schenkte mir ein leichtes Lächeln. »Ich befürchte, du färbst schon auf mich ab.«

»Du hast ihm die Stücke gegeben, und er zog ab?«, fragte Serafine ungläubig. »Woher hast du wissen wollen, dass er sich darauf einlässt?«

»Wir hatten wenig zu verlieren«, erinnerte ich sie. »Doch es gab einen Hinweis. Als er sich in dem alten Gasthof das Stück von dem Kartenspieler nahm, tat er nichts weiter, erst als man ihn angriff, schlug er zurück.«

»Das ist eine sehr dünne Hoffnung, um darauf ein Leben zu wetten«, sagte Varosch dazu.

»Wie gesagt«, meinte ich, »er hätte sich die Stücke so oder so geholt.«

»Ich bin froh, dass es vorbei ist«, meinte Serafine leise und trat an mich heran, um mich so fest zu umklammern, als wollte sie mich nie mehr gehen lassen. »Auch wenn er jetzt die Stücke hat.«

Über ihre Schulter hinweg sah ich Zokoras Augen, die mich fragten, warum ich dieses Geheimnis nicht mit Serafine teilte.

Später dann, als wir uns zum Bett fertig machten, sah Serafine mich vor dem Regal mit den Figuren stehen. »Hast du es ihr sagen können?«, fragte sie mich leise und sah mir zu, wie ich die Figur von Lenere wieder an ihren Platz stellte.

»Ja.«

»Wie hat sie es aufgenommen?«

»Sie ist nicht meine Enkeltochter. Sie konnte es auch beweisen.«

»Oh«, meinte Serafine. »Wie geht es dir dabei? Du hast so lange geglaubt, …«

»Es ist eine Erleichterung«, gestand ich ihr. »Ich hatte Gefühle für sie, die nicht sittlich waren, es war ein ewiger und vergeblicher Kampf, und ich fühlte mich beschmutzt davon. Mit ein Grund, weshalb ich vor ihr floh.« Ich seufzte. »Es vermag niemand zu sagen, was gewesen wäre, Serafine. Es ist. Jetzt hoffe ich nur, dass sie mir verzeihen kann.«

»Das hoffe ich auch, Havald. Für dich«, sagte sie mit belegter Stimme. »Ich könnte es nicht.« Sie musterte mich suchend. »Hast du dich noch mit Leandra besprechen können?«

Ich schüttelte den Kopf.

»Auf dem Fest gab es kaum Gelegenheit dazu. Sie will uns morgen sprechen, dann sehen wir weiter.«

»Wir sollten also sehen, dass wir die eine oder andere Kerze Schlaf finden«, meinte sie und zog mich ins Bett. »Wie geht es deiner Schulter?«

»Gut genug.«

Ein Ratschlag für die Königin

27 »Ach, Havald«, sagte Leandra müde und lehnte sich in ihrem Stuhl zurück. Wir befanden uns in ihrem Solar, einem offenen, lichten Raum, in den die Sonne einen Vorgeschmack des Sommers schickte. Es war der Lieblingsort von Eleonora gewesen, aber außer dem Raum selbst erinnerte kaum mehr etwas an sie. Es war mir sofort aufgefallen, als Leandra uns kurz vor der dritten Glocke zu sich bat, sie hatte alle Möbel entfernen lassen und sich neu eingerichtet. »Warum ist es immer so mit dir? Jetzt hast du mir ein Ungeheuer an meinen Hof gebracht, das schlimmer ist als alle anderen.«

Wir hatten uns bei ihr zum Frühstück eingefunden und saßen alle an einem Tisch, Blix und Grenski fehlten, dafür war Sieglinde da, Janos hingegen hatte sich entschuldigen lassen, er überprüfte wohl die Mauern darauf, wie sehr sie bei der Unterminierung gelitten hatten. Von Ragnar wusste ich, wo er war. Bevor wir zu Leandra gingen, suchte ich ihn auf und fand ihn vor seinem Bett liegend und laut schnarchend vor. Auch mit am Tisch saß Yoshi. Er sagte nicht viel und lächelte … und tat, was Beobachter tun. Er beobachtete … so unauffällig, dass man ihn fast vergessen konnte, obwohl er rote Seidenkleider trug.

»Er hatte nicht wirklich eine Wahl«, sprang Serafine für mich in die Bresche.

»Das weiß ich, Serafine«, sagte Leandra. »Ich mache es ihm auch nicht zum Vorwurf… es passt nur wieder mal zu ihm.« Sie schüttelte den Kopf. »Du hast dich wahrhaftig mit ihm getroffen und ihm dann die Stücke gegeben?«

»Zuvor hat er sich mit ihm unterhalten«, fügte Zokora hinzu und bedachte mich mit einem langen Blick. »Es war recht aufschlussreich.«

»Hast du etwas über den Verschlinger lernen können?«, fragte Serafine.

»Das auch«, sagte Zokora, bevor ich antworten konnte. »Doch ich lernte über Havald mehr.«

»Du hast ihn wieder einmal belauscht«, seufzte Serafine. »Und mich hast du davon abgehalten, dort zu sein. Was hast du denn gelernt?«

Wieder kam Zokora mir zuvor. »Der Fluch, mit dem der Verschlinger gebunden ist, hängt an einem Schädel aus Stein, zerstört man ihn, ist der Verschlinger frei.«

»Was mich zu der Frage bringt, warum du mir keinen Vorwurf machst«, sagte ich zu Leandra und nahm mir ein gekochtes Ei. Zu viel mehr fehlte mir der Hunger, ich war noch satt und rund vom Fest zuvor.

Sie zuckte mit den Schultern. »Es ist eben so mit dir.«

»Ich meinte, was du über Havald gelernt hast«, fragte Serafine zur gleichen Zeit Zokora.

Leandra hob die Hand. »Warte«, bat sie mich. »Das will ich hören.«

Genau das, dachte ich, habe ich befürchtet.

»Dass er gerissen ist. Und gut darin ist, die Schwächen seiner Gegner auszunutzen«, gab Zokora Antwort. »Und unverschämt, auch im Angesicht des Todes. Er fragte diesen alten Elfen, wie er ihn besiegen kann. Und erhielt noch Antwort.«

»Und?«, fragte jetzt Leandra. »Wie kann man ihn töten?«

»Gar nicht«, antwortete Zokora und nahm sich reichlich von dem Schinken. »Also weiß Havald jetzt, dass er einen anderen Weg suchen muss, das Ungeheuer zu bezwingen. Aber bis dahin geht er mit dem Verschlinger angeln.«

Ich seufzte. Ich hatte das kommen sehen.

»Leandra«, fragte ich meine Königin, »steht in der Kammer jemand?«

»In welcher Kammer?«, fragte Serafine überrascht.

»Die neben dem Bett. Es ist eine Art versteckter Wachraum. Eleonora wusste, dass man ihr nach dem Leben trachtete, deshalb hielt sich dort Tag und Nacht zumindest eine Wache auf.«

»Ich habe den Zugang selbst verschlossen, und ich wüsste es, hätte man ihn aufgebrochen«, sagte Leandra. »Es hört uns niemand zu, falls du darauf hinauswillst.«

»Auch nicht die Hand?«, fragte ich. Leandra schüttelte nur den Kopf.

»Auch sie nicht.«

»Worum geht es hier?«, fragte Serafine.

»Havald will ein Geheimnis bewahren«, meinte Zokora. »Ich bin dagegen.« Sie biss herzhaft in ihr Brot.

»Und welches?«, fragte Serafine, doch Zokora kaute nur; ihr Blick hingegen bedeutete mir, dass ich es lüften sollte.

»Asela kam darauf, den Verschlinger zu benutzen«, seufzte ich. »Wir wussten, dass er die Bruchstücke haben wollte und diese zu seinem Meister bringen würde. Asela erschuf Kopien der Bruchstücke und versah sie mit ihrer Magie, zum einen, um den Austausch zu verbergen, zum anderen, damit sie fortan hören und sehen kann, wo sich der Verschlinger befindet. Und mehr.«

»Und mehr?«, fragte Serafine fassungslos.

»Ja. So wie Asela es mir erklärte, ist der Zauber wie ein Schnupfen. Jeder, der den Tarn berührt, überträgt ihn auf sich selbst. Es ist davon auszugehen, dass der Meister des Verschlingers die Stücke berühren wird, dann sieht sie auch durch seine Augen und hört, was er hören wird. So hofft sie, Aufschluss darüber zu erhalten, was die Pläne unseres Feindes sind.«

»Jetzt galt es nur noch, die Bruchstücke dem Verschlinger zuzuführen«, ergänzte Zokora unbewegt. »Was er gestern Nacht dann tat. Überraschenderweise, ohne daran zu sterben.«

»Was hättest du getan, hätte er sich darauf nicht eingelassen?«, fragte Serafine rau.

»Mich in den Graben gestürzt, in der Hoffnung, dass es ihm zu viel Mühe gewesen wäre, mich dort herauszufischen.« Ich zuckte mit den Schultern. »Man kann es überleben.«

»Und warum hast du es mir nicht auch gesagt?«

»Asela«, antwortete Zokora und hielt ihre Tasse hoch, sodass Varosch ihr neu einschenken konnte. »Sie befürchtete, der Verschlinger wäre uns noch näher, als er es dann war.«

»Du meinst …?«, fragte Sieglinde ungläubig.

»Ja. Er hätte einer von uns sein können. Du, ich, Varosch … jeder hier.« Sie wies mit der Tasse auf mich. »Bis auf ihn. Er trägt Seelenreißer … ich nehme an, sie verlangte, dass du dich an seiner Klinge schneiden solltest?«

Ich nickte nur.

»Asela ist klug und kühl berechnend«, sprach Zokora weiter. »Und er ist es auch. Mehr als ich zuvor dachte.« Sie klang fast schon bewundernd.

»Hast du wahrhaftig gedacht, einer von uns wäre …«, begann Sieglinde, doch ich schüttelte rasch den Kopf.

»Nein«, unterbrach ich sie. »Gedacht habe ich es nicht. Befürchtet … und gehofft und zu den Göttern gebetet, dass es nicht so sein möge.«

»Und wann?«, fragte Serafine grimmig. »Wann habt ihr diesen Plan ausgeheckt?«

»Als sie an dem Abend kam, um mit mir zusammen Hergrimm aufzusuchen. Du warst nicht dabei, sie hat es so eingerichtet, dass Orikes dich hat sprechen wollen.« Ich schaute vorwurfsvoll zu Zokora hin. »Wenn der Verschlinger nun einen von uns …«

»Dann ist es sowieso vorbei«, meldete sich Varosch zu Wort. »Jeder von uns kann zu Desina vordringen oder zu Asela … oder zu dir, Leandra.« Er zuckte mit den Schultern. »Zokora denkt, da es den Unterschied nicht macht, kann man auch ehrlich zueinander sein. Was ebenso meine Meinung ist.«

»Kein Wunder, dass ihr Hergrimm nicht gefunden habt«, meinte Serafine kühl. »Habt ihr überhaupt nach ihm gesucht?«

»Nein. Aber Asela versprach mir, ihn im Auge zu behalten. Ist er schuldig, werden wir das bald genug erfahren.«

»Havald«, sagte Leandra leise. »Zieh Seelenreißer.«

Ich wollte fragen, warum, aber ich wusste es bereits.

»Klären wir das hier und jetzt«, sagte Leandra entschlossen, als ich Seelenreißer mit blanker Klinge neben mich stellte. »Du zuerst.«

Seit Nataliyas Tod dürstete es ihn nicht mehr nach Blut, doch sein Schnitt brannte noch immer eisig, und er sog jeden Tropfen gierig auf, als wir uns nacheinander schnitten, als würden wir ein geheimes Ritual vollziehen.

Sieglinde hätte Eiswehr nehmen können, aber auch sie gab

Seelenreißer ihr Blut, den ich anschließend schweigend wieder in seine Scheide führte. Selbst Yoshi hielt uns seine Hand entgegen, doch diesmal lächelte er nicht mehr.

»Mir ist der Appetit vergangen«, sagte Serafine und schob ihren Teller von sich fort. Sie sah zu Leandra hin. »Hattest du einen bestimmten Grund, uns herzubitten?«

»Ja«, sagte sie und ihre Augen suchten meine. »Ich brauche Havald hier. Ich brauche den Wanderer. Ich brauche ihn, damit er den Menschen hier Mut und Hoffnung gibt und den Glauben daran, dass wir siegen werden. Ich brauche euch alle. Auch Euch, Ser Yoshi. Orikes ließ mir ausrichten, dass es der Wunsch der Kaiserin wäre, dass wir nichts vor Euch verborgen halten.«

Yoshi neigte leicht den Kopf.

»Ihr seht, dass wir uns daran halten. Euer ... Gott?«

»Göttlicher Kaiser«, erklärte Yoshi. »Er ist kein Hochstapler wie dieser Kolaron, greift nicht nach dem Mantel eines toten Gottes. Er ist ein Drache und seit jeher göttlich. Er schützt und leitet uns, wacht über uns und herrscht so gerecht er kann. Wir sind seine Schöpfung, und dafür verehren wir ihn.«

Sie nickte. »Euer göttlicher Kaiser hat Euch entsendet, um zu beobachten, um Gleiches ersuche ich Euch auch. Ihr wisst und achtet auf anderes als wir, seht vielleicht etwas, das wir übersehen.«

Yoshi neigte leicht den Kopf.

»Worum geht es, Leandra?«, fragte ich sie leise.

»Graf Render.«

»Der Vater?«

Sie schüttelte den Kopf. »Der Sohn. Ich habe ihn auf dem Marktplatz erschlagen. Es war nötig, aber übereilt. Er hatte ein Geflecht von Verschwörern gesponnen, ich hoffte, dass es Ruhe geben würde, wenn ich der Schlange den Kopf abschlage, aber ich habe mich geirrt. Der Anschlag mit diesen Spinnen zeigt es ... und auch das, was gestern beinahe geschehen wäre, als Zokora den großen Saal betrat. Es gibt jemand, der auf Übles sinnt, noch immer seine Netze webt und wahrscheinlich über die Gabe der Magie verfügt. Auch wenn sie mich gestern auf dem Fest bejubelt haben, gibt es weiterhin genügend hier, die Renders Lügen glauben.« Sie holte tief Luft. »Herzogin Lenere hat die meisten der Verschwörer aufgedeckt. Ich brauche euren Rat. Sie schlägt vor, ein Exempel zu statuieren, sie, wie sie sagt, nebeneinander auf dem Marktplatz an einen Haken zu hängen und abdecken zu lassen. Sie zu blenden, die Ohren zu stechen, auf dem Rad zu brechen, abzuziehen und mit glühenden Zangen in Stücke zu reißen.« Sie atmete tief durch. »Ich brauche euren Rat hierzu.«

Zokora nickte und grinste schelmisch. »Ich kann Euren Foltermeistern zeigen, wie man das am besten macht. Es gibt einen Trick dabei, wenn man die Haut abzieht, der …«

Obwohl ich keinen Zweifel hegte, dass sie den Foltermeister in die Lehre nehmen konnte, war ich erleichtert, das Funkeln in ihren Augen zu sehen. Sie meinte es nicht ernst. Zumindest hoffte ich das.

»Das meinte ich nicht, Zokora«, sagte Leandra hastig. »Ich glaube, unsere Foltermeister verstehen sich gut genug darauf. Graf Render hat sein Netz sehr weit gesponnen, es würde gut ein Drittel der hochgestellten Gäste gestern Abend zum Schafott führen, folgte ich Leneres Rat. Sie meint, dass Eleonora zu gutmütig gewesen wäre, und rät zu einer harten Hand, gerade weil ich mir Respekt verschaffen muss. Ich könnte Steinherz befragen, doch ich weiß schon, was er mir raten würde. Sie sind alle schuldig … nur kommt es mir falsch vor, als allererste Tat gleich den halben Kronrat hinzurichten. Graf Render war der Erbe … und viele, die ihn unterstützten, unterstützten ihn nur deshalb. Von seinen anderen Machenschaften, davon, dass er einen Pakt mit dem Kriegsfürsten Corvulus einging, wussten die wenigsten.«

»Lenere rät zur Härte?«, fragte ich überrascht.

»Ja. Weil wir sie entweder zu Tode bringen oder laufen lassen müssen. Stecken wir sie in den Kerker, werden sie eine

Bedrohung bleiben, und es wird immer wieder Versuche geben, ihre Freilassung zu erzwingen. Ihre Worte, nicht die meinen.«

»Du willst unseren Rat dazu?«, fragte Sieglinde ungläubig.

»Ja.« Leandra lächelte ein wenig schmerzlich. »Ich habe hier genügend, die mir raten wollen, und ich vertraue, in Maßen, auch der Herzogin. Aber jeder, der mir hier raten will, verfolgt auch seine eigenen Interessen. Von euch allen weiß ich, dass es nicht so bei euch ist, deshalb frage ich nun euch. Was soll ich tun? Wird man es mir als Schwäche ankreiden, wenn ich Gnade vor Recht ergehen lasse?«

»Ja«, sagte Zokora unerschrocken. »Jemand, der führt, muss zeigen, dass er auch strafen kann. Sonst weiß man nicht, woran man ist.«

»Nein«, meinte Varosch ruhig. »Lasst Boron die Wahrheit aufzeigen, dann zeige Gnade für die, die nur dem Erben folgen wollten und sich nicht mit dem Feind verbündet haben.«

»Was nicht so einfach ist. Bruder Faban …« Sie seufzte. »Zum einen hat man das Vertrauen in sein Urteil verloren, zum andern weigert er sich, jemals wieder über Leben und Tod zu entscheiden. Er wartet nur darauf, dass man aus Askir einen neuen Priester schickt, der den Tempel übernehmen wird, dann will er Buße tun.«

»Wenn die Beweise erdrückend sind …«, begann Sieglinde, doch Leandra schüttelte den Kopf.

»Für viele gibt es nicht genug Beweise, ich höre auch da nur auf den Rat der Herzogin. Sie meint, Folter würde Klarheit bringen … aber …«

Ich wusste, was sie meinte. Folter konnte jeden brechen, aber ebenso Unschuldige dazu bewegen zu gestehen.

»Traust du Bruder Faban?«, fragte ich sie.

»Nein«, gab sie leise zu. »Er ist reuig … aber ich kann seinem Wort nicht mehr vertrauen, dafür irrte er zu oft.«

»Dann lasst mich die Verräter befragen«, bot Varosch an. »Der Gott ist immer noch bei mir, und ich kann die Wahrheit sehen.«

»Und dann?«, fragte sie. »Was dann? Was rätst du mir, Havald? Oder soll ich es meiner Hand überlassen, dass sie unauffällig dafür sorgt, dass ...«

»Wie viele sind es insgesamt?«, fragte ich.

»Fünfunddreißig, bei denen wir sicher sind. Meist Adel oder hoher Bürgerstand. Sechs davon, sagt Lenere, wussten von Renders Verhandlungen mit dem Feind. Ob sie wussten, dass er Illian verraten hätte, weiß auch sie nicht mit Sicherheit zu sagen.«

Fünfunddreißig, dachte ich. Götter, sie hatte recht, sie würde den halben Kronrat und Stadtrat zum Schafott führen.

»Ich sollte dir nicht raten, Leandra«, antwortete ich ihr leise. »Du trägst die Krone, und nicht ich.«

»Ich weiß«, entgegnete sie müde. »Das hast du mir schon einmal ganz klar aufgezeigt. Und dennoch ... du bist mein Paladin, was rätst du mir?«

Ich schluckte. »Nimm Varoschs Hilfe an. Prüfe mit ihm die Schuld jedes Einzelnen. Vernehme die Verräter, lass sie sich vor ihm erklären ... und lass nicht nach, bis du alles weißt, auch wenn es die Folter bedeutet, falls sie es verbergen wollen.« Ich wandte mich Varosch zu. »Du wirst wissen, wenn sie lügen?«

Varosch nickte. »Die Folter wird nicht nötig sein.«

»Gut. Nehme sie fest. Führe sie auf dem Markt zum Schafott. Lass ihre Verbrechen verlesen ... und dann, als Geste guten Willens, und um den Beginn deiner Herrschaft nicht mit blutigen Händen zu begehen, erweise ihnen Gnade, wenn sie dort, vor dem Schafott und vor den Priestern der Götter ihre Treue schwören. Die drei jedoch, die am ärgsten in den Verrat verstrickt waren, lass hinrichten, mit aller Härte und Schrecken. Und der, der die größte Schuld getragen hat ... an ihm übe nach altem Recht das Urteil aus. Render hat nichts Geringeres als die große Tortur verdient.«

»Du meinst ... die ganze Familie?«, fragte Leandra heiser.

»Was ist die große Tortur?«, fragte Serafine.

»Sie wurde seit Jahrhunderten nicht mehr durchgeführt«,

erklärte Sieglinde. »Sie ist Königsmördern oder denen vorbehalten, die unsägliche Verbrechen begangen haben. Der Hauptschuldige wird über Tage lang gerichtet, indem man ihn in kleine Stücke schneidet, ohne ihn sterben zu lassen … doch bevor er stirbt, darf er zusehen, wie man an seiner gesamten Familie die kleine Tortur verübt, auch hier wird das Opfer in Stücke geteilt, doch man lässt es schneller sterben.«

»Für Menschen ist das gründlich«, stellte Zokora fast schon beeindruckt fest. »Ich wundere mich nur, dass du es vorschlägst.«

»Es ist ein hartes Urteil«, sagte ich rau. »Aber es ergibt auch einen Sinn. Lässt man die Kinder leben, werden sie auf Rache sinnen, und manchmal braucht es Härte, um das Reich zu schützen.«

»Aber gleich die ganze Familie?«, fragte Serafine entsetzt. »Sie können doch nicht alle schuldig sein?«

Ich schüttelte den Kopf und räusperte mich, da meine Kehle trocken war. »Wer sich derart verstrickt, wird es nicht ohne Rückhalt seiner Familie tun. Ein solcher Verrat wird von Hass getragen. Es gab zwei andere Erben neben dem Grafen, mit minderem Anspruch, dennoch ließ er sie ermorden, sorgte dafür, dass es keinen gab, der Anspruch erheben konnte. Wer auch immer ihm dabei half, hat selbst nicht gezögert, sich sogar an Kindern zu vergehen.«

»Es gibt einen, der eine Tochter hat«, sagte Leandra leise. »Sie ist erst vier. Sie kann nicht schuldig sein.«

»Sie wird erwachsen werden, Leandra. Lässt du sie leben, wird sie nach Rache trachten.«

»Lass sie nach Askir bringen«, schlug Serafine vor. »Gib sie in eine Familie dort, und lass sie vergessen, wer sie ist. Schaffe sie weit fort von hier … aber vergehe dich nicht an den Kindern.«

»Havald hat recht«, sagte Zokora unbewegt. »Kinder werden erwachsen. Es ist ein Fehler, sie leben zu lassen.«

»Es wäre nicht gerecht«, widersprach Varosch. »Kinder sollten nicht für ihre Eltern haften.«

»Sie tun es immer«, sagte Zokora kühl. »Auf die eine oder andere Weise haften wir alle für die, die vor uns waren.«

»Das mag sein, doch ich morde keine Kinder«, entschied Leandra mit belegter Stimme. »Was das angeht, werde ich Serafines Ratschlag folgen und auf das Beste hoffen. In allem anderen ...« Sie schluckte, »werde ich so verfahren, wie es Havald vorgeschlagen hat. Jeder, der mir Treue schwört, wird Gnade erfahren, doch die drei Ersten unter den Verrätern werden mit aller Härte gerichtet werden. Nur die Kinder nicht.« Sie atmete tief durch. »Danke für den Rat. An euch alle. Es gibt noch etwas.«

»Was wäre das?«, fragte Serafine.

»Ihr habt davon gehört, dass man unsere Mauern untergraben wollte?«

Ich nickte.

»Wir haben die Überlebenden gefasst. Einen seltsamen Mann mit seinen zwei Söhnen. Er sagt, er hätte es so eingerichtet, dass die Tunnel zusammenstürzten, als er das Rauchpulver gezündet hat, und hätte so die begraben, die uns überraschen sollten. Er sagt, dass er ein Gefangener gewesen wäre, und bietet uns seine Dienste im Tausch gegen seine Freiheit an. Und mehr.«

»Was mehr?«, fragte ich.

»Der Vater sagt, dass sie Zwerge wären, und er bietet an, für uns zu vermitteln, ein Angebot der Allianz in seine Heimat zu überbringen.« Sie sah zu Varosch hin. »Ich will wissen, ob er die Wahrheit spricht.«

»Wohl kaum«, sagte Zokora entschieden. »Es gibt keine Zwerge mehr. Nicht in diesen Landen. Ich muss es wissen, mein Volk gab sich redlich Mühe, sie aus dem Stein zu tilgen.«

Jarkar Steingrimm

28 Ich hatte Verliese noch nie gemocht. Oftmals waren sie für meinen Geschmack zu sehr in die Tiefe gebaut, dann konnte man meinen, den ganzen Stein über sich zu fühlen, der nur darauf wartete, einen zu erdrücken. Sie waren meist feucht und nass und zu sehr dafür geeignet, jemanden in den Ketten zu vergessen. Vor allem die unteren Verliese, auch hier in der Kronstadt, erfüllten zu oft genau diesen Zweck, die, die darin schmachteten, vergessen zu machen.

Zu meiner Erleichterung ging es nicht allzu tief hinab. Man hatte die drei in eine geräumige Zelle gesteckt, sogar eine, die durch einen schmalen Schacht Tageslicht erlaubte und mit frischem Heu und Reisig ausgelegt war. Sogar Betten gab es darin, einen Tisch und drei stabile Stühle.

Die brauchte es auch.

»Du bist ein Zwerg!«, stellte Zokora fest, man konnte fast den Unglauben in ihrer Stimme vernehmen.

»Ja, und du eine verfluchte dunkle Elfe!«, sagte der Älteste der drei und reckte stolz sein breites Kinn. »Und wenn du mich erschlagen willst, dann sei nicht feige ... gib mir meinen Hammer in die Hand und lass mich um mein Leben kämpfen, oder zumindest versuchen, dir dein Gesicht zu Brei zu schlagen.« Er spie verächtlich aus. »Ich hoffte, auf dieser Seite der Mauern von deinem Gezücht befreit zu sein, aber wie es aussieht, habe ich mich geirrt, mein Fehler, aber ich werde gewiss nicht winselnd vor deinen Füßen sterben!«

Ich hatte selten zuvor einen Zwerg gesehen, wenigstens nicht lebend, oder dass ich ihn als solchen erkannte, aber jetzt, da ich wusste, worauf ich achten musste, hegte auch ich keinen Zweifel mehr. Der Vater war vielleicht um die fünf Fuß groß, breitschultrig, mit einem tiefen Nacken und langem roten Haar, das er, wie seinen Bart, zu Zöpfen geflochten hatte. Wäre ich ihm auf der Straße begegnet, hätte ich ihm wohl kaum einen zweiten Blick geschenkt, und doch war er zu erkennen. Allein der mächtige Brustkasten gab sein Geheimnis preis, aber noch mehr waren es seine Handgelenke. Er war gut drei Köpfe kleiner als ich, und doch waren seine Handgelenke gut um die Hälfte breiter als die meinen.

Breit und stämmig entsprachen sie den Beschreibungen, die ich von ihnen kannte ... nur fehlte es ihnen daran, gebührend klein zu sein. Sie überragten niemand, genauso wenig aber fielen sie in der Menge auf.

Doch dass sie nicht so klein waren, wie die Legenden sagten, wusste ich bereits. Ich hatte bereits in einem Traum gegen ihre Art gekämpft, nur dass sie tot gewesen waren und, magisch beseelt, über Jahrhunderte hinweg, einen Wolfstempel bewacht hatten. Als ich zudem hörte, dass diese Grabwächter sich wohl freiwillig dazu gemeldet hatten, diesen Dienst zu tun, war mein Respekt vor ihnen nur gestiegen.

»Mein Gesicht bleibt, wie es ist«, teilte Zokora dem Zwerg mit. »Wir sind hier, um deine Worte zu prüfen.« Sie trat zur Seite, um Varosch an die Zellentür zu lassen.

»Pah! Noch einer von dem Gezücht«, spie der Mann aus. »Als ob jemand, der die Dunkelheit so liebt, wüsste, wie man Wahrheit buchstabiert!«

»T-r-u-d-t-e«, tat es ihm Varosch vor und lächelte. »Ich diene Boron und nicht dem Herrn der Dunkelheit.« Er hielt das Zeichen seines Gottes hoch, das er offen über seinem Kettenhemd trug. »Seht Ihr das? Ich stehe als Adept in seinen Diensten.«

»Ich sehe es«, meinte der Zwerg bissig und kreuzte die Arme vor seiner mächtigen Brust. »Nur, woran erkenne ich, dass es auch diesem Gott geweiht ist?«

»Das brauchst du nicht«, lächelte der Adept des Boron. »Beantworte einfach meine Fragen.«

»Dann frag«, knurrte der Mann.

»Fangen wir mit den Namen an.«

»Jarkar Steingrimm. Dies sind meine Söhne Egvir und Tonik.«

»Warum seid ihr hier?«

»Dumme Frage!«, grollte der Mann. »Weil wir uns gefangen nehmen ließen.«

»Habt ihr unsere Mauern untergraben?«

»Ja.«

»Um uns zu überraschen?«

»Nein. Um zu euch zu fliehen.«

»Das ist ein guter Witz«, meinte Ragnar anerkennend, der die ganze Zeit über an der Wand des Zellengangs gelehnt und die Gefangenen neugierig gemustert hatte. »Jemand, der in eine Stadt flieht, die belagert wird!«

»Es ist dennoch wahr«, beharrte der Mann. »Um uns und euch weitere Fragen zu ersparen, es war unsere Absicht, dass die Tunnel einstürzen sollten, um den Stoßtrupp zu begraben.«

»Wo kommt ihr her? Zu welchem Clan gehörst du?«, fragte jetzt Zokora.

»Friss Dreck, du dunkle Brut«, teilte er ihr freundlich mit. »Das werde ich dir bestimmt nicht auf die Nase binden!«

»Sag, Zwerg«, mischte sich jetzt Ragnar ein. »Wisst Ihr, wie man Bier braut?«

»Ich lebe. Ich atme. Was ist das für eine Frage? Natürlich weiß ich das!«, knurrte der Mann.

»Stimmt das?«, fragte Ragnar Varosch und wies mit dem Daumen auf die Zellentür.

»Ja«, seufzte Varosch. »Hast du sonst wichtige Fragen?«

»Das reicht mir«, sagte Ragnar und wandte sich an mich. »Was denkst du, wie viel will Leandra für diese drei haben? Ich könnte in Coldenstatt ein paar gute Braumeister gebrauchen und bin bereit, sie auszulösen.«

Jetzt war es an mir, einen Seufzer zu unterdrücken. Vielleicht war es doch nicht übertrieben, wenn man sagte, dass einem Varländer sein Bier wichtiger wäre als das Eheweib. Ich wandte mich dem Gefangenen zu.

»Ihr habt gesagt, dass Ihr bereit wärt, ein Bündnisgesuch in eure Heimat zu überbringen.«

»Ja. Muss ich alles wiederholen?«

Ich sah zu Varosch hin, der jetzt leicht nickte.

»Warum sollte dein Volk einem Bündnis zustimmen?«, fragte ich nun Meister Steingrimm. »Unseren Legenden nach lebt ihr in tiefen Städten und seid unberührt von einem Krieg, der auf der Oberfläche tobt.«

»Wir treiben Handel mit euch, auch wenn ihr uns nicht seht«, antwortete der Mann. »Zudem geht es gegen diese verfluchten Seelenreiter ... was allein schon ein lohnender Gedanke ist.« Er zuckte mit den Schultern. »Ihr müsst es ja nicht tun.« Er zeigte mit einem stämmigen Finger auf Yoshi, den ich ganz vergessen hatte. »Fragt doch ihn. Xiang weiß, dass wir zuverlässige Bündnispartner sind.«

»So ist es«, sagte Yoshi lächelnd und neigte leicht sein Haupt. »Anderes habe ich nie gehört.«

»Da habt Ihr es«, meinte der Zwerg. »Lasst Ihr uns nun frei?«

»Eine Frage noch«, meinte Ragnar rasch. »Stimmt es, dass Eure Frauen Bärte tragen?«

Meister Steingrimm hob ganz langsam den Kopf, um Ragnar mit einem Blick zu bedenken, der jeden anderen hätte zurückweichen lassen.

»Nein«, grollte er, während sich seine breiten Finger um das Gitter der Zellentür krümmten, als wolle er sie im nächsten Moment herausreißen. »Sie tragen keine Bärte. Genau wie du.«

Ragnar lachte laut und wandte sich an mich.

»Lasst sie gehen«, riet er mir. »Ich mag diese kleinen Kerle ...«

»Klein?«, knirschte es von der Zelle her. »Lasst mich raus, dann zeige ich dir klein!«

»Wie lange ist es her, dass die dunklen Elfen gegen die Zwerge kämpften?«, fragte mich Serafine, während wir die Leiter hinunterkletterten, die zum Boden des Kraters führte.

»Ein paar Tausend Jahre sind es wohl«, antwortete ich ihr

und musterte die mächtigen Steine, die das Fundament der Mauer bildeten. Sie waren an dieser Stelle etwas geschwärzt, mehr konnte ich nicht erkennen. Nur dass sie auf solidem Felsgestein ruhten … in das jemand einen fünf Fuß breiten Tunnel geschlagen hatte, dem es an dieser Stelle die Decke aus Felsgestein weggesprengt hatte. Wie tief der Tunnel war, konnte ich nicht erkennen, er war mit Sand gefüllt.

»Und dennoch waren dieser Meister Steingrimm und Zokora sofort bereit, sich an die Kehle zu gehen?«, fragte Serafine ungläubig und klopfte ihre Hände ab. »Wo führt der Graben hin?«, fragte sie einen der Soldaten, der den Krater bewachte. Nicht, dass es hier viel zu bewachen gegeben hätte.

»In den Weinkeller des alten Emrich«, antwortete dieser. »Dort … es sind noch gut fünfzig Schritt dahin.«

»Tatsächlich beließen sie es dabei, sich gegenseitig anzufunkeln. Genauer, Meister Steingrimm funkelte Zokora an, sie ignorierte ihn.« Ich kniete mich neben den Graben und nahm eine Handvoll von dem Sand und ließ ihn zwischen den Fingern zerrinnen. »Wie der, den man in einer Sanduhr findet«, stellte ich fest. »Wo findet man solchen Sand?«

»Nirgends«, antwortete Serafine. »Er wird gemahlen.« Sie sah zu den massiven Mauersteinen hin, die hier gut zwölf Fuß lang und fünf Fuß hoch waren. »Dieser Steingrimm sagt, dass es in diesen Mauern Hohlräume gibt, die mit diesem Sand gefüllt sind?«

»So sieht es aus. Irgendwoher ist er ja gekommen.« Ich schaufelte den Sand zur Seite und legte unter meinen Händen die Oberfläche eines gehärteten Lederhelms frei. Ich hätte aufhören sollen, aber irgendwie konnte ich das nicht, ich grub weiter, bis ich das verzerrte Gesicht einer jungen blonden Sera freigelegt hatte, deren letzter Schrei vom Sand erstickt worden war. Sie lag knapp unter der Oberfläche begraben, und unter ihr sah ich das Schulterstück eines anderen; die Druckwelle hatte sie in dem Tunnel zusammengeschoben wie altes Zunderholz. Mit beiden Händen schob ich den Sand wieder zurück in das Loch, das ich gegraben hatte, und wünschte mir, ich hätte meiner Neugier doch nicht nachgegeben.

»Wie viele sind da drin?«, fragte Serafine leise.

»Steingrimm sagt, es wären fünfhundert. Es war nur der erste Schub. Der Plan war, sich im Keller des alten Weinhändlers zu sammeln und in der Nacht das Torhaus zu stürmen.«

»Nur dass Meister Steingrimm dann das Rauchpulver gezündet hat«, sagte sie leise und sah sich in dem Krater um. »Es riss die Abdeckung weg, die verhinderte, dass der Sand in den Graben floss … und bahnte sich den Weg an die Oberfläche. Götter, was hat das Zeug für eine Wucht. Sie werden kaum etwas davon mitbekommen haben, allein die Druckwelle war genug.« Das verzerrte Gesicht im Sand sagte anderes, dachte ich und schob den Gedanken gleich zur Seite. »Der Krater ist bestimmt fünf Schritt tief … gab es Tote, als es geschah?«, fragte sie den Soldaten.

Der nickte. »Hier gab es eine Lücke zwischen den Häusern, eines wurde nach einem Brand vor ein paar Jahren abgerissen. Da vorn gab es aber noch einen Brunnen, deshalb haben Flüchtlinge hier gelagert … die meisten von ihnen haben es nicht überlebt.«

»All das hier bestätigt die Worte dieses Meisters Steingrimm«, meinte dann Serafine zu mir. »Fünfhundert oder vielleicht tausend Soldaten, die von innen einen Sturm auf das Haupttor wagen … es hätte dem Feind gelingen können.« Sie bedachte die hohen, fest gefügten Mauern mit einem langen Blick. »Dann hätten wir Illian verloren … und die Mauern würden trotzdem stehen. Wie du sagst, Havald, es liegt oftmals nicht an den Mauern, ob eine Stadt fällt …«

Sie stieg schon wieder die Leiter hinauf, doch ich wandte mich noch einmal an den Soldaten. »Wisst Ihr, was man mit ihnen vorhat?«, fragte ich ihn und wies auf den sandgefüllten Graben.

»Zuschütten. Sie wollen morgen damit anfangen. Dass ich hier Wache stehe, ist frei von Sinn«, fügte er hinzu. »Die hier gehen nirgendwo mehr hin.«

Blick auf den Feind

29 Kurz vor Sonnenuntergang bat Leandra mich, sie zum Haupttor zu begleiten, um von dort aus den Feind in Augenschein zu nehmen. Sie trug wieder ihre alte Rüstung, die eines Greifenreiters, und hatte darauf verzichtet, ihre Krone zu tragen, dennoch hatte man sie auf unserem Weg hierher immer wieder erkannt, mit dem Finger für die Kinder ausgedeutet und war ehrfurchtsvoll vor ihr auf die Knie gegangen. Sarann, die Hand der Königin, hatte uns begleitet und nach allen Seiten warnende Blicke verteilt, zudem gab es noch eine Eskorte, die uns den Rücken deckte. Sosehr man das Haupt vor Leandra neigte, nicht jeder tat es aus freien Stücken, und nicht jeder, der vor ihr in der Straße kniete, war ihr wohlgesonnen. Jedenfalls war ich froh darüber, dass sie wieder ihre Rüstung trug. Die Soldaten waren unten an der Treppe zum Wehrgang zurückgeblieben, nur Sarann lungerte irgendwo hinter uns herum.

Was mich wenig kümmerte, ich war damit beschäftigt, unseren Feind auszuspähen. Ganz in der Ferne, nur durch mein kaiserliches Sehrohr zu erkennen, bewegten sich schwere Handelswagen. Sie kamen von Süden her; auf der Straße nach Westen, die über Lassahndaar nach Melbaas führte, rührte sich hingegen nichts.

»Sie sitzen nur dort«, seufzte Leandra, während ich durch das Sehrohr eine der großen Wurfmaschinen musterte, die verkohlt und verbrannt inmitten der von Eleonoras Vorfahr angelegten Prachtstraße stand. »Sie sitzen dort und lecken ihre Wunden ... nach der Untertunnelung haben sie es wohl aufgegeben. Sie haben sogar aufgehört, unsere Frauen und Kinder auf die Pfähle zu stecken ... wahrscheinlich auch nur deshalb, weil es keine mehr gibt, denen sie das antun können.«

»Wenn sie Spione in der Stadt haben ...«

»Oh, kein Zweifel daran, davon werden sie reichlich haben«, warf Leandra bitter ein.

»... dann werden sie auch wissen, dass wir euch jetzt durch das Tor versorgen. Noch ist es ein Nadelöhr, aber es reicht zumindest für das Nötigste.«

»Und mehr«, meinte Leandra grimmig. »Ein weiterer Grund, weshalb ich das Fest gegeben habe. Dreihundert Schweine«, seufzte sie. »Was für eine Verschwendung. Dennoch, die Verschwendung war geplant, sie sollte dem Feind zeigen, wie gut wir es hier haben.« Sie tat eine Geste in Richtung der fernen Lager. »Besser als sie, das ist gewiss. Über den Winter starben sie zu Tausenden, haben sogar die Rinde von den Bäumen genagt. Es gibt Berichte von den Wachen, die gesehen haben wollen, wie verzweifelte Soldaten sich an den Toten, die sie hier aufgespießt haben, vergangen haben sollen. Und auch wenn jetzt jeden Tag Handelswagen Nachschub bringen, braucht man kein Genie zu sein, um auszurechnen, dass es nicht genug für vierzigtausend ist.«

»Du willst sagen, dass sie wissen müssen, dass die Belagerung der Kronstadt gescheitert ist?«

»Genau das«, meinte Leandra und lehnte sich schwer auf den festgefügten Stein der Zinnen. Sie ließ ihren Blick über die schier endlose Reihe an Pfählen gleiten, auf denen unsere Frauen und Kinder weiter verrotteten. »Die Frage ist, was tun sie jetzt? Werden sie die Toten beleben? Mit Wyvern angreifen? Mit dunkler Magie? Was werden sie jetzt tun?«

Ich sah zum abendlichen Himmel hoch. Es gab Bewegung genug dort oben, ganze Schwärme Krähen warteten auf ihr nächstes Mahl ... Für sie gab es genug, es verging wohl kaum ein Tag, an dem nicht ein Dutzend tote Feinde den Fluss hinuntertrieben. Krähen und Raubvögel, die von ihnen lebten, sah ich reichlich ... doch keine Wyvern.

»Sie verhungern vor unseren Mauern«, sprach sie leise weiter. »Lange können sie das nicht mehr durchstehen. Das ganze Land haben sie erobert, aber hier sterben sie, ganz ohne dass es einen Schwertstreich braucht.«

»Serafine hat einen Überläufer ausgemacht. Sie fand ihn vor Lassahndaar, offenbar jemand, der von Magie nicht berührt werden kann.«

Sie sah mich fragend an, und ich zuckte mit den Schultern. »Es ist das erste Mal, dass ich von so jemandem höre. Sie ließ ihn vor Boron, Soltar und auch Astarte treten, um vor ihnen dem Nekromantenkaiser abzuschwören.«

»Und?«

»Er schwor ab.« Ich schob das Sehrohr zusammen und tat es wieder in die Tasche an meinem Gürtel, es gab hier nichts mehr, das ich nicht schon gesehen hatte. »Er zeigt sich zudem sehr hilfsbereit ... und seit sie ihn gefunden hat, verhören ihn die Federn Tag und Nacht. Mit aller Freundlichkeit und gebührendem Respekt. Wenn wir ihm glauben können, ist die Lage für den Feind noch ernster. Es gibt zwei Möglichkeiten für sie, ihre Truppen zu versorgen. Die eine führt über das Meer, deshalb ist ihnen Melbaas auch so wichtig. Nur führt von dort aus der Versorgungsweg an Lassahndaar vorbei und ist nun unsicher für sie geworden. Was wir für eine volle Feindlegion gehalten haben, bestand zum größten Teil aus Hilfstruppen, aber selbst die fehlen ihnen jetzt in Melbaas; die Stadt ist nur schwach besetzt. Sie hatten noch die zwölfte Legion, die einzige, die frei verfügbar war, aber die wurde bei Mirans letztem Gefecht fast vollends aufgerieben. Jetzt haben sie keine Soldaten mehr, um den Weg über Lassahndaar zu schützen. Also bleibt ihnen nur dieser Weg nach Süden.« Ich nickte in Richtung der fernen Wagen, die sich dort hinten wie Ameisen bewegten. »Der Weg über Land. Er führt über Gebirge, durch Wüsten und Dschungel und ist lang und beschwerlich, und ihre Verluste sind hoch. Die Wagen, die dort gerade ankommen, wurden schon vor Monaten in Bewegung gesetzt, und was sie bringen, ist alles andere als frisch.«

»Nur eine einzige Nachschublinie«, meinte Leandra nachdenklich. »Das wird ihren Kriegsfürsten Kopfschmerzen bereiten.«

Ich nickte. Jeder Soldat lernt schnell, dass der Sieg vom

Nachschub abhängt. Wenn wir diese Nachschublinie stören könnten, hätte der Feind schon verloren … nur fehlte uns die Möglichkeiten dazu.

»Was sie über diese Strecke hineinbringen, reicht kaum aus, um drei Legionen zu versorgen. Sie werden eine der Legionen hier abziehen müssen, vielleicht auch zwei, und das schon bald.«

»Das wird unsere Moral heben«, meinte sie zufrieden.

»Ohne Zweifel. Doch das Wichtigste habe ich dir noch nicht gesagt.«

Sie schaute mich fragend an.

»Der Nekromantenkaiser glaubte, acht Legionen wären für die Südlande genug. Er wird keinen Ersatz schicken. Selbst wenn er es täte, seine Legionen müssten monatelang marschieren … und würden die Versorgungslage eher verschlimmern. Gleiches gilt für den Nachschub selbst, sogar wenn er ihn jetzt versucht zu verstärken, wird es Monate dauern, bis er hier ankommt. Je mehr Soldaten sie hierherbringen, umso mehr müssen auch versorgt werden, jetzt rächt es sich für sie, dass sie so gewütet haben. Ich denke, dass Malorbian kaum damit gerechnet hat, dass acht Legionen hier nicht reichen werden.«

»Du vergisst die Sklavenarmee«, erinnerte mich Leandra.

Lange bevor wir die schwarzen Legionen hier zu Gesicht bekommen hatten, hatte der Nekromantenkaiser uns eine Flut von schlecht bewaffneten und halb verhungerten Soldaten entgegengeworfen. Die Legionen, die uns hier belagerten, waren erst kurz vor dem Winter eingetroffen. Nicht die allerbeste Jahreszeit, um eine Belagerung zu beginnen. Die Ernte war eingefahren worden, die Speicher Illians für den Winter voll, und der feindlichen Armee blieb kaum etwas, um vom Land zu leben. Sie hatten teuer dafür bezahlt, denn der Winter hatte ihnen hohe Verluste zugefügt.

»Was ist eigentlich aus denen geworden?«

»Den Sklavensoldaten?«

Ich nickte.

»Sie sind verhungert. Sie haben das Land leer gefressen wie die Heuschrecken, und wenn dann die Winter kamen, sind sie verhungert. Die Elfen berichten noch von umherziehenden Banden, wahrscheinlich versprengte Reste dieser Armee, doch viele sind es nicht mehr.« Sie seufzte. »Wir liegen schon so lange mit ihnen im Krieg, sie sind ja schon vor Jahren eingefallen. Die meisten von ihnen dürften schon gestorben sein, doch bis jetzt hat der Nekromantenkaiser die Verluste der Hilfstruppen nicht ersetzt.«

»Blix schrieb, dass er den Eindruck hat, der Feind wolle das Land entvölkern. Immer wieder hört man von Dörfern, die menschenleer sind und kaum einen Hinweis darauf bieten, was mit den Bewohnern geschehen ist.«

»Das ist es auch, was die Greifenreiter uns berichten«, sagte Leandra bedrückt. »Ganze Landstriche sind entvölkert, nur die großen Städte scheinen unberührt. Der Feind ist nicht auf Eroberung aus, Havald, er will uns vernichten. Das Schlimme ist, außerhalb dieser Mauern wird es ihm gelingen. Wir können nichts dagegen tun, noch haben wir keine Legion, die wir ihm entgegensenden können.« Sie sah zu mir hoch. »Was sagt Serafines Überläufer dazu?«

»Er bestätigt es«, antwortete ich. »Vor allem für die Hilfstruppen galt die Order, keine Rücksicht auf die Bevölkerung zu nehmen, ein Befehl, den man Soldaten nicht geben sollte, er verwandelt sie in rohe Bestien. Für die Legionen galten andere Befehle, aber auch sie gingen nicht schonend mit uns um. Allerdings ...«

»Was?«, fragte sie.

»Er berichtete davon, dass die dunklen Priester ebenfalls durch die Reihen der schwarzen Legionen gehen würden und vereinzelt Soldaten aussortieren. Wie unsere Leute verschwinden sie spurlos und werden nicht mehr gesehen. Es sind die dunklen Priester, die hinter diesem Sterben stecken ... doch welchen Zweck sie damit verfolgen, wusste auch dieser Überläufer nicht.«

»Einer liegt auf der Hand«, meinte Leandra bitter. »Jeder

Tod in seinem Namen mehrt die Macht des dunklen Gottes. Vielleicht ist das der andere Grund, weshalb Malorbian unsere Heimat überfiel … um sich an uns fett zu fressen und noch mächtiger zu werden. Dann ergibt es sogar Sinn, dass er die Sklavenarmeen verhungern ließ … auch sie starben in seinem Namen.« Sie sah mit erschöpften Augen zu mir hoch. »Die Stadt ist gerettet, Havald, zumindest erscheint es so. Doch was machen wir jetzt? Wollen wir wirklich vier Monde warten, bis Kasale die Legion zurechtgeschliffen hat?«

»Wir müssen, Leandra. Wir müssen warten. In der Ostmark habe ich gesehen, wie wichtig die Ausbildung ist. Nur die Ausbildung macht aus grünen Soldaten kaiserliche Legionäre.« Verbittert ließ ich meinen Blick über die fernen Feindeslager schweifen. »Aber ich verspreche dir, bevor der Winter kommt, fege ich dir diese Legionen von deinen Mauern.«

Hinter uns räusperte sich jemand, ein Meldegänger hielt uns eine versiegelte Rolle entgegen.

Leandra nahm sie und brach das Siegel auf.

»Es ist von Asela«, teilte sie mir mit und reichte mir das Schriftstück. »Euer Plan scheint Früchte zu tragen, und sie will sich mit uns beraten. Sie sagt, sie kommt morgen zur Mittagszeit vorbei.« Sie warf einen letzten Blick auf die fernen Lager. Es war mittlerweile dunkler geworden, und man konnte den Schein der fernen Lagerfeuer sehen.

»Etwas muss geschehen«, seufzte sie. »Ich wüsste zu gerne, was. Nur in einem können wir uns sicher sein, aufgegeben haben sie noch nicht.«

Sie wandte sich mir zu und legte ihre Hand auf meinen Arm.

»Weißt du, was mein Albtraum ist?«, fragte sie und sah mich mit gequälten Augen an. »Ich träume, ich wache auf, und der Feind ist abgezogen. Einfach so weg. Puff.« Sie tat eine entsprechende Handbewegung. »Verschwunden. Ich reise dann durch mein Königreich … doch überall, wohin ich komme, finde ich nur leere Häuser vor. Es ist niemand mehr am Leben, und ich herrsche nur noch über leeres Land.«

»Das wird nicht geschehen«, versprach ich ihr.

»Woher willst du das wissen?«, fragte sie mich leise. »Woher willst du wissen, dass es nicht bereits so ist?« Sie wies auf die Pfähle mit ihrer schrecklichen Last. »Sie finden niemanden mehr, um ihn vor unseren Augen zu ermorden ... vielleicht, weil es niemanden mehr gibt.«

Wir machten uns auf den Weg zurück. Kurz bevor sich unsere Wege trennten, winkte mich Leandra noch einmal heran. »Die Herzogin wünscht, dich zu sehen, Havald«, sagte sie leise. »Sie wollte dich in deinem Quartier aufsuchen, sobald ihre Geschäfte es erlauben. Ich weiß nicht, was es mit euch beiden ist, aber sei sanft zu ihr. Schließlich hat sie dir irgendwann etwas bedeutet.«

Mit diesen Worten, die ganz sicher nicht nur auf Lenere bezogen waren, ließ sie mich stehen. Ich sah ihr nach und grübelte. Sie hatte mich hierher gebeten, um meinen Ruf zu nutzen, um ihre Herrschaft zu festigen. Morgen Abend sollte ich vor ihrem Kronrat sprechen, von unserer Reise nach Askir berichten und von allem, was ich über den Nekromantenkaiser und seine Pläne wusste, ansonsten hatte sie bis jetzt wenig genug für mich zu tun gehabt.

Trafen wir uns, hatte sie manchmal Zeit für mich, war sie freundlich, sogar mitunter warm und offen, ganz anders, als ich sie vorher erlebt hatte. Es war mir aufgefallen, dass sie Steinherz nicht mehr trug, vielleicht lag es daran. Doch sie hielt Abstand, achtete darauf, nicht mit mir allein zu sein. Nichts in ihrem Verhalten wies darauf hin, dass wir einmal mehr gewesen waren als nur gute Freunde ... genau das war es ja gewesen, was ich von ihr gefordert hatte, und jetzt stellte ich fest, dass es mir nicht schmeckte.

Sie ist die Königin, ermahnte ich mich. Es ist nicht anders möglich. Du hast dich für Serafine entschieden. Was erwartest du von ihr? Dass sie dir ihren Stolz vor die Füße legt? Tat sie es nicht längst? Sie hat dir angeboten, ihre Krone mit dir zu teilen, und du hast sie zurückgewiesen. Lebe damit, ermahnte ich mich. Du selbst hast so entschieden. Wenn du es bereust, behalte es für dich. Allein schon um Serafines willen.

Und doch befürchtete ich, dass Serafine auf einen Blick sehen würde, wie sehr mich das alles noch berührte. Bisher hatte sie wenig dazu gesagt, schien zu akzeptieren, dass Leandra für mich mehr war als nur meine Königin, aber wie lange noch?

Doch es war nicht Serafine, die in meinem Quartier auf mich wartete, sondern Lenere. Sie stand vor dem Regal mit den Figuren, und als ich die Tür aufstieß, drehte sie sich mit feuchten Augen zu mir um.

»In den letzten dreißig Jahren war ich mehr als einmal versucht, mich hier umzusehen«, teilte sie mir zur Begrüßung mit. »Mein Stolz hinderte mich daran, ich wollte nicht in deinen Sachen kramen, nach Krümeln suchen ... und in Wahrheit, ich hatte Angst vor dem, was ich hier finden würde.«

»Und?«, fragte ich sie und zog die Tür ins Schloss. »Was hast du gefunden?«

»Das hier«, sagte sie und zeigte mir die Figur ihrer Mutter. »Schwertobristin Helis riet mir, die Figuren hier näher in Augenschein zu nehmen. Sie sagte, ich würde es dann verstehen.«

»Was verstehen?«, fragte ich rau. »Dass ich vor dir geflohen bin, weil ich dachte, ich würde mit meiner Gier und Lust gegen das Gesetz der Götter verstoßen?«

»Nein«, lächelte sie und strich noch einmal sanft mit ihren schlanken Fingern über das Gesicht der Figur, bevor sie diese wieder an ihren Platz zurückstellte. »Warum du zum Wanderer geworden bist. Du bist nicht nur vor mir geflohen, nicht wahr?«

Was sollte ich darauf sagen? Nichts, schien mir die beste Wahl.

»All diese Menschen hier ... sie haben dir etwas bedeutet.« Sie schaute mir direkt in die Augen. »Helis hat recht«, fuhr sie leise fort. »Es ging mir nicht viel anders. Ich bin nicht so alt wie du, aber auch ich lebe über meine Zeit … und habe viele zurückgelassen.«

»Wann hast du dich mit Helis so innig unterhalten?«

»Als du mit Leandra auf der Mauer gewesen bist«, lächelte sie.

»Wo ist sie?«

»Sie verhört zusammen mit diesen dunklen Elfen die Rädelsführer der Verschwörung. Sie ist eine interessante Frau, deine Serafine. Keine Sorge, sie wird bald wiederkommen. Ja«, nickte sie, als sie meine Überraschung sah. »Sie hat mir erzählt, wer sie in Wahrheit ist. Sie sagt auch, dein Problem sei nicht, es zuzulassen, dass Menschen dich berühren; es sei eher so, dass du zu leicht lieben würdest und es zu oft schmerzlich für dich endet. Dass du all die, die du je liebtest, verloren hättest, wenn nicht durch Feindeshand, dann durch Zeit und Tod.«

»Sie redet zu viel«, antwortete ich schroff.

»Mag sein. Aber sie ist imstande, das Richtige zu sagen.« Ihr Lächeln ließ die Jahre aus ihren Zügen schmelzen. »Ich bin nur gekommen, um dir zu sagen, dass ich dir verzeihe. Um dir zu gestehen, dass ich das mit dem Muttermal auch erst Jahre später herausgefunden habe. Damals …« Sie seufzte. »Damals habe ich es noch nicht gewusst.« Sie trat an mich heran und nahm meine Hand. »Ich wäre gerne deine Enkeltochter gewesen«, sagte sie mit einem wehmütigen Lächeln. »Ich finde es schade, dass es nicht so ist.« Sie ließ meine Hand aus der ihren gleiten und wandte sich zum Gehen ab, doch ich hielt sie zurück.

»Warte«, bat ich. Sie hielt inne und sah über ihre Schulter zu mir zurück.

»Ich wäre lieber dein Gemahl gewesen«, gestand ich ihr bedrückt. »Ich bedaure, dass es nicht so gekommen ist.«

Sie schüttelte den Kopf. »Dann wärest du nicht der geworden, der du heute bist«, sagte sie mit einem Lächeln. »Wie heißt es so schön? Dein Gebet? Astarte möge mir die Liebe zeigen und der Wanderer den Weg aus der Dunkelheit?« Sie trat an mich heran und strich mir sanft mit der Hand über die Wange. »Astarte hat ihren Teil erfüllt«, sagte sie mühsam. »Jetzt bist du dran. Es gibt schon zu viel Dunkelheit auf dieser Welt.« Ein letzter langer Blick von ihr, dann drehte sie sich um und ging zur Tür, um sie leise hinter sich zu schließen.

Unwillkürlich sah ich zum Fenster hin. »Zokora?«, fragte ich, doch es kam keine Antwort. Richtig, sie war bei dem Verhör. Also war ich wohl doch allein.

»Was habt ihr herausgefunden?«, fragte ich später Serafine, als sie die Tür hinter sich schloss und sich müde dagegenlehnte. Es war schon weit nach Mitternacht, und ich war froh, sie zu sehen, nur fand ich die Worte nicht, um es ihr zu sagen.

»Alles«, seufzte sie und löste ihren Schwertgurt, um ihn und das Schwert dort fallen zu lassen, wo sie stand. Sie trat an den Tisch heran, hob eine Augenbraue, als sie sah, dass ich die Flasche fast geleert hatte, und stahl mir meinen Becher aus der Hand, um ihn mit einem Zug zu leeren.

»War Folter nötig?«, fragte ich sie leise, doch sie schüttelte den Kopf.

»Sie waren auch so geständig, einmal bekundete Zokora Interesse daran, eines der Werkzeuge dort unten auszuprobieren, doch dazu kam es nicht, der Kerl sprudelte dann sofort wie ein ganzer Wasserfall. Das ist es nicht. Es ist der Umfang der Verschwörung, und wie rücksichtslos sie vorgegangen sind. Du hast von den Scheiterhaufen gehört, die Bruder Faban entfacht hat, bevor Leandra ihm bewies, dass er einem falschen Steinherz aufgesessen war?«

Ich nickte nur. Blixens Bericht war umfassend gewesen.

»Wir hörten jetzt die ganze Wahrheit. Vor allem über eines der Opfer, eine junge Sera mit Namen Nemris.«

»Bei deren Verbrennung es fast zu einem Aufstand gekommen wäre?«

Sie nickte und füllte sich meinen Becher mit dem letzten Tropfen nach.

»Graf Render hat ihr Liebe vorgegaukelt, und sie waren schon verlobt. Sie belauschte zufällig ein Gespräch zwischen dem jungen Grafen und dem alten, hörte, wie der alte Graf sich selbst dafür verfluchte, dass er nicht schnell genug gewesen wäre, Prinzessin Eleonora zu erdolchen, bevor sie in den Graben sprang. Danach durfte Nemris nicht mehr leben … Bruder Faban sollte die Drecksarbeit erledigen und sie als Ketzerin der Weißen Flamme übergeben, aber zuvor musste man sicherstellen, dass sie ihm nichts darüber berichten konnte. Also sorgte man dafür … und zerstörte eine junge Sera, die nur den Fehler begangen hatte, falsch zu lieben. Und das auf eine Art und Weise …« Sie schüttelte sich angewidert. »Wir erfuhren das von dem alten Grafen. Er hat sich in den Stolz geflüchtet, beharrt darauf, das Richtige getan zu haben. Er hat es sich in seinem Wahn zurechtgelegt, und er war geradezu begierig darauf, uns von jedem seiner Winkelzüge zu berichten. Vielleicht hoffte er darauf, dass wir ihn dafür auch noch bewundern, es sah ganz danach aus. Es gab nur eine Überraschung.«

Ich sah sie fragend an.

»Nach dem Skandal damals riet er seinem Sohn, Leandra ebenfalls aus dem Weg zu räumen, die Überraschung war, dass sich der Sohn diesem widersetzte.« Sie schüttelte ungläubig den Kopf. »Bei all dem, was er ihr angetan hat, hat er scheinbar doch Gefühle für sie gehegt. Das macht es irgendwie schlimmer.«

Sie setzte den Becher hart ab. »Lass uns schlafen gehen, Havald. Und halte mich dabei.«

Ein Dämon aus Eis

30 Am nächsten Morgen klopfte es an der Tür, und als ich diesmal öffnete, Seelenreißer in der Hand, war es kein Page, sondern Leandra selbst. Sie trug wieder ihre Rüstung, aber nicht Steinherz.

»Ihr müsst mich zum Borontempel begleiten«, begrüßte sie mich erschöpft. »Es ist Bruder Faban.«

»Was will er von dir? Hat er nicht schon genügend Unheil angerichtet?«, fragte ich erbost, doch sie schüttelte den Kopf.

»Es ist ihm etwas zugestoßen.«

Sie sah so unglücklich drein, dass ich nicht anders konnte, als sie in den Arm zu nehmen. Zuerst floss sie mir entgegen und gab einen leisen Seufzer von sich, als ich sie in den Armen hielt, doch dann versteifte sie sich und stieß mich von sich, während eine Röte in ihrem Gesicht aufstieg.

»Es ... es tut mir leid«, stammelte sie. »Ich hätte ...«

Ich drehte mich um, und dort stand, wie nicht anders zu erwarten, Serafine. Was dann auch meine Ohren brennen ließ.

»Sie sah so traurig aus ...«, versuchte ich es zu erklären, doch Serafine schüttelte nur leicht den Kopf und hob die Hand. »Schließe die Tür«, wies sie Leandra in einem Ton an, der keinen Widerspruch duldete. Leandra von Girancourt, Maestra und Königin der Südlande, schloss folgsam die Tür, um dann unglücklich dreinzusehen und ihre Finger ineinander zu verknoten.

»Setzt euch«, befahl Serafine. »Dorthin.« Sie wies auf das Bett.

Wir setzten uns.

Serafine zog meinen Lieblingsstuhl heran, setzte sich darauf und bedachte uns beide mit einem funkelnden Blick. Sie hatte nur ihr Hemd an und sah verwuschelt aus, und ihre wohlgeformten langen Beine machten es mir nicht leichter.

»Was wäre geschehen, Havald, wenn Eleonora jemand anderen für ihren Thron bestimmt hätte? Hättest du Leandra dann auch zurückgewiesen?«

»Das ist müßig, und wir haben Wichtigeres zu tun. Wir …« begann ich, nur um von ihrem Blick zum Schweigen gebracht zu werden.

»Die Wahrheit, Havald.«

Ach, Götter. »Nein. Aber …«

»Was ist mit dir, Leandra?«, fragte Serafine, bevor ich Weiteres sagen konnte. »Liebst du ihn?«

»Das weißt du doch«, sagte Leandra mit mehr Fassung, als ich gerade aufbringen konnte.

»Gut«, nickte Serafine.

»Gut?«, fragte ich erstaunt.

»Ja«, sagte Serafine und schien entnervt. »Gut. Die halben Südlande wissen, dass ihr beiden eine Liebschaft hattet, und das ganze Kaiserreich! Sie liebt dich, und du liebst sie. Immer noch. Fein. Das haben wir dann jetzt geklärt.« Sie hob die Hand, als ich etwas sagen wollte, und wandte sich Leandra zu, die jetzt mehr wie ein kleines Mädchen wirkte als wie eine Königin. »Wir sprachen bereits darüber«, sagte Serafine sanft. »Ich weiß nicht, ob ich teilen will und kann …« Sie lachte leise. »Jedenfalls weiß ich, dass du keine Jungfrau bist, die von ihrer Mutter angestiftet wurde.«

»Ich hoffe nicht.« Ein leises Lächeln spielte um Leandras Lippen, während ich nur verständnislos von der einen zu der anderen schaute.

»Worum geht es dir, Serafine?«, fragte ich.

Sie seufzte. »Ich habe es nur satt, wenn ich die schmachtenden Blicke sehe, die ihr euch zuwerft. Es ist wie in einem billigen Possenstück! Ich weigere mich zudem, die Rolle der bösen Hexe zu übernehmen. Wenn ihr euch umarmen wollt, tut es. Du bist eine Königin, Leandra … man gönnt einem gekrönten Haupt Privilegien, von denen andere träumen, niemand hätte etwas dagegen, wenn du einen Liebhaber hättest, man erwartet es geradezu von dir. Sie werden sich das

Maul über euch zerreißen oder auch eine Ballade schreiben, aber das wird alles sein … außer dass die Jungfrauen Havald noch mehr anschmachten werden und man dir, Leandra, noch mehr Anträge machen wird. Wie viele sind es denn bis jetzt?«

»Vierzehn. Bis heute.« Leandra lächelte. »Wenn ich den Antrag von dem Bäckerjungen gestern mitrechne. Er wäre bis jetzt der Einzige, den ich in Erwägung ziehen würde … auch wenn der junge Ser erst fünf ist. Wenigstens ging es ihm nicht um meine Krone.«

»Ich werde nicht angeschmachtet«, protestierte ich.

»Dann bist du blind«, meinte Leandra kühl. »Ein Wunder, dass du nicht beständig strauchelst, so wie sie sich dir zu Füßen werfen!«

»Aber …«, begann ich.

»Ich vertraue euch. Euch beiden«, ergriff Serafine wieder das Wort. »Bevor ihr euch heimlich nacheinander verzehrt, ist es mir lieber, ihr tut es offen. Und wenn ihr euch umarmen wollt, bei allen Göttern, dann tut es, und springt nicht wie ertappte Lausbuben auseinander, wenn euch einfällt, dass ich euch sehe. Aber in einem ziehe ich die Grenze, Havald. Du schläfst in meinem Bett.«

»Werde ich überhaupt gefragt?«, protestierte ich.

»Nein«, antworteten sie beide gemeinsam; Serafine lachte. »Das ist auch besser so. Du versaust es sonst nur wieder.«

Bevor ich etwas sagen konnte, hämmerte es hart an der Tür. Ich sprang auf und öffnete sie einen Spalt, um mich Sarann gegenüberzusehen.

»Wir brauchen noch einen Docht«, teilte ich ihr mit und schloss ihr die Tür wieder vor der Nase, um kopfschüttelnd von Serafine zu Leandra zu sehen. »Es …« Ich hob die Hände und ließ sie wieder fallen. »Ich sage besser nichts.«

»Kluge Entscheidung«, lobte mich Serafine, während sie achtlos ihr Hemd abstreifte, um sich kurz zu waschen und rasch anzukleiden. »Wer war das eben?«

»Die Hand der Königin.« Ich sah zu Leandra hin. »Sie scheint fast schon fanatisch auf dein Wohlergehen bedacht.«

»Sie nimmt es sich selbst übel, dass sie mich verraten hat und versucht es wiedergutzumachen.« Leandra seufzte und tat eine hilflose Geste. »Ich weiß noch nicht so recht, wie ich damit umgehen soll, wenn jemand schwört, für mich zu sterben. Mir scheint fast, sie wartet nur auf eine Möglichkeit, es mir zu beweisen, wie ernst es ihr damit ist. Bei der Gelegenheit …?«

»Ja?«

»Wolltest du dich nicht auch ankleiden?« Ihr Blick glitt bedeutsam über meine nackten Beine. Doch als ich verlegen lachte und nach meinen Hosen greifen wollte, schüttelte sie nur leicht den Kopf. »Ich denke, deine Rüstung wäre angebrachter.«

»Wann hat sie dich verraten?«, fragte ich Leandra, als wir die Straße hinuntergingen, die von der Kronburg zum Marktplatz führte, wo auch die Tempel standen. Wir ritten, denn vom Rücken eines Pferdes hatte man eine bessere Übersicht, doch die Eskorte folgte uns zu Fuß, und Sarann schlich ebenfalls irgendwo herum. Varosch und Zokora begleiteten uns ebenfalls, in helle Roben gehüllt und die Kapuzen heruntergezogen, damit sie nicht aus Versehen Angst auslösten, auch Yoshi war dabei, nur Ragnar fehlte. Nicht weil er einen Rausch ausschlief, sondern weil er seinen Geschäften nachging. Es gab nur noch zwei freie Städte in den Südlanden, Illian und Coldenstatt, und am Tag zuvor hatte er mir erzählt, dass man ihn dazu überredet hatte, dort das Amt des Bürgermeisters anzunehmen. So wie er es mir beschrieben hatte, hätte man meinen können, dass er von seinem Begräbnis sprach.

»Blix hat in seinem Bericht davon kein Wort erwähnt.«

»Weil ich ihn darum gebeten habe«, antwortete Leandra und lächelte, als eine Mutter ihr Kind hochhob, damit es die Königin besser sehen konnte. Tatsächlich schien es mir, als würde man den seltsamen Ser in seinem Seidenkleid noch mehr bestaunen. »Graf Render benutzte ein Talent, um sie zu verführen. Sie hat Schwierigkeiten, damit zurechtzukommen.« Leandra seufzte. »Sie wäscht sich immerzu.«

»Ich wusste nicht, dass Render ein Talent besaß.«

»Er hatte es gestohlen.«

»Er war ein Nekromant?«, fragte ich erstaunt und verfluchte Blix für seinen Bericht. Was taugte der, wenn nur die Hälfte darin stand?

»Nein«, sagte Leandra. »Er wollte einer werden. Nur kam es nicht dazu.« Sie schüttelte ungläubig den Kopf. »Ich fühlte noch nie so eine Genugtuung, jemanden zu erschlagen, wie bei ihm, selbst bei Celan nicht.« Sie sah zurück zu Sarann, die misstrauisch die Gesichter der Leute am Wegesrand beäugte. »Gerade wegen Celan verstehe ich nur zu gut, warum sie sich beständig waschen will«, fügte sie dann leiser hinzu. »Aber dabei kann ich ihr nicht helfen.«

Als wir den Borontempel erreichten, fanden wir dort eine su'Tenet von kaiserlichen Legionären vor, die den Platz vor der Treppe absperrten. Auch Blix und Grenski warteten dort auf uns. Und eine Menschenmenge, die sich schweigend vor dem Tempel eingefunden hatte und dort der Dinge harrte. Mittlerweile war eine volle Tenet, eine Hundertschaft kaiserlicher Legionäre, durch das Tor nach Illian entsandt worden, jeder Einzelne von ihnen ein Veteran, selbst wenn Kasale sie wahrscheinlich schmerzlich vermisste, denn sie gehörten alle der zweiten Legion an.

Es lag Überlegung darin, die zweite Legion war auch hier legendär; sie war es gewesen, die die Südlande einst gegen die Barbaren schützte. Viele der Soldaten, die diese letzten Kämpfe überlebten, hatten sich anschließend hier niedergelassen. Dass nun hier schwere kaiserliche Infanterie stand, mit der kaiserlichen Zwei in den linken Oberarmschutz geprägt, sollte den Bürgern dieser Stadt Zuversicht vermitteln.

Vielleicht tat sie es, doch die fünf Soldaten der Stadtwache, die hier standen, sahen nicht besonders glücklich drein.

Auf den Treppen des Tempels stand ein breitschultriger Mann, der mich an Meister Steingrimm erinnerte, auch er schien mir fast breiter als hoch, was allerdings an der schweren Rüstung liegen mochte, die er trug. Sie unterschied sich von der von kaiserlichen Legionären nur in einer kleinen Einzelheit, durch Borons Zeichen, das auf dem polierten Brustteil prangte. Die Priester Borons trugen keinen Helm, so konnte ich ihn mir genau besehen, als ich von meinem Pferd abstieg und einem der Soldaten die Zügel reichte. Er mochte um die fünfzig sein, besaß kurzes graues Haar und einen sorgsam getrimmten grauen Bart, der sein Gesicht noch eckiger erscheinen ließ, und klare graue Augen, die mich genauso sorgsam musterten wie alles andere um ihn herum. Sein Leben hatte Falten in sein Gesicht gegraben, doch es waren solche, die auch lachen konnten, man sah sie gut, denn so hell, wie sein Bart und Haupthaar war, so braun gebrannt war sein Gesicht.

»Das ist nicht gut«, meinte Zokora leise. Aber sie meinte nicht den Priester, wie ich zuerst dachte, sondern wies mich auf etwas anderes hin. Dort, wo der Türspalt war, und an den Rändern des großen Bronzetors hatte sich gut einen Finger breit ein Streifen Raureif niedergeschlagen, der, so schien es mir, sogar noch wuchs, während wir zusahen.

»Mein Name ist Tarmus«, unterbrach der Priester meine Gedanken. »Bruder Portus bestimmte mich dazu, diesen Tempel für unseren Gott zu führen, ich kam eben gerade durch das Tor und …« Er tat eine Geste, die die Soldaten vor dem Platz und an der schweren Tempeltür einschloss. »Sie ließen mich nicht hinein.«

Es lag kein Vorwurf in seiner Stimme, aber es gelang ihm dennoch, deutlich zu machen, dass er es nicht gutheißen konnte, wenn man ihm das Haus seines Gottes verwehrte. »Ihr müsst Königin Leandra sein«, fuhr er fort, als er das kurze weiße Haar und die violetten Augen erkannte. »Unser Glauben ist Euch wohlgesonnen, wir wissen zudem, dass Ihr unserem Herrn treu ergeben seid. Ich verstehe, dass hier etwas vorgefallen ist, aber all Eure weltliche Macht endet an dieser Schwelle, überschreitet Ihr sie, seid auch Ihr nicht mehr als Gast in seinem Haus.« Seine grauen Augen schwenkten nun zu mir herum. »Wollt Ihr mir erklären, Lanzengeneral, warum Eure Soldaten mir den Zugang zum Haus meines Herrn verwehren?«

»Ich habe schon versucht, ihm zu erklären, warum ich ihn nicht einlassen kann«, sagte Blix, als er herantrat und salutierte. »Nur kann ich hier, wo andere Ohren hören können, nicht noch deutlicher werden.« Er beugte sich etwas vor. »Der Tempel wurde entweiht«, fügte er dann leise hinzu. Seine strahlend blauen Augen suchten den Priester auf den Stufen und schweiften dann besorgt über die Menschenmenge, die darauf wartete, ihre Neugier erfüllt zu sehen. »Das ist der Grund ... ich wollte keinen Priester hier auf diesen Stufen stehen haben, der seinen Zorn in die Menge predigt, ohne dass er versteht, was im Namen seines Gottes hier schon angerichtet wurde!«

»Bruder Tarmus, was wisst Ihr über die Vorfälle der letzten Wochen, die sich hier abgespielt haben?«, fragte Serafine höflich.

»Nicht viel«, antwortete der Priester ruhig. »Ich habe die letzten Jahre in Janas verbracht und dort geholfen, die Folgen der Katastrophe und der Pest zu lindern. Ich kam erst gestern Abend wieder in Askir an, und Bruder Portus teilte mir gleich zur Begrüßung mit, dass hier ein Tempel meines Herrn ohne Führung wäre, und schickte mich zugleich wieder los. Bis heute Morgen wusste ich nicht einmal, dass es die Südlande überhaupt gibt.«

»Aber Ihr wisst von mir«, stellte Leandra fest, während ich den beiden Soldaten, die das Tor bewachten, ein Zeichen gab, es für uns aufzuziehen. Als einer der Soldaten den Ring ergriff, zuckte er zunächst zurück, er sah meinen fragenden Blick und formte das Wort ›kalt‹ mit seinen Lippen. Ich nickte und gab ihm ein Zeichen, trotzdem das Tor zu öffnen.

Der Priester befand sich noch im Gespräch mit Leandra

und bekam von alldem nur wenig mit. »Nur das, was ich in der letzten Kerzenlänge von Stabssergeantin Grenski erfahren habe, die so freundlich war, mir meine Fragen zu beantworten, wenigstens die, bei denen sie es durfte«, sagte er jetzt zu ihr. Er lächelte ein wenig. »Sie war voll des Lobs für Euch.«

Was die hartgesottene Stabssergeantin, die wie üblich neben Blix stand, tatsächlich dazu brachte zu erröten.

Als die schweren Bronzetüren knirschend aufgezogen wurden, schlug uns nicht nur eine eisige Kälte entgegen, es offenbarte sich für uns ein Blick in einen Tempel Borons, der dunkler war, als er es hätte sein sollen. Auch wenn ein Tempel Borons meist eher einer Festung glich denn einem Gotteshaus, war es auch bei ihnen üblich, dass der Blick des Gläubigen zuerst in die große Halle fallen sollte, in der der Gott auf seiner Insel stand; meist achtete man zudem darauf, dass das Sonnenlicht, das durch die hohen Fenster schien, ihm schmeicheln sollte. Das war hier nicht anders, nur dass das Licht die Statue des Gottes kaum zu erreichen schien ... es war, als ob dunkle Schwaden sie verhüllten. Der Tempel hier in Illian war im Vergleich zu dem in Askir klein, von der Schwelle bis zu der Brücke, die über den mit Weihwasser gefüllten Graben zu der Insel reichte, waren es kaum mehr als zwanzig Schritt. Nahe genug, um von der Schwelle her Bruder Faban zu erkennen, der mit ausgestreckten Armen vor dem Abbild seines Gottes lag, die Dunkelheit, die den Tempel erfüllte, schien von ihm auszugehen.

Selbst der Boden und die Wände, die Gaben in der Opferschale rechts neben dem Eingang, alles war von einer Schicht Raureif überzogen, und die Kälte, die uns entgegenschlug, war so stark, dass sie unseren Atem sichtbar machte, noch bevor wir einen Schritt getan hatten.

Direkt vor uns, einen halben Schritt vor dem Tor zusammengebrochen, die eine Hand in unsere Richtung ausgestreckt, als wolle er uns um Hilfe bitten, befand sich die reifbedeckte Leiche eines Tempelschülers, das Gesicht unter den glitzernden Kristallen eine Maske voller Schmerz und Angst.

»Majestät«, brachte Sarann mühsam hervor, als sie sich zwischen uns hindurchdrängte, um dann einen Blick in diesen dunklen, kalten Tempel zu werfen. »Bitte, Hoheit, geht dort nicht hinein.«

»Wartet«, bat auch der Priester Tarmus. Er ging zu seinem Packen, der noch am Fuß der Treppe lag, und wühlte darin, um aus vier Teilen einen schweren Streitkolben zusammenzuschrauben, dessen Kopf aus Silber war. »So«, sagte er grimmig und hob den Streitkolben mit beiden Händen vor sich an, als ob er eine Fackel trüge. »Jetzt können wir der Dunkelheit entgegentreten.«

»Es mag eine Falle sein«, beschwor Sarann noch immer ihre Königin. »Der Feind kennt Euch, er weiß, dass er Euch so locken kann!«

»Ja«, nickte Leandra. »Das weiß ich auch.« Sie wandte sich vom Tempel ab, und für einen Moment atmete Sarann erleichtert auf, doch Leandra ging nur zu ihrem Pferd, um dort Steinherz vom Sattel abzuhängen.

»Würdest du auf mich hören, wenn ich dich bitte, dem Tempel fernzubleiben?«, fragte ich leise Serafine.

»Oder du auf mich?«, fragte sie mit einem schiefen Lächeln, dann schüttelten wir beide den Kopf. Sie seufzte und lachte leise. »Irgendwann wird es uns das Leben kosten.«

»Nicht heute«, versprach ich ihr und löste Seelenreißer in seiner Scheide. »Heute nicht.«

Ich wandte mich an Blix.

»Ihr achtet darauf, dass uns niemand folgt … und was sonst noch geschieht. Sucht den anderen Eingang, er liegt dort hinten, auf der rechten Seite, und postiert dort auch Wachen … und schickt einen Boten nach Asela.«

»Alles schon geschehen«, antwortete er, während er besorgt an mir vorbei in den dunklen Tempel schaute. »Sollen wir Euch nicht begleiten?«

»Stahl und Mut sind vielleicht nicht genug«, ermahnte ich ihn. »Ihr seid mir vor dem Tor von größerem Nutzen.« Ich musterte die Torflügel, den Raureif, der an der Luft langsam zu schmelzen begann. »Verkeilt das Tor«, bat ich ihn dann. »Ich will nicht, dass es sich hinter uns schließen kann.«

»Sind wir bereit?«, fragte ich, und alle nickten. Bruder Tarmus schickte sich an, den ersten Schritt zu tun, doch in der Zeit, die er brauchte, um sich zu sammeln und seinen Streitkolben fester zu greifen, hatte Zokora ihn bereits für ihn getan. Als hätten sie es abgesprochen, teilten sie und Varosch sich auf, sie links, er rechts, gingen sie voran, er mit seiner geliebten Armbrust, auf der das Zeichen Borons nun hell strahlte, sie mit Furchtbann in der Hand.

Ich ging als Nächster über die Schwelle, doch es war nicht Leandra oder Serafine, die nun an meiner Seite stand, sondern Yoshi. Er hatte die Knöpfe seines roten Seidenkleids geöffnet und zurückgeschlagen, darunter trug er eine dunkle Lederrüstung, die aus viereckigen Stücken gefertigt war. Eine Hand hielt er in einer breiten Tasche, die an seinem Gürtel hing, die andere hielt er hoch erhoben, zwei Finger gerade ausgestreckt, dazwischen eingeklemmt ein Stück Reispapier, auf dem sich eines dieser kunstvollen Schriftzeichen seiner Heimat rot zu winden schien.

Er sah meinen überraschten Blick … und lächelte.

Langsam drangen wir tiefer in den Tempel ein. Hinter dem Beobachter und mir folgten Serafine und Leandra, die fast Rücken an Rücken gingen, Leandra mit Steinherz in der Hand, der, wie Seelenreißer, fahl zu leuchten begann, kaum dass wir die Schwelle überschritten, Serafine mit einem schmalen Dolch und einem kaiserlichen Schwert.

»Was immer es ist, es hat den Ort noch nicht verlassen«, stellte Bruder Tarmus mit gepresster Stimme fest. »Wir werden es vertreiben«, schwor er. »Und wenn nicht wir, dann wird Boron selbst den richten, der diese Blasphemie begangen hat. Dies ist *sein* Haus, und wir werden es nicht befleckt belassen!«

Ich wollte nur, ich hätte mir dessen so sicher sein können wie der treue Priester. Nach allem, was in den letzten Wochen in Borons Namen geschehen war, hatte ich meine Zweifel, ob der Gott hier noch zu Hause war.

Außer dass es dunkler wurde und kalt genug, dass sich mein Atem auf meiner Rüstung niederschlug, geschah vorerst nichts, auch als wir Bruder Faban erreichten.

»Das ist eine Kampfansage«, stellte Zokora fest, während sie von dem toten Priester zu den blutverschmierten Roben Borons schaute. »Viel klarer geht es kaum.«

Als Leandra berichtet hatte, dass man Bruder Faban tot in seinem Tempel aufgefunden hatte, war ich zuerst davon ausgegangen, dass er mit seinen Sünden nicht mehr hatte leben können und sich selbst gerichtet hatte, doch das war deutlich nicht der Fall.

Jemand hatte ihn mit silbernen Nägeln auf die polierten Platten genagelt, die Spuren zeigten, dass er da noch gelebt hatte.

»Sieben Nägel«, stellte Zokora fest. »Eine magische Zahl. Unfug zwar, aber es gibt genügend Rituale, die darauf bestehen.«

»Es ist ein Beschwörungszirkel«, stellte Leandra rau fest. »Diese schwarzen Kerzen, der Geruch …«

»Nase, Ohren, Augen, Zunge und sein Herz an den sieben Kreuzungspunkten«, meinte Zokora und deutete es für uns aus, während hinter mir der Priester leise würgte … viel anders erging es auch mir nicht. Sie sah fragend zu Leandra auf. »Ein Blutritual. Einer dieser Torzauber, von denen ich hörte?«

»Nein«, sagte Leandra und formte in ihrer Hand ein Licht, das sie aufsteigen ließ … und sah zu, wie es schwächer wurde und verblasste, als es sich etwas weiter von uns entfernte. Sie sah sich sorgsam um, aber es gab nichts, was sich in diesem toten Tempel rührte. »Ich bin in meinen Studien nicht so weit fortgeschritten, aber mir kommt es vor, als hätte hier jemand einen Dämon beschworen.«

»Es gibt keine Dämonen«, sagte Zokora entschieden. »Also kann man sie auch nicht beschwören.« Sie richtete sich auf, um ebenfalls in die Dunkelheit zu spähen. »Aber ich verstehe, was du meinst ...«

»Ich nicht«, machte ich mich bemerkbar. »Was meinst du?«

»Es ist wie bei den Geistern der Barbaren«, erklärte mir Zokora. »Es sind keine echten Geister, nur formgewordene Magie. Ist die Magie mächtig genug, ist die Frage, wie echt die Geister sind, nur müßig, es macht keinen Unterschied. Bei all dem hier ...« Sie tat eine kleine Geste, die den toten Priester und den ganzen Tempel einschloss. »Das Blut eines Priesters, ein heiliger Ort, dieses Ritual des Blutes ... Bei der Macht, die ich hier fühle, ist es nicht mehr von Belang, ob es das, was hier beschworen wurde, gibt oder gar geben darf. Es ist. Und es belauert uns.« Ihre Lippen formten sich zu einem kalten Lächeln. »Ich habe noch nie einen Dämon erschlagen, aber es gibt für alles ein erstes Mal. Doch wir haben einen Vorteil.«

»Das ist gut zu hören«, meinte der Priester, der unter seiner Bräune bleich geworden war. »Und welcher wäre das?«

»Dieses magische Konstrukt, das hier beschworen wurde, glaubt selbst, dass es ein Dämon ist«, erklärte Leandra an Zokoras Stelle.

Zokora nickte, als wäre sie stolz auf ihre Schülerin. »Und weil das so ist, Priester, fängst du besser jetzt zu beten an.«

»Mit was ... mit was können wir hier rechnen?«, fragte der Priester und leckte sich über die aufgerissenen Lippen, was die Feuchtigkeit darauf nur wieder gefrieren ließ.

Zokora lachte trocken. »Ihr Menschen seid gut darin, euch Ungeheuer und Dämonen vorzustellen. Irgendetwas davon wird es sein.«

»Warum hat es noch nicht angegriffen?«, fragte Serafine.

Zokoras Lächeln wurde kälter. Wäre ich der Dämon gewesen, jetzt hätte ich gefroren. »Jemand hat es nicht durchdacht. Steinherz ist Boron geweiht, hier steht ein Priester, der seinen Glauben nicht verloren hat, und dann gibt es auch Varosch, der sich durch nichts erschüttern lässt. Es hat Angst vor uns, das arme Ding.« Ihre Augen zogen sich zusammen. »Jetzt wäre ein guter Zeitpunkt, Priester.«

»Für was?«, fragte der verwirrt.

»Um mit dem Beten anzufangen.« Sie wies auf die Stelle, wo sich die Dunkelheit verdichtete. »Er kommt. Es wurde ja auch Zeit.«

Er war eine Sie. Einen Kopf größer als ich, mit schwarzem Eis gerüstet, mit Augen, die wie dunkle Löcher waren. Jede ihrer Bewegungen zog Schwaden dunklen Rauchs hinter sich her, und ihr langes Haar war von diesen Schwaden kaum zu unterscheiden.

»Was seid ihr doch so dumm«, sagte sie mit einer Grabesstimme, die von den vereisten Wänden widerhallte. »Warum sollte man falsche Dämonen beschwören, wenn der Kaiser doch treue Diener hat, die ihre Seele für ihn geben … damit sie zu mehr werden und ihm besser dienen können.« Sie trat hüftschwingend aus der Dunkelheit hervor. »Ihr könnt mich Kayla nennen, oder nennt mich Eis, denn das ist mein neues Wesen!« Sie wies mit einem dunklen Finger auf Leandra. »Du hättest auf deine Sklavin hören sollen, sie ist klüger, als du es bist, denn in der Tat bin ich gekommen, um dich zu deinem Meister zu bringen, dem du dich nun schon zu lange entzogen hast!«

»Sie hat recht«, sagte Zokora und grinste noch breiter. »Sie ist kein Dämon, sonst würde sie nicht so viel schwatzen!«

Als Antwort tat der Dämon, der Geist oder die Maestra, oder was auch immer unser Gast war, eine Handbewegung, die uns einen Sturm aus Eis und Kälte entgegenwarf. Ich hätte mich gerne an Zokoras Witz erheitert, doch als ich zur Seite rollte, war ich nicht schnell genug, der Sturm berührte mich am linken Ellenbogen und überzog das Gelenk sofort mit dunklem Eis, das durch die Rüstung und die Lagen Stoff drang und wie tausend Nadeln stach.

Der Priester dagegen blieb standhaft, hielt seinen Streitkolben hoch und sprach die Worte Borons über die Standhaftigkeit gegen das Böse … für einen Moment glaubte auch ich, dass dies ihm reichen müsste, doch dann erstarrten seine Lippen mitten im Gebet, und er fiel langsam nach vorn um.

Fast befürchtete ich, er würde zerbrechen, doch so war es nicht, er fiel nur schwer zu Boden, um quer über Bruder Faban liegen zu bleiben.

Neben mir hörte ich Varosch fluchen, er hatte seine geliebte Armbrust abgeschossen, doch statt dass der geweihte Bolzen in den Feind einschlug, sprang ihm mit hellem Singen seine Sehne, um einen üblen Schnitt auf seiner Wange zu hinterlassen, der sofort gefror.

Auf der anderen Seite, hinter dem Altar, stand Yoshi auf und schnickte dem Wesen dieses Stück Reispapyira entgegen, aus dem heraus sich eine feurige Kugel entfachte, die das Herz des eisigen Sturms suchte und ihn brach, bevor das Wesen unseren Beobachter mit der Schildhand niederschlug, als wäre er nicht mehr als eine Puppe.

Ein gewagter Sprung und eine Rolle hatten Leandra aus der Wolke gebracht, und was immer ihre Meinungsverschiedenheiten mit Steinherz auch gewesen sein mochten, hierin, dieses Wesen zu besiegen und das Böse aus dem Haus des Gottes zu vertreiben, waren sie sich einig.

Schwertkampf ist oft nicht mehr als nur ein übles Gemetzel, doch manchmal offenbarte sich Schönheit in Haltung, Bewegung, Muskelspiel und Klingenführung, und dieser Anblick brannte sich mir ein. Leandras lange Beine beschrieben leicht geduckt einen gespannten Bogen, der über ihr durchgestrecktes Rückgrat und die ausgestreckten Arme in Steinherz mündete und all das, was sie war, in einen perfekten Streich legte. In diesem einen Moment war sie Vollkommenheit, die mir den Atem nahm ... doch dann schlug Steinherz auf ... und prallte mit hellem Klingen ab. Ein geringeres Schwert wäre an dem Streich zerbrochen, so aber sprang er ihr nur aus der Hand und flog davon und ließ Leandra waffenlos zur Seite taumeln.

Das Wesen lachte.

»Meint ihr, mein Herr wüsste nicht, wie ihr bewaffnet

seid?«, höhnte sie. »Komm, der, der du dich Engel des Todes nennst, versuch auch du dein Glück!«

Ich hätte es ja gern versucht, doch sie ließ mich nicht. Das Schwert aus Eis war bedrückend schnell und zwang mich mit einer Wucht zurück, die mich fluchen ließ, ich hatte genug damit zu tun, dem Angriff standzuhalten, bis mich ein Rückhandschlag mit ihrem Schild zur Seite fegte.

Dies gab Zokora die Gelegenheit, hinter ihr vorbeizurollen, zu schnell für das Wesen; als ihr Schwert dort niederfuhr, war Zokora nicht mehr dort, doch im Rollen hatte Zokora ihr Schwert durchgezogen … und war genauso klingend abgeprallt.

Der Kampf hatte keine zehn Atemzüge gewährt, und er war bereits vorbei. So wie es schien, hatten wir verloren.

»Lauf!«, rief ich Serafine zu … doch dann sah ich, dass sie bereits am Boden lag, still und steif, ihr Körper von diesem dunklen Eis überzogen.

Mit dem Schwert in der Hand führte das Wesen eine Geste aus, die einen Wirbel dunklen Eises in Leandras Richtung schickte. »Keine Angst, Maestra, er will Euch noch immer unversehrt«, sagte sie mit einem unheilvollen Lachen. »Ergebt Euch einfach in Euer Schicksal … Ihr seid dazu bestimmt!«

Doch Leandra hatte sich darauf besonnen, dass ihr mehr zur Verfügung stand als nur der Stahl eines geweihten Schwertes; als sie jetzt ihre Hand dem Wesen entgegenstreckte, schoss eine nicht enden wollende Folge Blitze daraus hervor, die von Donnerschlägen begleitet wurden, die sogar das fest gefügte Fundament des Tempels erzittern ließe. Das Lachen gefror dem Wesen auf den Zügen, der Wirbel aus Eis wurde auseinandergetrieben wie Nebel von einem starken Wind. Überall um Leandra herum sammelten sich Funken, nicht nur blaue, wie ich sie zuvor von ihr kannte, sondern auch solche in hellem Rot und dunklem Braun, sie kamen aus der Luft zu ihr, stiegen aus dem Boden, bildeten einen Wirbel um sie herum, der sie mit einem Gleißen umhüllte, während ihre violetten Augen immer heller zu leuchten begannen.

Währenddessen sprach sie, ein Wort nach dem anderen, und jedes dieser Worte ließ die Welt erbeben und trieb das Wesen wie mit Hammerschlägen vor ihr her in Richtung Tempeltor. Hinter ihr, am offenen Tor, sah ich Blix ungläubig starren, mir wäre es nicht anders ergangen, doch blieb mir nicht die Zeit dafür.

Und gerade, als es aussah, als hätte das Wesen Leandras Zorn nichts mehr entgegenzusetzen, gab Leandra einen erstickten Laut von sich, suchte erstaunt meinen Blick ... um dann haltlos in sich zusammenzusacken!

Das Wesen, das vor Leandras Ansturm wie ein erschrecktes Tier gekauert hatte, richtete sich wieder auf. Leandras Blitze hatten Löcher in seine Form gerissen, Sprünge durchzogen das schwarze Eis, doch während ich noch starrte, fügte es sich neu zusammen. »Beinahe ist nicht genug«, knurrte es grimmig und bückte sich, um Leandras leblose Form zu ergreifen. Dies war die Gelegenheit, und ich zögerte keinen Wimpernschlag.

Aselas Rat war mir im Sinn geblieben. Ich setzte nicht die Wucht in einen Schlag, sondern ließ Seelenreißer tanzen, auf und nieder fahren, nicht ein Schlag, viele, bis einer endlich diesen Zauber durchbrach. Die blauen Funken, von denen die Eule gesprochen hatte und die ein Zeichen für diesen Zauber waren, stoben auf und bestätigten ihre Worte, doch dann warf mich der Schild zurück, noch im Fallen schlug ich erneut zu ... und Seelenreißer trennte einen Span von diesem dunklen Schild.

Ich fiel hart, doch diesmal lachte ich.

Das Wesen verstand zur gleichen Zeit und ließ Leandra fahren, um die Geste zu wiederholen, die vorhin den Sturm aus Eis gerufen hatte, doch Zokoras schwarze Klinge fuhr herab und trennte, oder besser, brach ihr die Hand mit dem Schwert vom Arm.

Das Wesen versperrte uns den Weg zur Flucht, zugleich stand es aber mit dem Rücken zur Tempeltür; dort sah ich Blix, wie er mit einem Speer, den er wohl von einem der königlichen Soldaten gestohlen hatte, ausholte und ihn warf, während drei weitere gerüstete Gestalten eilig dem geworfenen Speer in den Tempel folgten.

Blix hatte gut geworfen, mit lautem Knirschen wuchs dem Wesen die Spitze des Speers aus der Brust und warf es nach vorn, während Zokora bereits zum nächsten Schlag ausholte. Mit einem Wutschrei schlug das Wesen Zokora mit dem Schild zurück, während sich die Hand bereits neu formte, den Speer herausriss und in zwei Teile brach, als wäre er nicht mehr als Zunderholz.

Zugleich begann es sich zu verändern. Während es vorher noch einer übergroßen Frau geglichen hatte, formte es sich nun zu einem Zerrbild aus Kristallen, nahm an Größe, Wucht und Umfang zu. Diesmal stellte sich kein Zauber meinem Schlag entgegen, Eiskristalle stieben davon, als Seelenreißer tiefe Scharten in es schlug, doch während ich hier noch eine Kerbe grub, schloss sich schon die letzte. Ein Schlag verfehlte mich und brach ein Stück Stein aus einer nahen Säule, der nächste fegte mich von meinen Beinen.

Doch fast im selben Moment traf eine Axt es von hinten an der Schulter, ein Schlag, der so mächtig war, dass es dem Wesen fast Schulter und Arm absprengte und es zugleich vor dem Standbild unseres Gottes auf die Knie trieb, während ich hinter dem Dämon Ragnar zähnefletschend grinsen sah, als er seine gottgeschmiedete Axt aus den Eiskristallen löste.

Janos dagegen warf dem Wesen gleich zwei Ölflaschen entgegen und eine Fackel hinterher, und als das Öl entflammte und das Wesen sich mit einem Wutschrei seinen neuen Feinden zuwandte, stand vor dem Dämon eine blonde Sera mit einem blau schimmernden Schwert in ihrer Hand und einem harten Lächeln auf den Lippen.

»Eis willst du sein?«, meinte Sieglinde grimmig. »Dann lerne jetzt, was wahre Kälte ist!«

Eiswehr zuckte hoch und vor und traf das Wesen mit einem hellen Singen. Wo eben noch dunkles Eis allen unseren Schlägen getrotzt hatte, wurde es heller, als tausend kleine Sprünge ihre Spuren zeigten und es im gleichen Lidschlag erstarren ließ. Ein lautes Knirschen und Knacken folgte, als Eiswehrs Spitze es durchbohrte, dann zersprang es mit einem lauten Schlag in Tausende kleine Stücke, die sich noch in der Luft auflösten, sodass kaum eines den Boden berührte, und wenn, auch dort zugleich verschwand, als wäre es nie gewesen.

»Wo ist es hin?«, fragte Ragnar verblüfft und sah sich wie wir alle um. Doch von dem falschen Dämon war keine Spur mehr übrig. »Ist es entkommen?«

»Ich glaube nicht«, sagte ich und nickte Sieglinde dankend zu, die noch immer Eiswehr hielt, deren blaues Leuchten nun auch langsam schwand. »Ich denke, Sieglindes letzter Streich hat es einfach nur zerschlagen.«

Als die Dunkelheit zurückwich, fiel Soltars Licht auf das Bild des Gottes und hüllte ihn in ein feuriges Lodern, das den Gott grimmiger erscheinen ließ als je zuvor; das Lodern wurde stärker, bis der Gott wie eine heiße Flamme brannte und mit seinem heißen Zorn den letzten Rest an Dunkelheit aus seinem Haus vertrieb. Als das Feuer dann verging, zeigten sich sein Standbild und auch seine Robe unberührt von diesen Flammen und unbefleckt von Blut.

»Das«, lachte Janos und schüttelte ungläubig den Kopf, »hätte ihm auch früher einfallen können!«

»Überhaupt«, meinte Ragnar schwer atmend, als er sich auf Ragnarskrag stützte, »warum habt ihr ohne uns angefangen? Ihr gönnt uns einfach keinen Spaß!«

Ich hörte ihnen nicht mehr richtig zu, ich hielt Serafine in den Armen, schüttelte sie sanft und gab nicht auf, bis sie mit einem leisen Seufzer ihre Augen öffnete. »Götter«, meinte sie und hob müde die Hand, um mir leicht über die Wange zu fahren. »Du siehst aus, als hättest du dich wieder mit Rellin geschlagen ...«

Sie hatte gut reden, dachte ich, während ich sie hochhob und zu Leandra trug, um die sich Zokora bereits bemühte. Serafine sah auch nicht viel besser aus.

»Wie geht es ihr?«, fragte ich besorgt, noch mit Serafine in meinen Armen.

Doch es war Leandra, die ihre Augen öffnete, mich fast verärgert ansah und die Antwort gab.

»Was für eine dumme Frage«, sagte sie erschöpft. »Ich habe Hunger.«

Auch der Priester lebte noch, wobei der Frost ihm im Gesicht die Adern hatte platzen lassen, dennoch stand er bald aufrecht und schaute sich erschöpft in dem verwüsteten Tempel um. »Hier gibt es viel zu tun für mich«, krächzte er. »Aber wenigstens muss ich den Tempel nicht neu weihen.«

Denn dort, wo Bruder Faban lag, gab es nicht mehr die geringste Spur des dunklen Rituals, dafür ein Zeichen, dass der Gott dem jungen Priester letztlich doch vergeben hatte, die Entstellung, die man für dieses finstere Ritual an ihm vollzogen hatte, war zurückgenommen worden, Bruder Faban lag da, als ob er nur friedlich schlief. Wo die silbernen Nägel in den Boden getrieben worden waren, glänzte jetzt, wie frisch gegossen, sieben Mal das Siegel Borons.

Als diesmal der Boden unter unseren Füßen bebte und die Laternen an der hohen Tempeldecke in ihren Ketten klirrten, verstand ich, dass dies nur der Anfang war. Während von draußen Hornsignale und ferne Glocken den Alarm ertönen ließen, wandte ich mich grimmig Ragnar zu. »Ich glaube, Spaß bekommst du noch genug.«

Wie lange hatte der Kampf mit diesem Wesen gedauert? Einen halben Docht vielleicht? Ich fühlte mich, als wäre es eine Ewigkeit gewesen. Meine Schulter pochte wieder, war aber nicht erneut gebrochen. Zweimal hatte das Wesen mich getroffen, beide Male nicht direkt, aber es reichte, jeder Knochen tat mir weh. Yoshi hatte es härter getroffen, doch als Zokora nach ihm sehen wollte, schüttelte er nur leicht den Kopf und bedeutete, dass er keine Hilfe bräuchte, auch wenn sein Lächeln diesmal etwas mühsam wirkte.

Serafine war, wie der Priester, von dem Eis gefangen worden, und wo das dunkle Eis nackte Haut berührt hatte, waren Äderchen geplatzt und die Haut gerissen. Leandra war hauptsächlich erschöpft, Zokora und Varosch hingegen hatten nichts abbekommen, außer dass jetzt, da die unnatürliche Kälte vergangen war, der Schnitt an seiner Wange blutete.

»Du wirst aussehen, als hätte er dich geschlagen«, meinte Zokora dann auch zu Serafine, als sie aus einem kleinen Tiegel Salbe auf ihr Gesicht auftrug. Serafine atmete jedes Mal scharf ein, wenn Zokora sie berührte. »Doch der Frost hat dich erstaunlich wenig mitgenommen. Der Priester Borons ist weit schlechter dran.«

»Kurz bevor mich das Eis erwischte, erinnerte ich mich daran, dass es auch nur Wasser ist, so konnte ich das Schlimmste verhindern«, meinte Serafine und unterdrückte einen leisen Schmerzensschrei. »Das brennt!«, beschwerte sie sich. »Und es lässt meine Augen tränen!«

»Gut«, meinte Zokora unbeeindruckt und legte etwas Salbe nach. »Das bedeutet, dass es hilft.«

»Warum kommst du immer ohne Blessuren durch so etwas durch?«, beschwerte sich Serafine, und Zokora grinste breit.

»Ich bin klein und schnell«, erklärte sie und schaute zu mir hinüber. »Im Gegensatz zu Havald. Deshalb bekommt er immer die Schläge ab, er bleibt ja stehen, damit man ihn auch gut treffen kann. Du hättest hinter ihm bleiben sollen.«

»Leichter gesagt als getan«, grummelte Serafine und warf mir einen vorwurfsvollen Blick zu, als wäre all das meine Schuld. »So langsam ist er nicht, und als die Eiswolke kam, hat er sich fast so schnell aus dem Weg gerollt wie du!«

»Stimmt«, nickte Zokora freundlich. »Für so einen großen Ochsen ist er überraschend behände.«

»Götter!«, hörte ich Leandra fluchen und schaute zu ihr hinüber. Sie saß auf den Tempelstufen und brach sich gerade ein Stück aus einem Laib Brot heraus. »Sarann, du benimmst dich wie eine Glucke! Mir ist weiter nichts geschehen!«

»So seht Ihr aber nicht aus!«, beschwerte sich die Hand der Königin. »Ihr seid bleich, und es hat fast den Anschein, als wäret ihr abgemagert!«

»Sarann«, knirschte Leandra. »Mach dich nützlich, indem du uns eine Kutsche besorgst … oder tu irgendetwas, aber lass mich einfach essen! Oder finde heraus, was vor unseren Mauern geschieht … Götter, wo bleibt der verfluchte Meldegänger?«

Gute Frage, dachte ich. Noch immer kamen Hornsignale von den Mauern. Nur ergaben diese wenig Sinn. Die Signale selbst waren klar verständlich: Feind bereitet einen Angriff vor; aber wieso dann auch: Feind zieht sich zurück?

Ich winkte Blix heran. »Besorgt uns eine Kutsche. Oder einen Karren«, wies ich ihn an. »Ich glaube nicht, dass die Königin in ihrer Verfassung reiten sollte. Könnt Ihr herausfinden, was auf den Mauern los ist?«

»Ich habe einen meiner Leute zum Haupttor geschickt, unseren besten Läufer, er müsste bald zurück sein.«

»Havald«, sprach mich gleich darauf Varosch an. »Es gibt etwas, das du wissen solltest.«

Ich sah ihn fragend an.

»Das Wesen da drin«, meinte er und wies auf den Tempel, »war kein Dämon. Wie es sagte, jemand der sich dem Kaiser opferte und … verwandelt wurde. Aber eines bleibt. Es wurde beschworen. Das bedeutet …«

»Derjenige, der Bruder Faban geopfert hat, läuft noch frei herum.«

Varosch nickte besorgt. »Genau das.«

Ich wies auf die Hand der Königin, die gerade eine Kutsche erspäht hatte und nun mit dem Kutscher diskutierte … falls man das so nennen wollte. Sie zog ihn an seinem Umhang beinahe von dem Kutschbock.

»Hilf ihr mit der Kutsche, dann hole sie mir heran. Und, bei den Göttern, wo bleibt der verdammte Meldegänger?«

Viel fehlte nicht, und wir hätten es im Chor gerufen.

Kopf oder Flagge

31 Er kam, gerade als Sarann die Kutsche vor den Tempel fuhr. Ein junger Legionär, der nur noch seinen wattierten Rock trug, seine Rüstung hatte er abgeworfen, um schneller laufen zu können.

»Bericht!«, forderte Blix.

Der junge Ser beugte sich keuchend vor und stützte sich auf seinen Knien ab. »Ein … ein Lindwyrm, Sers«, keuchte er mit weit aufgerissenen Augen. »Die Leute auf den Zinnen scheinen ihn zu kennen, sie rufen seinen Namen. Byrwylde.«

»Unmöglich!«, brach es aus Leandra heraus. »Der Wyrm ist tot! Ich habe mit eigenen Augen gesehen, wie er starb!«

»Er … sah mir … recht … lebendig aus. Anders … als das andere … Ding!«, keuchte der Meldegänger.

»Welches andere Ding?«

»Sie haben einen toten Riesen beschworen«, brachte der Meldegänger mühsam heraus. »Der ist tot … kein Zweifel dran … aber sie bewegen ihn mit Magie und … Dunkelheit. Er kommt nur … langsam näher, aber auch er kommt … und schleift eine Keule mit sich, die größer ist als ein Haus!«

»Das ist nicht möglich!«, widersprach Blix entschieden. »Bei aller Macht, über die sie verfügen, sie können ihn nicht wiederbeleben, er ist zu lange tot!«

»Der Riese lebt nicht«, erklärte der Soldat schwer atmend. »Er wird von ihnen geführt wie eine Puppe … sie hätten ihn auch aus Bäumen schnitzen können, so aber sind es eben Knochen.«

»Das hört sich für mich an, als ob Ihr diesen Riesen kennt?«, fragte ich Blix ungläubig, und er nickte.

»Wir fanden ihn im Blub… Hexenmoor. Zumindest seine Reste.« Er wandte sich wieder an den Meldegänger. »Warum dann das Signal, dass der Feind abzieht?«

»Weil er es tut. Die feindlichen Legionen ziehen ab. Aber

ich glaube nicht, dass sie fliehen, Ser, eher scheint es mir, als ob sie diesen beiden Ungeheuern Platz geben wollen.«

»Dann haben sie etwas gelernt«, meinte Leandra grimmig. »Byrwylde braucht viel Platz ... sie könnte sich aus Versehen über sie wälzen ... nur dass es nicht sein kann! Byrwylde ist genauso tot wie dieser Riese, ich sah selbst, wie der Wyrm von seinem eigenen Gezücht gefressen wurde! Götter!«, fluchte sie. »Irgendjemand helfe mir in die verfluchte Kutsche, meine Knie wollen mich nicht tragen!« Sie schaute mit lodernden Augen in die Runde. »Ich will auf die Zinnen. Und wenn mich jemand tragen muss!« Sie lachte bitter. »In Illian hat das Tradition!«

Während Blix ihr in die Kutsche half, winkte ich Sarann heran.

»Wir kümmern uns um die Königin«, teilte ich ihr mit. »Für dich habe ich eine andere Aufgabe.«

»Ihr habt mir nichts zu befehlen«, entgegnete sie störrisch. »Eure Zeit als Hand ist lange schon vorbei. Ihr habt zudem versagt, der König, dem Ihr gedient habt, starb auf Eurer Wacht.«

»Er starb, weil ich tat, was nötig war«, teilte ich ihr grimmig mit. »Und jetzt tu, was ich dir auftrage, du kannst dich anschließend bei Lenere beschweren.« Ich wies zum Tempel hin. »Jemand hat dieses Wesen beschworen, jemand, der über Magie verfügt, jemand, dem Bruder Faban erlaubt hätte, ihn zu überraschen. Jemand, der in der großen Halle war, als Sera Zokora diese Panik auslöste. Jemand, der Zugang zu unseren Zimmern hat, ohne dass es auffällt. Findet heraus, wer dieser Jemand ist, denn er ist weitaus gefährlicher, als wir es uns dachten. Es wird eine Sera sein ... geh und suche sie. Besser, *finde* sie. Du willst Leandra schützen? Fein, dann tu das; wer es auch immer ist, ist eine größere Gefahr als diese Ungeheuer vor unseren Mauern!«

»Warum sollte dieser Jemand eine Sera sein?«, fragte sie störrisch.

»Die Beschwörung in dem Tempel ist ein Zeichen großer

Macht. Wäre es ein Mann, er würde Leandra direkt angehen. Der, den du suchen sollst, hält sich verborgen. Also ist es eine Sera.«

»Das muss nicht sein«, widersprach sie mit funkelnden Augen. »Es gibt auch genügend Sers, die heimtückisch und feige sind.«

Ich seufzte. »Es ist mir egal, wer es ist. Finde sie oder ihn. Wenn du den Verräter gefunden hast, gehe ihn *nicht* an. Erstatte mir oder Lenere Bericht ... und lasse ihn nicht merken, dass du ihm auf der Spur bist. Es muss jemand sein, der mit der Verschwörung zu tun hatte, sich aber vor den anderen Verschwörern verborgen hielt. Vielleicht solltest du beim alten Grafen Render anfangen ... wenn jemand etwas weiß, dann er!«

»Es muss kein Verschwörer sein, vielleicht ist er nur ein Spion des Nekromantenkaisers.«

»Götter!«, fluchte ich. Leandra saß bereits in der Kutsche und winkte mich heran. Ich hatte keine Lust und Zeit, mit einer sturen Hand zu diskutieren. »*Natürlich* ist er Kolarons Spion, es ging ja darum, Leandra dem Nekromantenkaiser zuzuführen! Finde ihn oder sie, Sarann. Wenn du Leandra liebst, dann finde diesen Kerl, der ihr diese Falle stellte!«

»Sie hätte nicht in den Tempel gehen sollen!«, beharrte sie stur. »Ich riet ihr davon ab.«

Götter. Dies brauchte ein Maß an Geduld, das ich wahrlich nicht besaß!

»Ohne Leandra hätten wir das Wesen nicht besiegen können. Leandra allein wäre nicht imstande gewesen, es aufzuhalten ... Wäre sie nicht mit uns in den Tempel gegangen, hätte der Feind bereits gesiegt ... und deine Königin wäre auf dem Weg zum Nekromantenkaiser. Zweifle nicht an deiner Königin, sie weiß, was sie tut. Und jetzt ... geh und finde den, der ihr das antun wollte!«

Damit ließ ich sie stehen und eilte zur Kutsche hin. Grenski, die auf dem Kutschbock saß, wartete kaum lang genug, dass ich mich durch die Tür der Kutsche ziehen konnte.

Als Letzter sprang noch Varosch hinein und zog die Türe zu.

»Ich habe mir einen von Blixens Leuten ausgeliehen, um mir etwas aus meinem Zimmer zu besorgen«, erklärte er und setzte sich vor Zokora in den Fußraum, woanders war nicht Platz für ihn.

»Was hattest du mit Sarann zu tun?«, fragte mich Leandra, kaum dass ich richtig saß.

»Ich habe versucht, ihr den Kopf zurechtzurücken.«

»Und?«, lächelte sie. »Ist es dir gelungen?«

»Das wird sich noch zeigen«, gab ich müde Antwort. »Aber sie ist wahrlich stur.«

Während wir wie die wilde Jagd in Richtung Haupttor fuhren, bebte die Erde wieder … und eines der Häuser auf der linken Seite hielt der Belastung nicht länger stand, die Fassade brach herunter, noch während wir vorüberstoben.

Mittlerweile hatte auch der Letzte in der Stadt begriffen, dass etwas Ungewöhnliches geschah, und wir sahen nur erschreckte oder sorgenvolle Gesichter. »Ein Wunder, dass noch keine Panik ausbrach«, bemerkte ich, als ich eine junge Sera sah, die ihre Kinder ins Haus zerrte.

»Niemand kann aus der Stadt heraus«, sagte Leandra müde und nahm einen großen Schluck aus ihrem Wasserschlauch, um das Brot herunterzuspülen, und griff dann nach einem Apfel. »Wo sollen sie hinrennen? Die Stadtwache riet von Anfang an, dass es am besten ist, sich im Haus zu verbarrikadieren, was auch in meinen Augen das Vernünftigste ist.« Sie beugte sich vor, um einen Blick aus dem Fenster zu werfen. »Aber die Angst steht ihnen ins Gesicht geschrieben … mit Grund. Byrwylde? Götter, Havald, wie kann das sein? Ich sah den Wyrm sterben!«

»Byrwylde war schon eine Legende, als es noch die Titanen gab«, sagte Zokora ruhig. »Sie ist älter als die Götter selbst, vielleicht älter als die Welt. Sie war einst im Eis gefangen, als es das gesamte Tal hier füllte … und wie lange sie darin gefangen war, weiß niemand zu sagen. Sie hat den Anfang der Schöpfung erlebt, Leandra, wie konntet ihr nur glauben, dass ihr sie besiegen könnt?«

»Asela hat ihr den Kopf abgeschnitten … und ich schwöre dir, ich sah, wie sie gestorben ist!«

»Wir werden auch dieses Rätsel noch lösen«, meinte Zokora unerschütterlich. »Aber zuerst will ich dieses Ungeheuer mit eigenen Augen sehen.«

Wir mussten Leandra nicht zu den Zinnen tragen, es reichte, dass wir sie stützten. Als wir die Torburg erreichten, zeigte es sich, dass der Meldegänger die Wahrheit berichtet hatte. Die Ungeheuer waren noch nicht heran, doch beide waren groß genug, dass man sie in der Ferne kommen sah. Auch was die feindlichen Legionen anging, war es so, wie er es beschrieben hatte. Man sah, wie sie in langen Kolonnen ihr Lager verließen nach Süden und nach Norden auswichen, um den beiden Ungeheuern freies Feld zu geben.

Ich zog mein Sehrohr aus, doch Varosch tippte mir auf die Schulter und wies mich auf das andere Sehrohr hin, ein ungleich größeres, das an der Ecke auf einem Stativ stand.

Doch auch jetzt war Zokora schneller, eine Geste von ihr reichte, damit die kaiserliche Feder das Rohr hastig für sie freigab. Ich wollte mich schon beschweren, da trat sie bereits zurück.

Weder den Riesen noch Byrwylde hatte ich jemals zuvor gesehen. Als ich sah, wie der Wyrm das alte Zollhaus drüben am Fluss niederwälzte, wünschte ich mir, es wäre so geblieben. Obwohl es unklar war, welcher Anblick mich mehr erschreckte, der des Wyrms oder der des toten Riesen. Der Meldegänger behielt auch hier recht, sie bewegten ihn wie eine Puppe. Er war nicht mehr als blanker Knochen. Wo ihm das Fleisch verrottet war, umhüllten ihn jetzt Dunkelheit und Rauch und gaben ihm Muskeln aus schwärzester Magie. Er war so groß wie ein fünfstöckiges Haus … doch neben dem Wyrm erschien selbst er mir klein.

Wortlos trat ich zurück und ließ Leandra sehen, die laut fluchte, als sie den Wyrm erblickte.

»Ich kann das nicht glauben. Ich schwöre euch…« Sie stockte. »Das ist nicht Byrwylde!«, brach es dann aus ihr heraus. Sie löste sich von dem Sehrohr und schaute uns mit weiten Augen an. »Wie kann das sein? Byrwylde hatte eine andere Maserung an der Schnauze, fast wie ein dreigezackter Speer, doch dieser Wyrm hier hat dort nur gerade Linien! Götter, es wird doch nicht noch mehr dieser Ungeheuer geben?«

»Ich glaube, ich weiß, was hier geschehen ist«, sagte Zokora leise. »Byrwylde ist der Weltenwurm, den man aus allen Legenden kennt, ob nun aus euren oder unseren, wahrscheinlich kannten selbst die Titanen schon die Sage. Und immer wird er so dargestellt: wie eine Schlange, die sich selbst frisst.«

Sie schaute wieder durch das Rohr. »Hast du mir nicht gesagt, dass Byrwylde von ihrem eigenen Gezücht gefressen wurde?«

Leandra nickte.

»Dann ist das die Lösung. Sie hat sich selbst gefressen… und ist wieder auferstanden. Es ist nicht Byrwylde, das ist der Wyrm, der Byrwylde hat am schnellsten fressen können… und die anderen Würmer noch dazu.«

»Der Weltenwurm, der sich selbst frisst«, hauchte Leandra. »Götter… wie sollen wir sie jemals besiegen?«

»Wenn, dann jetzt«, meinte Zokora kühl. »Ich sehe keine anderen Würmer, er dürfte sie alle gefressen haben. Und bevor es wieder Nachwuchs gibt…« Sie zog ihre Hand quer über ihre Kehle. »Kannst du das tun, was Asela tat?«

Leandra schüttelte schwach den Kopf. »Nicht in meinen besten Zeiten. Vor allem nicht, wenn ich erschöpft bin wie jetzt gerade. Verflucht sei diese Miran«, spie sie aus. »Ich wusste, dass es sich rächen würde. Sie hat den Feind erst auf die Idee gebracht, und jetzt zahlt er es uns heim! Nichts sonst könnte diese Mauern erschüttern… aber Byrwylde, ich weiß nicht, ob es irgendetwas auf der Weltenscheibe gibt, das ihr widerstehen kann!«

»Kann man den Wyrm irgendwie verletzten?«, fragte Sieglinde. »Zokora sagte doch, dass Eiswehr …«

»Das war, bevor ich wusste, wie groß Byrwylde ist«, gestand die dunkle Elfe. »Schau sie dir an, Sieglinde. Sie ist größer als ein ganzes Haus … du könntest ihr schaden, aber mehr auch nicht. Abgesehen davon, bewegt sie sich nicht so langsam, wie es scheint … sie ist nur im Moment noch weit entfernt. Schau, wie sie an dieser Turmruine vorbeizieht, sie ist schneller als ein Pferd! Du kämest nicht nahe genug heran.«

Die Mauern, auf denen wir standen, waren von Askannon mit Magie und schwerer Arbeit selbst hochgezogen worden, selbst er hatte Jahre dafür gebraucht … und jeder der neuen Kolonisten hatte mit Hand anlegen müssen. Von Meister Steingrimm hatte ich erfahren, wie ausgeklügelt die Konstruktion tatsächlich war. Sie reichte bis in das Urgestein herunter und war dort mit mächtigen stählernen Haken verankert. Jeder Block war mit dem nächsten verzahnt und gleich vierfach mit mächtigen Stahlzargen gehalten. Die äußere Lage bestand aus grauen Steinen, die der Kaiser mit einer Magie aus Sand und Wasser zu dem härtesten Gestein formte, dahinter folgte eine Schicht aus Erde, um Schläge abzudämmen, und darunter, unsichtbar, ein zweiter breiter Wall, so geformt, dass er Erschütterungen auffangen konnte. Stein, Erde und Sand wechselten sich ab wie die Lagen einer Rüstung, außen hart, innen zäh. Vierzig Schritt maß sie in der Basis an Breite, hier oben auf den Zinnen waren es noch immer fünfzehn, breit genug für drei schwere Wagen. Das Tor bestand aus zwei schweren Blöcken kaiserlichen Stahls, die nicht aufgezogen wurden, sondern sich auf Achsen in die Mauern eindrehten, waren sie verschlossen, verzahnten sich die Blöcke ineinander und bildeten nach außen einen mächtigen Stahlzylinder, der das Wappen Askirs trug.

»Es ist eine Mauer und Festungsanlage, an der auch ein

Zwerg verzweifeln kann«, hatte Meister Steingrimm dazu gesagt. »Wenn ich nach Hause komme, wird man mir nicht glauben, dass es Menschenwerk sein soll ... und noch weniger, dass ich diese Mauern bezwungen habe! Selbst die Titanen könnten diese Mauern nicht erschüttern!«

Die Titanen nicht. Aber Byrwylde und ein toter Riese vielleicht schon.

»Byrwylde braucht die Mauern gar nicht einzureißen«, sagte Serafine leise neben mir, als ob sie meine Gedanken lesen würde. »Sie ist groß genug ... wenn sie sich aufbäumt, kann sie sich sogar über diese hohen Mauern wälzen. Und ist sie erst mal in der Stadt ...«

Sie seufzte und sprach nicht weiter ... was dann geschehen würde, war uns allen klar.

»Wir müssen die Stadt aufgeben«, sagte ich schwer. »So viele wie möglich durch das Tor nach Askir bringen ... Ich verstehe nur nicht, wie sie Byrwylde kontrollieren können!«

»Egal, wie sie es machen, es gelingt ihnen nicht so gut«, stellte Varosch fest. »Schaut. Sie weicht schon wieder zur Seite aus ... sie will gar nicht hierher, ihr Ziel liegt irgendwo im Nordosten, wenn sie ausbricht, dann immer in die gleiche Richtung.«

»Bestienmeister!«, rief Leandra aufgeregt. »Miran hat die Schlange mit Erschütterungen gelockt, aber der Feind hat Bestienmeister!«

»Ich glaube kaum, dass es einen Bestienmeister gibt, der mächtig genug wäre, sie zu kontrollieren«, warf ich ein. »Das ist kein zahmes Biest, das ist Byrwylde!«

»Einem wird es wohl kaum gelingen«, sagte Zokora ruhig. »Kommt her und schaut euch das hier an.«

Sie hatte das Sehrohr herumgeschwenkt, jetzt zeigte es uns einen kleinen Hügel im Nordosten. Dort standen gut zwei Dutzend dieser schwarzen Priester und ein gutes Dutzend der Trommeln, wie ich sie aus Aldane kannte. Und vor ihnen, im Takt der Schläge, wiegten sich acht oder neun feindliche Soldaten, die den auffälligen Kragen trugen, der sie als Bestienmeister auswies. So gut war das Glas, dass ich auch auf die Entfernung sehen konnte, dass die Bestienmeister die Augen geschlossen hatten und sich in tiefer Trance befanden. Vielleicht fünfhundert der schwarzen Legionäre, also fast eine halbe Lanze, sicherten den Hügel ab … und taten mehr als das, denn jetzt sah ich durch das Rohr, wie ein toter Legionär seitlich den Hügel herunterrollte … um neben anderen toten am Fuß des Hügels aufzuschlagen.

»Götter«, hauchte ich, als ich verstand, was ich da sah. »Sie opfern ihre eigenen Soldaten!«

»Verständlich«, meinte Leandra grimmig. »Ich nehme an, Byrwylde zerrt mächtig an den Zügeln … und diesen toten Riesen zu bewegen, wird ebenfalls viel Kraft benötigen.« Sie schüttelte ungläubig den Kopf. »Manchmal denke ich, wir brauchen nur zu warten, bis sie sich selbst zerfleischen.«

»Ich verstehe nicht, wie auch nur ein Soldat dem Kaiser folgen kann«, meinte Blix mit rauer Stimme. »Wie können sie so tapfer zu ihm halten, wenn er sie opfern lässt?«

»Würdest du für Desina sterben?«, fragte Zokora ihn leise, während wir gebannt zusahen, wie Byrwylde wieder näher kam.

»Ja. In einer Schlacht. In Erfüllung meiner Pflicht. Aber nicht als Blutopfer, um ihre Macht zu mehren!«

»Und wenn es deine Pflicht wäre, so für sie zu sterben?«

Blix zögerte, dann schüttelte er entschieden den Kopf. »Ich würde ihr nicht folgen wollen, wenn sie dies von uns verlangen würde. Niemand würde das. Was dort geschieht, ist nicht mehr ehrenhaft!«

»Nicht aus unserer Sicht«, stellte ich fest und musterte den fernen Hügel durch das Glas. »Was meint Ihr«, fragte ich Blix, »wie weit ist der Hügel von uns weg?«

»Das sind bestimmt achttausend Schritt«, meinte Blix. »Vielleicht noch mehr … durch Straßen, die von Trümmern blockiert sind, durch die Bresche in der unteren Mauer … dann über den Fluss hinweg. Wenn Ihr das vorhabt, was ich denke, ist der Fluss zu breit dafür. Wir müssten uns über die

Brücke dort hinten kämpfen ... was uns den Weg verdoppelt. Selbst ohne Feindberührung ... wir bräuchten im schnellsten Marsch fast eine Glocke bis dorthin und ständen erneut einer Übermacht entgegen.« Er seufzte. »Es wäre die zweite Lanze binnen weniger Wochen, die ich verlieren würde.« Seine Lippen formten sich zu einem müden Lächeln. »Obwohl es keinen Unterschied macht, ich nehme an, meine Lanze wird den Rückzug sichern müssen ... und das bedeutet, dass wir Askir nicht mehr wiedersehen werden. Nur würde ich gerne sinnvoll sterben.«

»Und wenn Ihr auf dem Wasser marschieren könntet?«, fragte Serafine leise. »Wenn der Fluss für Eure Legionäre wie eine Straße wäre?«

Blix sah sie verwundert an. »Wenn der Fluss uns eine Straße wäre ... Der Wassergraben vor diesen Mauern auch?«

Serafine nickte langsam.

»Dann ... könnten wir den Weg abkürzen. Hier den Graben lang, dort auf den Fluss ... Ihr meint das ernst?«

Wieder nickte Serafine.

Es war Blix deutlich anzusehen, dass ihm tausend Fragen auf den Lippen brannten, aber er verbiss sie sich.

»Darf ich?«, fragte er, und ich gab ihm den Platz am Sehrohr frei.

»Willst du das wahrhaftig tun?«, fragte ich Serafine leise, während er sich die Lage genau besah. Sie nickte wieder.

»Es gibt wohl keine andere Möglichkeit«, sagte sie und lächelte müde, was ihre gesprungenen Lippen wieder reißen ließ. Zokora hatte auch damit recht behalten, ihr Gesicht schimmerte schon jetzt in einem Dutzend Farben, und ihre Augen waren fast schon ganz zugeschwollen ... Mir ging es nicht viel besser, nur aus anderem Grund, dort wo mich Leneres Schlag getroffen hatte, entwickelte sich mittlerweile ein prächtiges Veilchen.

»Hundert Legionäre wiegen eine Menge«, erinnerte ich sie. Sie nickte.

»Es wird möglich sein.«

Yoshi, der so still gewesen war, dass ich ihn ganz vergessen hatte, räusperte sich jetzt.

»Ich werde helfen«, sagte er rau. »Wenn wir den Hügel dort erreichen, kann ich eine Bresche durch den Feind schlagen.« Er hielt einen dieser Zettel hoch, auf dem sich ein Symbol krümmte und wand. »Sie wird nicht lange halten, aber ... wir müssen ja nur so lange leben, wie es braucht, diese Bestienmeister zu erlegen.«

»Und so viele dieser Priester, wie es geht«, sagte Zokora hart. »Sie sind alle an einem Ort, das ist die perfekte Gelegenheit, dieses Geschmeiß zu tilgen.«

»So ist sie«, meinte Varosch mit einem Schulterzucken, als unser Beobachter zum ersten Mal verblüfft dreinschaute. »Wo andere die Niederlage sehen, sieht sie eine Gelegenheit.«

»Eine halbe Kerzenlänge«, meldete sich jetzt Blix zu Wort. »So lange werden wir brauchen. Auch wenn sie nicht damit rechnen, werden sie uns kommen sehen.« Er wandte sich an mich. »Wenn wir ankommen, werden wir so erschöpft sein, dass wir kaum ein Schwert heben können, aber ...« Er schluckte. »Wir werden kämpfen, Lanzengeneral.« Er sah zu Byrwylde und den Riesen hin, die nun deutlich näher waren. »Es wird sowieso schon knapp werden ... und wir müssen die Lanze erst noch hier versammeln.« Er sah zu Grenski hin, es brauchte für die Stabssergeantin keinen Befehl, sie nickte nur und eilte bereits davon. An Ragnar, Janos und Sieglinde vorbei, die eben gerade die Treppe zu den Zinnen erklommen.

Während Varosch ihnen erklärte, wie wahnsinnig wir waren, zog ich Leandra ein Stück zur Seite.

»Wenn es schiefgeht, will ich, dass du in Sicherheit bist«, teilte ich ihr mit. »Du wirst durch das Tor nach Askir gehen.«

»Nein, Havald«, sagte sie, trat an mich heran, warf einen schnellen Blick zu Serafine und umarmte mich, um mir einen Kuss zu geben, der mir in der Seele brannte. Sie trat zurück und lächelte mühsam. »Wir haben das gemeinsam angefangen, wir werden es gemeinsam zu Ende bringen.«

»Du bist jetzt schon ausgelaugt«, erinnerte ich sie. »Du kannst das nicht durchstehen.«

»Du vergisst, dass ich Steinherz habe«, sagte sie mit einem schiefen Lächeln. »Er wird mir die Kraft geben, die ich brauche.«

»Wir kommen auch mit«, sagte Sieglinde entschlossen und wies mit ihrem Blick auf Ragnar und Janos, die beide grimmig nickten. »Ich bitte dich nur um eines, Havald.«

»Um was?«, fragte ich schwer.

»In Askir gibt es diese Bardin, Taride. Erzähle ihr davon, was heute hier geschieht, sie soll eine Ballade daraus machen.«

»Ich weiß nicht …«

»Du wirst überleben, Havald«, sagte sie leise. »Ich weiß das, wir alle wissen das. Irgendwie wirst du es überleben. Ich will, dass du es dieser Bardin beschreibst … damit es nicht vergessen wird.«

»Ich könnte es allein versuchen«, sagte ich und schluckte. »Mit Seelenreißer …«

»Das sind fast zwei Dutzend Priester, Havald«, sagte Zokora ruhig. »Das ist selbst für dich zu viel.« Sie schaute zu Sieglinde hin und ließ dann den Blick auch über die anderen gleiten. »Es ist nicht sicher, dass wir sterben werden, ich habe es nicht vor. In all den Legenden, die ich kenne, gab es niemals solche wie uns, die vereint kämpften. Jeder von uns wurde auf seine Art von den Göttern berührt und für diesen Moment auserwählt. Wir müssen Vertrauen in sie haben. Wenn wir zusammenstehen, können sie uns nicht aufhalten.« Sie wies auf diese ferne Gruppe, die mit bloßem Auge kaum zu sehen war. »Sie sind es, die uns fürchten müssen, nicht wir sie. Also will ich nichts mehr davon hören, dass wir sterben werden. Das wird nicht geschehen. So«, sagte sie und wandte sich an mich. »Willst du noch ein paar aufmunternde Worte sagen?«

»Ich glaube«, sagte ich, fast wider Willen lächelnd, »dass es nicht nötig ist, du hast alles schon gesagt.«

»Eine Frage bleibt«, lachte Ragnar und strich fast zärtlich

über seine Axt, die ihm die Stärke von einem Dutzend Männern gab. »Wie willst du das Bier bezahlen, das du mir dafür schuldest?«

»Das soll nicht deine Sorge sein«, meinte Leandra müde, doch auch sie lächelte dabei. »Wenn wir das überstehen, baue ich dir eine ganze Brauerei!«

Plötzlich lachte Janos schallend. »Schaut euch das nur an!«, rief er und wies zu den Ungeheuern hin. Dort in der Ferne brach gerade der Riese in sich zusammen, Byrwylde hatte sich, als sie sich gegen ihre unsichtbaren Zügel stemmte, über ihn hinweggewalzt. Doch als sie sich weiterschlängelte, verging uns das Grinsen wieder, denn vor unseren Augen setzte sich der Riese erneut zusammen ... um weiterhin unbeirrt in unsere Richtung zu wanken.

»Ist es nicht nett, dass sie ihre Legionen zurückgezogen haben?«, sagte Blix mit einem Grinsen, das mehr an ein Zähnefletschen erinnerte, und zog sich den Gurt am Helm fester. »Hätten sie sie nicht abgezogen, könnten wir das jetzt nicht tun.«

»Dann würde Byrwylde sie zerquetschen«, meinte ich, während sich vor uns mit lautem Knirschen das Tor auseinanderdrehte. »Dennoch habt Ihr recht, lasst uns zu den Priestern gehen und uns dafür bedanken!«

»Ich würde lieber wie Ihr reiten«, grinste Grenski. »Wer war das, der ein Königreich für ein Pferd geboten hat?«

»Woher soll ich das wissen?«, gab Blix lachend zurück. »Aber er war bestimmt auch Infanterist.«

Ich sah hinter uns, dorthin, wo die Legionäre standen. Den einen oder anderen kannte ich vom Sehen, vielleicht hatte ich schon Namen gehört ... aber die meisten waren mir völlig unbekannt. Ich sah in ihre entschlossenen Gesichter, sie wussten, was wir von ihnen verlangten.

Ein heller Spalt erschien vor uns und weitete sich, als die Zylinder auseinanderbrachen. »Los, ihr Schlafmützen«, rief Grenski und reckte ihre linke Faust den Göttern entgegen.

»Lauft wie nie zuvor … rasten könnt ihr, wenn wir den Feind erschlagen haben!«

Wir sahen uns alle an, dann reckte auch Leandra Steinherz empor und gab ihrem Pferd die Sporen. Um im nächsten Moment Steinherz wieder an ihrem Sattel einzuhängen, mit der freien Hand in ihre Satteltasche zu greifen … und ihre Zähne in ein Hühnerbein zu schlagen und mich dabei noch breit anzugrinsen.

Auf dem Wasser zu gehen, war nichts, an das ich mich gewöhnen konnte. Zum einen, weil Wasser für mich einen Schrecken hielt, den nicht einmal Spinnen übertreffen konnten, zum anderen, weil es unter den Hufen meines Pferdes nachgab wie ein Tuch, während uns von unten Fische dumm anglotzten.

Dazu kam noch Serafines angestrengter Gesichtsausdruck … so einfach, wie sie es erscheinen ließ, war es wohl doch nicht für sie.

»Geht es denn tatsächlich?«, fragte ich sie besorgt.

»Es muss!«, knirschte sie. »Wir müssen nur noch schneller sein.«

Was kaum denkbar war. Nie zuvor sah ich Soldaten in so schweren Rüstungen sich so schnell bewegen. Keiner der Legionäre hatte Gepäck dabei, dennoch half es nicht viel, ich wusste, wie schwer diese Rüstungen waren, mit ein Grund, weshalb ich ritt.

Sieglinde hatte es wohl mitbekommen, denn auch sie sah besorgt drein, doch plötzlich lachte sie. »Was bin ich blöde!«, rief sie und zog Eiswehr aus ihrer Scheide, um sich dann im Sattel herabzubeugen und Eiswehrs Spitze in das Wasser zu halten … wo es augenblicklich gefror. Eis breitete sich unter unseren Füßen aus.

»Das ist gut«, keuchte Serafine. »Das macht es leichter.«

Oder auch nicht, denn fast im gleichen Moment strauchelte schon der erste unserer Soldaten auf dem glatten Grund.

Zokora zügelte ihr Pferd und zog es herum, sah noch zu, wie zwei weitere den Halt verloren.

»Legt euch hin, auf den Rücken, und haltet euch aneinander fest«, rief sie und grinste breit. »Wir haben das schon einmal geübt!«

»Was denn?«, rief einer der Soldaten empört. »Woher wollt Ihr wissen, wie sich ein Käfer anfühlt?«

»Tut, was sie euch sagt«, rief Grenski, die ebenfalls Mühe hatte, sich auf den Beinen zu halten, doch als Zokora das Seil von ihrem Sattel nahm, begann auch sie zu grinsen.

»Nun, Leute«, lachte Grenski und bleckte ihre Zähne. »Ich hatte ja versprochen, mit euch Schlitten zu fahren, wenn ihr nicht schnell genug rennt!«

»Ich kann nicht glauben, dass wir das hier wahrhaftig tun«, hörte ich Leandra rufen, »aber bei den Göttern, so sind wir viel schneller!«

Für einen Moment fragte ich mich, was sich die Späher des Feindes wohl dachten, als sie uns wie die wilde Jagd heranbrausen sahen. Die Pferde rannten noch auf dem Wasser, das unter ihren Hufen spritzte, zuletzt ritt Sieglinde und hielt Eiswehr hinab, sodass uns eine Schleppe aus Eis folgte, und darauf, rücklings, wie Käfer strampelnd, hielten sich die Legionäre an den Seilen fest, mit denen wir sie hinter uns herzogen, es sah von Weitem aus, als ob auch sie auf dem Wasser glitten, und jeder von unseren Soldaten zog einen Schweif von Wasser hinter sich her … jeder, der uns sah, mochte leicht an seinen Sinnen zweifeln.

Hinter der nächsten Biegung war der Hügel schon zu sehen. Links und rechts des Flusses standen die Reste von Häuserruinen, es gab nur einen Platz, den Hof einer alten Gerberei, wo sie uns nicht den Weg verwehrten, dort ritten wir ans Ufer … Die Legionäre rutschten laut fluchend hinterher … und dann standen, und zum Teil lagen, wir den ersten schwarzen Legionären gegenüber, die uns ungläubig beglotzten.

Ich schlug mit Seelenreißer das Seil durch und gab meinem Pferd die Sporen, mitten durch das alte Tor der Gerberei in den Feind hinein. Ein Fauchen ertönte von meiner Seite her, als Yoshi einen seiner Zettel dem Feind entgegenschnippte und uns eine Feuerwalze vorweg entsandte, die mein Pferd beinahe steigen ließ.

Auf der anderen Seite sah ich, wie Ragnar sich im Sattel niederbeugte und ein altes Fass mit einer Hand ergriff und nach vorne warf, während sein Pferd fast unter dem Gewicht strauchelte. Hinter mir hörte ich Grenski Befehle brüllen, eine Lanze traf mein Pferd, dann eine zweite und dritte, eine fuhr mir fast ins Bein und glitt an meinem Panzer ab … um meinen treuen Gaul in der Flanke aufzuspießen.

Während er schrie und unter mir zusammenbrach, sprang ich bereits dem Feind entgegen. Schwarze Lederrüstungen, Helme, verzerrte Gesichter, Schreie … und Seelenreißers fahle Klinge, die gierig jeden Tropfen Blut aufsaugte, der an ihm haften blieb, und keine zwei Atemzüge später nicht nur fahl, sondern gleißend hell leuchtete. Über all dem der dumpfe Schlag der Trommeln und der bittere Geschmack des Spinnenpanzers auf meiner Zunge, der uns vor den Trommeln schützen sollte; diesen in den Mund zu nehmen, war für mich fast schwerer gewesen, als mich dem Feind zu stellen.

Ich fand mich an der Spitze unseres Keils, neben mir Ragnar, der mit seiner Axt den Feind gleich zu mehreren niedermähte, hinter mir Yoshi, dessen Zettel immer wieder Feuer in den Gegner sandte, Sieglinde auf der anderen Seite, die Eiswehr schwang, deren Klinge jeden, den sie traf, zuerst zu Eis erstarren und dann splittern ließ. Leandra weiter hinten, die Steinherz schwang und deren Blitze Gassen vor uns schlugen, und Zokora, die man kaum sah, weil sie sich in Dunkelheit hüllte … und eine Spur von Sterbenden und Toten hinterließ. Und hinter uns, außer Atem und doch in diesem festen Tritt, marschierte Blixens neue fünfte Lanze in den Feind hinein, erschlug, was wir noch leben ließen, deckte uns den Rücken … und schnitt selbst tief in den Feind hinein.

Es ging über eine Straße, ein Wagen stand im Weg, Ragnar schlug ihn mit seiner Axt zur Seite, als ob er nur ein Spielzeug wäre, dann über eine niedrige Mauer und diesen Hügel hinauf. Ein Mann wie ein Turm erschien vor mir, ein schwarzer Legionär mit einer Axt, nicht viel kleiner als die von Ragnar, sein verzerrtes Gesicht ganz nah vor mir, und Seelenreiter, der in einem anderen steckte und sich kaum noch rechtzeitig lösen konnte … Er hätte mich entzweigehauen, doch der Schlag kam nicht, ein Blitz traf ihn im Gesicht und riss ihn halb verkohlt zurück, dann wischte Ragnarskrag ihn zur Seite, und er flog davon … und ich sah mich dem nächsten Feind gegenüber.

Einmal sah ich Sieglinde neben mir in Bedrängnis geraten, und ohne zu wissen, was ich tat, hielt ich Seelenreißer hin zu ihr, und als sich die beiden Schwerter an der Spitze berührten, schoss eine Lanze aus Eis dem Feind entgegen … und mähte sie nieder, wo sie standen.

Alles vermischte sich für mich, unser Keuchen, ihre Schreie und die unsrigen. Ein Schlag traf mich hart am Helm und ließ mich für einen Moment taumeln, es war Yoshi, der mich mit einer Hand stützte und einem schwarzen Legionär einen Feuerregen entgegensandte, als der meine Schwäche nutzen wollte. Wir schienen unaufhaltsam, schon sah ich den ersten dieser Bestienmeister vor mir stehen, noch immer zuckte er im Takt der Trommeln, um dann auf Seelenreißer zu sterben, ohne dass er verstand, warum.

Doch dies war nur der Anfang, wie sich zeigte, als die Erde unter unseren Füßen brach und wir zurückgeschleudert wurden, Freund und Feind gemeinsam zu Boden fielen, und wir uns dort wanden und gegenseitig erstachen, während um uns herum Erdbrocken auf uns niederprasselten und sich vor uns eine schwarze Wand erhob, durch die ich undeutlich die Priester ausmachen konnte, die sich nun zu einem Ring formierten.

Nur einer blieb an seiner Trommel, doch jeder seiner Schläge auf das Trommelfell aus Menschenhaut traf uns wie ein Hammerschlag; was die Magie auch immer war, sie riss schon vor der Trommel die Erde auf und ließ sie beben.

Ich schob eben einen toten Feind von mir, da sah ich Leandra auf die Knie gehen. Den Mund zu einem Schrei aufgerissen, den ich kaum hören konnte, die Augen weiß leuchtend, wie schon einmal in diesem Tempel, stieß sie Steinherz vor sich in den aufgerissenen Boden.

Braune und orangene Funken stiegen von dort auf, wo Steinherz tief eingedrungen war, und versammelten sich um sie herum zu einem Strom, der blaue Funken einsog, um sie wirbelte, Dreck und Gras hinfortriss und über ihr hoch in den Himmel stieg, wo sich vor meinen Augen eine Windhose formte, die noch während ich nicht mehr als zweimal blinzeln konnte, dunkle Wolken um sich scharte. Was jetzt folgte, war ein Gewittersturm, der die schwarze Wand vor uns traf und sie erschütterte … und die Priester, die sich hinter dieser Magie in Sicherheit geglaubt hatten. Jeder dieser Blitze erschütterte die Welt … und es waren Dutzende, die in rascher Folge niederfuhren und die Kuppe dieses Hügels in ein gleißendes Inferno verwandelten, dem auch die Priester der Dunkelheit nichts entgegenzusetzen hatten.

Als der letzte Priester gleißend aufflammte und verkohlt zu Boden sank, die schwarze Wand vor uns zusammenbrach, fand Leandras Zorn noch immer nicht sein Ende; von diesem Hügel aus weitete sich der Sturm aus und suchte sich neue Ziele, die schwarzen Legionäre, die schreiend und voll Angst vor dieser unnatürlichen Gewalt zu fliehen versuchten … und während wir alle knieten und lagen und mit offenem Mund die Donnerschläge über uns ergehen ließen, zuckten die Blitze immer wieder … und jedes Mal, wenn einer aus den dunklen Wolken über uns zu Boden fuhr, ließ er einen oder gleiche mehrere der Legionäre in einem gleißenden Licht entflammen … und verkohlt zusammenbrechen.

Dann, auf einmal, war es vorbei, die Wolken zerfaserten und lösten sich auf, die Windhose fiel in sich zusammen, und endlich, endlich endete auch Leandras Schrei.

Sie kniete dort, beide Hände auf Steinherzens Drachenkopf, dessen rote Augen befriedigt gleißten, und sah sich wie benommen um.

Ich kroch zu ihr, und sie sah auf mich herab.

»Weißt du, was seltsam ist?«, fragte sie mich, ich ahnte mehr, was sie sagte, als dass ich es hören konnte, ihre Donnerschläge hallten mir noch in den Ohren. »Ich habe keinen Hunger …«

Und während sich um uns herum unsere Gefährten aufrappelten und stöhnend ihre Glieder sortierten, sah sie mich mit ihren violetten Augen an … und brach über Steinherz gebeugt zusammen.

Ragnar trat an mich heran und zog mich auf die Beine, während Zokora sich bereits über Leandra beugte und ihr Ohr an ihren Mund hielt. Sein Mund bewegte sich, doch ich hörte nicht, was er mir sagte. In der Ferne sah ich das Gerippe des Riesen neben der alten Kriegsmaschine liegen … und Byrwylde, die sich bereits wieder von den Mauern abwandte, denen sie so gefährlich nahe gekommen war … und sich Richtung Südosten schlängelte … wo in der Ferne das neue Lager der feindlichen Legion zu erkennen war.

Dann drehte er mich nach Norden um … und zeigte mir das andere … eine ganze Lanze der schwarzen Legionäre, fast tausend Mann, die im Gleichschritt auf unseren Hügel zumarschierte. An ihrer Spitze, auf einem weißen Pferd, gerüstet in weißes Leder, eine junge Frau, bleich und mit schwarzem Haar, deren Augen wie glühende Kohle waren, als sie mich erblickte und ihr Schwert in meine Richtung hielt.

Die Lanze setzte sich in Bewegung, fiel in schnellen Schritt und stürmte uns entgegen, während sie ihrem Pferd die Sporen gab … und ich nur hilflos starrte.

Zwei Dinge geschahen, die ich nicht verstand, während ich auf zitternden Beinen an Ragnar lehnte: die blutig zerschundene Kreatur, die aus den Ruinen an der Seite sprang und die Kriegsfürstin in ihrem Sprung aus dem Sattel riss, und die Blitze, die in die erste Reihe der Lanze fuhren und sie zurückdrängte ... Ich sah verständnislos zurück, doch Leandra lag noch immer reglos da, während Zokora aus irgendwelchen Gründen mit beiden Fäusten auf sie einschlug.

Dann folgte ich der Spur der Blitze hinauf zum Himmel und sah dort etwas, das auch ich kaum glauben konnte: Dort schwebte, von einem feurigen Netz Magie getragen, Asela und ließ aus ihren Händen diese Blitze über den Feind fahren.

Für den Feind war dieser Anblick wohl umso erschreckender, denn jetzt brach die Linie, und die Formation, die eben noch zum Ansturm werden wollte, verwandelte sich in eine wilde Flucht. Und über all dem Getöse und den Donnerschlägen hörte ich einen triumphalen Schrei, als die Kreatur, welche die Kriegsfürstin Dereinis aus dem Sattel gerissen hatte, den Arm nach oben streckte ... in ihrer Hand, fest am Schopf gepackt, der Kopf der Nekromantin.

Während Asela langsam hinter uns zu Boden schwebte, taumelte die blutige Kreatur uns entgegen und krabbelte wie ein Tier den Hügel hoch. Sie hielt mir Dereinis' blutigen Kopf entgegen, spie Blut und Dreck aus und ging dann vor Erschöpfung auf die Knie, wo sie zunächst keuchend verharrte, um mit schiefem Lächeln zu mir aufzusehen, während sie mit blutigen Händen den Kopf auf ihrem Schoß fast zärtlich streichelte ... und dabei blutige Spuren auf dem blassen Gesicht hinterließ.

Ungläubig erkannte ich unter dem verklebten blonden Haar, dem Blut und Dreck, den Resten ihrer Rüstung, die blauen Augen.

»Was meint Ihr, Ser Lanzengeneral«, keuchte Lanzenobristin Miran, »wird die Kaiserin mit Dereinis' Kopf zufrieden sein, auch wenn ich keine Flagge für sie habe?«

Der Überläufer

32 »Wie geht es ihr?«, fragte ich leise, als ich mich drei Tage später durch die Tür duckte, die Serafine mir geöffnet hatte.

»Unverändert«, gab Serafine Antwort und lächelte mühsam. »Was auch ein gutes Zeichen ist.« Noch immer waren ihre Augen geschwollen, und sie schimmerte in alle Farben, doch ich war froh, dass sie wieder lächeln konnte. Ich trat an ihr vorbei und ging zum Solar, in den wir Leandras Bett gestellt hatten. Asela meinte, Licht und frische Luft würden ihr guttun, und ich hatte keinen Grund, an dem Rat der Eule zu zweifeln.

Asela stand neben dem Bett am Fenster und sah über die zerstörte Stadt heraus, jetzt wandte sie sich mir zu und begrüßte mich mit einem Nicken, um dann wieder Leandra anzusehen, die still und leblos in ihrem Bett lag, die Hände über ihrer Brust verschränkt, als wäre sie dort aufgebahrt.

Viel fehlte nicht dazu.

»Was sie getan hat«, hatte mir Asela noch an Ort und Stelle erklärt, »tut man einfach nicht. Sie zog Erdmagie aus dem Weltenstrom unter ihr und wandelte sie um zu Luft und Feuer. Ich spürte, was sie tat, noch bevor ich Euch erreichte, und wollte es nicht glauben. Abgesehen davon, dass es niemand möglich ist, die Magie einfach so zu wandeln, hätte sie bei dem, was sie aus dem Strom gezogen hat, im Fanal vergehen müssen. Dafür ist sie jetzt in der Magie gefangen.«

Sie hatte es mir so erklärt, dass es, gab man sich der Magie nur weit genug hin, eine Faszination barg, die einen vergessen lassen konnte, wer man war.

»Es ist ihr schon zuvor geschehen, als sie den Spalt schloss, den mein Tor gerissen hat. Auch da weiß ich nicht, wie sie es vollbrachte. Dank Eurer Freundin hier«, sie hatte Zokora zugenickt, »kam sie über den ersten Schock, ihr Herz schlägt, auch wenn man es kaum fühlen kann, und sie atmet. Wir müssen sie nur aus dieser Trance befreien.« Sie hatte sich auf dem Schlachtfeld umgesehen und dann genickt. »Bringen wir sie erst einmal zurück, ich habe Erfahrung mit solchen Dingen, bevor Ihr es Euch verseht, ist sie wieder auf den Beinen.«

Nur dass es noch nicht geschehen war. Ich trat an Leandras Lager heran, der Hund Krom, der vor dem Bett auf dem Boden lag, hob nur träge den Kopf, sah, dass ich es war, und ließ ihn wieder sinken. Die Priesterin der Astarte, Sondja, hatte vorgeschlagen, Krom zu Leandra zu lassen, ein weiterer Schutz für meine Königin, aus irgendeinem Grund war das Vieh Leandra treu ergeben.

»Habt Ihr sie erreichen können?«, fragte ich die Eule jetzt, doch Asela schüttelte nur leicht den Kopf.

»Vorhin meinte ich, eine Reaktion zu spüren, aber es verebbte wieder. Sie ist tiefer in der Magie gefangen als jemals zuvor.« Sie suchte meinen Blick und hielt ihm stand, als sie leise weitersprach. »Ihr müsst Euch mit dem Gedanken abfinden, Lanzengeneral. Wenn sie nicht in den nächsten Tagen wiederkommt, wird sie es nicht überleben. Sie verhungert vor unseren Augen, es verzehrt sie, noch während wir hier hilflos warten.«

»Kannst du denn gar nichts für sie tun, Asela?«, fragte Serafine. »Es gibt keinen, der mächtiger ist als du, keinen, der sich so sehr auf Magie versteht.«

»Das stimmt nicht, Finna«, widersprach Asela müde. »Askannon versteht mehr davon als ich, aber es liegt nicht nur am Wissen. Leandra handhabt Magie anders als ich. Anders als jeder andere Maestro, den ich jemals kannte … außer …«

»Wer? Wer nutzt Magie so wie Leandra?«, fragte Serafine hoffnungsvoll. »Sag schon. Wer kann ihr helfen? Ist es Desina?«

Asela schüttelte den Kopf. »Wenn Desina in ihren Studien weiter wäre … dann vielleicht, Götter, hat sie ein Talent!

Aber sie habe ich nicht gemeint. Ich dachte an Kaiserin Elsine.«

»Askannons Kaiserin?«, fragte Serafine erstaunt. »Wie das?«

»Magie folgt Regeln«, erklärte Asela. »Wie alles, was man tut. Stell dir vor, du müsstest ein schweres Gewicht heben. Was dir schwerfällt, ist für Havald leichter. Nicht, weil für ihn andere Regeln gelten, sondern weil er andere Voraussetzungen hat.«

»Er ist dreimal so schwer wie ich, das mag es erklären«, meinte Serafine mit einem leichten Lächeln. »Ist es das? Ist Leandra ›schwerer‹, als du es bist?«

»Ich will es anders sagen. Auch du könntest das Gewicht bewegen. Mit einem Flaschenzug, einem Hebel, oder einfach, indem du ihn bittest, es für dich zu tragen«, meinte Asela mit einem schnellen Lächeln, bevor sie wieder nachdenklich auf Leandra hinuntersah. »In der Magie gibt es viele Wege, die zum gleichen Ziel führen. Sie ist nicht stärker oder ›schwerer‹, als ich es bin, sie verwendet andere Hebel. Sie führt die Magie so, wie es ihr am leichtesten fällt. Der Unterschied ist meist gering ... doch jetzt verhindert er, dass ich ihr folgen kann, um sie zurückzubringen. Ich kenne ihre Wege nicht und kann sie deshalb nicht leiten. Doch Kaiserin Elsine ...« Sie seufzte. »Auch sie nutzt Magie, ohne sie wahrhaftig zu verstehen. Wie Eure Freundin hier. Was ihr an Wissen fehlt, macht sie durch Willen wett ... und dadurch, dass sie Magie auch anders greift, was wohl der Grund ist, weshalb Leandra noch nicht im Fanal verging. Ich habe mich daran erinnert, dass Askannon irgendwann erwähnte, dass Elsine keine Magie wirken wollte, als sie mit ihrem Kind schwanger ging. Weil sie befürchtete, es könnte das Kind aufzehren. So wie Leandra sich auch ständig selbst verzehrt. Vielleicht also folgt die Magie der alten Kaiserin ähnlichen Wegen wie die von Leandra.«

Sie schaute zu Serafine hin. »Bei dir ist es nicht anders, Finna. Wenn ich dich mit dem Auge der Magie betrachte, bist du gar nicht da ... und wie du es vermagst, Wasser nach deinem Willen zu beherrschen, ist etwas, das ich nicht verstehe. Für uns alle gelten die gleichen Regeln, aber manche, so wie du und auch Leandra, haben einen Trick gefunden, sie zum Teil zu umgehen. Doch weder du noch sie noch ich oder Askannon kommen an dem ersten Grundsatz der Magie vorbei. Es gibt immer einen Preis, und was du an Magie wirkst, musst du auch bezahlen können. Was Leandra auf diesem Hügel tat, war mehr, als sie sich leisten konnte, vor allem, da sie schon erschöpft in diesen Kampf gegangen ist.« Sie schüttelte unverständig den Kopf. »Was habt Ihr Euch nur dabei gedacht?«

»Dass Illian verloren gewesen wäre, hätten wir es nicht getan«, sagte ich härter, als ich es wollte. »Sie wusste es. Wir alle wussten es.«

»Das erste Gesetz gilt nicht nur für Magie«, sagte Asela bedächtig. »Jetzt habt ihr Byrwylde vor Euren Toren ... sie scheint klug genug, um zu verstehen, wer sie hat zwingen wollen. Sie hat einen Teil der Feindlegionen für euch zerschlagen, die anderen sind in die besetzten Gebiete zurückgeflohen. Dieser Teil von Illian und ein Stück von Letasan sind jetzt frei von Thalaks Einfluss, die Belagerung ist aufgebrochen. Es gibt immer einen Preis.« Sie strich Leandra sanft über die bleiche Stirn. »Ich fürchte, sie wird ihn mit ihrem Leben zahlen.«

»Kannst du Elsine rufen?«, fragte mich jetzt Serafine.

Ich schüttelte den Kopf.

»Sie sagt, sie meldet sich bei mir.«

»Kommt, Lanzengeneral«, sagte Asela sanft und stand von Leandras Lager auf. »Die Kaiserin erwartet uns ... und wir können hier nichts tun. Kümmerst du dich in der Zwischenzeit um sie, Finna?«

Serafine nickte.

»Als ob sie meine Schwester wäre.«

Wir standen wieder auf dem Torturm, von dem aus man den besten Blick über die Unterstadt genoss, und schauten Byrwylde zu. Der Wyrm schlängelte sich ruhelos durch die Ruinen und zermahlte das wenige, was noch stand, unter ihren Schuppen zu Staub. Hier und da schwelten Feuer, auch wenn ich nicht wusste, wie sie entstanden waren. Das Abendrot färbte bereits den Himmel ein, und mit dem Wyrm zusammen ergab die Szene einen seltsam schaurigen und verstörenden Anblick.

»Ich war auf diesem Hügel und habe ihn mir angesehen«, erklärte Desina. Um nicht aufzufallen, trug sie wieder eine ihrer braunen Roben, und kaum jemand wusste, dass sie sich in der Stadt befand. »Wo ihre Blitze einschlugen, ist der Boden manchmal bis zu drei Fuß tief zu Glas geschmolzen. Sie hat diese Priester gut geröstet.« Die Kaiserin schwieg für einen Moment und seufzte dann. »Hoffen wir, dass sie wieder genesen wird.«

Desina war erst am Mittag eingetroffen und hatte sich lange mit Asela und auch mit Miran beraten, die nach einem heißen Bad fast schon wieder wie sie selbst wirkte.

Als die Lanzenobristin am Vortag höchstpersönlich Dereinis' Kopf auf eine Lanze steckte und diese mitten auf den Marktplatz pflanzte, war der Jubel der Bevölkerung ihr gewiss gewesen. Dass sie die Kriegsfürstin erschlagen hatte, dass sie überhaupt überlebt hatte und ihren Feind so verbissen bis vor die Tore Illians hatte verfolgen können, war ein nicht geringer Sieg gewesen. Wieso diese Heldentat es aber vermochte, die Leistung von Blixens Lanze und Leandras Opfer fast zu überdecken, verstand ich nicht. Vielleicht hatte Ragnar recht mit dem, was er sagte, als wir zusahen, wie Miran diese Lanze vor den Brunnen pflanzte. »Sie sieht einfach zu gut aus.«

»Lanzengeneral?« Die Stimme der Kaiserin riss mich aus meinen Gedanken. Hastig versuchte ich, mich zu erinnern, um was es eben noch gegangen war. Richtig.

»Die Greifenreiter haben uns bestätigt, dass sich die überlebenden Feindlegionen in Richtung Jasfar zurückgezogen haben. Nicht ganz bis an die Grenzen, doch im Moment scheinen sie keine Gefahr. Sie haben zwei Kriegsfürsten verloren und einen großen Teil der dunklen Priesterschaft … sie sind geschwächt, aber nicht geschlagen.«

»Nur wird Illian jetzt von diesem Wyrm belagert«, stellte Desina fest. »Götter, ist dieses Ding riesig.« Sie wandte sich an Asela. »Du hast ihn schon einmal besiegt, gelingt dir das vielleicht wieder?«

»Das muss ich sehen. Die Elfen wollen Steinwolke hierher bringen, jetzt, wo die Wyvern nicht mehr die Gefahr darstellen. Wenn Leandras Greif mich ohne sie auf ihren Rücken lässt, dann vielleicht.« Die Eule stützte sich auf die Zinnen und sah zu dem Wyrm hin. »Mir wäre es lieber, es ließe sich eine andere Lösung finden. Es war mir schon damals nicht wohl dabei, etwas zu erschlagen, das so lange überdauert hat. Dieser Wyrm lebte schon, als die Welt noch jung war, es wäre schlicht eine Schande.«

»Etwas Zeit bleibt dir für die Lösung«, meinte die junge Kaiserin. »Da draußen gibt es im Moment nicht mehr viel, dem er schaden könnte.« Sie wandte sich wieder mir zu. »Wie geht es Blix und seiner Lanze und dem Rest Eurer Gefährten?«

»Wir haben fünfzehn verloren, und vierzig weitere sind verletzt, drei der Legionäre werden nicht wieder kämpfen können, auch wenn sie genesen sollten. Wie Blix sagt, war es ein besseres Ergebnis als das letzte Mal, als er die fünfte Lanze in den Kampf führte. Der Rest von uns ist angeschlagen, wird es aber überleben, wir bangen mehr um Leandra als um uns selbst.«

Mir selbst ging es am Ende des Kampfs besser als am Anfang. Ich wusste nicht, wie viele Leben ich genommen hatte, ich hoffte nur, dass ich mir nicht selbst in meinen Träumen begegnen würde. Zumindest waren meine Knochen wieder ganz. Dafür war mein verfluchtes Schwert doch gut.

»Was ist mit der Lage hier? Ich habe mich schon mit der Herzogin unterhalten, will aber Eure Meinung hören.«

»Herzogin Lenere hat die Amtsgeschäfte übernommen, solange Leandra an das Krankenlager gefesselt ist. Bei ihrer Rede vor dem Rat vorgestern Abend legte sie allergrößten Wert darauf, dass ein jeder verstand, dass sie die Krone nicht einmal mit einer Beißzange anfassen würde … und dass sie es als ihre Pflicht sieht, die Verräter zu bestrafen.«

Ich konnte Lenere sogar verstehen. Dennoch …

»Was haltet Ihr davon?«

»Lenere ist die Regentin. Sie entscheidet, wie sie verfährt«, seufzte ich. »Sie selbst hat dem Rat erklärt, dass Leandra Gnade walten lassen wollte, doch sie, Lenere, entschieden hätte, dass die, deren Schuld zweifelsfrei erwiesen wäre, für den Hochverrat auch gerichtet werden sollten. Sie ließ zudem keinen Zweifel daran, dass es Leandras Opfer zu verdanken ist, dass unsere Mauern noch stehen.« Ich zuckte mit den Schultern. »Die Hinrichtungen sind für morgen Mittag geplant, Ihr seid dazu eingeladen.«

»Danke, nein«, sagte Desina kühl. »Die Handwerkskunst von Foltermeistern gehört nicht zu meinen bevorzugten Vergnügungen. Ich hörte, sie habe für den Grafen Render sogar einen aldanischen Henkersmeister durch das Tor bringen lassen?«

Ich nickte. »Ser Velkus. Er soll ein Künstler auf dem Gebiet sein, und da Graf Render die große Tortur erhält, ist das auch nötig.«

Desina sah fragend zu Asela hin, die leise seufzte.

»So wie ich es verstehe, wird man ihn hier auf dem Marktplatz fünf Tage lang sterben sehen. Jeder erwachsene Bürger der Stadt ist angehalten, dem zumindest eine Kerzenlänge täglich beizuwohnen. Als Warnung an alle, die mit dem Gedanken spielen, nach der Krone zu greifen oder sich gegen sie zu verschwören. Bei den anderen ist Lenere gnädiger. Für die Verschwörer, die von Adel sind, gibt es das Schwert, der Rest soll hängen.«

Desina nickte und sah über das zerstörte Land hinaus. »Haben wir hier also gewonnen?«, fragte sie dann leise.

»Nein«, antwortete ich ihr. »Wir haben nur noch nicht verloren. Der Feind hält Jasfar und große Bereiche von Illian und Letasan, vor allem aber hält er Melbaas. Über den Hafen dort kann er jederzeit Verstärkung und Versorgung einschiffen. Wir sind zu schwach, um einen Gegenangriff zu wagen, auch wenn es jetzt günstig wäre. Der Krieg hier ist nicht vorbei … aber für den Moment scheint der Feind ebenfalls nicht auf einen weiteren Waffengang zu drängen. Es gibt Stimmen im Rat, die schon darauf spekulieren, dass wir in diesen Grenzen verhandeln sollten.«

»Um Jasfar und den größten Teil von Letasan dem Feind zu überlassen?«, fragte Desina ungläubig.

»Wir sind hier in Illian, Majestät«, versuchte ich ihr zu erklären. »An ihre Heimat denken sie zuerst.«

»Abgesehen davon, dass in den jetzigen Grenzen ein großer Teil von Letasan an Illian fallen würde. Sie hätten sogar Land gewonnen«, sagte Asela nüchtern. »So wie ich den Lanzengeneral verstanden habe, findet der Gedanke durchaus Gefallen. Deshalb wollen sie ja mit dem Feind verhandeln.«

»Wann lernen sie, dass dieser Feind sich nicht an Vereinbarungen halten wird? Dass er, wenn nicht heute oder morgen, dann aber irgendwann, vielleicht in hundert Jahren, wiederkommen wird?«, fragte Desina ungläubig.

»Ich denke, sie lernen in etwa so schnell wie die Räte in unserem Handelsrat«, meinte Asela trocken. »Die glauben den Krieg ja auch schon fast vorbei.«

»Ein Pulver gegen Dummheit, und alle Sorgen der Welt wären schnell vorbei«, seufzte die junge Kaiserin. »Gut«, fuhr sie müde fort. »Es ist, wie es ist. Lanzengeneral, Ihr werdet noch hierbleiben, bis dieser Graf Render sein Letztes ausgehaucht hat, seht zu, dass seine Hinrichtung die Bevölkerung nicht allzu sehr aufbringt. So etwas kann an den Gemütern rühren. Wir werden Blix die Soldaten ersetzen, die er verloren hat, und die fünfte Lanze auf zweihundert verstärken. Setzt sie ein, wenn es zu unruhig wird, ansonsten … überlasst es Herzogin Lenere. Ich will nicht, dass man hier denkt, Leandra wäre Königin von unseren Gnaden. Unterstützt, wo Ihr könnt, wo es nicht unbedingt notwendig ist, haltet Ihr Euch heraus.«

Ihre grünen Augen durchbohrten mich.

»Ich werde mich daran halten«, versprach ich und deutete eine Verbeugung an.

»Bis das abgeschlossen ist, behalten wir unseren Freund in der Ostmark im Auge. Aselas kleiner Trick brachte uns überraschende Ergebnisse, wir prüfen gerade, wie wir das, was wir nun wissen, am besten zu unserem Vorteil nutzen können. Aber davon werdet Ihr mehr erfahren, wenn Ihr wieder in Askir seid.« Ihr Lächeln wurde härter. »Es dürfte Euch gefallen.« Ihre grünen Augen ruhten noch einen Moment auf mir. »Ich werde für Leandra beten. Und schauen, ob sich Elsine nicht doch irgendwo finden lassen kann.«

Als ich danach mein Quartier in der Kronburg aufsuchte, fand ich dort Ragnar vor, dessen Ohr ihm immer noch abstand wie ein Kohlrabi, und einen weiteren ungebetenen und unverhofften Gast.

»Er sagt, er kennt dich«, sagte Ragnar mit einem breiten Grinsen. »Aber er kommt mir zu schmierig vor, deshalb habe ich ihn festgesetzt. Ich habe ihn gefragt, wie er an den Wachen vorbeigekommen ist … er meint, er habe es ihnen erklärt.«

»Nun«, meinte ich, als ich mir meinen Stuhl heranzog und auf das gut geschnürte Bündel hinuntersah, das Ragnar gerade mit seinen Blicken zu erdolchen suchte. »Er hat ein Talent dafür, sich aus allem rauszureden.«

»Das habe ich bemerkt«, meinte Ragnar. »In dem Moment, wo ich ihm fast Glauben schenken wollte, habe ich ihm das Maul gestopft. Götter, der Kerl ist geschickt mit seiner Zunge!«

Ich beugte mich in meinem Stuhl vor und schnitt dem Kerl den Knebel ab.

»Sagte ich Euch nicht, dass ich Euch niemals wiedersehen will?«

Der blutige Marcus spuckte den Rest des Knebels aus und bedachte mich mit einem bösen Blick.

»Und ich sagte, dass es sich nicht vermeiden lassen wird. Ich bin ja nicht grundlos hier!«

»Dann erklärt Euch. Bevor ich Euch wieder knebeln lasse und den Wachen übergebe. Morgen gibt es eine Menge Hinrichtungen in dieser Stadt, aber für Euch wird sich auch am kleinsten Galgen noch ein Plätzchen finden.«

»Was seid Ihr so übel gelaunt!«, beschwerte sich der Pirat. »Könnt Ihr mir nicht die Fesseln abnehmen?«

»Nein.«

Er seufzte. »Gut, dann so. Ich hatte vor drei Tagen eine Vision. Ich stand an einem Bett, darin lag Eure Königin und sah zum Sterben aus. Ihr habt mich am Kragen gehalten und geschüttelt, mir aber auch versprochen, dass ich begnadigt werde, wenn sie überlebt.«

»War das alles, was ich Euch versprochen habe?«

Er zögerte. »Heraus damit.«

»Dass ich hänge, wenn sie stirbt.«

»Und?«

»In meiner Vision schlug sie die Augen auf, sah mich und fing an zu fluchen.«

Ich zog ihn hoch und setzte ihn vor mich.

»Gut. Was habt Ihr getan, damit sie wieder erwacht?«

»Ich? Nichts.«

Ich war versucht, ihn zu schütteln. Also schüttelte ich ihn, bis ihm die Zähne klackten.

»Ich weisch nischt, was isch getan habe!«, rief er, als er wieder sprechen konnte. »Jetscht habe isch mir auf die Zunge gebischen«, fügte er vorwurfsvoll hinzu. »Ich weisch nur, dasch ich dafür begnadigt werde, dasch ich Euch von meiner Vischon erzählte … und dasch tue ich doch gerade!«

Ragnar beugte sich vor und gab dem Piraten eine Kopfnuss, die ihn deutlich nicken ließ. »Nein, das tust du nicht«, meinte er. Dann an mich gewandt: »Das ist doch der, der seine Zukunft sehen kann? Den du für so gefährlich hältst?«

Ich nickte.

»Gut«, meinte Ragnar grimmig zu dem gebundenen Piraten. »Dann beschreibe deine Vision. Fang vorne an, höre hinten auf, und lass nichts aus, selbst wenn es nur eine niesende Fliege ist.«

»Er beschrieb einen Mann für mich, der mit im Zimmer war«, erklärte ich Serafine etwas später. »Der legte Leandra nur die Hand auf die Stirn, und sie erwachte. Einfach so. Nur dass ich den Mann nicht kenne. Er war breitschultrig, mit breitem Nacken, besaß eine Glatze und war in eine Uniform der zweiten Legion gekleidet, ohne dass ein Rang zu erkennen wäre. Er schien dich zu kennen, denn er sah fragend zu dir hin und legte Leandra erst die Hand auf, als du genickt hast. Dann wachte Leandra auf.«

Ich schüttelte den Piraten noch ein wenig. »War es so?«

»Genau scho war esch!«, schwor der blutige Marcus. »Und hätte ich gewuscht, dasch Ihr ihn nicht kennt, hätte ich genauer hingeschaut, aber Ihr habt misch scho gewürgt, dasch isch kaum Luft bekam und auf anderesch geachtet habe.« Er schaute mich vorwurfsvoll an. »Auf scholsche Dinge wie dasch Atmen! Halt, wartet!«, rief er, als ich ihn wieder schütteln wollte. »Etwasch fällt mir doch noch ein, er hatte einen Wangenbart, schauber geschtutscht, wie mit der Schnur geschogen! Und Ihr habt ihn Schtabsmajor genannt!«

»Ich glaube«, sagte Serafine langsam, »ich kenne diesen Mann, den unser Pirat da beschreibt. Doch wie er Leandra helfen soll, wenn selbst Asela es nicht gelang … oh«, fügte sie dann leise hinzu. »Ich glaube, ich verstehe doch.« Sie beugte sich herunter und riss den blutigen Marcus mit überraschender Kraft hoch, um ihm einen Kuss zu geben. »Ihr seid ein Genie!«, rief sie, ließ ihn wieder fallen und eilte so schnell davon, dass sie vergaß, die Tür hinter sich zu schließen.

Während ich ihr verdutzt nachsah, beugte sich Ragnar zu dem Piraten hin, der noch ganz benommen war. Ob von dem

Kuss oder von dem harten Aufprall, als sie ihn hatte fallen lassen, konnte ich nicht sagen.

»Sag mal«, meinte Ragnar jetzt zu dem Piraten. »Du weißt schon, dass du eben die Geliebte des Lanzengenerals geküsst hast?«

»Isch?«, protestierte der blutige Marcus erschreckt, und seine Augen weiteten sich, als Ragnar ein Ausbeinmesser aus seinem Stiefel zog und damit herumzuspielen begann. »Aber dasch war doch schie ... ich habe nischts ...«

»Hör auf, mit ihm zu spielen«, sagte ich müde und ging zur Tür, um sie zu schließen. »Wenn er dazu verhelfen kann, dass Leandra aus ihrer Trance erwacht, küsse ich ihn vielleicht noch selbst dafür.«

»Dasch wird ganz beschtimmt nischt nötig schein«, meinte der Pirat jetzt hastig. »Die Begnadigung ischt mir genug!«

Obwohl das Tor erlaubte, die Kaiserstadt mit nur einem Schritt zu erreichen, dauerte es fast drei Glocken, bis es kurz nach Sonnenaufgang an der Tür zu Leandras Zimmer klopfte und Serafine zusammen mit dem Mann die königlichen Gemächer betrat, den der Pirat uns beschrieben hatte. Anders als in seiner eigenen Vision, hatte ich mich dazu entschieden, den Piraten nicht dabeizuhaben, er schmorte, gut verknotet, in einer Kerkerzelle. Erfüllte sich seine Vision, würde er leben. Und begnadigt werden. Wenn nicht ...

»Das ist Stabsmajor Perdus«, stellte Serafine den Mann mir vor. »Ehemals von der einundzwanzigsten Legion. Wir haben ihn mit anderen vor Lassahndaar aufgegriffen.«

»Ein Überläufer«, nickte ich.

»Aye, Ser«, sagte der Major und musterte mich nicht minder sorgsam als ich ihn. »Nur dass ich nicht übergelaufen bin, so wie ich es sehe, war ich schon immer auf Eurer Seite.«

»Und Ihr besitzt das Talent, dass Ihr nicht durch Magie beeinflusst werden könnt?«

»So ist es. Sie existiert für mich nicht.« Er lächelte schief.

»Es sei denn, Ihr lasst einen Stein über mir schweben und lasst ihn wieder los, den werde ich dann schon bemerken.«

»Was ist mit dem Willen der Götter?«, meinte Zokora von dort, wo sie saß, und legte ihr Buch zur Seite, um den Mann sorgsam anzusehen. Der wurde bleicher, als er erst sie und dann auch Varosch im Schatten stehen sah.

»Das weiß ich nicht, Euer Hochgeboren«, stotterte der Mann und sah fast panisch zu Serafine hin. »Was macht sie hier?«, fragte er ängstlich. »Ich dachte ...«

»Sie dient Astarte und nicht dem dunklen Gott«, sagte Varosch ruhig. »So wie ich Boron diene. Erzähle eine Lüge.«

»Was soll ich?«, fragte der Mann verwirrt.

»Erzähle eine Lüge«, wiederholte Zokora und stand auf, um näher an ihn heranzutreten. »Du hast es verstanden, taub bist du ja nicht.«

»Ich ...« Schweißperlen sammelten sich auf seiner Stirn. »Eine Lüge ... was denn?«

»Irgendetwas«, schlug Varosch höflich vor.

»Ich bin eine Frau?«

Zokora zog eine Augenbraue hoch und wandte sich dann langsam Varosch zu, um ihn fragend anzusehen.

Der schüttelte den Kopf.

»Abgesehen davon, dass er es ganz offensichtlich nicht ist, kann ich nichts erkennen.« Er sah nachdenklich zu Serafine hin. »So weit ist es die Wahrheit, er wird von Magie nicht berührt. Er steht sogar außerhalb der Götter ... insofern war es nutzlos, dass er, wie du sagst, vor Soltar abgeschworen hat.«

»Aber ich achte die Götter!«, rief der Mann entsetzt und griff in die Tasche seiner Uniform, um eine alte Sonnenscheibe hochzuheben. »Seht Ihr!« Er küsste sie hastig. »Da! Ich stehe zu Soltar, er ist der Herr des Lichts, das mich vor der Dunkelheit bewahrt!«

Der Mann erschien mir wie ein Krieger und durchaus nicht leicht einzuschüchtern. Dass allein der Anblick zweier dunkler Elfen ihn so aus dem Ruder warf, gab mir einen Hinweis darauf, wie Omagors Priester, die fast ausschließlich Zokoras Volk entstammten, mit den Soldaten des dunklen Kaisers umgingen.

»Beruhigt Euch«, bat ich den Mann. »Und setzt Euch, während wir uns beraten.«

Ich wies auf einen Stuhl, und er setzte sich, die Sonnenscheibe noch immer mit beiden Händen umklammert … und schaute dann zu Leandra hin, die ruhig und still in ihrem Bett lag.

»Also können wir ihm nicht vertrauen«, stellte ich fest.

»Das will ich so nicht sagen«, meinte Serafine bedächtig, während sie den Mann nachdenklich musterte. »Alles, was er uns bisher mitteilte und sich überprüfen ließ, entsprach der Wahrheit. Er ist unbewaffnet, und ich habe ihn selbst gründlich durchsucht. Er konnte nicht wissen, was der Pirat uns sagen würde … und dass er mit Marcus unter einer Decke steckt, erscheint mir höchst unwahrscheinlich. Wenn er Leandra helfen kann, müssen wir es versuchen.«

»Leandra?«, merkte der Mann auf. »Ist das die Maestra? Die Drachengeborene, die der Kaiser haben will?«

»Du hast ihm nicht gesagt, warum er hier ist?«, fragte ich Serafine, sie schüttelte nur den Kopf. Ich wandte mich dem Mann zu. »Mit Kaiser meinst du Kolaron Malorbian?«

Er nickte.

»Wie hast du sie genannt?«

»Die Maestra?«

»Nein. Drachengeborene. Warum?«

»Weil sie es ist. Ich belauschte den Kriegsfürsten Corvulus einmal, wie er mit seiner Schwester darüber sprach.«

»Die Schwester, das war Dereinis?«, hakte Serafine nach.

»Ja.«

»Erzählt weiter. Was haben sie gesagt?«

»Nicht viel. Er verfluchte seinen Vater dafür, dass der Kaiser die Maestra lebend haben will, woraufhin die Fürstin Dereinis sagte, dass es daran liegen würde, dass Eure Freundin eine Drachengeborene wäre. Kriegsfürst Corvulus meinte, es wäre Unfug und dummer Aberglaube, und sie wandten sich dann anderen Dingen zu.« Er hielt Soltars Sonnenscheibe flehend hoch. »Ich schwöre, das war alles, was ich über sie gehört habe!«

Wir schauten uns gegenseitig an. »Nun«, sagte Serafine. »Prinz Imra und die anderen Elfen glauben, dass sie von den Alten abstammt. Und von denen sagt man, dass sie Drachen wären. Insofern nichts Neues, außer dass wir jetzt wissen, warum Kolaron sie haben will und Corvulus sie zu entführen versuchte.«

Der Mann sah zu Leandras Bett hin. »Hat Corvulus ihr das angetan?«

Ich sah fragend Serafine an.

Sie seufzte. »Seitdem ich ihn gefunden habe, wurde er pausenlos vernommen. Wir haben ihn befragt, aber wir ließen seine Fragen unbeantwortet. Er weiß nicht, was in der Zwischenzeit geschehen ist.«

»Dann sagen wir es ihm«, beschloss Zokora und trat wieder an den Mann heran, um ihn genauestens zu mustern. »Dereinis und Kriegsfürst Corvulus sind tot, die dritte, zwölfte und einundzwanzigste eurer Legionen sind zerschlagen, die Belagerung vor Illian ist aufgebrochen. Und jetzt erkläre mir, warum du Trauer verspürst.«

»Wegen meiner Kameraden … sie sind irregeleitet, aber sie sind gute Soldaten«, sagte der Mann leise. »Es gibt einige, bei denen ich es bedauere, wenn sie fallen mussten.«

»Und die Kriegsfürsten?«

»Bringt mich zu ihrem Grab, und ich spucke auf sie«, stieß der Mann aus.

»Für ein Grab ließen wir nicht genug übrig«, meinte Zokora kalt lächelnd. »Glaubst du an Soltar, Stabsmajor?«

Er nickte heftig. »Er war mir die einzige Rettung, die ich hatte, um bei Verstand zu bleiben!«

Zokora nickte und sah dann zu mir hoch. »Er sagt die Wahrheit.« Sie richtete sich auf. »Wir sollten es versuchen.«

»Was versuchen?«, fragte der Mann verständnislos.

»Geh zu ihr hin und lege ihr deine Hand auf ihre Stirn«, befahl Zokora ihm. »Wenn du etwas anderes tust, wirst du sterben.« Sie lächelte schmal. »Langsam.«

Hastig stand der Mann auf und ging zu Leandras Bett hin … um dann vor ihr zu verharren und sie staunend anzusehen.

»Sie ist wunderschön«, meinte er ergriffen. »Was hat sie? Woran ist sie erkrankt?«

»Legt ihr die Hand auf die Stirn, Stabsmajor«, sagte Serafine leise. »Bitte.«

Zögernd tat er wie geheißen.

»Und jetzt?«, fragte er mit einem furchtsamen Blick zu Zokora hin.

Unter seiner Hand bäumte sich Leandra, als hätte sie der Schlag getroffen, ihre Augen sprangen auf, sie sah wie wild umher, um dann auf dem Mann zu verharren, der zurückgesprungen war, als hätte er Angst, dass sie ihn beißen würde.

»Wer, bei allen Göttern, ist der Kerl?«, fragte sie empört und zog sich die Decke höher. »Was macht er in meinen Gemächern?«

»Ich glaube«, sagte Serafine lächelnd, »das wäre alles, Stabsmajor.«

Der Tisch knirschte fast unter der Last der Speisen, die man für sie aufgefahren hatte; die ganze Pracht war nur für unsere Königin; gut, wir naschten auch, aber das allermeiste war für sie.

Selbst Zokora schüttelte ungläubig den Kopf, als Leandra die dritte leer geputzte Platte zur Seite schob und sich die Trauben angelte. Während sie sich den Bauch vollschlug, ohne dass der sich merklich wölbte, hatten wir ihr erzählt, was in den letzten Tagen geschehen war, und dass wir sie schon verloren geglaubt hatten.

»Ohne den blutigen Marcus wärst du in deiner Trance verhungert«, schloss ich, und sie schüttelte fassungslos den Kopf.

»Das glaube ich gerne«, meinte sie. »Ich habe noch immer Hunger wie ein Löwe.«

Nur dass der schon dreimal satt wäre. Ich fragte mich, wie sie es vermochte, ein halbes Schwein hineinzuwürgen, ohne dass sie platzte … oder kugelrund aus ihrem Stuhl fiel. Magie. Das war die einzige Antwort. Nur das konnte es erklären. Auf der anderen Seite fraß ein Drachen vielleicht mehr … Ich sollte dazu die alte Kaiserin befragen … wenn ich sie denn wiedersehen würde.

»Ich kann es nur nicht fassen, dass ich ausgerechnet diesem Kerl mein Leben verdanke«, sagte Leandra jetzt ungläubig. »Oder diesem Überläufer. Er hat wahrhaftig nur die Hand auf meine Stirn gelegt?«

»Ja. Im nächsten Moment hast du dich aufgebäumt und ihn fast zu Tode erschreckt«, lächelte Zokora.

»Ich ihn?«, Leandra schüttelte den Kopf. »Andersherum trifft es das wohl eher … Ich erinnere mich daran, wie ich in der Magie gefangen war …« Sie seufzte. »Es war wunderschön, das Spiel der Farben, wie alles zusammenhing … es ist wahrhaftig so, dass Magie in allem ist, selbst im kleinsten Staubkorn, und ich konnte mich in dem Anblick verlieren.«

»Mir scheint, genau das hast du getan«, sagte Serafine.

Leandra nickte, legte den kahlen Traubenstrang zur Seite, zögerte kurz und zog sich die Platte mit dem Hinterschinken heran. »Mir kam es nur wie ein Lidschlag vor und nicht wie mehrere Tage«, sagte sie und kaute. »Und dann, plötzlich, war ich von allem abgeschnitten, fand mich in einer kalten, leeren Welt … und erschrak so sehr, dass ich davon erwachte.« Sie schluckte … und legte ihr Messer zur Seite. »So«, sagte sie zufrieden. »Jetzt bin ich satt. Greift zu«, meinte sie und wies auf die Tafel. »Es ist genug für alle da.« Sie musterte den Hasenbraten, der an der Seite stand. »Obwohl …«, meinte sie und griff wieder nach ihrem Messer. »Ich glaube, ein Bissen passt noch hinein.«

Es brauchte den ganzen Hasen, aber danach schien sie wirklich gesättigt zu sein. Eben noch war sie ausgemergelt gewesen und hatte ausgesehen, als wäre sie dem Tode nahe, jetzt waren ihre Wangen rosig, und vielleicht hatte sie sogar einen Hauch mehr als nur ihr voriges Gewicht zurückerlangt.

»Es ist faszinierend«, meinte Ragnar. »Selbst ich kann nicht so essen!«

Leandra hob ihre Hand und betrachtete sie. »Es ist erst so schlimm, seitdem ich in dem Tempel von Lassahndaar vom Weltenstrom getroffen wurde. Vorher war es zwar so, dass ich Hunger hatte, aber es formte sich nicht auf diese Art zurück … es brauchte manchmal Tage, bis ich wieder zugenommen hatte. Wenn ich ehrlich bin, ist es etwas, das mich mit Sorge erfüllt … so etwas ist nicht normal!«

»Sprach die Frau, die einen Hügel voll mit Priestern mit ihren Blitzen eingeebnet hat«, meinte Serafine lächelnd. »Tatsächlich hast du den größten Teil deines Gewichts erst verloren, als du hier gelegen hast.«

»Habe ich?« Leandra kräuselte die Stirn. »Das ist seltsam … ich erinnere mich kaum mehr daran, was auf dem Hügel geschah, nur an eines, dass ich nachher keinen Hunger hatte. Ich wunderte mich darüber …«

»Genau das hast du auch gesagt«, lachte ich. »Wie geht es dir jetzt?«

»Gut«, meinte sie. »Ich könnte nur noch einen Happen …« Sie lachte schallend, als sie mein Gesicht sah. »Nur ein Scherz. Tatsächlich geht es mir überraschend gut.« Sie sah zu Serafine hin. »Was hast du dem Stabsleutnant dafür versprochen, dass er mich gerettet hat?«

»Nichts«, antwortete Serafine kühl. »Er ist ein Kriegsgefangener. Wenn es sich bestätigt, dass er die Wahrheit sagte, werden wir einen Platz für ihn finden. Bis dahin lassen wir ihn nicht aus den Augen. Vor allem, da ich jetzt weiß, wie gefährlich er wirklich ist.« Sie schüttelte ungläubig den Kopf. »Jemand, der sich der Magie entziehen kann … das ist wahrhaft unnatürlich!«

Begnadigungen

33 »Hier ist Eure Begnadigung«, sagte ich und hielt dem blutigen Marcus das gesiegelte Schriftstück hin. »Ein voller Dispens, für alle Verbrechen, die Ihr bis heute begangen habt. Kommt nur nicht auf den Gedanken, jetzt auch nur ein Kupferstück zu stehlen, dann hängt Ihr schneller, als Ihr reden könnt. Es befindet sich ein Nachsatz von Leandra auf dem Dokument, Ihr seid mit ihrem Siegel auch hier in den Südlanden begnadigt.«

»Ist das wahr?«, fragte er fast ehrfürchtig. »Ich bin ein freier Mann?«

»Bis wir Euch erneut erwischen. Hier…« Ich reichte ihm noch einen Beutel. »Das sind zwanzig kaiserliche Goldstücke. Genug für einen neuen Anfang. Diese beiden«, ich wies auf die Legionäre, die hinter mir an der Zellentür standen, »werden Euch zum Tor geleiten und aus dem Tor hinaus zum Tempel Borons in Askir. Ob Ihr dort Eure Sünden beichten wollt, bleibt Euch überlassen.«

»Ich denke nicht«, meinte der blutige Marcus etwas eingeschüchtert. »Göttliche Vergebung dürfte schwerer zu erkaufen sein. Was ist in dem Packen dort?«

»Neue Kleidung.« Ich wandte mich ab, hielt dann aber noch einmal inne, um zu ihm zurückzusehen. »Der Götter Segen für dich, Marcus«, entbot ich ihm leise. »Verschwende diesen neuen Anfang nicht.«

»Das werde ich nicht«, schniefte er. »Das könnt Ihr mir glauben!«

Damit ließ ich ihn in seiner offenen Zelle sitzen, Packen, Beutel und die Begnadigung in seinem Schoß, und versuchte mir einzureden, dass es mich nicht berührte, dass er weinte.

Keine zwei Glocken später saß ich neben Leandra auf der Plattform, die man für uns errichtet hatte, und dachte mir, dass der blutige Marcus, den wir so oft und gerne mit Verachtung gestraft hatten, zehnmal mehr Mut und Tapferkeit besaß als dieses elendige Stück Mensch, das schon beim Anblick der glühenden Zangen zu wimmern und zu schreien begann. Wäre es dazu gekommen, dass wir Marcus heute am Strang hochgezogen hätten, hätte er dabei tausendmal mehr Würde bewiesen.

»Götter«, hauchte Leandra, als Graf Render anfing zu schreien. »Ich kann das nicht mit anhören ... da, er tut es schon wieder, schreit und winselt und bittet mich um Vergebung ... und die Götter, deren Priester er ermordet hat! Dabei hat der Scharfrichter noch gar nicht richtig angefangen!«

»Du kannst ihn nicht verschonen«, sagte Lenere mit schneidender Stimme von Leandras Seite her. »Du kannst nicht ausgerechnet ihm Gnade zeigen und die anderen dort dann hart abstrafen.« Die anderen, damit meinte sie die gut zwei Dutzend Verschwörer, die auf dem Podest uns gegenüber auf ihr Schicksal warteten. Nicht jeder zeigte sich unberührt von seinem drohenden Schicksal, es gab einige, die weinten und zu den Göttern beteten, aber allesamt war ihnen der Ekel und die Abscheu eigen, die sie gegenüber dem alten Grafen zeigten.

»Götter!«, rief jetzt einer angewidert und stand trotz seiner Fesseln auf. »Könnt Ihr mich nicht jetzt gleich hinrichten? Ich halte dieses Gewinsel nicht mehr aus!«

Ich kannte ihn von früher, damals war er ein Knappe gewesen und von fröhlichem Gemüt. Er stand nur dort, weil Render der einzige Erbe gewesen war ... und Illian, wie er beim Verhör gesagt hatte, nun einmal eine Krone brauchte.

Leandra stand auf, wir tauschten einen Blick, dann griff sie Steinherz, der neben ihrem Stuhl gestanden hatte, und ging die Treppe herab zu dem Richtblock, auf den man den Grafen Render geschnallt hatte. Das kunstvolle Gerät mit seinen tausend Schnallen, das es erlaubte, alles festzusetzen und abzubinden, war mit dem Aldanen hergekommen, es erlaubte ihm, so hatte er voller Stolz verkündet, sein Handwerk mit größter Präzision auszuführen und zudem den Blutverlust in Grenzen zu halten.

»Haltet ein«, gebot sie dem Aldanen, der mit seinen roten und goldbestickten Gewändern und der roten Haube vor allem dadurch furchterregend wirkte, weil er sich für das Schlachten so ganz besonders fein gemacht hatte. Trotz seiner Haube meinte man, seinen erstaunten Blick zu sehen, dann ließ er die Zange los und Renders Fingerspitze fallen, um mit einer Verbeugung vor ihr zurückzutreten.

»Ich wusste es!«, rief Graf Render erleichtert. »Ich wusste, dass Ihr ein Herz voll Gnade habt und Astarte Euch erleuchtet. Sagt, dass Ihr mir vergeben habt!«

»Nein«, sagte Leandra kurz und stieß ihm ohne weiteren Umstand Steinherz in die Brust …

»Aber … Ihr habt doch nicht das Recht dazu!«, rief der Graf, schaute ungläubig auf die zwei Ellen Stahl, die aus seinem Brustkorb ragten … zuckte einmal, röchelte und lag dann still.

Der Seufzer der Erleichterung war von überall her zu hören.

Leandra ließ Steinherz in ihm stecken und trat vor die anderen Sers und Seras, die mit geschorenem Haar auf das Schwert oder auf den Strick warteten. Es waren fünf Seras dabei, eine kaum alt genug, um einen Busen zu haben, eine andere eine Greisin. Alle hatten sie geweint, aber nicht eine hatte ihre Haltung verloren … wenigstens nicht, bis Render zu wimmern angefangen hatte, was sie offensichtlich deutlich anwiderte.

»Dieser Mann dort«, rief jetzt Leandra, nicht nur zu den Gefangenen, sondern zu all ihren Untertanen, die sich auf dem Marktplatz versammelt hatten, »hatte keine Scheu, Kinder zu ermorden oder sich an den Priestern unserer Götter zu vergehen. Er war es, der Königin Eleonora ermorden wollte, weshalb sie in den Graben sprang, um ihm zu entgehen. All das nur, um seinen Sohn auf meinen Thron zu setzen. Er kannte keine Gnade … und ihr habt ihn alle darum winseln hören. Erinnert ihr euch an Sera Nemris? Die seinem nichtsnutzigen Sohn alle Versprechen glaubte, ihn liebte und dann hier geschändet auf dem Scheiterhaufen endete? Mit tausendmal mehr Würde als er es bewies!« Sie spie aus, keine königliche Geste, aber eine, die ihre Meinung umso deutlicher machte. »Er war es, der sie so zurichten ließ, damit sie ihn nicht noch vor Bruder Faban verriet! Er war es, der ihr die Augenlider abtrennte und die Zunge herausriss … und im Verhör hat er gestanden, dass er meinte, im Recht zu sein, denn eigentlich wäre er der König!« Sie drehte sich zu Varosch um. »Adept des Boron, Ihr wart dabei, sage ich die Wahrheit? Bruder Tarmus, spreche ich hier wahr?«

Beide standen auf und bestätigten ihre Worte.

Dass Varoschs Anblick die Leute nicht in Angst versetzte, hatte auch noch einen Grund, zuvor war Zokora, in eine braune Robe gehüllt, durch die Menge gegangen und hatte überall das Wort gesagt, das diesen alten Zauber von denen nahm, deren Vorfahren es vermocht hatten, aus der Hand von dunklen Elfen zu entweichen. Danach war sie breit grinsend zurückgekommen, hatte die Kapuze zurückgestreift und sich zufrieden zurückgelehnt, als es dann bei einigen befremdeten Blicken geblieben war.

Meine Königin wandte sich jetzt direkt an die Gefangenen. »Diesem Mann dort, diesem … diesem … *Feigling*, wolltet ihr folgen? Ihm euer Schicksal in die Hände legen? Götter, wusstet ihr denn, was ihr da tatet?«

Der, der vorhin aufgestanden war, beugte das Haupt. »Nein, Hoheit«, sagte er leise, aber vernehmlich. »Ich wäre ihm nie gefolgt, hätte ich gewusst, dass Königin Eleonora Euch als Erben ausgewählt hatte. Ihr seid nicht von königlichem Blut, doch Ihr seid Eleonoras Wahl. Das hätte mir gereicht.« Er ging langsam vor ihr auf die Knie. »Ich will nicht um mein Leben betteln«, fuhr er mit gesenktem Haupt fort. »Ich habe mich an Euch vergangen, aber für mein Weib will ich um Vergebung bitten. Sie schloss sich uns an, weil ich sie überzeugte, dass ein solcher König besser wäre als keiner und Illian Führung brauchte … nur dass ich jetzt weiß, dass jeder besser gewesen wäre als dieses feige Schwein. Lasst mein Weib gehen, und lasst diesen Aldanen an meinem Fleisch mit roten Zangen üben, ich werde versuchen, es mit Würde zu tragen, ohne Eure Ohren dabei allzu sehr zu stören.«

Leandra gab wortlos einem der Soldaten ein Zeichen, und sie führten das weinende Weib aus der Reihe der Todgeweihten heraus.

Der Mann hob sein tränennasses Antlitz an. »Wenn ich vor Boron stehe, werde ich ihm von Eurer Güte berichten«, sagte er leise, doch die Menge war so still, dass jedes Wort zu hören war. »Habt meinen Dank dafür.«

»Nun, Fitz«, sagte Leandra lächelnd. »Würdest du mir die Treue schwören?«

»Dir? Euch?«, verbesserte er sich hastig. »Nach dem, was Ihr für uns getan habt, als die Schlange kam? Sofort … und ich werde von dem Schwur auch dann nicht weichen, wenn der Kerl dort mich mit seinen Zangen zerreißt!«

Leandra nickte langsam und trat einen Schritt zurück. »Der oberste Tempel Borons hat uns Bruder Tarmus geschickt, um Bruder Faban zu ersetzen. Er besitzt die Gabe, Lüge von der Wahrheit zu trennen. Gibt es noch jemanden unter euch, der mir die Treue schwören würde und es in seinem Herzen meint? Sodass auch Bruder Tarmus keine Falschheit in eurem Herzen mehr entdecken kann?«

»Ich!«, rief der eine. »Ich!«, ein anderer. »Und ich«, sagte die alte Sera leise. »Selbst wenn Ihr meinen Sohn erschlagen habt …«

»Habe ich?«, fragte Leandra erstaunt.

»Ja. Der dort«, meinte sie und wies mit ihrem Blick zu Graf Render hin, in dem Steinherz noch immer steckte, »war mein Ehemann, und ich schäme mich für ihn und meinen Sohn.«

Leandra sah ungläubig zu Lenere hin. Die stand auf. »Die ganze Familie wusste von der Verschwörung«, sagte sie laut und vernehmlich und deutete anklagend auf die alte Sera. »Auch du, Lisette.«

»Das ist wahr«, entgegnete diese und ließ den Kopf hängen. »Ebenso wahr ist, dass ich zu ängstlich war, um mich gegen ihn zu stellen. Und dass ich mich schäme. Umso mehr, als ich erfuhr, dass die Königin bestimmt hat, dass meine jüngste Enkeltochter dem Beil entgehen würde.«

Neben ihr nickten die beiden anderen Seras, die Jüngste unter ihnen und eine andere, die der Jüngsten so sehr glich, dass sie ihre Mutter sein musste. »Wir schämen uns alle«, sagte die junge Sera unter Tränen. »Aber wir … wir hatten einfach zu viel Angst. Vor ihm«, fügte sie verächtlich hinzu und bedachte ihren Großvater mit einem Blick, den dieser gewiss bis vor Borons Waage spüren würde.

Das ganze Feuer, das Leandra eben noch gezeigt hatte, verlosch. Müde griff sie sich an die Stirn und tat eine Geste zu den Wachen hin.

»Lasst sie gehen«, sagte sie erschöpft. »Nehmt ihnen die Fesseln ab und führt sie zum Haus Borons, dort sollen sie schwören. Und Ihr«, meinte sie zu dem Aldanen, »könnt nach Hause gehen. Ich bezweifle, dass wir Eure Kunst noch brauchen.«

»Aber ich habe meine scharfen Messer gar nicht vorgeführt …«, protestierte dieser, um es sich angesichts ihres lodernden Blickes gleich anders zu überlegen und sich schweigend zu verbeugen.

Leandra ließ Steinherz stecken, wo er war, und kam zu uns auf die Plattform. »Wir sollten gehen«, sagte sie, dann drehte sich doch noch einmal um und wandte sich an die Menschenmenge, die alles schweigend und ungläubig mit angesehen hatte.

»Es ist das Recht der Krone«, sagte sie müde aber deutlich, »die zu richten, die sich an ihr und dem Gesetz der Götter vergehen. Es ist mein Recht, Verräter zu strafen, sie der Tortur zu unterziehen, sie bis an Soltars Tor zu schinden. Es ist auch mein Recht, ihnen Gnade zu gewähren.« Sie wies auf

Fitz, der noch immer ungläubig dastand und zusah, wie man ihm die Fesseln löste. »Er war es, der mir bewies, dass es auch unter Fehlgeleiteten Männer mit Mut und Anstand geben kann. Der Feind hat unser Land verwüstet, wir brauchen jeden guten Mann … und so ließ ich ihn frei … und mit ihm die anderen. Wer aber nun denkt, dass dies ein Freibrief sei, der irrt. Wer sich von euch an mir, den meinen oder an den Göttern vergeht, den trifft meine Gerichtsbarkeit. Das schwöre ich im Namen aller Götter. Und nun geht … Es gibt hier nichts mehr zu sehen.«

Es begann leise, doch dann fielen immer mehr mit ein, bis ihr Name immer lauter gerufen wurde und er von den hohen Mauern brandete.

Während Leandra ungläubig auf die Menge starrte, die ihren Namen rief und sie hochleben ließ, trat die Herzogin an sie heran.

»Ich hätte anders befunden«, sagte sie leise und nahm ihre Hand. »Dennoch … gut gemacht, mein Kind.«

Leandra nickte müde und sah zu Ser Yoshi hin, der sich auf seidenen Schuhen zu ihr gesellt hatte.

»Was gibt es, Ser Yoshi?«, fragte sie erschöpft.

»Nichts weiter, Hoheit«, lächelte der. »Nur dass ich genug gesehen habe und nun von Euch meinen Abschied nehmen werde.« Er schlug sein Kleid zur Seite, zeigte darunter weiße Seidenhosen und ging vor allen Leuten sorgsam auf beide Knie herab und dann mit dem Kopf herunter, bis die blank rasierte Stirn vor Leandras Stiefeln die Bretter des Podests berührte … wobei mir auffiel, dass sein Zopf auch dabei gerade wie ein Strich verlief.

Während Leandra noch sprachlos auf ihn herabsah, stand er in einer flüssigen Bewegung wieder auf.

»Man sagt, Schilf biegt sich im Wind, doch manchmal ist auch Wind scharf wie eine Sense. Doch die Brise, die den Sommer und die Blüten mit sich trägt, wird weitaus mehr geschätzt.«

Mit diesen Worten lächelte er ein letztes Mal in die Runde

und ging davon. Wir schauten ihm nach, wie er durch die Menge schritt, während sie eine Gasse für ihn bildete, und sahen uns fragend an.

»Versteht jemand, was er damit sagen wollte?«, fragte Ragnar und kratzte sich am Hinterkopf, um sich dann an Zokora zu wenden. »Du. Du weißt doch immer alles. Was will er damit sagen?«

Auch Zokora sah dem Mann im Seidenkleid hinterher und schüttelte leicht ihr Haupt.

»Ich weiß es nicht.«

»Nun, in einem hat er recht«, sagte Ragnar und schaute zu dem strahlend blauen Himmel auf, den nur ein paar Wolken zierten. »Der Sommer kommt. Und ist mir lieber als der Winter.«

Was mich an etwas erinnerte, das ich beinahe vergessen hätte.

Die Nacht zuvor, als wir darauf gewartet hatten, dass Serafine mit ihrem Überläufer zurückkommen würde, hatte ich nicht geschlafen. Was am Mittag auf dem Markt geschehen war, hatte zunächst eine große Anspannung ausgelöst ... und dann war es überraschend schnell vorbei gewesen. Render, das war auch meine Überzeugung, hätte die vollen fünf Tage lang die Aufmerksamkeit dieses »Künstlers« aus Aldane verdient gehabt, aber es stand ihm ja noch das Gericht der Götter bevor. Ob Boron so gnädig mit ihm umgehen würde, wagte ich zu bezweifeln. Dennoch, allgemein herrschte ein Gefühl der Erleichterung vor, und als wir vom Marktplatz aus wieder zur Kronburg hinaufritten, war ich nicht der Einzige, der gähnte.

Nur Leandra war hellwach und sprühte vor Tatendrang, was, wie Ragnar bemerkte, auch kein Wunder war, sie hatte ja die letzten Tage verschlafen. Weitere Verpflichtungen waren für den Tag nicht geplant, die Hinrichtungen hätten ja noch länger dauern sollen, also sprach nichts dagegen, dass wir uns zurückzogen.

Wir gingen auf mein Quartier, ich fiel ins Bett und schlief wie ein Stein.

Der Apfelbaum

34 Am nächsten Morgen waren wir wieder bei Leandra zum Frühstück geladen. Ich war früh genug auf, um ein Bad anzufordern, was sich zunächst nicht als die beste aller Ideen erwies, denn das ständige Kommen und Gehen der gut ein Dutzend Pagen, die uns das heiße Wasser brachten, weckte Serafine auf. Dann jedoch genoss ich es, wie sehr Serafine das Bad genoss.

»Du scheinst wohlgemut«, meinte sie, während sie sich mit dem Schwamm abwusch. Ich stand am Waschtisch, rasierte mich und bedauerte nur, dass der Silberspiegel über die Jahre fast blind geworden war, sonst hätte ich sie mir darin anschauen können.

»Wundert es dich?«, fragte ich sie. »Wir sind hier fertig. Für den Moment zumindest. Es geht zurück nach Askir, und Desina deutete an, dass sie einen Plan für die Ostmark hätte, ich bin gespannt darauf.«

»Havald«, sagte Serafine und beugte sich vor, um die Seife aus ihrem Haar zu spülen, »wenn du ein Zuhause hast, dann ist es dieses. Ich weiß, dass die Kaiserin uns erst in ein paar Tagen zurückerwartet, sie dachte ja auch, dass Render länger sterben würde. Leandra und du ... ihr geht wieder offener miteinander um, es ist fast wie früher. Wenn wir hier durch die Straßen reiten, jubelt man dir fast genauso zu wie ihr. Warum also hast du es so eilig, von hier fortzugehen?«

Ich nahm das Handtuch und wischte mir den Schaum ab, um dann zu ihr hinzugehen und mir einen Schemel heranzuziehen. »Lass mich das tun«, bat ich sie und nahm ihr die Kanne ab, sodass sie beide Hände für ihre Haare frei hatte. »Du magst recht damit haben, dass dies mein Zuhause ist. Es ist zumindest der Ort, an den ich bisher immer zurückkehrte. Ich habe ... hatte noch eine Burg in Thurgau, dort war ich so lange, wie ich brauchte, um mir ein Zimmer so einzurichten, wie ich es wollte ... ich habe die Möbel selbst gefertigt, ganz zuletzt das Bett. Ich schlief ein Mal darin, seitdem war ich nicht mehr dort, es gibt oder gab einen Verwalter, der sich darum gekümmert hat.« Ich hob hilflos die Schultern. »Immer, wenn ich an einem Ort verweile, dauert es nicht lange und es treibt mich hinfort. Ich habe immer das Gefühl, dass es anderswo noch etwas zu tun gibt für mich. Ich war nicht gut als Graf, Finna. Es gab nichts, was ein anderer nicht hatte besser machen können.«

»Aber du musst doch irgendwann Ruhe finden können?«, fragte sie und nickte dankend, als ich ihr das Badetuch reichte.

»Irgendwann, vielleicht. Wenn es nichts mehr zu tun für mich gibt. Ich war schon mehrfach so weit, zuletzt, als ich im Hammerkopf darauf wartete, dass mich Soltar endlich einlässt.« Ich lachte leise. »Götter, was hätte ich verpasst, hätte mich Leandra da nicht aus meinem Sumpf herausgezerrt.«

»Zwischen Sterben und Ruhefinden liegt eine breite Spanne«, meinte sie mit einem Lächeln. »Warum legst du dir nicht in deiner Grafschaft einen Apfelhain an und kelterst Wein, so wie du es dir gewünscht hast?«

»Warte«, bat ich sie. »Wenn du dich angekleidet hast, bleibt uns gerade noch Zeit, dass ich dir etwas zeige, bevor wir zu Leandra gehen müssen.«

Die Kronburg hatte mehrere Gärten. Zum einen den oberen, auf dem Dach, der Eleonora gehört hatte. Ihre Mutter hatte ihn angelegt, damit die königliche Familie Ruhe finden konnte und ungestört blieb; zudem mehrere Nutzgärten hinter dem Haupthaus, und diesen einen großen, der sich von den Stallungen bis fast hin zu den Baracken für die Garde erstreckte. Dieser war allen zugänglich, selbst ein Page konnte sich hier eine kleine Ecke anlegen, um sich seine Radieschen zu ziehen. Dort stand auch ein großer, alter Apfelbaum, und zu diesem führte ich Serafine.

»Götter!«, rief sie, als sie die vielen Schleifen sah, die man an seine Äste gebunden hatte. »Ich ahne schon, worum es hier geht!«

Ich nickte. »Nimm dir eine und lies sie mir vor.«

Serafine zog eine der Schleifen ab, zog sie auseinander und versuchte, das Geschriebene zu lesen ... um dann laut loszulachen.

»Was steht drauf?«, fragte ich sie lächelnd.

»Diese ist von einer Hildfra, Bäckerin: Wanderer, hilf, mein Mann betrügt mich mit der Milchmagd!«, kicherte sie. »Was erwartet sie von dir?«, fragte sie. »Sollst du ihren Mann erschlagen, die Milchmagd, oder beide?«

Ich lachte. »Nimm eine andere ...«

Ihr Schmunzeln verging, als sie mühsam vorlas, was auf der Schleife stand.

»Von einem Helus. Ein Page hier in der Burg. Wanderer, hilf mir. Mein Vater, Sergeant Sallis, ist vermisst, und meine Mutter weint, weil sie nicht weiß, was mit ihm ist.«

Ich nahm ihr die Schleife aus der Hand und musterte sie, ein Wunder, dass sie die Schrift noch hatte entziffern können, so verblichen, wie sie war.

»Komm mit«, bat ich sie und machte mich auf den Weg zum Kastellan, der zu meiner Überraschung derselbe war wie vor über dreißig Jahren, nur ergraut und krumm geworden. Und doch erkannte er mich wieder und schien sogar darüber erfreut zu sein.

»Ihr habt einen Pagen mit Namen Helus hier?«, fragte ich ihn. »Wisst ihr etwas über ihn?«

»Helus starb letzten Monat, er trat in einen Nagel und bekam das Wundfieber«, antwortete der Kastellan, ohne seine Bücher zu bemühen. Ich unterdrückte einen Seufzer.

»Lebt die Mutter noch?«

»Ja. Sie hat eine Anstellung als Weberin gefunden, hier in der Burg. Ihr Mann gehörte zu einem königlichen Regiment, da er vermisst wird, erhält sie eine kleine Rente.«

»Das war ein Sergeant Sallis?«

Wieder brauchte der Kastellan seine Bücher nicht zu bemühen. »So ist es. Er war mit vier anderen unterwegs, um einen Handelszug nach Lassahndaar zu begleiten, und er kam nicht mehr zurück. Das war kurz bevor die Belagerung begann, er mag noch leben, aber wenn, fand er nicht den Weg zurück.«

Ich bedankte mich bei dem alten Mann, doch der hielt mich mit einem Lächeln zurück. »Hier«, sagte er und griff in eine Tonne, die neben seinem Schreibtisch stand. »Die habt Ihr früher immer sehr gemocht.« Er drückte mir einen Winterapfel in die Hand.

»Der Götter Segen mit Euch, Kastellan«, entbot ich ihm meinen Dank, wir nickten einander zu, dann folgte mir Serafine hinaus.

»Es gibt Flüchtlinge, die sich im verwunschenen Wald niedergelassen haben«, teilte ich Serafine mit. »Wer sonst noch in der Gegend überlebte, wird in Coldenstatt zu finden sein, oder in dem Lager, das beim Hammerkopf entstanden ist. Vielleicht hat er Arbeit in der Donnerfeste gefunden. Es wird nicht schwer sein herauszufinden, ob er noch lebt.«

»Das ist es also, was du machst«, sagte sie leise und nahm mir die Schleife aus der Hand, um sie erneut anzusehen und in die Brusttasche ihrer Uniform zu stecken. »Ich kümmere mich darum«, versprach sie, um dann schweigend ein paar Schritte zu gehen.

»Es sind Hunderte Schleifen an dem Baum«, nahm sie das Gespräch wieder auf, als wir durch die große Halle gingen, der Weg zu den königlichen Gemächern führte dort entlang. »Du kannst dich doch nicht um alle kümmern?«

»Natürlich nicht. Das ist unmöglich. Es gibt ja nicht nur diesen Baum. Ich selbst und andere haben an Wegkreuzungen Apfelbäume gepflanzt, man nennt sie Wanderers Ruh oder Wanderbaum, es gibt viele Namen für sie, und wer dort rastet, hängt oft eine solche Schleife in die Äste. Selbst einem Gott wäre es zu viel, sich um jedes Ersuchen zu kümmern. Aber hin und wieder ist etwas dabei, das mich berührt … und dann versuche ich zu helfen. Meist ohne dass ich mich zu erkennen gebe.«

»Wie fing das an?«, fragte Serafine. »Ich meine, wie kam jemand auf die Idee, Schleifen in den Baum zu hängen?«

Ich lachte. »Das verdanke ich meiner Schwester. Sie pflanzte diesen Baum, den ich dir eben zeigte, und fing an, diese Schleifen daran zu hängen, Schleifen mit ihren Wünschen für mich. Sie sagte einmal, dass sie hoffte, die Vögel würden diese Schleifen zu mir tragen. Ich war ja oftmals lange Zeit unterwegs, sie tat es nur, um sich mir nahe zu fühlen. Wenn ich dann zurückkam, führte mich mein erster Weg zu dem Baum, um zu sehen, wie es ihr in der Zwischenzeit ergangen war, und ob ich etwas für sie tun konnte. Sie hatte ja gut geheiratet, so mangelte es ihr an nichts, es waren meist die kleinen Wünsche, die sie auf die Schleifen schrieb. Irgendwann fand ich eine Schleife, die nicht von ihr war, und dachte … warum nicht … ich hatte ja nichts Besseres zu tun. Und dann … als sie bei Soltar war und es noch immer Schleifen in den Ästen zu finden gab, war ich froh darum, es erinnerte mich an sie.«

Serafine war nachdenklich, als wir die Treppe hinaufstiegen. »Es ist also tatsächlich, wie du sagst«, meinte sie dann leise. »Du hast Besseres zu tun, als ständig nur an einem Ort zu verweilen und ein normales Leben zu führen.«

»Du weißt, dass ich nicht viel mit meinem Leben anzufangen wusste. Es gab mir einfach etwas zu tun … und führte mich in jede Ecke der Südlande. Mal war ich hier jemand, der in einem Gasthof half, dort trieb ich Kühe in die Berge, an anderen Orten half ich, Scheunen oder Häuser zu errichten, einmal grub ich sogar einen Brunnen.« Ich lachte, als ich mich daran erinnerte. »Ich geriet in Panik, als plötzlich das Wasser schneller stieg, als ich gedacht hatte, ich glaube, nie ist jemand so schnell ein Seil hinaufgeklettert wie ich damals. Ich lernte viel … und lernte viele Menschen kennen. Dann war da noch Seelenreißer. Wenn mich ein Wunsch auf einer Schleife zu einem Ort führte, gab es dort oft genug auch für ihn etwas zu tun. Abseits der größeren Städte oder Ortschaften war das Land nicht sehr sicher, oftmals gab es Streitigkeiten zwischen Baronen, und oftmals zogen versprengte Räuberbanden durch das Land und schufen grundlos Not ...« Ich zuckte mit den Schultern. »Ich konnte nicht immer helfen, vieles stand nicht in meiner Macht, aber so ergab mein Leben einen Sinn.«

»Das ist also die Legende vom Wanderer.« Serafine blieb stehen und musterte mein Gesicht. »So unstet bist du also gar nicht«, stellte sie dann fest. »Du hast deinem Leben einen Sinn gegeben und bist den Pfaden gefolgt, aber nicht zufällig, wie vom Wind dahergetrieben, sondern mit Ziel und Plan.«

»Ich sehe es eher so, dass es mir die Langeweile vertrieb ... so hatte ich immer etwas zu tun.«

»Warum wolltest du dann sterben?«, fragte sie mich leise.

»Es dauerte einfach zu lange an. Ich kam an Orte, an denen ich einst jemanden gekannt hatte ... und statt sie aufzusuchen und mit ihnen zu trinken und über alte Zeiten zu plaudern, wie man es so tut, blieb mir nichts anderes, als ihnen auf dem Totenacker zuzunicken und weiterzuziehen. Ich ... ich glaube, ich wurde einfach traurig. Dann fiel es mir schwer, mich überhaupt noch aufzuraffen. Der Hammerkopf ... er lag auf dem Weg nach Coldenstatt, wo ich auch lange lebte, und ich kannte Eberhard schon, seitdem er ein kleiner Junge war ... und ebenso Sieglinde, ich ließ sie einmal auf meinen Schultern reiten, und sie hatte Spaß daran, nur bezweifle ich, ob sie sich erinnert ... oder erinnern will. Ein Ort, an dem ich nicht unbedingt unter Freunden war, ich ließ ja niemanden mehr an mich heran, aber doch zumindest einer, an dem man mir wohlgesonnen war. Ein guter Ort zum Sterben. Ich hatte einfach genug.«

»Und jetzt?«, fragte sie vorsichtig.

Ich lachte. »So oft, wie man schon versucht hat, uns umzubringen, bei alledem, was uns der Nekromantenkaiser entgegenstellt? Es war schon immer so, gerade dann, wenn mich jemand zu Soltar bringen will, entwickle ich eine große Abneigung dagegen. Ich wollte es nicht, aber ich habe wieder Freunde, eine Aufgabe, ein Ziel. Es gibt wieder etwas für mich zu tun.«

»Ja«, sagte Serafine nachdenklich. »Es ist so, als hätte Leandra eine riesengroße Schleife um deinen Baum gebunden.«

Ich lachte. »Vielleicht kann man es auch so sehen.«

Das Frühstück

35 »Halt still«, befahl Zokora Ragnar. Der saß auf einem Stuhl mit dem Rücken zum Fenster, sodass Zokora gutes Licht auf sein Ohr hatte.

»Es zupft. Und kitzelt!«, beschwerte sich mein Freund. »Und es juckt die ganze Zeit!«

»Und wenn du dich weiter daran kratzt wie ein Hund, der Flöhe hat, machst du mir die Arbeit zunichte«, schimpfte Zokora mit ihm. Sie schüttelte einen langen, schmalen Dolch aus ihrem Ärmel, setzte die Spitze hinter seinem Ohr an und trat dann zurück, um es mit einem frischen Tuch abzutupfen. »So«, meinte sie zufrieden und trat zurück. »Noch ein-, zweimal den Eiter loswerden, dann ist es gut. Du wirst dein Ohr behalten. Wenn du aufhörst, dich dort zu kratzen, denn damit bringst du immer wieder Dreck und Eitersamen in die Wunde hinein.«

»Danke«, meinte Ragnar und schüttelte ungläubig den Kopf. »Bei dieser ganzen verfluchten Metzelei am Hügel, warum, bei des Namenlosen Sandalen, musste mir der Kerl ins Ohr beißen? Ich meine, er hatte auch ein Schwert, hätte er das nicht benutzen können?«

»Dann wäre dein Ohr wahrscheinlich ab«, meinte Leandra kalt. »Wenn Zokora jetzt damit fertig ist, für dich den Barbier und Beulenstecher zu geben ... können wir dann frühstücken? Wobei jetzt fraglich ist, ob ich den Appetit dazu noch habe!«

»Es hat gejuckt«, verteidigte sich mein Freund. »Und da Zokora da war und ...«

Leandra hob die Hand.

»Genug«, bat sie entnervt. »Genug davon, wenden wir uns anderen Dingen zu.«

Das taten wir, denn das Frühstück sah verlockend aus. Durch das Tor war es möglich, Köstlichkeiten aus dem ganzen Kaiserreich auf den Tisch zu bringen, darunter vier Honigküchlein auf einem kleinen Silberteller. Ich streckte die Hand aus, doch Serafine war schneller, dann griff Leandra zu und auch Varosch, und als zudem Ragnar seine Pranke ausstreckte, zog ich ihm den Teller mit dem Küchlein unter den Fingern weg.

Sieglinde lachte. »Immer noch so versessen auf diesen Kuchen?«

Ich nickte. Antworten konnte ich nicht, ich hatte den Mund voll.

»Hat sich noch etwas im Tempel ergeben?«, fragte Ragnar, dem es keine Mühe bereitete, mit vollem Mund zu sprechen.

»Zwei meinten es mit ihrem Schwur nicht ernst«, seufzte Leandra. »Es ist ja nicht verwunderlich, dass sie es versuchten. Nur ließ sich der Priester nicht von ihnen in die Irre führen.«

Ragnar nahm einen Schluck von seinem Bier. Er hielt es für überflüssig, etwas anderes zu trinken, seiner Meinung nach hatten die Götter den Menschen nicht das Bier gegeben, damit sie Milch und Wasser trinken sollten. Wenn es für einen Varländer einen unpassenden Zeitpunkt für Bier geben sollte, dann hatte ich zumindest davon noch nichts gehört. »Was geschah mit ihnen?«

»Bruder Tarmus nahm ihnen die Beichte ab, geleitete sie zum Richtblock, und sie verloren ihren Kopf«, antwortete Leandra. »Ich war nicht anwesend, doch der Hauptmann der Wache berichtete mir, dass die Bevölkerung es ohne Murren aufnahm, es aber einige gab, welche die zwei beschimpften, weil sie einen falschen Treueschwur versucht hatten.«

»Ich habe den Eindruck, dass deine Untertanen dir wohlgesonnen sind«, meinte jetzt Janos. »Ragnar und ich waren gestern Abend in der Taverne zum Stier, unten auf dem Marktplatz, und haben den Gesprächen dort gelauscht, während ihnen Ragnar beim Würfelspiel die Taschen geleert hat. Das jämmerliche Ende des Grafen trug viel dazu bei, dass sie jetzt hinter dir stehen ... abgesehen davon, dass du ganz allein den toten Riesen, den Wyrm, vier Feindlegionen und diese Priester auf dem Berg besiegt hast. Wusstest du, dass du dabei gestorben bist und Königin Eleonoras Geist aus den Himmeln herabfuhr, um dich zu heilen?«

»Wird wenigstens auch der Posaunenchor erwähnt, der zu hören war, als das geschah?«, fragte Sieglinde lachend.

»Hhm,« meinte Ragnar mit einem breiten Grinsen. »Wir sollten dieses Gerücht unter die Leute bringen, es hat etwas.«

»Lenere erwähnte etwas Ähnliches«, sagte Leandra. »Ich glaube, sie hat ihre Spione überall. Ich habe beschlossen, sie zum Kanzler zu machen.«

Ich sah überrascht auf. »Was ist mit dem jungen Graf Orten? Er war, wenn ich mich recht entsinne, Eleonora ein guter Kanzler. Bist du nicht zufrieden mit ihm?«

»Der junge Graf Orten war nicht mehr jung«, teilte mir Leandra mit. »Er mochte ein guter Kanzler gewesen sein, aber einen Tag, nachdem Eleonora sich geopfert hat, starb er an einem Herzkrampf ... bei einem Trauermahl, das Graf Render in ihrem Namen gegeben hat. Der Wein war wohl etwas schlecht geworden. Am Tag darauf wurde Graf Render zum Kanzler gewählt ... und blieb es, bis er Steinherz begegnet ist. Jetzt brauche ich einen neuen.«

Es klopfte an der Tür.

»Da wir gerade von ihr sprechen, ich habe auch die Herzogin hergebeten.« Sie stand selbst auf, um die Tür zu öffnen. »Ich bin sehr zufrieden mit Lenere«, teilte sie uns auf dem Weg dorthin mit einem Lächeln mit. »Wenn sie jetzt aufhören würde, mich Kindchen zu nennen, wäre es perfekt.«

»Götter«, waren die ersten Worte Leneres, als Leandra ihr die Tür aufzog. »Kind, hast du keine Diener, die dir den Gang zur Tür ersparen?«

Sie runzelte die Stirn, als Ragnar laut lachte.

»Kommt herein«, bat Leandra die Herzogin schmunzelnd. »Ich habe ihnen gerade berichtet, dass ich Euch zum Kanzler machen werde.«

»Und das ist Grund zur Heiterkeit?«, fragte Lenere und nickte dankend, als ich aufstand und ihr den Stuhl rückte.

»Nein. Ich beschwerte mich nur darüber, dass Ihr mich Kindchen nennt«, lächelte Leandra, als sie sich wieder setzte.

»Verzeiht«, sagte die Herzogin betreten. »Es ist nur so ...«

Leandra hob lächelnd die Hand. »Ich bin nicht beleidigt, achtet nur darauf, dass es nicht unpassend wird.«

Die Herzogin nickte.

»Was die Dienstboten angeht, mir ist es lieber so«, fuhr Leandra fort und schaute in die Runde. »Eleonora brauchte bei allem Hilfe, und es gab Dutzende von Höflingen und Dienern, die alle ihre Aufgabe darin sahen. Es gibt sogar einen Baron, der mir anbot, auch für mich meinen Stuhl zu verkosten, da er darin geübt wäre, darin kommende Krankheiten und Unwohlsein zu erkennen.«

Ragnar sah verständnislos drein. »Was hat das mit dem Stuhl zu tun, auf dem du sitzt?«, fragte er verblüfft.

»Das war nicht damit gemeint«, meinte Sieglinde und verzog das Gesicht. »Wir sind am Tafeln, lasst uns das nicht weiter beleuchten.«

Leandra nickte und schaute zu der Herzogin hin. »Bis darauf, dass ich Euch das übertrage.«

Lenere lachte. »Ich hoffe, ihr meintet das nicht so.«

Leandra stutzte, dann lachte sie ebenfalls. »Nein. Sucht für diese Höflinge eine andere Aufgabe, irgendetwas wird schon zu finden sein. Was Bedienstete für mich angeht, ich mag es nicht, wenn man mich bei Beratungen belauscht.«

»Offensichtlich«, meinte die Herzogin und lud sich kräftig auf ihren Teller auf. »Ihr habt den Wachraum versiegelt. Mit Magie, wie ich hörte. Ihr solltet ...«

»Nein«, sagte Leandra höflich, aber bestimmt. »Ich habe

Krom.« Sie nickte hinüber zu dem Hund, der vor ihrem Bett lag und schnarchte. »Er reicht mir.«

Die Herzogin nickte. »Wie Ihr wünscht ...« Sie seufzte. »Hohes Alter feit vor Fehlern nicht, einer dieser Fehler fing mich auf dem Weg hierher ab. Der Aldane. Er ist beleidigt, dass man seine Kunst nicht schätzte, er sagte, er kann nicht abreisen, solange Steinherz noch in seinem Henkerstisch steckt, und er beschwert sich darüber, der Tisch wäre aus Rosenholz und kostbar, und ihr hättet ihn damit mutwillig zerstört, er verlangt dafür fünfzehn Gold Entschädigung.«

»Und?«, fragte Leandra neugierig. »Wie seid Ihr mit ihm verfahren?«

»Ich sagte ihm, dass ich den Tisch für noch ganz brauchbar hielt, bot ihm an, es an ihm auszuprobieren und ließ ihn wegen Unverschämtheit in den Kerker werfen«, sagte Lenere und bestrich sich ihr Brot. »Ich nahm Rücksicht auf ihn und gab Anweisung, dass er nackt dort landen solle, damit seine kostbare Kleidung nicht verdreckt wird.« Sie biss herzhaft in das Brot und kaute. »Ich denke, wir lassen ihn gehen, wenn sein Tisch wieder frei wird ... was mich dazu bringt, wann wird das sein? Ach, und er beschwerte sich noch darüber, dass Steinherz ihn gebissen hätte, als er das Schwert aus seinem kostbaren Tisch entfernen wollte.«

»Fünf Tage«, sagte Leandra ungerührt. »So lange lassen wir Render dort liegen. Und wenn Steinherz den Aldanen gebissen hat, ist er selbst daran schuld. Was gibt es sonst noch?«

Die Herzogin seufzte. »Das größte Problem von allen. Wir werden nicht mehr belagert.«

»Das ist schlecht?«, fragte Ragnar ungläubig.

Sie nickte. »Es gab uns einen Zusammenhalt, der uns jetzt fehlt. Die Tore sind offen, aber niemand traut sich aus der Stadt ... nicht nur Byrwylde hindert sie daran, sie wissen auch nicht, wohin sie gehen sollen, es ist nichts mehr für sie übrig. Dafür ist die Oberstadt maßlos überfüllt. Ich will einen Zensus anregen, damit wir wissen, wie viele es genau sind, aber ich denke, es werden über achtzigtausend sein, dies sind fast zwei Drittel mehr, als vor der Belagerung in der Stadt lebten, und da hatten wir mit der Unterstadt zusammen fast dreifach so viel Platz. Die Leute drängen sich auf den Straßen, und der allergrößte Teil von ihnen hat nichts zu tun … Müßiggang ist noch nie gut gewesen. Jetzt stehen sie hinter dir … Euch, aber das Murren wird bald losgehen. Sie brauchen etwas zu tun.«

»Sie sollen die Stadt neu aufbauen«, meinte Janos und zog sich den Schinken heran. »Die Legionen und Byrwylde haben alles verwüstet, aber die Steine sind noch da, nur das Holz fehlt. Aber das lässt sich besorgen.«

»Wenn Byrwylde nicht wäre«, sagte die Herzogin und seufzte. »Wenigstens streift sie nicht mehr ruhelos umher, vielmehr hat sie es sich auf dem Hügel bequem gemacht, den ihr angegriffen habt. Sie hat dort die Leichen der feindlichen Soldaten aufgefressen, sich zusammengrollt und rührt sich jetzt nicht mehr.«

Leandra nickte. »Das wundert mich wenig, dort führt der Weltenstrom mit Erdmagie entlang. Byrwylde mag das wohl, auch in Lassahndaar hat sie eine Stelle gesucht, an der sie Erdmagie am nächsten war.«

»Lasst sie dort liegen«, schlug Ragnar vor. »Wenn sie wahrhaftig die Weltenschlange ist, wird sie die nächsten tausend Jahre noch da liegen … Wir haben auch Legenden von einem solchen Wyrm, und man sagt ihm nach, dass er gern und lange schlafen würde.«

»Nun, die Handelsstraße nach Lassahndaar und damit zur Donnerfeste und Coldenstatt führt in ordentlichem Abstand an dem Hügel vorbei«, meinte jetzt Sieglinde nachdenklich. »Man müsste ausprobieren, ob sie uns in Ruhe lässt, wenn auch wir sie in Ruhe lassen …«

Dieses Frühstück dauerte lange, fast bis zur vierten Glocke. Ich genoss es. Schwierigkeiten und Probleme gab es genug, doch im Nehmen und Geben hier am Tisch schien sich für alles eine Lösung zu finden. Leandra brannte vor Tatendrang, und in Lenere hatte sie eine Partnerin gefunden, die ihr mit der Weisheit des Alters und Erfahrung helfen konnte, neu anzufangen.

Ich musterte die beiden, ihr Mienenspiel, die Art, wie sie schnell einen vertrauten Umgang miteinander fanden, trank meinen Wein und lächelte in mich hinein. Was einst meine größte Angst gewesen war, war jetzt meine Hoffnung. Lenere war auch einmal jung und unerfahren gewesen, doch mit jedem Wort, das sie sprach, zeigte sie, wie viel sie seitdem an Weisheit gewonnen hatte. Sie war härter als Leandra, das Leben hatte sie heißer gebrannt, sie hätte nicht mit einer Wimper gezuckt, hätte Render fünf Tage weiterjammern lassen, aber sie verstand auch, dass Leandra anders fühlte, zusammen, davon war ich überzeugt, würden sie eine gute Waage finden.

Wüsste ich nicht, wie alt sie wirklich war, würde ich sie auf um die siebzig oder, wenn sie lachte, sogar deutlich jünger schätzen, sie war rüstig, und der Anteil Elfenblut in ihr würde ihr noch viele Jahre geben. Eleonora war, nach meiner Meinung, die größte Königin gewesen, die die Südlande je gesehen hatten, aber gab man diesen beiden noch fünfzig Jahre, dann würden auch sie die Welt verändern.

Irgendwann löste sich die Runde auf, ich bat Leandra um ein Gespräch, das sie für den Abend ansetzte. Serafine und ich gingen anschließend auf unser Zimmer hinauf, um für die Rückreise nach Askir zu packen, wir hatten uns entschieden, am nächsten Morgen abzureisen.

Der Verrat der Herzogin

36 Zu mehr, als meine Legionskiste zu öffnen und mich zu fragen, wie, bei allen Göttern, dort alles hineingepasst hatte, was jetzt keinen Platz mehr darin fand, kam ich nicht. Es klopfte. Sera Sarann war an der Tür, die Hand der Königin.

»Erinnert Ihr Euch an den Auftrag, den Ihr mir gegeben habt?«, fragte sie, kaum dass sie eingetreten war. Sie nickte Serafine grüßend zu und wandte sich dann wieder an mich. »Ich habe versucht herauszufinden, wer derjenige sein könnte, der Bruder Faban erschlug und den Dämon in Borons Tempel beschwor.«

»Ist es Euch gelungen?«, fragte Serafine neugierig.

»Vielleicht«, gab Sarann bedrückt Antwort. »Wenn sie es ist, dann haben wir ein Problem.«

»Und wen habt Ihr in Verdacht?«, fragte ich mit meinen Stiefeln in der Hand.

»Herzogin Lenere.«

»Ihr seid verrückt«, rief ich und ließ die Stiefel fallen. »Wisst Ihr, was Ihr da behauptet?«

Es *konnte* nicht sein. Nicht Lenere. Das war unmöglich.

»Hört mich an«, bat Sarann verzweifelt. »Es ergibt allzu viel Sinn!«

»Ihr irrt Euch«, beharrte ich. »Sucht weiter. Es kann nicht Lenere sein.«

Serafine trat an mich heran und legte mir die Hand auf den Arm. »Hör sie an«, bat sie leise. »Ich weiß, dass du nicht wollen kannst, dass sie es wäre, aber es geht um Leandra, die ihr nun vertraut, und die Zukunft deiner Heimat.« Sie wandte sich an Sarann. »Habt Ihr Beweise?«

»Nein«, sagte Sarann und schüttelte betreten den Kopf. »Nur ... Hinweise, Ungereimtheiten und anderes.«

»Und dann unterstellt Ihr ausgerechnet Lenere Hochverrat und einen Pakt mit dem Namenlosen? Schlimmer, Omagor und dem Nekromantenkaiser?«, rief ich wutentbrannt. »Wenn Ihr nichts als Anschuldigungen, aber keine Beweise habt, dann ...«

»Havald«, mahnte mich Serafine erneut. »Es geht um Leandra. Wir müssen sichergehen!«

Sarann wich vor meinem Ausbruch erst zurück, dann jedoch stand sie gerade und reckte trotzig das Kinn.

»Sie hat Bruder Faban im Tempel besucht. Am gleichen

Morgen, noch bevor der Hahn krähte. Sie verließ den Tempel keine drei Dochte, bevor man Bruder Faban fand … und die Dunkelheit im Tempel. Sie hat niemandem davon etwas gesagt, selbst als ich sie fragte, ob sie wüsste, wer den Priester zum letzten Male lebend sah, erwähnte sie es nicht.«

»Das ist belastend«, gab ich widerwillig zu. »Aber …«

»Sie stammt von den Elfen ab«, fuhr Sarann fort. »Das weiß jeder. Aber es gibt keinen Hinweis darauf, dass sie irgendein Talent oder eine Fähigkeit besitzt, die mit diesem Elfenblut gegeben wurde … und es kommt so gut wie nie vor, dass jemand das Blut der Elfen in sich trägt, ohne zugleich ein Talent zu besitzen. Also hält sie es geheim.«

»Ich kannte sie als junges Mädchen«, warf ich ein. »Sie besitzt kein Talent, ich würde es wissen.«

»Oder sie hat es von Anfang an verborgen gehalten … was ich auch tun würde, besäße ich dieses besondere Talent.«

»Was habt Ihr noch?«, fragte Serafine ruhig.

»Sie unterstützte den Grafen Render, bis fast zuletzt. Selbst als Ser Wiesel in die Stadt kam, beharrte sie darauf, und er konnte sie nur mit Mühe überzeugen. So zur Kronburg hinaufzugehen und den Rat zu stürmen, war ebenfalls ihre Idee … sie hat wissen müssen, dass es mit Leandras Verhaftung endet. Auch sie wurde verhaftet, doch sie wurde nicht zu den anderen gebracht, vielmehr sperrte man sie hier in ein Zimmer ein, mehr geschah ihr nicht, sie erhielt sogar einen Dienstboten, der sich um sie kümmerte. Sie kannte Render gut. Viele Jahre lang. Sie hatten sogar ein Verhältnis miteinander, als er noch jung war. Sie sagt, es wäre jugendliche Torheit gewesen … aber bis zuletzt konnte er auf sie zählen. Keiner der Mitverschwörer hat sie erwähnt, aber das brauchten sie auch nicht, sie trat offen dafür ein, dass Illian eine Krone bräuchte. Und sie hat bereits einmal ein gekröntes Haupt ermordet.«

»Hat sie nicht«, knurrte ich. »Ich war dabei. Elfred stürmte auf uns zu, wollte uns greifen und stürzte die Treppe hinunter. Sie war daran nicht beteiligt, sie hatte Glück, dass sie noch am Leben war, so wie er sie geschlagen hatte. Sie hat an Elfreds Tod nicht den geringsten Anteil.«

»Ich habe die alten Unterlagen gesichtet. Er stürzte wohl die Treppe herunter, das ist richtig. Aber ein Diener hörte ihn danach noch fluchen … und er lag nicht am Fuß der Treppe, sondern ein Stück in die Halle hinein, als wäre er noch ein paar Schritte gekrochen. Was bekanntermaßen schwierig ist, wenn einem der Hals gebrochen wurde.«

»Ich trug Lenere von dort weg«, erklärte ich knurrend. »Auf dem Weg dorthin kam ich an Elfred vorbei … er drohte damit, uns beide häuten zu lassen … ich bin ihm dann wohl aus Versehen auf den Hals getreten.«

»So habe ich mir das gedacht«, sagte Sarann leise. »Der Abdruck des Absatzes auf seinem Hals wurde im allerersten Bericht auch noch erwähnt, seltsamerweise gab es einen neuen Bericht, der das nicht mehr aufzeigte.«

»Ich sprach mit Arwen darüber. Er zeigte sich einsichtig.«

Sie nickte langsam. »Dennoch, Lenere deckte Euren Mord an König Elfred. Wie König Arwen auch. Was habt Ihr ihm geboten dafür, dass er Euch deckte?«

»Sein Leben und die Krone. Hätte er nicht getan, was ich ihm sagte, hätte er beides nicht gehabt.«

»Genau so habe ich es mir vorgestellt«, erwiderte sie kühl. »Fakt bleibt, Lenere lernte von Eurer Hand, dass Mord eine Lösung ist. Sie zog sich auf ihr Gut zurück, aber es folgten weitere Todesfälle. Unfälle meist … und oft genug traf es solche, die ihr entgegenstanden. Oder wart Ihr das auch?«

Ich schüttelte den Kopf. »Davon weiß ich nichts.«

»Habt Ihr mehr?«, fragte Serafine ruhig.

»Sie kehrte lange Zeit nicht an den Hof zurück, aber sie mehrte ihren Einfluss dort, zog sich Spione heran und scheute sich nicht, Liebschaften mit solchen einzugehen, die ihr nützlich sein konnten. An dem Tag, als sie ermordet wurden, war das Königspaar auf dem Rückweg von einem Besuch bei ihr … das Attentat geschah auf ihrem Grund und Boden. Zwei Wochen vorher, bat sie den König darum, den königlichen Paladin nach Morgau zu schicken, da man dort von einem Werwolf berichtet hätte, der den ganzen Landstrich in Aufruhr versetzte. Ihr wurdet dorthin geschickt, Ser Roderik. Sagt, fand sich ein Werwolf dort?«

»Nein«, sagte ich. »Nur ein Mörder, der mit Stahlklauen seine Untaten zu verbergen suchte. Er war geschickt, ich brauchte fast drei Wochen, um ihn zu finden und zu richten.«

»Es gab dort tatsächlich einen Vorfall?«, fragte sie. Ich nickte. »Besteht die Möglichkeit, dass Lenere es so einrichtete?«

»Hätte Lenere es eingerichtet, wäre es ein echter Werwolf gewesen«, knurrte ich. »Ihr seid auf dem falschen Weg.«

»Es bleibt aber, dass Ihr auf ihr Anraten hin weit weg gewesen seid, als die königliche Familie Euren Schutz am meisten benötigte. Was folgte, wisst ihr ja. Die Eltern starben bei dem Attentat, und Eleonora konnte sich nur durch den Sprung in den Graben retten, der ihr für den Rest des Lebens die Gesundheit nahm.« Sie holte tief Luft. »Wenn man sie fragt, dann hat sie sich später noch für Jahre von der Kronstadt ferngehalten. Tatsächlich aber fand ich einen Zeugen, der aussagt, dass sie am Abend vor Eleonoras Krönung Graf Render aufsuchte und bis in die frühen Morgenstunden blieb.«

»Wer war der Zeuge?«, fragte Serafine leise.

»Gräfin Lisette. Die Gemahlin des Grafen. Sie erinnert sich noch genau daran, denn sie warf ihm vor, ein Verhältnis mit Lenere zu haben, und er hat es nicht bestritten, sondern sie nur geschlagen und zu Bett geschickt. Heute wie damals ist Lenere schnell dabei, die Macht zu übernehmen und zugleich zu betonen, dass sie die Krone nicht will, sie hätte sie schon einmal getragen, und sie wäre zu schwer für sie. Tatsächlich aber erstreckten sich Leneres Fäden bis in jeden Winkel des Königreichs. Sie genoss auch das Vertrauen Eleonoras und war unbestritten über Jahrzehnte eine Frau, die so viel Macht besaß, dass sich fast jeder mit ihr einigen musste. Zum Schluss, wie jetzt, war sie der oberste Spion der

Königin und konnte im Geheimen schalten und walten, wie es ihr beliebte. Und dann ist da ihr Haus.«

»Was ist damit?«, fragte ich ungehalten.

»Es ist ein Stadtpalast. Dreißig Zimmer in etwa, mit einem ummauerten Garten. Sie lebt allein darin, ohne Dienstboten. Keiner weiß, was sie darin tut. Sie tat zuletzt so, als hätte sie kein Geld, aber das Haus selbst war ein Vermögen wert, und sie galt über Jahrzehnte als eine der reichsten Frauen im Land. Und sie hat einen Garten, in dem sie giftige Kräuter anbaut.«

»Wo Ihr es sagt, sie hatte ein Talent. Zur Alchemie und Heilung. Und manche Medizin ist giftig, dosiert man sie nicht richtig.«

»Sicher«, nickte Sarann. »Am Tag vor dem Mord an Bruder Faban war sie auf dem Markt. Sie hat für teures Gold ein Ferkel erstanden und Bienenwachs und sprach selbst davon, dass sie Kerzen ziehen wollte. Die schwarzen Kerzen im Tempel, sie waren aus Bienenwachs, frisch gezogen, mit Asche und mit Blut versetzt. Das Blut mag von dem Ferkel stammen, ich weiß, dass sie es selbst geschlachtet hat.«

»Und was ist mit Euch?«, fragte ich Sarann bitter. »Wenn sie die Spionin Eleonoras war, dann war sie es doch, die Euch als Hand der Königin auswählte.«

»Ja. So ist es«, nickte sie.

»Fühlt Ihr keine Loyalität ihr gegenüber?«

Sarann schnaubte ungläubig. »Wieso sollte ich? Sie holte mich als Kind von der Straße, wo ich, wie sie sagte, schon alles gelernt hatte, was zum Überleben wichtig war. Bis ich fünfzehn war, hatte ich schon viermal für sie getötet. Bis dahin hat sie mich zudem Dutzende Male an die Sers verhurt, die ihr verdächtig erschienen und deren Geheimnisse ich ihnen beim Beischlaf entlocken sollte. Sie kümmerte sich um mich, sie ist die einzige Mutter, die ich jemals hatte, und von ihr habe ich gelernt zu morden, Liebe vorzutäuschen, einem Ser im Bett Astartes Himmel zu zeigen … und ihn unauffällig mit einer Nadel im Ohr zu Soltar zu schicken, während er sich noch in mich ergießt!«

Sie ballte die Fäuste, und als sie weitersprach, war ihr Zorn deutlich zu vernehmen. »Wollt Ihr jetzt von mir hören, dass ich sie nicht für fähig dazu halte, ein Spion zu sein? Sie war es die letzten hundert Jahre, Ser Roderik ... Ich denke, dass es ihr zum Schluss nicht mehr darauf ankam, für wen sie spionierte, sondern nur darum ging, dass sie ihre Ränke schmieden konnte, für wen und für welchen Zweck auch immer. Sie ist die, die Ihr sucht. Sie ist die geheime Macht, die noch immer den Thron bedroht. Und selbst Ihr müsst zugeben, dass sie Grund genug hat, Euch zu hassen, dass sie Euch und Eure Liebschaft in Euren Betten ermorden lassen wollte, passt perfekt zu ihr.«

Ja, dachte ich. Es passt perfekt. Nur anders, als Sarann uns glauben machen wollte ... aber glücklich war ich nicht darüber.

»Was erwartet Ihr jetzt von mir? Selbst Ihr müsst zugeben, dass die Beweise dürftig sind. Es sind Zufälle und Mutmaßungen, mehr nicht.«

»Nur habe ich einen Zeugen gefunden«, sagte sie leise. »Einen Tempelschüler, der sah, wie sie Bruder Faban mit dunklen Mächten band, er floh, nur deshalb lebt er noch, und sie weiß nichts von ihm. Er hält sich versteckt, und er hat zu viel Angst vor ihr, um gegen sie zu zeugen. Er sagt, es gäbe nur einen, dem er darin vertrauen würde, das Richtige zu tun. Er will es dem Wanderer bezeugen, also Euch. Wenn Ihr ihm persönlich versprecht, über ihn zu wachen, wäre er sogar bereit, vor Boron dieses Zeugnis abzulegen ... und dann kann es keine weiteren Zweifel geben.«

Zweifel hatte ich jetzt schon nicht mehr.

»Wo finden wir diesen Jungen?«, fragte Serafine und griff bereits zu ihrem Schwert. Doch die Hand der Königin schüttelte den Kopf.

»Er will den Wanderer allein sehen, er traut niemandem mehr, was er sah, hat ihn zu sehr erschüttert. Ich kann Euch zu ihm führen, Ser Roderik, aber Ihr müsst allein kommen.«

Serafine schüttelte den Kopf. »Das wirst du nicht tun,

Havald«, beschwor sie mich. »Nicht allein. Nimm wenigstens Zokora mit, der Junge wird nicht ahnen, dass sie bei dir ist.«

»Nein«, sagte ich. »Man hat hier Angst vor dunklen Elfen. Du erinnerst dich, damals im Hammerkopf hast du dich ja vor Zokora auch erschreckt. Ich will nicht, dass Zokora mir folgt. Dies muss ich allein tun.«

»Aber ...«, begann sie, um dann ergeben zu nicken. »Wenn du es so wünschst.«

Sarann lachte. »Ihr habt Euch die Seras gut erzogen, nicht wahr?«

»Nein«, antwortete ich knapp und griff nach Seelenreißer. »Doch sie weiß, dass ich ihr Vorgesetzter bin.« Ich tat eine Geste zur Tür. »Geht voran.«

»Ich werde hier warten«, sagte Serafine ergeben.

»Nichts anderes erwarte ich von dir«, teilte ich ihr mit und zog die Tür hinter mir zu.

Von Seelen und Honigkuchen

37 »Ich weiß gar nicht, ob die Sera Zokora Euch hätte unauffällig folgen können«, meinte Sarann im Plauderton, als sie mich von der Kronburg zum alten Stadtkern führte. »Ist es nicht tagsüber ein wenig zu hell für sie?«

Ich nickte. »Die meisten dunklen Elfen haben bei hellem Sonnenlicht Schwierigkeiten. Wenn es Zokora zu hell ist, verbindet sie sich sogar die Augen mit einem Lederband.«

»Doch in der Dunkelheit, hörte ich, sind sie ungeschlagen«, meinte sie. »Aber der Junge hat zu viel Angst, um sich in der Nacht mit uns zu treffen, er bestand auf Tageslicht ...«

»Wartet«, unterbrach ich sie und steuerte auf einen Marktstand zu, an dem Schmiedewaren feilgehalten wurden. »So einen Dolch habe ich schon lange gesucht.«

»Männer und Waffen«, seufzte sie. »Aber beeilt Euch, der Junge wird nicht ewig auf uns warten.«

»Götter«, meinte sie etwas später leicht entnervt, als ich mir den Dolch an den Gürtel hängte und der Händler mich mit wüsten Beschimpfungen entließ. »Ihr seid reich genug, warum musstet Ihr so lange feilschen?«

»Der Dolch war überteuert.«

»Dann hättet Ihr ihn nicht kaufen sollen.« Sie seufzte. »Nun gut, Ihr seid jetzt endlich fertig. Hier entlang«, meinte sie und wies in eine Gasse, die zum Marktplatz führte. Aber dort lag nicht ihr Ziel. Sie sah sich um, ob uns auch niemand folgte, und zog den schweren Stein zur Seite, der den Zugang zur Kanalisation verschloss.

»Er hat sich dort versteckt?«, fragte ich sie.

»Es ist der sicherste Ort«, nickte sie. »Nun kommt, ich will nicht, dass uns jemand sieht.«

Ich kletterte die eiserne Leiter herunter und wartete, bis sie den schweren Stein wieder vorgezogen hatte.

So viel also dazu, dass der Junge uns bei Tageslicht sehen wollte.

Sie griff eine der Fackeln, die hier lagen, zündete sie mit ihrer Zunderbüchse an und führte mich weiter in das Labyrinth hinein. Dass Askannon seine Städte mit Kanalisation plante, war meiner Meinung nach eine seiner größten Errungenschaften. Fehlte eine solche, dann waren die meisten Städte nicht besser als Braunfels, sie stanken und gewährten Krankheiten Einlass.

Die Hand der Königin führte mich recht weit durch die dunklen gemauerten Gänge, bis sie an ein Gitter kam, das sie mit einem Schlüssel aufschloss.

»Ich bin nicht zum ersten Male hier«, erklärte sie, als sie meinen Blick auf dem Schlüssel verweilen sah. »Es ist eine Möglichkeit, ungesehen durch die Stadt zu kommen, das ist oftmals nützlich. Vor allem für die Hand der Königin.«

»Hier, bitte«, sagte sie und stieß eine schwere Tür vor mir auf. Ich tat, als täte ich den Schritt, sprang zurück, bevor sie die Tür zuwerfen konnte, drückte mit der linken Hand ihr Rapier zur Seite, während ich sie mit Seelenreißer durchbohrte.

»Woher …«, röchelte sie, und noch während sie auf Seelenreißer starb, veränderten sich ihre Züge, sie wurde bleicher und rutschte mir dann tot von der Klinge, deutlich schwerer und größer, als Sarann gewesen war … und er hatte einen Bart.

»Gute Frage«, hörte ich eine Stimme hinter mir und fuhr herum. Dort stand ein stämmiger, gut gekleideter Mann, den ich noch nie gesehen hatte, und ließ ein kleines Licht über seiner Handfläche schweben. »Woher wusstet Ihr, dass es nicht Sarann war? Es gibt nicht viele, die das Talent zur Wandlung besitzen, doch er war perfekt darin.«

»Wohl kaum«, log ich, während ich darauf achtete, was Seelenreißer mir zeigte. »Er hat es übertrieben.«

»Hat er?«, fragte der Mann und hob eine Augenbraue. »Nun, jetzt ist es müßig. Wenn Ihr bitte eintreten wollt? Dort wartet jemand geradezu begierig darauf, dass Ihr zu ihr kommt.« Er wies mit dem Licht auf die Tür, durch die mich die falsche Sarann hatte locken wollen.

»Danke, nein«, lehnte ich höflich ab und fuhr herum, doch obwohl ich wusste, dass er sich dort befinden musste, war er nicht zu sehen. Dennoch fuhr Seelenreißer hoch und vor und spießte den Schatten auf, der sich dort hatte verbergen wollen. Der dunkle Elf schaute erstaunt, als ihn die Klinge aus dem Schatten riss und durchbohrte, aber Seelenreißer besaß nun einmal keine Augen, die sich täuschen ließen. Das Licht verlosch, auch Saranns Fackel, die heruntergefallen war, rauchte auf und verglühte und ließ den alten Kanal in völliger Dunkelheit zurück.

Doch der Maestro hatte die Gelegenheit genutzt. Der Zauber traf mich wie eine Keule und warf mich durch die Tür in den Raum, den ich nicht hatte betreten wollen, dort flog ich hart gegen einen alten, morschen Tisch, der unter mir zerbrach.

»Sie sagt, Ihr wäret ihr noch etwas schuldig!«, hörte ich ihn hämisch sagen. Dann schlug die schwere Tür zu.

Vor mir erhob sich ein Wesen vom Boden, das ich bereits kannte.

»Erinnerst du dich an mich?«, fragte Kayla grimmig. »Du und deine Freunde habt mich etwas gekostet ... jetzt hole ich es mir von dir zurück!« Selbst in Seelenreißers Sicht konnte man erkennen, dass sie nicht gut aussah ... als ob Stücke von ihr fehlen würden. Was nichts daran änderte, dass sie mir mit einer Geste Seelenreißer aus der Hand fegte und die nächste mich so hart gegen die feuchte Wand schleuderte, dass ich hilflos an ihr herunterrutschte, um neben einem gekrümmten und gefesselten Körper liegen zu bleiben, den ich ohne Seelenreißers Sicht nur ertasten konnte: Sarann, diese Nase erkannten sogar meine Finger wieder, und sie war nur bewusstlos und nicht tot.

»Und jetzt, Wanderer?«, höhnte Kalyas Stimme aus der Dunkelheit. »Was seid Ihr ohne Euer Schwert?« In der Dunkelheit wogte eine andere, eine Art violetter dunkler Schein, der sich ausbreitete und, wo er mich berührte, mit Schwäche überzog.

Ich befand mich wieder in Fahrds Gasthof, vor mir war der Tisch mit allerlei Köstlichkeiten gedeckt, vornehmlich die Sorte Honigküchlein, die ich so liebte. Mir gegenüber saß der Mann, der mir vor dem Verschlinger den meisten Schrecken eingejagt hatte, und wies mit einem einladenden Lächeln auf den reich gedeckten Tisch. Zögernd ließ ich mich nieder und sah mich in Fahrds Gasthof um; bis auf Ordun, den ersten Nekromanten, den ich erschlagen hatte, war er leer, und alles war noch so wie damals, als uns Fahrd in seine Falle lockte.

»Wisst Ihr«, meinte Ordun, als er genüsslich nach einer Wachtel griff, »dass Orinstor mich einlud, mich ihm anzuschließen?«

Zuerst sagte mir der Name nichts.

Ordun sah wohl mein fragendes Gesicht. »Der Eulenschüler,

der den Fehler beging, zu glauben, dass er König Rogamon seine Macht stehlen könnte. Rogamon zog den Eulenschüler an wie ein altes Gewand ... und als ich ihn damals kennenlernte, führte er ihn noch spazieren. Kolaron fand er erst später ... er gefiel ihm als Gewand besser als dieser Eulenschüler ... aber damals, als er mich fragte, trug er noch diese tote Eule mit sich herum.«

Er lutschte einen Knochen ab und ließ ihn gemächlich in eine silberne Schale fallen. »Greift zu«, lud er mich ein. »Ihr werdet gewiss nicht fett davon ... zudem Ihr ja gerade im Begriff seid, endgültig zu sterben. Vielleicht, wenn Kayla tot ist, kommt Ihr wieder frei und Soltar schickt Euch zurück, aber darauf würde ich im Moment nicht wetten wollen.«

Also nahm ich mir ein Honigküchlein. Niemand backte sie so gut wie Fahrd, wäre er nicht ein Mörder und ein Dieb gewesen ... als Koch hätte er zu Ruhm und Reichtum kommen können. Das Küchlein schmeckte genauso gut, wie ich es erinnerte.

»Rogamon, oder Kolaron, um ihn so zu nennen, wie Ihr ihn kennt, suchte damals noch Mitstreiter. Er zitterte vor Angst, Askannon könnte seine Flucht entdecken und vergrub sich eine Zeitlang in der Wüste. Und stolperte dann über mich und mein Heim ...« Er tat eine Geste, die den Gasthof einschloss. »Damals war es etwas bescheidener, eine kleine Hütte am Wegesrand, nicht eine kaiserliche Wachstation, die zum Tempel des Geschmacks erhoben wurde, dennoch, es war mein Heim. Ich suchte mir meinen ersten Fahrd, brachte ihm das Kochen bei und genoss mein Leben. Bis Kolaron durch die Tür stolperte und erkannte, was ich war. Er bedrängte mich, bis ich ihm sagte, dass ich einen wüsste, der stärker wäre als ich ... einen Schüler von mir, den ich Kolaron als meinen Lehrmeister feilbot. Kolaron ging und ließ mich in Ruhe ... er wusste ja jetzt, wo er einen mächtigen Seelenreiter finden konnte, der ihm seine Kraft mehren sollte, der Älteste der Verfluchten, angeblich mein Lehrmeister. Ihr habt ihn ja kennengelernt, Asela begrub ihn in glühender Erde und trieb ihm Euer Schwert in den Kopf.«

Er lehnte sich zurück und griff nach einem kostbar verzierten Becher, um mich lächelnd anzuschauen. »Wisst Ihr, warum ich Kolaron belog?«

Ich schüttelte den Kopf.

»Weil es müßig für mich war. Ich habe schon über Reiche geherrscht, Könige auf die Knie gezwungen, jede Jungfrau in mein Bett gezerrt, die ich haben wollte … Sein Streit mit Askannon ging mich nichts an. Ich habe es ihm in anderen Dingen vorgemacht … auch ich griff einst nach Göttlichkeit.« Er lachte leise. »Sie versohlte mir den Arsch. Fraß mich, kaute mich durch und spuckte mich wieder aus. War schlicht ernüchternd, das Ganze, schließlich glaubte ich, der mächtigste Mensch der gesamten Weltenkugel zu sein.« Er lachte. »Oder der Weltenscheibe. Ganz wie es Euch beliebt. Wo war ich? Ah ja. Sie ließ mich leben. Es hätte ein Fingerschnippen von ihr gereicht, aber sie ließ mich leben. Das ist fast dreitausend Jahre her, lange bevor Askannon geboren wurde … so viel dazu, dass man ihn den ewigen Kaiser nennt.«

»Wofür erzählt Ihr mir dies alles?«, fragte ich ihn. »Oder … wie? Ihr seid tot.« Hoffte ich zumindest.

»Oh ja«, nickte er freundlich. »Meine Seele habt Ihr höchstpersönlich, vielleicht auch mit Hilfe Eures Dieners, aber jedenfalls mit Eurem Schwert zu Soltar geschickt. Ich denke, dass er, Boron und Astarte eine Strafe für mich fanden, die angemessen ist … auch wenn ich es bezweifle.« Er leckte sich die Finger ab und griff nach der nächsten Wachtel. »Das Problem ist, alles, was nicht zu Soltar ging, ging zu Euch. Mein Wissen, meine Fähigkeiten … sogar meine Kochkünste … Ihr solltet sie einmal ausprobieren. Auch meine Erinnerungen. Nur wollt Ihr sie nicht, deshalb zeigen sie sich jetzt auf diese Art für Euch. Vor allem aber habt Ihr von mir mein stärkstes Talent erhalten … und damit kommen wir zurück zu dieser Göttin, die mir so die Ohren langzog. Kennt Ihr sie vielleicht? Groß, schwarz, bissig? Nein? Nun … vielleicht werdet Ihr einander ja begegnen. Sie ließ mich leben. Sagte ich ja schon. Ich fragte sie, warum. Sie sagte, sie bräuchte mein Talent noch genau zwei Mal. Ein

Mal, um einer Unschuldigen die Seele zu rauben, damit sich der Kreis schließen könne, und dann, um es Euch zu geben. Das Talent, nicht die unschuldige Seele. Das war Helis, aber das wisst Ihr ja bereits. Sie mahnte mich zudem, mich ansonsten mit meiner Gier zurückzuhalten, mich auf das Essen und nicht auf Seelen zu konzentrieren und warf mich wieder in die Welt hinaus.« Er tupfte sich mit einem seidenen Tuch Hände und Mund vornehm ab. »Als Ihr über meine Schwelle tratet, wusste ich nicht, dass Ihr es wart, den sie meinte … ich verstand es erst, als Euer Schwert mich fraß.« Er lachte. »Irgendwie war es also doch Gerechtigkeit. Damit kommen wir zum Punkt. Wisst Ihr, was das Verfluchte an diesem Fluch ist? Es ist so einfach. Es braucht nichts anderes als das Talent, die Seelen zu sehen … was Ihr seht, könnt Ihr auch ergreifen. Die Größten unter uns brauchen keine Folter, keine Schmerzen, müssen ihr Opfer nicht mühsam quälen, bis der Lebenswille erlischt und sie sich aufgeben. Nein … wir gehen hin, sehen eine Seele …« Er tat eine Handbewegung, die etwas in der Luft ergriff, »greifen sie …« Er führte die Hand zum Mund. »Und schon ist sie gefressen. So einfach ist das. Ihr solltet es einmal ausprobieren.«

Ich befand mich wieder in dem dunklen Raum, vor mir Kayla, die ihre Seele dem Nekromantenkaiser gegeben hatte, damit sie *mehr* werden würde. Er hatte sie gelehrt, nach Seelen zu greifen, und dieser dunkle violette Schein war ihr Griff nach mir, der mich lähmte, an mir zog und zerrte.

Da ich jetzt verstand, wie man es tat, und sie mich fressen wollte, fraß ich also sie.

Einen Moment lag ich da, dann raffte ich mich auf, schickte einen Funken auf die Suche nach einem Docht … er fand eine alte, verrostete Laterne mit einem Stummel darin und zündete sie an. Damit fand ich Seelenreißer, er hatte die ganze Zeit neben mir gelegen.

Dort an der Wand rührte sich allmählich auch Sarann,

doch meine Aufmerksamkeit galt dem blutigen, zitternden Leib vor mir, dem einer jungen Sera mit der blassen Haut und dem dunklen Haar, das ich von Thalaks Anhängern kannte. Sie sah aus, als hätte jemand Stücke aus ihr herausgerissen, vor allem in ihrer Schulter klaffte ein tiefer Spalt, der ihr fast den Arm abtrennte, kein Wunder, dass sie es brauchte, sich an mir zu laben. Das Schlimmste aber waren die leeren Augen, und dass sie sabberte wie ein kleines Kind.

Orduns verfluchte Gabe war in der Tat mächtig, er brauchte dafür noch nicht einmal zu morden. Auch als er sich damals Helis' Seele gegriffen hatte, war ihr Körper unversehrt zurückgeblieben.

Von draußen hörte ich ein kurzes Handgemenge, dann einen erstickten Schrei, dann rief jemand meinen Namen, viel Zeit blieb mir also nicht.

Ich beugte mich über Kolarons treue Dienerin und ... *griff* in mich hinein, suchte und fand, was mir da so schwer im Magen lag, spie es aus ... und drückte ihre Seele wieder in sie hinein. Ihre Augen weiteten sich, als sie verstand, was hier geschah, sie schrie voller Angst und Schrecken auf, doch dann nagelte ich sie mit Seelenreißer an den Boden und erstickte so den Rest von ihrem Schrei.

Wer immer hier in den Tiefen der Kanalisation diese Tür eingesetzt hatte, wusste, was er tat. Zwar war der Stahl leicht angerostet, doch die drei Angeln und der schwere Riegel waren noch stabil. So hielt sie den ersten Schlag aus, auch wenn sie sich verformte und eine ihrer Angeln brach, aber Ragnars zweiter Schlag mit seiner Axt war dann doch zu viel, sie flog aus ihrem Rahmen, streifte mich fast noch dabei und fiel laut scheppernd vor der Wand zu Boden.

»Hier ist er!«, rief Ragnar, als er mich über Sarann knien sah. Dann fiel sein Blick auf das, was von Seelenreißer aufgespießt am Boden lag. »Und wen hast du da jetzt schon wieder erstochen?«

»Du erinnerst dich vielleicht an sie«, meinte ich erschöpft, während ich Saranns Fesseln löste. »Du hast sie in Borons Tempel fast entzweigeschlagen.«

»Der Mann war Meister Herwig. Ein angesehener Bankier«, erklärte mir Lenere ein paar Kerzenlängen später. Wir befanden uns in ihren neuen Amtsräumen, denen des Kanzlers, die sie bereits für sich eingenommen hatte. Die meisten Möbel hier in diesem Raum, auch der große Schreibtisch, stammten aus meiner Hand. Es war eine Überraschung, diese Möbel wiederzusehen, sie waren, wie ihre Besitzerin, in Würde gealtert … und gut gepflegt. »Du hast ihr den Auftrag gegeben, einen Verräter zu suchen, der keine Spuren hinterließ … und sie hat ihn gefunden. Nur fiel ihm ihre Suche auf.«

»Wie geht es ihr?«, fragte Leandra.

»Sie wird es überleben. Dieser Wandler … es stellte sich heraus, dass er sie leben ließ, damit er neben ihrer Form auch auf ihre Erinnerungen zurückgreifen konnte. Deshalb war er so überzeugend. Sie beschrieb es so, dass sie seine Finger in ihrem Kopf spürte …« Lenere ging um ihren Schreibtisch herum, setzte sich und sah einen Moment ins Leere. »Sie wird Schwierigkeiten haben, das zu vergessen. Schwester Sondja kümmert sich um sie.«

»Wie hat sie ihn gefunden?«, fragte ich.

Lenere seufzte. »Mit Verstand. Obwohl es ihr nicht gut geht, hat sie mir Bericht erstattet, und obwohl ich sie schon lange kenne, hat sie mich erneut beeindruckt. Sie wusste, dass es jemanden gab, der die Falle für Leandra im Tempel stellte. Er musste ein Nekromant sein, mächtig, sonst hätte er diese Kayla nicht beschwören können, und, das war der entscheidende Hinweis, niemand der anderen Verschwörer wusste etwas von ihm.«

»Das war der Hinweis? Dass niemand von ihm wusste?«, fragte Ragnar verblüfft und nahm meine Frage damit vorweg.

»Sie ging von folgenden Annahmen aus: Es gab einen Spion, der dem Nekromantenkaiser diente. Er musste über einen Zugang zu wichtigen Dingen oder Menschen verfügen. Sie wusste, dass er Graf Renders Anspruch auf den Thron unterstützt haben musste, und, das war ihre letzte Überlegung, wenn der Spion für den Nekromantenkaiser von Nutzen sein sollte, musste er auch dann noch Zugang zu Graf Render besitzen, wenn dieser die Krone errungen hatte … und eine Möglichkeit, ihn zu beeinflussen. Und all das, ohne dass die Mitverschwörer des Grafen von ihm wussten. Sie zog daraus den Schluss, dass, wenn er Render nicht im Geheimen unterstützte, er es offen getan haben musste, auf eine Art, die keinen Verdacht auslöste. Sie war einmal mit dabei gewesen, als Graf Render einen neuen Kredit bei Meister Herwig einforderte, sie half damals dem Grafen sogar, Herwig unter Druck zu setzen. Er schien damals den Grafen nur widerwillig weitere Gelder gewähren zu wollen. Aber ein Bankier würde alle Voraussetzungen erfüllen, er hätte Zugang zu den Kreisen der Macht und, wenn der neue König ihm Geld schuldete, auch Möglichkeit zur Einflussnahme. Sie wusste, dass Graf Render sich zusätzlich aus anderen Quellen Gold geliehen hatte, und ging zu Herwig hin, um ihn zu fragen, ob er wüsste, wer noch dem Grafen größere Geldmengen geliehen hatte.«

»Sie hatte ihn gar nicht im Verdacht?«, fragte ich Lenere überrascht.

»Nein. Sie schloss ihn als Verdächtigen aus, da Drohungen nötig gewesen waren, um Meister Herwig dazu zu drängen, dem Grafen weiteren Kredit zu gewähren. Der Spion, so ihre Überlegung, würde keinen Zwang benötigen, da es ihm in die Hände spielte.« Sie seufzte. »Wir wissen jetzt, weshalb Herwig nicht begierig darauf war, dem Grafen weitere Summen vorzuschießen, es war mittlerweile schon so viel, dass Herwig knapp wurde, und er brauchte das Gold ja noch für andere Unternehmungen. Als Sarann zu Herwig ging, stach sie in ein Wespennest, denn es gab ja nicht nur Herwig dort, sondern noch diesen Wandler und einen dunklen Elfen, der Herwig entweder als Wache diente, oder, was auch wahrscheinlich ist, dafür sorgen sollte, dass Herwig nie vergaß, wem er seine Loyalität schuldete. Sag, Roderik, woher wusstet du, dass es sich um einen Wandler handelt? Das Talent ist so selten, dass kaum jemand weiß, dass es so etwas gibt. Selbst mir war es neu.«

Ich seufzte.

»Ich wusste es nicht. Ich dachte, es wäre Sarann und sie wäre eine feindliche Spionin.«

»Du hast so fest an mich geglaubt?«, fragte Lenere mit belegter Stimme.

»Ja. Abgesehen davon verplapperte er sich zum Schluss. Er sprach von Anschlägen auf uns in unserem Bett, aber davon konnte Sarann nichts wissen. Wir hatten es niemandem erzählt.«

»Und warum nicht?«, fragte Leandra ungewöhnlich scharf. »Warum erfuhr ich nichts davon, dass man euch umbringen wollte?«

Ich sah Hilfe suchend zu Serafine hin. Als die nichts sagte, zuckte ich mit den Schultern. »Ich glaube, wir haben es vergessen«, gestand ich, was Leandra ungläubig schnauben ließ.

»Er sagte, ich hätte mich damals im Hammerkopf auch vor Zokora erschreckt, was er als Grund vorgab, dass Zokora ihm nicht folgen sollte«, übernahm Serafine wieder für mich, bevor Leandra sich weiter aufregen konnte. »Nur war ich damals noch nicht dabei, das war der Hinweis darauf, dass er es nicht so meinen konnte, wie er es sagte. Ich lief zu Zokora hin, sie spielte gerade mit Ragnar Shah, und unterrichtete sie, woraufhin die beiden sofort aufbrachen, um dich zu suchen … Anschließend unterrichtete ich die Herzogin und sie im Anschluss dich. Und dann war es auch schon vorbei. Was dort in der Kanalisation geschah, kann dir Zokora berichten.«

»Es war nicht schwer, Havald zu finden«, sagte Zokora bescheiden. »Er gab uns die Zeit, indem er viel zu teuer einen schlechten Dolch einkaufte und lange verhandelte.« Sie bleckte die Zähne. »Ich befürchtete schon, du würdest nicht nur Sarann, sondern auch mich mit deinem verbissenen Feilschen in den Wahn treiben. Sie führte ihn in die Kanalisation, wir folgten ihnen, der Boden dort ist matschig, ich brauchte nur den größten Sohlenabdrücken zu folgen.«

»In absoluter Dunkelheit«, beschwerte sich Ragnar. »Sie nahm mich an die Hand wie ein kleines Kind.«

»Du wolltest mitkommen«, meinte Zokora gelassen. »Also nahm ich dich mit. Dennoch kamen wir zu spät, Meister Herwig hatte Havald schon diesem seltsamen Dämon zum Fraß vorgeworfen. Aber Herwig rechnete nicht mit einem Angriff, ich konnte ihn überraschen und erschlagen, bevor er dazu kam, auch nur einen Zauber zu wirken. Ragnar fand die Tür und trat sie ein … und dort fanden wir Havald und Sarann … und das, was von dieser Kayla übrig war.«

»Diese Kayla, die ihre Seele Kolaron überschrieb … sie setzte uns im Tempel gehörig zu«, sagte Leandra nachdenklich. »Wie gelang es dir, sie zu besiegen?«

»Sie war durch den Kampf im Tempel sehr geschwächt, und ich konnte sie überraschen«, antwortete ich und versuchte mir einzureden, dass ich nicht log, denn beides war ja wahr.

»Es war schon überraschend genug, dass sie doch irgendwie aus dem Tempel entkommen konnte und überlebte und dann tatsächlich noch einen menschlichen Körper besaß«, meinte Ragnar dazu und half mir so, die Lüge zu vertiefen. »In dieser anderen Form war sie uns überlegen, aber als sterblicher Mensch hatte sie Seelenreißer wohl nicht mehr viel entgegenzusetzen.«

»Damit wäre auch diese Gefahr gebannt«, meinte Lenere zufrieden.

»Also ist jetzt alles gut?«, fragte Leandra.

»Ja«, log ich. »Es ist alles gut.«

Ich hätte wissen müssen, dass ich nicht so leicht davonkommen würde. Kaum dass Serafine und ich unser Quartier erreicht hatten, klopfte es wieder an der Tür. Ich zog sie auf, diesmal waren es Ragnar, Varosch und Zokora. Gerade als ich die Tür schließen wollte, kam noch Leandra, nur sah sie nicht so besorgt drein.

»Du hast mich sprechen wollen?«, fragte sie lächelnd.

Ich öffnete die Tür weiter, sie kam herein, sah die anderen und seufzte.

»Warum haben wir uns überhaupt bei Lenere getroffen, wenn wir uns doch wieder hier einfinden?«

»Das war so nicht geplant«, sagte Zokora und schaute mich direkt an. »Ich habe dich schreien gehört«, sagte sie dann.

»Daran erinnere ich mich gar nicht«, sagte ich und schloss die Tür.

»Es war kurz bevor ich diesen Herwig zu Solante geschickt habe. Es lag Schmerz und pure Verzweiflung in deiner Stimme.«

»Es war ein Todesschrei«, sagte Ragnar ernst. »Ich habe sie oft genug gehört, um den Unterschied zu erkennen.«

Serafine und Leandra tauschten einen Blick.

»Worum geht es hier?«, fragte dann Leandra und ließ sich in meinem Lieblingsstuhl nieder.

»Er hat gelogen«, sagte Zokora. »Irgendwo hat er gelogen. Was genau ist bei dem Kampf mit diesem falschen Dämon geschehen? Du musst wissen, Meister Herwig rief noch etwas, bevor er starb.«

»Und was?«, fragte Serafine, die mich nun auch misstrauisch beäugte.

»Dass wir zu spät wären«, sagte Ragnar rau. »Dass er dich bereits seinem Dämonen zum Fraß vorgeworfen hätte und wir dich nicht mehr retten könnten.« Jetzt schaute er mich mit seinen treuen Augen an. »Er hätte dies nicht gesagt, wäre er nicht davon überzeugt gewesen, dass Kayla dich besiegen könnte. Sie kann nicht so geschwächt gewesen sein, dass sie einfach nur in Seelenreißer fiel.«

»Du hast Seelenreißer fast eine Handbreit durch sie in den Boden gerammt«, fügte Zokora hinzu. »Selbst für Seelenreißer ist das viel … und du hast durchaus eine Weile gebraucht, um ihn aus dem Stein zu lösen. Auch das spricht dafür, dass etwas geschehen ist, das du uns nicht sagen willst.«

»Havald«, sagte Serafine besorgt. »Was genau ist dort passiert?«

Das, dachte ich resigniert, ist der Nachteil daran, wenn man Freunde hat. Nicht nur, dass sie einen zu gut kennen, man will sie auch nicht belügen.

»Varosch«, sagte ich leise. »Darfst du noch immer die Beichte abnehmen?«

»Ja«, sagte er ohne Zögern. »Ich bin noch immer der, der ich war, als ich vor Boron trat, um dem Glauben beizutreten.«

»Also gibt es etwas zu beichten«, stellte Zokora fest.

»Aber ihr werdet es nicht erfahren«, sagte Varosch bestimmt. »Auch du nicht, Zokora. Wollt ihr draußen warten, oder sollen Havald und ich woanders hingehen?«

»In meinem Zimmer habe ich ein Fass Bier, das ich Yoshi geben wollte, bevor der undankbare Hund sich einfach aus dem Staub machte«, meinte Ragnar und stand auf. »Es scheint mir eine gute Gelegenheit, es anzuzapfen.«

Alle drei Seras schienen wenig geneigt, auf seinen Vorschlag einzugehen, aber letztlich folgten sie ihm doch nach draußen. Serafine war die Letzte, die über die Schwelle trat, dort blieb sie stehen und sah zu mir zurück, um mir ein Lächeln zu schenken, das wohl aufmunternd sein sollte. »Wir haben Vertrauen in dich«, sagte sie leise und zog die Tür langsam hinter sich zu.

»So«, sagte Varosch leise, als sich Serafines Schritte von der Tür entfernten. »Was ist da geschehen?«

Also erzählte ich es ihm. Von dieser falschen Erinnerung, von Ordun, von Kayla, wie sie nach meiner Seele griff … und wie ich sie fraß. Und wie ich sie irgendwie wieder ausspie, zurück in ihren Körper drückte, als sie hilflos vor mir lag, um sie danach mit Seelenreißer zu erstechen.

»Also bin ich ein Nekromant«, beendete ich meine Beichte. »Genau wie Ordun es war … ihn habe ich auch gefressen, es ist sein Talent.« Ich zog den Korken aus meiner letzten Flasche Wein und schenkte mir und Varosch ein, um dann ans Fenster zu treten und über die Stadt hinauszusehen. Es war bald Abend, und ich fragte mich, wie oft ich die Dämmerung noch sehen würde.

»Es heißt, dass wenn man einen Feind zu lange bekämpft, man ihm gleicher und gleicher wird, bis einen nichts mehr von ihm trennt«, sagte ich bitter und nahm einen tiefen Schluck. »Ich wusste nur bisher nicht, wie wahr das ist. Ich bin zu dem geworden, was ich am meisten hasse, jemand, der sich an den Seelen anderer vergeht. Du wirst mich erschlagen müssen ... ich sehe das ein, aber ich finde es ungerecht, dass der Nekromantenkaiser auf diese Art einen billigen Sieg errungen hat. Aber es war mein Fehler. Ich hätte mich nie darauf einlassen sollen, allein dorthin zu gehen.«

Varosch hatte lange nichts gesagt, ich drehte mich zu ihm um, er saß noch immer da und schaute nachdenklich auf seinen Becher Wein hinab.

»Was sagst du, Varosch?« Ich bemühte mich, dabei normal zu klingen, so ganz wollte es mir nicht gelingen.

»Ich frage dich zuerst, was du getan hättest, hätte Zokora dich eben nicht zur Rede gestellt?«, erwiderte er bedächtig.

»Nichts«, antwortete ich ehrlich. »Ich hoffte, unertappt zu bleiben und es mit mir selbst ausmachen zu können.«

»Und? Hast du?«

Ich lachte bitter. »Wie denn? Es blieb doch kaum Zeit dazu, auch nur einen Gedanken zu fassen!«

»Aber ich soll jetzt, direkt nach deiner Beichte, ein Urteil fällen?«, fragte er und schüttelte den Kopf. »Damit verlangst du zu viel von mir. Jetzt wünsche ich mir, ich hätte deine Beichte abgelehnt. Und dass Zokora weniger direkt wäre.«

»Tatsächlich bin ich dankbar dafür«, sagte ich leise. »Es tat gut, darüber zu sprechen ... und ich wollte nie ein solches Geheimnis vor euch wahren.«

»Nur andere Geheimnisse?« Er lächelte ein wenig. »Geheimnisse hast du viele, Havald.«

»Ich behalte sie für mich, solange sie persönlich sind und

niemanden von euch berühren«, erklärte ich und seufzte. »Viele meiner Geheimnisse sind auch nicht allein die meinen.«

»Ich weiß«, sagte er leise und sah mich dann seltsam an. »Wie sieht meine Seele aus? Kannst du sie sehen?«

»Ja«, gestand ich. »Sie sieht aus wie du. Nicht von der Form her«, fügte ich hinzu, »sondern in dem, was du bist. Es ist schwer zu beschreiben ... aber es bist einfach du.«

Er nickte langsam. »Seit wann kannst du Seelen sehen?«

»Ich sah die ersten, als Ordun unter Seelenreißer starb. Damals glaubte ich noch, es wäre Einbildung gewesen. Aber so wie jetzt, dass ich dich sehen kann in dir ... erst seit diesem Kampf mit Kayla.«

»Du bist kein Nekromant«, meinte er dann bedächtig. »Du hast Kayla zu Soltar geschickt ... und das Talent ist auch nicht deines, es gehört diesem Nekromanten Ordun, und nur durch dein Schwert hast du es erlangt. Soltar hat dich als seinen Engel auserwählt und dir dieses Schwert gegeben, er wird wissen, was er damit tut. Zokora sagte es bereits ... so verflucht, wie dieses Schwert ist, können wir alle froh sein, dass du es trägst und nicht irgendein anderer ... er würde den Versuchungen dieser verfluchten Klinge nicht so widerstehen können wie du. Vielleicht hat dies alles einen Zweck und Grund.«

»Wir führten eine solche Unterhaltung schon einmal«, erinnerte ich ihn.

»Ja«, sagte er und lächelte ein wenig. »Ich weiß. Vertraue auf die Götter, Havald, und, vor allem, vertraue dir selbst. Es liegt ein breiter Graben zwischen dir und den Anhängern des Namenlosen oder denen des Omagor. Oder gar zwischen dir und dem Nekromantenkaiser.«

»Das ist es?«, fragte ich ungläubig. »Kein ›knie dich nieder, damit ich dich erschlagen kann‹? Keine Buße im Tempel? Nur dass ich den Göttern vertrauen soll?«

Varosch lachte leise. »Du hast mich zur Beichte ausgesucht«, erklärte er dann, und sein Grinsen wurde breiter, als ich unwillig schnaubte. »Also lebe mit meiner Entscheidung. Es steht dir allerdings auch frei, dich Bruder Tarmus zu offenbaren. Aber ich habe mich entschieden, dir im Namen Borons zu vergeben.« Er lachte laut, als er meinen ungläubigen Blick sah. »Es muss ja zu etwas nütze sein, einen Adept des Boron zum Freund zu haben.«

»Und du meinst, Boron wird dieses Urteil tragen?«, fragte ich ungläubig.

»Oh, ich denke schon«, lächelte er. »Ich fand schon immer, dass er von den Göttern noch am meisten Humor besitzt.«

»Können wir jetzt erfahren, um was es geht?«, fragte Leandra, kaum dass sie alle wieder in meinem Zimmer waren, woraufhin ich nur wortlos auf Varosch verwies.

»Der Kampf war härter, als er es uns glauben machen wollte«, sagte Varosch. »Er verwendete einen Trick diesem falschen Dämon gegenüber, der so hinterhältig war, dass er sich deswegen schämt.« Er zuckte mit den Schultern. »Kayla war ein Nekromant, und sie griff nach seiner Seele. Ich denke, dass es egal ist, wie hinterhältig er war, solange er nur die Seele dieses Nekromanten zu Soltar schickte ... oder besser zu dem Namenlosen, wo sie hingehört.«

»Und das war alles?«, fragte Leandra.

»Ja«, meinte Varosch. »Mehr will ich euch nicht sagen, da ich sonst das Gesetz der Beichte verletze.«

»Und es geht dir gut?«, fragte Serafine mich besorgt.

Ich sah zu Varosch hin, der noch immer leise lächelte. »Jetzt ja.«

»Hhm«, sagte Leandra. Sie sah von mir zu Varosch, wieder zurück zu mir und entschied dann offensichtlich, es für den Moment auf sich beruhen zu lassen.

»Wenn es nicht das war, weshalb du mich sprechen wolltest, worum ging es dir dann?«

Das hätte ich beinahe schon wieder vergessen.

»Ich soll dir vom Winterwolf ausrichten, dass Boron dich im Stich gelassen hätte, du besser zu dem alten Wolf passen würdest, und dass du in den Südlanden erlauben sollst, seinem Glauben offen zu folgen. Dies wäre sein Preis dafür, dass er im Krieg der Götter auf unserer Seite kämpft.«

»Du hast mit dem Wolfsgott gesprochen?«, fragte Leandra ungläubig.

»Ich brauchte einen Weg zurück in die Südlande«, erklärte ich Leandra. »Ich wollte das Schicksal der dritten Legion wenden. Er zeigte mir den Weg und bot dafür diesen Handel an.«

»Das war es?«, fragte Leandra.

Ich nickte.

»Gut«, sagte sie dann. »Wenn du ihn wiedersiehst, richte ihm aus, dass sein Glauben in meinem Königreich offen gelebt werden kann, dass ich aber selbst entscheide, an wen und was ich glaube, und dass das ihm reichen muss. Ach ja«, fügte sie hinzu, »und dass, wenn er mit mir reden will, er sich an mich wenden soll.« Sie stand auf. »Und jetzt entschuldigt mich«, sagte sie mit einem kühlen Blick zu mir. »Bei Gelegenheit kannst du mir den Trick zeigen, mit dem man einen Seelenreiter davon abhält, einem die Seele herauszureißen.«

»Das kann er nicht«, sagte Varosch leise. »Dazu müsstest du an sein Schwert gebunden sein … das würdest du nicht wollen.«

Sie sah ihn lange an, dann nickte sie. »Zumindest das kann ich gerne glauben.«

»Sie ist erzürnt«, stellte Ragnar fest, als die Tür hinter ihr ins Schloss fiel.

»Ist sie nicht«, widersprach Zokora. »Zumindest nicht auf Havald.« Auch sie stand auf und ging zur Tür, um dort innezuhalten und zu mir zurückzusehen. »Eigentlich wundert es mich nicht. Dein Schwert wurde für einen Gott geschmiedet. Es in Menschenhand zu legen, musste zu Problemen führen.«

»Was hat Varosch zu dir gesagt?«, fragte mich Serafine später, als wir uns zu Bett begaben. Am nächsten Morgen zur zweiten Glocke wollten wir durch das Tor zurück nach Askir gehen, dies war für uns die letzte Nacht.

»Du fragst nach dem, was er mir sagte und nicht nach dem, was ich ihm beichtete?«, fragte ich.

Sie nickte.

»Ich soll Vertrauen in die Götter haben.«

»Dann folge seinem Rat.« Sie drehte sich zu mir hin, stützte ihren Kopf auf ihren Ellenbogen und blies sich eine Strähne aus dem Gesicht. »Ich denke mir, dass Jerbil wusste, was er tat, als er mir das Versprechen gab, dass es dort im Eis nicht das Ende sein würde. Offensichtlich vertraute er auch auf die Götter … und sie brachten mich zu dir zurück.«

»Hhm«, sagte ich. »Kennst du eine Gottheit, die groß, schwarz und bissig ist?«, fragte ich sie.

»Nein«, sagte sie und gähnte. »Wieso sollte ich?«

»Ich frage nur«, antwortete ich ihr leise. Weil, wenn Orduns Erinnerungen mich nicht täuschten, diese Gottheit schon lange wusste, wem Ordun die Seele stehlen musste, damit sie in Serafine weiterleben konnte … nur, um dann zurückzukehren, als wir sie brauchten.

Als ich mit ihr dort lag und darauf wartete, dass auch ich schlafen konnte, versuchte ich in mir Orduns Erinnerung zu finden. Das Einzige, was ich fand und ihm gehören mochte, war ein Rezept für Honigkuchen. Doch kurz bevor ich endlich schlief, hörte ich sein Lachen.

Ein gutes Argument

38 Als Varosch, Zokora, Serafine und ich zusammen mit Ragnar am nächsten Morgen durch das Tor nach Askir gingen, wartete Stofisk dort wieder auf uns. Und wieder war seine erste Nachricht, dass Asela uns dringend zu sprechen wünschte. Ich hatte vorgehabt, Bruder Jon, den Hohepriester Soltars, in seinem Tempel aufzusuchen, doch Stofisk betonte die Dringlichkeit so sehr, dass ich es verschob. Zokora und

Varosch hatten sich schon am Tor von uns getrennt, er wollte den Tempel Borons aufsuchen, und sie gab an, sie wolle sich etwas umsehen, was auch immer sie damit meinte, jedenfalls brauchte es danach nur einen Lidschlag, und sie waren nicht mehr zu sehen. Ragnar verkündete, er wolle zum Markt gehen und sich auch bei Angus melden.

Als ich ihn fragte, warum er nicht zu seiner Frau zurückkehrte, lachte er nur.

»Wenn ich nach Hause komme, muss ich ihr von dem Kampf am Hügel erzählen, dann wird sie mich schelten. Ich glaube, ich zögere das noch ein wenig hinaus.«

Diesmal hatte Stofisk Pferde mitgebracht. Meist lohnte es nicht, in Askir zu reiten, viel schneller war man damit nicht, dazu war auf den Straßen zu viel los. Wenn man seine eigenen Füße nicht bemühen und schnell von einem Ort zum anderen kommen wollte, dann war es üblich, Sänften zu benutzen, die meist von acht oder manchmal auch zwölf kräftigen Männern getragen wurden. Oft waren es Sklaven, die auf diese Weise Geld verdienten, um sich irgendwann freizukaufen, manchmal aber auch freie Männer. Für die Sänften galten manche Regeln nicht, und wenn man eine sah, die im Laufschritt herangetragen wurde, ging man ihr besser aus dem Weg.

Doch von einem Pferderücken hatte man eine bessere Übersicht, und noch immer ging man davon aus, dass sich Thalaks Agenten in Askir umtrieben, da half es vielleicht, eine drohende Gefahr einen halben Lidschlag früher zu sehen. Tatsächlich ging man kein Risiko ein, man hatte uns eine su'Tenet als Eskorte zur Verfügung gestellt. Es war nur etwas irritierend, dass der Leutnant, der die Eskorte führte, so erfreut darüber schien.

Ich ließ Serafine an meinen Gedanken teilhaben, und sie lachte.

»Sie sind von der zweiten Legion, Havald«, erklärte sie, während ihre Augen über die Menschenmenge schweiften, durch die wir unsere Pferde drängten. »Schau dir ihre Abzeichen an! Für sie bist du der Lanzengeneral, ein gottgleiches Wesen, gleich hinter den Göttern selbst und der Kaiserin. Sie haben viel von dir gehört, jetzt sehen sie dich zum ersten Mal mit eigenen Augen.« Sie schaute mich an und schüttelte dann den Kopf. »Du begreifst es nicht, nicht wahr?«

»Was begreife ich nicht?«

»Den Stolz, den sie verspüren. Sie haben die Aufgabe, dich zu schützen, es erfüllt sie mit Stolz, dass sie dazu auserwählt wurden, man sie für gut genug befunden hat.«

»Stolz ist es nicht wert, dafür zu sterben«, sagte ich schroff. »Muss diese Eskorte wahrhaftig sein?«

»Ja, Havald, sie muss sein«, sagte sie bestimmt. »Das Attentat auf dich wird sich nicht wiederholen.«

Ich sagte nichts mehr dazu, wir ritten einen Moment schweigend weiter, dann seufzte sie.

»Havald«, bat sie leise. »Kannst du nicht versuchen, auch stolz auf sie zu sein? Kasale lag im Wettstreit mit Rellin und Miran, die besten Soldaten der Legionen in die zweite Legion zu ziehen. Sie bildet die Legion nach höchsten Ansprüchen aus, und noch vor Mirans Dritter erhält die zweite Legion das Beste, was es im Kaiserreich für unsere Soldaten gibt. Es ist eine Ehre, in der zweiten Legion zu dienen. Sie wissen alle, was Blixens fünfte Lanze geleistet hat, von der Schlacht vor Lassahndaar bis zu dem Ansturm auf diesen verfluchten Hügel ... du wirst nicht glauben, was man sich davon erzählt.« Sie lachte leise. »Es reicht nicht, dass wir auf dem Wasser geritten sind ... ich hörte gestern sogar, wir wären geflogen.« Sie trieb ihr Pferd näher heran, damit das, was sie sagte, nicht von den Soldaten gehört werden konnte. »Wenn du nicht stolz auf sie bist, oder auf dich, dann achte wenigstens darauf, dass du ihren Stolz in dich und sie nicht zerstörst. Jeder Einzelne von ihnen würde für dich sterben. Deshalb bilden sie ja unsere Eskorte. Achte doch zumindest das.«

»Was der Grund ist, weshalb ich die Eskorte nicht will!«, gab ich ungehalten zurück.

Sie musterte mich. »Du bist übel gelaunt.«

Damit hatte sie wohl recht.

»Weil sie sich nicht verabschiedet haben?«, fragte sie und hob eine Augenbraue hoch. »Weil weder Lenere noch Leandra am Tor waren? Ist es das?« Sie schüttelte ungläubig den Kopf. »Illian ist nicht mehr auf der anderen Seite der Welt. Es ist nur noch ein Schritt dorthin. Wenn du dich heute Abend zum Tee mit ihnen treffen willst, dann schicke einfach einen Boten!«

»Was mir dabei gerade einfällt«, mischte sich jetzt Stofisk ein, »ist, dass meine Mutter Euch zum Tee einladen wollte. Sie sagt, dass Ihr beim Ball einen guten Eindruck auf sie gemacht hättet, und sie will Euch ihren Freundinnen vorstellen. Was natürlich dazu führte, dass mein Vater Euch zum Abendessen eingeladen hat, um Euch *seine* Freunde vorzustellen.«

»Entschuldigt mich bei beiden«, knurrte ich.

Stofisks Eltern waren keine Eheleute, denn kurz bevor sie gemeinsam vor die Göttin hatten treten wollen, hatte sein Vater sich wohl darüber geäußert, dass er für Geschäfte eine bessere Hand besitzen würde als sie … sie schwor dann, es ihm zu beweisen, wie sehr er irrte. Seitdem lagen die beiden in allem im Wettstreit miteinander … und waren mittlerweile drauf und dran, sich Askir untereinander aufzuteilen. Beide saßen im Handelsrat und besaßen enormen Einfluss. Tatsächlich hatten sie einen guten Eindruck bei mir hinterlassen, aber auf dem Ball hatte ich auch eines über sie gelernt. Sosehr sie im Wettstreit liegen mochten, wenn es um ihren Sohn ging, hielten sie zusammen. Zwischen diese Mühlsteine wollte ich nicht geraten.

Als wir durch das große Tor der Zitadelle ritten, löste sich die Eskorte von uns. Ich erwartete, dass Stofisk uns zu meinem Amtsraum geleiten würde, doch dem war nicht so, er führte uns zu einem Nebengang, zu einer schweren Tür aus Stahl und Eisen, die von zwei Legionären und einer Feder bewacht wurde und bei der man sich in ein Buch eintragen musste. Als es die Treppe abwärts ging, ahnte ich, wohin er uns führte.

»Warum bringt Ihr uns zu der Verliesen?«, fragte jetzt auch Serafine.

»Asela bat darum. Sie erwartet Euch bereits. Ich kann Euch dazu nichts weiter sagen, mehr, meinte sie, ginge mich nichts an.«

Er führte uns noch zwei Stockwerke tiefer, wo in einem großen Wachraum gleich zehn Legionäre ihre Zeit mit Würfeln oder Karten vertrieben und ein Stabskorporal mit kantigem Gesicht und kühlen Augen uns entgegennahm und vor Serafine und mir salutierte.

»Danke«, sprach er Stofisk an. »Ich übernehme ab hier für Euch.« Er salutierte unserem Begleiter, der als Leutnant ranghöher war, aber sein Ton ließ keine Zweifel daran, wer hier das Sagen hatte. Die Legionäre an diesem Ort gehörten zur ersten Legion, die traditionell mit der Kaisergarde und der Zitadelle verbunden war, und ich hatte das Gefühl, dass in diesen Verliesen auch mein Rang nicht ausreichend war, um die Regeln zu biegen.

Über Jahrzehnte hinweg hatte ich kein Verlies von innen gesehen, in der letzten Zeit jedoch war ich in ihnen öfter Gast gewesen. Im Vergleich zu manchen, die ich erleben durfte, waren die Kerker der Zitadelle beispielhaft. Zum einen tropfte kein Wasser von den Decken herab, zum anderen waren sie nicht dunkel. Die Gänge, durch die uns der Stabskorporal jetzt führte, waren breit und hoch und hell von magischen Glaskugeln erleuchtet, die über ihren eisernen Körben schwebten, die Luft war gut und nicht im Geringsten muffig. Auf dem Weg kamen wir an einer Küche vorbei, wo Essen zubereitet wurde, es schien mir nicht sehr von dem abzuweichen, was die Legionen selbst auf den Tisch bekamen.

Es änderte nichts daran, dass die schweren Türen, die Gitter und allgemein die grimmigen Mienen der Wachen doch sehr bedrückend wirkten.

»Dieser Teil wird nicht oft genutzt«, erklärte der Stabskorporal, als er nach einer scheinbar endlos langen Wanderung vor einer anderen Tür stehen blieb. Diese war, wie alle hier, aus Stahl, nur dass dieser einen bläulichen Schimmer in sich trug. Es gab keine Gitter, kein Schlüsselloch und auch keine Türangeln; glatter blauer Stahl versperrte uns den Weg. Zwei Siegel waren in den Stahl getrieben, das der Kaiserstadt ... und das der Eulen.

Der Korporal trat an die Tür heran, legte seine Hand darauf ... und mit leisem Knirschen schwang sie auf. Er wies auf den Gang, der sich vor uns auftat. »Geht dort entlang«, sagte er grimmig. »Man erwartet Euch bereits.«

Serafine und ich tauschten einen Blick und traten in den Gang hinein. Die Tür schloss sich hinter uns mit einem dumpfen Schlag, zeitgleich taumelte Serafine ein wenig, und auch ich spürte einen harten, kalten Druck am Kopf, der aber sogleich wieder nachließ.

»Was, bei allen namenlosen Höllen, ist das für ein Ort?«, fragte ich und schüttelte mich wie ein Hund.

»Ein Ort für die, deren Talente wir als gefährlich erachten«, sagte Asela als Begrüßung, die am Ende des Gangs aus einer Tür herausgetreten war. Sie wies zu eben jener Tür. »Kommt herein, der Rest erklärt sich Euch in Kürze.«

Der Raum, in den sie uns führte, war weit und rund, mit einer hohen gewölbten Decke, größer als ich es so tief unter der Erde erwartet hätte. Acht Leuchtgloben an den Wänden füllten ihn mit hellem, klaren Licht, das den Käfig in der Mitte stählern blau schimmern ließ. Im Boden um den Käfig herum waren breite Streifen aus Gold und Silber sowie aus Jade und Basalt eingelegt, die sich zu einem Muster verwoben, das vor meinen Augen umso mehr zu verschwimmen schien, je länger ich es betrachtete. In dem Käfig, der gut vier mal vier Schritt messen mochte, gab es ein Bett, einen Tisch und einen Stuhl, auf Letzterem, noch immer in seine neuen Gewänder gekleidet, saß ein unglücklich dreinschauender Pirat.

Vor Käfig und Pirat befand sich ein Tisch mit drei Stühlen dahinter, auf einem dieser Stühle saß Desina, in der Robe einer Eule, sogar mit ihrem schmalen Schwert bewaffnet, und las in einer Akte, um dann aufzusehen, als wir diesen seltsamen Raum betraten.

Das Lächeln, mit dem sie uns begrüßte, als sie die Akte zur Seite legte und aufstand, erschien mir sehr gedämpft.

Ich sah von ihr zu Asela und dann zu dem Piraten hin. »Was habt Ihr diesmal getan?«, fragte ich den blutigen Marcus. »Habt Ihr meine Warnung nicht ernst genommen?«

»Doch«, meinte Marcus unglücklich und bedachte die beiden Eulen mit einem vorwurfsvollen Blick. »Nur dass es diese beiden nicht zu interessieren scheint.«

»Eine dieser beiden«, sagte Asela kühl, »ist deine Kaiserin, also zeige gefälligst Respekt!«

»Dieser Mann hatte ein interessantes Dokument bei sich«, meinte jetzt Desina und hielt ein gesiegeltes Schriftstück hoch, das mir noch gut bekannt war. »Auf diesem steht, dass Ihr, Ser Lanzengeneral, und auch Königin Leandra diesem Mann einen vollen Dispens erteilt habt. Abgesehen davon, dass es noch zu prüfen wäre, ob Ihr dazu befugt seid, stellt sich mir die Frage, ob Ihr wisst, wie gefährlich dieser Mann ist?«

»Ich habe nichts getan, Ser Havald!«, rief der Pirat verzweifelt aus seinem Käfig. »Ich schwöre es bei allen Göttern! Ich tat nicht mehr, als mich in einem Gasthof einzumieten, dann kamen schon Soldaten und haben mich abgeführt! Sogar mein Talent hat mich nicht gewarnt, was daran liegt, dass das, was hier geschieht, nicht auf eine *meiner* Handlungen zurückzuführen ist!«

Das Seltsame daran war, dass ich ihm glaubte.

»Woher wisst Ihr von diesem Mann?«, fragte ich vorsichtig, und Desina seufzte.

»Lanzenobristin Miran ist äußerst gewissenhaft. Bei der Nachbesprechung erwähnte sie den Bericht, den sie Euch vor der Schlacht bei Dunkelschacht für uns mitgegeben hat. Es stellte sich heraus, dass er auf dem Weg zu Orikes Tisch irgendwie verloren ging.« Ihre grünen Augen waren nicht halb so freundlich, wie ich es von ihr kannte. »Ich gab Euch große Handlungsfreiheit, Lanzengeneral, das könnt Ihr nicht bestreiten. Selbst Euren ›Urlaub‹ in der Ostmark habe ich durchgehen lassen. Aber dass Ihr Berichte zurückhaltet, ist ein Schritt zu viel.«

»Diese Berichte sind nicht nur ein Stück Papyira«, sagte jetzt Asela voller Überzeugung. »Es sind Zeugnisse von Geschehnissen, die ihren Schreiber überdauern. Dass Miran noch lebt, grenzt an ein Wunder … wäre sie gefallen, hättet Ihr uns ihre letzten Worte vorenthalten.«

»Ihr habt uns noch mehr vorenthalten«, nahm die Kaiserin den Faden auf. »In all Euren Berichten habt Ihr es bisher versäumt, diesen Mann auch nur zu erwähnen. Kein Wort darüber, dass er es war, der Euch half, den Feuerinseln zu entfliehen, nicht ein Wort, auch nicht von Lanzenmajor Blix, welche Rolle dieser Ser in Lassahndaar spielte.« Ihr Ton ließ vermuten, dass Blix ebenfalls noch ihren Unmut verspüren würde. »Jemand, der seine Zukunft sieht«, fuhr die Kaiserin kühl fort, »und diese und *die von anderen* durch seine Handlung so beeinflussen kann, dass es ihm zum Vorteil gereicht, ist so unermesslich gefährlich für uns und das Reich, gerade wo wir uns in diesem Konflikt befinden, dass es meinen Rahmen des Verständnisses sprengt, dass Ihr uns *alles* über diesen Mann vorenthalten habt.«

»Ich …«, begann der blutige Marcus, um von Aselas kaltem Blick abgewürgt zu werden.

»Ihr werdet Gelegenheit erhalten, Euch zu äußern, also schweigt.«

»Ich erwarte eine Erklärung von Euch, Lanzengeneral«, fuhr die Kaiserin jetzt fort, und so, wie sie vor mir stand, in dieser Robe, mit diesem geraden Blick und geraden Rücken, war sie die Kaiserin, nicht mehr die junge Eule, die ich meist lachend erlebt hatte, sondern die Verkörperung des gesamten Kaiserreichs … und der Last und Verantwortung, die sie auf ihren Schultern trug. »Nicht nur von Euch, Lanzengeneral, sondern auch von Schwertobristin Helis, Leandra, all Euren Gefährten, Ihr alle wusstet von diesem Mann und Ihr habt es gemeinsam vorgezogen, über ihn Stillschweigen zu bewahren. Ihr dient dem *Reich*, Lanzengeneral, habt Ihr das vergessen? Ich verstehe nicht, wie Ihr so handeln konntet, und ich weiß nicht, wie ich Euch noch vertrauen soll!«

Jedes ihrer Worte trug die Wucht ihrer Überzeugung ... und ihrer schmerzhaften Enttäuschung wie Hammerschläge an mich heran. Ich verstand, was sie mir sagte. Sie, die Eule, Askannons Erbin, Kaiserin über dieses riesige Reich, hatte uns in ihren engsten Rahmen aufgenommen, uns vertraut ... und dieses Vertrauen glaubte sie gebrochen ... und hatte zum Teil damit auch recht.

Ich suchte noch nach Worten, als Serafine den Kopf hob und Desina gerade in die Augen sah.

»Und genau darin, Hoheit, begeht Ihr einen gefährlichen Irrtum«, sagte Serafine ruhig, aber mit der gleichen Entschlossenheit. Hier stand die Kaiserin von Askir, die uns ihre Vorwürfe mit voller Überzeugung entgegenwarf, und es war Serafine, die ihr mit wenigen Worten Gleiches entgegensetzte. Desina mochte Maestra, Eule und Kaiserin sein, doch für Serafine schien dies im Moment nicht von Belang, vielmehr drückte ihre gesamte Haltung aus, dass sie sich im gleichen Maße im Recht befand und sich Desina als gleichgestellt ansah.

Wieder kam es mir vor, als wäre es einer dieser Momente, in denen sich die Weltenscheibe drehte, die Zukunft umgeschrieben wurde, und ich sah in ihren Augen, dass die Kaiserin und auch Asela dies verstanden und davon genauso überrascht waren.

Es hatte sich nichts verändert, und doch hatte es Serafine mit diesen wenigen Worten vollbracht, das Gleichgewicht zu verschieben.

»Möchtest du uns das erklären, Finna?«, fragte Asela ruhig. Wenn es jemand gab, der die Treue zum Reich lebte und atmete, über den Tod hinaus dazu auch stand, dann war es die Eule Asela. Was sie bereits für das Reich erlitten und geopfert hatte, sprengte jede Vorstellungskraft, ihr so entgegenzutreten, wie es Serafine gerade tat, grenzte fast an Blasphemie.

Ich bemerkte, wie Marcus fragend zu mir hinübersah, fast war ich versucht, ratlos die Schultern zu heben, hielt es dann aber für besser, nicht einmal auf seine Blicke einzugehen. Denn jetzt ging es nicht um ihn.

»Ich dachte, du hättest es verstanden, Asela«, erwiderte Serafine ruhig. »Er ist es, der uns in diesem Krieg anführt, nicht Ihr. Er führt, und wir folgen ihm. Weder ich noch du noch Ihr, Hoheit, haben eine Wahl darin.« Sie sah zu mir hinüber, bevor sie leise weitersprach. »So wie ich es sehe, haben sogar die Götter keine andere Wahl. Wenn wir diesen Krieg nicht verlieren wollen, müssen wir das akzeptieren. Er führt, wir müssen folgen.«

»Das … das ist Blasphemie«, sagte Asela erschüttert, während Desina mich auf eine Art musterte, die tief in mich einzudringen schien.

»Nein«, antwortete Serafine. »Die Götter selbst schrieben es für uns in ihre Bücher. Keiner von ihnen wird der Dunkelheit entgegentreten. Nicht sie führen das Schwert gegen Omagor. Er wird es tun. Sie haben es uns klar und deutlich gesagt. Havald wird der Dunkelheit entgegentreten, und sein Tod wird Hoffnung in die Welt bringen.« Sie holte tief Luft. »Keiner von uns stünde hier, wenn es ihn nicht geben würde. Es gäbe keine Magie in Askir, beim letzten Kronrat wäre die Allianz zerfallen … Aldane wäre vom Feind erobert, und was noch übrig wäre von Eurem großen Kaiserreich, wäre in sich zerstritten und zerfallen. Es gäbe keine Tore, die Ihr nutzen könntet, keine Legionen, die sich gegen den Feind rüsten, und es gäbe schon jetzt keine Hoffnung mehr. Ich will nicht sagen, dass ich verstehe, was es ist, das er tut, was all dies mit sich bringt, aber ich denke, dass es so ist, wie Ihr selbst gesagt habt. Er verändert alles, was er berührt. Ich liebe dich, Asela, du warst mir immer ein Vorbild, Schwester und zudem beste

Freundin. Ich ehre und achte auch Euch, Hoheit, was Ihr leistet, was Ihr für das Reich schultert, verdient meinen Respekt. Aber ihr *müsst* ihm folgen … und dürft ihm nicht im Wege stehen.«

»Bravo«, rief der Pirat begeistert aus seinem Käfig. »Götter, was für eine Rede aus solch schönem Mund!«

Bei diesen Seras *konnten* Blicke töten … und dessen wurde er sich wohl im nächsten Moment gewahr, denn er hielt sich hastig beide Hände vor den Mund, als alle drei ihn mit ihren Blicken aufspießten.

»Du bist davon überzeugt, nicht wahr?«, fragte Asela dann leise.

Serafine tat eine hilflose Geste.

»Ich kann nur sagen, es wundert mich, dass Ihr es nicht auch so seht. Man braucht doch nur anzuschauen, was alles geschehen ist. Selbst der Pirat hier … hätte Havald ihn nicht leben lassen, er hätte Miran nicht helfen können … und auch Leandra würde schon vor den Göttern stehen.«

»Was ist mit Euch, Lanzengeneral?«, fragte mich jetzt Desina bedächtig, während ihr Blick noch immer mein Innerstes zu erspähen suchte. »Ihr habt zu alledem bislang nicht ein Wort gesagt.«

»Ich kann nicht viel dazu sagen. Ich sehe es nicht so wie Serafine. Es ist nur …« Ich hob hilflos die Schultern. »Ich treffe manchmal Entscheidungen wie die, Euch Mirans Bericht vorzuenthalten, weil ich sie für richtig halte.«

»Weil Ihr es für richtig haltet«, wiederholte Asela. »Was war richtig daran, diesen Bericht vor uns zu verbergen?«

»Ich weiß, wer Marcus ist, zweifelt nicht daran. Ich weiß, welche Verbrechen er begangen hat … aber uns gegenüber hielt er stets sein Wort. Ich hielt das meine. Und er hatte recht, in dem Moment, wo Ihr, Asela, von ihm erfahren würdet, wäre Euer erster Gedanke der, zu prüfen, ob und wie Ihr ihn für Euch und Askir nutzen könnt. Ich wusste, dass, würdet Ihr Mirans Bericht erhalten, es genau zu dem führen würde, was jetzt gerade hier geschieht. Dafür braucht es auch kein Talent der Prophezeiung. Es ist falsch, ein Fehler … und davor wollte ich Euch bewahren.«

»Also maßt Ihr Euch an, mein Handeln zu beurteilen«, stellte Asela grimmig fest.

»Ja«, antwortete ich und stand gerader. »Ihr seht es offensichtlich anders, aber für mich ist es ein Fehler. Ihr werft mir meine Entscheidung vor, aber sie gründet sich darauf, was ich für richtig oder falsch halte. Nicht anders entscheidet Ihr. Ihr geht auch danach, was *Ihr* für richtig oder falsch erachtet.«

»Ihr solltet Advokat werden«, seufzte die Kaiserin. »Ihr beide.« Sie bedachte uns mit einem Blick, den man zwar nicht wohlgemut nennen konnte, der aber weit freundlicher war als zuvor. Sie wandte sich an Serafine. »Euer Argument ist, dass wir dem folgen sollen, was er als richtig erachtet, weil es sich bewiesen hat?«

Serafine nickte leicht. »Genau das.«

Desina musterte mich mit gerunzelter Stirn und wandte sich dann an die Eule Asela. »Womit die Frage bleibt, ob es so ist, dass sich die Richtigkeit seiner Entscheidungen bewiesen hat. Sag du es mir, Asela. Irrt er, oder irren wir?«

»Wenn eine der liebreizenden Seras mir vielleicht das Wort gewähren würde, dann könnte ich …«, begann der Pirat, um sich wieder zu ducken, als Aselas Blick auf ihn fiel.

»Wir kommen noch zu dir«, sagte die Eule, und es klang wie eine Drohung. »Jetzt schweig, ich versuche gerade zu denken.« Ihr Blick schwenkte zu mir herum. »Wusstet Ihr, was Ihr tatet, als Ihr damals den Weltenstrom zu Balthasar hingelenkt habt?«

»Nein«, gab ich wahrheitsgemäß Antwort. »Ich wusste nur, dass ich es versuchen musste. Er war uns so weit überlegen, mir fiel nichts anderes mehr ein.«

»Dass damit die Kaiserstadt wieder Anschluss an den Weltenstrom erhalten würde, war Euch nicht bekannt?«

Ich schüttelte den Kopf.

»Es gibt eine Theorie«, sagte die Eule jetzt ganz langsam. »Dass in einem unübersehbaren Geflecht von Konsequenzen einer Handlung die Handlung selbst nicht von Gewicht ist, nur dass gehandelt wird, sich dann aber dennoch aus dieser unbestimmten Handlung eine gewünschte Konsequenz ergibt, auch wenn die vorangehende Handlung unbestimmt gewesen ist.«

Ich kratzte mich am Kopf. »Das versteh ich nicht.«

»Das müsst Ihr auch nicht«, sagte Asela großmütig. »Solange wir es tun.«

»Ich erkläre es Euch«, sagte Desina mit einem verschmitzten Lächeln, offenbar hatte sich ihre Stimmung gehoben. »Vor Euch steht ein Baum. Ihr wollt ihn fällen, aber Ihr habt keine Axt. Da Ihr den Baum jedoch fällen wollt, wird er gefällt werden. Auch wenn Ihr keine Axt besitzt.«

Ich sah sie immer noch verständnislos an. »Es ist einfach«, übernahm Asela jetzt. »Vielleicht habt Ihr den Baum wie ein Biber durchgenagt. Das Warum des Fallens dieses Baums gründet sich nicht auf das, wie Ihr den Baum zu Fall gebracht habt, sondern einzig und allein darauf, dass Ihr entschieden habt, dass er fallen muss.« Sie lächelte knapp. »Kurzum, der Baum fällt, weil dies Euer Wille war. Wie er fällt, ist dabei egal.«

»Warum habt Ihr das nicht gleich gesagt?«, fragte ich sie.

»Habe ich«, sagte sie. Offenbar hatte die Eule auch ihren Humor zurückerhalten, denn sie lächelte dabei. »Der Punkt ist, dass, unter Annahme dieser Theorie, sich Serafines Ansicht nachvollziehen, sich aber im Rahmen dieses Konstrukts der Gegenbeweis nicht erbringen lässt, wodurch die grundlegende Annahme, wenn auch nicht bestätigt, so zumindest doch für den Moment unwiderlegbar ist.«

»Sie sagt, Serafine hat wahrscheinlich recht«, übersetzte mir die Kaiserin mit einem Lächeln. »Sie spricht nur so, weil sie weiß, dass ich solche Sätze liebe.«

»Ja«, sagte Serafine. »Nur dass Asela nie so sprach.« Sie musterte die Eule, die jetzt etwas bleich geworden war. »Du hast zu viel Zeit mit Balthasar verbracht«, stellte Serafine fest.

»Ja«, sagte Asela. »Das wird es wohl gewesen sein.« Sie gab sich Mühe, ihre Erleichterung zu verbergen, doch ich war mir nicht sicher, ob es Serafine entging.

»Nun, Lanzengeneral«, sagte jetzt Desina. »Ich bin mir nicht sicher, wie sehr ich mich von Euch führen lassen will, aber für den Moment soll das jetzt ruhen. Erklärt mir vielmehr, warum es in Euren Augen ein Fehler war, diesen Mann festzusetzen. An seiner Gefährlichkeit werdet ja wohl auch Ihr keinen Zweifel hegen.«

»Es ist einfach«, sagte ich schulterzuckend. »Ohne ihn ständen wir nicht hier. Er hielt sein Wort, ich halte meines. Ich gab ihm mein Wort, dass er, wenn er seinen Teil erfüllt, ein freier Mann wäre. Er hielt seinen Teil und rettete damit Königin Leandra das Leben. Wenn Ihr ihn einsperrt, ohne dass er gegen das Gesetz erneut verstößt, brecht Ihr mein Wort.«

»Und das ist falsch?«, meinte Asela, während sie sich den blutigen Marcus besah.

»Ja«, sagte ich. »Das ist falsch.«

»Jerbil sagte man auch nach, er hätte sein Wort nie gebrochen«, meinte Asela nachdenklich. »Wie steht es mit Euch?«

»Ich breche es ständig«, gestand ich ihr. »Aber ich bemühe mich darum, es nicht zu tun.«

Auch der Pirat meldete sich jetzt.

»Auch wenn Eure Schönheit die Augen blenden kann, stünde es doch Eurer Weisheit gut zu Gesicht, wenn Ihr diesem unwürdigen Diener Eurer kaiserlichen Hoheit erlauben würdet, ein Wort zu sagen!«

»Das waren genau dreißig Wörter«, stellte Asela fest und seufzte. »Aber gut, so sprecht. Nur fasst Euch kurz und spart Euch die Blumen.«

»Ihr wisst, dass mein Talent mir sagt, wie meine Handlungen Einfluss auf mein Schicksal nehmen?«, fragte der blutige Marcus ohne die Blumen. Wenn ich es recht bedachte, hatte er schon öfter auf sie verzichtet.

Asela nickte.

»In dem Moment, in dem ich dem Lanzengeneral das erste Mal begegnet bin, sagte er mir, dass, wenn ich ihm nicht helfe, meine Zukunft enden wird.« Er zuckte die dürren Schultern. »Das ist alles. Wenn ich leben will, muss ich auf seiner Seite stehen.«

Asela wartete, ob er noch etwas hinzufügen würde.

»Ein gutes Argument«, meinte sie dann und wandte sich erneut mir zu. »Euch ist klar, dass es uns gegenüber dem Feind einen unschätzbaren Vorteil einbringen würde, wenn wir sein Talent nutzen, wie es Miran tat?«

»Was Miran tat, war falsch.«

»Ich möchte nur eine kleine Frage aufbringen«, warf der Pirat ein und schien darauf zu warten, dass ihm jemand den Mund verbot. Als dies nicht geschah, atmete er erleichtert auf. »Wieso denkt Ihr, dass Ihr mich zwingen müsst?«

»Ich werde über diese Frage nachdenken«, versprach Asela. Sie sah zu Desina hin, dann zu mir, seufzte und trat schließlich an den Käfig heran, um daran etwas zu tun, woraufhin ein Teil des Käfigs in den Boden absackte. »Hier«, sagte sie und drückte dem Piraten seinen Dispens in die Hand. »Ihr könnt gehen. Obwohl ich mich frage, ob ich es bereuen werde.«

»Ganz sicher werdet Ihr das«, meinte der Pirat mit einem breiten Grinsen. »Nur am Ende nicht.« Er hielt die Schriftrolle fast schon triumphierend hoch.

»Wartet«, sagte Desina kopfschüttelnd. »Wir müssen Euch hinausbegleiten. Die Wachen werden Euch nicht gehen lassen.«

»Ach«, antwortete der Pirat. »Ich denke, ich finde allein hinaus.« Und damit ging er davon.

»Ich bin gespannt, wie weit er kommt«, meinte die Kaiserin, als sie ihm nachsah, dann wandte sie sich mir zu.

»Seid Ihr sicher, dass es kein Fehler ist?«

»Nein. Aber selbst wenn es ein Fehler ist, war es die richtige Entscheidung.«

»Nun«, meinte sie mit einem feinen Lächeln und schlug

die Kapuze ihrer Robe hoch. »Wenn die Schwertobristin mit ihrer Annahme recht behält, hatten wir auch keine andere Wahl.« Sie bedeutete Serafine und mir, ihr zu folgen. »Wir sind noch nicht fertig, es gibt noch anderes zu klären, aber das sollte nicht an diesem Ort geschehen.«

Ein paar sehr schwere Türen weiter, wandte sich die Kaiserin an den Korporal der Wache. »Habt Ihr einen kleinen, dürren Mann gesehen? Er muss hier durchgekommen sein.«

»Oh«, sagte der. »Ihr meint bestimmt Euren Agenten. Ja, er kam hier durch. Das ist ein ziemlich harter Bursche«, fügte er fast bewundernd hinzu. »Er war in der Schlacht am Eisenpass dabei und kannte sogar Generalsergeantin Rellin …«

Desina sagte nichts dazu, doch als wir die Verliese hinter uns gelassen hatten, beugte sie sich zu mir herüber. »Wisst Ihr, wie er das macht?«

»Ich habe eine Vermutung«, antwortete ich. »Das Gespräch, das Marcus letztlich mit dem Korporal führte, war wahrscheinlich nur das letzte von vielen. Zuvor fragte er ihn aus und fand den besten Weg, um das Vertrauen des Korporals zu gewinnen … nur dass diese Gespräche nie stattgefunden haben.«

»Außer für unseren Freund Marcus«, nickte Desina nachdenklich. Sie seufzte. »Dann bleibt uns nichts anderes, als zu hoffen, dass er tatsächlich unser Freund ist.«

»Darf ich fragen, was Euch umgestimmt hat?«, fragte ich.

Sie blieb stehen, und auch wenn die Kapuze ihrer Robe ihre Augen bedeckte, spürte ich ihren Blick auf mir. »Asela.«

»Wie das?«, fragte Serafine neugierig. »Sie schien mir doch dagegen?«

»Ich war früher überzeugt davon, dass Asela unsere Feindin wäre. Es gab einen Kampf zwischen uns, in dem sie mich bezwungen hätte, wäre man mir nicht zu Hilfe geeilt.« Sie nickte in meine Richtung. »Er war es, der mich überzeugte, dass sie eine Freundin wäre … und dies hat sich tausendfach bestätigt. Ohne ihren Rat und Beistand …« Die Kaiserin seufzte. »Ich wüsste weder ein noch aus. Wenn ich einer ehemaligen Nekromantin vertrauen kann, warum dann nicht auch einem Piraten?«

Serafine warf mir einen undeutbaren Blick zu. »Ich will nun nicht Havald an den Karren fahren«, meinte sie, »aber es gibt einen Unterschied. Asela reut, was sie getan hat, das ist deutlich zu erkennen. Unser Pirat hingegen weiß nicht, was Reue ist.«

Aus der Sicht des Feindes

39 Desina führte uns bis in den siebten Stock der Zitadelle, in einen großen Raum, den ich zuvor noch nie gesehen hatte. Hohe Fenster gingen zum Innenhof der Zitadelle, und Leuchtgloben schwebten über kunstvollen eisernen Schalen, um Licht zu spenden, wenn die Sonne nicht schien.

»Der Kartenraum«, erklärte Desina kurz, als sie die Tür aufstieß und ihre Kapuze zurückschob. »Er war lange ungenutzt, aber jetzt zeigt er seine Nützlichkeit. Wir hoffen zudem, dass man uns hier nicht belauschen kann. Asela hat noch zu tun, also erkläre ich Euch, was wir bis jetzt wissen.«

Sie trat an ein Regal heran und zog eine große Rolle heraus, die sie auf dem größten Tisch ausbreitete, den ich bis dahin je gesehen hatte, groß genug, dass man ein Haus darauf hätte bauen können. Sie klappte ein Gestänge aus, an dem sich eine große Linse befand, sowie eine Tafel, und als sie die Linse über die Karte führte, erschien auf der Tafel eine Vergrößerung des jeweiligen Kartenausschnitts, was hilfreich war, da der Tisch viel zu groß war, als dass man sich über die Karte hätte beugen können.

»Das blutige Land«, erklärte sie. »Wie Ihr seht, wissen wir jetzt ein wenig mehr … ein paar der weißen Flecke konnten wir aufdecken.« Sie schaute zu Serafine hin. »Es war nicht leicht, deinen Freund Prinz Imra zu überzeugen, aber sie haben uns gleich sechs Greifenreiter geschickt, sodass wir in der letzten Woche mehr über dieses Gebiet erfahren haben, als wir je wussten. Hinzu kam, dass auch die Elfen uns etwas über dieses Gebiet sagen konnten.« Sie schaute kurz zu mir hin, während sie eine Schublade am Tisch aufzog. »Auch sie nennen es das blutige Land … sie kennen sogar die Legende vom Verschlinger. Als ich nach unserer letzten Unterhaltung die Bardin Taride bat, für uns bei Prinz Imra Fürsprache einzulegen, und den Verschlinger erwähnte, wurde sie bleich wie Schnee.«

»Wir werden eine Möglichkeit finden, ihn zu bezwingen«, sagte ich und versuchte, überzeugt zu klingen.

Die Kaiserin bedachte mich mit einem langen Blick. »Das wollen wir alle hoffen.« Sie beugte sich vor und stellte kleine geschnitzte Festungstürme auf die Karte. »Brandenau, Limark, Braunfels und Wallstadt. Unsere vorgeschobenen Grenzfesten.« Weitere Figuren folgten. »Die Lanzen der fünften Legion, die Reiter hier mit dem schwarzen Eber im Wappen sind Hergrimms Reiterei.« Wieder beugte sie sich anmutig über die Karte, ein langes Bein ausgestreckt, um das Gleichgewicht zu halten, und verteilte sechs geschnitzte Burgruinen.

»Das sind alte Elfenstädte«, erklärte sie. »Welche davon diese Stadt der Abendröte ist, die mein Großvater suchte, wissen auch die Elfen nicht. Sie haben sie aus der Luft entdeckt und waren überrascht von der Ausdehnung, die diese Ruinenstädte haben. Die kleinste dieser Ruinenstädte ist etwa so groß wie Aldane.«

Wieder griff Desina in die Schublade.

»Hier«, sagte sie und stellte vier schwarze Soldaten auf. »Die siebzehnte, achtzehnte, zweiundzwanzigste und vierzigste Feindlegion.« Sie tippte mit dem Finger auf eine der Figuren. »Die siebzehnte und achtzehnte Legion lagern in einem Tal am Fuß der Säulen der Titanen, einem Pass der durch den Himmelsrücken, dieses Gebirge hier, in unbekannte Länder führt. Die zweiundzwanzigste und vierzigste Legion haben weiter nördlich ihr Lager aufgeschlagen, auf einem schnellen Pferd trennen gut zwei Tagesreisen diese beiden Lager voneinander. Die Legionen im Norden bedrohen Brandenau und Limark, die hier im Süden entsprechend Braunfels und Wallstadt. Kriegsfürst Arkin führt hier das Kommando, ein Kriegsfürst mit Namen Ensen führt die Legionen im Norden, aber es ist Arkin, der den Oberbefehl über die Südlande hat ... und er ist auch derjenige, der die Leine des Verschlingers hält. Hier ...«, sie stellte einen weiteren schwarzen Soldaten auf die Karte. »Die fünfzehnte und einunddreißigste Feindlegion, unter dem Befehl einer Kriegsfürstin mit Namen Ansari, die fünfzehnte an der Grenze zwischen Rangor und der Ostmark, von wo aus sie ebenfalls Braunfels bedrohen, die einunddreißigste Legion ist, in fünf Gruppen zu je zwei Lanzen,« sie verteilte in rascher Folge fünf kleinere Soldaten in den Grenzen von Rangor, »im ganzen Land und in der Hauptstadt Rangor selbst stationiert. Es gab nur wenig Widerstand im Land, der wurde rasch gebrochen, und der Nekromantenkaiser hat dort bereits einen Vizekönig eingesetzt.« Sie schaute zu uns hin. »Es gibt keinen Zweifel mehr daran, dass wir Rangor an den Feind verloren haben.« Sie wies auf zwei der kleineren Soldatenfiguren. »Diese vier Lanzen hier sichern die Grenze nach Aldane, aber sie stehen nicht so, dass wir mit einem Angriff auf Aldane rechnen müssen. So ... jetzt nur noch Hergrimms restliche Truppen ...«, sprach sie wie zu sich selbst und stellte genauso zielsicher und schnell wie zuvor gut ein Dutzend Reiterfiguren nahe der Städte der Ostmark auf sowie gut zwei Dutzend Fußsoldaten. »Und jetzt das Wichtigste ...« Sie zog eine andere Schublade auf und entnahm dieser geschnitzte Zelte. Eine Menge von ihnen. Diese schien sie zuerst willkürlich über die Karte zu verteilen und dann den Rest um die beiden Legionen an den Säulen der Titanen zu gruppieren. Sie besah sich das Ganze noch einmal, nickte befriedigt und trat dann zurück.

»Die Barbarenstämme. Die kleinen Zelte stehen für Hundertschaften, die großen für Tausend, von denen es nur zwei gibt.« Sie schaute zu mir hin. »Die Späherin Mahea, die ihr zu uns nach Askir geschickt habt, leistete unschätzbare Hilfe darin, die Zusammenhänge zu verstehen. Jetzt fehlt nur noch eines, das letzte Stück in unserem Gefüge …« Sie hob eine geschnitzte Ruine hoch, zeigte sie und stellte sie inmitten der schwarzen Legionen ab. »Armante. Mit großer Wahrscheinlichkeit nicht die Stadt der Abendröte, aber dennoch bedeutsam. Armante bedeutet in einem alten Elfendialekt ›der Stein der Riesen‹.« Sie holte tief Luft. »Die Barbaren nennen diesen Ort die Festung der Titanen. Genau dort hat Kriegsfürst Arkin sein Lager aufgeschlagen.«

»Was wissen wir von Arkins Absichten?«, fragte ich.

Desina nickte. »Es sieht grimmig für uns aus. Wir wissen, dass er plant, in fünf Wochen anzugreifen, er selbst wird Braunfels und Wallstadt angehen, Fürst Ensen zeitgleich Brandenau und Limark. Fürstin Ansira wird ihre Truppen in Reserve halten, aber wenn der Verlauf des Feldzugs günstig ist, wird sie über diesen Pass hier der Ostmark in die Flanke fallen. Arkin setzt auf Geschwindigkeit. Er wird unsere Grenzfesten flankieren, die Barbaren gegen unsere Mauern werfen, um uns zu beschäftigen, aber sein Ziel ist es, nach Lissam vorzustoßen, einer der wichtigsten Städte der Ostmark, durch die auch der größte Teil unserer Nachschub- und Versorgungslinien läuft. Gelingt es ihm, diese Stadt zu nehmen und uns die Nachschubwege zu kappen, kann er die anderen Städte hier, hier und hier in Ruhe nehmen.« Desina atmete tief durch, trat zurück und wies mit einer Geste auf die Karte. »Das ist die Lage, Ser General. Jetzt braucht Ihr uns nur zu sagen, wie wir den Feind besiegen können.«

»Eine Frage vorweg«, sagte ich, während ich mir weiter die Karte besah. »Wissen wir, warum Arkin mit seinem Angriff noch so lange warten will?«

»Es bestätigt eine Vermutung, die wir hatten. Diese Legionen sind einen weiten Weg marschiert, sie waren mit Unterbrechungen fast drei Jahre unterwegs. Sie sind sehr geschwächt. Er lässt sie sich erholen und zum Teil auch neu ausrüsten. Ansari plündert Rangor zu dem Zweck gerade für ihn aus. Arkin selbst schätzt, dass es mindestens noch drei Wochen dauern wird, bis seine Truppen einsatzbereit sind.«

Es war wie ein Shah-Problem. Sechs Legionen des Feindes, zudem etwa zwölftausend Barbaren. Keine unserer Städte oder Festen war gut genug geschützt, um einem Angriff standzuhalten, doch zogen wir irgendwo Truppen ab, um die gefährdeten Orte zu verstärken, gaben wir uns an anderer Stelle eine Blöße. Ich schüttelte den Kopf.

»Er ist zu gut aufgestellt. Wir können sie nicht überraschen, das Land ist zu leer, sie würden uns von Weitem kommen sehen ... wenn sie nicht schon ihre Wyvern warnen.«

»Sonst habt Ihr nichts zu sagen?«

Ich studierte die Karte erneut und zögerte. »Ich ... es drängt sich mir der Gedanke auf, dass es Sinn ergeben würde, das gesamte Gebiet östlich von Lissam aufzugeben und sich darauf zu konzentrieren, hier bei diesem Höhenzug dem Feind den Zugang zu den Kernlanden zu verwehren. Ich sehe keine Möglichkeit, die Ostmark zu halten.«

»Jetzt müsst Ihr nur Hergrimms Truppen erklären, warum sie ihre Heimat kampflos aufgeben und dann dafür sterben sollen, dass der Feind nicht nach Aldane durchbricht«, entgegnete Desina bissig. »Sie werden kein großes Verständnis dafür haben. Ihr hattet übrigens auch darin recht, in der Ostmark verdienen sie am Krieg und nicht am Frieden, nur wird es uns nicht gelingen, diese Verstrickungen so schnell aufzulösen, dass es uns noch von Nutzen sein kann.«

Ich hörte gar nicht richtig zu.

»Ihre Versorgung läuft durch diesen Pass?«, fragte ich.

Sie schüttelte den Kopf. »Die Legionen kamen durch diesen Pass, und ihr Tross folgte ihnen. Doch jetzt beziehen sie ihren Nachschub fast zur Gänze aus Rangor. Wahrscheinlich wollten sie Aldane nehmen, um ihren Nachschub über den

Hafen dort und über Rangor an die Legionen in der Ostmark heranzuführen. Jetzt müssen sie sich damit zufriedengeben, was sie aus Rangor herauspressen können. Es dürfte dennoch reichen, um sie zu versorgen.«

Ich begann zu lächeln.

»Ich kenne diesen wölfischen Blick«, meinte Serafine. »Was ist dir eingefallen?«

»Spielt Ihr Shah?«, fragte ich Desina.

»Seit meinem vierten Lebensjahr«, antwortete sie.

»Warum dreht Ihr das Spielfeld nicht und schaut es Euch von Arkins Warte aus an?«

Sie bedachte mich mit einem langen Blick und marschierte dann um den großen Tisch herum, während wir ihr folgten. »Es ist nicht das erste Mal, dass ich das tue«, sagte sie, während sie ihren Blick über die Karte schweifen ließ. »Es ändert nicht viel, ich sehe eher unsere Schwächen deutlicher.«

»Unbestritten. Nur sind die für uns nicht von Belang. Nicht für die nächsten drei Wochen … oder sogar mehr. Wo liegen Arkins Schwächen?«

Sie besah sich die Karte und schüttelte den Kopf. »Ich sehe keine. Er hat sich geschickt aufgestellt … und wenn wir ihn angreifen wollten, sähe er uns, wie Ihr selbst sagt, schon Tage vorher kommen.«

»Richtig«, nickte ich. »Aber er wird wohl kaum zulassen können, dass wir ihm den Nachschub kappen. Wenn wir das tun, muss er sich bewegen. Dann gibt er seine Positionen auf, und wir bestimmen, wo der Kampf stattfindet. Hier. In dem Gebiet zwischen Rangor und dieser Festung der Titanen, wo er sein Lager hat. Irgendwo hier muss sein Nachschub durch. Vielleicht durch diese Schlucht.«

Sie sagte nichts. Dann räusperte sich Serafine. »Das ist ein Hügel.«

Ich nickte weise.

»Umso besser«, sagte ich unverdrossen. »Von einem Hügel aus hätten wir eine weite Sicht.«

Desinas Lippen zuckten, aber sie hielt sich zurück. »Daran

haben wir auch schon gedacht. Nur fehlen uns die Truppen. Hergrimms Reiter fallen aus. Auf sie ist kein Verlass.«

Ich spürte selbst, wie mein Grinsen breiter wurde. »Und wenn ich wüsste, wo ich eine Legion finden kann?«

»Das würde dem Kriegsfürsten gar nicht gefallen«, meinte Desina langsam, und jetzt war sie es, die die Zähne bleckte. »Das verdirbt ihm noch den Spaß an seinem Wettkampf.«

»Welchem Wettkampf?«, fragten Serafine und ich wie aus einem Munde.

Nach der Besprechung mit der Kaiserin grollte mir der Magen. Seitdem wir aus Illian aufgebrochen waren, hatte sich noch keine Gelegenheit zum Frühstück ergeben. Das Schicksal unseres seltsamen Piraten zu klären und dann meinen Plan zuerst mit Desina und später auch mit Asela durchzudiskutieren, hatte fast bis zum Mittag gedauert, allein deshalb meldete er sich schon mit Macht.

Allerdings suchten wir zuvor noch die Amtsstube der zweiten Legion auf, wo ich den armen Leutnant Stofisk mit einem Berg von Aufgaben bedachte, der auch ihn zweifelnd aus seinem Kragen schauen ließ. Den er vergessen hatte, seinem Uniformhemd anzuknöpfen.

Dann beschloss ich, dem Drängen meines Magens nachzugeben. Wir hätten in der Messe essen können, aber danach stand mir nicht der Sinn, mir war nach Wein und Braten, und nicht nach dünnem Bier.

Dass dies Ragnar nicht viel anders sah, war keine große Überraschung, so war es auch kein Wunder, dass er bereits in der *Silbernen Schlange* saß, als wir dort die Tür aufstießen.

»Hier!«, rief er, als ob wir ihn hätten übersehen können. »Wir haben den Tisch für uns allein.«

Ich wusste, dass bald Wachablösung war, und dann würde sich die Taverne füllen, doch im Moment war der Tisch tatsächlich frei. Kaum dass wir uns setzten, ging die Türe wieder auf, und auch Zokora und Varosch kamen herein. Zokora besaß für diese Dinge ein Gespür.

»Also«, wiederholte Ragnar und wischte sich den Schaum vom Mund, während er ungläubig auf Serafine starrte, »du hast dich ausgerechnet wegen des Piraten mit Desina angelegt und ihr gesagt, dass sie sich fügen soll? Das hätte selbst ich mich nicht getraut.«

Serafine schaute auf ihren Teller herab und legte das Besteck beiseite. »Weil es meine Überzeugung ist«, sagte sie leise. »Ich habe, als Havald darauf bestand, sich in die Ostmark abzusetzen, ja selbst Zweifel an ihm gehabt.«

Zokora nickte weise. »Jeder zweifelt irgendwann.«

»Was hat deinen Zweifel ausgeräumt?«, fragte ich Serafine. Oftmals ließ ich solche Unterhaltungen geschehen, ohne mich selbst zu Wort zu melden, aber das interessierte mich jetzt doch.

»Ich dachte, dich zu kennen«, antwortete sie mir und wirkte etwas verlegen. »Tatsächlich glaubte ich das nur. Ich bin der Überzeugung, dass du Jerbil bist, aber ich sah noch zu viel von ihm in dir. Ihr habt einiges gemeinsam ... vor allem dieses unverschämte Glück. Aber du bist ein anderer Mensch als er, und ich habe dich nach ihm bewertet. Jerbil war ein guter Mann und ein guter Soldat. Aber er wurde keine vierzig Jahre alt. Es sind diese langen Jahre, die du gelebt hast, Havald. Sie machen den Unterschied. Man kann dich nicht mit normalem Maß messen.«

Zokora musterte mich, vor allem meine Ohren. »Du wirst rot, Havald«, stellte sie fest. »Warum? Sie sagt es, wie es ist.«

»Mir ist gerade etwas warm geworden.«

Sie lächelte. Auf ihre Art. Ein wenig.

»Von an ihm nicht zu zweifeln, bis dorthin, dass du der Kaiserin sagst, sie soll ihm nicht im Weg stehen, ist es ein weiter Schritt«, stellte Ragnar fest. »Aber vor allem verstehe ich nicht, wieso du die Kaiserin und auch die Eule überzeugen konntest ... Götter, diese Asela macht mir manchmal richtig Angst.«

»Mir nicht«, lächelte Serafine. »Ich kenne sie seit meiner Kindheit. Selbst wenn sie sich verändert hat, ist sie mir noch immer vertraut. Sie denkt fast schon wie Balthasar.« Als sie dies sagte, bemerkte ich ihren schnellen Blick zu mir. Sie ahnt etwas, dachte ich, und gab mir Mühe, es nicht zu zeigen. »Es ist etwas, das ich schon von dem Kaiser kannte. Er beschwerte sich selbst oft genug darüber. Gibt man ihm ein Argument, das er nicht widerlegen kann, bleibt ihm nichts übrig, als es zu akzeptieren.« Sie lachte leise. »Andere Menschen hören dann auf zuzuhören, oder wollen es nicht einsehen, aber bei ihm war es halt so. Asela und in Maßen auch Desina sind ihm darin ähnlich. Sie konnten keinen Beweis dafür erbringen, dass es nicht so ist, also mussten sie es akzeptieren.« Sie schmunzelte ein wenig. »Mein Vater sagte, dass ich eine Art hätte, den Kaiser um meinen Finger zu wickeln, wie er es noch nie gesehen hätte. Ich täte es sehr heimtückisch, ich würde den Anfang geben und es dann dem Kaiser überlassen, sich selbst zu überzeugen. Nichts anderes tat ich hier.« Sie nahm ihr Besteck wieder auf und schnitt sich noch ein Stück vom Braten ab. »Es reizte auch seinen Humor … ich glaube, man kann sagen, dass er es genoss, wenn man ihn mit seinen eigenen Worten schlug. Als ich Desina lächeln sah, hat es mich wieder an ihn erinnert.« Sie hielt in der Bewegung inne, sah kurz in die Ferne und seufzte. »Ich glaube, dass ich ihn vermisse.«

»Du hast ihn sehr gemocht«, stellte Ragnar fest.

Sie lachte. »Ohne Zweifel. Aber ich kann euch zudem sagen, dass sowohl Desina als auch Asela kaum Ruhe geben werden, bis sie den Fehler in meinem Argument finden.«

»Was leicht sein dürfte«, sagte Zokora und nickte dankend, als ich Varosch Wein nachschenkte. »Dein Argument gilt für jeden hier am Tisch. Wie auch für Asela und Desina.«

»Stimmt«, nickte Varosch. »Es ist nicht nur Havald … die Entscheidungen von uns allen geben den Weg vor.«

»Ich denke, Zokora hat recht damit, dass es ein Fehler ist, dass der Pirat noch lebt«, meinte jetzt Ragnar. »Er ist gefährlich. Nicht nur wegen seines Talents, sondern weil er zuerst nur an sich denkt.«

»Ich gab mein Wort«, erinnerte ich ihn.

»Was nur so lange gelten kann, wie sich die Situation nicht ändert«, meinte er.

»Du denkst wie die Barbaren«, warf ich ihm vor.

Er lachte laut. »Was daran liegen mag, dass wir Varländer Barbaren sind. Frag mal deine Königin, was sie von mir oder von Angus hält!«

Wohl besser nicht.

»Was ist jetzt dieser verrückte Plan, von dem Serafine sprach?«, fragte Varosch, und mir fiel wieder auf, dass ich fast vergessen konnte, dass er zuvor ein Mensch gewesen war.

»Halb im Nachsatz erwähnte die Kaiserin, dass dieser Kriegsfürst einen Wettkampf unter den Barbaren abhält«, erklärte Serafine. »Er ist wohl wie die meisten Generäle«, da war er wieder, dieser schnelle Blick von ihr, »er mag es, wenn alles seine Ordnung hat. Die Art, wie die Barbaren vorgehen, ist ihm zuwider. Er will eine straffe Führung, dass auch die Barbarenhorden klaren Befehlen und Linien folgen ... und das ist nicht möglich, solange sie keinen haben, der für sie alle spricht. Er hat einen Wettkampf zwischen den Barbaren angeregt, in dem sie um die Führung der Stämme kämpfen.«

»Ich dachte, Mahea hätte uns erklärt, warum sie es meist vermeiden?«, fragte Varosch. »Der Sieger muss den Stamm des Verlierers ohne Vorbehalt in seinen eigenen Stamm aufnehmen«, erklärte er, als er Ragnars fragenden Blick sah.

Der nickte. »Viel anders ist es bei uns auch nicht. Wenn ich jemanden erschlage, kann es mir geschehen, dass ich mich um Frau und Kind des Mannes kümmern muss.« Er schüttelte heftig den Kopf. »Bei manchen Frauen ist es ein Grund, jeden Kampf zu meiden, allein der Gedanke, sie ertragen zu müssen, kann einen schon erschrecken!«

»Es gibt sicherlich auch Frauen, bei denen es sich lohnen würde«, lachte Serafine.

»Ja«, seufzte Ragnar. »Aber du vergisst ... man muss sich auch um die Mütter der Frauen kümmern!« Er sagte es derart gequält, dass auch Serafine lachen musste.

»Nun«, nahm sie den Faden wieder auf. »Hier lockt ein

ganz besonderer Gewinn. Der Preis, den Kriegsfürst Arkin für den Gewinner aussetzt, ist der Tarn.«

Ragnar nickte. »Die zerbrochene Krone, von der ihr mir erzählt habt. Hat dieser Arkin nun alle Stücke beisammen?«

»Hat er nicht. Er lässt den Verschlinger noch immer nach dem letzten Stück suchen«, erklärte Serafine. »Aber es ist nicht von Belang. Arkin hat sich bereits einen Champion ausgewählt, einen Krieger, der noch nie besiegt wurde. Wenn nötig, will Arkin dafür sorgen, dass er auch diesmal ungeschlagen bleibt.«

»Und wie?«, fragte Varosch.

»Ganz einfach«, sagte Serafine. »Er wird den Verschlinger seinen Champion fressen und dessen Rolle übernehmen lassen. So ist sichergestellt, dass der Träger des Tarn Arkins Weisung folgen wird und somit ebenso die Barbaren, die dann glauben werden, endlich einen Anführer gefunden zu haben, dem sie vertrauen können.«

»Das ist hinterhältig«, meinte Ragnar bewundernd. »Und was ist jetzt mit diesem verrückten Plan?«

»Jeder, der ein Anrecht darauf hat, einen Stamm der Kor zu führen, kann an diesem Wettstreit teilnehmen«, erklärte ich ihm. »Es ist wie bei einer Wette. Man setzt seinen eigenen Stamm. Gewinnt man, bekommt man den Einsatz des anderen als Beute. Verliert man ...« Ich hob die Schultern und ließ sie wieder fallen. »Nun ...«

»Und du denkst dir, dass du nicht verlieren kannst«, fasste Zokora zusammen. »Meinst du wahrhaftig, Arkin würde zulassen, dass du an diesem Wettkampf teilnimmst?«

»Ihm bleibt nichts anderes übrig«, sagte ich und hoffte im Stillen, dass es auch so war. »In diesem Spiel muss er sich an die Regeln der Barbaren halten.«

»Und was ist, wenn du an diesen Champion gerätst und er der Verschlinger ist?«, fragte Ragnar besorgt. »Dann kannst du nicht gewinnen.«

Varosch bedachte mich mit einem langen Blick. »Dessen bin ich mir nicht mehr so sicher.«

Bevor ihn jemand dazu befragen konnte, ergriff ich hastig das Wort. »Asela sieht auch dem Verschlinger über die Schulter. Wir haben eine Möglichkeit gefunden, mit der sie mich warnen kann, wenn der Verschlinger sich diesen Champion einverleibt. Aber das Ganze ist nur ein Teil meines Plans … er bringt uns in Arkins Nähe … und vielleicht ergibt sich daraus etwas.«

»Das ist der Plan?«, fragte Ragnar ungläubig. »Dass du hoffst, dass sich etwas ergibt?«

»Oh, es wird sich etwas ergeben«, meinte ich. »Dessen bin ich mir sicher.«

»Und wieso?«

»Weil wir Arkins Nachschub empfindlich stören werden.«

Ein Köder für Miran

40 »Ser, Lanzenobrist Miran, wie befohlen angetreten, Ser!«, sagte Miran und nahm Haltung vor meinem Schreibtisch an. Sie bellte es nicht heraus, vielmehr teilte sie es mir mit rauchiger Stimme mit, und auf ihren Lippen lag ein feines Lächeln. Außer einer fast verheilten Schramme an ihrer Wange gab es kaum noch einen Hinweis auf das, was sie durchgemacht hatte, während sie Fürstin Dereinis verfolgt hatte, um sie dann letztlich an jenem Hügel zu stellen. Sie trug eine Uniform, die ihr Meister Breckert wahrscheinlich auf den Leib geschneidert hatte, und sie wusste auch, was für ein Leib dies war. Ich hatte schon immer gefunden, dass die Uniform der Legionen den Seras mehr schmeichelte als den Sers, und Miran bildete darin keine Ausnahme. Sie war schlank, besaß dennoch eine volle Figur und lange Beine, und es war deutlich zu sehen, dass sie sich regelmäßig körperlich ertüchtigte. Selbst durch den Stoff der Uniformhose konnte ich ihre Muskeln spielen sehen. Ein Raubtier auf zwei Beinen, dachte ich, als ich meinen Blick über sie gleiten ließ, schließlich hatte sie mir die Einladung dazu mit diesem Lächeln gegeben. Zweibeinige Raubtiere waren am gefährlichsten, allein Serafines Blick, die von ihrem Schreibtisch aus alles genau sehen konnte, erinnerte mich daran.

Es war erstaunlich, dachte ich. Sie erinnerte mich kaum an die Kriegerin, die Dereinis' Kopf so triumphierend hochgehalten hatte, oder an die gefasste Kommandeurin, die ihren letzten Kampf so sorgsam plante. Die Sera, die hier vor mir stand, war die, die in Aldane aufgewachsen war und gleichsam mit der Muttermilch gelernt hatte, wie man die Männer an der Nase führen konnte.

Wie gut sie es beherrschte, sah man an Stofisk, der Mühe hatte, sie nicht anzustarren.

Diese Sera konnte ich nicht gebrauchen.

»Wenn Ihr mich verführen wollt«, teilte ich ihr gelangweilt mit, »geht nach hinten durch zum Ruheraum. Dort steht ein Feldbett, ich komme dann nach, wenn ich hier fertig bin.«

»Ser?«, fragte sie ungläubig, während Serafines dunkle Augen mir mit einem Nachspiel drohten und Stofisk sich heftig verschluckte.

»Ach, Ihr wollt mich nicht verführen?«, fragte ich scheinbar überrascht. »Warum stellt Ihr Euch dann zur Schau wie ein Bauer sein Vieh? Oder wollt Ihr nur hören, dass Ihr schön und begehrenswert seid? Ihr seid beides. Seid Ihr nun zufrieden?«

»Nein, Ser, ich …« Sie riss sich zusammen und nahm nun wirklich militärisch Haltung an, um an mir vorbei die Wand anzustarren.

Ich nahm einen Bericht und schlug ihn auf, um einen Blick auf die Listen darin zu werfen … der Legion mangelte es an Stiefeln, ich klappte ihn zu und warf ihn mit einer verächtlichen Geste auf den Schreibtisch zurück.

»Ich hielt Euch für eine gute Soldatin, jemand, die unbeirrt ihren Weg geht, die einen Kampf nicht aufgibt, bevor sie gewonnen hat. Ihr habt mich in Dunkelschacht beeindruckt, und vor Illian habt Ihr mich überzeugt, dass Ihr das Zeug habt, auch die schwierigsten Aufgaben erfolgreich zu lösen … und jetzt stellt Ihr Euch hier hin, vor meinen Tisch, und salutiert mit einem Lächeln … und ladet mich zu einem Tanz, ohne es zu meinen.« Ich stieß meinen Stuhl zurück und ging um meinen Schreibtisch herum, bis ich neben ihr stand. »Habt Ihr tatsächlich Eure Wangen gerötet und Khol aufgetragen?«

»Nein, Ser!«, bellte sie.

Ich schaute nach. Tatsächlich nicht. Sie brauchte es nicht. Wahrscheinlich erstickte sogar Schwester Ainde fast am Neid, wenn sie Miran auch nur von Weitem sah.

»Gut, Lanzenobristin«, knurrte ich. »Dann erklärt mir doch, warum Ihr mich hofiert habt!«

»Ser, ich bitte um Erlaubnis, frei sprechen zu dürfen, Ser!«

Sie starrte noch immer auf die Wand, aber ich sah, wie ihre Augen glühten. Ich ging zurück zu meinem Platz … von dort konnte ich ihren Blick besser deuten. Ich hatte Hass erwartet, oder Zorn, zu meiner Überraschung sah ich nur Scham. Und dass ihre Augen feucht geworden waren.

Ach Götter, dachte ich, nur nicht das!

Ich setzte mich wieder, schob den Bericht über die Stiefel vor mir gerade und erlöste sie.

»Dann sprecht«, grollte ich und wies auf einen Stuhl, der seitlich stand. »Zieht den Stuhl heran und setzt Euch, Ihr seid kein grüner Rekrut.« Sie tat wie geheißen, setzte sich, strich ihre Uniform gerade … und erstarrte in der Bewegung, um ihre Hände hastig auf die Lehnen des Stuhls zu legen.

»Warum habt Ihr mich hofiert?«, wiederholte ich meine Frage, als sie zögerte. »Die Wahrheit, Lanzenobristin, ich erkenne es, wenn man mich belügt.« Meistens. Oder zumindest oftmals. Hoffte ich.

»Es war ein Fehler«, sagte sie mit belegter Stimme. »Es wird nicht wieder geschehen.«

Ich nickte gnädig. »Gut. Jetzt beantwortet meine Frage.«

»Ich weiß es nicht«, sagte sie leise und sah mir dabei direkt in die Augen. »Ich habe es nicht bemerkt. Es mag daran liegen, dass ich Euch anziehend finde.«

Das Geräusch, das von Serafines Schreibtisch her an meine Ohren drang, klang fast wie ein unterdrücktes Fauchen.

»Also wolltet Ihr mich verführen?«, fragte ich sie kühl.

»Nein, Ser. Nicht direkt … wenn, dann meinte ich es nicht ernst. Es … es ist ein Tanz, wie Ihr es nennt, und wenn ich Euch dazu eingeladen habe, war es nicht durchdacht. Ich bitte um Vergebung, Ser. Es wird nicht mehr geschehen.«

»Wisst Ihr, was mich daran stört?«, fragte ich sie.

Sie leckte sich über die Lippen, aber dies war keine Geste der Verführung, eher ein Zeichen dafür, dass ihr der Mund trocken geworden war. »Nein, Ser.«

»Es stört mich, weil Ihr es nicht braucht. Ihr seid reizvoll«, teilte ich ihr mit. »Hättet Ihr mich auf einem Ball so angesehen oder von mir aus auch mitten auf dem Markt, dann hätte ich es Euch nicht übel genommen, es hätte mir vielleicht sogar geschmeichelt. Doch eben minderte es Euren Wert. Man sieht zu Euch auf … und bei der Lanzenobristin, die mir vor der Schlacht bei Dunkelschacht so gefasst Bericht erstattet hat, kann ich die Bewunderung verstehen, die man Euch entgegenbringt. Ihr habt Euch allen Respekt hart erkämpft … genau deshalb verstehe ich nicht, warum Ihr es überhaupt für nötig erachtet, Euch hier vor mich hinzustellen und Euch selbst anzupreisen, als wäret Ihr eine Jungfrau auf ihrem ersten Ball, die sich noch vor Mitternacht einen Gatten angeln will! Denkt Ihr wahrhaftig, es bräuchte dieses verführerische Lächeln, damit ich Euch ernst nehme?«

»Nein, Ser«, antwortete sie und schluckte erneut, während ihre Augen feuchter glänzten. Ich sollte das schnell zu Ende bringen, dachte ich verzweifelt, bevor es mich noch aus der Fassung brachte.

»Wenn ich mit Euch tanzen will«, sagte ich kalt, »dann schicke ich Euch eine Einladung zum Ball. Wenn ich Euch zu mir beordere, dann erwarte ich die Soldatin, die eine Kriegsfürstin und Nekromantin mit bloßen Händen und einem abgebrochenen Dolch besiegte. Haben wir uns verstanden?«

»Aye, Ser!«

»Gut«, sagte ich und beobachtete sie besorgt. Aber es flossen keine Tränen.

»Dann kommen wir zum Grund, weshalb ich Euch herbat.« Ich stand auf und ging zur Kartenwand, dort hatte Serafine einen Ausschnitt vorbereitet, der Braunfels zeigte, die Gebirge von Rangor, die Festung der Titanen und das schmale Tal, das östlich aus Rangor in die Ostmark führte.

»Hier«, sagte ich und tippte mit dem Finger auf die Festung der Titanen, wo die Feindlegionen lagen, »liegen die siebzehnte und achtzehnte Feindlegion unter Kommando von Kriegsfürst Arkin. Sie erhalten ihre Versorgung aus Rangor, der Nachschub führt durch dieses Gebiet. Hier«, sagte ich und klopfte gegen eine Stelle nahe der Hauptstadt Rangors, »liegt die einunddreißigste Legion des Feindes unter dem Befehl von Kriegsfürstin Ansari. Zwischen der östlichsten Grenze von Rangor und der Festung der Titanen liegen fast zweihundert Meilen. Ich gebe Euch das Kommando über eine volle Legion. Die zweite, um genau zu sein.« Ich machte eine kurze Pause. »Meine Legion, Miran. Wenigstens zum Teil. Geht pfleglich mit ihr um. Eure Aufgabe wird es sein, dem Feind diesen Nachschub abzuschneiden, und das mitten im Feindgebiet, sodass er gezwungen sein wird, darauf zu reagieren. Vielleicht werden diese drei Legionen gegen Euch ziehen, um Euch zu hindern. Ich erwarte von Euch, dass Ihr den Nachschub des Feinds mindestens für vier Wochen blockiert, dafür sorgt, dass die Feindlegionen sich bei jedem Angriff auf Euch eine blutige Nase holen … und Ihr mir trotzdem den größten Teil meiner Legion unversehrt zurückbringt. Könnt Ihr das, Miran?«

Jetzt brannten ihre Augen wahrhaftig, sie bohrten Löcher in die Karte. »Aye, Ser«, sagte sie leise, aber bestimmt. »Ich habe von einer solchen Aufgabe geträumt.«

»Seht zu, dass es kein Albtraum wird«, sagte ich kühl. »Wir brauchen unsere Legionen noch.«

»Ja, Ser … aber …«

»Wenn Ihr Fragen habt, dann stellt sie«, knurrte ich.

»Ich dachte, die zweite Legion wäre noch nicht tauglich für das Feld?«

»Sie ist es auch nicht«, teilte ich ihr mit. »Nur braucht der Feind das nicht zu wissen. Er hegt einen gewissen Aberglauben gegenüber der zweiten Legion, darin werden wir ihn bestärken. Ihr erhaltet vier volle Lanzen von der Zweiten. Die eine Lanze Eurer dritten Legion, die die Schlacht bei Dunkelschacht überlebte … und die fünf Lanzen von Kelters fünfter Legion, die zum größten Teil aus Rekruten besteht. Es ist Eure Aufgabe, dafür zu sorgen, dass der Feind das nicht bemerkt.« Ich wies auf die Karte. »Irgendwo hier wird es eine Position geben, die es Euch zum einen erlaubt, den Nachschub zu stören, die zum anderen aber so gut zu verteidigen ist, dass sich der Feind die Zähne daran einrennt. Bis Ihr so weit seid, werden wir sie für Euch gefunden haben.«

»Aye, Ser!« sagte sie und stand gerade.

Ich bedachte sie mit einem bösen Blick. »Ihr habt die Ehre, als Erste seit Jahrhunderten eine volle Legion in die Schlacht zu führen. Wir werden dafür sorgen, dass es Euch an nichts mangelt, der Nachschub ungebrochen ist. Ihr hingegen werdet dafür Sorge tragen, dass wir die Legion nicht verlieren. Haben wir uns verstanden?«

»Aye, Ser!«, rief sie, als wäre sie auf dem Kasernenhof.

»Ihr habt eine Woche Zeit, die Legion hier in Askir zu sammeln, ich habe bereits Anweisung an Kelter und Kasale erteilt. Kelter ist nicht erfreut, aber er wird sich fügen.«

»Das bedeutet, wir ziehen die Fünfte von den Grenzfesten ab?«, fragte sie.

»Genau das. Ihr habt die besten Offiziere und Soldaten, die wir im Reich finden können. Mit Kasale und Rellin an Eurer Seite müsste es Euch gelingen.«

»Generalsergeantin Rellin ist bei Dunkelschacht gefallen«, teilte sie mir mit belegter Stimme mit.

Oh Götter, dachte ich. »Und ihr Sohn?«

»Er auch«, sagte sie rau. »Es erstaunt mich, dass Ihr von ihm wisst, es war Rellins größtes Geheimnis. Ich … ich bin dankbar dafür, dass Ihr mir Kasale mitgebt.«

Ich musterte sie genauer und sah den Schmerz in ihren Augen. »Es berührt Euch also doch, wenn Eure Soldaten sterben?«, fragte ich sie kalt.

»Götter!«, brach es aus ihr heraus. »Für wen haltet Ihr mich? Denkt Ihr, ich habe ein Herz aus Stein wie …« Sie schloss hastig den Mund, aber ich wusste, wie ihr Satz weitergegangen wäre. »Aye, Ser«, sagte sie dann und stand gerade. »Es berührt mich. Nur ist es manchmal unumgänglich, dass Soldaten in der Schlacht fallen. Manchmal weiß ich es schon vorher, wenn ich die Befehle gebe. Wenn es notwendig ist, schicke ich sie in ihren Tod. Aber nur, wenn ich weiß, dass ihr Opfer anderen das Leben retten oder den Sieg bringen wird.«

Ich sah sie lange an, dann nickte ich.

»Gut«, sagte ich. »Das wäre vorerst alles. Weitere Befehle werdet Ihr über Schwertobristin Helis oder Stabsobrist Orikes empfangen. Enttäuscht mich nicht.«

»Nein, Ser, das werde ich nicht!«, sagte sie und salutierte, drehte auf ihrem Absatz um, nahm im Vorbeigehen wortlos die Kartentasche an, die Serafine ihr von ihrem Schreibtisch aus reichte, und marschierte aus dem Raum, um die Tür leise hinter sich zu schließen.

»Götter«, sagte Serafine ungläubig, als die Schritte der Lanzenobristin nicht mehr zu hören waren. »Was warst du brutal zu ihr! Ich habe fast noch Mitleid mit ihr bekommen. Es wundert mich, dass sie es sich gefallen ließ.«

»Ich bat Asela darum, Miran unmissverständlich klarzumachen, dass sie ihr Kommando verlieren würde, wenn sie sich nicht gut mit mir stellte«, teilte ich ihr mit, als ich langsam zu meinem Schreibtisch zurückging und mich auf seine Kante setzte, um Serafine anzusehen.

»Ihr habt sie in die Falle laufen lassen«, stellte Stofisk fest. Es klang nicht sehr bewundernd.

»Habe ich nicht«, sagte ich und seufzte. »Sie gab sich Mühe. Eine neue Uniform, die Stiefel blank poliert ... sie wollte einen guten Eindruck machen.«

»Dann verstehe ich erst recht nicht, warum sie dich hofierte«, sagte Serafine verwundert.

»Tatsächlich tat sie es nicht«, teilte ich ihr müde mit. »Sie lächelte freundlich. Das war alles.«

»Aber sie gab es doch zu«, sagte Stofisk erstaunt.

»Weil sie nicht sicher war, ob sie es nicht doch tat«, teilte ich ihm mit. »Sie ist eine Adelige aus Aldane, es gehört zu ihr dazu. Ich habe Orikes zu ihr befragt ... sie hat schon mehrere Liebhaber gehabt, zweimal Untergebene.« Ich seufzte. »Auch Kelter zeigte sich nicht unempfänglich. All dies schadet ihrem Ruf. Doch sie ist eine der besten Soldaten, die ich jemals kennenlernte. Ich hoffe, dass sie jetzt versteht, dass sie es nicht nötig hat, sich zu verschenken, nur damit man sie anerkennt.«

»Woher willst du so viel über Aldanerinnen wissen?«, fragte mich Serafine skeptisch.

»Als du vorhin die Karten und Befehle für sie vorbereitet hast, habe ich Baron von Freise besucht, um ihm meine Wünsche zur Genesung auszusprechen«, erklärte ich ihr mit einem Lächeln. »Wir kamen ins Gespräch, und es stellte sich heraus, dass er Miran seit ihrer Kindheit kennt. Und ganz allgemein auf dem Gebiet der Seras ein Kenner ist.«

»Ist das so?«, fragte sie spitz.

»Ja«, antwortete ich kurz, während ich mich an eine Sera erinnerte, die ich wahrhaft geachtet hatte. »Ach, verflucht. Kommt mit. Wir gehen auf Rellin einen trinken.«

Asela und Balthasar

41 »Hier«, sagte Asela später. Es war schon dunkel, auch die Eule hatte eine Zeit gebraucht, ihre Vorbereitungen zu treffen. Wir befanden uns wieder im Kartenraum, Serafine war ebenfalls dabei, doch Desina fehlte. Dafür erhielten wir eine eindrucksvolle Zurschaustellung von Aselas Magie.

Die Linse an dem Gestell, das sie gerade führte, warf die Karte vergrößert auf die schräge Tafel über ihr. Das war hilfreich, auch wenn sie auf dem Kopf stand. Doch als Asela dies tat, formten sich die Linien auf der Karte zu Hügeln und Tälern, weiten Graslandschaften, Bäumen und Bächen, als ob wir durch die Augen eines Adlers blicken würden.

»Dieses Hochplateau. Es ist ideal für unsere Zwecke.«

»Könnt Ihr so auch den Feind ausspionieren?«, fragte ich sie, doch Asela schüttelte bedauernd den Kopf. »Die Karte repräsentiert das Land, über diese Verbindung kann ich genauer zeigen, was sich dort befindet, aber dies gilt nicht für alles, was sich schneller bewegt als ein Baum.«

»Und die sind bekanntlich nicht sehr schnell«, merkte Serafine an, und Asela lachte. »So ist es. Zurück zu diesem Plateau. Wie gesagt, es ist ideal. Ein Zugang, den man leicht zu einer Rampe ausbauen kann, die den Pferden nicht die Beine bricht, mit doppeltem Gespann sollte man sogar Handelswagen dort hinaufbekommen.«

Sie tat eine Handbewegung, und eine Linie breitete sich von Braunfels aus in einem flachen Bogen über die Karte aus. »Der Weltenstrom führt nur zwei Meilen entfernt an diesem Ort vorbei. Und das ...«, eine zweite Linie entstand, »... ist mit größter Wahrscheinlichkeit die Strecke, die Arkins Versorgungswagen nehmen. Denn mit schweren Handelswagen sucht man sich den besten Weg. Und das ist dieser.«

Sie schwenkte die Linse herum, sodass das Hochplateau besser zu sehen war. »Dürres Strauchwerk und kaum Bäume«, stellte sie dann fest. »Aber vielleicht lässt sich trotzdem Wasser finden.«

»Nein«, sagte Serafine mit Bestimmtheit. »Wasser gibt es dort nicht, es sei denn, du willst auf dreißig Mannslängen einen Brunnen bohren.«

Asela sah sie überrascht an, dann lächelte sie. »Ich vergaß, dass du eine Wasserhexe bist«, gestand sie dann. »Es ist schade … mit einem Brunnen wäre dies der ideale Ort für eine Festung.«

»Wir bringen Wasser durch das Tor«, erinnerte ich sie. »Wenn Ihr es fertigbringt, eines dort zu errichten.« Ich musterte das Bild auf der Tafel. Das Plateau war nicht ganz so flach wie dieser Kartentisch, aber flach genug. Es gab einige Risse durch den Stein, an den Kanten hatte der Wind den Stein abgetragen, es mochte nicht unmöglich sein, die steilen Wände zu erklimmen, aber leicht war es ganz sicher nicht. Belagerungsleitern hätten vielleicht helfen können, aber es war fraglich, ob Arkin das Holz dafür zusammenkratzen konnte. »Ganz ohne Mauern ist es schon eine Festung. Nur der Zugang bereitet mir Sorge, der Spalt dort, wenn der Stein dort wegbricht, verlieren wir die Rampe. Sagt mir, Asela, wie viele Wagen brauchen wir, um das Tor dorthin zu transportieren?«

»Es sind sechzehn Platten, jede von ihnen etwas über einen Schritt breit und hoch und fast einen halben Fuß dick. Mehr als zwei Platten kann man kaum in einen Wagen laden. Acht Wagen also. Mit schweren Gespannen. Sechs Ochsen, oder acht Pferde.«

»Ochsen«, entschied ich. »Sie sind genügsamer als Pferde. Mit dem anderen Material, Nahrung für uns und für die Tiere, dem Wasser … zwölf Wagen. Das ist ein ordentlicher Handelszug.«

»Er wird gesehen werden«, stellte Asela fest. Sie seufzte. »In Ordnung. Ich werde mich gleich an die Berechnungen machen, mit etwas Glück bin ich in drei Tagen fertig, die letzte Feinarbeit muss ich allerdings vor Ort durchführen.

Zwischenzeitlich muss ich auch noch ein Auge auf unsere Freunde halten.« Sie seufzte. »Wieder ein paar Tage ohne Schlaf.«

»Das bist du ja gewohnt«, lächelte Serafine. »Ich erinnere mich daran, wie du mit Askannon zusammen vier Tage lang nach einer Möglichkeit gesucht hast, wie ihr die Kanalisation in Gasalabad mit Wasser versorgen könnt, ohne dass es zu einer Versandung kommt. Da hast du auch kaum ein Auge zugetan. Als ihr zurückgekommen seid, hast du gesagt, dass es das erste Mal wäre, dass ihr zusammen keine Lösung hättet finden können.«

»Ich erinnere mich«, sagte Asela abgelenkt, während sie noch immer die Karte studierte. »Es war aber auch enttäuschend.«

»Ja, Balthasar«, sagte Serafine. »Obwohl du schon damals deinen Vater verraten hast, warst du stolz auf deine Arbeit.«

Asela erstarrte und richtete sich dann ganz langsam auf. »Verflucht«, meinte sie dann müde und sah mich fragend an. »Habt Ihr es ihr verraten?«

»Nein, das hat er nicht«, antwortete Serafine für mich. »Du warst es selbst. Ich kannte euch ja beide.« Tränen liefen ihr das Gesicht herab, doch ich bezweifelte, dass sie es bemerkte. »Ich habe nur eine Frage«, sagte sie gebrochen. »Nein, zwei. Wie? Und warum lässt Havald es zu, dass du uns schon wieder verrätst?«

»Ich bin kein Verräter«, sagte Asela mit belegter Stimme. »Nicht mehr. Und zu deiner ersten Frage … als Ser Roderik den Weltenstrom auf mich lenkte, zog Kolaron sich aus meinem Geist zurück. Er blieb das eine oder andere Mal schon zu lange in denen, die er kontrollierte und die dann starben, den Fehler wollte er wohl nicht wiederholen. Ich hatte einen Lidschlag lang Zeit, meinem Schicksal zu entrinnen, obwohl der Weltenstrom mich schon verbrannte, also versuchte ich den Weltenstrom nach Askir zu reiten … und fand mich dort als Geist wieder, während mein Körper noch im Weltenstrom gefangen war. Als Desina den Versuch vereitelte, das Tor im

Handelsrat zu öffnen und zudem Feltor besiegte, passte ich Asela ab, als sie von dort fliehen wollte. Ich zwang sie dazu, ihre geraubten Seelen abzustoßen und versuchte sie von Kolarons Einfluss zu befreien. Es gelang mir auch zum Teil, doch Kolarons Einfluss war zu stark. Aber in dem letzten Moment ihres Lebens wusste sie wieder, wer sie war, und konnte klar denken. Als sie sich daran erinnerte, was alles geschehen war, dann noch Feltors Tod ...«

Aselas Stimme brach, und sie brauchte einen Moment, um sich zu sammeln. »Sie wollte nicht mehr leben.«

»Erzähl weiter«, bat Serafine sie kühl.

»Wir wussten beide, dass, solange Kolaron noch Einfluss auf sie hatte, der Turm sie nicht passieren lassen würde. Sie ... ich ... ich löste ihre Seele von ihr, vielleicht ließ sie es auch einfach nur geschehen. Sie ging zu Soltar, von Kolaron und ihrer Last befreit, und ließ mir alles, was sie war, zurück. Danach ... danach gewährte der Turm mir Eintritt. Es gelang mir sogar, meinen Körper aus dem Weltenstrom zu holen, nur war er zu stark beschädigt und konnte kein Leben mehr tragen. Aber Asela ...« Wieder riss sie sich mühsam zusammen. »Das Schlimmste waren ihre Erinnerungen, die sie mir zurückgelassen hatte, an all das, was man ihr angetan hatte. Aber ich schwöre dir bei allen Göttern, dass sie mir in ihrem letzten Moment verzieh.« Asela lächelte schmerzlich. »Ich werde langsam zu ihr, Finna«, sagte sie dann leise. »Sie übernimmt mich ... manchmal vergesse ich, wer ich wahrhaftig bin. Zuerst war ich entschlossen, für sie an Kolaron Rache zu nehmen, doch Ser Roderik überzeugte mich davon, dass es da jemanden gibt, der meine Hilfe brauchen kann. Desina. Sie ist meine Tochter, Finna. Ich werde sie nie verraten, und ich bin meinem Eid wieder treu ... und Kolaron wird nie wieder Einfluss auf mich nehmen können.«

Serafine hatte sich das alles angehört.

»Weiß sie es? Desina?«

Asela schüttelte den Kopf. »Nein. Sie darf es auch nie erfahren, es würde alles zunichte machen.«

»Das geschieht, wenn man eine Lüge lebt«, sagte Serafine kühl.

»Es ist keine Lüge«, widersprach Asela mühsam. »Ich bin jetzt schon mehr sie als Balthasar.« Sie wischte sich erneut die Tränen ab. »Das ist die Wahrheit, Finna.«

»Was ist mit dir, Havald, glaubst du ihr die Geschichte?« fragte mich Serafine.

»Es hat mit Glauben nichts zu tun«, sagte ich bedächtig. »Ich weiß, dass es wahr ist. Und du weißt es auch. Du warst mit im Tempel, als sie vor Soltar trat. Sie hat uns nicht angelogen, sie sprach immer wieder davon, dass sie nicht Asela ist und dass deine Freundin gestorben wäre. Erst später gab sie es auf.«

»Als ich feststellte, dass es keine Bedeutung hatte. Asela ... sie gab mir dieses Geschenk. Sie ... sie wollte und konnte nicht mehr leben, als sie sich wieder an sich selbst erinnerte. Ich kenne ihre Erinnerungen und weiß warum. Sie gab mir einen neuen Anfang, den ich nicht verschwenden werde. Und Finna, du bist immer noch eine Freundin. Du warst es für sie ... und auch für Balthasar.«

»Du hast ihre Erinnerungen?«, fragte Serafine leise.

»Jede. Alle. Die, die sie wollte ... und ebenfalls die, die sie nicht ertragen konnte. Sie konnte nicht mehr damit leben, Finna. Aber es sind ihre Erinnerungen, die mich zu ihr formen«, sagte Asela mit einem wehmütigen Lächeln. »Es ist mir recht. Auf diese Art überlebt wenigstens ein Teil von ihr.«

»Santer sagte, er hätte deinen Geist gesehen«, erinnerte sich Serafine.

Asela lächelte mühsam. »Ja. Ich habe ihn tüchtig erschreckt. Wirst du mein Geheimnis wahren, Finna?«

»Der Nekromantenkaiser hat keinen Einfluss mehr auf dich?«, fragte Serafine.

»Nein. Er wird ihn auch nicht erlangen können. Ich weiß jetzt, wie ich mich und andere dagegen schützen kann.«

»Ich werde dich nicht verraten«, entschied Serafine mit

einem schmerzvollen Lächeln. »Dazu war Asela mir zu viel wert. Ob ich dir noch Freundin sein kann, muss ich mir erst überlegen.« Sie schaute zu mir hin. »Ich glaube nicht, dass ihr mich hier noch braucht«, meinte sie zu mir und wischte sich über ihre feuchten Augen. Ich nickte nur, und wir sahen zu, wie sie den Raum verließ und die Tür sanft hinter sich schloss.

Asela sah mich mit gequälten Augen an.

»Was für eine götterverfluchte Scheiße«, flüsterte sie.

Mir fiel nichts ein, was ich dazu noch sagen konnte.

Der Wagenzug

42 Am nächsten Morgen fand Marschall Hergrimm doch noch die Zeit, um uns eine Audienz zu gewähren. Er kam sogar zu uns in das Amtszimmer.

»Ich erfuhr soeben, dass Ihr es wart, der veranlasst hat, Kelters Legion abzuziehen«, schnaubte er wütend zur Begrüßung. »Und zudem Anweisung gegeben hat, dass alle Bürger Askirs sich aus den Grenzfesten zurückzuziehen haben! Seid Ihr denn vom Wahn befallen? Genauso gut können wir die Grenzfesten gleich ganz aufgeben!«

»Genau das tun wir, Marschall«, antwortete ich ihm ungerührt und wies auf einen Stuhl. »Bis auf Braunfels. Wollt Ihr Euch vielleicht setzen?«

»Nein«, knurrte er. »Das will ich nicht! Ich will wissen, welcher Dämon Euch geritten hat!«

Unwillkürlich dachte ich an Kayla … und schüttelte den Gedanken ganz schnell ab. »Uns liegen Beweise vor, dass Eure Grenztruppen nicht nur die Barbaren immer wieder zum Kampf angestachelt, sondern auch Wagenzüge und sogar Dörfer überfallen haben, sie brandschatzten und plünderten und es den Barbaren in die Schuhe schoben. Ihr habt beim letzten Kronrat darüber geklagt, wie wenig Unterstützung die Ostmark von dem Rest des Reichs erfährt, und gedroht, Euch abzuspalten. Tatsächlich aber ergab die Prüfung schon einiger weniger Bücher, dass der größte Teil des Golds niemals bei den Truppen ankam. Ihr und Euresgleichen habt euch seit Jahrhunderten daran bereichert und diesen endlosen Krieg mit den Barbaren geschürt, anstatt Frieden zu suchen.«

Mit jedem meiner Worte wurde sein Gesicht röter.

»Ich sollte Euch für diese Unterstellung fordern«, rief er erbost.

»Gerne«, sagte ich und stand auf. »Jetzt gleich?«

Hastig trat er einen Schritt zurück. »Ihr habt keine Beweise«, versuchte er es.

»Doch, die haben wir«, teilte ich ihm mit. »Genug, um die Hälfte von euch in den Kerker zu bringen. Aber es ist die Mühe nicht wert. Wir können die Ostmark nicht halten. Der Feind hat fünf volle Legionen, zehntausend ausgebildete Soldaten mehr, als ihr angeblich besitzt. Der Feind kann sich aussuchen, wo er angreifen wird, aber Ihr müsst versuchen, jede einzelne Stadt zu verteidigen … und das Land um sie herum. Das kann Euch nicht gelingen. Wir ziehen unsere Truppen an die Grenzen von Aldane zurück und werden uns dort befestigen, das Gelände dort ist leichter zu verteidigen.«

»Und was macht Ihr, wenn wir uns mit dem Feind vereinen?«, fragte er erzürnt. Eine Drohung, die er schon einmal ausgesprochen hatte.

»Die Hälfte Eurer Soldaten, die angeblich Sold beziehen, existiert nur auf irgendwelchen Listen. Eure tapferen Grenzreiter sind nichts anderes als Räuberbanden. Wenn Ihr Eure Städte schutzlos zurücklassen wollt, kommt Ihr vielleicht auf zwanzigtausend Mann. Nur zu. Schließt Euch dem Feind an. Vielleicht macht er bei Euch eine Ausnahme und fällt Euch nicht gleich bei erster Gelegenheit in den Rücken.«

Er holte tief Luft und ließ sie langsam wieder aus. Wie einer dieser Fische, die sich zuerst aufpumpen und dann ganz klein werden.

»Was ist mit unserer Bevölkerung?«, fragte er gepresst. »Der allergrößte Teil von ihnen ist schuldlos an dem Ganzen.«

»Ja. Ihr habt als Marschall einen Eid geschworen, sie zu beschützen. Das solltet Ihr auch tun.« Ich sah ihm direkt in die Augen. »Wir haben überlegt, Euch den Prozess zu machen, entschieden aber dagegen, auch weil in den Staatsverträgen die Grundlage dafür fehlt. Ihr habt also immer noch die Möglichkeit, Euch dem Feind zu stellen, zu zeigen, dass Eure Truppen tatsächlich kämpfen können. Es braucht Entschlossenheit und Mut, Ihr müsst bereit sein, auch das Unangenehme zu wagen, und einen Teil der Ostmark aufgeben, um den Rest zu schützen. Tut dies, rottet in der Ostmark den Klüngel aus, der sich an diesem endlosen Krieg bereichert hat und leistet Euren Teil! Ihr werdet das Land mit Euren Toten düngen müssen, aber wenn Ihr lange genug kämpft, kommt Euch vielleicht doch eine Legion zu Hilfe. Doch versprechen werde ich Euch das nicht.«

»Ihr könnt das doch nicht so einfach tun!«, protestierte Hergrimm.

»Wir tun kaum etwas«, erinnerte ich ihn. »Wir ziehen fünf Lanzen grüner Rekruten ab, die Ihr, nach Euren eigenen Worten, sowieso nicht braucht, und raten allen Bürgern des Reiches, sich in die Grenzen Aldanes zurückzuziehen. Nichts sonst hat sich geändert. Ihr werdet auch weiterhin Unterstützung von den anderen Reichen erhalten. Ihr habt das Gold und vielleicht noch einige Wochen Zeit, nutzt beides, rekrutiert, wo Ihr könnt, und beweist, dass Ihr tatsächlich kämpfen könnt.«

Ich schaute ihn fragend an.

»Wolltet Ihr sonst noch etwas von mir?«

»Ich gehe damit zur Kaiserin ... nein, zu Eurem verfluchten Handelsrat!«, drohte er.

»Tut dies«, sagte ich höflich. »Wenn wir hier ansonsten fertig sind, schließt bitte hinter Euch die Tür.«

Einen Moment stand er da und schaute mich wütend an.

»Das werdet Ihr bereuen«, drohte er.

»Mag sein«, sagte ich … und wies zur Tür.

Er warf sie so heftig zu, dass ich fürchtete, sie würde aus den Angeln fallen, es ließ sogar die Karten flattern.

»War das klug?«, fragte Serafine.

»Wahrscheinlich nicht«, gestand ich ihr. »Aber ich sehe keine andere Möglichkeit. Sie müssen sich selbst helfen … sie wurden ja lange genug dafür bezahlt. Wenn unser Plan Erfolg hat, wird er es leichter haben. Aber dieser Betrug und das Schlachten in der Ostmark müssen ein Ende finden.«

»Der Handelsrat wird Euch dafür Ärger machen«, meinte Stofisk. »Es gibt auch in Askir genügend, die an dem Krieg verdienen.«

»Dann sollen sie damit glücklich werden«, knurrte ich. »Bald haben wir genügend Krieg für alle.«

Es klopfte an der Tür, Serafine stand auf, nahm von der Feder das Meldebrett entgegen, warf einen Blick auf die Nachricht und seufzte.

»Das wird dir nicht gefallen«, meinte sie. »Nachricht aus Illian. Drei der Feindlegionen sind zurückgekehrt. Sie haben ihre alten Positionen nicht erneut bezogen, vielmehr lagern sie südlich der Stadt, sie haben wohl noch immer ordentlich Respekt vor Byrwylde. Die Greifenreiter berichten zudem davon, dass eine große Flotte in Melbaas angelegt hat, es wären so viele Schiffe, dass sie vor der Stadt ankern müssen, während sie darauf warten, dass sie ihre Ladung löschen können. Offenbar hat der Nekromantenkaiser doch vor, die Truppen dort zu verstärken. Wir haben keinen Sieg errungen«, stellte sie betreten fest. »Höchstens einen Aufschub.«

Ich nahm das Brett von ihr entgegen und warf einen Blick darauf.

»Wir wussten, dass dieser eine Angriff nicht reichen konnte, um den Feind zurückzuschlagen. Es war zu erwarten.«

»Ja«, sagte Serafine. »Doch es wäre schön gewesen.«

»Der Nekromantenkaiser hat in den letzten Wochen zweieinhalb seiner Legionen verloren und zwei seiner Kriegsfürsten, und mit ihnen einen Sohn und eine Tochter. Es ist schmerzhaft für ihn geworden«, versuchte ich, sie aufzumuntern.

»Mag sein«, nickte sie. »Ich bezweifle, dass er sie wie ein Vater liebte. Dennoch, es wird ihn anspornen, es auch für uns schmerzhaft zu gestalten.«

Trotz aller Mühen, die sich Orikes und seine Federn mit den Vorbereitungen gegeben hatten, dauerte es doch bin zum Mittag des nächsten Tages, bis wir aufbrechen konnten, vor allem, da es notwendig war, für ein paar Kerzenlängen die anderen Tore nicht zu bedienen. Es war schon schwierig genug, die schweren Wagen durch das Tor zu bekommen, die Horde muhender Ochsen stellte dann auch die letzte Geduld auf die Probe.

Bevor das Tor nach Illian geschlossen wurde, kamen noch Blix und Grenski von dort zurück. Er begrüßte uns und salutierte, um dann die Herde Ochsen zu bestaunen, die sich bis zur Kornstraße hinauf stauten.

»Die fünfte Lanze ist schon in Braunfels«, teilt er mir mit. »Sie sind direkt von Illian aus dorthin gegangen.« Er seufzte. »Ich weiß nicht, ob ich mir die Zeiten zurückwünschen sollte, zu denen man noch wochenlang marschieren musste. Wenigstens wusste man damals, wo man sich am nächsten Tag befinden würde.«

»Seid Ihr schon einmal in der Ostmark gewesen?«, fragte ich ihn, während Serafine auf ihrer Liste überprüfte, ob auch alles dafür bereit war, durch das Tor zu gehen, und wir nichts vergessen hatten. Sie besaß für so etwas ein gutes Auge.

»Ja«, sagte er. »Als Lanzenfähnrich, noch unter Miran.« Er schüttelte ungläubig den Kopf. »Und jetzt habt Ihr ihr das Kommando über die Zweite übertragen? Ist sie dafür tatsächlich die beste Wahl?«

»Sie erscheint mir fähig.«

»Nun, fähig ist sie, keine Frage«, sagte Blix, doch offenbar wollte er das Gespräch hier nicht vertiefen.

Letztlich dauerte es fast eine Glocke, bis auch wir so weit waren, durch das Tor nach Braunfels zu reisen.

Irgendwie hatte ich erwartet, die Feste verändert vorzufinden, aber davon war nicht viel zu bemerken. Kelter war, unter Protest, bereits abgezogen, er hatte sich schriftlich bei mir darüber beschwert, dass ich ihm erst Hoffnungen gemacht hätte, um ihn dann abzulösen. Ich schrieb ihm, dass er seine Legion zurückerhalten würde … im Moment musste ihm das reichen.

Hergrimms Blutreiter gab es noch, und sie erschienen mir, jetzt, da ein Großteil der Legionäre bereits abgezogen war, eher noch unleidlicher.

Ein Major der Reiterei passte mich auf dem Platz vor dem Torgebäude ab, als wir zuschauten, wie die Wagenführer ihre Gespanne anschirrten.

»Wollt Ihr mir vielleicht erklären, was hier geschieht?«, fragte er ungehalten und musterte misstrauisch Blixens fünfte Lanze, die sich daran machte aufzusatteln. Etwa dreißig seiner Soldaten waren Veteranen von der Schlacht vor Lassahndaar, und es war irgendwie erheiternd, sie dabei zu beobachten, wie sie ihren Kameraden Ratschläge gaben, wie sie in die Sattel kommen konnten … mehr als einmal wurde ein Kran vorgeschlagen. Diesmal hatte Kasale darauf geachtet, uns Soldaten zu schicken, die angegeben hatten, zumindest einmal schon auf einem Pferd gesessen zu haben.

»Wir sind die berittene Infanterie«, hatte Blix schmunzelnd festgestellt …

»Ser!«, erinnerte mich der Major der Grenzreiter daran, dass er immer noch hier stand. »Ich warte auf eine Antwort.«

Ich blinzelte zu ihm hinauf, er hatte es nicht für nötig befunden abzusitzen. »Nein«, teilte ich ihm mit. »Es geht nur die Legion etwas an.«

Ganz zum Schluss kam Asela durch das Tor. Sie sah müde aus. »Ich werde mich nachher in einen der Wagen legen und etwas schlafen«, teilte sie mir mit, während sie Serafine mit einem Nicken begrüßte.

Serafine nickte wortlos zurück.

Etwas später stand ein anderer Major vor mir.

»Ich bin Stabsmajor Sirus, Kommandeur der Grenzreiter hier in Braunfels«, stellte er sich mir vor. Wenigstens saß er nicht auf einem Pferd.

»Lanzengeneral von Thurgau, zweite Legion.«

Er blinzelte. Ich trug wieder meine geschwärzte Rüstung, mit einem neuen Brust- und Schulterteil, Rangabzeichen konnte er darauf vergeblich suchen. Die, auf die es ankam, wussten, wer ich war.

»Darf ich fragen, was Ihr dort tut?«, fragte er und wies auf das Torgebäude, wo eben ein Trupp schwitzender Soldaten eine schwere Steinplatte auf hölzernen Rollen in Richtung eines wartenden Wagens schob; ein Kran wartete bereits darauf, die Last aufzunehmen.

»Wir bauen das Tor ab.«

»Das kann ich nicht zulassen«, sagte er steif. »Das Tor ist die einzige Verbindung nach Askir!«

»Es ist schon getan. Ihr seid auch nicht abgeschnitten.« Wenigstens noch nicht, dachte ich. »Es gibt noch immer die Straßen.«

»Ich werde mich bei Marschall Hergrimm beschweren«, teilte er mir steif mit. »Dieses Tor war lebenswichtig für die Feste … es ist sträflich leichtsinnig, es abzubauen.«

»Es ist kaiserliches Eigentum, und wir brauchen es an anderer Stelle.«

»Und wo?«

Ich sah ihn nur an. Er hielt meinem Blick einen Moment lang stand und seufzte dann, um einen Blick auf Blixens Lanze zu werfen.

»Nun, ich kann Euch wohl nicht daran hindern«, meinte er und salutierte. »Ich hoffe, Ihr wisst, was Ihr da tut.«

Er drehte sich auf dem Absatz um und ging davon.

»Sirus ist einer von den Guten«, hörte ich einen Moment

später eine bekannte Stimme hinter mir. Ich drehte mich um und sah mich drei grinsenden Gesichtern gegenüber, Bannersergeantin Lannis, Eldred und Mahea.

»Ist er das?«, fragte ich die Bannersergeantin, nachdem ich den Salut erwidert hatte.

»Ja. Er ist ein Schreibtischreiter. Und recht ernsthaft. Nur fehlt es ihm an Erfahrung für ein Kommando, er bekommt die Hälfte von dem, was hier geschieht, erst gar nicht mit«, erklärte Lannis. »Ich glaube, er war auch der einzige der Grenzreiter, der froh darüber war, dass er Kelter unterstellt wurde. Jetzt, da Kelter abgezogen ist ...« Sie zuckte mit den Schultern. »Ich glaube, er fühlt sich etwas verloren. Oder er ahnt, dass es hier bald hässlich werden wird. Götter«, stieß sie aus, als sie Asela in ihrer Robe sah. »Ist das die Kaiserin?«

»Die Kaiserin hat rote Haare«, erklärte Eldred. »Das ist Asela. Sie allein ist in einem Kampf eine volle Lanze wert, oder vielleicht zwei.« Er runzelte die Stirn. »Oder vielleicht auch drei. Ich mag sie nicht, sie lächelt selten und scheint mir wie ein kalter Fisch, aber ich fühle mich sicherer, wenn sie dabei ist.«

»Ich habe sie kennengelernt, als ich in Askir war«, meinte Mahea dazu. »So kalt finde ich sie nicht. Nur sehr in sich zurückgezogen. Ist sie tatsächlich drei Lanzen wert, Lanzengeneral?«, fragte sie mich.

Ich erinnerte mich an die Schlacht am Hügel, als sie von glühender Magie getragen über uns schwebte und ihre Blitze in die gegnerische Lanze schickte.

»Ja. Das ist sie«, sagte ich und winkte Blix heran, damit er seine neuesten Soldaten kennenlernen konnte, denn alle drei hatten den Antrag gestellt, der zweiten Legion beizutreten.

Ganz zuletzt wurden noch zwei schwere, stabile Kisten in einen Wagen geladen, sie enthielten das Gold, in Barren geschmolzen, das dem Tor die Grenze gab. Über all dem war es Abend geworden, dennoch entschlossen wir uns, so bald als möglich aufzubrechen.

Später, als wir durch das Tor ritten, das uns von grimmig dreinschauenden Grenzreitern geöffnet wurde, winkte ich Mahea heran.

»Ich hoffe, Ihr habt Euren Bruder erreichen können.«

Sie nickte. »Er wird versuchen, entweder noch heute Nacht oder spätestens am Morgen zu uns zu stoßen.«

Es war ein langer Zug, der sich durch das Tor in Richtung Steppe wälzte. Zweihundert berittene Soldaten, dreißig weitere Pferde als Ersatz, insgesamt jetzt doch achtzehn Wagen, darunter ein Schmiedewagen mit Fahrer, Schmied und zwei Gesellen, weitere Zugtiere, um auch Ochsen auswechseln zu können, Wagenführer und Viehtreiber, dann noch Asela, Zokora, Varosch, Ragnar, Serafine und ich. Ragnar war mitgekommen, weil er, wie er sagte, die Ostmark nie gesehen hatte und dies nachholen wollte, solange es sie noch gab. Ich traute ihm zu, dass er das sogar ernst meinte, aber ich war froh, ihn bei uns zu haben, egal, welchen Grund er vorgab.

Es war ein kleines Dorf auf Rädern.

Wir fuhren weiter bis Mitternacht, mit Varosch, Zokora oder auch Mahea, die für uns spähten, und schlugen dann unser Lager auf, weit genug von Braunfels entfernt, sodass man die Lichter der Feste nicht mehr sehen konnte.

Als wir uns später am Lagerfeuer das Essen wärmten, fragte ich Asela, ob sich bei Arkin etwas ergeben hatte.

»Er weiß davon, dass wir die fünfte Legion abgezogen haben«, erklärte sie mir leise, darauf achtend, dass wir nicht belauscht wurden. Außer von Zokora natürlich, die bei uns am Feuer saß. »Wahrscheinlich wusste er es schon vor Kelter. Er denkt, dass wir die drohende Gefahr riechen und uns zurückgezogen haben … und er hat vor, zu prüfen, wie gut die Grenzfesten jetzt noch verteidigt sind. Er hat Wallstadt dazu ausgewählt. Einer der größeren Stämme ist bereits aufgebrochen, um sie anzugehen, ich denke, in acht bis zehn Tagen werden sie die Feste erreichen.«

»Wie viele Menschen leben dort?«, fragte ich Asela.

»Knapp zweitausend, dazu kommen etwa tausend Grenzreiter, die dort stationiert sind. Die Raubgruppe, die Arkin auf Wallstadt angesetzt hat, sind nicht mehr als fünfhundert Mann. Der Angriff ist nicht ernst gemeint, ist nur eine Probe. Diesen Angriff zumindest sollten sie noch zurückschlagen können.« Sie gähnte und schüttete den Rest ihres Abendessens in die Büsche. »Ich suche mir in einem Wagen einen Platz zum Schlafen«, teilte sie mir mit. »So langsam hilft mir auch die Meditation nicht weiter.«

Sie stand auf. Ich sah ihr nach, dann bemerkte ich, dass Serafine sie ebenfalls mit ihrem Blick verfolgte.

»Hast du ihr immer noch nicht vergeben?«, fragte ich sie.

Sie schüttelte den Kopf. »Das ist es nicht«, sagte sie leise. »Es ist mir unheimlich. Ich sehe Asela dort gehen, und doch weiß ich, dass sie schon lange tot ist. Daran muss ich mich erst gewöhnen.« Sie seufzte. »Ich hätte so viele Fragen an sie … und auch an Balthasar, aber dazu müsste ich zu ihr hingehen, nicht wahr?«

»Wahrscheinlich schon«, lächelte ich.

Sie sah noch einmal zu Asela hin, die gerade in einen der Wagen stieg, und schüttelte dann den Kopf. »Heute nicht. Aber vielleicht morgen.«

Der nächste Morgen brachte trübes Wetter und später Regen, sodass die schweren Wagen nur langsam vorankamen. Es war nicht mehr so kühl wie das letzte Mal, als ich durch dieses Land ritt, aber durchnässt im Sattel zu sitzen, wurde dadurch nicht angenehmer. Es war freilich weitaus besser, wie Grenski bemerkte, als im Regen zu marschieren. »Wenigstens ist uns bis jetzt noch niemand aus dem Sattel gefallen«, merkte sie an. »Aber das wird bestimmt irgendwann geschehen.«

Ma'tar stieß am Mittag zu uns. Er ritt ein struppiges Pferd mit Sattel, aber ohne Hufeisen, war glatt rasiert, hatte sein Haar zu einem ordentlichen, wenn auch nassen Zopf zusammengebunden und trug eine Lederrüstung. Er löste einiges Erstaunen bei denen aus, die sich einen der gefürchteten Barbaren anders vorgestellt hatten.

Ebenfalls bei Ragnar.

»Du bist ein Barbar?«, fragte er ungläubig, als Ma'tar erst seine Schwester begrüßte und sich dann mit seinem Pferd zu uns gesellte.

Ma'tar musterte Ragnar, der zusätzlich zu seiner Rüstung noch ein Bärenfell als Umhang trug, und nickte. »Ja. Sieht man das nicht?«

Es verwunderte mich nicht, dass die beiden sich auf Anhieb verstanden.

Erst am Abend, als wir wieder unser Lager aufschlugen, konnte ich mit Ma'tar in Ruhe sprechen. Er hörte mir still zu und lehnte sich dann, als ich fertig war, nachdenklich zurück.

»Du willst unseren Stamm in diesem Wettkampf vertreten. Und wenn du verlierst, werden wir uns einem anderen Stamm anschließen müssen?«

Ich nickte. »Wobei es ähnlich ablaufen wird, wie bei uns beiden. Bis jetzt hat sich noch kein Stamm einem anderen angeschlossen, obwohl es schon einige Verlierer gegeben hat. Ich glaube, sie warten darauf, wer als Letzter steht und den Tarn dann als seinen Preis erhält. Nur wissen wir mittlerweile, dass es niemand von euch sein wird, sondern der Verschlinger, der sich die Haut des Siegers angezogen hat.«

Er nickte langsam.

»Also kann es dir geschehen, dass du gegen den Verschlinger kämpfen musst.« Direkt zur Spitze des Speers, anders kannte ich es ja nicht von ihm.

»Es wäre möglich«, gestand ich. »Aber ich werde Warnung erhalten, bevor das geschieht.«

»Und dann?«

»Gebe ich mich kampflos geschlagen. Bis dahin hoffe ich, dass der andere Teil des Plans Wirkung zeigt.«

»Der Verschlinger wird dich erkennen.«

Ich nickte.

»Ich werde mich mit Großvater beraten. Er wird einen Geistervogel zu Mahea schicken, sie wird dir unsere Antwort geben.«

Er stand auf, pfiff nach seinem Pferd, das trottete heran, er zog sich in den Sattel, nickte mir noch einmal zu und ritt in die Nacht davon.

Asela verbrachte die meiste Zeit des nächsten Tages mit Schlafen; sie hatte es wohl nötig. Ich sah sie nur einmal kurz, als es einige Aufregung gab, weil eine Wyvern gesichtet wurde, die über uns ihre Kreise zog. Einige schossen mit Armbrüsten auf sie, doch sie kam nicht nahe genug. Auch Varoschs Blick folgte ihr, aber selbst für den ungewöhnlichen Adepten Borons war der Schuss zu weit.

»Jetzt wissen sie, dass ein großer Wagenzug unterwegs ist«, stellte Serafine fest, während sie ihre Augen mit der Hand beschattete, um den Flug der Wyvern zu verfolgen. Zwei Wagen weiter streckte Asela den Kopf aus dem Wagenverdeck heraus, die Rufe und der Lärm hatten sie wohl geweckt, sie sah sich um und gähnte unverhohlen, blickte dann verschlafen blinzelnd zu der Wyvern hoch, streckte einen Finger in ihre Richtung aus und krabbelte in den Wagen zurück, um das Verdeck wieder hinter sich zuzuziehen. Kaum jemand dürfte es mitbekommen haben, da die meisten hoch zum Himmel starrten.

Wir sahen schweigend zu, wie die Wyvern samt Reiter wie ein Stein vom Himmel stürzte, dann kratzte sich Ragnar am Hinterkopf.

»Ich bin froh, dass mein Weib das nicht kann«, meinte er mit einem Blick zu Aselas Wagen. »Ich lebe ja auch so schon in Furcht vor ihr.« Als er dorthin eilen wollte, wo die Wyvern aufgeschlagen war, hielt ich ihn zurück.

»Wie lange hast du Esire jetzt schon nicht mehr gesehen?«

»Zu lange«, meinte er betrübt. »Deshalb scheue ich mich ja auch, ihr unter die Augen zu treten, sie wird erbost darüber sein.«

»Es hinauszuzögern, ergibt nicht viel Sinn.«

»Ja«, sagte er betreten. »Das weiß ich.«

Der Wyvernreiter, ein junger Ser von kaum mehr als fünfzehn Jahren, hatte den Aufprall überlebt, nur war sein Rücken zerschmettert und seine Lunge von den eigenen Rippen durchbohrt. Er konnte kaum mehr reden, stieß stattdessen rote Blasen aus und sah uns ängstlich an. Zokora ritt vorbei, zügelte ihr Pferd, sah auf ihn herab, glitt wortlos aus dem Sattel, um ihm den Gnadenstoß zu geben, und ritt zum Wagenzug zurück.

Mit Wagen zu reisen, stellte ich fest, hatte seine Vorteile. Die Torplatten mochten schwer sein, aber sie nahmen nicht viel Raum ein. Wenn man einmal nicht reiten wollte, oder einem allgemein der Sinn danach stand, träge durch die Welt geschaukelt zu werden, fand sich in diesen Wagen Platz dafür. Asela hatte sich in ihrem Wagen fast schon gemütlich eingerichtet. Nachdem sie nach fast zwei Tagen Schlaf wieder aufgewacht war, bot es sich an, sie dort zu besuchen. An einem schönen Tag wie diesem konnte man die Stangen aus ihren Verankerungen lösen und das Verdeck entfernen und sich die Sonne auf den Bauch scheinen lassen. Genau das taten wir dann auch ab und an.

Asela schien das Gespräch nicht zu suchen, sie saß oft da, den Rücken an die Ladewand gelehnt, und starrte über das weite Land hinaus, aber sie hatte wohl nichts dagegen, wenn man ihr Gesellschaft leistete.

Es hatte bis zum vierten Tag gebraucht, bis Serafine sich zu ihr gesellte. Am Anfang schienen sie sich nicht viel zu sagen zu haben, jedes Mal, wenn ich an dem Wagen vorüberritt, saßen sie nur da und schwiegen, aber als ich an diesem Abend mein Pferd am Wagen festband und mich zu ihnen gesellte, fand ich sie tief ins Gespräch versunken vor.

Am Morgen war Asela bei dem Schmied gewesen und hatte sich zwei dünne Eisenstangen geben lassen, jetzt sah ich auch, wofür sie diese gebraucht hatte. Sie hatte das Eisen mit bloßen Händen zu dünnen Bändern und zu zwei Ringen geformt und das Ganze in einen Dreifuß aufgehängt, zwei der Füße in den Spalt zwischen den beiden Torplatten eingehängt. Der obere Ring hielt nun eine Teekanne aus Ton, im kleineren darunter war ein Stück Kohle eingefasst, das rauchlos glühte … und sosehr der Wagen auch schaukelte, aus dieser Kanne entfloh kein Tropfen. Sie schien selbst dann nicht leer zu werden, wenn die Eule großzügig den Tee ausschenkte.

Als ich ihr meine Bewunderung für die Konstruktion ausdrückte, lachte Asela. »Ihr müsst mal im Zeughaus schauen, ob sich dort die Reisewagen meines Vaters noch finden lassen. Das, Ser Roderik, waren wundersame Konstruktionen, mit klaren Fenstern, einem Ofen, der nicht rauchte und keine Kohlen brauchte, einer Wand voller Bücher, bequemen Sesseln und anderen Dingen, die einem auf der Reise gefallen können. Der größte dieser Wagen war fast so groß wie ein Schiff, und als er fertiggestellt war und Vater mit ihm auf Reisen gehen wollte, stellte er fest, dass er zu breit geraten war, um praktikabel zu sein. Götter, was war das für ein Ungetüm … es brauchte sechzehn Pferde, um ihn zu ziehen, einen sehr geschickten Kutscher und vier, die auf den Zugpferden ritten … Ich glaube, Vater hat ihn nur ein einziges Mal benutzt.«

»Ich habe Euch selten über den Kaiser sprechen hören«, sagte ich zu ihr, als ich mich neben Serafine setzte und erleichtert meine Beine ausstreckte; den ganzen Tag im Sattel zu verbringen, hinterließ doch seine Spuren.

»Balthasar war ein paar Jahrzehnte älter als Asela«, teilte sie mir mit. »Dass Asela die Enkelin des Kaisers war, war ein Geheimnis. Nun gut, dass ich sein Sohn war, wurde nicht mit Glocken verkündet, aber es war auch kein Geheimnis, jeder, der es herausfinden wollte, konnte dies tun. Auch die Eulen wussten es, und Vater verbrachte viel Zeit im Eulenturm … und mit mir. Asela erfuhr nie, dass er ihr Großvater war, zumindest nicht, bevor Kolaron sie auch damit quälte.« Für einen Moment verlor sie sich in Gedanken, dann sprach sie weiter. »Balthasar hatte hundertmal mehr Erinnerungen an den Kaiser als sie. Obwohl der Kaiser sich stets bemühte, freundlich zu Asela zu sein und mitunter unauffällig ihre

Nähe suchte, war ihr Verhältnis zu ihm nicht mit dem zu vergleichen, das Balthasar zu ihm hatte.« Sie sah zu Serafine hin und lächelte ein wenig wehmütig. »Es ist eine Erleichterung, über ihn sprechen zu können und keine Angst zu haben, dass ich mich verraten könnte, weil die Erinnerungen sich vermischen.«

»Warum hat der Kaiser seine Beziehung zu Asela geheim gehalten?«, fragte ich sie, während mir Serafine eine Tasse Tee reichte. Er war heiß, herb und ungesüßt und kam mir genau richtig.

»Könnt Ihr es Euch nicht denken?«, fragte Asela. »Um sie zu schützen. Meine Mutter, ihre Großmutter, wurde vor meinen Augen ermordet, als ich neun Jahre alt war. Die Mörder trugen die Rüstungen von Nachtfalken …« Sie tat eine Geste zu Serafines Rüstung hin und verzog etwas das Gesicht. »Euch so gerüstet zu sehen, ruft keine guten Erinnerungen zurück.«

»Das tut mir leid …«, begann Serafine, aber Asela wischte es mit einer Handbewegung zur Seite. »Wir fanden nie heraus, wer es war. Talisan, der damals den Nachtfalken vorstand, untersuchte den Vorfall gründlich.«

»Tarides Vater?«, fragte ich nach.

Asela nickte.

»Vaters ältester Freund. Sie begegneten einander, als mein Vater kaum zehn Jahre alt war und gerade sein Talent zur Magie entdeckte. Er bildete ihn aus, doch es war schon bald ersichtlich, dass Vaters Talent sich von anderen Talenten unterschied, und bald konnte sogar Talisan ihm nicht mehr viel lehren. Wenn es einen gab, dem Vater rückhaltlos vertraute, dann war es sein Freund Talisan, und als dieser ihm berichtete, dass keiner der Nachtfalken der Täter wäre, war das so. Wer sie waren, warum sie meine Mutter töteten …« Sie zuckte müde mit den Schultern. »Wir fanden es nie heraus. Ich hatte mich versteckt, als die Mörder kamen, und ich sah nicht alles. Als Vater mir am nächsten Tag unter Tränen erzählte, dass auch meine kleine Schwester tot wäre, glaubte ich ihm. Tatsächlich aber hatte er sie zu den Schwestern der

Astarte gebracht ... also wusste ich lange nicht, dass Asela meine Nichte war. Von dem Moment an ließ Vater mich nicht mehr aus den Augen. Die ersten Formen der Magie, die er mich lehrte, dienten zur Verteidigung, zur Vermeidung der Entdeckung und zur Flucht.« Sie schüttelte ungläubig den Kopf. »Die meisten Zauber, die er mich lehrte, waren im vierten oder fünften Zirkel zu finden, damals noch viel zu hoch für mich, aber er bestand darauf, bis ich sie im Schlaf beherrschte ... und er ließ mich sie jahrelang täglich üben, bis sie zu einem Reflex geworden waren, über den ich nicht nachzudenken brauchte. Erst als ich selbst den sechsten Zirkel erreichte, ließ das etwas nach. Ich empfand es damals als Bevormundung, und wir gerieten oft aneinander ... heute verstehe ich, dass er auch mich nur schützen wollte.«

»Wurde der Mord an Eurer Mutter von Kolaron veranlasst?«, fragte ich.

Sie schüttelte den Kopf. »Nein. Ich fragte ihn sogar danach, er brüstete sich damit, doch er kannte nur die Geschichte, die Vater verkünden ließ, zwei Einzelheiten, die nur der Auftraggeber dieser Mordgesellen wissen konnte, waren ihm unbekannt. Später wusste er davon und brüstete sich erneut damit, meine Mutter getötet zu haben, aber ich weiß, dass er dieses Wissen von mir stahl. Er war es nicht.« Sie tat eine hilflose Geste. »Meine Mutter war Astarte versprochen gewesen, als mein Vater sie kennenlernte, es gab reichlich Unwillen darüber, dass der Kaiser sich über die Göttin stellte und sie ehelichen wollte ... Mein Vater hatte auch andere Feinde, aber er war nicht verletzlich, es hatte Attentate auf ihn gegeben, doch diese schlugen alle fehl. Vielleicht rächte sich einer seiner Feinde auf diese Weise ... und kam damit davon.«

»Könnt Ihr Euch tatsächlich unsichtbar machen?«, fragte ich sie neugierig, und sie lachte. »Ja. Aber dieser Zauber ist einer der schwierigsten, die es überhaupt gibt ... Vater forschte jahrelang an ihm und meinte dann, er wäre nutzlos, es brauchte eine Weile, bis er mir erlaubte, den Zauber zu erlernen, oder, wie er sagte, meine Zeit darauf zu verschwenden. Ihr müsst Euch diesen Zauber so vorstellen, als ob Ihr mit Hunderttausenden von Armen gleichzeitig eine unendliche Anzahl von Bällen fangen müsst, die von einer Seite kommen und auf die andere Seite gebracht werden müssen, von allen Seiten zugleich. Und seid Ihr erfolgreich darin, stürzt Ihr in ein schwarzes Loch und wisst weder, wo oben noch wo unten ist und könnt Euch nicht bewegen. Wie er sagte, ein enormer Aufwand … und letztlich unnütz. Aber unendlich faszinierend, wenn man ihn als Grundlage zu Forschungen sah. Und gut dafür, Präzision im Umgang mit der Magie zu erlernen.«

»Eines verstehe ich nicht«, fragte ich sie. »Ihr wart auf der Insel Thalak, um zu versuchen, ob sich das dunkle Talent nicht von den Seelen trennen lässt, ohne den Träger dabei zu töten. Dabei seid Ihr in Kolorons Fänge geraten?«

Ihr Gesicht verdüsterte sich, aber sie nickte. »Kolaron war ein ungebildeter Wilder, er besaß Talent, aber er war zu undiszipliniert, um einen großen Willen zu entwickeln. Gegen den Fluch der Nekromantie schützt Willenskraft, das wisst Ihr doch?«

»Ich habe es vermutet«, sagte ich. »Aber ganz verstehe ich es nicht.«

»Wenn ein Seelenreiter nach Euch greift, dann braucht Ihr nichts anderes zu tun, als Euch geistig dagegenzustemmen, Nein zu sagen, wenn Ihr so wollt. Deshalb sind Seelenreiter oftmals gut in Täuschung, sie gaukeln ihren Opfern etwas vor, das sie dazu bringt, sich nicht dagegenzustemmen.«

»Wie soll das gehen?«, fragte Serafine neugierig.

»Nun, man könnte einer jungen Sera vorschlagen, sie unwiderstehlich zu machen. Sie bräuchte dazu nur den Geist zu öffnen …«

»Oh«, meinte Serafine, und Asela lachte. »Eitelkeit. Es gibt einen Grund, warum die Götter es als Sünde sehen. Andere Seelenreiter foltern ihre Opfer, bis sie keinen Willen mehr haben zu leben. Es erfüllt den gleichen Zweck … Wieder andere«, sie schluckte, »so wie ich … verfügen über einen starken Willen, der in meinem Fall noch ausgebildet war. Das Talent zur Nekromantie war nicht meines, Kolaron hat es mir gegeben, aber als ich es noch besaß, war es für mich leichter, eine Seele zu rauben, als einen Blinden beim Wechselgeld zu betrügen. Kolaron hätte mich nie bezwingen können. Nicht er, nicht Hunderte von seiner Art, sein Wille war zu schwach dazu. Aber als ich damals auf die Insel kam, überraschte er mich mit einem Ansturm, der mächtiger war als alles, was ich bis dahin je erlebte ... und es hatten sich schon oft Nekromanten an mir versucht ... ich jagte sie ja.«

»Ist es König Rogamon?«, fragte Serafine.

Asela nickte. »Ja. Und nein. Seht, Kolaron ist in gewisser Weise diesem Verschlinger ähnlich. Ein gewöhnlicher Seelenreiter wird sich sein Opfer nach dem Talent aussuchen, das er haben will, sich die Seele einverleiben und dann darauf erpicht sein, nur dieses Talent zu nutzen und alles andere wegzusperren.« Sie verzog das Gesicht zu einem gequälten Lächeln. »Es ist unangenehm, wenn du eine Stimme in deinem Kopf hast, die sich darüber beschwert, dass du sie eben ermordet hast ... also nimmt man sich nur den Teil, den man braucht ... und sperrt den Rest weg. Tatsächlich wäre es nicht nötig, die Seelen zu rauben. Ich fand eine Methode, ein Talent von dem Rest zu trennen ... so wollte ich ja die Verfluchten von ihrem Fluch erlösen.«

»Du bist imstande, Nekromantie zu heilen?«, fragte Serafine ehrfürchtig.

Asela nickte nur.

»Aber bei Kolaron gelang es Euch nicht?«, wollte ich wissen.

»Bei Kolaron ist es so, dass er auch an anderen Dingen Interesse hat, nicht nur an dem Talent. Kolaron ist zum größten Teil Rogamon, aber noch von Eigenschaften ergänzt, die ihm an seinen Opfern gefielen. An Kolaron schätzte er wohl dessen Verführungskünste und Gier nach den Seras. An Orinstor dessen Fleiß und Wissensdurst, der Kerl verdiente den Tod, aber er war fleißig.« Sie seufzte. »Das macht es ja so schwer, Kolaron zu fassen. Er ist ein Flickenteppich aus seinen eigenen Opfern, erfindet sich mit jedem seiner Opfer neu, und doch bleibt ein Kern, der ihn bestimmt. Er ist ein Ungeheuer, ohne Zweifel, aber er ist auch außergewöhnlich. Bei ihm wüsste ich nicht, wo ich ansetzen müsste. Bringt mir ein Kind, das das Talent besitzt, es aber nicht verwendet hat, und ich befreie es sanft von diesem Fluch, ohne ihm zu schaden. Bei Kolaron … ich müsste ihm tausendmal ein Talent entreißen und wäre seinem Kern noch immer nicht nahe gekommen.«

»Wie war es möglich, dass Ihr seine Kreatur wurdet und doch Einlass in den Eulenturm gefunden habt?«, fragte ich jetzt nach. »Ich dachte, die Magie des Turms schützt davor … sie war es doch, die Asela hinderte. Wieso Euch nicht?«

»Es gibt eine einfache Erklärung. Kolaron war schlau. Er ließ es mich vergessen, und ich war damals auch kein Nekromant. In den ersten Jahren bebte er noch vor Furcht davor, Vater könnte ihn aufspüren, er beschränkte sich darauf, zu lernen und Dinge herauszufinden, ohne dass ich wusste, dass er mich ritt. Kurzum, ich brach meinen Eid nicht, verging mich nicht an Unschuldigen und glaubte mich selbst loyal. Also ließ der Turm mich ein. Der Zauber, den ich auf die Stücke des Tarn gelegt habe, gleicht dem Zwang, den Kolaron auf mich legte … nur verwende ich Magie, bei ihm ist es Talent.« Sie seufzte. »So blieb es über Jahrzehnte. Bis Vater Elsine kennenlernte. Elsine war alles, was Vater in einer Sera suchte. Auch wenn ihre Magie anders gelagert ist, war sie ihm an Macht ebenbürtig. Das Erbe der Alten ist stark in ihr, und sie besaß das Talent, sich in einen Drachen zu verwandeln, ein Vorgang, der meinen Vater unendlich faszinierte. Bis zum Schluss glaubte er daran, dass man es auch mit Magie erreichen könnte … ich weiß nicht, ob es ihm je gelang. Sie wurde von ihrem Volk als Göttin verehrt, und man kann sich darüber streiten, ob sie es nun war oder nicht, es ist nicht von Belang. Bei der Macht, die die beiden besaßen, war es müßig, darüber zu spekulieren.« Asela seufzte. »Ich wollte sie nicht mögen, als Vater sie nach Askir brachte. Es war für jeden eine Überraschung, keiner wusste davon, dass er eine neue Liebe gefunden hatte, er hielt auch das jahrelang geheim. Plötzlich war sie da und sollte meine Mutter ersetzen. Kindisch zwar, aber ich nahm es ihr übel und mochte sie von Anfang an nicht. Aber sie ließ mir keine Wahl.«

Asela sah zu mir hinüber. »Ihr habt sie nicht kennengelernt. Die Kaiserin Elsine, die ich kennenlernte, und die, der Ihr begegnet seid, haben nicht mehr viel miteinander gemein. Sie hatte etwas Kindliches, Leichtes, etwas Freies, das nicht nur Vater faszinierte. Sie war wie ein Sommerwind. Es war nicht möglich, sie nicht zu mögen oder gar zu lieben. Sie veränderte meinen Vater. Es war nur eine Kleinigkeit ... sie brachte ihn zum Lachen. Bevor er sie nach Askir brachte, war mir nicht aufgefallen, wie selten Vater lachte. War sie in seiner Nähe, schien er immerzu zu lächeln. Bei den beiden hatte Astarte nicht nur ihr Horn über sie ausgeschüttet, sondern es ihnen noch rechts und links über die Ohren gezogen. In der Öffentlichkeit hielten sie sich zurück, doch wenn sie Zeit füreinander fanden ...« Asela schüttelte den Kopf und lachte leise. »Es war unerträglich, wie verliebt die beiden ineinander waren. Jetzt bedenkt, dass bei diesen beiden die Gefahr bestand, dass, wenn sie für den anderen einen Stern vom Himmel holen wollten, sie das wahrscheinlich auch vermocht hätten. Sie spielten mit der Magie wie Kinder, die einander Murmeln schenkten. Ich mochte sie am Anfang nicht ... aber zum Schluss liebte ich sie. Was jetzt noch von ihr übrig ist, ist der kleinste Teil von ihr. All das, was sie auszeichnete, ihre Großherzigkeit, die Leichtigkeit, die Freude an den kleinen Dingen ... all das hat Kolaron ihr ausgebrannt. Sie war stärker als Asela, vor allem, nachdem es ihr gelang, sich in den Drachen zu verwandeln ... diese Form enthält einen Funken Göttlichkeit. Genau das, wonach Kolaron gierte. Sie verwehrte sich ihm über die Jahrhunderte, hielt ihm stand. Aber was es sie gekostet hat, sieht man jetzt, vor allem, wenn man sie früher kannte.« Sie seufzte erneut. »Bei allem Unheil, das

Kolaron in die Welt getragen hat, sind es immer die Seras, die am meisten unter ihm leiden. Es gab noch andere, die unter ihm litten, aber Asela und Elsine … ich glaube, sie sind seine größten Opfer.«

»Götter«, sagte Serafine leise und wischte sich die Feuchtigkeit aus den Augen. »Ich bin froh, dass wir wieder miteinander reden können, aber nicht darüber … es macht mich schwermütig, dabei hatte ich vorhin noch eine solch gute Laune. Wie kannst du nur mit diesen Erinnerungen leben?«

»Gar nicht«, gab Asela Antwort und bemühte sich um ein aufmunterndes Lächeln. »Ich habe die schönen herausgesucht, und die schlechten habe ich so tief weggesperrt, dass sie mich nicht mehr berühren. Es brauchte eine Weile, bis es mir gelang, aber wie ich schon sagte, Asela gab mir ein neues Leben, und ich will es nicht verschwenden.«

Ich räusperte mich. »Darf ich Euch etwas anderes fragen?«

»Solange es nicht um Kolaron geht, ja«, meinte Serafine an ihrer Stelle. »Von dem habe ich erst mal genug.«

»Nein«, schmunzelte ich. »Um ihn geht es nicht. Ich wollte fragen, warum Ihr uns begleitet? Ihr hättet doch in Askir bleiben können … Ihr könnt Euch doch selbst ein Tor öffnen, warum mit uns reisen?«

»Ganz so einfach ist es nicht«, sagte Asela und zog ihre Knie heran, um die Arme um sie zu legen. »Ich muss euch ja erst finden. Und so leicht ist es nicht, ein Tor zu öffnen, vor allem zu einem Ort, an dem ich vorher noch nie war, oder zu dem es kaum Karten gibt.« Sie lächelte. »Kein unlösbares Problem … aber ich habe es mir gespart. Zum einen tue ich es Ser Roderik nach und genehmige mir einen Urlaub von meinen Pflichten. Zum anderen wollte ich mit dir Frieden schließen, Serafine, was nicht geht, wenn du hier bist und ich in Askir. Doch der hauptsächliche Grund ist der, dass ich Arkin und auch dem Verschlinger über die Schultern sehen kann. Wie soll ich Euch warnen, wenn von dort Gefahr droht, Ihr aber hier seid und ich in Askir bin?« Als Asela diesmal lächelte, offenbarte es ihre ganze Schönheit. »Das Einzige, was diesem Verschlinger schaden kann, ist Magie. Desina mag deinen Lanzengeneral, Finna, und will ihn nicht verlieren. Deshalb bin ich hier.« Ihr Lächeln wurde härter. »Dieser Verschlinger mag eine Legende sein, aber er hat es auch noch nie mit jemandem wie mir zu tun bekommen.«

»Du denkst, du kannst ihn besiegen?«, fragte Serafine hoffnungsvoll.

»Ich weiß es«, sagte Asela überzeugt. »Mein Talent, Balthasars, stand nur meinem Vater nach. An reiner Macht ist Elsine größer als ich, aber sie versteht die Magie nicht, sie verschwendet sie aus ihrem Willen heraus. Doch ich wurde von meinem Vater ausgebildet und brauche, um manches zu erreichen, dafür nicht einen Bruchteil dessen, was sie aufbringen müsste. Aselas Talent war fast so groß wie das meine ... sie besaß nur etwas weniger Disziplin. Jetzt ist es mit meinem Talent verschmolzen, und im Zusammenschluss entstand etwas, das größer als die Summe der einzelnen Bestandteile ist. Der Verschlinger mag einzigartig sein, aber auch so etwas wie mich hat es noch nie zuvor gegeben.«

»Aleyte sagte mir, dass dieses legendäre Biest lebende Magie wäre«, warnte ich sie. »Also kein Ungeheuer aus Haut und Knochen und großen Zähnen ... es wäre wandelbar, und es würde sich von Magie ernähren. Er sprach davon, dass, hätte Kaiserin Elsine ihn noch mehr bedrängt, dieses Ungeheuer seiner Kontrolle entglitten wäre ... und er zweifelte nicht daran, dass dieser Teil von ihm auch die Kaiserin hätte besiegen können.«

»Ich wage, daran zu zweifeln«, sagte Asela ruhig.

»Wenn Ihr so mächtig seid, warum geht Ihr nicht einfach hin und begrabt die feindlichen Legionen in einem Meer von Blitzen?«, fragte ich.

»Mein Vater zog einst einen Stern vom Himmel und warf ihn auf eine Armee. Dort gibt es jetzt einen großen See«, sagte sie ungerührt. »Es ist also möglich. Aber Magie fordert ihren Preis. Man muss sie von irgendwoher nehmen. Gebt mir eine feindliche Armee und einen Gewittersturm, dann fragt mich anschließend noch einmal, was man mit Blitzen anrichten kann. Aber wenn ich, so wie Königin Leandra, selbst einen Gewittersturm heraufbeschwöre, verändere ich viel mehr, als Ihr sehen und erfassen könnt. Es mag sein, dass sie damit an einer Stelle Trockenheit auslöste … und an anderer Stelle Überflutung. Es bringt den Weltenstrom zum Schwingen, er gleicht aus, was wir an Magie wirken. Abgesehen davon ist Magie nicht einfach. Stellt Euch vor, Ihr steht auf der Spitze eines Schwerts über einem Abgrund und Ihr müsst mit Bällen jonglieren, während man mit Pfeilen auf Euch schießt.« Sie lachte leise. »Glaubt mir, wenn Ihr Euch mitten in einem Kampf befindet, tut Ihr besser daran, Euch auf kleine Magie zu beschränken. Unter den richtigen Umständen kann ich Euch den Gefallen tun und eine ganze Feindlegion für Euch braten. Meistens jedoch gibt es genügend Gründe, die dagegen sprechen. Sogar wenn es aussieht, als ob man den Kampf verlieren würde.«

Sie lehnte sich zurück und trank einen Schluck des Tees. »Seid froh darum, dass Magie nicht die Antwort auf alles ist. Wenn es so wäre, dann wäre es Kolaron, der mit Sternen nach uns wirft, aber er unterliegt den gleichen Regeln und Beschränkungen wie wir. Vater sagte früher, dass, je größer die Macht wird, über die man verfügt, man sie umso weniger nutzen kann. Unendliche Macht zu besitzen, würde einen nur entwaffnen.«

»Für was ist dann Eure Macht nutze?«, fragte ich.

»Stellt Euch vor, ihr besäßet den größten Tribock, der jemals erbaut wurde, keine Festungswand hält Euch stand, aber Ihr habt Hunger und wollt einen Hasen jagen.«

»Ja«, nickte ich weise. »Das dürfte schwierig werden.«

»Selbst wenn Ihr trefft, bleibt von dem armen Häslein nicht genug, das Ihr essen könntet«, lächelte die Eule. »Auf die Wahl der Waffe kommt es an. Ich werde die richtige für den Verschlinger finden. Vergesst nicht, ich beobachte ihn. Ich lerne ihn, sehe, was er tut … und wie. Er wird nicht gegen mich bestehen.«

»Wie wäre es«, sagte Serafine säuerlich, »wenn wir uns über das Kuchenbacken unterhalten würden?«

Woraufhin mir ein Rezept für Honigküchlein einfiel ... ich dachte, dass es jetzt besser wäre, mich zurückzuziehen. Was ich dann auch tat.

Am Abend desselben Tages kam Mahea zu mir. Ihr Großvater hatte ihr einen Adlergeist geschickt, um mir meine Antwort zu geben, Ma'tar, sein Großvater und fünfzehn auserwählte Krieger würden sich mit mir treffen und mir folgen, um zu bestätigen, dass ich für den Stamm kämpfte. Der Rest von Ma'tars Stamm aber, das forderte er im Gegenzug, würde sich nach Aldane aufmachen, ich sollte ihm versprechen, dort einen Platz für sie zu finden.

Offenbar war auch er nicht davon überzeugt, dass man den Verschlinger besiegen konnte. Ich stimmte zu und sprach zudem mit Asela, die sich regelmäßig mit Desina austauschte, und konnte so versprechen, dass wir in Aldane Land für Ma'tars Stamm finden würden. Es war ein kleiner erster Schritt, aber auch mit kleinen Schritten beginnt man einen Weg.

Die Reise ging weiter. Wir sahen nur einmal noch eine Wyvern, aber diese hielt sich so weit entfernt, dass selbst Asela nicht mit ihrem Finger auf sie deuten konnte. Ein Tag reihte sich an den nächsten, und wir bekamen keine Menschenseele zu sehen. Nur von den langbeinigen Steppenhasen gab es reichlich.

Es war eine seltsam friedliche Zeit, auch wenn Blix und Grenski erbarmungslos darin waren, die Legionäre für den Kampf zu üben. Oder sie auf die Pferde und wieder von ihnen hinunterspringen zu lassen, bis die armen Tiere ganz wirr davon wurden.

Dennoch fand sich Zeit, am Lagerfeuer Geschichten zu lauschen und die Legionäre der fünften Lanze besser kennenzulernen. Einmal brach die Achse eines Wagens, und ich nahm zum ersten Mal seit Jahrzehnten wieder Säge und

Hobel in die Hand, um aus einem Balken eine neue Achse zu formen; es gab mir ein überraschendes Gefühl der Zufriedenheit, zu sehen, wie der Wagen auf meiner Achse weiterrollte.

Serafine und Asela schienen in der Zeit an der Hüfte miteinander zu verwachsen, man sah sie kaum noch getrennt, und Aselas Wagen verwandelte sich immer mehr zu einem rollenden Ort, an dem man Gespräche führen und sich entspannen konnte, auch wenn die Eule es tunlichst vermied, Kolaron oder den Verschlinger noch einmal zu erwähnen.

Dass sich die Weltenscheibe dennoch weiterdrehte, erfuhr ich von Asela am Abend des neunten Tags unserer Reise.

»Kriegsfürst Arkin hat den Verschlinger nach Wallstadt entsandt«, teilte sie mir grimmig mit. »Er schlüpfte in die Haut des Kommandeurs, tat, als würde er mit den Barbaren verhandeln, und befahl dann, das Tor der Feste zu öffnen und die Waffen niederzulegen. Die Barbaren erschlugen jeden, bis auf eine Handvoll Seras, die die Barbaren dann dazu zwangen, mit ihnen zu gehen. Sie töteten auch den letzten Hund und legten überall Flammen an; jetzt ist Wallstadt nur noch eine rauchende Ruine. Es hat begonnen, Ser Roderik«, schloss die Eule müde und seufzte. »Und so schnell wird es kein Ende finden.«

Das Plateau

43 Über Asela erfuhr ich, das Miran sich mit großem Ehrgeiz daran machte, die drei Teillegionen zu einer Einheit zu verschweißen, und nun ungeduldig mit den Hufen scharrte, da wir unsere Zeit bereits überzogen hatten.

Wir hatten den Aufwand schlicht unterschätzt, zudem hatte es zweimal geregnet, was uns gut und gerne einen Tag zusätzlich gekostet hatte. Ursprünglich hatten wir fünf Tage für die Reise angesetzt und zwei für den Aufbau des Tors, doch erst am Mittag des zehnten Tages sahen wir in der Entfernung das Hochplateau vor uns liegen.

»Wenigstens haben wir uns nicht verirrt«, meinte Blix erleichtert.

Da Asela mit uns reiste und die Richtung vorgab, hatte ich diese Gefahr als eher gering geschätzt.

Unser Ziel in der Entfernung zu sehen und es dann zu erreichen, waren zweierlei Ding, es brauchte noch einen weiteren Tag, bis wir die Rampe erreichten. Asela, Serafine, Blix und ich waren vorgeritten und sahen uns nun diesen Felsbruch zweifelnd an. Als Asela uns die Stelle im Kartenraum gezeigt hatte, mochte es noch möglich gewesen sein, diese zerklüfteten Felsen als Rampe zu sehen, doch jetzt, aus der Nähe …

»Nun weiß ich wenigstens, weshalb Ihr meine Lanze dabeihaben wolltet«, meinte Blix und schob seinen Helm in den Nacken, um den Felsbruch bis hinauf zum Rand des Plateaus hin zu begutachten. »Ihr sagtet ja, dass Ihr Ochsen zum Ziehen verwenden wolltet, doch jetzt befürchte ich, dass Ihr Bullen auf zwei Beinen meintet.«

»Es ist etwas steiler, als ich dachte«, gab die Eule zu und saß von ihrem Pferd ab. »Aber nichts, was wir nicht schaffen können.« Sie warf uns ein schnelles Lächeln zu. »Doch der Weltenstrom führt mit einem Strang von Erdmagie in der Nähe vorbei, das wird mir die Arbeit deutlich erleichtern. Schade, dass es hier kein Wasser gibt, sonst könnten wir mit Graustein glätten.«

Ich sah Serafine fragend an.

»Ein künstlicher Stein, aus Wasser, Sand, Asche und anderem gemischt«, erklärte sie. »Man kann das Gemisch gießen, und es erhärtet dann zu Stein. Auch die Mauern von Illian sind daraus gemacht.«

»Also ließ er nicht diese riesigen Blöcke durch die Luft schweben?«, fragte ich sie, und Asela, die das wohl noch gehört hatte, lachte schallend.

»Es würde ihn erstaunt den Kopf schütteln lassen, zu hören, dass Ihr ihm das zutraut«, lachte sie. Allein der Gedanke schien sie maßlos zu erheitern. »Habt Ihr nicht gesehen, wie groß manche dieser Blöcke sind? Sie wurden an dem Ort gegossen, wo sie heute noch liegen. Es war dennoch eine Leistung, die all sein Können und oft seine Magie erforderte … aber durch die Luft geflogen sind diese Steine nie.«

Irgendwie erleichterte mich das.

»Zudem sind die meisten dieser Blöcke hohl«, fuhr sie vergnügt fort.

Dass diese Mauern, die ich für so unbezwingbar gehalten hatte, hohl sein sollten, begeisterte mich nicht.

»Sie wurden mit Sand gefüllt, um die Wucht eines Aufpralls zu dämpfen, und mit Stahl verstrebt, um sogar etwas zu federn.«

Vielleicht sollte ich den Festungsbau einfach denen überlassen, die sich darauf verstanden.

Zunächst kletterte Asela diese »Rampe« mehrfach hoch und herunter, hüpfte wie eine Katze über Spalten in dem Stein, und einmal schwebte sie auch eine steile Wand entlang, um sich einen Riss genauer anzusehen.

»Sie ist mir unheimlich«, meinte Blix dazu, während in der Ferne die Wagen näher kamen. »Es sieht so selbstverständlich bei ihr aus.«

»Sie ist eine Eule«, antwortete Serafine nebenbei. »Für sie ist es selbstverständlich.«

»Nur, was macht sie da?«

»Was jeder Baumeister tut … sie sondiert den Grund.«

»So«, sagte die Eule, als sie etwas später zu uns zurückkehrte. Sie klopfte ihre Hände ab, als wären sie dreckig, obwohl sie den Stein nicht einmal berührt hatte. »Ich bin fast fertig.«

Blix und ich sahen uns gegenseitig zweifelnd an, es hatte sich an dem Felsbruch nichts verändert. Asela lachte, als sie den Blick bemerkte.

»Ich habe Bänder der Magie gelegt und vorbereitet«, meinte sie vergnügt. »Tretet zurück, ich will nicht, dass ein Stein herunterfällt und uns erschlägt.«

Folgsam traten wir zurück.

»Und jetzt?«, fragte ich.

Asela lachte und hob eine Hand … und vor unseren ungläubigen Augen schien sich der gesamte Bruch zu bewegen. Steine platzten ab und fielen herunter, an anderen Stellen stieg Staub auf, als der Stein sich miteinander rieb, Spalten schlossen sich, als sie den Fels zurechtrückte, an anderer Stelle hob und formte sich der Stein, wo er sich nicht senkte. So viel von diesem rötlichen, feinen Staub stieg auf, dass er sich wie eine Wolke über die Rampe erhob und uns die Sicht versperrte … nur unter unseren Füßen bebte der Boden noch nach.

Als sich der Staub senkte, stand die Rampe da. Breit und gerade, wie von einem Steinmetz aus dem Fels gehauen, nur hier und da gab es noch kleine Risse.

Asela stand da, die Hände auf den Hüften, und beschaute sich mit offensichtlichem Stolz ihr Werk. In diesem einen Moment erschien sie mir glücklich.

Der Rest des Tages verging damit, die schweren Wagen diese steile Rampe hinaufzuziehen. Es war beschwerlich, und Blix sollte recht behalten, wir setzten auch die Bullen ein, deren Fluchen fast lauter war als das Muhen der Ochsen. Einmal riss ein Seil, der Wagen löste sich, rollte zurück, während die Ochsen laut vor Angst brüllten, doch Asela tat eine Geste, als ob sie sich mit der Hand gegen den Wagen stemmen würde.

Es war, als ob der schwere Wagen gegen eine unsichtbare Mauer laufen würde. Während die Ochsen noch immer angstvoll muhten, standen alle nur da und schauten Asela bewundernd an.

»Es wäre nett«, keuchte sie, die Anstrengung in ihrem Gesicht jetzt deutlich sichtbar, »wenn jemand auf die Idee käme, einen Stein vor die Räder zu legen und ein neues Seil anzubringen!«

Sie war es auch, die über der Rampe ein paar leuchtende Steine in die Luft hängte, sodass wir die Nacht durcharbeiten konnten, doch es dauerte noch fast bis zum nächsten Mittag, bis wir alle Wagen oben hatten.

Das war der zwölfte Tag, fünf Tage mehr, als wir veranschlagt hatten. Und noch stand das Tor nicht.

Dafür rief mich Blix zu sich. Er stand auf einem Hügel, und als ich mich zu ihm an den südlichen Rand des Plateaus gesellte, reichte er sein Sehrohr wortlos an mich weiter und wies in die Ferne.

»Es ist ein Nachschubzug«, teilte ich den anderen kurz darauf mit. Irgendjemand hatte in der Zwischenzeit ein großes Zelt aufgestellt und sogar einen Tisch und ein paar Stühle aufgetrieben, dort hatten wir uns versammelt und hielten Kriegsrat. »Fast vierzig große Handelswagen, ähnlich den unsrigen, so wie die Ochsen kämpfen müssen, auch schwer beladen. Bewacht werden sie von hundert Mann Reiterei, zwei Tenet mit je hundert Mann Infanterie und etwa dreihundert Barbarenkriegern, die sich wohl dem Zug auf dem Weg zur Festung der Titanen angeschlossen haben.«

»Wissen sie, dass wir hier sind?«, fragte Ragnar.

Lanzenmajor Blix schüttelte den Kopf. »Ich wüsste nicht wie. Wir sahen sie nur mit unseren Sehrohren. Selbst wenn sie ebenfalls Sehrohre besitzen würden, hätten sie nicht viel mehr als ein paar dürre Sträucher sehen können.«

»Nun«, sagte Serafine. »Wenigstens wissen wir, dass wir am richtigen Ort sind. Nur etwas zu spät. Wie lange brauchst du noch für das Tor, Asela?«

»Das lässt sich nur schwer sagen. Es kann sein, dass ich es auf Anhieb öffnen kann, oder es braucht ein bis zwei Tage, bis ich es justiert und eingestellt habe«, antwortete die Eule. »Das lässt sich auch nicht beschleunigen, es braucht so lange, wie es braucht.«

»Der Zug bewegt sich weg von uns, in ein, zwei Tagen ist er außerhalb unserer Reichweite«, stellte Serafine fest. »Und so schnell bekommen wir die Legion auch nicht durch das Tor.«

»Es ist eine große Menge Nachschub«, meinte Ragnar. »Wenn der Nachschub die Festung der Titanen erreicht, ist es vielleicht genug, um die Feindlegionen kampfbereit zu machen.«

»Es sind vierzig Wagen, Ragnar«, sagte Serafine mit einem Lächeln. »Für zwanzigtausend Mann braucht man mehr als das. Dennoch, du hast recht, es wäre besser, wenn wir diesen Nachschub auch schon aufhalten könnten.«

»Sie werden am Abend lagern«, stellte Zokora fest. »Das Gelände ist zu unwegsam, um nachts zu fahren.«

Blix schaute zu mir hinüber. »Wenn wir den Wagenzug angreifen, dann heute Nacht. Es ist die einzige Gelegenheit.«

»Gegen eine dreifache Übermacht?«, fragte Serafine.

»Seitdem die fünfte Lanze in diesen Krieg gezogen ist, haben wir beständig nur in der Unterzahl gekämpft«, meinte Blix. »Tatsächlich ist das Verhältnis hier schon fast zu unserem Vorteil. Auch wenn ich manchmal das Gefühl erhalte, als würden wir diesen Krieg allein bestreiten. Es kommt darauf an, wie sie ihr Lager errichten. Ist es offen genug, können wir im Galopp hineinreiten, absitzen und formieren und dann den Feind auf unsere Schilde nehmen.«

»Hineinreiten und absitzen?«, fragte ich, und Blix nickte grimmig.

»Eine Taktik, die Grenski und ich uns überlegt haben. Wir sind keine Reiterei, nicht für den Kampf zu Pferd ausgebildet. Aber zu Fuß, auf dem Boden, sind wird ungeschlagen. Also verbinden wir es, die Beweglichkeit der Pferde mit unserem Vorteil. Hineinreiten, absitzen, die Pferde davonjagen, formieren und die Schilder hoch. Der Rest ergibt sich dann von selbst.«

»Zumindest hört es sich einfach an«, sagte Ragnar und kratzte sich am Kopf. »Was bedeutet, dass es nicht einfach ist. Aber es erklärt auch, warum du deine Leute ständig in den und aus dem Sattel gescheucht hast.«

»Gut«, sagte ich. »Wir reiten hin und schauen uns die Sache an. Zokora?«

Sie nickte. »Ich werde mit Varosch zusammen das Lager erkunden, danach wissen wir mehr.«

»Serafine, du bleibst hier bei Asela, hilf ihr, wenn es irgendwie möglich ist, und Asela ...«

»Ich kümmere mich um das Tor«, sagte die Eule. »Ich kann auch mitkommen, aber ...«

»Dann verlieren wir noch mehr Zeit, die wir nicht haben.« Sie nickte, Serafine auch, aber sie schaute nicht besonders zufrieden drein.

Ich war gerade dabei, mein Pferd zu satteln und die Ausrüstung zu überprüfen, als einer der Soldaten zu mir eilte. »Ser! Es wurden neue Truppen gesichtet! Ihr sollt so schnell wie möglich zu dem Aussichtspunkt kommen.«

Diesmal war es Serafine, die mir schweigend das Sehrohr gab, Blix stand daneben und kaute auf seiner Unterlippe. Aber es hätte des Sehrohrs nicht bedurft.

Sie folgten dem Weg, den die Nachschubkolonne genommen hatte, und wahrscheinlich würden sie diese noch vor dem Abend erreichen. Grob schätzte ich sie auf etwa achthundert Barbaren, die sich auf sechs verschieden große Gruppen aufteilten. Sie waren sich wohl nicht besonders wohlgesonnen, denn sie hielten Abstand voneinander. Weitere Stämme, die Arkins Aufforderung zum Wettkampf folgten. Ich wusste von Mahea, dass sich die Stämme der Kor durchaus nicht so einig waren, wie es uns manchmal erschien, und dass diese Kriegsbanden Abstand voneinander hielten, war auch nicht verwunderlich, sie wussten, dass ihre Anführer sich bald in einem Kreis gegenüberstehen würden. Aber selbst ein Kind konnte sich ausrechnen, dass sie nicht untätig zusehen würden, wenn Blixens Lanze den Nachschubzug angriff.

»Wir vergessen das«, entschied ich. Blix nickte. »Es wird Grenski freuen«, sagte er dann. »Sie wollte heute Nacht eine

Übung abhalten, und es kam ihr ungelegen, dass unser geplanter Angriff ihr die Überraschung verdarb.«

»Dann richtet Ihr meine Grüße aus«, sagte ich zu Blix. »Ich hoffe, sie kann es genießen.«

»Oh, das wird sie«, grinste Blix, als er salutierte und sich abwandte. »Es gibt kaum etwas, das sie mehr mag, als mitten in der Nacht müde Legionäre aus dem Bett zu treten.«

Das glaubte ich ihm gern. Sergeant Anders hatte einen gewissen Lanzensoldat Lenar auch mit offensichtlichem Vergnügen aus dem Bett getreten.

Ich zog mein Sehrohr wieder aus und schaute dorthin, wo in der Ferne die Wagenkolonne gerade noch zu sehen war.

»Götter«, fluchte ich. »Warum hat das alles nur so lange gedauert? Wenn wir uns an unsere Zeiten hätten halten können …«

»Wenn, wäre und hätte gewinnt uns keinen Krieg, Havald«, sagte Serafine hart und streckte die Hand nach ihrem Sehrohr aus. »Diese Kolonne kommt noch zu der Festung der Titanen durch. Aber es wird die letzte sein. Dafür wird Miran sorgen.« Sie sah sich auf dem ausgetrockneten und steinigen Plateau um. »Schon bald wird das hier ein Dorn in Arkins Flanke sein, den er nicht ignorieren kann. Er wird etwas dagegen tun müssen. Sorgen wir dafür, dass er tüchtig blutet.«

Als es dunkel wurde, ging ich dorthin, wo leuchtende Steine eine Stelle inmitten des Plateaus in ein helles Licht tauchten, es schien unwirklich für mich, als ob dort drei Sonnen schweben würden, die alles, was sie beleuchteten, in scharfe Schatten tauchten.

»Braucht dies nicht zu viel von Eurer Kraft?«, fragte ich Asela und wies auf die faustgroßen Steine, die über ihr schwebten.

»Nein. Es ist ein kleiner Trick, in Askir könnt Ihr Leuchtsteine auf dem Markt kaufen. Sie halten nur ein paar Tage, aber es ist nichts Besonderes. Selbst mit einem kleinen Talent bekommt man das hin«, antwortete sie, ohne von ihrer Arbeit aufzusehen. Sie hatte eine ebene Stelle für das Tor ausgewählt, das Land dort mit ihrer Magie geglättet und mit feinem Sand aufgefüllt. Zu ihren Füßen knieten vier kräftige Legionäre, vor der ersten von sechzehn Platten. Dort legte sie eben einen großen Winkel an, der gut drei Schritt hoch und sechs Schritt lang war, und klappte einen kleinen Arm aus, von dem an einem dünnen Faden vor einer Skala ein Lot herabhing.

»Dort hinten etwas unterfüttern«, wies sie einen der Soldaten an, der stemmte sich gegen einen Hebel, während ein anderer mit seinen Händen Sand unter die Platte schaufelte ... und ließ dann die Platte wieder langsam ab. Asela musterte das Lot, nickte zufrieden und legte den großen Winkel zur Seite, um aus ihrem Packen ein ellenlanges Stück Holz mit einer Rille darin zu holen, das sie mitten auf die Platte legte.

»Darf ich fragen was Ihr da tut?«, fragte ich, als sie aus einer silbernen Offiziersflasche Wasser in die Rille goss.

»Das Holz ist gefettet«, erklärte sie. »Sodass sich das Wasser in der Rille wölbt und nicht über den Rand tritt, so kann ich ... ah ja.« Sie sah auf zu mir und schmunzelte. »Ich bringe nur die Platte ins Lot.«

»Warum fangt Ihr mit der zentralen Platte an? Ich hätte gedacht, dass von der Ecke aus ...«

»Wir gleichen die anderen Platten dieser an. Von der Mitte aus sind es nur zwei Platten, die anliegen müssen, von einer Ecke aus sind es drei. Die Strecke ist geringer, und wir müssen weniger ausgleichen.«

Sie gab den Legionären ein Zeichen, und sie gingen zur Seite hin, um die nächste Platte über runde Hölzer an die erste Platte heranzurollen. Sie wischte eine Haarsträhne aus dem Gesicht und sah halb entnervt, halb erheitert zu mir hoch. »Wir können uns gerne ein anderes Mal über Messwerkzeuge unterhalten, aber lasst mich jetzt meine Arbeit tun.«

Mittlerweile waren mehr Zelte errichtet worden, jetzt, da auch die anderen Wagen ausgeladen waren, nahm das Lager auf dem Plateau Gestalt an. Viel wichtiger aber war, dass Serafine und ich ein eigenes Zelt besaßen. Als ich die Plane am Eingang zurückschob, fand ich sie vor unserer Bettstatt auf dem Boden knien, während sie einen Helm aus einer Kiste hob.

»Ist er das?«, fragte ich sie, und sie nickte.

»Hier.« Sie reichte mir den Helm. Ich nahm ihn entgegen und bewunderte die feine Arbeit. Er war ähnlich gebaut wie die Legionärshelme, und auch er besaß eine Gesichtsmaske, aber dieser Helm wurde einst von einem Nachtfalken getragen. Ich hatte einen grimmigen Gesichtsausdruck erwartet, aber es war das gleiche unbeteiligte Gesicht, das ich schon bei anderen Kriegsmasken der Legion gesehen hatte.

»Er ist leicht«, stellte ich bewundernd fest.

»Die Rüstungen der Nachtfalken wurden so leicht gefertigt, damit sie darin auch klettern und sich bewegen konnten. Nur von diesen Helmen gab es nicht viele. Und nur dieser ist groß genug, sodass er dir passt.« Sie legte ihre Hände auf die Oberschenkel und sah besorgt zu mir hinauf. »Meinst du, das wird reichen, damit der Verschlinger dich nicht erkennt?«

Ich schüttelte den Kopf.

»Er wird mich auf Anhieb erkennen. Wie viele Männer meiner Größe sind ihm schon über den Weg gelaufen? Es geht mir um dieses Gesicht.« Ich hielt den Helm so, dass sie die Maske sehen konnte. »Es ist so unbeteiligt. Kein Schmerz, keine Wut, keine Angst. Meine Gegner werden nichts in meinem Gesicht erkennen können ... Sie wissen, dass es eine Maske ist, aber dennoch wirkt sie auf den Feind. Er wird fühlen, dass ich unberührbar bin, selbst wenn mir hinter der Maske Blut und Schweiß herunterläuft. Die Kor sind abergläubisch, Serafine ... und ich brauche jeden Vorteil, den ich finden kann.«

Sie musterte mich und die Maske einen Moment lang, dann nickte sie.

»Wir müssen bald aufbrechen, damit wir uns rechtzeitig mit Ma'tar treffen können.«

Ich legte den Helm zur Seite.

»Ich will nicht, dass du mitkommst.«

»Das ist schade«, meinte sie mit einem Blick, den ich bereits von ihr kannte. »Denn du wirst mich nicht überzeugen können, dich allein dorthin reiten zu lassen.«

Am nächsten Morgen hatte sie ihre Meinung noch nicht geändert, dafür aber hatte sie sich in der Nacht Mühe gegeben, mich zu überzeugen. Nun, dachte ich bei mir, als ich ihr zusah, wie sie ihre Haare bürstete, ich hatte sowieso nicht geglaubt, dass ich sie würde hindern können. Auch Ragnar und Eldred, der meinte, er könne sich dieses Abenteuer nicht entgehen lassen, und Bannersergeantin Lannis wollten mich begleiten, Letztere, weil, wie sie sagte, dies die Gelegenheit wäre, mehr über die Barbaren zu erfahren. Außerdem würde sie Sorge dafür tragen, dass wir uns auf dem Weg zur Festung der Titanen nicht verirrten.

»Grenski ist nicht erfreut«, hatte mir Blix schmunzelnd mitgeteilt. »Aber nur, weil wir hierbleiben müssen. Sie sagt, ich soll Euch sagen, dass Ihr diese drei auch wieder zurückbringen sollt, die fünfte Lanze hat genug Soldaten verloren.«

Zokora und Varosch hatten wie üblich gar nicht erst in Betracht gezogen, mich nicht zu begleiten.

Die Schamanin und der Drachen

44 Als Serafine soeben die Bürste zur Seite legte und anfing, sich ihr Haar hochzustecken, geriet das Lager in Aufruhr. Jemand blies auf dem Horn einen Alarm. Hastig griffen wir nach unseren Schwertern und rannten aus dem Zelt, bereit, uns dem Feind zu stellen … und blieben wie angewurzelt stehen, um wie die anderen mit offenen Mündern in den Himmel zu starren.

Dort, in der Ferne, bot sich uns ein Anblick, den nur wenige jemals sahen: Ein riesiger Drache steuerte mit majestätisch langsam erscheinenden Flügelschlägen auf uns zu. Die frühe Morgensonne ließ seine türkisen Schuppen strahlen, als ob sie von innen leuchteten. Neben mir sah ein Soldat auf seine Armbrust herab und schüttelte nur den Kopf.

»Die ist sinnlos«, stellte er fest.

»Dann ist es ja umso besser, dass Ihr sie nicht brauchen werdet«, teilte ich ihm mit, während ich meine Augen mit der Hand beschattete um diesen unglaublichen Anblick besser sehen zu können. »Denn sie ist ein Freund.«

»Ja«, sagte der Soldat unbewegt. »Ich hörte schon davon, dass Ihr ungewöhnliche Freunde haben sollt …« Er seufzte vernehmlich. »Aber das wird mir niemand glauben.«

»Ich erinnere mich noch daran, wie ich sie das erste Mal sah«, flüsterte Serafine ergriffen. »Verkrüppelt und misshandelt … es ist schön, sie fliegen zu sehen.«

»Komm«, forderte ich sie auf. »Sie kann nur dort vorn landen, nur dort ist Platz genug für sie. Lass uns sie begrüßen … und sicherstellen, dass keiner unserer Soldaten auf falsche Gedanken kommt.«

Sie schien sich nur langsam durch die Lüfte zu bewegen, doch als sie die gewaltigen Flügel spreizte und mit ausgestreckten Krallen aus dem Himmel herabstieß, sah man, wie sehr das täuschte. Kurz vor der Landung schlug sie noch einmal mit den mächtigen Schwingen, und ein Windstoß trieb uns Staub und Dreck entgegen.

»Träume ich«, hörte ich einen der Soldaten fassungslos sagen, »oder hat er tatsächlich einen Reiter?«

Der Drache beugte und duckte sich und hob das linke Vorderbein. Fassungslos sah ich zu, wie die Schamanin Delgere geschickt die mächtigen Schuppen hinabrutschte und dann über das Bein zu Boden sprang, während sich hinter ihr das mächtige Wesen in einem goldenen Schimmer in die Kaiserin Elsine wandelte, die gelassen ihre Robe zurechtzog und uns gemessenen Schritts entgegentrat.

Delgeres Haar war ordentlich durchgeblasen worden, doch die wahre Überraschung war das schüchterne Lächeln auf ihrem Gesicht.

»Ich hoffe, Ihr habt etwas zu trinken da«, rief uns Elsine lächelnd entgegen. »Ein langer Flug trocknet mir immer die Kehle aus.«

»Habt Ihr keine bessere Begrüßung für uns?«, fragte Asela.

Doch bevor Elsine antworten konnte, geschah etwas Unerwartetes. Einer unserer standhaften Legionäre, einer von Blixens Veteranen, trat an die Kaiserin heran und kniete sich mit tränennassen Augen vor sie hin, um ehrfurchtsvoll den Saum ihres Gewands zu berühren.

»Ich weiß nicht, wer Ihr seid«, schluchzte der Mann, der Avrin oder Avram hieß, ein bärbeißiger Soldat, von dem man hätte denken können, dass ihn nichts erschüttern konnte. »Doch ich kämpfe nun schon so lange ... sah so viel Blut und Schmerz und Tod, dass ich vergaß, dass es auch Schönheit in dieser Welt gibt ... und Wunder. Als ich Euch sah, wie Ihr, geschmückt wie von Perlen, durch die Lüfte zu uns geflogen seid, gabt Ihr mir mit diesem wundersamen Anblick das zurück, was ich verloren glaubte: den Glauben, dass es etwas gibt, wofür es sich zu kämpfen lohnt und auch zu leben, und dass es auch für ein altes Schlachtross wie mich in dieser Welt noch Wunder zu erblicken gibt.«

Während sie noch mit großen Augen auf ihn herabsah, führte er den Saum ihres Gewands an seinen Mund und küsste ihn demütig.

»Bei Borons Arsch, Avron!«, hörte ich Grenskis aufgebrachte Stimme. »Was denkst du denn, was du da tust? Zurück ins Glied mit dir!«

Hastig sprang der Soldat auf, duckte sich noch einmal entschuldigend in Richtung der alten Kaiserin und eilte dorthin, wohin Grenskis strenger Finger wies.

»Entschuldigt«, beeilte sich jetzt Grenski zu sagen. »Er …«

»Er hat recht«, hörte ich Aselas Stimme, als die Eule vortrat. »Ich hatte ebenfalls vergessen, welch ein Wunder es ist, dich fliegen zu sehen, Elsine.«

»Straft Sergeant Avron nicht zu hart, Stabssergeant«, bat die Kaiserin mit einem überraschend scheuen Lächeln. »Ich spürte, dass er es ehrlich meinte, und es berührte mich. Er hat recht, es gibt viele Wunder in der Welt … und auch ich hatte es vergessen.« Sie schaute zu Avron hin, der so gerade stand, als hätte er eine Lanze verschluckt. »Ich hatte es auch vergessen«, wiederholte sie in ihrer weichen Stimme. »Aus demselben Grund wie Ihr, ich bin Euch dankbar, dass Ihr mich daran erinnert habt.« Sie schaute zu der Schamanin zurück. »Komm mit, mein Kind«, sagte sie lächelnd und streckte die Hand nach ihr aus. »Denn heute entscheidet sich dein Schicksal … wie das aller anderen hier.«

Ich sah Serafines fragenden Blick und schüttelte leicht den Kopf, auch ich war von alledem vollkommen überrascht. Das Letzte, was ich sah, bevor ich den Seras folgte, war Avrons breites, seliges Grinsen, und Grenski, die mit den Händen in den Hüften vor ihm stand und nur ungläubig den Kopf schüttelte, während sie das Strafgericht der Götter über ihm ausschüttete.

Mittlerweile war das große Zelt in der Mitte des Lagers weiter ausgestattet worden, und dort führte uns Asela hinein, um eine Kiste am Fuß des unbenutzten Betts zu öffnen.

»Wenn Ihr erlaubt, Lanzengeneral?«, fragte sie lächelnd, und ich nickte, bevor ich verstand, dass der Name auf der Kiste der meine war. Deshalb war es das größte Zelt … es war das Zelt des Kommandanten.

»Selbstverständlich«, sagte ich hastig, als sie mit einer Handbewegung meine kostbarsten Kristallgläser aus der Kiste zu dem Tisch schweben ließ. Während Blix als Rangniedrigster für uns einschenkte, trat ich an Serafine heran und wies auf die Kiste … und zwei andere, die ich jetzt entdeckte. »Warst du das?«, fragte ich leise. Sie schüttelte erheitert den Kopf. »Ich vermute, dass es Stofisk war. Er erkundigte sich danach, welcher Wein dir am besten mundet.«

»Was für eine Überraschung«, sagte Asela etwas später. »Wir hatten nicht mit dir gerechnet.« Sie schaute nachdenklich zu der Schamanin Delgere hin, die ein helles Leinenkleid mit Umhang nach kaiserlichem Schnitt trug, und nun nicht mehr die geringste Ähnlichkeit mit einer Barbarin aufwies.

Delgere hatte bislang nichts gesagt, auch nur an dem Wein genippt und schien von alldem ein wenig überfordert, während ihre Blicke von einem zum anderen huschten, an Blixens Rüstung, an Aselas Robe oder an Ragnars Bärenfell hängen blieben.

»Das weiß ich«, sagte Elsine und seufzte. »Ich habe die letzten Wochen damit verbracht, meinen Gemahl zu suchen … zuerst glaubte ich ihn in den Südlanden, dann hier, dann in Askir, aber er zeigte sich mir nicht, obwohl er mit Bestimmtheit weiß, dass ich noch lebe. Ich musste akzeptieren, dass er sich weiter verborgen halten will …« Sie schaute zu Asela hin. »Weißt du irgendeinen Grund dafür?«

Asela schüttelte den Kopf. »Ich bin mittlerweile ebenfalls davon überzeugt, dass er noch lebt, aber warum er sich weiter verborgen hält, weiß auch ich nicht. Aber ich weiß mit Bestimmtheit, dass er zu dir zurückkehren wird, sobald es ihm möglich ist.«

»Das hoffe ich«, sagte die Kaiserin und schien einen Seufzer zu unterdrücken, bevor sie mit ihrem Blick auf die Schamanin wies.

»Ich lud Delgere ein, mich auf meinen Reisen zu begleiten. Sie hatte gerade erst Bruder und Vater verloren, und auch ich … ich musste mich noch erholen, mehr zu mir finden. Zudem bat ich sie, mir von den Kor zu erzählen, von den Geistern und von ihrer Magie … und über die Zeit lernten wir uns kennen.«

Auch jetzt, da alle Blicke auf ihr lagen, sagte Delgere nichts, nur dass ihre Wangen sich mehr und mehr röteten und sie verlegen zur Seite sah.

»Ihr wisst, dass ich mich aus den Belangen des Kaiserreichs heraushalten wollte, und das ist auch noch immer meine Absicht. Aber es gibt etwas anderes, das ich tun kann, das allen helfen wird.« Ihr Lächeln wurde breiter. »Ich kann dem blutigen Land Frieden bringen.«

»Und wie?«, fragte ich. »Ich suchte auch danach, wie Ihr wisst, aber ...«

»Es gibt seit einiger Zeit Unruhe unter den Kor«, unterbrach mich Elsine mit einem Lächeln. »Vor allem, da einige Schamanen einen Rat von ihren Geistern hören, der den meisten nicht gefällt. Auch der Schamane La'mir hat Euch davon erzählt: Dass das blutige Land nur unter dem Schutz des Drachens Frieden finden wird. Auch Delgere erhielt diesen Rat von ihrem Schutzgeist.«

»Ja«, nickte ich. »Aber es wird schwer werden, den Kor beizubringen, dass sie unter dem Schutz des Kaiserreichs ...«

»Ser Roderik«, sagte sie sanft. »Askir war mit dem Rat nicht gemeint.« Ihr Lächeln wurde breiter.

»Götter!«, entfuhr es Serafine. »Ihr meint ...«

»Ich bin ein Drache«, sagte Askannons Kaiserin bescheiden. »Die Kor erinnern mich an das Volk, das mich einst angebetet hat, und ich vermisse eine Aufgabe. In Askir kann sie nicht liegen, es würde Desinas Anspruch auf die Krone untergraben, die ich ihr bereits gegeben habe«, fügte sie mit einem feinen Lächeln hinzu. »Dann ist da noch die Sache mit dem Tarn, nach dem Kriegsfürst Arkin sucht. Er ist das fehlende Teil, das Stück, das den Bogen schließt.«

»Wenn du den Tarn trägst ...«, begann Asela, doch wieder schüttelte die Kaiserin sanft den Kopf.

»Das wäre falsch«, sagte sie in ihrer weichen Stimme und wies mit ihrem Blick zu Delgere hin. »Sie wird den Tarn tragen. Ich werde über sie wachen und sie schützen, aber sie wird die Stimme der Kor sein. Sie ist bestens dazu geeignet. Sie ist eine Schamanin mit großen Fähigkeiten, die Geister lieben sie, sie ist gebildet und klug … und sie weiß mehr von uns als die meisten ihrer Stammesbrüder. Sie wird die Kor in die Zukunft führen … und ich werde ihr raten … und ihren Kindern und deren Kindern ebenfalls.« Sie lehnte sich in ihrem Stuhl zurück und schaute in die Runde. »Ich habe Erfahrung damit, so habe ich es einst bei meinem Volk auch gehandhabt.«

Sie griff unter ihr Gewand und legte ein Stück Jade auf den Tisch. »Das ist das fehlende Teil des Tarn«, sagte sie lächelnd. »Delgere und ich haben es gemeinsam gefunden. Asela, du besitzt zwei andere Stücke. Die letzten Stücke sind in Besitz des Kriegsfürsten Arkin. Wir werden ihn zwingen, sie uns zu geben.« Ihr Blick schwenkte zu mir hinüber. »Genau da kommt Ihr ins Spiel, Ser General. Ich habe mir erlaubt, Euren Plan noch etwas zu verfeinern.«

»Darf ich fragen, woher du von unseren Plänen weißt?«, fragte Asela etwas steif.

»Auch der Kaiser hatte seine Geheimnisse, und eines hat er mit mir und unserer Tochter geteilt, als ich von ihm schwanger ging«, teilte Elsine ihm lächelnd mit. »Es gibt nicht viel, das in Askir geschieht, das ihm oder mir entgeht.«

»Warum weiß ich nichts davon?«, fragte Asela kühl.

»Du bist nicht sein Erbe«, antwortete die Kaiserin unbewegt. »Also erwarte nicht, dass ich es dir offenbare. Wir hatten vor, uns nach der Geburt unserer Tochter zurückzuziehen und Balthasar den Thron zu überlassen, nur wollte Askannon sicherstellen, dass er immer wissen würde, wenn sein Sohn ihn braucht. Er hatte vor, Balthasar einzuweihen, wenn er ihm die Krone übergab. Wenn ich es könnte, hätte ich den Schlüssel dazu an Desina übergeben, aber das vermag nur Kennard zu tun. Wende dich an ihn, wenn es um seine Geheimnisse geht, ich weiß sie zu bewahren.«

Aselas Gesicht war bei diesen Worten zu einer Maske geworden.

»Wäre es möglich, mich zu entschuldigen?«, sagte sie rau.

»Selbstverständlich«, sagte ich rasch, während Elsine und die anderen noch überrascht dreinschauten.

»Danke«, sagte Asela steif und stand auf … um dann aus dem Zelt zu eilen. Ich tauschte einen Blick mit Serafine.

»Ich denke«, sagte ich, während Serafine der Eule nacheilte, »dass wir alle einen Moment brauchen können.« Ich stand ebenfalls auf. »Vergesst Euren Gedanken nicht«, bat ich Elsine. »Ich bin begierig darauf zu erfahren, wie Ihr meinen Plan verfeinern wollt … nur … gebt uns etwas Zeit.« Ich wies auf den Wein. »Bedient Euch … wenn Ihr hungrig seid, fragt einfach nach, ich bin sicher, es wird sich etwas finden.«

Und während Delgere, die Kaiserin und die anderen mich verdutzt anschauten, eilte auch ich aus dem Zelt.

Ich fand die beiden Seras am Rand des Plateaus stehen, wo sie über das Land hinaussahen. In der Ferne ragten wie Finger verwitterte Säulen aus Naturgestein in die Höhe und wurden von der frühen Sonne angestrahlt, es war ein ruhiger und majestätischer Anblick, doch ich bezweifelte, ob Asela oder Serafine im Moment einen Blick dafür besaßen.

»Götter«, hörte ich Asela fluchen, noch bevor ich die beiden Seras erreicht hatte. »Warum ist Asela nur so zart besaitet, beständig muss ich weinen! So schlimm ist es doch gar nicht, warum muss es dann aus meinen Augen fließen wie ein Wasserfall?«

»Sie hatte ein großes Herz«, sagte Serafine sanft. »Und jetzt ist es deines. Du weißt doch, wie sie war. Und hast sie dafür geliebt.«

»Ja«, schniefte Asela und schnäuzte sich in ein Tuch, das sie sich aus dem Ärmel ihrer Kutte zog. »Es stört mich trotzdem.« Sie hörte meinen Schritt und seufzte. »Seid Ihr auch gekommen, um mich zu trösten? Das ist nicht nötig, fragt Finna, durch so etwas lasse ich mich nicht erschüttern.«

»Es tut mir leid, Asela«, sagte ich mit einem Lächeln. »Aber ich sehe hier nicht Balthasar.«

»Genau das ist ja das Problem«, grummelte Asela und

schniefte noch einmal, bevor sie das Tuch wegsteckte. »Mir geht es gut, wir können sogleich weitermachen, es kam nur in dem Moment so überraschend.« Sie seufzte. »Mein Vater fand heraus, wie man mit Magie dem Altern vorbeugen konnte … man nannte ihn nicht umsonst den ewigen Kaiser, und ich kam nie auf den Gedanken, dass ich sein Erbe antreten könnte. Ich erinnere mich jetzt daran, dass er Andeutungen machte, aber nicht mehr als das. Nur etwas davon, dass der Thron ihm eine Last geworden wäre … aber das hatte er schon öfter gesagt.« Sie stand gerader und wischte sich über die Augen, und auch der letzte Hinweis auf ihre Tränen verschwand einen Lidschlag später. »Ich wüsste nur zu gerne, was das für ein Geheimnis ist«, sagte sie dann, deutlich gefasster, und lächelte wehmütig. »In der Beziehung bin ich wie Wiesel … ich kann so etwas nicht ruhen lassen.«

»Ihr könntet Euch Elsine offenbaren?«, schlug ich vor, doch sie schüttelte den Kopf.

»Nein. Mit euch wissen schon zu viele davon.« Sie seufzte. »Ich weiß gar nicht mehr, wie ich auf die Idee kam, es mit euch zu teilen.«

»Ich hätte es auch so herausgefunden«, sagte Serafine lächelnd und schüttelte dann etwas ungläubig den Kopf. »Du hast recht, du wirst mehr und mehr zu Asela … aber du verlierst dich nicht in ihr, ich erkenne euch beide in dir wieder. Es ist tröstend … irgendwie.«

»Findest du?«, fragte Asela skeptisch und seufzte erneut. »Ich kann mich an alles gewöhnen, nur dass ich jetzt so empfindlich bin, zerrt an meinen Nerven.« Sie sah zu dem Lager hin. »Lasst uns zurückgehen, bevor sich noch alle fragen, was geschehen ist.«

Den Blicken nach, die uns empfingen, als wir wieder das Zelt betraten, fragte sich das jeder, aber niemand sprach es aus. Allerdings hatte es eines bewirkt, man saß nicht mehr steif am Tisch, sondern stand und unterhielt sich. Erleichtert stellte ich fest, dass Zokora mit Varosch im Gespräch war, was mich hoffen ließ, dass sie uns nicht belauscht hatte. Nur dass man sich bei ihr darin nie sicher sein konnte. Jemand hatte eine Schale mit Brot und Früchten auf den Tisch gestellt, und allgemein ging es etwas lockerer zu.

Ragnar unterhielt sich mit Delgere. Er hatte selbst eine Tochter fast in ihrem Alter, und er verstand es, den Seras Vertrauen einzuflößen, und als ich zu ihnen trat, stellte er gerade die Frage, die auch mich beschäftigte.

»… ich wollte die Krone nicht, also habe ich meine Schwester mit meinem besten Freund verkuppelt. Aber wie steht es mit Euch … was haltet Ihr von Elsines Plan?«

Wieder lächelte sie scheu. »Ich kann es mir nicht richtig vorstellen«, gestand sie ihm. »Aber wenn es uns endlich Frieden bringt, will ich es gerne versuchen. Dann sind mein Vater und mein Bruder nicht umsonst gestorben. Elsine hat mir versprochen, dass sie weiß, was sie tut, und mich gut beraten wird. Und … es ist eine große Ehre, dass sie mir so vertraut.«

»Aber ist es Euer Wunsch, den Tarn zu tragen?«

»Schon«, gab sie mit einem Funkeln in ihren Augen zu. »Träumt nicht jeder davon, Königin zu werden?«

»Ich nicht«, lachte Ragnar. »Ich wollte nicht mal König werden!«

Ich wandte mich lächelnd von den beiden ab und gesellte mich zu der Eule und Elsine. »Erzählt mir doch von Eurem verfeinerten Plan«, bat ich sie, als sie sich mir zuwandte.

»Es ist einfach«, sagte sie mit einem Funkeln in den Augen. »Ich werde La'mir davon überzeugen, dass er Delgere in den Stamm aufnimmt und sie als seine Nachfolgerin bestimmt. Damit hat Delgere den Status, den sie braucht. Ihr wisst, dass die Kor sich oft die Führung teilen, mit ihr als Schamanin des Stammes und Euch als ihr Champion, entspricht es dem, was die Kor kennen, und man wird Euch akzeptieren. Ihr werdet jeden Herausforderer besiegen, und zum Schluss wird der Kriegsfürst gezwungen sein, Euch die Stücke des Tarn zu geben.«

»Hhm«, meinte ich zweifelnd. »Er wird irgendwann herausfinden, wer ich bin, ich kann mir nicht vorstellen, dass er sie mir tatsächlich überlässt.«

»Er wird es müssen. Sonst lehnen sich die Kor gegen ihn auf …«

»Wenn er mir den Tarn geben muss, wird er damit rechnen müssen, dass die Kor ihm nicht mehr folgen wollen.«

»Wenn es Eurer Legion bis dahin gelingt, ihm den Nachschub abzuschneiden, steht er bereits unter Druck. Er muss eine oder beide Legionen von der Festung der Titanen abziehen, um Eurer Legion entgegenzutreten; ignorieren kann er es nicht, dazu ist der Nachschub zu wichtig. Wenn er nicht einen Aufstand der Barbaren provozieren will, muss er sich an die Regeln halten und auf das Beste hoffen.«

»Es gibt noch etwas, das Ihr vergesst«, erinnerte ich sie. »Den Verschlinger.«

»Ja«, nickte sie. »Aber den lasst meine Sorge sein.«

Dafür, dass der Verschlinger als unbesiegbar galt, gab es nun schon zwei Seras, die das anders sahen. »Außerdem werden wir Verstärkung erhalten«, fuhr sie mit einem harten Lächeln fort. »Kriegsfürst Arkin wird versuchen wollen, Euch von dem Wettkampf auszuschließen. Ich habe jemanden gefunden, der für Euch sprechen wird, dem die Kor zuhören werden. Wir werden alte Legenden wecken, Ser Roderik, und Arkin wird gar nicht wissen, wie ihm geschieht.«

»Was ist mit Kolaron? Asela warnte mich, dass er durch die Augen seiner Kriegsfürsten sehen kann. Besteht nicht die Gefahr …«

»Nein«, sagte Elsine und sah zu Asela hin, ein Blick, der wesentlich freundlicher war als das letzte Mal, als die beiden Seras sich begegneten. »Bevor Ihr eben zu uns kamt, zeigte mir Asela, wie man sich gegen Kolarons Kontrolle schützen kann. Er bleibt noch immer die größte Gefahr, die die Welt seit dem letzten Krieg der Götter gesehen hat, aber er wird nicht mehr imstande sein, uns unter seinen Willen zu zwingen.« Ihr Lächeln wurde schmal. »Jahrhunderte saß er da und plante jeden Schritt, und doch habt Ihr ihm wieder und wieder seine Pläne durchkreuzt. Es ist kaum davon auszugehen, dass er Corvulus und Dereinis liebte, es ist nicht in ihm, und er hat zu viele Kinder. Aber er setzte Hoffnungen in ihn, die Ihr ihm zerschlagen habt.«

»In beiden Fällen hatte ich nichts damit zu tun«, widersprach ich.

»Ich denke«, sagte sie mit einem harten Lächeln, »das sieht er anders. Er beginnt Euch zu fürchten, Lanzengeneral.«

»Selbst unsere Götter prophezeien, dass er mich besiegen wird. Warum sollte er mich fürchten?«

»Oh, er kennt diese Prophezeiungen«, entgegnete Elsine grimmig. »Er grübelt jeden Tag darüber. Aber er liest sie so, dass er der Hoffnung unterliegen wird.« Sie wandte sich wieder an Asela. »Komm«, sagte sie lächelnd zu der Eule. »Lass uns das Tor justieren, zu zweit dürfte es schneller gehen. Wir erwarten ja noch weitere Gäste.«

Etwas später passte mich Zokora ab. »Siehst du«, sagte sie, ohne weitere Worte zu verschwenden. »Es gibt eine andere Deutung für die Worte deines Gottes. Jetzt finde die, die zeigt, dass du gewinnst und er verliert.«

Alles gut und schön, dachte ich, als ich das Zelt verließ, um etwas Ruhe für mich zu finden. Aber bevor ich einen Gott bezwingen konnte, musste ich erst noch den Verschlinger besiegen. Elsine und Asela schienen überzeugt, dass er nicht gegen sie bestehen konnte. Aber sie hatten auch nicht mit ihm gesprochen, nicht die absolute Überzeugung in Aleytes Augen gesehen, als er davon sprach, dass man vielleicht ihn bezwingen könnte, aber nicht sein Biest.

Elsines überraschende Ankunft hatte die Arbeit am Tor unterbrochen, doch jetzt waren es zwei Maestras, die sich darum bemühten, und zu zweit ging es besser. Ich war nicht der Einzige, der den beiden Seras dabei zusah, obwohl es nicht viel zu sehen gab. Nicht bis zu dem Moment, da die beiden Seras das Gold in die Kerbe einbrachten, die den Rand des Tors markierte. Das Gold war mit ein Grund, weshalb wir einen Schmiedewagen mit uns führten; in dessen Esse wurden die Barren eingeschmolzen, doch was dann geschah, war ein faszinierender Anblick. Wenn ich es richtig verstand, musste das Gold das Achteck, das in die Steine geschnitten war, überall zugleich füllen. Damit, das Gold einfach in die Kerbe fließen zu lassen, war es also nicht getan. Aus dem Schmelztiegel floss das Gold in eine große steinerne Wanne, die ebenfalls über einem Kohlebecken warm gehalten wurde. Als alles Gold dorthinein geflossen war, trat Asela zur Seite und führte eine Geste aus, die das flüssige Metall in die Luft schweben ließ, eine Kugel aus zischendem flüssigen Gold, die sie über die Platte schweben und mit einer anderen Geste und einem gemurmelten Wort in eine Fontäne aufgehen ließ, die sich zielsicher nach allen Seiten zugleich in die Kerbe ergoss.

Zuvor hatten die beiden Maestras die Torsteine fixiert, die, wie mir Asela erklärte, so die Reihenfolge festlegten, um dieses Tor von anderen aus zu erreichen. Der Moment, in dem sich die goldene Fontäne in die Kerbe ergoss, war der, auf den Asela hingearbeitet hatte, nicht nur Gold floss in diese Kerbe, sondern auch die Magie, die das Tor dort fixierte.

Während das Gold in der Kerbe erstarrte, überprüften beide Seras immer wieder, ob sich auch keine Risse oder Blasen bildeten. Als das Gold erkaltet war, stellte ich erstaunt fest, dass die Fugen zwischen den Platten nicht mehr zu sehen waren, es war jetzt eine einzige große, schwere Platte aus poliertem Obsidian.

Nur eine Kerzenlänge später legte Asela die Torsteine in einer neuen Reihenfolge aus, bemerkte, dass ich sie dabei beobachtete, zwinkerte mir mit einem zufriedenen Grinsen zu … und verschwand.

Erst dann fiel mir auf, dass ich die Kombination, die sie ausgelegt hatte, nicht kannte, und als ich das zu Serafine anmerkte, war es Elsine, die es mir erklärte.

»Das Tor in Desinas Elternhaus ist ständig in Betrieb. Deshalb ging sie zum Tor im Turm der Eulen.«

Die Königin der Wölfe

45 Es dauerte dennoch gut eine Glocke, bis ein Windstoß, der um das Tor herum Staub und loses Strauchwerk aufwirbelte, unsere neuesten Gäste ankündigte.

Es war Asela, wie nicht anders erwartet, aber sie hatte noch jemanden mitgebracht: die Hüterin Aleahaenne, die sich neugierig umsah, während ihre Tätowierungen hell aufleuchteten und dann verblassten, eine etwas beleibte Frau, mit blitzenden, neugierigen Augen und blonden Haaren, die mich an eine Händlerfrau erinnerte, die ich einst gekannt hatte, nur dass diese Sera hier einen übergroßen Raben auf ihrer Schulter spazieren trug.

Auch die Sera neben ihr blickte sich um; sie trug ein breites Lächeln im Gesicht und ein Kleid, das so tief ausgeschnitten war, dass einer der Soldaten, der in der Nähe war, mit weit aufgerissenen Augen stolperte und fast auf die Nase fiel. Nur die Bardin Taride konnte ein solch gleichermaßen anrüchiges wie elegantes Kleid mit solcher Selbstverständlichkeit tragen, und sie bedeutete dem armen Soldaten, der da in ihren Ausschnitt gefallen war, mit einem breiten Lächeln und einem eleganten Knicks, dass sie ihm für das Kompliment dankbar war. Dass ihr breitkrempiger, bestickter roter Seidenhut mit Feder und ein schlankes Rapier zu alledem noch passten und ihr eine ganz spezielle Note gaben, ließ mich auch schmunzeln. In der Kaiserstadt kannte man sie als die Bardin Taride. In Wahrheit war sie die Schwester von Prinz Imra, und irgendwann in ferner Zukunft würde sie die Königin der Elfen sein. Sie kannte Serafine noch aus ihrem ersten Leben und begrüßte sie freudig, während der letzte Neuzugang zu mir hinmarschierte und salutierte. Lanzenobristin Miran, die jetzt eine Uniform trug, die offensichtlich aus dem Zeughaus kam und nicht aus Meister Breckerts wundersamer Werkstatt.

Und noch während sie salutierte, lächelte sie erneut, aber auf eine andere Art als an jenem Tag in meinem Amtsraum.

»Ihr, Ser«, sagte sie ganz unmilitärisch, »seid ein Schuft!«

»Bin ich das?«, fragte ich, während ich den Salut erwiderte.

Sie nickte. »Ich sprach mit Taride … wusstet Ihr, dass ich sie aus Aldane kenne? Ich half ihr, aus der Stadt zu fliehen, als … nun, ich kenne sie … und sie erzählte mir, dass Ihr Baron von Freise über mich ausgehorcht habt, weil Ihr in Sorge wart, ich könnte mir selbst im Wege stehen und mit meinen Liebschaften meinen Ruf verderben! Taride half mir, Euren Vorteil wieder auszugleichen, Stabsobristin Helis und sie sind befreundet, und so weiß ich nun auch über Euch Bescheid! Ihr seid nicht halb das Ungeheuer, für das ich Euch gehalten habe!«

»Seid Ihr sicher, dass dies die richtige Art ist, sich zum Rapport zu melden?«, fragte ich sie schmunzelnd.

»Nein«, meinte sie immer noch breit grinsend. »Aber es brannte mir auf der Zunge. Zudem gab mir Taride den Rat, dass Ihr einer dieser Stiere wäret, die man gerade und direkt bei den Hörnern packen sollte.«

Bevor ich darauf Antwort geben konnte, trat sie zurück, salutierte erneut, sah geradeaus und bellte wie auf dem Paradeplatz: »Ser, Lanzenobristin Miran, wie befohlen zum Rapport!« Doch ihre Augen funkelten weiterhin vergnügt.

Etwas später, als sich bereits ein nicht enden wollender Strom von Soldaten aus dem Tor ergoss, trieb mich Serafine in die Enge.

»Du magst Miran«, stellte sie fest.

»Zumindest diese«, gab ich ihr zu.

Sie schaute mich durchdringend an. »Ich mag sie noch immer nicht. Achte darauf, dass du bei ihr keinen Fehler begehst.«

Ich sah sie fragend an.

»Taride sagt, sie hat vor den meisten Männern nicht sehr viel Respekt, weil sie ihr aus der Hand fressen. Du nicht, deshalb bist du eine Herausforderung für sie. Unterschätze sie nicht, es gibt viele Arten, jemanden zu verführen. Sie versucht herauszufinden, welche Art von Frau dir gefallen kann. Du darfst ihr keine Hoffnungen machen, denn wenn du sie dann abweist, verletzt du ihren Stolz. Taride sagt, es gibt in Aldane ein Sprichwort: nichts wäre gefährlicher als eine im Stolz verletzte Frau. Hör auf zu lächeln«, beschwerte sie sich. »Ich meine es ernst!«

»Ich weiß«, sagte ich und küsste sie.

Als ich in Ruhe meine Pfeife rauchen wollte, gesellten sich Blix und Ragnar zu mir, beide sahen etwas trübselig drein.

»Ich will mich beschweren«, sagte Ragnar.

»Worüber?«

»Darüber, dass das Schicksal der Welt fest in den zarten Händen der Seras liegt«, grollte er und tat eine Geste hin zum Kommandeurszelt. »Schau dich doch um. Nur Weiber, die hier entscheiden! Hättest du das Kommando nicht an einen Kerl geben können?«

Blix nickte zustimmend. »Mir wäre jeder andere lieber gewesen als Miran. Sie mag noch so gut sein, aber sie liegt mir quer im Hals.«

»Das hört sich nach einer Vorgeschichte an.«

»Ja. Ich diente ja in der Dritten, wie Ihr wisst. Miran hatte das Kommando frisch erhalten und wollte sich beweisen. Sie hatte damals schon einen inneren Kreis um sich geschart, darunter auch einen Offizier, mit dem ich aneinandergeriet. Es gab eine Verhandlung, danach legte sie mein Schwert mit der Spitze zu mir vor sich auf den Tisch und überstellte mich an ein Kriegsgericht. Sie verurteilte mich damit zum Tode, denn meist folgt das Kriegsgericht der Empfehlung des kommandierenden Offiziers. So gut sie auch sein mag, Ser General, ich kann ihrem Urteil nicht vertrauen.«

»Das braucht Ihr auch nicht. Ihr bleibt weiterhin mir persönlich unterstellt.«

»Das muss ihr entgangen sein«, knurrte er.

»Ihr wisst, dass ich sie vor der Schlacht bei Dunkelschacht noch gesehen habe?«

Er nickte.

»Sie bat mich, Euch auszurichten, dass sie sich bei Euch entschuldigt, und Euch mitzuteilen, Ihr hättet recht gehabt.«

Blix schaute überrascht, dann nickte er. »Das macht es nicht viel besser.«

»Es ändert auch nichts daran, dass es hier zu viele Seras gibt«, knurrte Ragnar. »In dem Zelt dort drüben ist es wie in einer Gänseschar, sie schnattern alle wild durcheinander, und das Schlimmste ist, sie verstehen, was sie einander sagen! Das Kriegshandwerk ist nichts für Seras, und ich verstehe nicht, wie es dazu kam, dass sie wie eine Meute über uns herfallen. Ich kann Angus bitten, uns zwei Dutzend Berserker oder besser noch Wolfskrieger zu entsenden, damit wir einen Ausgleich haben!« Er raufte sich buchstäblich das Haar. »Bitte, Havald, sie sind mir zu viel!«

»Wir reisen morgen früh ab«, versuchte ich ihn zu beruhigen. »Damit brauchst du dich um Asela und Miran nicht mehr zu sorgen, die bleiben vorerst hier. Blix, bis Asela uns folgt, werdet Ihr Euch an sie halten, und wenn Miran etwas von Euch will, dann macht ihr deutlich, dass Ihr noch immer mir unterstellt seid. Die Aufgabe der fünften Lanze ist nur und ausschließlich, das Tor zu schützen und sonst nichts.«

»Was ist mit meinen Wölfen?«, fragte Ragnar. »Sag, dass ich sie zu mir rufen kann!«

Als Serafine und ich uns dann in unser Zelt zurückzogen und ich ihr davon erzählte, lachte sie schallend.

»Taride kam nur mit, um mich vor Miran zu warnen und mir mitzuteilen, dass es Tarkan besser geht. Sie kokettiert gerne und genießt es, die Sers aus dem Gleichgewicht zu bringen, aber sie weiß, wo ihre Grenzen sind, vor allem aber liebt sie Baron von Freise. Gegen ihren Willen, wie sie immer sagt. Sie wird morgen nach Askir zurückkehren. Die Hüterin, die alte Enke, Delgere und Elsine haben sich zusammengetan, um zu überlegen, wie sie die Barbaren auf ihre Seite ziehen können. Die Hüterin ist eine der Seherinnen, von denen Delgere sprach. Sie ist hier geboren. Wir hätten es uns denken können; allein ihre Tätowierungen weisen schon darauf hin.«

»Götter«, hauchte ich. »Wie alt ist sie?«

Serafine zuckte mit den Schultern. »Sie sagt, sie weiß es nicht. Was Bärte und pure Männlichkeit angeht, wird Ragnar Unterstützung erfahren, wenn wir auf Ma'tars Stamm treffen, abgesehen davon, hast du ihm ja erlaubt, bei Angus nachzufragen. Allerdings«, grinste sie, »wenn der uns tatsächlich ein Rudel Wölfe auf zwei Beinen schickt, werden sich die Seras beschweren.« Sie setzte sich aufrecht hin und schaute mich eindringlich an.

»Havald, Kaiserin Elsine hat hier die schwere Reiterei aufgefahren. Es gibt bei den Kor nicht einen Schamanen, der die Hüterin sieht und die Bedeutung ihrer Tätowierungen nicht versteht. Die Legenden der Kor ranken sich fast ausschließlich um die Elfen ... wenn die Hüterin spricht, werden die Schamanen ergeben an ihren Lippen hängen. Die alte Enke ...«

»Götter!«, entfuhr es mir. »Die blonde Frau ist die Hexe Enke?«

»Wusstest du das nicht?«, fragte mich Serafine erstaunt. »Nun, sie ist es. Sie ist eine Maestra mit einer besonderen Begabung für Trugbilder. Und eine Hexe«, sie grinste breit. »Du kannst sie ja nach ihrer Warze fragen, wenn sich die Gelegenheit ergibt.«

Das war ein Rat von ihr, den ich sicher nicht befolgen würde!

»Sie sind nur hier, um Delgere ein besonderes Gewicht zu verleihen. Niemand wird an ihr zweifeln können, wenn Elsine und die Hüterin hinter ihr stehen. Elsine sagt, sie hat noch jemanden um Hilfe gebeten. Bislang macht sie ein Geheimnis daraus, sie sagt nur, sie wäre so etwas wie ihre große Schwester.« Sie lachte. »Ja. Noch eine Sera ... ich hoffe, Ragnar wird es überleben. Havald«, fuhr sie ernsthaft fort, »keine dieser Seras hat vor, dem Kaiserreich zu dienen, aber Elsine hat sie dennoch auf ihre Seite gezogen. Sie sind keine Eulen, aber, bei den Göttern, wenn du den Wettstreit gewinnst und Delgere den Tarn überreichst, garantieren diese drei schon fast, dass die Kor Delgere folgen werden!«

Ich hoffte, dass auch die Götter ihre Worte hörten. Ich sah nur ein Problem dabei. Jedes Mal, wenn ich den Verschlinger erwähnte, wischte man ihn beiseite, als wäre er schon besiegt. Aber ich erinnerte mich noch gut an diesen Schrei, der sogar Zokora in Bedrängnis gebracht hatte. Dieser Schrei füllte den gesamten Gasthof aus, und ich fragte mich, wie weit er wohl zu hören war, wenn keine Mauern ihn beschränkten. Serafine hatte ihn ja ebenfalls gehört, ich verstand nicht, wieso auch sie den Verschlinger derart unterschätzte.

Der nächste Morgen wurde von einem strahlenden Ragnar eingeläutet, der fröhlich die Zeltbahn zur Seite schlug und bei uns hereinplatzte, bevor die Sonne noch am Himmel stand.

»Havald!«, rief er freudestrahlend. »Angus ist ein treuer Kerl, er hat mir seine Leibwache geschickt und …«

Serafine richtete sich auf, zog die Decke über ihre Blöße und zeigte ihm mit einem Finger den Weg.

»Raus«, sagte sie .

Er nickte verständnisvoll. »Mein Weib mag es auch nicht, wenn man uns zusieht …«

»Ragnar?«, knirschte ich.

»Ja?«

»Raus.«

Diesmal verstand er es.

Über Nacht hatte sich das Lager sehr verändert, es waren Hunderte von Zelten dazugekommen, und überall, wohin ich sah, eilten Legionäre geschäftig hin und her. Allein an der Rampe zählte ich vier Ballisten, die schon bereit gemacht wurden, bevor noch die Befestigungen errichtet waren, die die Rampe schützen sollten.

Ich lernte auch den Grund für Ragnars gute Laune kennen.

»Es sind alles Wolfskrieger«, teilte er mir stolz mit. »Schau sie dir an«, strahlte er. »Jeder von ihnen ein echter Nordmann … allein wenn man sie schon sieht, kann man schon Angst vor ihnen bekommen.«

»Nun«, meinte Serafine und bedachte mich mit einem vorwurfsvollen Blick. »Damit hat er recht.«

Die Varlande gehörten seit Jahrhunderten zum Kaiserreich, und im Allgemeinen betrachtete man sie nicht als Barbaren. Allerdings sah man Krieger wie diese auch nicht allzu häufig auf Askirs Straßen. Jeder von ihnen sah aus, als hätte man ihn mit einem groben Hammer aus dem Fels gehauen, jeder Einzelne war groß und schwer genug für zwei, und ihre Rüstungen machten den Anschein, als hätte man sie zusammengestohlen und mehr schlecht als recht angepasst, jedenfalls ließen sie viel nackte Haut, Narben und mächtige Muskeln für die Blicke der Seras frei. Sie hatten auch ihre Pferde mitgebracht, riesige, haarige, zottelige Biester mit Hufen, die größer waren als die von drei anderen Pferden zusammen. Jedes dieser Pferde trug eine sorgsam angepasste schreckenerregende Maske aus hart gekochtem Leder mit zumindest einem stählernen Horn, meistens jedoch waren es mehr. Offenbar liebten die Barbaren Felle, goldene Münzen, Zweihandschwerter und Äxte. Gleich vier trugen einen Wolfskopf als Helm, und jeder von ihnen stellte stolz seinen eingefetteten Bart zur Schau. Sie erinnerten mich sofort an Krom, jedenfalls standen sie ihm an Kampfnarben in nichts nach. Aber vielleicht gab es dafür ja einen anderen Grund …

»Das Beste ist«, teilte uns Ragnar stolz mit, »jeder von ihnen kann sich in einen Wolf verwandeln.«

Unbemerkt von ihm war die alte Enke an uns herangetreten.

»Sind das tatsächlich Werwölfe?«, fragte sie ihn freundlich. Mir schien, als wäre er beinahe zusammengezuckt.

»Ja, Weib«, grollte er. »Ein jeder von ihnen ist schreckenerregender als der andere!«

»Fein«, lächelte die alte Enke. »Mutter wird sich freuen. Sind sie ein Geschenk?«

»Warum«, beschwerte sich Ragnar später mit einem Unterton der Verzweiflung, »habt Ihr mir nicht gesagt, dass die Hüterin die Königin der Wölfe ist?« Er drehte sich im Sattel um und schaute niedergeschlagen zu den acht reiterlosen Pferden zurück, die hinter uns hertrotteten. »So habe ich es mir nicht gedacht!«

Ich hörte Serafine schnauben, Ragnar auch ... und fuhr zu ihr herum, um sie mit einem bösen Blick zu bedenken.

»Ich habe nichts gesagt«, meinte sie, während sie gegen ein Lachen ankämpfte.

Kurz nachdem wir gegen Mittag aufgebrochen waren, war die Hüterin zu Ragnars geliebten Wolfskriegern hingeritten und hatte sie sich beschaut.

»Wer von euch führt dieses Rudel?«

»Ich«, hatte einer von ihnen geknurrt, der wahrhaftig am zerrupftesten von allen aussah.

»Wie heißt du?«

»Sivret«, war die grollende Antwort gewesen.

»Ich bin Aleahaenne.« Sie hatte die Wolfskrieger mit einem lächelnden Blick bedacht. »Wir werden jetzt zusammen jagen gehen.«

»Werden wir nicht«, hatte er geknurrt. »Wir ...«

Noch im Sprung aus ihrem Sattel verwandelte sich die Hüterin in einen riesigen weißen Wolf, der fast so groß war wie ihr Pferd, das auf der Stelle wiehernd floh. Während die Varländer noch ungläubig starrten, hob der Wolf den Kopf und stieß ein Heulen aus, das fast alle unsere Pferde steigen ließ.

Waffen, Felle und Rüstungsteile fielen herab, als sich jeder Einzelne der Varländer in einen mehr oder weniger verdutzt aussehenden Wolf verwandelte, jeder weit größer als normale Wölfe, und doch kaum einer so groß wie sie.

Der weiße Wolf sah zu ihnen zurück, schien mit hängender Zunge zu lächeln und rannte dann davon ... das Rudel hinterher.

Es war uns zugefallen, verängstigte Pferde, Waffen und Rüstungsteile einzusammeln.

»Keine Angst«, hatte die alte Enke noch tröstend zu Ragnar gesagt. »Sie bringt sie dir heil zurück, sie will nur klären, wer das Rudel führt.«

»Sivret führt sie an, das habt Ihr doch gehört?«

Enke hatte nur lächelnd den Kopf geschüttelt. »Ich glaube, das sieht Mutter anders.«

Sie kehrten am Abend zu uns zurück, als wir bereits dabei waren, unser Lager aufzuschlagen. Während sich die Hüterin nichts dabei dachte, sich vor unseren Augen zurückzuverwandeln und dann nackt, wie die Götter sie erschaffen hatten, zu Enkes Zelt zu gehen, schlichen sich die Wölfe zur Seite weg, um sich erst später sehen zu lassen, als sie sich neu gekleidet und gerüstet hatten.

Aleahaenne schien die kleine Jagd sehr befriedigt und entspannt zu haben, Gleiches konnte man von Ragnars Wölfen nicht sagen, vor allem Sivret sah eher beschämt und verlegen drein.

»Götter«, knurrte Ragnar ungehalten. »Schau dir an, was geschieht, wenn sie ihm jetzt ein Lächeln schenkt ... er schaut selten dämlich drein, als ob sie die Sonne für ihn wäre!«

Obwohl die Wolfskrieger sich etwas abseits hielten, kam später einer der blonden Hünen heran und setzte sich zu uns ans Feuer.

»Ich bin Leifar«, stellte er sich vor, um dann Ragnar vorwurfsvoll anzusehen. »Du hättest uns warnen können.«

»Ich wusste nicht, dass sie eine Wölfin ist«, antwortete Ragnar und sah nun wieder mich vorwurfsvoll an.

»Ich spreche nicht von Aleahaenne«, antwortete der Nordmann, ohne auch nur über eine Silbe ihres Namens zu stolpern. »Das haben wir geklärt. Ich spreche von ihr.« Er wies auf Zokora, die langsam aufsah und eine Augenbraue hob.

»Vorhin hat Ivark ihr freundlich mitgeteilt, dass er bereit wäre, ihr die Röcke zu heben. Sie hat abgelehnt.«

Ich verschluckte mich beinahe an meinem Tee, während ich Varoschs vergnügten Blick auffing. »Das ist ihr Recht«, meinte ich, während ich hastig den Tee wegstellte, bevor ich mich noch mehr verbrühte. »Ist es nicht auch bei Euren Seras so?«

»Ja. Zumindest bei denen, die frei geboren sind«, grollte der blonde Hüne. »Doch als Ivark ihr zeigen wollte, auf was sie verzichtet hatte, brach sie ihm die Hand und führte ihn am Ohr in unser Lager zurück. Jetzt hat Ivark schlechte Laune und ist unausstehlich.«

»Dann geh hin zu deinem Freund und sag ihm, dass ich das Lager mit ihm geteilt hätte, er scheint mir kräftig und ausdauernd genug. Nur hätte Varosch ihn dann langsam töten müssen«, sagte Zokora in ihrer klaren Stimme.

»Ah, gut«, meinte Leifar und stand lächelnd auf. »Ich gehe und sage es ihm, es wird ihn aufmuntern.« Er nickte uns allen freundlich zu und trottete zu seinen Freunden zurück.

»Ich finde es immer wieder faszinierend«, stellte Zokora mit leichtem Schmunzeln fest, »wie leicht man euren Männchen eine Freude machen kann.«

»Aber hast du eben nicht gelogen?«, fragte Serafine erstaunt. »Du hättest doch nicht einfach so bei ihm gelegen?«

»Natürlich nicht«, kam Zokoras Antwort. »Er hätte sich vorher waschen müssen, er roch mir zu sehr nach Hund. Aber es hätte uns zu lange aufgehalten.«

»Wieso?«, fragte ich fast wider Willen.

»Nach ihrem Gesetz hätte ich Ivark dafür zehn Tage lang sterben lassen müssen«, erklärte Varosch mit einem leichten Lächeln. »Ich denke, sie meinte das.«

Serafine lehnte sich zurück und streckte ihre langen Beine aus.

»Nun, Ragnar«, stellte sie mit einem vergnügten Funkeln in den Augen fest. »Jetzt gibt es wieder mehr Männer in unserem Lager, als es Seras gibt. Bist du zufrieden?«

»Ach, lass mich in Ruhe, Serafine«, antwortete er geknickt. »Ich weiß, dass ich es mir selbst zuzuschreiben habe.«

»Deine Wolfskrieger werden uns dennoch nützlich sein«, versuchte ich ihn zu trösten. »Schau dir Mahea und Delgere an, wie beeindruckt sie von ihnen sind.«

Ragnar sah zu den beiden Seras hin. »Du hast recht, Havald«, sagte er dann, offensichtlich aufgemuntert. »Ich werde Ivark sagen, dass er es besser dort probieren soll.«

Auch wenn ich es nicht ganz so gemeint hatte, wie Ragnar es auffasste, zeigte sich die Wahrheit meiner Worte, als wir am nächsten Abend auf Ma'tar und seine Krieger trafen, denn Ragnars Wölfe wurden fasziniert bestaunt.

Ich hatte einen kurzen Ast gezogen und hielt die erste Wache, was Ma'tar nutzte, um sich zu mir zu gesellen.

»Ich hörte von Mahea, du hättest den Befehl gegeben, dass sich die Legionen aus der Ostmark zurückziehen. Warum?«

»Die Kaiserin fand es angebracht, den Marschall darauf hinzuweisen, wie unerfreut sie war, als wir herausfanden, dass es zum größten Teil die Blutreiter waren, die den Krieg gegen die Kor schürten. Er denkt jetzt, wir lassen ihn im Stich und dass er nun mit seinen Truppen allein gegen die Feindlegionen steht.«

»Aber so ist es nicht, sonst wären wir nicht hier«, stellte er fest. »Warum das Ganze? Warum habt ihr nicht einfach die Schuldigen aufgehängt?«

»Die Ostmark ist ein Teil des Kaiserreichs, aber sie ist trotzdem in großen Teilen unabhängig und verfügt über eigenes Recht. Kaiserliches Recht gilt nur auf kaiserlichem Grund. Es gibt Verträge zwischen den Reichen, die gehalten werden müssen. Wir haben nicht das Recht dazu, all die, die sich an dem Krieg bereichert haben, aufzuhängen.« Ich hob die Schultern und ließ sie wieder fallen. »Wir haben trotzdem darüber nachgedacht, aber so, wie wir es jetzt angehen, erscheint es mir die beste Lösung.«

Er runzelte die Stirn. »Sie kommen ungestraft davon.«

»Das glaube ich nicht«, sagte ich leise. »Schau, Ma'tar, die Ostmark wird schon seit Anbeginn von den anderen Reichen unterstützt, um gegen euch ein Bollwerk zu sein. Wahrscheinlich kam schon vor Jahrhunderten jemand auf die Idee, sich Truppen bezahlen zu lassen, die es gar nicht gibt, und dass es gewinnbringender wäre, wenn es keinen Frieden mit euch gäbe. Heute ist fast jeder, der in der Ostmark Rang und Einfluss hat, in den Betrug verwickelt. Um jeden von ihnen seiner gerechten Strafe zuzuführen, hätten wir sie alle aufhängen müssen, das hätte Krieg bedeutet und zudem die Ostmark führerlos zurückgelassen. Wir versuchen gerade, Arkins Legionen aus dem Feld zu nehmen und auch deine Leute davon zu überzeugen, dass sie schlecht beraten wären, dem Nekromantenkaiser zu folgen. Um den Rest müssen sich Hergrimms Soldaten selbst kümmern, aber so besteht noch Hoffnung für sie.«

»Und wenn sich alles so fügt, wie du es willst, was wird sich dann ändern?«

»Wenn dein Volk nicht mehr unser Feind ist, brauchen wir die Ostmark nicht als Bollwerk gegen euch, und das Gold wird aufhören zu fließen. Der Rest ... erledigt sich von selbst.«

Er schüttelte den Kopf.

»So wird es nicht geschehen, Havald«, teilte er mir mit. »Wir können nicht vergessen, was die Blutreiter und auch die Legionen uns angetan haben. Es ist noch nicht lange her, dass die dritte Legion einen Vergeltungsschlag gegen uns geführt hat. Es machte Miran für euch zur Heldin, aber bei uns hat sie mit diesem einen Feldzug mehr Hass auf sich gezogen als die Blutreiter in all den Jahren zuvor.«

»Warum?«, fragte ich. »Es kam nicht oft vor, aber es geschah auch schon vorher, dass die Legion auszog, um euch für eure Aufstände zu strafen.«

»Es war die Art, wie sie es tat, Havald«, sagte Ma'tar und

sah in die Dunkelheit hinaus. »Der Zwist zwischen den Blutreitern und uns ist persönlich ... wir kennen einander, und wir wissen, warum wir hassen. Sie hingegen hasste nicht. Das waren wir ihr nicht wert. Sie steckte sich ein Ziel, zog Linien auf einer eurer Karten, löschte alles aus, was sie in diesem Rahmen fand ... und kehrte mit ihrer Legion in eure Grenzfesten zurück. Es hätte für sie auch keinen Unterschied gemacht, wenn sie das Gebiet von wilden Tieren gesäubert hätte. Sie achtete uns nicht, für sie waren wir nur eine Aufgabe, die sie erfüllen musste.« Er seufzte. »Es mag sein, dass es gelingt, unser Volk unter dem Drachen und Delgere zu einen. Vor allem, wenn du den Tarn für sie erringst. Aber selbst die Drachenkaiserin wird lernen müssen, dass es keinen Frieden geben wird, bevor nicht altes Unrecht ausgeglichen ist. Du wirst uns Hergrimm und seine höchsten Offiziere geben müssen. Und Miran.« Er stand auf und schaute auf mich herab. »Das wollte ich dir nur sagen, bevor du zu sehr auf eine andere Lösung hoffst. Auch der Frieden hat seinen Preis. Jetzt überlege, ob ihr ihn bezahlen wollt.«

Am nächsten Morgen fand ich die Gelegenheit, um Askannons Kaiserin darauf anzusprechen. Sie hörte mir geduldig zu.

»Es ist nicht nur Ma'tar, der dies sagt«, gab sie mir dann Antwort. »Jeder der Kor, mit denen ich sprach, denkt so. Sie sehen es als großzügige Geste an, wenn sie nur Hergrimms Kopf und den seiner Offiziere fordern und nicht noch alle anderen.«

»Wir können ihn nicht ausliefern«, erklärte ich Elsine. »Kaiserliches Recht und die Verträge lassen es nicht zu.«

»Das weiß ich«, sagte sie kühl. »Aber Ihr werdet nicht verhindern können, dass ich ihn mir hole.«

»Also unterstützt Ihr die Forderung der Kor?«

»Sie ist gerecht, Ser Roderik. Das wisst Ihr selbst.«

Ich seufzte. »Es ist auch nicht Hergrimm, um den es mir geht.«

»Ja«, sagte sie und runzelte die Stirn. »Es geht Euch um Miran. Ich verstehe, warum die Kor ihren Kopf fordern, sie hat sie in ihrem Stolz gekränkt.« Sie schaute mir direkt in die Augen. »Ich werde ihnen Miran nicht geben. Ich kenne kaiserliches Recht besser als Ihr, Lanzengeneral, und ich weiß, was Kennard dazu sagen würde.« Sie lachte leise. »Auch ich kann sie nicht leiden, was mich überrascht, denn ich dachte, über solchen Dingen zu stehen.« Ihr Lachen schwand und ihre Augen zogen sich zusammen. »Doch die Kor werden lernen müssen, dass ich ihnen nicht alles geben werde, was sie wollen. Ich stehe den Kor wohlwollend gegenüber, aber Delgere wird nicht durch mich herrschen, ich herrsche über sie.«

Damit musste ich wohl zufrieden sein. Vielleicht hätte ich mehr für Marschall Hergrimm sprechen sollen, doch es fiel mir wenig ein, das ich zu seiner Verteidigung hätte vorbringen wollen.

Die Festung der Titanen

46 Gegen Mittag des nächsten Tages kamen aufgeregte Rufe von der Spitze unserer Kolonne. Ich trieb Zeus an, um zu sehen, um was es ging, und fand Mahea und Serafine auf der Kuppe eines kleinen Hügels.

»Die Festung der Titanen«, sagte Serafine mit Ehrfurcht in der Stimme. »Es kann nichts anderes sein.«

Vor uns in der Ferne, vor dem hohen Gebirge, das wir schon seit Tagen hatten sehen können, ragte ein Plateau aus der Ebene heraus, ganz ähnlich dem, auf dem die Zweite nun ihr Lager bezog. Es gab sie hier überall, kleiner und größer, manchmal waren es nur schmale Säulen, von Sand und Wind abgetragen, bis nur der härteste Stein noch stand, doch damit war das, was ich nun sah, kaum zu vergleichen. Es war nicht Wind und Regen, die dieses Plateau geformt hatten, selbst auf die Entfernung sah man, dass dieses Plateau das Werk von beseelten Händen gewesen war. Auf dem Plateau selbst erhob sich eine Trutzburg aus grauem Stein, wie ich sie noch nie zuvor gesehen hatte. Türme, Mauern und Kuppeln, die so hoch in den Himmel reichten, dass sie sogar die Wolken überragten. Eine Festung war das nicht, dachte ich, als ich mein Sehrohr auszog, um dieses ferne Wunder besser sehen zu können, dies musste eine Stadt gewesen sein. Manche der Ruinen dort hatten eine Form, deren Zweck sich mir nicht erschloss, andere, wie Wehrgänge oder Plattformen, waren leichter zu erkennen. So mächtig diese Festung sein mochte, auch sie hatte nicht gegen die Zeit bestehen können, der Blick durch das Glas offenbarte mir tiefe Risse in dem grauen Stein, zudem Lücken, wo häusergroße Brocken aus den Mauern gefallen waren. Oftmals offenbarte sich dort, wo der Stein herausgebrochen war, meist verdreht und verbogen, ein Gerüst, das einst diese Gebäude gestützt hatte, und selbst durch das Glas konnte ich die breiten roten Schlieren sehen, wo sich der Rost in den Stein gefressen hatte.

»Ich hatte irgendwie gehofft, dass es nur eine Formation aus Stein gewesen wäre, der die Kor diesen Namen gaben«, sagte Serafine mit belegter Stimme. »Doch dem ist nicht so, das hier ist wahrlich das Werk der Titanen.« Sie sah mich besorgt an. »Wir wissen, dass Arkin dort graben lässt, jetzt fürchte ich, dass er dort auch etwas finden kann.«

»Das glaube ich nicht«, widersprach Mahea. »Ich dachte ebenfalls, dass es nur eine Legende wäre, aber ich weiß, dass es keinen Zugang zu dieser Festung gibt. Er müsste fliegen können, um die Festung zu erreichen.«

»Er besitzt Wyvern«, erinnerte ich sie. »Man sieht sie um die fernen Zinnen kreisen.«

»Nun«, meinte sie, »es wird ihm wenig nützen. Stellt Euch vor, er findet ein Schwert oder ein Zepter der Titanen. Wie viele Wyvern wird er wohl brauchen, um es auch nur einen Fingerbreit zu bewegen?«

Wir ritten weiter … und es brauchte noch bis zum Mittag des nächsten Tags, um das Lager am Fuße der Titanenfeste zu erreichen.

Von einem Hügel aus sah ich schweigend auf das Meer von Zelten, das sich vor uns erstreckte, und verstand auch, was Serafine gemeint hatte, als sie sagte, dass der Nachschub, der uns entgangen war, kaum reichen würde. Weiter hinten sah ich die ordentlichen Reihen und die Befestigungen der Legionen, um sie herum, scheinbar wahllos angesiedelt, die braunen Zelte der Barbarenstämme und hier und da ein Gebäude, das man errichtet hatte, meist aus Stein, denn Holz war in dieser Gegend eine Seltenheit. Der Rauch von Hunderten von Feuern stieg auf und wurde in der Höhe hinweggeweht, und im Hintergrund lag das Gebirge, das die Barbaren den Himmelsrücken nannten. Auch die Säulen der Titanen waren gut zu sehen, die den Pass zum Gebirge markierten, sie ragten gut hundert Mannslängen in die Höhe, und sie waren ohne Zweifel keine Laune der Natur. Welchen Zweck diese Säulen einst besessen hatten, warum sie hier standen, wenn es doch sonst auf der Weltenscheibe kaum noch Spuren der Titanen gab, war ein Rätsel, das uns wohl niemand mehr lösen konnte.

Aus diesem Gewirr von Zelten kam uns eine kleine Gruppe entgegen, nur vier Soldaten in den schwarzen Rüstungen der Feindlegion und einer, der eine weiße Rüstung trug. Einer der Reiter, der den Kriegsfürsten begleitete, führte eine schwarze Fahne mit sich, die Flagge der siebzehnten Legion.

Wir warteten schweigend, bis Arkin näher war und dann den Hügel zu uns hinaufritt, um vielleicht acht Schritt entfernt seinen prächtigen Schimmel zu zügeln.

Anders als Corvulus, war Arkin nicht bleich und blass, er besaß auch keine schwarzen Haare, er war braun gebrannt und drahtig, mit feuerrotem Haar, das, obwohl kurz gehalten, sich nicht leicht bändigen ließ. Seine Augen glichen Bernstein, und sie verliehen ihm Ähnlichkeit mit einem listigen Fuchs … was er, nach allem, was wir von ihm wussten, ja auch war.

Er schaute kurz an uns vorbei, besah sich Ma'tars Krieger und Ragnars Wölfe, die Seras, die ihre Pferde etwas weiter hinten hielten, und schwenkte dann mit seinem Blick zu mir.

»Ich würde Euch des Kaisers Segen wünschen«, meinte er mit einem freundlichen Lächeln, »aber es würde Euch sicher nicht erfreuen. Also sage ich nur: Willkommen zu unserem kleinen Wettstreit, Lanzengeneral.«

»Danke«, sagte ich höflich. »Ihr tragt es uns nicht nach?«

»Oh, nein«, meinte er freundlich. »Warum sollte ich darauf verzichten, Euch bluten zu sehen? Versucht nur Euer Glück ... wir wissen ja beide jetzt schon, wie es enden wird. Es ist natürlich schade, dass ich Euch jetzt noch nicht erschlagen lassen kann, aber ich bin sicher, die Gelegenheit dazu wird sich noch ergeben.« Er winkte einen seiner Offiziere heran. »Dies ist Schwertmajor Usmar. Er wird Euch und Euren ... Stamm ... zu dem Platz geleiten, an dem Ihr lagern könnt, und Euch auch in allen anderen Dingen hilfreich zur Seite stehen. Bedient Euch nur an ihm, Ihr könnt ihm sogar vertrauen. Bis zu dem Moment, in dem ich Euren Tod verfüge.« Sein Lächeln wurde breiter. »Es ist eine letzte Prüfung für ihn, bis ich ihm eine Eurer Seelen gebe, er hat sich sehr verdient gemacht.«

»Ach«, sagte Serafine höflich. »Ich denke, es wird sich zeigen, dass er auf seine Belohnung verzichten muss.«

»Vielleicht«, sagte Arkin und neigte leicht das Haupt vor ihr. »Ich habe mir erlaubt, unsere Barbarenfreunde auf Euer Kommen vorzubereiten. Sie wissen, wer Ihr seid, und sie werden Euch auf ihre Art willkommen heißen. Was Euch angeht, Lanzengeneral, habt Ihr Euch viel Zeit gelassen, um hierherzukommen. Der Wettstreit ist nun schon fast vorbei, Ihr werdet Euch mit den Besten messen müssen. Morgen habt Ihr dazu Zeit, wir erwarten Euch bei Sonnenaufgang in dem Ring. Steht Ihr bei Sonnenuntergang noch immer, habt Ihr Euch das Recht erkämpft, am Tag darauf vor dem Kaiser sterben zu dürfen. Er sagt, er hofft darauf, sonst wäre ja die ganze Mühe verschwendet, die er darauf aufgewendet hat,

Euch hierherzulocken.« Er nickte uns noch einmal zu, zog sein Pferd herum und ritt davon.

Nur Schwertmajor Usmar blieb und wies uns mit der Hand den Weg.

»Wenn Ihr mir bitte folgen würdet …«

Was Arkin gesagt hatte, um die Barbaren auf uns einzustimmen, wussten wir freilich nicht, aber es hatte seine Wirkung nicht verfehlt. Als wir langsam durch das Lager der Barbaren ritten, säumten sie den Weg. Es gab niemanden, der etwas sagte, sie hielten nur an ihren Schilden und Waffen fest und bedachten uns schweigend mit hasserfüllten Blicken. Nur einen gab es, der kurz vortrat und all seinen Zorn auf Delgere richtete, ein Schamane, wie man an den Zeichen auf seiner Haut erkennen konnte.

»Du hast alles verraten, wofür unser Volk steht«, warf er ihr hasserfüllt vor. »Jetzt wirst du dafür sterben!«

Ein älterer Krieger trat wortlos vor, griff ihn an der Schulter und zog ihn in die Reihen zurück. Auch er musterte uns, vor allem Delgere, doch in seinen Augen sah ich keinen Hass, nur stille Überlegung.

Man hatte für uns einen Kreis in den dürren Boden gezogen und entlang des Kreises Totems aufgestellt, deren Anblick unsere Barbaren schaudern ließen. Jedes dieser Totems, es mochten gut drei Dutzend sein, schaute in den Kreis hinein.

»Sie werden uns nichts anhaben können«, sagte Elsine tröstend zu unserer jungen Schamanin.

Doch La'mir, der sich den Kreis mit blinden Augen besah, schien mir zu besorgt, als dass ich Elsine leicht glauben konnte.

»Braucht Ihr sonst noch etwas?«, fragte Schwertmajor Usmar höflich. »Soll ich Euch durch das Lager führen?«

»Danke, nein«, entließ ich ihn. »Ihr könnt gehen.«

Er salutierte, drehte sich auf dem Absatz um und ging davon. Wir sahen ihm nach.

»Sorg dich nicht, Delgere. Er wird sich nicht an uns mästen, Kind«, meinte Elsine zuversichtlich. »Eher mäste ich mich an ihm.«

Ich ritt zur Mitte des Platzes, wo ich Zeus zügelte und mich bedächtig umsah. Soweit das Auge reichte, waren wir von den Zelten der Barbaren umgeben, gut drei Dutzend ihrer Krieger standen schon jetzt am Kreis und sahen uns drohend an.

Ragnar ritt neben mich und schaute auch.

»Sie warten nur darauf, dass wir ihnen einen Grund geben, sich auf uns zu stürzen.« Er schob den Helm nach hinten und runzelte die Stirn. »Meinst du, Arkin weiß bereits, was genau wir planen? Es schien mir vorhin fast so. Ich hoffe, dass wir ihn nicht unterschätzen.«

Ich warf einen letzten Blick auf die schweigenden Barbaren.

»Das hoffe ich auch.«

»Meinst du, dass Kolaron wahrhaftig hierherkommen wird?«, fragte mich Serafine bedrückt, als ich ihr half, unser Zelt einzuräumen. »Hast du gesehen, wie bleich Elsine wurde?«

»Er wird so kommen, wie er auf dem Kronrat erschien. Nicht selbst, aber in einer seiner Puppen. Wir haben ihn auch damals schon besiegt.«

»Und Varosch dabei verloren«, erinnerte sie mich mit düsterer Miene.

Ja. Das auch. Ich wischte die Erinnerung beiseite.

»Was Elsine angeht … ja, sie wurde bleich, aber sie schien noch immer fest entschlossen.«

»Vielleicht«, sagte Serafine leise und klappte die Kiste zu. »Ich werde aus ihr nicht schlau«, sagte sie dann. »Sie ist mir unheimlich.«

»Wie das?«, fragte ich. »Sie ist in Wahrheit kein Drache, nur das Erbe der Alten in ihr erlaubt ihr, diese Form anzunehmen.«

»Das meine ich nicht«, sagte sie. »Obwohl es unheimlich genug ist, wenn man darüber nachdenkt. Hast du gesehen, wie groß sie als Drache ist?«

Ja, dachte ich, das war wohl niemandem entgangen.

»Es ist die Art, wie sie mich anschaut«, fuhr Serafine fort. »Sie tut es nicht offen, aber ich spüre die ganze Zeit ihren Blick auf mir. Ertappe ich sie dabei, schaut sie nur kurz weg, lächelt mir dann freundlich zu … und kaum, dass ich mich umdrehe, spüre ich ihre Blicke erneut auf mir. Es … es macht mich unruhig. Havald«, sagte sie fast verzweifelt, »weißt du, was sie von mir will?«

Ich schüttelte den Kopf. »Ich weiß nur, dass sie sagte, du erinnertest sie an ihre Tochter.«

»Die sie nur als Säugling sterbend zu Gesicht bekommen hat«, antwortete Serafine ungehalten. »Wie will sie da eine Ähnlichkeit feststellen können? Havald, ich will, dass sie damit aufhört, sie soll mich in Ruhe lassen.«

»Ich werde sie darauf ansprechen«, versprach ich.

»Das habe ich längst selbst getan. Sie sagt, ich täusche mich …« Sie seufzte. »Vergiss es für den Moment, so wichtig ist es nicht … du wirst bereits morgen kämpfen müssen.« Sie schaute mich besorgt an. »Bist du sicher, dass es die richtige Entscheidung ist? Gedacht war, dass wir eine Woche früher hier sein sollten, dann hätte auch Miran sich bereits bemerkbar gemacht, und vielleicht hätte Arkin sogar eine seiner Legionen abgezogen. So aber steht nur ein weiterer Wettkampftag aus … und schon wirst du dem Verschlinger gegenüberstehen. Es ist vielleicht noch nicht zu spät, vielleicht können wir noch gehen.«

Ich öffnete die Kiste, die den Helm enthielt, nahm ihn heraus und musterte das unbeteiligte Gesicht aus schwarzem Stahl.

»Nein«, sagte ich. »Dazu ist es zu spät.«

Wieder hörte ich Ordun lachen. Er wusste, was ich plante, und hatte seinen Spaß daran.

Handelnde Personen

Die Gefährten:

Maestra Leandra di Girancourt Halbelfe und schwertgebunden an das Schwert Steinherz, Königin der Südreiche, ehemalige Liebhaberin von Havald, dem Wanderer, Freundin und Reiterin von Steinwolke, dem Königsgreifen.

Serafine Durch ein Wunder des Soltar wiedergeborene Soldatin des Ersten Horns der zweiten Legion. In ihrem letzten Leben Tochter des Gouverneurs von Gasalabad, Freundin von Balthasar, Asela und Feltor, Eheweib von Jerbil Konai, der Säule der Ehre. Befreundet mit den Elfen Taride und Imra.

Varosch Akolyth des Boron, begnadeter Scharfschütze, Liebhaber der Dunkelelfe Zokora. Er opferte sein Leben, um Zokora zu retten.

Nataliya Das dritte Tuch der Nacht, einst Assassine des Nekromantenkaisers Kolaron Malorbian, dann treue Begleiterin Havalds, opferte ihr Leben für ihn.

Sieglinde Tochter von Eberhard, dem Wirt des Hammerkopfs. Eine junge Frau, der man nachsagt, dass sie die Gabe der Fey besitzen soll. Nun schwertgebunden an das Bannschwert Eiswehr und Liebhaberin von Janos.

Janos Räuberhauptmann und Agent der Königin Eleonora und Sieglindes Liebhaber.

Zokora von Ysenloh Eine dunkle Elfe und Priesterin der Solante. Nahm sich Varosch als Liebhaber.

Die fünfte Lanze der zweiten Legion:

Lanzenmajor Kurtis Blix Ein Soldat des Kaiserreiches, kommandiert die fünfte Lanze der zweiten Legion, ohne sonderliches Talent.

Stabssergeantin Sanja Grenski Die Seele der fünften Lanze.

Schwertsergeant Avron Ein Soldat, schützte Sieglinde in der Schlacht von Lassahndaar.

Korporal Loska Von den Federn, Blixens Lanze zugeteilt.

Orvin Ein sturer und abergläubischer Soldat aus Blixens Lanze. Er stammt natürlich aus Aldane.

In der Ostmark:

An'she'a Geheimnisvoller Schutzgeist der Schamanin Delgere, angeblich der Geist einer Elfe aus grauer Vorzeit.

Ansari Kriegsfürstin, befehligt die fünfzehnte und einunddreißigste Feindlegion.

Delgere Eine junge Schamanin, die von Serafine und Havald aus der Gefangenschaft von Hergrimms Blutreitern befreit wurde.

Anders Lanzensergeant, ein bärbeißiger Veteran, der Spaß daran hat, Rekruten aus dem Bett zu treten.

Lannis Bannersergeantin, befehligt die Späher der fünften Legion.

Arkin Kriegsfürst, befehligt die siebzehnte und achtzehnte Feindlegion, hält Aleytes Liebe und Fluch in seiner Hand.

Aleyte Ein Prinz und Seher der Elfen, zum Tode verurteilt und verflucht, da er eine Menschenfrau geliebt hat.

Armus, Tobas, Jenner, Petar, Talas, Bemmert, Firande Schwertrekruten.

Blutreiter Reiterei der Grenzlandregimenter der Ostmark, unter dem Befehl von Marschall Hergrimm stehend.

Ensen Kriegsfürst, befehligt die zweiundzwanzigste und vierzigste Feindlegion.

Usmar Schwertmajor der achtzehnten Feindlegion, Adjutant von Kriegsfürst Arkin.

Frick Stabskorporal, wurde von den Ostland-Barbaren gefangen genommen und bewundert Havald dafür, dass Serafine ihm einen Zahn ausschlug.

Hanik Stabskorporal der Federn, der fünften Legion zugeteilt.

Hulmir Ein Soldat der fünften Legion, der seine Handballiste Mechthild nennt.

Sivret Anführer der Wolfskrieger, Lehensmann von König Angus.

Ivark Wolfskrieger, Lehensmann von König Angus, der Zokora mag.

Leifar Wolfskrieger, Lehensmann von König Angus.

La´mir Schamane der Ostland-Barbaren, Großvater von Ma´tar und Mahea.

Mahea Lanzenkorporal, eine Späherin der fünften Legion.

Nort Wirt des Kaisersteins in der Feste Braunfels, Freund von Eldred.

Shaa Vor der Zeit der Menschen die Priesterinnen der Elfen in der Ostmark.

Simplar Ein Rekrut, der sich zu leicht von Gold verführen lässt.

Sirus Stabsmajor, Kommandeur der Grenzlandregimenter der Ostmark in Braunfels.

Tasra Priesterin der Astarte in Braunfels, versteht sich auf das Behandeln von Krankheiten, insbesondere der ›schalen Jungfer‹.

Amostin Stabsmajor, von den Federn, schrieb Abhandlung über »Barbarische Gebräuche, Mythen und Rituale«. Diente vor Jahrhunderten lange in der Ostmark.

Lenar Schwertrekrut, fünfte Legion.

Hanik Lanzensergeant, fünfte Legion.

Lannis Lanzenkorporal, fünfte Legion.

In Letasan:

Anlynn, die Füchsin Späherin der dritten Königlichen Jagdlanze zu Illian, sie trägt den Fluch des Winterwolfs in sich.

Die alte Enke Eine gar hässliche Hexe.

Konrad Ein Rabe.

Byrwylde Ein Lindwurm aus ferner Vergangenheit.

Dorin Eine Spruchweberin (Maestra) der dunklen Elfen, zu Zokoras Stamm gehörig.

Eberhard Wirt des Hammerkopfs in Letasan, Vater von Sieglinde.

Der blutige Marcus Ein Pirat mit einem bewundernswerten Talent zur Selbsterhaltung. Nur die Götter selbst können ihn gefährden.

Aleahaenne (Aleya) Hüterin, eine Elfe mit einer langen Vorgeschichte, Ziehmutter der alten Enke.

In Illian:

Krom Ein fürchterlicher Wachhund.

Elfred König von Illian, einst Ehemann der Sera Lenere, fiel im Wahn eine Treppe herab.

Egvir Sohn von Jarkar Steingrimm.

Tonik Sohn von Jarkar Steingrimm.

Jarkar Steingrimm Minenbauer und kein Freund der dunklen Elfen, Vater von Egvir und Tonik.

Arwen Ehemals König von Illian, Elfreds jüngerer Bruder.

Tarmus Priester des Boron, wurde nach Illian entsendet, um Bruder Faban zu ersetzen, ein zäher und bestimmter Streiter seines Gottes.

Faban Priester des Boron in Illian.

Haderim Graf, Ratsherr in Illian.

Hindrich Graf, Ratsherr in Illian, bis zuletzt einer der wichtigsten Berater von Eleonora.

Render Graf, Kanzler, Ratsherr in Illian, Urenkel von König Arwen von Illian, Erbe von Königin Eleonora.

Bruder Arin Verstorbener Priester Borons in Illian.

Bruder Hanenberg Verstorbener Priester Borons in Illian.

Lisette Gräfin Render, Ehefrau des alten Grafen Render.

Orten Graf, Kanzler von Königin Eleonora, starb an einem Herzkrampf, nachdem er bei Graf Render speiste.

Herwig Meister, Händler und Bankier in Illian, besitzt ein schönes, reich verziertes Haus.

Lenere Herzogin, ehemals Königin von Illian, Eheweib von König Elfred, eine Sera mit vielfältigen Kontakten.

Nemris Verlobte von Graf Render, starb auf einem Scheiterhaufen, da sie mit Dämonen paktierte.

Schwester Sondja Priesterin der Astarte in Illian, eine Frau mit außergewöhnlichen Talenten.

Velkus Ser, Henkersmeister aus Aldane, berühmt für seinen modischen Geschmack und sein Geschick mit scharfen Messern.

Soldaten des Kaiserreichs:

Lanzenobristin Arkadia Baronetta Miran Kommandeurin der dritten Legion, eine Frau mit außergewöhnlichen Fähigkeiten, nur die Diplomatie fällt nicht darunter.

Lanzenobrist Kelter Kommandeur der fünften Legion, wurde einst von Asela verführt und hat noch immer damit zu kämpfen.

Generalsergeantin Rellin Eine Veteranin der Barbarenaufstände in der Ostmark, zuständig für Logistik und Verwaltung der dritten Legion.

Generalsergeantin Amaranis Kasale Zuständig für den Wiederaufbau der zweiten Legion.

Desina *Anae regis Askanna,* ewige Kaiserin Askirs, Maestra und Prima des Turms der Eulen, Tochter von Balthasar und Enkelin des ewigen Herrschers Askannon.

Emlich Schwertsergeant, zweite Legion, Federn, Schreiber im Amtsraum des Lanzengenerals. Bald glücklicher Vater, vielleicht auch deshalb ein wenig vergesslich.

Stabsobrist Orikes Kommandeur der Federn, der Schriftgelehrten der Legionen, rechte Hand von Hochkommandant Keralos, dem Militärgouverneur von Askir, weithin als ein hervorragender Medikus bekannt.

Hochkommandant Keralos Militärgouverneur von Askir, ein sorgfältiger und ruhiger Mann.

Schwertobristin Helis/Serafine Adjutantin von Lanzengeneral von Thurgau.

Lanzengeneral von Thurgau Auch Havald oder der Wanderer genannt, Kommandant der zweiten Legion, ein Mann, der nicht sterben kann.

Asela, Stabsmajor der Eulen Die letzte der Eulen des alten Reichs, eine mächtige Maestra mit vielen Geheimnissen.

Schwertleutnant Stofisk Adjutant des Lanzengenerals von Thurgau, dessen Wort mächtiger als sein Schwert ist.

Stabsleutnant Santer Adjutant von Desina und damit auch den Eulen zugeteilt.

Kaiserreich Thalak:

Kolaron Malorbian Nekromanten- und Gottkaiser von Thalak.

Kriegsfürst Corvulus Nekromant und Kriegsfürst, Lieblingssohn des Kolaron Malorbian.

Fürstin Dereinis Kommandeurin der Truppen des Kaiserreichs Thalak, welche die Kronstadt Illian belagern. Verantwortlich für den Verrat an Königin Eleonora.

Perdus Stabsmajor, einundzwanzigste Legion.

In Askir:

Argus Tistan, Meister Ein Händler in Devotionalien und Vater von Lanzenmajor Blix.

Arnde Tistan Verstorbene Frau von Argus Tistan, Mutter von Arife und Lanzenmajor Blix.

Arife Sklavin mit einem besonderen Bezug zu Lanzenmajor Blix, Tochter von Marcus Esadra.

Arwo Preiskämpfer im Dienst von Meister Tistan.

Elsine Kaiserin von Askir, Ehefrau von Askannon. Wurde während ihrer Entbindung von Soldaten aus Thalak entführt. Ihre Tochter wurde von dem Elfen Talisan entbunden und starb am Tag danach. Die Letzte der großen Drachen, Havalds Freund Ragnar befreite sie aus den Ketten des Nekromantenkaisers.

Hochinquisitor Pertok Oberster Richter Askirs, mit ungewöhnlichen Vollmachten ausgestattet.

Wiesel Der berühmteste Dieb Askirs. Desinas Ziehbruder. Ein Mann mit ungewöhnlichen Talenten und schnellen Fingern.

Baron Stofisk Vater von Leutnant Stofisk, ein einflussreicher Handelsherr, der dem Handelsrat von Askir vorsteht.

Mi Pei Lin Tochter des Drachen, oberste Assassine in der Botschaft des Kaiserreichs Xiang zu Askir und zurückhaltende Freundin Wiesels. Sie wirft gerne mit scharfen Gegenständen nach ihm, so gelangte er auch zu seinem Glücksbringer.

Marla Eine alte Freundin Wiesels, ehemals Ziehschwester von Wiesel und Desina, nun bekennende Priesterin des Namenlosen. Sie mag Ratten. Wiesel nicht.

Isbele Der Name, den Marlas Mutter ihr gegeben hatte.

Der Rabe Attentäter und selbst ernannter Priester des Namenlosen, ermordete Lanzengeneral von Thurgau, um dessen Seele dem dunklen Gott zuzuführen.

Istvan Wirt des Gasthofs Zur gebrochenen Klinge, Ziehvater von Desina, Marla, Regata und Wiesel. Ehemals ein Soldat der Bullen, Freund des Gelehrten Kennard.

Kennard Ein Schriftgelehrter mit überraschenden Interessen und Fähigkeiten.

Marschall Hergrimm Kriegsherr der Armeen der Ostmark.

Die Priesterschaft der Dreieinigkeit in Askir:

Bruder Gerlon Ein Soltarpriester mit Visionen, zudem auch ältester Freund von Kurtis Blix.

Bruder Jon Hohepriester des Soltarglaubens. Ihm untersteht der Haupttempel Soltars in Askir. Ein Mann mit scharfem Geist und einem Hang zum Luxus.

Bruder Mircha Ein mürrischer Priester des Soltar, der als Nachfolger von Bruder Jon bestimmt ist.

Schwester Ainde Hohepriesterin des Tempels der Astarte zu Askir.

Bruder Portus Hohepriester des Tempels des Boron zu Askir.

Bruder Sores Verstorben, einst Hohepriester des Boron in Illian.

Bruder Denus Priester des Tempels zu Boron in Askir.

Andere:

Angus König der Varlande, Freund von Havald.

Arliane Havalds Schwester.

Esire Ragnars Eheweib und Mutter seiner sieben Kinder.

Elin Eine Menschenfrau, die im Zeitalter der Elfen von dem Elfenprinz Aleyte geliebt wurde.

Fahrd Diener des Nekromanten Ordun in Bessarein, ein guter Koch, bevor er von Havald erschlagen wurde.

Ragnar Ein alter Freund Havalds. Träger der legendären Axt Ragnarskrag, die ihrem Träger die Stärke eines Riesen verleihen soll.

Jerbil Konai Legendärer Held von Bessarein, vor siebenhundert Jahren Generalsergeant der berühmten zweiten Legion, Ehemann von Serafine. Auch bekannt als der »Sarge«. Serafine glaubt, dass die Seele von Jerbil Konai in Havald wiedergeboren wurde.

Prinz Tamin von Aldane Ein Mann, der die Frauen liebt und auch den Wein.

Baron Tarkan von Freise Cousin von Prinz Tamin, Liebhaber von Taride, der Bardin.

Steinwolke Ein Königsgreif, Freundin von Leandra.

Vartan Ein Greif, der einst von Balthasar geflogen wurde.

Essera Faihlyd Aus dem Haus des Löwen, Emira von Gasalabad, Kalifa von Bessarein.

Taride Elfe, Bardin, Schwester von Imra, Tochter der Elfenkönigin, Liebhaberin von Baron Tarkan von Freise.

Königin Eleonora von Illian Sie wird als Heilige verehrt, da sie ihr Leben in Borons Flamme geopfert hat, um die Kronstadt vor der Belagerung zu retten. Ehemals Schülerin von Havald, Freundin von Leandra.

Orte:

Die silberne Schlange Eine seit Jahrhunderten florierende Soldatenkneipe am Westtor der Zitadelle von Askir, bevorzugt von Bullen besucht.

Zum Hammerkopf Gasthaus und ehemalige Wehrstation des Kaiserreichs in Letasan, nahe des Donnerpasses gelegen, hier nahm alles seinen Anfang.

Himmelsrücken Gebirgszug in der Ostmark nahe der Festung der Titanen.

Die Donnerfeste Die letzte der großen Festungen des Kaiserreichs, am Donnerpass in den Donnerbergen von Letasan gelegen. Bewacht den Handelsweg nach Coldenstatt.

Hafenwacht in Askir Nördlich des Hafens von Askir gelegen, Garnison der Seeschlangen, die im Hafen von Askir die Ordnung wahren.

Die Zitadelle Sitz des Kaisers zu Askir und mächtigste Festung des Kaiserreichs.

Der Turm der Eulen Ein weißer, fensterloser Turm auf dem Gelände der Zitadelle, in dem das Wissen der Magie der Eulen aufbewahrt wird. Nur den Eulen von Askir zugänglich, ist er ein Ort voller alter Geheimnisse.

Das Blubbermoor, Hexenmoor Ein verfluchtes Moor in Letasan, nahe Lassahndaar, angeblich soll es dort riesige Schlangen, Lindwürmer und Hexen geben.

Der Eisenpass Ort einer Schlacht in den Grenzgebirgen von Aldane. Dort fand die 21. Feindlegion ein blutiges Ende.

Der Braiya Fluss, 70 Meilen vom östlichen Rand des Kaiserreichs entfernt gelegen, Grenzfluss zu den Barbarenländern in der Ostmark.

Feste Braunfels Grenzfeste in der Ostmark, aus braunem Stein errichtet, die fünfte Legion unter Lanzenobrist Kelter ist dort stationiert.

Feste Brandenau Grenzfeste in der Ostmark.

Städte und Ortschaften:

Askir Kaiserstadt.

Aldar Hauptstadt des Königreichs Aldane.

Akenstein, Dormuth Von Barbaren zerstörte Dörfer in der Ostmark.

Farmihn Ein größeres Ruinendorf in der Ostmark, vor Jahrzehnten von den Barbaren zerstört.

Bregen Eine Bergarbeiterstadt unweit von Dunkelschacht.

Die Festung der Titanen Eine riesige Feste in der Ostmark, angeblich von den Titanen erbaut.

Dunkelschacht Eine Bergarbeiterstadt, die von dunklen Elfen zerstört wurde, da Menschen ein Elfengrab geschändet hatten, gilt als verflucht und den Menschen verboten.

Illian, Kronstadt Hauptstadt von Illian, wird von Thalak belagert.

Kolariste Hauptstadt des Feindes.

Die Feuerinseln Einst Seefeste des Kaiserreichs, dann der Piraten, zuletzt Brückenkopf für die Invasionstruppen Thalaks, bis sie von einer gewaltigen Eruption zerstört wurden. Ihr Verlust an die Piraten unterbrach den Seeweg zur Versorgung der Südreiche.

Lassahndaar Eine kleine Stadt in Letasan, auf dem Handelsweg von Melbaas nach Illian gelegen.

Melbaas Eine Hafenstadt, berühmt für ihren Seehandel, von den Truppen Thalaks besetzt.

Janas Größte See- und Handelsstadt Bessareins, bis sie bei der Eruption der Feuerinseln von einer Flutwelle fast vollends zerstört wurde.

Moaris Ein kleines Dorf in Letasan.

Kelar Eine Stadt in Letasan, von Thalaks Truppen geschliffen, einst Geburtsort von Havald, dem Wanderer.

Farin Ein kleines Dorf in Jasfar, Südlande.

Tir'ni'do Ein Flüchtlingsdorf in einem verwunschenen Wald.

Tir'na'coer Das Herz der Dämmerung, Die Abendröte, legendäre Elfenstadt, in der sich vor dem letzten Krieg der Götter die Elfen zur Beratung trafen. Ein mystischer Ort, Heimat der Shaa, der Seher der Elfen.

Länder und Stadtstaaten:

Askir Kaiserstadt, Stadtstaat und Hauptstadt der sieben Reiche und des Kaiserreichs.

Aldane Ein Königreich der sieben Reiche. Bekannt für seine Weine und die Sturheit und den Aberglauben seiner Bewohner.

Bessarein Das größte Land des Kaiserreichs. Es gibt viel Sand dort.

Varland Königreich im Norden von Askir, zu den sieben Reichen gehörig.

Letasan Königreich der Südlande, von Thalak besetzt, Heimat von Havald.

Illian Königreich der Südlande, von Thalak besetzt.

Jasfar Königreich der Südlande, von Thalak besetzt.

Die Götter:

Soltar Gott des Lichts, besiegte einst Omagor, den Gott der Finsternis, seitdem gilt sein Versprechen, dass auf die Nacht der Tag folgen soll und auf jede Verzweiflung eine neue Hoffnung. Herr über den Tod und das Leben.

Boron Der streitbare Gott der Gerechtigkeit.

Astarte Die Göttin der Weisheit und der Liebe.

Solante Astartes dunkle Schwester, von den dunklen Elfen verehrt.

Der Namenlose Der Gott, der für das namenlose Böse steht.

Marendil Die Göttin der Meere, für ihr Temperament bekannt.

Omagor Der tote Gott der Finsternis.

Mama Maerbellinae Unbekannte (und alte) Göttin, die sich seit etwa zwanzig Jahren in Askir aufhält.

Der Winterwolf Der Wolfsgott, ein alter Gott, der einst in den Südlanden von den Barbaren verehrt wurde.

Richard Schwartz

Das Erste Horn

Das Geheimnis von Askir 1.
400 Seiten. Piper Taschenbuch

Ein verschneiter Gasthof im hohen Norden: Havald, ein Krieger aus dem Reich Letasan, kehrt in dem abgeschiedenen Wirtshaus »Zum Hammerkopf« ein. Auch die undurchsichtige Magierin Leandra verschlägt es hierher. Die beiden ahnen nicht, dass sich unter dem Gasthof uralte Kraftlinien kreuzen. Als der eisige Winter das Gebäude vollständig von der Außenwelt abschneidet, bricht Entsetzen aus: Ein blutiger Mord deutet darauf hin, dass im Verborgenen eine Bestie lauert. Doch wem können Havald und Leandra trauen? Die Spuren führen in das sagenhafte, untergegangene Reich Askir …

Ein sensationelles Debüt mit einer intensiven, beklemmenden Atmosphäre, die in der Fantasy ihresgleichen sucht.

05/2032/03/L

Richard Schwartz

Die zweite Legion

Das Geheimnis von Askir 2.
432 Seiten. Piper Taschenbuch

Ein mysteriöser Wanderer aus dem legendären Reich Askir trifft im Gasthof »Zum Hammerkopf« ein. Er unterrichtet den Krieger Havald und die Halbelfe Leandra über die Zersplitterung des Reiches. Leandra, Havald und einige Gefährten machen sich auf zum magischen Portal, um die Bewohner Askirs davor zu warnen, dass der brutale Herrscher Thalak auch sie zu unterjochen droht. Das Portal soll die Gefährten unmittelbar nach Askir führen; doch stattdessen landen sie im gefährlichen Wüstenreich Bessarein …

Der zweite Band des Fantasy-Zyklus »Das Geheimnis von Askir« verblüfft erneut mit hochgradiger Spannung und intensiver Atmosphäre. High Fantasy der Superlative!

05/2132/03/R

Richard Schwartz

Das Auge der Wüste

Das Geheimnis von Askir 3.
368 Seiten. Piper Taschenbuch

Auf der Suche nach Verbündeten im Kampf gegen den zerstörerischen Thalak hat es den Krieger Havald, die Halbelfe Leandra und ihre Gefährten in den Wüstenstaat Bessarein verschlagen. In der sengenden Hitze des exotischen Landes müssen sie Havalds Geliebte Leandra aus den Fängen skrupelloser Sklavenhändler befreien – und geraten dabei mitten in die Wirren des Thronfolgestreits. Eine entscheidende Rolle spielt dabei ein magisches Artefakt – das Auge von Gasalabad. Wird es den Gefährten gelingen, endlich den Weg ins Reich Askir zu finden?

»Atmosphärisch dicht erzählt und fesselnde Figuren.«
phantastik-couch

05/2158/02/L

Richard Schwartz

Die Eule von Askir

Roman. 432 Seiten.
Piper Taschenbuch

Am Hafen der altehrwürdigen Stadt Askir wird ein bestialisch zugerichteter Toter gefunden. Es ist der Botschaftsdiener Jenks, der in diesem zwielichtigen Viertel eigentlich nichts zu suchen hatte. Stabsleutnant Santer wird mit den Ermittlungen betraut, unterstützt durch die faszinierende Magierin Desina. Diese hat die Gabe, die Vergangenheit vor ihren Augen neu erstehen zu lassen. Doch was Desina in der Nacht des Mordes erblickt, bedeutet für ganz Askir eine unberechenbare Bedrohung. Denn der Feind beherrscht schwarze Magie, gegen die alle Mittel Desinas machtlos sind.

05/2436/01/R